여기있어요

SCARLET ROMANCE STORY

여기있어요 1

소화 장편 소설

contents

1장.
세상에 당신이란 사람이
있다는 걸 알게 되던 날

생각 많은 날. 아는 이들 만나 괜한 인사 나누게 되는 프라이빗 클럽보다, 퍼즐 같은 우드셀러를 벗 삼아 조용히 한잔하고 싶었던 서른여섯 유현민은 마울른 호텔 지하 바 구석진 자리에 앉아 있었다.

얼마 전 단행된 인사로 혜성그룹 전무가 된 그의 승진 소식은 그룹 후계자라는 타이틀 때문에 업계의 이목은 물론 언론의 관심을 한 몸에 받게 만들었고, 사무실을 뒤덮은 축란(祝蘭)들의 행렬은 비서실 로비 라운지까지 넘쳐나고 있었다.

"흐음."

그러나 정작 기뻐해야 할 현민의 입에선 기쁨은커녕 낮은 한숨만 새어 나오고 있었다. 전무가 되는 것은 적어도 올 가을, 진행 중인 프로젝트 성과를 확인한 후이길 바랐던 그였으나, 기밀에 부쳐진 회장님의 두 번째 수술 이후 경영승계에 가속도가 붙는 것은 그로서도 막을 수 없는 일이었다.

유학 시절부터 해외 지사 유통 구조 변경으로 매출 증대를 이끌어 냈던 그가 본격적으로 본사 근무를 시작하면서부터 매 시즌 경쟁사보다 두세 달 앞서 신제품을 출시하기 시작했고, 그것은 곧 세계 각국의 호평과 높은 판매실적으로 이어지며 그룹 내 현민의 입지를 단단하게 만들어 주었다.

표면적으로도 후계 구도에 따른 지분 정리가 어느 정도 끝난 상황에서, 단지 혈연이란 이유보다 실적으로 후계자의 면모를 증명한 그를 승진시킨 것이니 임원들은 물론, 언론 역시 이번 인사를 부당하다 말하지 못했다. 그러나 당사자인 현민만은 그 안에 숨은 의도를 읽고 있었기에 표정이 좋지 못했다.

회장님께서 혼기 찬 영애가 있는 한국과 세호, 성진그룹을 눈여겨보시는 것 같다는 소식을 처음 들었을 때는 그러려니 했었지만, 이번 인사가 이렇게 단행되고 보니, 자리에 걸맞는 혼사를 진행하기 위한 초석으로 단행된 승진 인사였다는 걸 확인하게 된 셈이라 착잡한 마음을 감출 수 없었기 때문이었다.

사랑하는 이를 곁에 두는 충족감이 어떤 것인지 잘 아는 그였다. 정략결혼으로 맺어진 부모님의 냉랭한 결혼 생활을 가까이 지켜본 그였기에 어릴 때부터 사업은 집 밖에서, 집은 집이기만을 바랐다.

때문에 빨리 결혼해서 안정된 기반을 갖추라는 주변의 권유를 외면하며 이 나이 되도록 버텼고, 경영위기로 제 한 몸 희생해야 할 처지가 아닌 이상, 언제 닥칠지 모를 위기를 대비한 안전장치 같은 결혼이라면 끝내 거부할 생각이었다.

그런데 문제는 아버지의 건강 상태. 이미 두 번 겪은 바, 예고 없는 그 공백을 체감한 뒤론 '손자 한번 안아 보자.'라는 아버지 말씀이 뼈에 사무치는 후회가 될까, 내심 두려운 마음이 생겨난 것이었다.

그 때문이라도 예전에 사라져 버린 연애세포를 되살려 보려 했지만, 이미 재계에 속한 여성들에겐 유현민은 혜성그룹 후계자 유 이사일 뿐이라는 걸 재확인했을 뿐, 사람을 마음으로 대하는 사람이 귀한 세상이 저가 사는 세상이었다.

한편으로는 회장님의 건강 문제가 대두된 후부터 시작된 작은아버지 유민태 건설 사장과 회장님의 유일한 핏줄이자 적통인 자신으로 양립한 그룹 내부 기 싸움보다, 다들 당연하게 받아들이는 정략결혼이 무어라고 이토록 마음 불편한 것인지 모를 자신을 자조하기도 했다.

서늘한 얼굴로 투명한 위스키 텀블러에 담긴 호박빛 액체 한 모금을 넘겨 봤지만, 오늘은 그마저도 맹물 같았다.

"쯧."

또, 불만 가득한 소리가 입술 사이로 새어 나왔다. 조용히 한잔하려 했는데, 속에서 자꾸 더운 숨이 토해지는 걸 보니 차라리 드라이브가 나을 뻔했다는 생각을 하며, 쓴 술을 한 모금 더 들이켜자 화한 기운이 식도를 타고 위까지 흘러 내려가며 뜨거운 길을 만들었다.

"원장니임, 한 병 더 시켜도 돼요?"

우드셀러로 반 정도 가로막힌 건너편 대형 테이블에서 아까부터 들려온 사람들의 대화 소리가 점점 더 커지고 있었다. 귀에 거슬렸지만 감정을 드러낼 정도로 편하게 취하고 마시는 뭇 사람들의 자유로운 모습이 한편으론 보기 좋아. 천천히 잔을 들어 올리는 현민의 눈빛이 조금은 부드러워져 있었다. 그런데…….

"응. 시켜. 안주도 더 시키고. 난 먼저 간다."

"병원장님, 저도 일어서려던 참입니다. 같이 가시죠."

"자넨 조금 더 즐기다 들어가."

남자들의 말 사이에 어렴풋이 들려오는 어느 여자의 목소리가 무척 단정했다. 옛날에 태어났어야 할 사람인데 때를 잘못 타고 태어났나, 싶을 만큼. 순간적인 목소리의 파장이 주변을 차분하게 만드는 힘이 있는 흔치 않은 목소리였다.

어떤 얼굴 가진 사람의 소리가 저런가 싶어 고개 돌리니, 등을 보이고 앉아 있던 여자가 자리에서 일어나고 있었다. 여자는 선이 가늘면서도 키가 큰 편이었다.

"병원장님, 또 그냥 가시려고요? 회식 때마다 먼저 가시면 다들 아쉬워해요."

"김 선생은 민 실장 좀 봐 주고, 술도 못하는 사람한테 자꾸 술 권하는 거, 곤욕이다."

'요즘도 술 안 마시는 여자가 있나? 못 마시는 거야? 안 마시는 거야?'

문득, 민 실장이란 사람에게 호기심이 일어, 얼굴을 보고 싶다는 생각이 들었다. 어떤 눈빛을 가진 사람인지 보면 대충 감이 오니까.

속에서 솟아오르는 화기를 분산시킬 방법을 못 찾았는데, 때마침 일어난 호기심으로 심심풀이 삼아 잠시 고민을 잊어 보자고 생각한 현민이 귀를 기울였다.

"자~ 그럼. 다시 한 번 우리 스카이 VVIP 건강검진센터가 5대 최고 검진기관으로 선정될 수 있도록 애써 준 검진 팀원들에게 정말 고맙고, 특히! 우리 의리 있는 민 실장. 참 내가 우리 민 실장한텐 할 말이 없고 고맙게 생각한다. 민 실장 공로, 언젠가 내가 빚 갚을 날 있겠지."

현민은 병원장 일행을 배웅하러 나가는지 다소곳이 걸어 나가는 여자의 뒷모습을 보며 의리와 공로라는 말을 되뇌어 보았다. 그러다, 문득 옆에서 들려오는 민 실장이란 소리에 고개를 돌렸다. 흠, 민 실장이란 여자가 자리를 비웠으니 뒷담화가 시작되려나 보군.

"아니, 키도 169센티에, 아나운서 뺨치게 예쁜데도 왜 애인이 없으실까요? 으음, 성격이 너무 일밖에 모르고, 말이 없긴 하시다. 그래서 남자들이 대시를 안 하는 건가?"

"아닐 거예요. 남자들도 눈이 있는데…… 사람 반듯하고, 외모 단정한 게 왜 안 보이겠어요. 본인이 싫다니까 그러는 거겠죠."

무슨 뒷담화가 이렇게 재미가 없고 건전한지. 이건 뒷담화가 아니라 칭찬 릴레이 아닌가. 이 직원들이 사람 됨됨이가 좋아서 칭찬만 해 주는 건지, 정말 욕할 게 없는 여자인지. 현민은 작은 헛웃음을 흘렸다.

예상 밖의 칭찬 일색 뒷담화는 꽤나 즐거운 경험이긴 했지만, 민 실장이란 여자의 생활에서 팍팍한 먼지 냄새가 느껴진다는 생각이 들었다.

"그래서, 보너스 대신 개원 행사 2주 앞두고 집단 퇴사한 직원들 선처를 바랐다고? 그것 때문에 야근에 허드렛일까지 그 고생을 하셔 놓고?! 어머, 웬일이라니."

"그러니까 병원장님이 아까도 민 실장님 의리 있다 그러셨잖아."

"그뿐이야? 다른 병원에서 스카우트하려는 거 실장님이 몇 번이나 거절하셨는데. 병원까지 찾아온 헤드헌터, 내가 본 것만 두 명이었어."

실장님은 좋겠다, 하는 여자들의 목소리가 흐릿하게 들릴 만큼, 현민은 빠르게 생각 속으로 빠져들었다.

다들 모여 저러는 걸 보면, 영 없는 일은 아니겠지만. 고액 연봉보다 신의를 선택하는 사람이라니. 지금 제 입장에선 그녀의 그런 올곧음이 전혀 반갑지 않았다.

처음 그녀의 눈빛이 궁금했던 건, 반드시 그 눈빛 안에서 세상의 찌든 기운을 찾아내, 거부하든 말든 당면하게 될 제 미래의 거래 가득한 삶을 합리화시키고 싶었던 비열함이 섞여 있었기 때문이다. 예를 들면 정략결혼 같은.

잠시나마 재미있는 장난감을 앞에 둔 것처럼 잔뜩 솟아오른 호기심에 곧추세워졌던 윗몸이 푹 물러앉듯 등받이에 기대어졌다. 깊어진 눈빛이 또다시 어둠에 잠기듯 뒤로 쑤욱 물러나 속을 알 수 없게 숨어 버렸지만, 그의 귀는 여전히 옆 테이블의 이야기에 고정되어 있었다.

"그게요! 병원장님은 부장 승진시키려고 하셨는데, 실장님이 계속 거절하시는 거래요. 자긴 공부 더 해야 된다고, 자격 없다고요."

옆 테이블 사람들도 갑자기 조용해졌지만, 듣고 있던 현민도 너무 기막혀 한쪽 눈썹을 찡그리며, 놀라움을 넘어선 짜증과 갑갑함을 느끼고 있었다.

아니, 무슨 방법으로든 승진하기만 하면, 곧 그 자리가 자신의 태생인 양 거들먹거리는 세상에서 청렴해야 할 법관도 아니고 도대체 왜 저러고 사는 건지.

"진짜 우리 실장님 천연기념물 같다."

"전, 우리 실장님 문제 생긴 곳마다 뛰어가서 척척 처리하고, 그 부서 안정되면 아무 일 없었던 것처럼 조용히 돌아오시는 거 볼 때마다 꼭 슈퍼맨 같아요."

이어지는 사람들의 수다 같은 가벼운 이야기 속에서 현민은, 어쩌면 민 실장이란 여자는 일만 좋아하는 여자가 아니라, 일밖에 남아 있지 않은 여자가 아닌가 싶은 생각을 하며 서글픔을 느꼈다.

더 이상 좋아하는 무언가를 만들고 싶지 않고, 일에만 매달려 하루하루를 살아가는 사람. 미국에서 자신이 사랑하는 사람을 잃었을 때 일만 하고 살았던 것처럼 살아가는 방법을 일로 정한 것인지도 모르겠다는 생각이 들자 마음이 가라앉았다.

옛 기억이 덮쳐와 온통 그 생각에 빨려 들어가려 할 때, 갑자기 차가운 바깥 기운과 함께 이름 모를 청명한 꽃 냄새가 느껴져 고개를 들었다. 그의 눈에 보인 것은 또다시 뒷모습을 보이고 선 그 여자, 민 실장이었다.

조용히 단체석에 앉은 여자의 얼굴은 하얗고 갸름했다. 부드러운 콧대가 적당히 솟아오른 앙증맞은 콧날과 볼록한 이마. 마른 듯한 두 뺨, 틈새 없이 다물어져 있는 그녀의 핏기 없는 입술은 다소 고집 있어 보였고, 물 잔을 내려다보느라 길게 휘어져 내린 속눈썹은 눈 아래 긴 그림자를 만들 만큼 길고 짙었다.

화장은 했지만 색이 들어가지 않은 약간 창백한 얼굴에 이목구비가 분명한 생김새는 목소리만큼이나 차분한 느낌이었다. 어쩐지 생김과 목소리가 짝이 잘 맞춰진 느낌이었다. 손을 뻗어 잔을 잡는 손목은 슈퍼맨 소리를 듣는 사람이라고는 믿기지 않을 정도로 가느다랗다.

"임 원장님, 3차 가실 거예요?"

"민 실장님은요?"

"전, 병원장님이 카드 주셔서 결제만 해 주고 가려구요."

"그럼, 저도 갑니다."

네에, 라고 말하며 아주 잠깐 동안 눈매를 휘어 보인 여자가 목이 마른지 잔을 들어 올렸다. 그녀의 움직임에 시선을 고정하고 있던 현민은 덩달아 목이 타는 것을 느끼며, 그녀의 목을 타고 넘어가는 차가운 생수를 저가 삼킨 것처럼, 마른 목을 넘겼다.

"자, 주목해 주세요. 3차는 자리를 옮겨서……."

민 실장이란 여자는 사람들의 시선을 모으며 이야기하는 것에 아주 익숙해 보였다. 다년간의 사회생활이 어떠했는지 말해 주는 정제된 화법과 여리지만 강단 있는 옆모습을 바라보는 사이 그녀가 밖으로 빠져 나가자, 뭔가에 홀린 듯 반쯤 몸을 일으키던 현민은 제 스스로가 기막혀 제자리에 풀썩 앉아 버렸다.

'쫓아 나가기라도 할 건가?'

이성을 끌어 모아 마른세수를 하던 현민은 아무래도 차가운 물에 손이라도 씻어야 할 것 같다고 생각하며, 성큼성큼 화장실로 향하기 시작했다.

호텔 노래방에서 음주가무로 새벽을 불태울 직원들을 위해 룸을 잡아 법인카드로 결제를 마친 지원은 임 원장과 호텔을 나섰다.

"데려다 준다니까요."

"괜찮아요. 저희 집까지 들렀다 돌아가시려면 너무 늦잖아요. 먼저 가세요."

대리기사가 도착한 차에 임 원장을 밀어 넣은 지원은 멀어지는 차 뒷모습을 보며 긴 한숨을 토해 냈다.

드디어, 내내 울 것 같던 긴 하루가 끝나 있었다. 이제 민 실장이 아닌 민지원으로 돌아와도 될 시간. 낮에 다친 발목이 좀 봐 달라는 듯 심하게 시큰거린 데다 뭉친 어깨근육까지 아팠던 터였다. 아픈 목을 천천히 돌리다 구름기둥에 반쯤 가려진 뿌연 달에 지원의 눈이 닿았다.

지원은 한동안 2월의 추운 바람을 느끼지 못하는 사람처럼 하늘을 올려다보며 서 있다가, 그대로 몸을 돌려 호텔 안으로 걸음을 옮기기 시작했다.

"마티니 주세요."

술 한 잔 마시고 싶어도 이 밤에 어디 가서 혼자 술을 마셔야 할지 알지 못했다. 그런 지원이 방해 없이 술 마실 수 있는 곳을 찾아 들어선 곳은 좀 전에 나섰던 회식 2차 장소 호텔 바.

그래도 한 번 와 봤던 곳이라고 아까 앉았던 자리까지 막힘없이 나아갔던 지원은, 이내 너무 넓은 단체석 앞에 서 있다는 사실을 깨닫고선, 바로 옆 4인석 테이블에 자리를 잡았다.

유일하게 아는 칵테일 이름을 말하자, 직원은 고개를 숙인 뒤 사라졌고, 가방을 내려놓은 의자에 계속 입고 있었던 긴 코트를 벗어 걸쳐 둔 지원은 그제야 긴장을 풀었다.

'지원아. 나야, 재우. ……듣고 있니? 지원아? 듣고 있어?'

칵테일을 기다리며 잠시 피곤한 눈을 감았을 뿐인데. 낮에 들었던 끔찍한 목소리가 들려오자 지원은 깜짝 놀라며 눈을 떴다.

재우의 목소리를 다시 듣게 된 건, 검진센터 첫 관문인 7층 데스크에서 VVIP 예약 환자명을 확인하고 모 대학 총장님 부부를 기다리고 있다가, 하루 종일 몇 백 명째 밀려든 환자 때문에 지원 인력 좀 보내 달라던 1층 외래 수간호사님의 연락을 받고서 정신없이 비상계단을 뛰어내려가던 때였다.

일이 엉키기 시작했다고 거의 울상인 외래 수간호사님의 목소리에 안 내려가 볼 수도 없고, 예약 환자는 곧 오실 때가 되었고. 급한 마음에 비상구 계단을 선택한 지원은 아무도 없는 계단을 서너 칸씩 껑충껑충 뛰어 내려갔었다.

그 와중에 주머니에 들어 있던 핸드폰의 떨림이 느껴지자, 또 어느 부서에서 걸려 왔을지 모를 긴급 콜을 놓치지 않기 위해 급하게 전화를 받았는데 그게 김재우, 그 사람 전화였다.

숨이 멎을 듯 놀라 '아, 받지 말걸.' 하고 생각한 순간, 발이 바닥에 닿으며 살짝 엇나갔는지, 뒤꿈치 쪽으로 순간적인 통증이 느껴졌다.

"아!"

더 이상 달려가지도 못하고, 잠시 서 있다가 절뚝이며 한 칸씩 계단을 내려가는데, 휴대폰 속에서 말소리가 들려왔다.

— 지원아, 왜 그래? 어디 아파?

이런 걸 물어볼 자격이 있는 사람이었던가.

"전화번호 어떻게 알았어요?"

— 어…… 어……. 그냥 알았어.

"어떻게…… 또 뒷조사? 아직도 나한테 사람 붙여?!"

친근하게 구는 재우와 선 긋기에 바빴던 지원 사이의 팽팽한 긴장은, 뒷조사란 말 한 마디에 끊어져 버렸다.

— 그게 나쁜 뜻은 아니고, 너랑 다시 연락하려고…… 네가 연락처를 다 바꿔 버렸잖아.

"내가 전화번호 안 바꿀 이유 있어? 너, 나한테 그런 거 요구할 자격 있는 사람이야?!"

휴대폰을 쥔 지원의 손이 부들부들 떨려 왔다. 지난 시간, 미처 다 토해 내지 못한 분노의 찌꺼기와 몇 년이 지나서도 여전히 짓밟혀야 하는, 아무것도 아닌 존재로 낙인찍힌 자신의 처지가 치욕스러웠다.

대체, 사람을 얼마나, 어디까지 무시하고 함부로 여기면 이럴 수 있는 건가.

— 지원아, 제발 내 말 좀 들어 봐. 미안해. 내가 미안해.

"끊어. 다시는 전화하지 마!"

전화를 끊어 버린 지원은 배터리를 빼 버리고 싶었지만, 근무 중이라 전화를 꺼 버리지도 못하는 제 처지가 이 순간만은 원망스러웠다.

한 계단 내려서던 지원이 갑자기 입을 틀어막고, 바로 앞 3층 비상문을 지나 복도로 내달렸다. 급박하게 뛰어든 화장실 변기뚜껑을 열고 속에 든 모든 것을 게워 냈지만, 바빠서 점심도 거른 지원의 배 속에 이른 아침에 먹었던 바게트 몇 조각이 지금껏 남아 있을 리 만무해 그저 쓴 물만 나올 뿐이었다.

한참을 눈물 날 만큼 쓴 액체만 토하다 세면대에 선 지원은 여러 번 입안을 헹궈 낸 뒤 화장실을 빠져나와 무표정한 얼굴로 병원 복도를 걸었다.

7층 윤 선생에게 연락해서 총장님 내외분 의전을 부탁하고, 3층 간호사 데스크에 층마다 한 명씩 외래파견을 지시한 뒤 실장실로 돌아왔다. 양치하고, 화장을 고치며 바라본 거울엔 토한 압력에 흰자위가 붉어진 여자가 멍하니 마주 서 있었지만, 지원은 의식적으로 입꼬리를 올리며 미소를 연습한 뒤 업무에 복귀했다.

오후 4시 반, 5개월을 준비해 심사받은 검진기관 평가결과가 발표되었다. 모여 있던 직원들 입에선 기쁨의 환호성이 터져 나왔고, 그 덕분에 지원은 5대 검진기관 선정 기념, 검진팀 특별회식이란 이름으로 낯선 호텔 안에 들어왔다가, 이제야 혼자 었을 수 있었다.

잠시 생각에 빠져 있던 사이 테이블에 조용히 놓인 작은 마티니 잔을 뚫어져라 바라보던 지원은 코트 속에서 자꾸만 부르르 떠는 핸드폰을 탁자 위에 꺼내 놨지만, 받지는 않았다.

끈질기게 몸을 떨던 휴대폰이 진동을 멈추고, 주변을 감싼 공기가 차분해지자 지원은 그때서야 낯선 번호로 보내져 온 문자들을 확인하기 시작했다.

　[나 이혼했다. 어머니도 이제 반대는 안 하신다고 하셨어. 나 너 많이 그리웠는데. 너도 나 그리웠을 거란 거 아니까 우리 지금껏 힘들었던 거 서로 불쌍히 여기고 에너지 소모 말자. 당분간은 네 화, 내가 다 받아 줄게. 그렇지만 넌 꼭 내게 다시 올 거라 믿는다. 보고 싶었다. 그리웠어. 네 목소리, 늘 이해해 주던 네 마음, 너의 체온, 모두 다. 기다릴게. 지원아, 난 다시 네게 돌아왔어. 재우가.]

　경악에 찬 소리 없는 비명이 지원의 입술 사이로 새어 나왔다. 이혼? 그래서! 네가 이혼했는데 나보고 뭘 어쩌라고! 돌아와? 내 체온이 그리워?!

　"미친놈."

　이를 갈듯 잔뜩 힘 들어간 입술이 잔경련을 일으켰다. 문자메시지로 온 글자 하나하나에 지원은 조롱당하는 느낌이었다. 참혹해서 눈을 감았다 떠 보지만 여전히 김재우가 보내온 문자는 현실이었다. 그리고 기왕 읽어 보기로 한 거…… 지원은 다음 문자까지 확인해 나가기 시작했다.

　[그리고, 어머니가 네 뒷조사한 건 미안해. 하지만, 우리가 헤어진 동안 네가 어떻게 지냈는지 알아야 한다고 하셨어. 그래야 나와 널 어찌할지 결정하시겠다고 하셔서. 이번엔 나도 알고 진행된 일이야. 그러니까 너무 원망하진 마라. 지원아, 그래도 난 기뻤다. 내가 너의 첫 남자고, 아직까지도 넌 내 여자라서. 긴 시간 동안 누구도 옆에 두지 않고 혼자 지내 줘서 고맙다. 니가 그런 여자라서…… 난 정말 네가 좋다. 앞으로 잘할게. 사랑해.]

　'니가 그런 여자라서…… 난 정말 네가 좋다. 그런 여자라서…… 그런 여자라서…….'

　또다시 속이 뒤틀리기 시작한 지원이 급하게 입을 틀어막고 화장실을 향해 달리기 시작했다.

"너 때문에 나오는 녀석들 많을 건데, 이번엔 꼭 와야 된다."

"그래, 그때 보자."

손을 씻고 나오다 친구 진헌을 만나 가벼운 안부와 동문 모임에 참석하라는 당부를 듣고 자리로 돌아오던 현민은, 아까 그 민 실장이라는 여자가 자신의 자리와 마주 보는 테이블에 앉아 있는 것을 발견하고는 저도 모르게 우뚝 걸음을 멈췄다.

그의 눈에 반가움이 스쳤다가 이내 눈매가 가늘어지는 것으로도 모자라 이맛살까지 찌푸려졌다. 시선이 차단된 자신의 자리와는 달리 외부 테이블에 노출된 자리에 앉은 그녀에게 뭇 사내들의 시선이 모아지고 있었다.

화려함과는 거리가 멀지만, 고요하고 서늘한 달빛을 닮은 여자의 흔치 않은 분위기가 시선을 잡아당기고 있는 것이었다.

'회식 끝나고 혼자 바에 올 정도라면, 술을 못하는 게 아니라 안 하는 거였군.'

괜한 뒤틀림에 반가우면서도 마음속으로 혹평을 늘어놓은 그가 자리에 앉아 테이블 두 개를 사이에 두고, 마주 보고 앉은 그녀를 조용히 주시했다. 생각에 잠긴 눈빛은 공허했다. 회식자리에서 보았던 차분하고 정감 있는 눈빛이 아닌 지친 기색이 역력한 쓰라린 눈빛이었다.

한동안 생각에 잠긴 듯하던 그녀는 코트에서 진동하는 핸드폰을 꺼내 들더니 곧장 전화를 받지 않고, 진동이 멈춘 뒤에야 핸드폰을 열어보았다.

현민의 입가엔 흐린 미소가 머금어졌다. 하얀 보호 케이스에 감싸인 휴대폰엔 흔한 고리장식 하나 없었지만, 얼핏 봐도 딱 제 회사 제품인 것을 알아본 탓이었다.

그런데 그녀는 핸드폰을 못 볼 걸 본 사람처럼 노려보다 눈매가 점점 더 가늘어지고, 눈빛마저 깊게 침잠하더니 갑자기…….

"미친놈."

하아……. 미친놈?! 분명 탐색하듯 계속 바라보는 자신을 알아채고 내뱉은 말은 아니었다. 지금도 계속 핸드폰을 보며 부들부들 떨고 있으니 분명 핸드폰으로 연락한 누군가한테 욕을 했다는 건데.

'훗, 성격도 좀 있는 여자란 소리군.'

뭔가…… 그래도 이 여자만은 아까 그 직원들이 말했듯이 선하고 올곧기만을 기대했던 모양이었다. 갑자기 아무도 모르는 여자의 실체를 본 것 같아 입이 써진 현민은 눈에 띄지 않을 만큼 고개를 저으며 헛웃음을 지었다.

이젠 좀 호기심이 사라져 의자에 등을 기대앉아 무심하게 여자를 바라보았다.

'그럼, 세상에 아직까지 그런 사람이 남아 있다면, 살아남기 힘들지.'

현민은 술잔을 들어 올려 인생처럼 씁쓸하고 독한 술을 입안으로 흘려 넣었다.

그런데 그 순간, 그녀가 내던지듯 테이블에 내려놓은 핸드폰이 튕겨져, 그의 옆으로 떨어져 내렸다. 이미 저만치 통로를 달리고 있는 그녀의 움직임은 다급해 보였고, 뒤늦게 느껴지는 그녀의 향기가 휙 스치는 바람결에 밀려와 현민의 의식을 잠시 잡았다 놓았다.

최상의 집중력으로 살펴보다 잠시 주의를 흩트린 사이 벌어진 일이 뜬금없었지만, 차분하다고 정평이 난 사람이 보이는 의외의 반응들이 심상치 않아, 현민은 제 테이블 아래에 떨어져 있는 휴대폰을 주워들었다.

문자함이 그대로 열린 상태여서 문자의 내용이 고스란히 그의 눈에 들어왔다. 그의 눈빛이 점점 서늘해지고, 미간에 힘이 들어가기 시작했다.

"하아……."

두 개의 문자를 읽다가 기막혀 시선을 들어 올린 현민은 조금 전 그녀가 내뱉은 미친놈이란 말이 무엇을 보고 한 말인지 알 것 같았다.

이혼하고 돌아와 뒷조사라니. 현민은 더 이상 보지 않아도 여자의 심경을 알 것 같아 그녀의 테이블에 핸드폰을 올려놓았다.

그는 정말 그녀가 걱정되기 시작했다. 고개 돌려 그녀가 뛰쳐나간 통로를 봤다가, 브리프케이스 두 몫은 할 것 같은 커다란 백을 바라보았다.

열린 입구 안으로 살짝 보이는 두툼한 책 한 권이 그의 시선을 사로잡았다. 구형 휴대폰, 여성스러움과 거리가 먼 빅백, 그 안에 보이는 책과 자그마한 필통. 현민은 낮은 한숨을 내쉬었다.

낯선 이에게 필요 이상 마음이 가는 건 내키지 않는 일이었지만, 그럼에도 성실해 보이는 그녀에게 닥친 일들이 이미 그의 마음을 무겁게 만든 뒤였다.

너무 늦어지는 그녀가 걱정돼 바 직원이라도 여자화장실에 보내 보려 직원을 부르려던 찰나, 저쪽 모퉁이를 꺾어 들어오는 그녀가 보였다. 태연하게 고개 돌려 테이블에 시선을 던지고 있자, 다시 그녀의 청명하고 맑은 향기가 곁을 지나갔다.

자리에 앉은 그녀는 아무 빛도 담기지 않는 눈망울로 전화기를 집어 들더니, 그대로 코트 안에 넣어 버렸다.

아까보다 더 하얗게 변한 얼굴, 빨갛게 변한 흰자위, 가늘게 떨리는 손가락. 그녀가 힘겨워 보여 안타깝다고 생각하는 순간…… 그의 가슴 언저리가 파르르르 떨리며 아릿하니 저며 왔다.

저도 모르게 먼저 느껴 버린 아픔에 놀란 현민이 그녀에게서 눈길을 거둬 먼 곳으로 의미 없는 시선을 던졌다. 가슴팍엔 저릿한 통증이 잔상처럼 계속 남아 있었다.

'이건…… 도대체 뭔가…….'

아무리 생각해도 이건…… 그동안 느껴 보지 못한 아픔이었다. 표현할 수 없는 적당한 비유가 아니라 정말 아팠다. 뭔가 날카로운 것이 스치고 지나간 듯한 정체 모를 통증이 그의 마음을 불안하고 조바심 나게 만들고 있었다.

혼란스런 그의 곁을 바 직원이 빠른 걸음으로 지나쳤다. 지나가는 사람이 일으킨 미약한 공기 변화에 상념에서 빠져나온 그의 시선이 직원을 바라보는 그녀에게 가 닿았다.

"마티니 한 잔 더 주세요."

"네. 알겠습니다."

주문을 받은 직원이 몸을 돌리려는데 여자가 다시 불러 세웠다.

"잠시만요. 방금 전 마티니보다 도수 좀 올려 주세요. 높일 수 있는 한 가장 높게."

직원이 자신의 테이블 옆을 지나는 동안 현민의 두 아미가 꿈틀거렸다. 잠시 그가 다른 곳을 보는 동안 테이블에 올려 있던 마티니를 단숨에 들이켰는지 이미 그녀의 얼굴엔 홍조가 오르고 있었다.

창백했던 얼굴이니 혈색이 좋아졌다 볼 수도 있겠지만, 정말 술을 못하는 사람인지 벌써 눈동자까지 술기운이 느껴지는데, 또다시 술을 주문한 것도 모자라 도수를 높여 달라니.

여자의 심경을 짐작하며 걱정하는 현민의 머릿속엔 이미 전무 승진이나 정략결혼이란 단어는 사라진 지 오래였고, 저도 모르게 오늘 그녀의 속마음을 들여다본 사람의 의무감으로, 다치지 않고 귀가하는 모습을 지켜봐야겠다는 생각이 가득 들어차기 시작했다.

변기에 엎드려 죽도록 게워 내도 아무것도 나오지 않았다. 회식에 참석해서도 계속 물만 마셨으니 나오는 건 맑은 물뿐이고 이젠 노란 소화액까지 나왔다. 힘주어 욱욱거리느라 빈속으로 접혀 용을 쓴 허리가 너무나 아팠다.

변기뚜껑을 덮고 물을 내린 뒤 일어서는데, 화장실 천장이 흔들거렸다. 지원은 여기가 병원이라면 베드에 누워 수액이라도 맞았으면 좋겠다는 생각이 들었다. 힘 없는 두 팔이 잘게 떨리는 것을 느끼며, 파우더 룸 널찍하게 마련된 소파로 걸어가 늘어지듯 몸을 기대앉았다.

소식 없던 김재우가 몇 년 만에 날벼락처럼 전화했듯이 애써 이겨 냈던 구토 증상도 몇 년 만에 다시 지원을 찾아와 지치게 만들고 있었다.

아무런 생각도 말고, 묵묵부답 반응 없이 무시하자 맘먹었으면서도 속이 상했다. '니가 그런 여자라서…….' 눈에 박혀 든 그 글씨들이 자꾸만 생각나 탄식할 기운도 남아 있지 않은 지원은 눈을 감았다.

수년 전 그가 보았던 자신의 모습은 무엇이었기에 아직도 이런 말을 하는 것일까.

'절대 재우와 엮이고 싶지 않아. 더 이상 예전의 내가 아니어야 해.'

마음을 다잡은 지원이 눈을 뜨자, 올려다본 화장실 천장이 아까보다는 덜 흔들리는 것 같았다. 무릎에 힘을 주고 천천히 일어나, 애써 똑바로 걸어 자리로 돌아오자 아직 입도 대지 않은 마티니가 잔 가득 남아 있었다.

'이까짓 술 한 모금에도 벌벌 떠는 멍청이! 바보! 이러니까 오늘 이런 꼴을 당하지!'

지원은 뭔가 결심한 얼굴로 잔을 들어 올려 한 번에 입안으로 털어 넣었다. 술이 지나가면서 쓰린 속을 훑었지만 방금 속을 다 비워 낸 탓인지 더 이상 갑작스런 구토는 나오지 않았다.

혹시, 집 길목 어딘가에 있을지 모를 그 자식과의 일전에 대비하기 위해 술을 한 잔 더 주문해서 마신 지원은 급하게 취기가 오르며 숨이 갑갑해지는 것을 느꼈다.

더 취하기 전에 일어나야지, 그래도 대학 M.T 때 처음 소주 반병 먹고 응급실에 실려 갔던 날보다는 술이 세졌나 보다, 라고 생각한 지원이 흐릿하게 웃었다.

점점 졸음이 몰려와 큰일이었다. 다리에 힘을 주려니 몸이 제 몸 같지 않았다. 머리를 살짝 흔들며 기운 없이 까무룩해지는 눈을 잘 떠 보려 노력하던 지원의 고개가 어느 순간 탁자 위로 쿡 처박혔다.

"고객님."

"······고객님?!"

아까부터 테이블에 엎드려 있는 여성 고객이 좀처럼 일어날 기미가 없어 보이자 직원이 난감한 듯 조용히 불러 봤지만 지원은 여전히 반응이 없었다. 두 손을 정중하게 모아, 배에 가져다 댄 직원이 상사와 상의하려는 듯 몸을 틀자, 바로 옆 테이블에 앉아 있던 유명인사가 살짝 손끝을 들어 올리는 것이 보여 얼른 다가섰다.

"네. 고객님 찾으셨습니까?"

"내 일행입니다."

"네?! 아. 네 고객님 알겠습니다."

아까부터 따로 앉아 대화가 없긴 했지만, 혜성전자 전무가 일행이라 칭했으니 별다른 질문도 하지 못한 직원은 조용히 물러갈 수밖에 없었다.

현민은 처음 그녀를 발견했을 때부터 눈에 거슬리게 그녀에게 시선을 주던 남자가 이쪽으로 다가오는 것을 보자마자 그녀의 일행을 자처했다. 그러자, 다가오던 남자는 걸음을 멈추고 뜻밖의 상황에 진위를 가늠하는 표정으로 서 있더니, 직원이 수긍하며 물러나자 김샌 얼굴이 되어 제자리로 돌아갔다.

영 깨어날 기미 없는 그녀를 바라보던 현민은 어이없는 표정으로 이마를 짚었다. 누가 믿을까? 마티니 두 잔에 저렇게 정신을 놓아 버리다니.

여자의 얼굴은 지금껏 쳐다본 중에 가장 파리했고, 숨 쉬는 것이 힘겨운지 가슴을 들썩이며 가쁜 숨을 내쉬는 중이었다.

이미 이 안에선 일행으로 묶여 버린 여자. 얕은 숨을 내쉬다 가끔 미간을 찌푸리는 그녀를 바라보던 현민이 어딘가로 전화를 걸었다.

"룸 하나 준비해."

전화를 끊고 여자를 바라본 현민은 마치 비 맞은 강아지 한 마리를 마주한 기분이 들었다. 괜히 문자를 봐 가지고선 처음 본 여자의 마음이 다 이해되는 것 같은 것도 죽을 맛이었고, 예기치 않은 감정의 파도에 혼란스럽기도 했다.

그가 그녀의 모습을 천천히 눈에 담는 사이, 그의 휴대폰이 떨리기 시작했다.

"기다려."

휴대폰으로 짧은 명령을 남긴 그가 자리에서 일어서다 다시 한 번 그녀를 내려다보았다. 마음이 안 좋아 찌푸려지는 눈살을 막지 못하고, 무거운 마음으로 걷기 시작한 현민은 자신과 그녀 테이블의 술값을 모두 계산한 뒤에 서늘한 목소리로 말했다.

"일행이 아직 테이블에 남아 있는데 곧 수행원이 내려올 테니, 그동안 쉬게 두십시오."

"네. 알겠습니다."

밝게 웃으며 인사하는 직원을 뒤로하고 바를 벗어난 현민은 입구에서 있던 정 기사에게서 카드 키를 받아 들었다.

"내가 늘 앉는 자리 바로 앞 테이블에 화이트 셔츠에 네이비 팬츠 입고 있는 여자분, 정중히 모셔, 여기로."

현민은 제 손에 들린 카드 키를 들어 보인 후 미리 세워 놓은 엘리베이터에 오르며 17층 버튼을 눌렀다.

조용한 룸으로 들어선 현민은 양복 재킷을 아무렇게나 벗어 소파에 걸쳐 두었다. 넥타이를 잡아당기며 창가로 다가선 그는 자정이 넘은 시간임에도 도로를 가득 채우고 있는 차량 행렬을 내려다보며 한숨을 내쉬었다.

내밀한 사정을 엿본 사람으로서 그 자리에 여자를 두고 올 수는 없었다는 자기변명은 제 자신에겐 영 먹혀들지 않고 있었다. 충동적인 결정이었다고 생각하면서도 다시 그녀를 볼 수 있다는 사실에 안도하는 복잡 미묘한 감정이라니……

띵동.

현관문을 열자 정 기사의 등에 축 늘어진 여자의 모습이 보였다.

문에서 비켜서며 공간을 터 주자 안으로 들어선 정 기사는 침실로 들어가 그녀를 내려놓고, 가방과 팔에 걸쳐 들었던 코트를 침대 한켠에 내려놓더니, 그동안 문 앞에 기대어 팔짱을 끼고 지켜보던 현민을 지나쳐 거실로 나와 꾸벅 인사를 했다.

"내일은 알아서 출근할 테니 차 키, 두고 가지."

"네. 알겠습니다. 전무님. 그럼 내일 뵙겠습니다."

현민이 건네준 지폐를 받아 든 정 기사는 차 키를 테이블에 올려놓고서 허리 굽혀 인사한 뒤 조용히 룸을 빠져나갔다. 깨어 있는 자와 잠든 자, 둘만 남은 룸엔 적막이 내려앉았다.

킹사이즈 더블베드 한쪽 끝에서 정 기사가 내려놓은 그대로 잠들어 있는 그녀를 바라보다, 창가 앞 티 테이블로 걸음을 옮기던 현민의 귀에 묵직한 진동음이 들려왔다.

소리는 침대 위, 대충 접혀 있던 여자의 코트 주머니에서 들려오고 있었다. 늦은 시간 걸려온 전화에 아까 본 문자 속 남자가 떠올랐지만, 이내 여자의 집에서 걸려온 귀가 재촉 전화일 수도 있다는 생각에 발신자를 확인하려 전화기를 꺼내 들었다.

그러나 걸려온 전화는 저장되어 있지 않은지 번호만 떠 있었다. 코트 속을 벗어난 진동음이 조금 더 크게 들리기 시작했다.

여자의 눈썹이 찡그려지는 것을 보며 '이 정도 소음에도 반응을 보일 만큼 예민한 여자인가?' 라는 생각이 든 순간 그녀의 눈에 물기가 흐르는 것이 보였다.

간간이 움찔거리는 눈썹. 뭔가 말하려는 듯 경미한 떨림이 전해 오는 입술. 그것 외에는 완벽히 잠들어 무표정한 그녀의 창백한 얼굴에서 눈물이 흘렀다. 마치 누군가 스포이트로 떨어뜨린 것 같은 물방울이 물줄기가 되어 흘러내린 듯. 사람이 이런 식으로 울 수 있다고 생각해 본 적 없던 현민은 그녀의 얼굴을 숨죽여 바라보았다.

아까 봤던 그 문자가 그녀에게 어느 정도의 상처인지, 무의식 속에서 흘리는 그녀의 눈물을 보며 새삼 절감할 수 있었다.

안타까운 눈빛이 되어 버린 그가 비어 있는 침대 한켠에 조심스레 다가가 앉았다.

하얀 셔츠 끝까지 촘촘하게 채워진 단추. 제 몸에 맞는 사이즈일 텐데도 여분이 많아 헐렁한 셔츠 핏, 단정하게 채워진 허리벨트가 한 치의 자유로움도 허용하지 않겠다는 듯 벨트 끝자락마저 팬츠 고리에 잘 꽂혀져 있었고, 그 아래로 쭉 뻗은 네이비 팬츠는 그녀의 동그랗고 작은 복숭아뼈를 완전히 가리고 있었다.

바로 옆에 놓인 그녀의 H라인 카멜 컬러 코트와 그린과 블루, 카멜 컬러가 뒤섞인 기다란 목도리가 그녀가 오늘 걸친 차림새의 전부였다. 필요에 의해 착용한 것이 분명한 검은색 가죽 시계 외엔 가늘고 긴 손가락에도, 동그랗고 통통한 그녀의 귓바퀴에도 반짝이는 금속성 물질 하나 달려 있지 않았다.

젊은 여자가 어떻게, 이렇게 아무런 꾸밈없이 사는 걸까. 심플하고 클래식하단 느낌을 넘어선, 철저히 사무적이고 경직된 느낌의 옷차림에 현민은 보면 볼수록 뭔지 모를 안타까움이 더해지는 것을 느꼈다.

'저 단추 하나만 풀어도 훨씬 낫겠군.'

꽉 조인 그녀의 셔츠 깃을 바라보던 현민은 가는 목선과 푸르게 도드라진 혈관이 토독토독 튀어 오르는 것이 보일 만큼 희고 투명한 피부를 내려다보았다.

아직도 호흡하는 것이 버거운지 않는 듯 내뱉는 숨결이 무거워 보였다. 이대로 아스러져 깨어나지 않을 사람처럼 꼭 감긴 눈꺼풀에 불안함을 느낀 현민은 그런 어처구니없는 생각을 하는 자신을 조소하듯 쓰게 웃으며, 내면에 이는 아릿한 혼란을 감췄다.

가만히 보고 있는데 뭐라 말하고 싶은 건지, 그녀의 입술이 아까부터 자꾸 움찔거리고 있었다. 고개 숙여 그녀의 입술에 귀를 가져다 대자 포옥…… 포옥…… 작게 내뱉는 숨결이 느껴졌다.

"……"

알아들을 것도 같은 작은 소리가 분명하게 들려오지 않자, 현민은 살짝 미간을 찌푸리며 거의 귀를 그녀의 입술에 가져다 붙일 것처럼 가깝게 들이댔다.

"오 지 마."

구부러져 있던 현민의 상체가 그녀에게서 바로 떨어져 나왔다. 여전히 잠결이니 제게 한 말은 아니겠지만, 저렇게 지친 사람의 꿈속까지 찾아와 괴롭히는 사람은 누구일까. 아까 그 문자 속 주인공 재우라는 사람인가.

현민은 천천히 일어나 침대와 조금 떨어진 티 테이블 의자에 불편하게 몸을 기대어 앉아, 더 이상 울리지 않는 제 손안의 전화기를 들여다보았다.

수십 통의 부재중 전화와 새로 들어온 문자 표시가 민 실장이 짊어진 짐 같아 보여, 민 실장을 한 번 쳐다본 뒤 문자함을 열어 보았다.

[어디서 뭐 하는 거야! 이런다고 언제까지 피할 수 있을 것 같아? 내가 집 앞에 와 있을까 봐 집에 안 들어오는 거야? 잠깐만 얼굴 보고 이야기 좀 하자. 계속 기다릴 테니까. 매일 기다릴 테니까, 피할 생각 말고 전화해. 내가 데리러 갈게.]

'하…… 이놈, 이거.'

현민은 마음에 안 든다는 듯 한숨을 내쉬며 다음 문자를 봤다.

[지원아, 회식 더 늦어지니? 회식해도 자정 전엔 들어오더니 오늘은 왜 이리 늦어? 전화해라.]

보내온 사람을 확인하니 엄마라고 저장되어 있다.

'지원', 민 실장, 민지원. 그녀의 이름을 알았다. 회식해도 자정 전에 집에 가는 여자. 참 재미없게 사는구나. 이 여자는 도대체 무슨 재미로 살까? 분명한 건 어머니 말씀 잘 듣고 말썽 없이 사는 사람이라는 것이었다.

[나 재우 엄마다. 전화 안 받는구나. 재우가 하도 널 못 잊어 해서 허락한다만, 몇 가지 당부해야 할 것이 있으니 연락해라.]

크흠……. 이 집안사람들, 원래 이렇게 제멋대로인가. 다음 문자를 열어 본 현민은 이내 한숨을 토해 냈다.

[너 이래 봤자 소용없어. 너 만나는 사람 없는 거 내가 확인했으니까, 다른 남자랑 있다는 거짓말 같은 거 나한테 안 통해. 나 단념시킬 생각에 일부러 이러나 본데 내가 널 몰라? 너, 나랑 사귀는 4년 동안에도 딱 한 번이었어. 그것도 내가 사정사정해서 안겼던 너였는데, 니가 이런다고 내가 속을 것 같아? 빨리 전화해. 이런다고 나 안 속아.]

문자를 내려다보는데 또다시 전화기가 떨리기 시작했다. 이름이 저장된 번호가 아닌 것을 보니 재우라는 사람일 수도 있겠다 생각한 현민은 발소리를 죽여 거실로 나가 소파 위에 핸드폰을 올려놓았다.

소파 위에서 여전히 떨어 대는 전화기를 잠깐 내려다보다가 방으로 돌아온 현민은 민지원이라는 여자에게 이불을 덮어 주고, 티 테이블 의자를 들어 벽에 붙인 뒤 기대어 앉아 눈을 감았지만 쉽게 잠들지 못했다.

4년이나 사귄 여자를 버리고서 다른 여자랑 결혼해 놓고도, 그 긴 시간 동안 헤어졌던 옛 연인에게 여전히 내가 널 모르냐고 당당하게 말할 수 있으려면, 이 밤에 여자가 집에 안 들어와도 다른 남자랑 있을 거라는 의심 대신 그런 의심을 일부러 받기 위해 쇼하는 거라 장담할 수 있으려면, 대체 얼마만큼의 신뢰를 맛봐야만 가능한 일인 것인지…….

4년 동안 단 한 번 품었던 여자를 잊지 못하는 남자. 어째서 4년 동안 단 한 번인지, 그러면서도 절대적으로 믿는 건 또 무엇인지. 생각이 많아질수록 때늦은 취기와 피로가 몰려왔다.

　잠시 졸다가 이유 없이 갑자기 눈이 뜨였다. 시린 눈으로 애써 초점 잡으며 주변 상황을 인지하던 현민은 침대 옆에 서서 코트에 팔을 끼워 넣는 지원의 모습을 보며 입을 열었다.

　"으음……. 일어났습니까?"

　"아, 네."

　그녀는 이 상황이 무척 난감한지, 붉어진 얼굴로 코트를 마저 다 입고, 두 손으로 가방과 목도리를 꼭 잡아 든 뒤에야 현민을 바라보았다.

　"어떻게 된 일인지 모르겠지만 폐를 끼쳤다면 죄송합니다. 그래도 자의로 온 것은 아니니까 이만 가 보겠습니다."

　고개를 꾸벅하고는 뒤돌아 방문을 열려는 그녀를 어떻게든 붙잡아 몇 마디라도 더 하고 싶었던 현민이 다급히 말문을 열었다.

　"잠깐! 내 말도 듣고 가야 되는 거 아닙니까? 폐를 끼쳤다면서 먼저 그렇게 가 버리는 사람이 어디 있습니까. 나 나쁜 사람 아닙니다."

　단호한 목소리에 반사적으로 멈춰진 그녀의 몸이 서서히 뒤돌아서더니, 방금 전 공손했던 목소리보단 조금 더 힘이 들어간 사무적인 어조로 말해 왔다.

　"혹시 명함 있으시면 한 장 주십시오. 하실 말씀 있으시면 제가 낮에 연락드려 밖에서 듣거나, 갚아야 할 것이 있다면 그때 갚겠습니다."

　현민의 입가에 미소가 지어졌다. 정말, 반듯하다 못해 딱딱했는데, 그게 또 싫지 않았다.

　"지금 시간이 몇 신 줄 압니까? 지금 호텔 밖으로 혼자 나가면 오해 받기 십상이니, 아침까지 나랑 말동무나 합시다. 직장까지 곱게 데려다 줄 테니 마음은 놓고 말입니다."

　그 말이 저렇게 충격적인가? 문 앞에 서 있는 민지원이란 여자의 표정이 멍해져 있었다.

"내가 당신한테 무슨 일을 하려 했다면, 벌써 다 하고도 시간이 남았을 거란 생각 안 듭니까?"

"……."

"따뜻한 차라도 한 잔 합시다. 여기가 침실이라 불편하다면 거실로 옮기는 게 좋겠군요."

현민이 자리에서 일어나 그녀를 향해 시원스런 걸음을 옮기자 지원이 주춤, 경계하듯 뒤로 물러났다. 그러나 현민은 그녀의 움츠림이 무색할 만큼 태연한 움직임으로 지원의 가방을 낚아채선 그대로 거실로 나가 버렸다.

열린 문 앞에 서서 1인용 소파에 앉는 그가 자신의 가방을 소파 바로 옆에 조심스레 내려놓는 것을 보며 지원은 입술을 잘근 깨물었다. 뛰어가서 뺏어 버릴 수도 없고, 화를 내며 내놓으라 해도 순순히 줄 것 같지 않은 남자를 어찌해야 좋을지 몰라 원망스레 바라보았다.

잔뜩 곤두선 그녀와는 달리 느긋하게 앉아 있는 남자를 보며 소파로 다가간 지원은 기다란 소파 위에 익숙한 핸드폰이 덩그러니 놓인 것을 보고는 얼른 주워 들었다.

"아. 그거. 내가 거기 놨습니다. 전화가 너무 많이 와서 진동음이 신경 쓰이더군요."

'진동음이 크면 얼마나 크다고 남의 전화를…….'

화가 났지만 말하면 뭐하겠나 싶었던 지원은 버릇처럼 휴대폰을 확인했다. 수십 통의 부재중 전화, 그리고 문자들. 굳이 열어 보지 않아도 발신자를 알 수 있을 것 같아 미간을 찌푸렸던 지원이 현민을 바라보았다.

"뭐 하시는 분인지 여쭤도 될까요?"

"나…… 모릅니까?"

"네?!"

경제에 관심 있다면 얼마 전 언론에 대대적으로 노출된 자신을 알아

볼 법도 한데, 여자는 누군지 모르는 것이 분명한 눈빛으로 당황하고 있었다.

"저…… 혹시 저를 아세요?"

놀란 눈으로 도리어 되물어 오는 지원의 조심스런 모습에 현민은 또다시 웃음 지었다.

"아닙니다. 낯익은 것 같아서 물어본 겁니다."

"아……. 네에…….."

자신이 기억하지 못하는 환자나 보호자일까 봐, 스카이 검진센터 실장이 만취해서 호텔방 드나들더라는 소문이 퍼지는 걸 상상했던 지원은 그제야 긴장을 풀었다.

"뭐 하냐고 물었는데…… 회사 다닙니다. 그쪽은?"

"저는…… 저도 직장인입니다."

서로 정확한 직장을 밝히지 않고 두루뭉수리 넘어가고 있지만, 자신을 몰라본다는 사실에 편안함을 느끼는 현민과 그의 예의 바른 말투에 약간 안도하는 지원이었다.

"차는 뭐로 하겠습니까?"

"네?"

"바에서 일행도 없이 쓰러진 사람, 나름 지금까지 보호하고 있었는데. 출근 시간 전까지 말동무 되어 달라는 게 그렇게 부담스런 부탁입니까?"

"저…… 괜찮으시다면 제가 이 방 비용 내고, 지금 갔으면 하는데요. 가방 주시겠어요?"

"꼭 그래야겠습니까? 내가 이상한 짓할 것 같아요?"

"……그런 건 아닙니다."

뚫어지게 쳐다보는 남자에게 대놓고, 처음 보는 당신을 내가 어떻게 믿냐고 말할 수는 없었다. 더군다나 가방도 **빼앗기고**, 단둘만 남아 있는 이 호텔 방에서는.

"그럼 그냥 차 한 잔 하고 아침에 가시죠. 모처럼 호기심을 느낀 사람과 대화를 나누고 싶을 뿐입니다."

"호기심……이요? 저한테요?"

"전혀 안 그럴 것 같은 분이 정신을 잃을 정도로 술 마시는 이유가 뭘까, 궁금해지더군요."

"사생활을 공개하고 싶은 마음, 없는데요."

오늘 처음 만난 남자의 호기심을 위해 제 삶을 안줏거리 삼아 풀어 놓을 아량 따윈, 그녀에게 존재하지 않았다. 한층 더 차가워진 목소리에 적대감마저 느낀 현민은 그녀와 전혀 다른 감정 상태라는 것을 보여 주듯 편안한 어조로 말을 이었다.

"나도 오늘 기분이 좋지 않아서 술 한잔하러 왔다가 그쪽을 봤습니다. 그쪽도 나처럼 마음이 안 좋은 것 같아서 동병상련이라고 신경도 쓰였고, 이렇게 둘만 있게 되니 서로 속풀이하고 위안이나 받으면 좋겠다 싶은 것뿐입니다. 아는 사람한텐 더 말 못하는 것도 있는 것 아닙니까. 서로 이름도 직장도 모르니 말동무 상대론 제격인 것 같은데."

"……."

"아까 전화가 많이 와서, 혹시 댁에서 전화하셨을까 봐, 이 상황을 전해야 하나 고민했는데……."

"받으셨어요?!"

깜짝 놀란 그녀의 목소리에 현민은 안심하라는 듯 부드러운 미소를 보였다.

"고민하다 안 받았습니다. 그런데 그러다 문자를 봤더니, 집 앞에 기다리는 분이 계신 것 같더군요. 아, 문자는 일부러 본 건 아닙니다. 어쨌든 그래서 전 오늘 그쪽이 어쩌면 이곳에 머무는 편이 더 좋지 않을까 생각했습니다만, 제 생각이 틀렸다면 술도 다 깨셨으니 굳이 집에 가시겠다는 분 억지로 붙잡진 않겠습니다."

현민의 말에 급하게 문자함을 열어 확인하기 시작한 지원의 표정이 점점 딱딱하게 굳어 갔다. 한참 그대로 서 있던 지원이 무거운 숨을 내쉬더니 현민에게 말해 왔다.

"저…… 실례가 안 된다면 혹시, 결혼하셨거나 애인 있으신가요?"

"풋, 해당 사항 없습니다."

민지원, 이 여자는 이런 순간에도 참 따질 건 잘 따지고 넘어가는구나……. 문득 귀엽다.

"차 마시며 속 이야기 하는 게 어색하면 간단히 마실 수 있도록 술을 더 시키겠습니다."

"아니에요. 저 술 마시면 또 잘 거예요."

그 말이 아침까지 이곳에 있겠다는 승낙으로 들린 현민이 엷게 미소를 지었다.

"그럼 뭐 드시겠습니까?"

"저는 따뜻한 차 부탁드려요. 그리고…… 집에 전화 좀 하고 올게요. 잠시만요."

지원이 방으로 들어가자 현민은 아까보다 큰 미소를 보이며 전화기를 들어 룸서비스를 주문했다.

방에 들어와 문을 닫은 지원은 집으로 전화를 걸어 회식이 길어진다고 말한 뒤 다른 동료들과 원장님이 잡아 주신 호텔 룸에서 함께 잘 테니, 걱정 말라고 엄마를 안심시키며 전화를 끊었다.

그러고도 지원은 이름 모를 남자가 앉아 있는 거실로 바로 나가지 못했다. 제집이 아닌 호텔 룸에 낯선 남자와 함께 있는 현실도, 집 앞에 버티고 선 재우도, 언제나 그렇듯 힘든 상황에 혼자인 것만 같은 외로움도 모두 서럽게 다가왔다.

'이 상황을 어떻게 해야 할까.'

재우가 보내온 문자들을 다시 읽어 보던 지원은 흘러나오는 눈물을 참지 못했다. 끔찍한 문자들이 쌓여 있는 핸드폰 전원을 꺼 버린 뒤 침대 옆에 쪼그려 앉아 매트리스에 얼굴을 묻었다.

속 편히 울 수 있는 공간도 없는 제 처지가 서러웠다. 집이나, 병원이나, 낯선 호텔방이나 어디나 매한가지. 손으로 입을 막고, 속에서 터져 나오는 것들을 어떻게든 가라앉히기 위해 주먹을 쥐고 가슴팍을 퍽퍽 내려쳤다.

이렇게라도 안 하면 장례식장에 온 것처럼 울어 버릴 것 같아서. 숨이 막혀 버릴 것 같았던 지원은 숨을 쉬기 위해 작은 주먹에 잔뜩 힘을 주고 제 가슴을 내려치고 또 내려쳤다.

머릿속을 빠져나가지 못한 울음은 높은 주파수의 날카로운 이명이 되어 지원의 귀를 어지럽혔다. 무슨 짓이든 해야 할 것처럼 숨이 막혔던 지원은 심한 어지럼증을 느꼈다. 왜 또 이런 상황, 이런 기분을 느껴야만 하는 걸까. 왜 아직도 이 자리일까.

룸서비스 주문을 마친 지 한참이 지났는데도 지원이 모습을 드러내지 않자, 느긋하니 기다릴까 생각하던 현민은 방 안에서 느껴지는 분위기가 심상치 않아 방문 가까이 다가갔다.

들려오는 억눌린 흐느낌. 여자가 울고 있었다. 아주 짧게 들린 울음은, 순간 가슴이 철렁할 만큼 서러운 소리였다. 방문을 살짝 열자 침대 앞에 주저앉은 지원이 주먹으로 제 가슴팍을 때리는 것이 보였다. 결국 더는 못 보겠다 싶어 그가 방으로 들어갔다.

"그렇게 하면 속이 풀립니까?"

다가가 앉아 등을 약하게 두드려 주자 깜짝 놀란 지원이 현민을 뒤돌아보았다. 보기는 보는데 여전히 눈물이 흐르는 서러운 눈동자라니, 하얀 치아에 깨물린 입술 사이론 아직 멈추지 못한 신음 같은 울음이 약하게 흘러나오고 있었다.

"읍……. 읍…….."

"그러지 말고 그냥 울지 그럽니까. 내 기분도 어쩌면 울고 싶은 건지 모르겠는데…… 나 대신 그쪽이 다 울어 주는 걸로 합시다."

34

"읍……. 읍……."

"그냥 울라니까."

지원의 몸을 뒤로 돌린 현민은 제 어깨에 지원의 머리를 기대게 했다. 멈칫했던 지원도 어깨를 내준 채 가만히 있는 현민의 행동에 경계심을 푼 것처럼 얼굴을 묻고 마음껏 울기 시작했다.

그 울음소리에 현민의 마음이 서서히 일렁였다. 어깨와 가슴팍에서 느껴지는 물기와 뜨거운 입김. 호흡이 뱉어질 때마다 바들바들 떨리는 가녀린 몸. 무슨 여자가 이렇게 한스럽게 우는지.

그 설움의 깊이가 때로는 억울하고 분하다는 것처럼 터져 나와, 현민은 이제 그만, 이 여자가 그만 울었으면…… 울 일이 없었으면 좋겠다는 생각이 들었다.

그의 손이 가만가만 그녀를 다독이기 시작했다. 바보처럼 울음을 참는 것도 마음이 안 좋고, 이렇게 온몸이 터져도 모르겠다는 듯 울어 대는 것도 마음 아파서, 작은 위로를 전하고 싶었던 그의 손길이 느리고 부드럽게 움직였다.

얼마나 울었을까. 지원의 울음소리가 잦아든다 싶었을 때, 벨소리가 들려왔다. 금세 멀어진 그녀와의 틈새로 어색한 정적이 찾아들고, 그의 젖은 어깨에선 서늘함이 느껴졌다. 그는 멀어진 그녀의 온기가 못내 아쉽고 허전했다.

"룸서비스가 왔나 봅니다."

"……네."

머리를 끄덕이던 지원의 입에서 착 가라앉은 한 마디가 들려왔다. 현민이 거실로 나가고, 흐트러진 머리를 매만지던 지원은 엉망이 된 얼굴로 욕실에 들어갔다.

병원 여기저기 안 가는 곳 없는 사람이라는데, 내일 창피하도록 부어오를 눈가가 걱정되었던 현민은 맛있게 드십시오, 라며 인사를 마치고 나가려는 직원에게 아이스 팩 여러 장을 부탁했다.

직원이 나간 뒤로도 한참 동안 지원은 모습을 드러내지 않았다. 기다림이 딱히 지루한 건 아니지만 그녀의 얼굴을 빨리 마주하고 싶은 마음을 담은 그의 눈길이 방문에 초조하게 붙잡아 매진 다음에야, 셔츠 소매를 말아 올려 손목을 드러낸, 여전히 흐트러짐과는 거리가 멀지만 아까보다는 조금 편안해진 지원이 모습을 나타냈다.

너무 울어서 화장이 다 지워졌었는지 아예 화장을 지워 낸 것인지, 맨얼굴의 민지원이란 여자는 화장했을 때보다 조금 더 어려 보였다.

"씻었군요."

"네……. 죄송하지만, 아침까지 신세 좀 지겠습니다."

"훗, 신세 아니니까 편하게 앉아요."

남자의 미소에서 시선을 내린 지원은 테이블로 다가가 앉았다. 투명한 유리 볼에서 칠링되고 있는 루이 로드레 크리스털과 샴페인 글라스에 1/3쯤 채워진 금빛 액체, 그리고 뚜껑 달린 백자 찻잔이 제 앞 쪽에 놓여 있었다.

취향대로 마시라는 남자의 말에 작게 고개를 끄덕인 지원은, 남자 앞에 놓인 것들을 바라보았다. 수사슴 머리 모양의 은색 아이스 버킷과 로얄 샬루트. 테이블 중간에 놓인 삼색의 라즈, 블랙, 블루베리가 담겨진 접시, 그 옆에 곁들인 생크림과 치즈. 바게트 위에 양송이버섯과 새우, 양파와 토마토 볶음을 올린 뒤 모짜렐라를 뿌려 오븐에 구운 핑거 푸드와 간장으로 연하게 조미되어 꽃처럼 동글게 뒤집힌 어란까지.

지원이 제 손목을 들어 올려 시계를 보려 하자 현민이 먼저 대답해 왔다.

"1시입니다."

"아……. 그런데 이렇게 많이 시키셨어요?"

"밤새 이야기할 건데, 먹을 거라도 있어야 든든하지 않겠습니까."

"아, 네."

현민은 마른 사람이 얼굴에 핏기까지 없으니 뭐라도 좀 먹이고 싶었다는 말을 끝까지 하지 않았고, 지원도 어색한 분위기를 피하려는 듯 앞에 놓인 차를 마시며 말을 아끼고 있었다.

"그럼 이제 서로 거짓말 않고 대화하기, 시작해도 되겠습니까?"

"뭐든 다요? ……진실게임 같은 건가요?"

"개인 신상 질문은 제외하기로 하고, 답하기 곤란한 질문엔 벌주 한 잔으로 넘어가죠."

"아까 보셨잖아요. 저 술 마시고 잠든 거, 그건 좀 곤란한데요."

"그럼 그냥 말씀하시면 되겠군요. 하하하."

너무 속 편한 남자를 보며, 지원은 괜히 남겠다고 한 건 아닌가 하는 생각이 들었다.

"그럼 저부터 시작하겠습니다. 아까 운 이유, 문자 보냈던 재우라는 사람 때문입니까?"

"어…… 정말 단도직입적이시네요."

"말 돌리는 걸 별로 안 좋아합니다."

당황한 지원의 시선이 테이블을 더듬었다. 가족 외엔 아무도 모르는 이야기. 처음 보는 사람이기에, 오히려 편하기도 하고 불안하기도 한 사람.

그러나 아무에게도 말 않고 버텨 온 지난 6년의 세월이 너무나 덧없이 더럽혀진 오늘, 지원은 오랫동안 금기시했던 이야기를 꺼내 놓기로 마음먹었다.

"그 사람 때문, 맞아요. 다 끝났는데 6년 아니, 올해까지 7년 만에 다시 연락이 왔어요."

"너무 심한 거 아닙니까?"

좀처럼 말하지 않을 듯 입술 깨물던 여자가 입을 열기 시작하자, 현민은 익명성이 가져다주는 편안함에 씁쓸하게 미소 지었다.

서로가 그 얇디얇은 보호막에 의지해 낯선 사람과 대화 나누는 지금. 그녀 또한 마음 터놓고, 자신을 믿기보다는 내일이면 안 볼 사람이라 말하는 것임을 알기 때문이었다.

"그러게요."

"어떻게 만난 사이입니까?"

"대학을 같이 다녔어요."

"캠퍼스 커플?"

"커플이란 말은 뺐으면 하는데요."

"남자 쪽에서 많이 좋아했나 보군요."

"글쎄요."

"6년이나 지난 지금도 여전히 남자가 못 잊어 한다면, 정말 좋아하는 거 아닙니까?"

조금 더 자극하고 싶었다. 좀 더 화나게 해서 여자의 속마음을 더 깊숙이 들여다보고 싶었던 현민은, 그녀의 눈썹이 움찔거리며 매서운 눈빛으로 변하는 것을 모두 지켜보았다.

"……기간이 사람 마음까지 증명해 주는 건 아니에요."

"증오……합니까? 그 사람?"

"그런 감정도 아까운 사람이에요. 마주치지 않기만을 바랄 뿐이죠."

증오조차 아깝다 생각하는 여자의 마음은 완벽히 정리된 것임을 의미한다는 생각에 그의 고개가 천천히 끄덕여졌다.

"시간이 꽤 흘렀는데, 뭐가 그렇게 용서가 안 되는 겁니까?"

"……너무 혼자만 질문하시는 거 아니에요? 제 차례는 언제 오죠?"

다시 시작된 여자의 경계심에 현민은 고삐를 늦췄다.

"그럼 이번엔 그쪽이 물어보시죠. 나한테 궁금한 게 있습니까?"

"이 밤에 왜 호텔에 계세요? 낯선 사람에게 이런 식의 호의, 자주 베푸시나요?"

자신의 속내만 드러내고 있는 상황이 불편했을 뿐, 상대에 대한 호기심이 없었던 지원의 질문은 깊지 못했다.

"흐흠……."

지원은 콧소리로 웃는 것 같은 남자의 얼굴을 바라보았다. 제대로 본 적 없던 남자의 얼굴을 자세히 들여다보니 그는 윤곽이 굉장히 뚜렷한 사람이었다.

짧고 단정한 헤어스타일, 쌍꺼풀이 적당한 굵기로 자리 잡은 선 굵은 눈매. 눈빛은 지나치게 감정이 절제되어 다소 냉정하게도 보였고, 자신감에 차 있는 시선은 오래 마주하기엔 위압감이 느껴졌다.

든든하게 높은 콧대나, 굳게 다물어진 입매를 보면, 사회적으로 꽤 자리 잡은 사람이 아닐까 싶기도 했다. 무심코 내린 시선이 아까 기대어 울었던 어깨에 닿자, 지원은 왠지 더 봐서는 안 될 것처럼 그에게서 시선을 돌렸다.

"원인 제공자가 물으시니 뭐라 답해야 할까요? 다만, 이런 호의를 보이는 건 처음입니다."

장난기가 흐르는 그의 눈매가 부드러워지는 것을 느낀 지원은 대답 대신 꿀 차를 마셨다.

띵똥.

벨소리에 낯빛이 바뀌는 지원의 모습에 현민은 의아한 눈빛으로 걸어 나가 문을 열었다.

"고객님, 찾으셨던 아이스 팩 준비되었습니다."

꾸러미를 받은 뒤 문을 닫고 뒤돌아서던 현민은 겁에 질린 눈동자와 마주친 후 뭔가 심상치 않음을 느꼈지만 말없이 지원에게 다가가 팩을 건네주었다.

"필요할 것 같아서, 가져다 달라고 했습니다."

"고맙습니다. ……으음, 시원하네요."

팩에 얼굴이 반쯤 가려진 지원의 반응이 긍정적으로 들려오자, 현민의 입가가 기분 좋게 올라갔다. 그리고 그때, 지원이 허리를 구부려 테이블 아래에서 뭔가 만지작거리자 그의 시선도 자연스레 아래로 향했다. 걷어 올려진 한쪽 바지, 발목에 올려진 아이스 팩.

"다쳤습니까?!"

"네, 아까 직장에서, 그냥 살짝 헛발 디딘 거예요."

"말하지 그랬습니까?"

"아깐 아픈 것도 몰랐어요. ……많이 아픈 것도 아니고요."

주변에 있던 패브릭을 이용해 발목에 팩을 고정시킨 지원이, 다시 눈가로 아이스 팩을 가져다 대었다.

"다리, 소파에 올려놓지 그럽니까."

"그래도 될까요? 그럼, 실례하겠습니다."

지원이 두 다리를 모아 긴 소파에 올리는 사이, 현민이 그녀의 다리 밑에 쿠션을 놓아 주었다. 좀 놀란 눈으로 바라보는 지원에게 그가 아무렇지 않은 듯 말했다.

"아침까지 편하게 있는 게 서로한테 좋은 겁니다. 너무 예의 차리지 말고, 편하게 있어요."

"……네. 쿠션 고마워요."

"자. 그럼, 그쪽이 질문하다 멈췄으니 이제 다시 내 차례, 맞습니까?"

동의를 구하는 남자에게 배려받은 고마움과 별달리 궁금한 것 없는 무관심이 공존한 얼굴로 고개를 끄덕인 지원은 자신의 고갯짓에 다시 미소 짓는 남자를 보며 짐작보다 웃음이 많은 사람이란 생각을 했다.

"그럼 앞으로 어떻게 할 건가요? 그 남자가 계속 쫓아다니면?"

"우선은…… 그 사람이 제일 싫어하는 행동을 할 거예요."

"그게 뭔지 궁금한데, 위험한 겁니까?"

"훗."

이번엔 지원이 웃었다. 웃으니 볼우물이 살짝 보여, 숨겨진 발랄함을 조금 엿본 기분도 들었지만, 눈빛까지 웃지 않았다는 걸 알아챈 현민은 좀 더 진지하게 바라보았다.

"하는 행동은 위험한 일이 아닌데 그 사람과 연결하면 결과적으론 위험할 수도 있겠네요."

여전히 얼굴에 연한 미소를 띠며 말하는 지원의 서글픈 눈빛은 아파 보였다.

"애인을 만들어 볼 생각이에요. 지금까지는 그 사람 외엔 만나 본 사람이 없거든요. 그 사람과 헤어진 뒤에도 외롭기는 했지만, 같은 일 겪을까 봐 아무도 안 만났는데…… 그 사람이 그런 제가 좋다고 그러니까, 바꿔야겠죠. 행동으로 보여 줄 생각이에요. 난 나대로 살아갈 거니까, 착각 좀 그만하라고 말이에요."

담담하게 말하는 지원을 보던 현민의 미간이 좁혀 들었다.

"그런다고 사랑하는 여자를 포기하겠습니까?"

"제가 말씀드렸잖아요. 그 사람은 저를 사랑한 게 아니에요. ……갖고 싶어서 손댔다가 예의 없이 집어던지고, 시간 지나 생각난다고 죄책감 없이 다시 찾을 수 있는 건 딱, 장난감을 대하는 태도잖아요. 그 사람한테 전 그런 의미예요."

"왜 자신을 장난감에 비유하는 겁니까?"

지나친 자기 폄하에 인상을 찌푸린 현민에게 의외로 이성적인 눈빛의 지원이 말해 왔다.

"사실이니까요. 표현이 좀 거칠어서 놀라셨다면…… 오해는 마세요. 그 사람이 그렇게 본다고, 저조차 제 자신을 그렇게 여기는 건 아니니까요."

"손때 묻은 걸 보여 주면 그 사람이 떠날 거라 했는데…… 그 손때, 어디까지입니까?"

심각하게 묻는 현민을 가만히 바라보던 지원이 허무하게 웃으며, 무릎으로 시선을 내렸다.

"결혼 전에 모든 남자들은 자신의 여자가 순결하길 바라겠죠? …… 그런데 그것보다 더 참을 수 없는 건. 아마, 자신에게 순결한 몸을 주었던 여자가 그 뒤에 다른 남자 품에 안기는 걸 거예요. 자신을 만나기 전에 다른 이를 안은 건, 너무 늦게 만난 걸 탓할 수 있겠지만, 자신을 알고 난 뒤에 자의로 다른 이를 안는다는 건, 절대 용납 못하지 않을까요?"

침묵이 흘렀다. 지원은 아련한 생각 속에 빠져든 것처럼 씁쓸한 표정이 되었고, 현민은 그런 지원을 보면서 생각에 잠긴 듯했다. 이윽고, 백자에 담긴 꿀 차가 온기를 잃어버릴 만큼 시간이 지난 뒤에 그가 먼저 침묵을 깨트렸다.

"누구든 금세 사랑하게 될 것 같습니까? 아니면 사랑 없어도 상관없다는 말입니까?"

이미 식어 버린 찻잔을 내려놓고 다시 아이스 팩을 들어 눈을 가린 지원이 입을 열었다.

"다시 누굴 사랑하게 될 거란 기대, 없어요. 사랑할 만한 사람을 만날 자신도 없고…… 굳이 말하자면 제 마음은 후자겠네요."

현민은 분명 자신의 품에 안겨 울었을 때는 가녀린 사람이었는데, 지금은 냉담하다 못해 잔인한 구석이 보이는 여자를 바라보았다. 그것도 다른 사람이 아닌 자기 자신에게.

"이렇게 살겠단 사람 처음 보셨죠? 저도 이런 결정 쉬웠던 건 아니에요. 그러니 미친 사람으론 보지 마세요. ……피곤한데 더 물으실 거 없으면 제가 여기서 잘게요. 밤새우는 건, 저한테 무리거든요. 저, 자도되죠?"

아이스 팩을 내린 지원이 허락을 기다리듯 현민을 바라봤지만, 진지한 눈빛의 남자는 생각에 빠진 듯 뭐라 답이 없었다. 그의 답을 기다리던 지원이 마주한 눈빛에 어색함과 민망함을 느끼기 시작했을 때 그의 목소리가 들려왔다.

"소개받을 사람들 중에, 조금이라도 마음에 담아 뒀던 사람 있습니까?"

"아뇨."

"그럼 싱글이면 적당한 조건으로 아무나 소개받겠다는 말이군요."

"음……. 대충."

별로 달갑지 않은 질문에 무성의하게 답하던 지원이 느릿하게 고개를 끄덕였다.

"그럼 나는 어떻습니까?"

"네?"

"그쪽 애인으로. 나, 어떻게 생각하냐 물었습니다. 성가시게 여러 사람 소개받지 말고, 이미 전후 사정 간략하게 아는 나를 그쪽 애인 삼는 게 어떻겠냐 묻는 겁니다."

"……제 애인 해 주시겠다고요? ……이건 제가 그쪽 이용하는 건데요?"

"다 알면서 내가 먼저 제의한 거니, 이용이란 말은 어울리지 않는 것 같군요."

눈을 키우며 놀라워하는 지원의 눈빛이 아이 같아 보여 그가 또다시 미소 지었다.

"그 사람, 그쪽을 찾아갈 수도 있어요. 애인이냐고 묻거나, 아님 헤어지라 그러거나……."

"안 헤어진다고 말해 주면 되겠군요. 그런 걱정은 말고. 나도 그쪽한테 부탁할 일이 있는데…… 들어줬으면 좋겠습니다."

"뭔……데…… 그러세요?"

"지금 당장은 아니지만, 집안 분위기상 빨리 결혼하라 독촉을 받을 것 같습니다. 선도 봐야 할 것 같고. 귀찮게 될 것 같은데. 그런 일로 만약 필요하게 되면 한 번 정도 좀 곤란한 자리에 동석해 주셨으면 합니다."

"애인인 척이요?"

"네. 절절한 애인."

"하……."

기막히다는 듯, 어이없다는 듯. 어쩌면 서로가 서로를 이용하는 사이여서 다행이라는 것처럼 지원은 안도하는 웃음을 보였다. 잔상처럼 남은 그녀의 부드러운 미소에 현민의 얼굴에도 소리 없는 미소가 드리워졌다.

"저는 나이가 서른여섯입니다. 이름은 유현민."

"이래도 될지 모르겠지만…… 저는 서른둘. 민지원이에요."

"서른둘?"

"네. 서른둘이에요. 나이가 너무 많은 것 같으면, 방금 말씀하신 일 무르셔도 돼요."

"아닙니다. 나이보다 많이 어려 보여서 놀란 것뿐입니다. 그럼 전화기 주십시오. 제 번호 드리겠습니다."

잠시 고민하며 입술을 오물거리던 지원이 잠시 뒤 테이블에 올려놓았던 휴대폰을 건넸다.

"전화하는 거…… 상황상 불가피하다면, 늦은 시간이라도 괜찮겠죠?"

"물론입니다. 이제 애인 생겼으니 가능한 자주 만나서 티 내는 게 좋을 텐데, 제가 출장이 잦아서, 그때를 제외하곤 평소엔 가능한 맞추겠습니다."

번호를 교환한 뒤 휴대폰을 꼭 쥔 지원이 진지하게 말을 꺼냈다.

"걱정돼서 미리 말씀드리는데요. 유현민 씨께서 저를 필요로 하실 때는 어떤 상황인지, 알아 두어야 할 상황이 뭔지 모두 미리 알려 주셨으면 해요. 알려 주시면 실수 없도록 노력하겠지만, 아무것도 모르고 상황과 맞닥뜨리게 되면 자신 없거든요. 저도 유현민 씨 불러야 할 때는 미리 문자드릴게요."

"그러겠습니다. 그런데, 계속 유현민 씨라고 부르는 건 좀 아니지 않습니까?"

"……그럼, 뭐라고 부를까요?"

"저는 앞으로 지원아, 이렇게 부르겠습니다. 지원 씨는 주변 사람들이 애인 부를 때 뭐라고 부르는지 잘 생각해 보시죠."

"어…… 일반적으로 연상 애인이면 오빠라고들 많이 하지만, 누구누구씨도 괜찮지 않나요?"

"가장 친근하게 들리는, 오빠가 좋겠습니다. ……그런데, 전에는 뭐라고 불렀습니까?"

"왜요? 가짜 애인이라도 예전 사람과 똑같이 불리는 건 싫으세요?"

대답 대신 빙긋이 웃기만 하는 현민의 표정은 무언의 긍정처럼 느껴졌다.

"그 사람, 저랑 동갑이었어요. 그냥, 누구누구 씨…… 이렇게 불렀으니까 신경 쓰지 마세요."

"동갑인데 왜 그렇게 불렀습니까?"

"그러게요. 지난 연애사는 지금 생각하면 뭐든 마음에 안 들어요. 그러니까 이렇게 헤어졌겠죠. 이런 이야기는 그만하고…… 그럼, 언제부터 그렇게 부를까요?"

"지금부터 그렇게 부르는 게 좋겠습니다. 지원아. 어때요? 자연스럽게 들립니까?"

"네?! ……네."

"계속 그렇게 어려워하면 아무도 애인으로 안 봅니다. 우리 애인 안 합니까?"

"아뇨, 해요. 애인."

"말은 안 놓고?"

"저…… 사실, 제가 원래 말을 잘 못 놓는데요. 오빠시니까 굳이 안 놔도 되지 않을까요?"

"존대하는 사이가 절절한 애인으로 보이겠습니까?"

"그렇게 안 보일까요? ……저는 존대해도 애인 사이로 보일 것 같은데요."

"우리 집안에서는 그렇게 안 볼 겁니다. 시작부터 서로 편하게, 그래야 급한 상황에서도 자연스레 반말이 나오는 겁니다."

"노력할게요. 반말. 그쪽보단 내 사정이 더 급한 거 같으니까, 제가 맞추죠. 반말하세요."

"그러죠. 지원아. 많이 피곤해? 잘래?"

"네?!"

현민이 눈매를 찡그리자 볼이 붉어진 지원이 말을 정정했다.

"어……. 피곤해."

"훗, 그래 피곤하면 자야지. 여기서 자지 말고 침대 가서 자자."

"침대요?!"

"하하……. 언제는 애인 생기면 보란 듯이 잠도 잘 거라며. 소파 불편하니까 같은 침대에서 잠만 자는데, 그것도 그렇게 놀랄 일인가?"

"아, 아니…… 그건 제가 마음의 준비를 다 한 다음에, 때를 봐서 그러겠다는 거였는데요. 당장 같이 눕자니까, 해 놓은 말이 있어서 놀란 거죠. 그런데, 제가 그렇게 웃기게 생겼어요? 아까부터 자꾸 저만 보면 웃으시는 것 같은데……."

"반말."

"……네."

"후훗. 네가 보기 좋아서 자꾸 웃게 되나 보다. 나 웃게 만드는 사람 거의 없으니까, 기분 나빠하지 말고. 침대도 붙어 잘 필요 없이 넓으니까 걱정하지 말고."

"어…… 뭔가 놀림당하는 기분인데요. 전 심각한데, 너무 웃지…… 마."

말이 짧게 끝날지, 길게 끝날지 주시하고 있는 그의 장난스런 눈빛에 지원은 결국 끝에 가선 반말로 퉁명스레 말을 마쳤고, 현민은 또 만족스런 눈빛을 보였다.

"그건 어렵겠는데. 이미 내가 널 애인이라 생각하기로 했고, 전화번호도 있으니 취소는 어렵겠다. 대신, 덜 웃을게. 화내지 말고 가서 자

자. 이리 와, 다리 아프니까 안아다 줄게.”

“아, 아니! 괜찮아. 어…… 어…… 저기요! 저 정말 괜찮아요! 걸어갈
수 있어요!”

지원의 어깨와 무릎 아래로 팔을 밀어 넣은 현민은 금세 지원을 덜렁
들어 올려, 성큼성큼 침실로 향했다.

“푹 자. 너무 걱정 말고.”

침대 한켠에 조심스레 내려놓으며 현민이 건넨 따뜻한 말에 지원은
코끝이 찡해 왔다. 긴 시간 동안 아무에게서도 듣지 못한 위로였다. 아
는 것 하나 없는 사람이 보내는 표면적인 위로에도 금세 눈시울이 뜨거
워질 만큼 지원은 많이 흔들리고 있었다.

순간적으로 목이 잠긴 지원이 대답도 못한 채 입은 옷 그대로 듀벳
안을 파고들었다.

“출근할 때 옷 다 구겨지겠는데, 괜찮겠어?”

“응.”

기대보다 빨리 들려온 대답에 소리 없이 웃은 현민이 불을 끈 뒤 지
원의 반대편 침대 속으로 파고들었다.

“출근 몇 시야? 난 늦어도 5시 반엔 나가야 되는데.”

“저도 그때 택시 타고 가면 돼요.”

“존댓말 했으니까, 벌칙으로 내 차 타고 출근하자.”

“저기, 그건.”

“그만, 얼른 자. 난 잔다.”

캄캄한 방 안이 조용해졌다. 어색한 조용함이 긴장감마저 느끼게 하
던 그즈음, 현민의 숨소리가 규칙적으로 들려오기 시작했다. 그러나 정
작 졸립다 하던 지원은 눈을 감아도 잠이 오지 않았다.

잘한 일인지, 복잡한 상황에서 또 다른 일을 저질러 버린 것은 아닌
지, 머리가 혼란스러웠다. 분명 재우와 그의 모친에게는 누군가가 옆에
있는 모습을 보여 줘야만 했지만, 그래도 이 사람에게 그 자리를 지켜

달라 한 것이 잘한 일인지는 확신이 서지 않았다. 여전히 마음은 불안했고, 가슴속 돌덩이는 한층 더 커진 느낌이었다.

이 사람, 좋은 사람일까? 무심코 반대편을 돌아본 지원은 고개를 저었다. 좋은 사람은 아니더라도, 무난하게 스쳐 지나갈 수만 있다면 좋겠다. 서로가 서로에게 도움을 준 뒤, 시간이 지나면 고마웠던 사람으로 기억될 수 있기를.

끊임없이 이어지는 생각에 지원은 결국 몸을 일으켰다. 살짝 열려 있는 커튼 사이를 비집고 들어온 달빛이 현민의 뒷머리를 비추고 있었다. 짧은 숙면이 방해되지 않을까 싶었던 지원은 창가로 다가가 벌어진 커튼을 꼼꼼히 잡아당겨 빛을 가렸다.

이내 방 안을 가득 채운 칠흑 같은 어둠. 낯선 남자의 몸도, 이질적인 자신의 모습도 모두 가려 주는 어둠에 그녀는 평안함을 느끼다 아주 미세하게 새어 들어오는 거실 쪽 불빛을 이정표 삼아 벽면을 더듬으며 천천히 걸음을 옮겼다.

완전히 캄캄한 방에서 빠져나온 지원은 거실 조명에 눈부심을 느끼며 잠시 눈을 감았다 떴다. 천천히 다가간 소파에 앉아, 발목에 감겨 있는 기다란 패브릭을 풀어내고, 가벼워진 발목을 느끼며 창가로 다가갔다. 그리고 별빛이 드문 서울의 밤하늘을 바라보았다.

여전히 뿌옇긴 하지만, 유난히 달이 둥근 날이라 생각하며 시선을 내리던 지원은 바닥이 크게 출렁이는 느낌에 깜짝 놀라 뒤로 물러섰다. 발바닥부터 올라온 저릿한 느낌이 종아리를 타고 오르고, 진정되지 않는 심장은 미친 듯이 펄떡였다.

지원은 떨리는 손으로 순식간에 젖어 든 이마를 닦아 내렸다.

고소공포증. 유치원 때부터 시작된 이 증상은 직장인이 된 뒤로 남들보다 한 시간씩 일찍 출근해 매일같이 비상계단을 오르내리며 '괜찮아, 너 혼자 보는 환상이야.'라고 되뇌이며 뻣뻣하게 굳어 있던 수많은 날들을 버텨 냈고, 그 노력 끝에 이젠 최고 15층까진 남들에게 이상

한 티를 안 낼 만큼 적응하고 이겨 낸 상태였다.

'그런데 오늘은 왜 이러지.'

이곳이 17층인지 알지 못했던 지원은 제 의지와 상관없이 뒤로 물러난 발에, 오늘도 두려움을 이겨 내지 못한 패배감을 느끼며 좌절했다. 지원은 여전히 이겨 내지 못한 고소공포증과 끔찍한 김재우를 번갈아 떠올리다 테이블 위에 치워지지 않은 술병들 중 그가 마셨던 독한 술을 빈 잔 가득 따랐다.

조용한 거실, 한가득 물처럼 가득 채운 술잔을 들고 지원은 다시 까마득하게 세상이 작아 보이는 창가 앞에 섰다. 붉은 꼬리를 남기며 도로를 달리는 자동차들을 바라보다 꿀꺽꿀꺽. 맛 따위는 느껴지지 않는 듯 무표정한 얼굴로 술을 들이켰다.

순식간에 비운 술잔을 들고 흔들리는 눈앞, 세상을 바라보다 갑자기 뜨거운 물줄기가 흘러내려 손으로 스윽 닦아 내렸다. '하…… 눈물인가 보다. 술 마시고 울고, 생판 모르는 남자 등에 업혀 호텔방까지 오고. 민지원, 인생에 주사 한번 제대로 부리는 날이로구나.' 라고 지원은 쓰게 웃었다.

될 대로 되라지. 바르고 열심히 살아도 괴롭히는 세상. 더는 견딜 힘도 없고, 견디고 싶지도 않았던 지원은 차가운 유리창에 기대어 스스륵 내려앉아, 술잔을 내려놓고, 무릎에 머리를 파묻었다.

애인을 만들어 포기시킬 거라 말했지만, 어디로 튈지 모르는 재우가 애인이 생겼다고 순순히 물러나 줄지도 의문이었다. 한 가지 분명한 건 제 것이 되지 않겠다 하면, 분풀이하듯 상처 내려 들 것이란 것. 내 것이 아니니 더 봐주지 않겠다 하며, 본격적으로 패악 부릴 인간들.

이제는 견딜 수 있는 한계점을 넘고 또 넘어 버티는 것에 급급하다 보니 어디쯤이, 언제까지가 제정신으로 버틸 수 있는 지점이었는지도 기억나지 않을 만큼 지쳐 있었다. 어떻게 하면 다 끝내고 쉴 수 있을까. 그녀가 품었던 의문에 대한 답이 영 멀어지는 것 같은 오늘이었다.

불편해하는 것 같아서 먼저 잠든 척했던 현민은 지원이 거실로 나가는 모습을 지켜보면서도 붙잡지 않았다. 경계심은 있으나 적당히 포장해서 둘러대지 않는, 나는 이러니 받아들이거나 외면하는 건 당신의 선택이라 말하는 그녀의 꾸밈없는 시선이 가슴에 박혀 들어, 홀로 생각을 정리할 필요가 있다고 판단했기 때문이었다.

이렇게 사는 사람. 참으로 처음이었다. 당당하다는 건. 빛나게 꾸며진 겉모습이 아니라 굳은 심지로 마음을 곧게 세우고 사는 사람이라는 생각이 들 만큼, 지원의 모습은 약한 중에도 심지가 강해 보였다.

제 마음이 이끄는 대로 다른 사람을 소개받겠다는 그녀를 만류했고, 가짜 애인도 되었지만 더 가깝게, 더 많은 것을 공유하고 싶은 자신의 마음은 이미 그녀에게로 흐르고 있다는 걸 인정할 수밖에 없었다. 그는 제 마음만큼이나 무거운 숨을 천천히 들이마셨다.

끝내 소파에서 자려나 싶었던 현민은 돌아오지 않는 지원을 데리러 나가다 술잔을 들고 창가로 움직이는 지원을 보았지만, 말릴 수 없었다. 꿀꺽꿀꺽 약 삼키듯 술을 마시는 지원의 모습이 술이 아닌 통증을 삼키는 고행처럼 보였기 때문이었다.

지원이 다리가 풀렸는지 스르륵 바닥에 주저앉았다. 유리창에 몸을 기댄 지원의 고개가 천천히 움직일 때마다 처연한 그녀의 표정이 조금씩 더 분명하게 보였다.

"안 자?"

"안 잤어요?"

얇은 물 막에 감싸인 반짝이는 검은 눈동자, 애달픈 눈빛. 존댓말을 지적할 마음일랑 모두 사라지게 만드는 그녀의 처연함. 현민은 바람처럼 가슴을 긋고 사라지는 예리한 통증에 숨을 삼켰다.

"으음…… 출근 어떻게 하려고. 술, 이겨 낼 수 있겠어?"

지원 옆에 다가앉은 현민이 점점 축 처지며 유리창에 기대는 지원의 등을 제 품 안에 끌어당겼다. 물먹은 솜처럼 그녀의 몸이 거부 없이 그에게 기대어 왔다.

"나는 왜…… 여자로 태어났을까요."

"예쁘게 태어났잖아. 그 정도면 만족할 만하지 않아?"

분위기를 띄우려 어울리지 않는 농담을 섞는 그는 그녀의 마른 어깨 너머 힘없이 쭉 뻗고 있는 다리를 보았다. 그녀는 여전히 저만의 공기 속에 갇혀 나올 생각이 없는지 저 높이 뿌연 달만 올려다보고 있었다.

"나는 사람이고 싶어요."

"……네가 좋은 사람이라 탐이 나서 그러는 거야."

좋은 사람이란 말, 나한텐 만만하단 뜻으로 들려요. 지원의 풀린 눈동자가 느리게 깜빡였다.

"사랑하는 사람 있어요?"

아무도 보지 못한 작은 일렁임이 그의 눈동자 안에서 흩어지고 있었다.

"있었지……. 지금은 없어. 다 지난 일이야."

"다행이다."

"뭐가?"

"놔줄 줄 아는 사람이라서."

예상 못한 답에 그의 눈썹이 꿈틀하는 순간, 지원이 몸을 돌려 눈을 마주쳐 왔다.

"우리 애인이라 그랬죠? 그럼 정말, 우리 여기서 애인 해요. 대신, 당신은 내 몸 잘 보고, 어디가 어떻게 생겼는지 다 기억해 뒀다가 누가 묻거든, 내가 이미 당신과 몸을 나눈 사이라고 확실히 말해 주세요. 소문나도 괜찮고, 노골적으로 말했어도 당신 탓 안 할 거예요. 이건 계약에 의한 거니까, 책임지라거나, 감정적으로 변하지도 않을 거고요."

반듯한 여자가 감정에 휩쓸려, 술기운까지 동원해 이러는데 거절해 줘야 되는 게 아닌지. 애인 하자고는 했지만 이렇게는…….

"걱정 말아요. 나, 병 같은 거 없어요."

"그게 아니라, 읍……."

현민의 생각이, 그의 호흡과 눈동자가, 무조건 부딪혀 오는 어리숙한 움직임에 완전히 굳어 버렸다.

촉촉하다 못해 깊은 곳의 피부 점막처럼 부드러운 그녀의 입술. 그를 충동질하기 위한 기교도 없고, 그저 입술이 마주 닿는 것이 입맞춤의 전부인 듯, 충실하게 맞닿아 있기만 할 뿐이었다. 그럼에도 아쉬움에 이끌려 조금씩 더 고개 숙이게 되는 그의 몸은 이미 천천히 데워지고 있었다.

그녀는 그가 당장 더 깊게 파고들고 싶은 자신의 혀와 손을 제자리에 묶어 놓느라 얼마나 힘겨운 전쟁을 치르고 있는지도 모르고 달큰한 입술을 그의 입술 위에서 오무락거리기만 했다. 그러다 마침내 완전히 떨어져 나가는 입술에 아쉬움을 느끼면서도 멀어지는 그녀를 끌어안지 않으려 애쓰는 그를 재촉까지 하면서.

"나 좀 도와줘요. 내가 그 사람한테서 완전히 벗어나게…… 도와주기로 했잖아요."

낮게 가라앉은 지원의 목소리가 들린 뒤에야 현민은 눈을 떴다. 정말 그래도 되겠는지 묻는 그에게 그녀는 부질없는 되물음이란 사실을 알려 주듯, 그의 눈에서 입술로 시선을 내렸다.

"빨리……."

내가 다시 주저하기 전에.

분명한 의지로 맞부딪쳐 오는 입술에, 하룻밤 객기로 낯선 자신에게 몸을 던지는 지원에 대한 도리를 지켜 주려는 것처럼 굳어져 있던 현민의 입술이 조금씩 움직이기 시작했다.

빠져나갈 시간을 벌어 주기 위해 버텨 줄 만큼 버텨 주고, 참아 줄 만큼 참았다고 생각한 것일까. 혼자만의 느낌에 휩싸여 착각과 망상에 빠지고 싶지 않았던 그의 마음은, 이제 자신의 감정과 느낌을 그녀와 함께 나누고 싶은 욕심으로 가득해져, 작은 달싹임 하나에까지 크게 반응하고 있었다.

"하아."

농밀하게 달라붙었다 떨어지는 입술의 습기 어린 미세한 소리에 지원도, 그녀의 입술을 잡아 물며 핥아 대던 현민의 몸도 뜨겁게 달아올랐다. 지원의 촉촉한 아랫입술을 잡아 물듯 빨아들이다 살짝 혀를 넣어 그녀의 매끈한 치아를 핥았다.

뜨거운 숨이 새어 나오는 입안에서 마주 스치는 것만으로도 흥분을 주는 그녀의 혀를 빨아 마셨고, 보드랍고 뜨거운 혀를 얽으며 촉촉한 입안을 마음껏 느끼다 흥분에 들뜬 가쁜 숨을 내쉬었다.

격해지는 느낌을 더 채우고 싶은 충동에, 겨우 막힌 숨을 토해 내는 지원의 입술 사이를 다시 파고 들어가 그녀의 목 깊숙이까지 혀를 넣고 남김없이 훑어 대던 현민은 지원의 타액을 빨아 마시고, 혀가 얼얼하도록 가진 뒤에야 겨우 눈을 뜨고 지원을 바라보았다.

서두르지 말아야 한다고 생각하면서도 들뜬 열기로 채근해 오는 욕망과 기꺼이 응하는 지원의 모습에, 현민은 여전히 눈을 감고 안겨 있는 지원의 몸을 가볍게 안아 들고 방으로 걸어 들어갔다.

커튼을 꼼꼼히 닫아 버린 그녀 덕분에 불 꺼진 방 안은 무척이나 캄캄했다. 열린 방문을 통해 거실에서 새어 들어오는 미약한 빛으로만 침대에 눕혀진 지원의 윤곽을 알아볼 수 있었다. 그래도 현민은 방문을 완전히 닫아 빛을 차단한 뒤 천천히 옷을 벗기 시작했다.

무거운 벨트가 바지와 함께 바닥에 떨어지는 소리가 들리는 동안, 어둠 속의 지원은 숨소리조차 내지 않고 있었다.

벗은 몸으로 그녀를 향해 침대에 오르던 현민은 서른 중반에 느끼기엔 너무 풋내 나는 두근거림에, 긴장감을 떨치듯 크게 숨을 몰아쉰 뒤, 가녀린 그녀 위에 천천히 몸을 올렸다.

"후……."

어둠 속에서 현민의 숨소리가 짧게 들려왔고 지원은 캄캄한데도 눈을 꼭 감은 채 점점 다가오는 그를 느끼고 있었다. 술기운이 몸 안을 온통 휘젓고 다닌 탓인지 정신은 멀쩡한데 다리에는 전혀 힘이 들어가지지 않았다.

주변이 흔들리는 어지러움 속에서도 생생하게 느껴지는 뜨거운 몸과 단단한 어깨에 지원은 좀 더 강한 어지럼증을 느꼈다. 단추가 하나, 둘 풀리고 몸을 감쌌던 모든 것들이 벗겨져 나가는 동안, 지원은 자신의 마음속 또 다른 자신이 움츠러들려고 할 때마다 그러지 말라고, 끊임없이 설득했다.

이렇게 다른 남자의 손길이 맨살에 닿을 때마다 마치 부들부들 떨며 너는 내 것이라 소리 지르는 재우의 목소리가 들리는 것처럼, 너무 통쾌해하지 않냐고, 이제 너는 너일 뿐이라고, 그녀는 스스로에게 그렇게 말하고 있었다.

현민의 손길에 새로운 색이 덮여지듯 새로운 사람이 되는 착각을 일으키며, 이전의 하얀 몸이 낯선 이의 몸을 받아들임으로 잿빛이 된다 해도 그것이 재우가 남긴 색이 아니라면 무조건 기뻐할 수 있을 것 같았다.

그 때문이었을까. 얼굴과 목선을 지나 쇄골에 머무르는 손길, 그리고 그 입술에서 따뜻함과 조심스러움을 느꼈음에도 지원은 어서 빨리 끝나기를, 어둠 탓인지 꽤 흥분한 듯 달아오른 그의 뜨거운 몸과 욕구가 짧은 시간에 빨리 분출되기를 바라고 있었다.

두 손 가득 시트를 말아 쥐고서 어서 빨리 이 모든 행위가 끝나기만을 바라고 있던 지원은 가벼운 입맞춤, 거친 숨소리, 저 혼자 뜨거워진 몸, 그리고 모든 것을 가지겠다는 듯 아프게 주물리다 곧 이어졌던 고통스러운 삽입으로 각인된 첫 경험의 순서를 떠올리며 갑작스레 시작될 통증에 대비해 숨을 멈추고 닥쳐 올 일을 준비하고 있었다.

지원의 첫 밤은 죽어 나갈 듯 아픈 통증에 베개로 일그러진 얼굴을 감췄던 기억과 욕구만 쏟아 내기 급급했던 남자가 제 위에서 씩씩거리며 출렁이던 단상, 밑에 깔린 여자의 표정까지 모두 보겠다며 환한 방에서 베개를 빼앗아 뚫어지게 내려다보던 남자의 무자비한 행위로 기억되고 있었다.

　그 끔찍했던 기억이 상기되자 감은 눈에 더 힘을 주던 지원은 순간적으로 자신을 현실로 이끌어 내는 말캉하고, 촉촉한 혀의 감촉을 느끼며, 귓바퀴를 파고드는 야릇한 숨결, 그리고 귀부터 목을 타고 전신으로 퍼져 나가는 짜릿한 희열에 어쩔 줄 몰라 경악에 찬 표정으로 눈을 떴다. 이런 느낌은 뭐야, 대체.

　"긴장하지 마."

　"……."

　"내가 무서워?"

　그만하라 하면 멈출 수 있을까.

　"아뇨. 안 무서워요. ……근데, 나 처음 아니니까, 얼마나 아픈지도 아니까, 내가 잘 못해도 그냥 하세요."

　"……아파?"

　"……."

　"아프기만 했어?"

　"……."

　지원은 더 이상 대답하지 못했다. 그녀의 말을 듣는 순간, 현민은 그녀가 4년 동안 단 한 번 사내에게 안겼던 여인이란 사실을 기억해 냈다. 아픔만으로 기억된, 쾌락이나 사랑과는 거리가 먼 경험이었다면, 그렇다면…… 아프지만은 않다는 걸, 내가 알려 줄게.

　"안 아프게 조심할 테니까, 긴장 풀어. 그래야 네가 덜 아파."

　지원은 그가 볼 수 없다는 걸 알면서도 어둠 속에서 고개를 끄덕였다. 현민은 부드러운 지원의 입술을 제 혀로 가르고 들어갔다. 그녀의 입안으로 제 혀를 집어넣는 순간 달큰한 맛에 취해 이성은 모두 날아가 버리고, 가슴이 절로 부풀어지도록 크게 숨을 들이마시게 되는 그 설명할 수 없는 만족감에 현민은 아찔함을 느꼈다.

뒤로 숨으려 하는 지원의 혀를 빨아 당겨 모든 것을 삼킬 것처럼 핥고, 비비며 달큰한 타액을 받아 마셨다. 그녀의 혀는 달았다. 서로 엉킨 거친 숨이 좁은 틈새로 급하게 토해져 나오고, 점차 깊은 키스에 익숙해진 지원의 혀를 그는 끈질기게 입 밖으로 이끌어 냈다.

차가운 공기에 드러난 혀끝에 제 혀끝으로 인사를 건네던 그가, 결국 참지 못해 다시 그녀의 입안으로 파고들었다. 작은 혀를 휘감고, 타액을 받아 마시다 목선을 타고 키스를 뿌렸다.

지원의 목선이 느슨해지며 감각에 취하는 것을 느낀 현민이 미소 지으며 쇄골을 따라 몽글하게 부풀어 오른 가슴의 둔덕으로 얼굴을 내리자 지원이 탄식 같은 낮은 한숨을 뱉어 냈다.

자신의 소리에 놀란 지원이 아랫입술을 꽉 깨무는 사이, 얇은 가슴 끝을 단단하게 일으켜 세우려는 거침없는 혀 놀림이 그녀의 유두를 빨아 당겼고, 잘근거리며 둥글게 굴려 댔다.

"흐으음."

감추려 했지만, 숨겨지기는커녕, 저절로 거칠어진 호흡이 교성처럼 새어 나오자 지원은 두 손을 올려 제 입을 막았다. 가슴을 놓아준 그의 입술이 지원의 귓가로 다가왔다.

"참지 마."

"……."

"들려 줘, 듣고 싶어."

지원의 머리카락을 쓸어 올린 현민은 탱글하고 부드러운 가슴으로 혀를 내렸다. 말캉한 혀로 뜨겁게 핥아 내리며 평소에는 그저 봉긋한 모양으로 존재했던 가슴 끝이 완전히 볼록하게 솟아 나오도록 그녀를 빨아 당기자, 견딜 수 없는 쾌감에 지원의 목에선 가느다란 탄성이 올려 퍼졌다.

현민은 감싸 안은 팔에 힘을 주며 활처럼 휘어진 몸을 비틀어 멀어지려는 지원이 도망치지 못하도록, 말캉한 유두를 담뿍 빨아들여 깨물었다.

"으읍……"

그의 말을 알아들은 것처럼 더 이상 몸을 비틀지 않는 지원의 한쪽 가슴을 부드럽게 손으로 쓸어 공 굴리듯 굴리며, 입술로는 다른 한쪽 가슴을 세게 빨아들였다.

애무가 짙어질수록 튼튼한 기둥처럼 상체를 받쳐 세우고 있는 현민의 팔에 가녀린 지원의 팔이 감겨들었다. 자잘한 떨림이 이는 그녀의 양쪽 가슴은 이미 현민의 타액으로 번들거렸지만 그는 아직 만족하지 못했다.

좀 더 그녀의 몸을 일깨우고 싶었던 현민은 단단하게 세운 혀끝으로 이제 막 솟아올라 여리기만 한 유두를 찌르고 베어 내며 자극하고 핥아 댔다. 지원의 고개가 뒤로 젖혀지며 신음을 숨기지 못하고 뱉어 내기 시작했다.

"아훗, 하웃."

그녀의 가슴과 허리가 자극받을 때마다 위로 들썩이기 시작하자, 현민은 두 손으로 그녀의 양쪽 가슴을 모아 쥐고서 한데 모여든 유두를 한꺼번에 삼킬 듯 혀로 동시에 자극하기 시작했다.

혀를 길게 빼서 한 번에 양쪽 유두를 쓸어내리고, 고개를 깊숙이 움직여 가며 가슴을 삼켜 대는 그의 움직임에 지원은 숨이 멎는 것만 같았다.

"으훗."

달뜬 신음을 흘리며, 난생처음 느껴 보는 쾌감에 모든 신경을 집중하던 지원은 숨을 쉬기 위해 제 가슴을 손으로 가렸다.

"그……그만해요."

이미 흥분한 현민의 귀에 그녀의 목소리는 잘 들리지 않았다. 가슴을 가린 지원의 손을 얼굴로 밀치며 뚫고 들어가 유두에 혀끝이 닿자마자 더 힘주어 제 입안으로 빨아 당겼다. 그런 그의 어깨를 좀 더 강한 어조로 그만을 외친 그녀의 손이 밀쳐 내기 시작했다.

"왜 그래?"

이미 완전히 솟아올라 지원의 다리 위에서 뜨겁게 비벼지던 그의 분신이 터질 듯 불끈거리고, 서로의 몸에서 뿜어져 나온 열기로 방 안 공기마저 붉어진 상황에 갑작스레 하지 말라니. 그는 인내하기 힘든 찰나에 번민으로 내몰려져 가쁜 숨을 내쉬고 있었다.

"그냥…… 그냥 해요."

의아함에 한쪽 눈썹이 치켜 올라갔다. 응? 되묻는 표정으로 그녀를 향해 앉았다가…….

"잠깐, 불 좀 켜자."

상의 없이 몸을 일으킨 그가 침대 옆 작은 스탠드의 조명을 켰다. 희미한 불빛이 부끄러운 듯 몸을 웅크리는 그녀가 보였다. 현민은 다시, 원래 제자리를 찾듯, 지원의 다리 사이를 파고들어 몸을 겹쳐 누웠다.

붉게 달뜬 채 내쉬는 가쁜 호흡, 나른하게 풀린 눈동자. 분명히 자신과 같은 느낌을 주고받아 설렘과 흥분을 맛본 여인의 모습인데 왜 멈추라는 걸까.

"그냥 하라니…… 그게 무슨 말이야?"

"이상해서, 그냥…… 하아…… 빨리해요."

잠깐 굳어졌던 현민의 얼굴이 얼핏 스치는 어떤 생각에 부드럽게 풀렸다. 여전히 가쁜 숨과 거친 심장박동. 맞닿은 피부마저 뜨겁지만, 겁을 내고 있는 여자.

한 번도 제대로 몸이 열린 적 없는 여인이 처음 맛보는 쾌감에 휩쓸려 마음마저 열릴까 봐 겁먹고 있다는 사실을 깨달은 그는 땀에 젖은 지원의 이마를 천천히 쓸어내렸다.

현민은 착한 학생을 타이르듯 진지한 얼굴로 입을 열었다.

"지원아, 이건 같이 하는 거야."

"나는……."

"지원아."

"……."

"같이 시작했으니까 끝까지 같이 가. 그게 맞아."

현민이 지원의 입술에 낙인처럼 긴 키스를 남기며, 그녀의 가슴과 납작한 배를 뜨거운 혀로 적셔 나갔다. 박자를 잃은 그녀의 숨결을 따라 몸을 더 아래로 내린 그가, 지원의 다리 사이로 머리를 들이밀었다.

"어?! 저, 저기요!"

엉덩이를 빼며 도망치는 지원의 허벅지를 감싸 당기고, 곧바로 수줍게 다물린 꽃잎 속을 핥아 올리며 자그마한 알갱이를 찾아냈다. 그는 부드러운 혀와 입술로 그것을 정성껏 빨아들이며 그녀를 맛보기 시작했다.

"엇! 아…… 하아……."

반쯤 일으켜졌던 지원의 몸이 속절없이 아래로 떨어져 요동쳤다. 작은 혀가 주는 느낌이라고는 상상할 수도 없는 엄청난 쾌감이 벼락처럼 전신을 타고 흘러 발끝까지 뻗어 나갔다. 경련하는 지원을 느끼면서도 현민은 작은 알갱이를 입에서 놓아주지 않았다.

"아흡…… 하훗……."

지원은 더 이상 발버둥치지 않았다. 힘 풀린 지원의 두 다리를 따라, 현민의 두 팔과 세게 머리 들이밀던 그의 목에도 자연스레 힘이 빠졌다. 그리고 곧이어 부드러운 고갯짓과 뜨거운 신음만이 방 안을 가득 채워 가기 시작했다.

혓바닥으로 깊숙이 핥아 올려, 점점 강한 압력으로 예민한 알갱이를 빨아 당기고, 살살 돌려 혀끝으로 찔러 댈 때마다 그의 뜨거운 입김이 꽃잎에 닿아 지원을 신음케 했다.

"아…… 하아…… 하아…… 흐읍."

현민의 얼굴도 지원과 마찬가지로 붉게 들떠 있었다. 선홍빛 꽃잎 사이를 혀로 갈라 낼 때마다, 그 끝에 부풀어 오른 자그마한 알갱이가 혀에 걸려 빨릴 때마다, 그의 분신도 더 크게 부풀어 올라 투둑, 투둑 혈관이 불거지고, 검붉게 달궈지고 있었다.

타액과 애액이 그의 입술 위에 뒤섞여 반짝이고 있었다. 그는 그녀의 맛에 취해, 꼿꼿하게 세운 혀로 뜨거운 꽃길을 파고들었다.

"으훗."

곰이 꿀단지 안으로 혀를 집어넣어 핥아 올리듯, 파고든 그의 혀가 온통 뜨거운 애액을 묻힌 채 빠져나와 그의 입안으로 들어갔다. 제 분신을 넣어 움직이듯 파고들고, 물러나고, 다시 파고드는 혀의 움직임 따라 지원의 벌어진 입술에선 끊임없는 신음이 터져 나왔다.

"하으응 하, 하아……."

현민이 더 깊이 파고들고 싶은 것처럼, 꽃길에 혀를 묻고 고개를 들이밀며 비벼 대자, 지원이 숨을 멈추고 소리 없이 전율했다. 벗은 허벅지 사이에 비벼지는 그의 짧은 머리카락마저 그녀를 애무하는 듯했다.

그의 혀는 집요했고, 그의 입술은 목마른 자의 입술처럼 그녀를 빨고 삼켜 대며 감당할 수 없는 감각들을 선사하고 있었다.

"하아, 하아."

지원의 신음이 절박해지고 있었다. 비틀리는 허리가 요염하게 들려 올라가며, 다리가 뻣뻣해지고 있었다.

'그래, 느껴. 널 다 가져야겠어.'

지원 스스로는 몰랐지만 그녀의 허리 움직임에 그는 그녀가 절정을 향해 달려가고 있음을 알아챘다.

작은 알갱이를 입안 한가득 덥석 빨아 당긴 그가, 그녀가 아플지도 모를 만큼 강하게 빨아 대기 시작했다. 그 거친 자극에도 이미 쾌락의 선을 넘어 버린 지원은 아픔이 아닌 쾌감을 느끼며 몸을 뒤틀었다.

그가 혀를 더 세게 집어넣으며, 애액에 적셔진 손가락으로 작은 알갱이를 동글게 굴려 댔다. 지원의 허리가 요동치며, 쾌락에 겨운 머리가 가로저어졌다. 창피함을 잊은 손가락이 그의 머리카락을 파고들고, 정수리가 시트에 닿을 정도로 몸을 크게 휜 그녀가 소리 없는 교성을 내지르듯 입술을 벌리자, 그녀의 깊은 길이 바르르 경련을 일으켰다.

집어넣은 혀로 그녀의 경련을 모두 느낀 현민이 나른하게 혀를 빼내며, 울컥 흘러나온 단물을 모두 빨아 마셨다. 고개 들어 올려다본 지원의 얼굴이 발갛게 달아올라 있자, 그의 눈이 부드럽게 웃은 뒤 다시 고개를 내려 그녀의 꽃잎을 부드럽게 핥아 올렸다.

"그…… 그만…… 그만……."

지원의 몸이 전기에 맞은 듯 튕겨지며 경련했다. 인내의 한계점에 다다라 있던, 그가 몸을 일으켜 지원의 손을 잡아당겼다.

"만져 봐."

아직 숨을 몰아쉬고 있던 지원이 제 손에 닿은 그의 분신을 조심스레 감쌌다. 벨벳 같은 얇고 뜨거운 피부, 딱딱한 기둥과 거센 맥동이 그녀를 재촉하고 있었다. 저만 흥분하고 못 보일 모습을 보인 건 아니란 생각에 조금 마음이 편안해진 지원은 그의 손길이 이끄는 대로 손을 움직였다.

천천히 어루만지다, 딱딱한 피부 끝에서 느껴지는 미끄러운 액이 놀라워 그를 올려다보자 뜨거운 눈빛이 내려다보고 있었다. 지원은 방금까지 그의 혀가 있던 곳으로 그의 분신을 이끌었다.

"잠깐만."

몸을 누르던 무게감이 사라진 동안 지원은 호흡을 고르며 심호흡했다. 콘돔을 착용한 그가 지원의 어깨를 감싸 안았다.

"천천히 할 테니까. 긴장 풀어."

작게 고개 끄떡인 지원의 입안으로 그가 혀를 집어넣으며, 허리를 내리눌렀다.

"으……윽……."

달궈진 쇠막대가 배 속에 꽂혀드는 경험은 흐려진 처음의 기억보다 더 아픈 것 같았다. 통증에 찌푸려진 미간, 정성스런 키스에도 굳어진 입술. 침대보가 젖어 들 정도로 충분히 적신 길이지만 **빡빡**하니 좁은 그곳에 그의 분신이 머리를 들이밀자, 침입을 막겠다는 듯 조여 오는 속살로 인해 그가 고통 같은 쾌감을 느끼며 더 이상 파고들지 못하고 있었다.

"흐윽, 힘 **빼**……."

그의 등을 꼭 안고, 현민이 들어오는 동안, 숨도 쉬지 못한 채 힘을 **빼려** 노력했던 지원의 얼굴은 고통에 잠겨 있었다. 쓰라림과 **뻐근한** 둔통, 제 몸 안에서 그의 심장이 뛰는 기묘한 느낌을 동시에 느끼던 지원에게 끝까지 분신을 밀어 넣은 현민이 따뜻하게 입맞춤을 해 왔다.

"괜찮아?"

살짝 눈 뜬 지원에게 현민이 고통스런 표정으로 웃어 보였다. 고개를 가로젓는 지원의 눈동자가 커져 있었다.

'말을 해도 되는 거구나. 이런 걸 하면서 눈을 마주 봐도 되는 거구나.'

남자와 한 몸이 된다는 게 이런 느낌일 수도 있다는 사실에, 지원은 마음이 울컥했다. 그녀의 눈동자에 비친 물기가 통증에서 기인한 것이라 생각한 현민이 통증을 덜어 주려 분홍빛 도드라진 유두를 입안으로 쏙 빨아 들였다.

"헉, 지원아."

움찔, 가슴에 퍼지는 자극과 놀란 반사 자극에 조여 든 그녀의 꽃길이 현민을 조였다.

"으읍."

물결치기 시작한 그의 허리짓에 지원은 좀 전 그가 느끼게 해 준 쾌감이 흔적 없이 사라지는 기분이었다. 그는 너무 크고, 너무 단단했다.

"부, 부탁 있어요. 나 때문에 오래할 생각 말고, 보통 때처럼도 말고 가능한 빨리……."

'빨리 끝내 주세요. 제발.'

쾌감을 느끼며 찡그려진 눈매로 그녀의 눈빛을 읽은 현민은 잠시나마 이대로 멈춰야 할까, 생각했지만, 그녀의 몸은 너무나 뜨겁게 조여오고 있었다. 이미 시작된 관계가 완전히 끝나야 그녀가 벌인 이 일이 목적을 달성하는 것이란 생각을 핑계 삼은 그가 고개를 끄떡이는 것으로 빨리 끝내겠다는 대답을 대신했다.

현민이 입을 맞추며 허리 움직임에 속도를 붙였다. 깊숙이 허리를 휘어 올리는 그의 움직임에 호흡이 턱에 닿은 지원은 고개 돌려 현민의 입맞춤을 피해 이를 악물었고, 그런 지원을 본 현민은 두 팔로 상체를 지지해 오직 절정에 다다르기 위한 허리 움직임을 더 빨리하기 시작했다.

찰박거리던 생소한 살 부딪치는 소리가 질척이는 소리로 변하고, 지원의 몸이 위아래로 빠르게 흔들렸다. 현민은 제 아래에서 흔들리는 지원의 모습에 뿌리까지 꽂아 넣을 것처럼 강하게 제 몸을 밀어 넣으며 단지, 피스톤 운동만으로도 머릿속이 타들어 가는 쾌감을 느끼고 있었다.

지원의 한쪽 가슴을 아프도록 움켜잡았다. 잡힌 가슴을 당겨 제가 파고들 때 밀려나지 않도록 붙드는 현민의 손엔 절정을 향한 강한 허리짓만큼이나 많은 힘이 들어가 있었다.

발갛게 달뜬 얼굴로 그를 올려다보고 있던 지원은 그의 손에 일그러진 가슴이 아팠지만, 또 마냥 아프지만도 않았고, 어서 그가 절정을 느끼길 바랐지만, 꼭 그러지 않아도 괜찮을 것 같은 기묘한 감각들에 휩싸여 있었다.

"흐응."

곧, 허리와 둔부가 구름 위로 낮게 떠오르는 듯한 몽롱함이 그녀에게 찾아왔다. 쾌감에 들뜬 것은 아니래도 더 이상 통증에 고통스럽지 않다는 게 그녀를 편안케 했다. 통증이 사라지자, 그녀의 깊은 길엔 저절로 힘이 들어갔고, 조여진 남성은 그를 하얀 사위 속으로 빠져 들어가게 만들었다.

"허억, 지원아!"

외마디 거친 숨결과 함께 마지막 일격을 가하듯 무자비하게 내찌른 그의 분신이 그녀 안에서 최상의 쾌감을 느끼며 울컥 뜨거운 것들을 풀어 놓았다. 한동안 허리를 휘어 올린 채 굳어 있던 그의 몸이 거친 숨을 몰아쉬며 지원의 가슴 위로 내려앉았다.

그의 단단한 등을 쓸어내리던 지원은 얇은 막에 싸여 있지만, 제 깊은 곳에서 마치 심장이 뛰고 있는 것과 같은 맥동을 느끼게 해 주는 그의 분신이 이상해, 아래에 살짝 힘을 줘 봤다.

"으, 훗."

그의 짧은 신음에 뒤이어 즐거워하는 듯한 숨소리가 웃음처럼 흘러나왔지만, 정작 지원은 그가 전해 줬던 미묘한 마취제가 사라진 양 쓰라리고 둔한 통증이 다시 느껴져 인상을 찌푸렸다.

아팠다. 마치, 잠시간 속았던 것처럼 그녀의 깊은 곳은, 멍들고 화상을 입은 것처럼 아파왔다. 게다가 단체 기합 받은 것처럼 바들거리는 다리근육과 골반 관절의 뻐근함이라니…….

패잔병의 지친 몸처럼 늘어진 자신의 몸을 느낀 지원은 그의 등을 톡톡 두드렸다.

"이제 괜찮아요?"

"……푸훗……. 그거, 내가 해야 될 말 아닌가?"

그녀의 머리카락에 얼굴을 부비고 있는 그의 목소리엔 나른함이 섞여 있었다.

"괜찮으시면 좀 내려와 보세요."

"싫은데, 지금 완벽하게 편해. 내 집에 있는 것처럼. 무거워도 조금만 더 참아 주지 그래."

"……미안한데…… 아파요."

"……."

지원의 가는 목소리에 현민이 번쩍 눈을 뜨며 재빨리 몸을 일으켰다. 그가 몸에서 쑤욱 빠져나가는 느낌은 파고드는 만큼이나 어색하고 묘해서 지원은 아랫배에 힘을 주며 참아 내야 했다.

자신의 종아리 사이에 앉아 콘돔을 정리하는 남자의 등을 보며 다리를 모으려던 지원은 그의 넓은 등과, 그 넓이만큼 무방비로 벌어져 있는 자신의 다리를 보며 입술을 깨물었다.

다리에 힘을 줘 보니, 골반 골에서 탈골된 다리가 덜그럭대는 것처럼 제 몸이 제 몸 같지 않았다. 좀 비켜 주면 무거운 다리를 모아 모로 누울 수 있을 것 같은데……. 그러나, 몸을 돌린 그는 피해 주기는커녕, 지원의 두 다리 사이에 앉아 본격적으로 지원의 눈을 내려다보기 시작했다.

"다리 모으고 싶어요. 이쪽으로 오세요."

지친 기색이 역력한 얼굴로 옅게 웃은 지원이 자신의 옆자리를 톡톡 두드렸다. 벌어진 다리를 어쩌지도 못하고, 힘없이 말하는 지원의 모습에 현민은 그녀의 다리 사이에서 재빨리 빠져나와 옆으로 물러나 앉았다.

지원은 현민의 동작과는 대조적일 만큼 느린 동작으로 서서히 다리를 모으더니 상체부터 옆으로 돌려 모로 누웠다. 두 다리를 꼭 붙여 누운 그녀의 움직임이 마치 허리 아래로는 멍이 든 것처럼 부자연스러웠다.

"많이 아파?"

"……조금만 이러고 있을게요. 먼저 씻으세요."

머리끝까지 관통하는 희열로 눈앞이 온통 하얗게 변하는 극한의 쾌감을 느낀 탓에 현민은 자신이 얼마나 지원을 몰아쳤는지 기억나지 않았다. 본능적으로 거칠어졌을 격한 움직임, 그는 미안함을 느꼈다.

"씻겨 줄게."

"지금은 안 움직일래요."

안타까운 눈빛의 현민의 손이 지원의 벗은 어깨와 팔을 천천히 쓸어내렸다.

그에게 등을 보이고 있는 지원은, 현민의 따뜻한 손길을 느끼면서도, 지금 이 순간이 예전의 어느 때와 아주 많이 다르다는 생각에 빠져 있었다. 거칠게 절정을 맞이하고, 할 일 다 끝났다는 것처럼, 아니 굉장히 장한 일을 했으니 당연히 쉬어야 하는 것처럼 등 돌리고 잠에 빠져들었던 누군가와는 정말, 달랐기 때문이었다.

그가 주는 고통의 순간에도 오로지 참아야 한다는 생각으로 버텼던 지원을 버려둔 채, 짧은 입맞춤도 없이 잠들었던 그 사람의 차가운 등과는 너무도 다른 현민의 따뜻한 손길이 여러 가지 상념을 불러일으켰다.

'처음도 지금과 같았다면…… 좋았을 텐데.'

여자로서 참 많이 아프고 슬펐던 기억이 왜 하필 오늘 다시 튀어나오는 걸까. 재우가 나타난 탓이라고 접어 두기엔, 현민의 손길이 너무도 따뜻했다.

마치 다 알면서 위로해 주는 듯이. 바보 같은 생각. 이 사람이 알긴 뭘 안다고…… 첫 경험이 배설구로 사용된 느낌이었다는 걸, 진짜 연인도 아닌 자신을 이렇게 배려하는 이 남자가 어떻게 알겠는가.

그래, 아마도 그때부터였던 것 같다. 헤어져야 할 참 많은 이유가 있었음에도 측은한 마음이 남아 있던 재우에게, 딱 그날로 끊어 낼 순 없었지만 마음으로부터 확실한 거부와 선을 긋기 시작한 것은.

욕구 해소용 도구 그 이상, 그 이하도 아닌 딱, 거기까지로 대우받았던 그날의 기억은 지원의 마음을 그렇게 닫아걸게 만들었고, 그 뒤로 그가 간곡한 부탁 혹은 협박처럼 겁주던 모습을 보였음에도 절대 잠자리를 허락하지 않게 만들었다.

한 번 허락했으니 다음도, 그다음도 당연할 것이라 생각했었던 재우는 지원의 거부에 참 많이 화를 냈었다. 그는 정말 몰랐던 걸까. 누군가를 좋아하고, 아끼는 마음은 아무리 감추려 해도 스치는 눈빛과 순간순간의 그 무엇만으로도 너무나 잘 전해지는 법이란 것을.

그것은 이유 없이 미움받고, 천대받는 것도 마찬가지. 그 밤, 똑똑하고 언변 좋은 재우가 시기적절한 멘트로 덮고 있던 마음의 깊이를 이성보다 본능이 우선되던 그 예민한 시간에 들켜 버린 것처럼, 지금 제 팔을 쉼 없이 쓸어내리는 현민이란 남자의 마음도 지원에게 전해지고 있었다.

'당신, 왜 이러는 거죠? 진짜 연인이었던 남자도 처음을 주고 홀로 아파하고, 몸 추스르는 연인을 살피긴커녕, 시트 중앙에 남겨진 꽤 넓은 핏자국과 여기저기 묻은 자잘한 붉은 흔적들을 찾아보느라 바빴었는데. 외려 오늘 처음 만난 당신은 내 몸 상태를 신경 쓰네요.'

지원의 눈빛이 풍랑에 휩쓸린 조각배처럼 흔들렸다.

그렇게 상처받고도, 그깟 처녀성이 뭐라고. 가장 처음 잔 남자가 무슨 의미라고, 불행할 것이 분명한 그와의 결혼을 그가 당기는 대로 이끌려 갔었던 것일까.

시간이 지난 지금은 그때의 행동을 많이 후회하지만, 사실 지원은 그와의 헤어짐이 너무나 다행스러우면서도 처녀성을 잃은 여자란 자책을 이삼 년 동안은 버리지 못했었다.

너무나 구시대적 발상이라고 동시대에 사는 여성들의 질타를 받을 거란 것을 알면서도 한 사람을 진심으로 사랑하고, 그 사람과 처음과 끝을 모두 나누며 살 거라 생각했던 소녀 같은 마음이, 그 현실과 벗어난 유약한 꿈이, 그녀의 부끄러움을 키웠던 탓이었다.

굉장히 소중한 꿈 하나를 잃은 듯한, 그래서 다른 누군가를 새로 만나면 처녀성을 잃은 몸이니 결코 당당할 수 없을 것이란 생각 또한 그녀가 이성교제를 스스로 제한하게 된 한 가지 이유가 되기도 했었다.

그 무엇보다 당당하고, 자신감 있는 제 모습이 가장 값진 보물이란 것을 깨닫지 못한 채.

아무리 계약이라지만 다른 남자에게 처녀가 아니라고 제 입으로 말하며 관계를 가지게 될 줄, 그때는 정말 몰랐었다. 물론, 상대가 이렇게 처녀막과는 상관없이 소중하게 대해 줄 줄도 몰랐었고 말이다.

처녀가 아니었다면 그에게 준 소중한 마음과 시간은 아무 의미 없는 것처럼 굴던 재우에게 실망했으면서도, 정작 그가 심어 놓은 생각들이 머릿속에 각인되어 지금까지 저 자신을 폄하하고 있었다는 것을 지원은 오늘에서야 깨닫고 있었다.

정작 아무 감정 없이 단순히 욕구만 풀고, 재빨리 떨어져 내려왔어야 할 사람은 제 안이 편하다며 오래 머물고 싶어 하고, 지금도 많이 아프냐며, 따뜻한 손으로 어깨와 팔을 쓰다듬어 주고 있는 이 순간을 어떻게 받아들여야 할까.

"이제 괜찮아요. 신경 쓰게 해서 미안해요."

"하, 넌 참…… 미안한 것도 많다."

"안 그래도 되는 거면, 나 신경 쓰지 말고 먼저 씻어 줄래요?"

어색하다. 섹스가 끝난 후 점점 정상적으로 돌아오는 주변 공기, 뒤늦게 인지되는 그와의 관계, 그것과는 어울리지 않는 친밀함, 익숙지 않은 자상함에 감정 정리 할 시간이 필요했던 지원은 그가 잠시 욕실에 가 있어 주길 바랐다.

"조금 이따가."

"……네."

더 이상 말이 없는 지원의 입술처럼, 겹쳐진 두 다리는 굳어 미동조차 없었다. 어떻게든 안 아프게 해 주고 싶은 안쓰러움에 현민의 마음도 편안해지지 못하는 것은 마찬가지였다.

무엇이 다른 것인지는 모르겠지만, 경험 적은 여자의 몸에 들어간 것을 이유 삼기엔 너무나 특별했던 전율과 쾌감이 현민을 흔들고 있었다. 마치 처음 그녀를 보면서 아릿한 통증을 느꼈던 때처럼.

바에서부터 자꾸만 그녀를 향하던 시선, 땀에 젖은 몸을 개운하게 씻어 낼 그 짧은 시간조차 그녀와 떨어지기 싫은 마음까지. 모두 그녀를 눈앞에 두고도 놓칠까 봐 조바심 나게 하는 이유가 되어 그를 흔들고 있었다.

일단, 몸을 웅크린 지원의 고통을 덜어 주고 싶다는 생각과 함께.

"지금도 아파?"

"아뇨."

"이리 돌아누워 봐. 상처라도 났는지 좀 보자."

"네?"

"좀 보자고. 얼마나 아픈지."

당연하다는 듯한 낮고 안정된 목소리에, 지원의 눈이 커다래졌다.

"아까 다 봤잖아. 뭘 그렇게 아직도 창피해해, 좀 보자."

"아니, 됐어요."

지원은 저만치 뭉쳐 있는 듀벳을 당겨 몸을 덮었다.

"잘 거야?"

"네……."

도톰한 듀벳에 감싸인 작은 등의 주인은 이 순간을, 이렇게 친밀할 수 있는 시간을, 어떻게든 놓치고 싶지 않은 그의 마음을 외면하고 있었다. 눈동자를 마주치며 생각을 읽고 싶어 한 그의 애타는 마음을 몰랐던 것처럼, 갑자기 작고 귀여운 웃음소리가 들려왔다.

"……훗."

"왜 웃어?"

침묵을 깨뜨린 그녀의 소리가 반가워 현민이 말을 걸었다.

"덕분에 술 깨는 법을 알게 된 것 같아서요. 그동안 술 못한다고 직원들한테 핀잔 많이 들었는데, 앞으로 술을 먹어야 하나, 말아야 하나…… 그 생각했어요."

"뭔데, 그 방법?"

"말 안 해요."

말끝에 따라 나오는 지원의 웃음소리가 묘하게 현민을 충동질했다.

"말을 시작했으면 끝까지 해야지."

"……들으면 기막힐 텐데……."

"말해."

궁금함에 무조건 들어야겠단 생각인지 이제 현민의 목소리는 단호하기까지 했다.

"그럼, 듣고 뭐라 하지 마세요."

이 상황도 비정상. 머리에 떠올린 생각도 비정상. 걸러 내고 조심할 것 없는 관계.

"그래."

"……처음에 여기, 마티니 두 잔 마시고 여기 왔잖아요."

"음."

"그런데 아까 그 술, 독한 술인 것 같은데. 전 아직 깨어 있고, 몸은 좀 피곤하지만 어쨌건 정신은 안 잃었으니까요."

"……그래서?"

"그냥 그렇다고요."

어깨를 잡아 돌려 바라본 지원의 얼굴은 눈매를 찌푸린 현민과는 달리, 잠기운이 서린 편안한 표정이었다.

"제대로 말해 봐."

"눈치챈 것 같은데요. 좀 뭐하긴 하지만, 방법을 알아낸 건 알아낸 거니까요. 우습잖아요."

"그래서, 앞으로 술 마신 날마다 이러겠다는 건가?!"

말을 내뱉는 순간, 실언임을 알았지만, 몸을 섞고 혼란스러워하는 자신과는 달리, 조건부 만남 외엔 어떤 마음 한 조각, 나눌 생각 없어 보이는 지원에게 그는 자격 없는 분노를 느꼈다.

"……유현민 씨. 그냥 농담이었어요. 술 마시고 이렇게 정신 말짱한 내가 신기해서. 당신은 잘 모르겠지만, 난 오늘 내 인생을 뒤흔들 만큼 큰 선을 넘은 거예요. 내가 늘 이런 식으로 산다고는 생각하지 마세요."

그녀를 가벼운 여자로 치부한 것은 아니었는데, 상처를 주고 만 남자와 지금의 모욕을 낯선 이에게 안긴 대가쯤으로 에둘러 묻어 두기로 한 여자의 마음이 서걱거리며 침묵을 이어 갔다.

"……오해하지 마. 네가 가벼워 보였으면 조건부라도 애인 하잔 말 같은 건 안 했어."

그러나 다시 등을 보인 지원은 아무 말도 하지 않았다.

"술 마시고 싶으면 나한테 전화해. 어찌 됐든 내가 네 애인이니까. 그동안엔 다른 남자 앞에서 취하지 말고, 안기지도 마. 그건 예의 같다."

"……안 안겨요. 이렇게 아픈데 뭐 좋다고 그러겠어요."

여전히 아프다는 말에 현민의 미간은 또다시 찌푸려졌다.

"안 되겠다, 좀 보자."

"아뇨. 주무세요. 곧 괜찮아질 거예요."

조용한 침묵이 내려앉았다. 그 적막을 핑계 삼아 잠을 청하려 태아처럼 몸을 말던 지원의 미간이 간헐적인 통증을 참아 내듯 움찔거렸다.

"가만있어. 덜 아프게 해 줄게."

"흡! ……뭐해요?!"

듀벳 안으로 들어간 현민은 동그랗게 드러난 지원의 엉덩이 사이로 얼굴 파묻었다. 이대로 가만히 있고 싶다고 했으니까 그 자세 그대로, 제 분신이 들어간 탓에 아파하는 곳을 부드러운 혀로 달래며 미안한 마음을 전했다. 그리고 지원도 자신처럼 혼란스럽기를, 너무 단단히 닫혀 버린 마음이 흔들려 주기를 바랐다.

"흐⋯⋯흡⋯⋯. 왜⋯⋯ 그래요⋯⋯. 하윽."

지원은 예민한 곳에 닿는 현민의 오똑한 콧날과 뜨거운 입김, 깊은 곳을 거침없이 핥아 올리고 어르듯 조심스레 파고드는 그의 혀를 더 이상 거부하지 못했다. 그녀의 다리가 서서히 힘없이 벌어지기 시작했다.

"아흑⋯⋯."

힘이 빠진 다리 사이를 밀고 들어간 머리 따라, 꽃잎 속 작은 알갱이가 혀에 닿았다. 동글게 핥는 그의 입술에 지원의 몸이 바르르 떨렸다. 제 어깨에 지원의 한쪽 다리를 올려놓고, 좀 더 편한 자세로 자리 잡은 그가 작은 알갱이를 입술로 덮어 마음껏 빨아 마시며, 얼굴을 비벼 댔다.

"덜 아프지?"

포근했던 듀벳은 저만치 밀쳐 있었다. 제 것인 양 지원의 깊은 곳을 빨아 대고 핥아 대던 현민이 불쑥 고개 들어 지원을 올려다보며 물었다.

둥글게 접힌 몸, 제 다리 사이에 얼굴을 묻고 있는 남자의 눈동자가 뜨거운 눈빛으로 마주쳐 오고, 말할 때마다 깊은 곳에 닿는 뜨거운 입김마저 애무가 되어, 물컹한 혀와 함께 지원의 눈빛을 몽환적으로 만들고 있었다.

지원은 그의 눈빛에 빨려 들어가는 아찔함을 느꼈다. 작게 벌어진 그녀의 입술에선 계속 뜨거운 숨이 흘러나왔다. 그리고 상처뿐인 오늘이, 얼룩이 아닌 배려받는 따뜻한 색을 가지게 해 준 그에게 고맙다는 생각과 정작 이런 느낌을 누려야 할 사람은 자신이 아니라 그란 생각이 들기 시작했다.

어차피 자신의 사정으로 인해 시작된 거래. 작은 쾌락이라도 얻어 가야 할 사람은 자신이 아니라 그였다. 지원은 그의 어깨에 올려 있던 다리를 들어, 조심스레 앞으로 몸을 당겼다.

커다란 침대 위에 창가를 바라보며 침대 헤드를 향해 머리 누인 지원은 제 엉덩이 쪽에 머리를 두고 있는 그가 저만큼이나 흥분해 있다는 것을, 몸을 돌려 바라봤을 때 그의 분신이 하늘로 솟구쳐 있은 것을 보고 알 수 있었다.

지원은 제 하체를 그에게서 멀리 떨어뜨리며, 이미 단단하게 부풀어 위를 향하고 있는 그의 분신을 손에 그러쥐었다.

"헉, 뭐 하려고?!"

"너무 나만 받잖아요."

"뭐? 지원아!"

현민은 제 분신을 입에 담는 지원의 입술과 조심스레 입안으로 빨아 당기는 촉촉한 속살의 압력, 따뜻한 입안에서 예민한 곳을 휘감는 촉촉한 혀의 움직임에 거친 숨을 토했다.

그녀의 손짓과 고갯짓, 입안에서 느껴지는 감촉 하나하나까지. 그것은 절정을 재촉하는 무의미한 움직임이 아니라 말을 걸어오는 듯 정성스러웠다.

지원의 머리카락을 쓰다듬어 내리던 현민은 쾌감에 겨워 찡그린 얼굴로 숨을 멈추다. 참을 수 없을 만큼 달아오른 이 터질 듯한 흥분을 표현할 방법이 절실했다. 그래서 손을 뻗어 멀리 도망가 있는 지원의 다리를 잡아당겼다. 제 분신을 빨다 말고 자신을 바라보는 지원에게 그는 어떤 설명도 없이, 급하게 그녀의 다리 사이로 머리를 들이밀었다.

"아흣."

그녀의 신음이 방 안을 울리며, 입술과 맞닿아 있는 그의 분신에도 뜨거운 입김을 전했다. 한편 현민은 지원의 모든 것을 먹어 댈 것처럼 입을 벌려 꽃잎을 빨아 당기고 그 사이로 혀를 넣어 갈라 핥아 올렸다.

제 분신에 뺨을 부비는 지원의 반응이 그를 더욱 흥분시키자, 그는 그녀의 가장 예민한 알갱이를 입술과 혀로 빨아 당겼다. 빨아도 빨아도 부족했다. 아픈 사람을 달래 주려 시작한 애무는 통증이 느껴지도록 거친 애무로 변해 버렸다.

　몸을 휘며 신음을 내뱉던 그녀도 그의 분신을 뜨겁게 삼키기 시작했다. 침대 주변 공기가 붉은 열기로 달아오르고, 그들의 애무도 서로가 서로를 공격하듯, 탐하는 움직임으로 변해 가고 있었다.

　그가 그르렁거리며 깊은 곳에 혀를 넣고, 손가락으로 알갱이를 비벼 대면 지원도 그의 분신을 좀 더 세게 빨아 당겼다.

　말소리 없이 서로가 주는 자극으로만 나누는 대화가 깊어 갔다. 땀이 배어 나온 두 몸은 달아올라 뜨거워져 있었고, 빨고 핥는 것만으로는 만족하지 못하는 현민이 그녀의 꽃잎 사이 돌기에 살짝 이를 박았다.

　"악!"

　저도 모르게 너무 세게 문 현민은 도망치려는 지원을 붙잡아, 혀로 정성스레 핥아 주며 달래 주었다. 그 움직임에 위에서 버둥거리려던 지원의 몸이 다시 편안하게 내려앉더니, 화답하듯 그의 분신을 제 입안에 머금어 주었다.

　현민은 가슴이 벅찼다. 지원은 잘 모르고 하는 것이겠지만, 이런 식으로 가감 없이 애무를 나누고, 말없이 몸으로 상대의 생각을 읽으며 서로를 가질 수 있는 사람을 만났다는 기쁨은, 영혼마저 일치하고픈 그의 욕심을 더욱 부추기고 있었다.

　현민은 급히 몸을 일으켜 지원의 위로 올라가 입을 맞췄다. 그의 입에서 자신의 애액과 그 향을 느낀 지원이, 제 입에서도 느껴질 그의 향에 창피함을 느끼며 고개를 돌리려 하자, 그는 지원의 얼굴을 부여잡고 고개가 꺾이도록 깊이 파고들기 시작했다.

　"지원아, 지금 갖고 싶어."

　눈동자 안에 파도를 간직한 사람처럼 뜨거운 눈빛을 일렁이는 현민에게 지원은 안 된다는 말을 할 수 없었다. 지원은 아픈 것이 싫으면서도 그가 들어오길 바라는 이율배반적인 자신의 마음에, 대답 대신 그의

74

엉덩이에 손을 올려 아래로 내리눌렀다. 그녀와 눈을 마주친 그가 다급하게 그녀 안으로 파고들었다.

"허윽, 지원아."

"으흐."

각오했던 것보다 아프지 않아 굳었던 지원의 몸이 금방 풀렸다. 긴장을 풀고 맞이하는 그의 몸은 한결 받아들이기 수월했고, 따뜻한 그의 눈빛이 엷게 남은 고통마저 줄여 주는 것 같았다.

그가 만들어 내는 박자에 몸을 맡기며 흔들리던 지원은 어느 순간 자그마한 탄성을 내뱉었다. 그 소리에 놀랍고도 반가운 눈빛으로 내려다본 그의 눈에 지원의 달뜬 낯빛이 오롯이 보였다.

"괜찮아? 안 아파?"

"안 아파지기 시작했어요. 괜찮아요."

그녀의 대답에 현민의 입술이 크게 웃었다. 제 욕심으로만 아픈 그녀를 상하게 하는 것 같아 무거웠던 마음이 사라지자 그의 움직임이 한결 강하고 빠르게 변하기 시작했다.

그가 주는 느낌을 함께하기 시작한 지원의 얼굴에선 미소가 사라지며 뭐라 설명할 수 없는 표정으로 미간을 좁히기 시작했다. 하지만 이제 현민은 알 수 있었다. 그 표정이 저와 똑같은 희열을 맛보는, 바로 쾌감을 느끼고 있다는 걸 말하고 있다는 것을.

그의 움직임이 거칠어졌다. 더 깊고 강하게 부딪쳐 오는 현민으로 인해 지원이 그의 어깨를 감싸 안으며 매달려 왔다.

"이리 와 봐."

몰아치던 움직임을 멈춘 현민이 지원을 잡아 올려 제 다리 위에 앉혀 버렸다. 침대 헤드에 기대고 앉아, 제 분신을 품고 있는 지원의 엉덩이를 두 손 가득 주무르며 그녀를 바라보고 있었다.

"움직여 봐."

"네?"

"이렇게 움직여 봐, 도와줄게."

현민이 지원의 엉덩이를 붙잡고, 둥글게 원을 그리며 천천히 돌리기 시작했다. 몸 안에 박혀 든 거대한 기둥이 흔들리는 엉덩이를 따라 제 몸 안에서 함께 휘어지고, 질벽에 마찰되는 느낌에 지원은 숨이 막혀 입을 벌렸다.

힘에 의해 움직여지던 엉덩이가 지원 스스로 그의 손을 따라 움직이기 시작하자 점점 더 자연스러운 원을 그리기 시작했다.

"이……렇……게?"

"하아, 그렇게, 좀 더 깊게 허리를 움직여 봐."

"이…… 렇……게요?"

"그래, 후우."

"잘 못하겠어요. 그냥 내려갈게요."

헤드에 머리를 젖히고 지원이 주는 감각에 빠져들던 현민이, 갑자기 몸을 들어 올리는 지원의 엉덩이를 아프도록 꽉 붙잡아 내리눌렀다.

"해 봐. 그래야 늘어."

지원이 엉덩이를 내리누르는 현민의 힘에 반항하듯 그의 다리 양옆으로 벌려진 허벅지 근육을 긴장시키며 버티자, 현민은 그의 분신을 꽉 조이는 지원 때문에 미치도록 폭주할 것 같았다.

당황스러움에 달뜬 기운이 사라지고, 다시 또렷해져 버린 지원의 눈빛을 본 현민은 눈앞에 놓인 분홍빛 젖꼭지를 혀로 휘감으며 빨아 당기기 시작했다.

지원이 가슴을 적시는 그의 혀에 고개 숙인 그의 머리를 끌어안았다. 지원이 눈을 감고 그가 알려 준 대로 천천히 허리를 움직이기 시작했다. 작은 원을 만들기에 급급했던 움직임은 시간이 지날수록, 본능이 알려 주는 느낌을 좇아 점점 대담하게 허리를 깊이 꺾으며 빠르게 움직이기 시작했다.

그의 위에서 지원의 허리가 물결쳤다. 그의 움직임처럼 자연스럽지는 못하고, 가끔 박자를 잃은 엉성한 움직임에 반쯤 빠져나왔던 분신을 꺾어 그에게 결코 반갑지 않은 통증을 선사하기도 했지만, 지원은 수줍음을 버리고 그의 몸 위에서 날아오르기 시작하고 있었다.

"하아, 하아, 이상해요."

"괜찮아, 계속해."

한 손으론 지원의 허리를 감싸 받쳐 주고, 또 다른 한 손으론 가슴을 만지다가 땀 맺힌 이마로 거친 숨을 내쉬는 지원의 머리카락을 쓸어 올려주던 현민은 쾌감에 집중해, 제 손길을 피하며 양어깨를 붙잡고 움직임을 빨리하는 그녀를 넋 놓고 바라보기 시작했다.

지원의 감긴 눈 아래로 생기를 되찾은 붉은 입술이 거친 숨을 내쉬며 벌어져 있었다. 가끔씩 목이 타는지 혀로 입술을 축이고, 하얀 이로 아랫입술을 깨물기도 했다. 제 배에 물결치며 닿아 오는 지원의 까실거리는 음모, 느낌에 몰입하며 몽환적으로 변해 가는 표정과 호흡 끝에 이어 나오는 교성 또한 그를 환락의 한가운데로 몰아넣기에 충분했다.

"어떡해."

당황한 표정이 역력하면서도 움직임을 멈추지 못하는 지원이 사랑스러웠다. 지원의 움직임이 더 짧게 물결치며, 격해지기 시작하자, 현민은 단전에 힘을 주며, 부딪쳐 오는 그녀가 더 강하게 느끼도록 제 몸을 세워 주었다.

지원이 이를 악물며 힘들어하는 것을 본 그는 몸이 합쳐진 곳으로 손가락을 내려 수풀 아래 숨겨진 꽃잎 속 정점을 부드럽게 문질러 주었다.

"으흣, 아아아."

기다린 것처럼 몸을 휘며, 금세 절정을 느껴 버리는 지원은 쾌감을 견디지 못하고, 그의 몸 위에서 물결치며 머리를 흔들어 댔다. 거친 숨을 몰아쉬며 눈조차 뜨지 못하고 그의 어깨를 파고들 것처럼 붙잡은 그녀의 손가락이 하얗게 질려 있었다.

길다란 탄성과 함께 휘어진 허리를 따라 상체가 넘어가려 하자, 현민이 다급히 지원의 등을 받쳐 주었다. 그녀의 절정이 끝나길 기다리며 몸을 세우고 있던 현민의 어깨에 한참 동안 허리를 휘고 있던 지원이 겨우 허리를 바로 세워 고개를 파묻어 왔다. 멈췄던 숨을 토해 내는 지원의 숨소리가 그의 귓가에 가쁘게 들려왔다.

"하아…… 하아……. 하아……하……. 하……."

가슴을 들썩이며 거친 숨을 몰아쉬는 지원의 등을 현민의 커다란 손이 쓸어내렸다. 한 손은 어깨 옆으로 흘러내리며 쓰러지려는 지원의 고개를 감싸 받쳐 주고, 또 한 손으로는 맘 놓고 푹 기대어 오는 그녀의 등을 쓸어 주며, 만족감을 느끼는 현민이 기분 좋은 미소를 보였다.

어느 정도 숨을 쉴 수 있게 되자 지원이 고개를 들더니 현민을 바라보았다. 지원은 묻고 싶었다. 남녀 간의 잠자리란 게 원래 다들 이러는 건지, 유현민 씨는 아까도 이랬던 건지. 도대체 지난 과거 속의 자신은 뭘 경험한 것인지.

수많은 생각들로 꽉 찬 눈망울이 혼란스러워한다는 걸 느낀 현민은, 조금 전 그랬듯이 말보단 몸으로 제 뜻을 전하며 그녀를 꼭 안아 주었다.

"웃?!"

그런데, 아직 강대하게 살아 있는 그의 분신을 느낀 지원이 난감한 표정으로 울상을 지었다.

"나, 더는 못해요."

"이렇게 만든 사람, 누구였더라?"

"하아, 난 도저히……. 미안하지만 아까 처음처럼 그렇게 해요."

현민은 웃으며 땀에 젖어 축 늘어진 지원을 안아 곱게 침대에 눕혀 주었다. 그녀에게 다시 들어가기 전 인사하듯 가슴에 입을 맞추려는 그를 향해 지원이 가슴을 가리며, 극구 하지 말라고, 죽을 것 같다고 말하자 현민의 눈동자엔 장난기가 가득 실렸다.

반듯이 누워 있는 그녀의 다리 사이로 파고들어가 몸을 합한 현민이 천천히 몸을 움직이며 리듬을 타기 시작했다.

처음처럼 빨리 움직여 얼른 절정에 올라주길 바라는 지원의 바람과는 다르게 마치, 그녀를 다시 일깨우려는 듯 부드럽게 시작된 그의 움직임이, 그의 의도대로 서서히 그녀의 몸을 다시 뜨겁게 만들고 있었다.

"아흑, 제발!"

"같이 가자."

얼굴에 미소까지 띠고 지원을 내려다보며 멈추지 않을 작정이라는 표정으로 말했다.

"하아……하아…… 혼자…… 얼른……. 하아……."

"그만 말해. 자꾸 말 시키면 더 늦게 끝나."

그 뒤로 지원은 절대 한 마디도 하지 않았다. 빨리 끝내 달라는 뜻인 듯했지만, 그러나 현민은 알 수 있었다.

점점 더 갈구하는 눈빛으로 변해 가는 지원의 눈동자와 이미 알아 버린 움직임을 따라 맞추며 미숙하나마 허리를 받쳐 오는 움직임, 서서히 크게 오르내리는 그녀의 가슴. 현민이 달아오른 몸을 더 이상 누르지 못하고 격정으로 치달을 때 그녀도 다시 한 번 그의 목을 감싸 안으며 그가 전해 주는 격정을 향해 같이 달리고 있었다.

그녀가 또다시 먼저 닿아 버린 절정의 끝. 마지막까지 시선을 놓지 않고 계속 지원의 눈빛을 마주 보며 끝을 향해 달리던 현민의 눈에 가느다랗고 긴 교성을 내뱉으며 까맣게 타들어 가다, 보드라운 눈꺼풀이 내려앉는 지원의 눈이 제 눈에 들어오자, 그도 더 이상 참지 않고 마지막 절정을 향해 달려가기 시작했다.

그녀의 몸 안에 자신의 분신을 끝까지 밀어 넣으며, 거세게 내려치는 현민의 몸을 받아 내는 지원의 가는 몸이 크게 들썩였다.

그녀의 움직임에서 힘이 빠져나가는 것을 느낀 그가 쭉 폈던 몸을 일으켜, 무릎을 벌려 꿇은 뒤 지원의 엉덩이를 양손으로 붙잡아 다시 거칠게 들이치기 시작했다. 지원의 몸에 땀방울을 떨어뜨리며, 이대로 다 태워 버릴 듯 거칠게 파고들던 현민이 외마디 신음성을 내뱉으며 아프도록 하얀 엉덩이를 움켜쥐다가, 천천히 지원의 몸에 내려 누웠다.

이미 지칠 대로 지친 지원은 눈도 뜨지 못 했고, 현민도 눈을 감은 채 지원의 입술을 몇 차례 핥아 주며 입을 맞추다 그대로 까무룩. 두 사람은 이불도 덮지 않고 서로의 체온만 마주한 채 깊은 잠에 빠져들었다.

삐리리릭…… . 삐리리릭…… . 삐리리릭…… . 시끄러운 소리에 귀가 먼저 열렸다. 두통과 온몸의 뻐근함을 느끼면서 잠에서 깨어나던 지원은 갑갑함에 옅은 신음을 흘리며 눈을 떴다.

"으으음…… 흡!"

제 가슴을 베고 누운 헝클어진 짧은 머리카락, 지난밤의 기억과 머리카락의 주인을 기억해 낸 그 찰나의 시간 동안 지원의 눈동자는 더 이상 커질 수 없을 만큼 커져 있다 겨우 제자리를 찾았다.

맞닿은 몸으로 남자의 규칙적이고, 편안한 심장박동이 느껴졌다. 지원은 지금의 평온과 고요를 어찌할지 몰라 머뭇거리다 사내의 등을 톡톡 두드렸다. 따뜻한 듀벳을 덮고 있는 걸 보면, 그는 관계를 가진 뒤에도 의식이 있었다는 뜻인데, 옆으로 내려와 편하게 잘 수도 있었을 그가 굳이 몸을 겹쳐 맨살을 맞붙인 채 자고 있는 모습을 보니 웃음이 나왔다.

그러다 문득 누군가 웃지 말라고 소리라도 지른 것처럼 그녀의 얼굴이 차갑게 굳어졌다.

'이건 너무 친근하잖아.'

지원은 남자의 행동이 자신을 혼란스럽게 만드는 건 싫었다. 겁도 없이 마셔 댄 술은 두통을 남겨 두고 사라진 상태였고, 지금은 밤이 아닌 아침. 지난밤을 지배했던 마법은 끝났고, 그와 저는 절절한 애인인 척해 줄 상대란 사실만이 남아 있었다.

지원은 제 처지도 모르고, 그를 가깝게 느꼈던 마음을 다잡았다. 이런 게 하룻밤, 만리장성이란 건가.

"일어나세요. 출근하셔야죠. ······저기, 유현민 씨. ······유현민 씨."

생각을 정리한 그녀가 아까보다 조금 더 세게 그를 흔들어 깨웠지만 그는 일어날 기미를 보이지 않았다. 억지로 밀치고 일어나 보려 해도 이겨 낼 수 없는 무게가 이상하다는 생각을 할 때쯤, 눈감은 그의 입가가 슬쩍 당겨 올라가는 것이 맞닿아 있는 피부를 통해 느껴졌다.

"일어나셨어요? 좀 비켜 주세요."

"싫어."

"네?!"

"제대로 말해야 비켜 줄 거야."

"뭘요?"

어색함 없이 대해 주는 것은 다행이다 싶으면서도, 지난밤과 다름없는 그의 친밀함은 숙제를 떠안은 듯 불편함을 불러 왔다.

"우리 서로 반말하기로 했었던 거 기억 안 나?"

"······기억······해요."

지원은 고개를 돌려 괜스레 욕실 문만 바라보았다. 얼굴은 붉어지지 말아야 할 텐데······.

"그럼, 내가 너한테 들어가 있을 때만 겨우 몇 번 약속 지킨 것도 기억나? 반말 들으려면 계속 들어가 있어야 되나?"

일어나자마자 몇 시간 전, 뜨거웠던 기억을 되새겨 주는 남자의 짓궂은 말에 지원이 과하게 놀라는 목소리로 대답하며 결국 얼굴을 붉혔다.

"훗. 순둥이."

"네?"

"네 별명, 앞으로 '순둥이' 하자."

현민은 누르고 있던 지원의 가슴팍에서 고개를 들더니, 눈이 휘어지도록 기분 좋게 미소 지었다.

"저 강아지 아닌데요."

"……하하하, 화를 그렇게 예쁘게 내면서 순둥이 아니라고 하면 더 하고 싶은데?"

뭐라 하고 싶었지만, 진지해질 생각 전혀 없는 남자의 눈빛에 지원은 입을 다물어 버렸다.

"일어나세요. 이러다 정말 늦겠어요."

"제대로 말해야 일어난다니까, 반말. 친근하게. 우린 애인이잖아."

그녀의 입술이 전혀 움직일 생각을 안 하자 현민이 다시 입을 열었다.

"어서, 시간 더 끌면 늦어."

무척이나 즐거운 눈빛으로 지원의 벗은 팔을 쓰다듬다, 흥분이 가셔 지난밤보다 작고 평편해진 지원의 유두 쪽으로 슬금슬금 손을 올리는 현민의 팔을 막아 세운 지원이 재빨리 말했다.

"그만! 일어나, 얼른!"

"풋. 그래. 우리 지원이 잘 잤어? 일어나자."

짧게 입맞춤한 그가 아무 일 없었다는 듯 가벼운 몸놀림으로 몸을 일으키자 지원은 듀벳을 잡아당겨 재빨리 허전해진 가슴을 가렸다. 창피하지도 않은지 벗은 뒷모습을 적나라하게 보이며 걸어간 그가 가운을 집어 들자, 그가 보지 않을 때 옷을 챙기려던 지원이 재빨리 침대에서 내려와 바닥에 발을 내디뎠다.

"윽."

"왜 그래?"

일어서려다 침대가에 주저앉은 지원을 보며 현민이 그녀보다 더 놀란 눈으로 다가왔다. 서혜부. 얼마나 심하게 벌렸는지 서혜부 근육을 다친 듯 두 다리가 몸체에서 분리된 것처럼 덜그럭거렸다. 이런 몸으로 어떻게 출근하지. 못났다. 민지원.

"못 움직이겠어?"

"아뇨, 급하게 움직여서 그래요."

"오늘 하루 쉬면 안 되나?"

"안 돼요."

"일이 몸보다 더 중요해?"

일에 매달려 살며 지난 7년간 수행비서 휴가 한 번 제대로 보내 준 적 없는 현민이 할 말은 아니었기에, 그는 자신과 닮아 있는 지원을 더욱 안쓰럽게 바라보았다.

"일도 일이지만, 출근하면 집에 병원 번호로 전화해야 돼요. 집에선 회식하고 동료들이랑 같이 있는 걸로 아시니까."

"그럼. 내가 지원이 병원 동료인 셈인가?"

"어…… 먼저 씻을게요. 금방이니까 괜찮죠?"

무안해진 지원이 욕실로 걸어갔다. 한 걸음씩 움직일 때마다 하체가 뻐근했지만 조심해서 걸으니 또 걸을 만했다. 걸을수록 괜찮아지는 것도 같고.

"몸도 안 좋은데 내가 씻겨 줄까?"

"아뇨!"

욕실 문을 재빨리 닫는 것으로 제 의지를 좀 더 강하게 표한 지원의 행동에 미소 짓던 현민의 눈이 지원의 걸음걸이를 떠올리며 걱정스런 눈빛으로 변해 갔다.

아침도 안 먹고 호텔을 빠져나온 두 사람이 어둠이 사라지지 않은 한 적한 도로를 달렸다. 미끄러지듯 유려한 곡선으로 이어진 검은색 고급 세단은 한눈에도 값비싸 보였다. 생각해 보니 그가 입고 있는 격이 다른 슈트와 생각보다 넓었던 호텔 객실, 그리고 지금 이 자동차까지 뭔가 마음이 편하지 않았다.

"차가 너무 좋네요."

차가 좋은 게 표정 나쁠 일은 아닌데, 맞춤 제작된 대시보드에 시선이 가 있는 지원의 표정이 어둡자, 현민은 대화 주제를 돌리려 딴지를 걸었다.

"반말!"

"이제 그만하세요. ……저 원래 말 잘 못 놔요. 자꾸 그러면 더 어색해지니까, 자연스러워질 때까진 당분간 좀 넘어가세요."

"내가 손해인데."

"그럼, 저도 원하시는 거 하나 들어 드릴게요."

"그게 그렇게 어렵나? 그냥 반말하는 게 쉽지 않아?"

"너무 곤란한 부탁은 하지 마시고요."

핸들을 잡고 앞을 보고 있는 그가 빙그레 웃는 것이 보였다.

"언제 쉬어? 이번 주 쉬는 날 여행 가자."

"여행이요?"

"그래, 어디 가고 싶은데 있으면 말해."

"바쁘지 않으세요?"

그녀의 말에 그가 운전하다 말고 힐끗 옆을 바라보곤 다시 고개를 정면으로 향했다.

"아무리 바빠도 애인이랑 여행 갈 시간도 없을까 봐? 너랑 이야기도 좀 많이 나눠야 할 것 같고, 친해져야 되잖아, 우리."

애인. 바로 옆에 앉은, 낯설지만 그 누구보다 친밀한 시간을 나눈 남자와 애인으로 잘 지낼 수 있을까. 아니 때가 되면 잘 헤어질 수 있을까. 별 탈 없이?

"어딜 간다는 생각을 안 하고 살아서 딱히 바로 생각나는 곳은 없어요. 그리고 어제는 미처 말 못 했는데. 그 사람, 나 잘 쫓아다녀요. 갑자기 어디서 튀어나올 수도 있고요."

"그래서, 여행 가면 따라올지도 모른다?"

그는 표정 변화 없이 대답했다. 놀라지도, 전혀 걱정되지도 않는 것처럼.

"어쩌면."

"이래서야 어떻게 애인 노릇을 하나. 그러든 말든 신경 꺼야지. 현 애인이 전 애인 무서워 데이트 못하는 거 봤어?"

"그냥 아셔야 할 것 같아서요. 상황이 그러니까."

"어디 가고 싶은지나 말해."

현민의 기색을 살피며 지원은 잔뜩 긴장한 채 말을 꺼냈다. 그런데 이야기를 다 듣고도 편안하기까지 한 그의 표정을 보니 지원은 뭔지 모를 안정감을 따라 느꼈다. 그가 괜찮아하니, 정말 신경 안 써도 될 일처럼 느껴지는 평안함이 들어 그에게 새삼 고마움을 느낄 정도로.

"바다가 보고 싶기는 해요. 산책도 할 수 있으면 좋겠고…… 하루 묵고 오는 건 좀 어렵지만, 아침 일찍 갔다 저녁에 오는 건 될 건데. 이걸로 존대하는 거 넘어가는 거예요?"

"그래도 오빠라고는 불러야 돼."

그는 굉장한 걸 포기해 주는 것처럼 유세하며 다짐을 받았다.

"네."

"언제든 반말하고 싶으면 편하게 해. 묻지 말고. 난 네가 날 편하게 대했으면 좋겠다."

"그럴게요."

지원이 창밖으로 고개를 돌렸다. 여전히 캄캄한 도심엔 점점 푸르스름한 빛이 섞여 들고, 차선엔 차도 많이 없었다.

"병원에서 뭐 해? 하는 일 말야."

"그냥 간호사예요."

"병원에 전화해서 너 찾으려면 민지원 간호사 찾으면 돼?"

"핸드폰으로 하지, 왜 병원으로 전화해요?"

"애인 생긴 거 티 내야지. 한 번쯤은 내가 전화해 줘야 병원에 소문이 쫙 돌잖아. 안 그래? 그래야 그 사람도 정말이라 생각할 거 아냐. 아무도 몰래 너만 연애하면 누가 알아주겠어?"

"……민지원 실장. VVIP건강검진센터 소속이지만, 언제 어디에 있을지는 저도 잘 몰라요. 좀 많이 돌아다니는 편이라."

"바쁘구나. 일하는 거 힘들지 않아?"

"일은 좋아요. 원래는 병동이 더 좋은데. 검진팀에 새 간호과장님 오실 때까지만 검진센터 담당이에요."

그래서 계속 간호과장 영입하라고 원장한테 말하는 건가? 현민은 회식 때 들었던 이야기를 생각하며 곳곳에 비어 있는 틀을 맞춰 가듯 지원에 대한 정보를 채워 나갔다.

"병동에서 아픈 사람들 많이 만나면 힘들지 않아? 교대근무도 해야되고."

"보통은 병동을 많이 힘들어하는데, 전 체력적으론 힘들어도, 병동이 좋아요."

"넌 천생 주는 사람인가 보다."

"네?"

"줘야 마음 편한 사람 말야. 그런 사람들이 있다더라. 그런데 너무 그렇게 살진 마라."

"……직업인걸요."

"일할 때도 너무 주기만 하면 안 되는 거야. 너부터 챙겨야지. 그게 사회생활의 기본이야."

"……네."

그런 게 아니라고. 지원은 내가 하는 일은 더 받기 위해 하는 일이 아니라고 말하지 못했다. 열심히 일해서 월급을 받는 것으로 내가 취해야 할 이득은 모두 취한 것이고, 병원에서 만나는 환자들은 그렇게 이해득실로만 따질 수 없는 그 무엇이 있는 거라고도 말하지 못했다.

그는 그 정도의 거리를 두고 지켜봐야 할 사람이니까. 당신은 거기까지. 보여지기 위한 연애, 날 도와주는 고마운 사람. ……그리고 곧 멀어질 사람. 거기까지, 거기까지만.

"음악 들을까?"

"아뇨."

"좋아하는 음악 없어?"

"몇 가지 없어요."

"애인 취향은 알아야지. 말해 봐, 기억해 둘게."

"……힘들 땐 사무실에 척 맨지오니, 필 소 굿 틀어 놔요. 뮤지컬배우 이소정 씨 목소리도 좋아하고…… 그런데, 저 음악 자주 듣는 편은 아니에요."

"왜?"

운전하던 현민이 고개 돌려 지원을 잠깐 쳐다봤다.

"감성을 깨우니까요."

"굳이 그럴 필요 있을까?"

"……."

그녀는 대답해 주지 않았다. 그저 질문한 사람이 무안하지 않게 살짝 미소 지으며 넘어갈 뿐. 아까부터 느낀 것이지만 늘 저렇게 속을 감추려 했다.

"그럼, 뉴스는 좋아해? TV 뉴스, 시사주간지, 경제지…… 그런 거 말야."

현민은 은근히 자신을 알게 될 만한 매체들을 자주 접하는지 묻고 있었다.

"그냥 제 성향을 묻는 거라면 좋아했어요. 어릴 때부터 전 뉴스가 정말 재밌었거든요."

"왜지? 어릴 때부터 뉴스 좋아하는 아이, 드물잖아."

"모르던 걸 알게 되니까, 뉴스, 경제지, 여행책자 많이 읽었어요."

"그런데?"

"……그런데, 어느 날부터 듣기 싫은 소식이 자꾸 나오니 TV가 불편해졌어요. 쉴 틈 없이 일이 바쁘기도 했고. 그러다 보니 다 멀어진 거죠. 예전엔 경제에도 관심이 많아 따로 주간지 정기구독도 했었는데, 이젠 쉬는 날 도서관 가도 전공서적만 봐요. 그런데 또 그렇게 살아 보니. 내가 세상에 관심 안 둬도, 세상은 잘만 돌아가더라고요. ……그냥 그렇게 지내요."

"그렇게 지낸 지 몇 년이나 됐지?"

"……올해로 7년째."

현민은 자신이 미국에서 한국행을 준비할 때부터 지원은 세상과 단절한 상태였다는 걸. 누가 알려 주지 않는 이상, 앞으로도 일부러 자신에 대한 자료를 찾아볼 사람이 아니라는 걸 알게 되었다. 다행이라 해야 할지, 느껴지는 대로 마음 아파해야 할지…… 착잡했다. 어젯밤 재우란 사람이 6년, 올해로 7년 만에 연락해 왔다는 그녀의 목소리가 겹쳐 들려오고 있었다.

"어! 저기 병원 보이네요. 저 여기 세워 주세요."

생각에 잠기는 지원을 쉽게 해 주고 싶어 말 걸지 않은 사이, 스카이 병원이 가까워졌다.

"병원 앞까지 가. 아직 어두워."

"그냥 여기서 내려 주세요. 새벽부터 남자 차 타고 출근하는 거 저 아직 불편해요."

"흠……. 그래, 그러자. 우리 지원인 순둥이니까."

순둥이란 소리에 지원이 찡그린 눈매로 그를 쳐다봤지만, 현민은 한동안의 침묵을 만회하듯 기분 좋은 웃음을 보이며 병원이 보이는 도로가에 차를 세웠다.

"지원아!"

가방을 챙기던 지원이 그를 쳐다봤다.

"나한테 궁금한 거 없어?"

"……다 알려 주실 거잖아요. 필요해지면, 필요한 만큼."

선을 긋는 지원의 말에 현민의 가슴에 또다시 아릿한 느낌이 찾아왔다.

"그래도 궁금한 거 있으면 물어봐."

"……뭐 하시는 분인지는 궁금해요. 어떤 직장 다니는지, 직위는 뭔지. 그런 거요."

"그게 제일 궁금해?"

"차도 너무 좋고…… 혹시 직위가 높은 분인가 싶어서요."

"높은 분?"

"아니에요?"

"높은 사람이었으면 좋겠어?"

"아뇨."

"왜 아니야?"

"그런 분들 별로 안 좋아해요."

"……그냥 회사 다녀. 사무직."

나중에 더 친해지면, 네가 싫어하는 부류가 어떤 사람들인지 대충 짐작되니까. 나는 그런 사람이 아니라는 것을 다 보여 준 다음에, 그때 다 말해 줄게, 지원아. 그땐, 나에 대해 들으면 당장 도망칠 것 같은 지금의 네 모습이 아니라, 조금만 고민하다 내게 와 주는 너였으면 좋겠다. 믿어도 되는 사람이란 걸 보여 줄게. 천천히…….

"다른 건 안 궁금해?"

"없어요. 유부남 아니고, 애인도 없고, 보통 사람이니까…… 됐어요."

"……그래. 나중에. 다른 건 필요해지면. 그때 다 알려 줄게. 걱정 마."

"네."

딱히 뭘 잘못한 것도 아니면서 지원이 마주쳐 오는 현민의 눈길을 피하자 그가 분위기를 바꾸려 했다. 아직 친해지지도 않았는데 불편해지면 안 되지.

"조심해서 가. 전화하면 받고."

"네. 핸드폰 충전한 다음에 전화기 켜 놓을게요."

"알았어."

"그럼 가세요. 데려다 주셔서 고맙습니다."

닫히는 차 문 사이로 들려온 지원의 목소리. 데려다 주셔서 고맙습니다, 라니. 도대체 지난밤 그렇게 뜨겁게 보낸 사이가 맞기는 한 건가.

현민은 어이가 없어 피식 웃음이 나왔다. 눈앞에서 총총히 빠른 걸음으로 걸어가고 있는 지원의 뒷모습을 바라보았다. 구두 신고 걷는 모습은 뜨겁게 안겨 들던 여린 몸과는 달리, 당당한 커리어 우먼의 모습이다. 얼마나 친해져야 가볍게 입맞춤하며 배웅할 수 있을까. 현민은 점점 멀어지는 지원을 따라 천천히 차를 앞으로 움직였다.

"어머."

제 걸음 속도에 맞춰 천천히 움직이는 차를 발견한 지원이 눈을 커다랗게 뜨고 얼른 가라고 손짓을 해 봤지만, 뭐가 그리 좋은지 웃기만 하는 남자 때문에 지원은 정말 당황스러웠다.

화난 표정을 지어도 웃기만 하던 그가 지원이 입술을 깨물며 심각한 표정을 지어 보인 뒤에야 한 손을 획 들어 알겠다는 듯 흔들어 보이더니 차 속도를 높여 사라졌다. 참, 자신감 넘치는 사람 같다는 생각을 하며, 작아지는 차 뒷모습을 바라보던 지원이 몸을 돌려 빠르게 걷기 시작했다.

2장.
당신이 오고 있었습니다

뭐에 홀린 것 같은 하루. 아니, 지난밤이 지나고 다시 혼자 남은 지원이 크게 숨을 들이쉬었다. 또다시 살아 내야 할 새로운 하루가 시작되고 있으니, 살아 내야지. 다시 걷기 시작한 지원이 점점 더 가까워지는 병원 건물을 올려다보며, 자꾸만 구두 위에서 흔들리려 하는 두 다리에 세게 힘을 주었다.

다리를 모아 붙여 걸으려 할 때마다 느껴지는 뻐근함을 전혀 느끼지 못하는 사람처럼, 똑바로 걸으려 애쓰는 지원에게 아직 차가운 새벽바람이 부딪쳐 왔다. 춥지만, 시원했다. 옷깃 사이로 새어 드는 찬바람이 호텔에서 묻어 온 낯선 기운들을 모두 털어 내 주는 것 같아, 지원은 바람에 날리는 코트를 여미지 않고 그대로 걸었다.

길 끝까지 한눈에 떠오르는 매일 걷는 인도와 눈에 익은 건물들을 바라보다 곧 들어가게 될 쉼터 같은 일터를 떠올린 지원은 입가를 움직여 표정을 가다듬었다.

그런데, 저 차…… 또각또각 걷던 구두 소리가 조금씩 천천히 늦어지다, 멈춰 섰다.

조금 전 유현민 씨 차에서 봤던 시계는 5시 30분이 조금 넘어선 시각이었다. 병동 데이 근무 간호사들도 출근하지 않는 캄캄한 새벽. 낯설지만 좋지 않은 느낌을 주는 짙은 색 사륜구동 자동차가 시동을 켜놓은 채 스카이병원 정문 앞 도로가에 주차되어 있었다.

무언가를 확인하려는 것처럼 그 자리에 멈춰서 잠시 지켜봤지만 차 안에 있는 사람이 내릴 낌새는 보이지 않았다. 누군가를 기다리고 있는 것 같은 차를 보며 인적 없는 길에 홀로 서 있던 지원의 다리가 뒷걸음을 쳤다.

주춤거리던 발이 뒤로 향하다 차 안 그림자가 얼핏 움직이며 까만 윤곽을 나타내는 순간, 지원은 완전히 뒤돌아 전속력으로 뛰기 시작했다.

'사람들이 많은 곳으로 가야 해.'

구두를 신고 겨우 똑바로 걷던 지원의 다리가 공포 섞인 긴장에 놀라 큰 보폭으로 달리기 시작했다.

허벅지와 엉덩이 속 근육이 뻐근하게 당기며 끊어질 듯 아파 오기 시작했지만 이를 악물고 앞만 보고 뛰었다. 그러나, 미친 듯이 질주할 것 같던 지원의 뜀박질은 건물 몇 개를 지나지 않아 갑자기 멈춰 섰다.

터질 것 같은 심장을 부여잡고, 떨리는 손끝을 감추듯 주먹 쥐며, 이렇게 도망치는 건 아니라고, 분노하라고 외치는 속마음이 걸음을 멈추게 했다.

오도카니 텅 빈 길에 홀로 선 지원의 얼굴이 차분함을 되찾고 싶은 듯 차갑게 경직되었다.

'아직도 겁나? 아직도 도망치는 것밖엔 없어? ……지금 도망치면 평생 도망쳐야 해.'

지원은 차가운 얼굴로 몸을 돌려, 다시 병원을 향해 걷기 시작했다.

저 차 안에선 잘 보이지 않을 주차장 관리직원들만이 드나드는 지하통로가 있었지만 지원은 잠시간의 유혹을 물리치고 계속 앞으로 걸어

갔다. 예전, 혜성병원 다닐 때 어느 출입구로 피하든 결국 찾아내던 재우의 미친 모습을 다시 재현하고 싶진 않았다.

차분하게, 당당하게. 속으로 읊조리며 어깨를 펴고 정문을 향하던 지원에게 결코 듣고 싶지 않았던 목소리가 들려왔다.

"지원아! 민지원!"

꿈이었으면 했지만 역시나, 그의 차가 맞았던 모양이었다. 7년 전에 겪던 일이 왜 지금 다시 반복되어야 하는 것일까. 지원은 눈물이 흐르려 하자 눈에 힘주고 사납게 치켜떴다.

뒤에서 들려오는 묵직한 발자국 소리를 따라 공포영화에서 본 것처럼 검은 구름이 그녀 곁으로 스멀스멀 다가오는 듯했다. 그 느낌에 지원의 온몸에 소름이 돋았다.

'안 돼!'

속으로 지르는 비명은 다행히 입 밖으로 새어 나오진 않았다. 겁먹는 모습을 보여 재우를 만족시키고 싶진 않았다. 명치에 걸린 돌멩이가 되살아나 지원의 가슴을 다시 내리누르는 것 같았지만 지원은 아무 일 없는 듯 여전히 같은 속도로 병원을 향해 걷기만 했다.

"야! 민지원!"

쫓아온 재우의 거친 손아귀가 지원의 팔목을 잡아챘다. 늘, 세상은 약한 자의 바람과는 상관없이 더 힘세고, 더 가진 자의 편일 뿐이다. 잡아당기는 그의 힘만큼, 거부하며 뿌리치는 지원의 힘만큼. 거센 반동으로 돌려세워지는 몸이 속절없어, 빠져나갈 수 없는 거센 손에 붙들린 몸이란 걸 거부하듯 그녀는 눈을 감아 버렸다.

언제나 제멋대로였듯, 지금도 허락 없이 마음대로 손목을 잡아 대는 김재우. 넌 왜 늘 내가 네 것인 양 구는 거니.

"놔! 아파."

"지원아!"

"놓으라고 했어! 경찰에 신고할까? 왜 함부로 만져!"

격해진 목소리가 찢어지듯 높게 튀어나왔다.

"네가 도망치잖아! 놓으면 안 도망갈래? 그럴 거야?! 지원아, 나 좀 봐! 눈 좀 떠 봐!"

당당히 저를 보라고 요구하다니, 먼저 사과해야 올바른 순서가 아닐까. 마음을 다잡은 지원이 천천히 눈을 떠 김재우를 쳐다보았다. 7년 전 그때의 모습보다 좀 더 성숙해지고, 여전히 선한 이미지를 풍기는 사람이 서 있었다.

"여기, 내 직장 앞이야. 너 이러는 거 범죄라는 거 몰라? 봐! 너희 집 식구들은 죄다 면책특권 있니?!"

"지원아! 이야기 좀 해."

"나 너하고 할 얘기 없어!"

"지원아!"

김재우가 애타는 눈빛을 보내지만 가식이란 걸, 저 눈빛이 결코 진심의 전부가 아니란 걸 안다.

"왜? 또 납치할 거니? 이번엔 어디야? 어디로 데려갈 건데?!"

"너 정말 내 말 안 들을 거야?!"

또 저 표정. 저를 거슬렸으니 화내겠다고 윽박지르는. 한 번만 더 싫다 하면, 앞으로 어떤 일이 일어나도 다 너의 책임이라는 저 표정. 김재우, 너 하나도 안 변했다. 정말.

"안 들어. 왜 들어줘야 하는데?! 그만 가! 난 너만 보며 치가 떨려. 토할 것 같아."

"뭐?!"

"다시 말해? 너만 보면 속 뒤집혀 토할 것 같다고! 난 네가 싫어. 싫다 못해 끔찍해서 보기만 해도 온몸에 소름이 돋아! 이제 알겠어?!"

재우의 얼굴에 경련이 일자, 지원은 그의 신경을 긁었다는 사실에 통쾌함을 느꼈다.

'김재우. 이까짓 말이 상처라면 난 벌써 온몸이 갈기갈기 찢어져 죽

었어야 해.'

　손을 날릴까, 아니면 나름의 계획대로 계속 붙잡고 늘어질까 고민하는 재우의 표정이 눈에 보였다. 무슨 이유로 이혼하고 찾아온 것인지는 모르지만, 지원은 그 무엇 하나 안타깝게 여겨지지 않았다. 꿈틀거리는 얼굴근육을 그대로 보이며 갈등하던 재우가 입을 열었다.

　"지원아, 아냐. 나 많이 변했어. 내 성격 다 받아 주고 이해해 줄 사람 너밖에 없다는 거 우리 가족도 다 알아. 지금 네가 화나서 이러는 건 알겠는데. 나랑 조금만 얘기해. 나 결혼생활 하나도 안 행복했어. 지원아."

　눈빛 속 분노를 이제야 보았는가. 으름장 놓을 것 같던 표정이 풀어지며 사정조로 이야기하는 재우의 느슨해진 손아귀에서 팔을 빼냈지만, 금방 다시 잡혀 버렸다.

　맞아, 이 사람. 센 사람한텐 약하고 약한 사람한데 꽤 괜찮은 사람인 척하면서 뒤통수치는 사람이었지. 이젠 결혼해서 아내였던 여자와의 사생활까지 떠벌리며 그녀마저 욕보이려 하고 있었다.

　"하……. 어이없다, 정말. 예전하고 똑같이 힘자랑하면서 변했다고 하는 거야? 지금?! 빨리 놔!"

　"지원아!"

　"하나라도! 전과 다르게 도리란 걸 좀 알고 행동해. 빨리 놔!"

　소리 지르는 지원의 목소리가 사납고 앙칼졌다. 그 모습에 놀란 걸까. 아니면 예전과 조금이라도 다른 모습을 보여 주려는 걸까. 김재우가 잡고 있던 팔을 천천히 내려놓았다.

　"지원아. 나, 너 하루도 잊은 적 없다. 내가 널 끝까지 못 지킨 건 알지만, 그건 다…… 너도 알잖아. 부모님 때문이란 거. 지금은 그때와 달라. 우리 지금은 축복받으며 결혼할 수 있어."

　끝까지…… 난데없이 허한 비웃음이 터져 나왔다. 그래, 너희 부모님 반대가 심했었지. 특히 어머님 반대가. 그래도 내가 들어 버렸어. 김재우. 내가 너희 엄마에게 시달리고, 네가 날 붙잡겠다고 끔찍하게 굴던 그때, 사실은 네가 한쪽으로는 얼마나 행복한 연애를 시작하고 있었는지, 이젠 나 알고 있어. 좀 더 그 이야기를 빨리 전해 주지 않은 친구들이 안타까웠을 뿐이야. 그런데 넌 지금, 너 혼자 하얗구나.

"그 입 닫아."

"뭐?!"

"말 같지도 않은 소리 그만하고, 가. 가서 다신 나타나지 마!"

"야! 민지원!"

"그때 한 걸로는 모자라? 김재우, 똑바로 봐. 너와 내 악연은 7년 전에 끝났어. 또다시 예전처럼 군다면 그때처럼 당하고 있지만은 않을 거야."

"지원아, 안 그래, 안 그런다니까. 사랑해, 지원아."

"사랑? 소름 돋는다고 했지! 나 애인 있어. 네가 진심으로 사과해도 받아 줄 생각 없는 사람한테, 이 새벽에 찾아와 사랑한다고? 혹시, 너 재혼 준비하니? 그래서, 초혼 때처럼 양손에 떡 쥐고 저울질 중이야? 정신 차려. 난 네 손에 쥔 떡이 아냐."

처음엔 그나마 황당한 표정이라도 짓더니, 잠시 멈칫하던 재우는 시간이 지나자 피식거리다 미친놈처럼 웃기 시작했다.

"지원아. 힘 빼지 말자 그랬잖아. 나 안 속아. 내가 널 아는데. 내가 다 조사했는데, 그러지 말자, 우리. 응?! 그리고, 그 떡…… 뭘 어떻게 오해하고 있는지 모르겠지만, 그런 거 아니야."

"우리라고 하지 마. 나와 우리로 묶인 사람은 따로 있어. 네가 부정한다고 해서 있는 애인이 없어지는 건 아니니까, 정신 차리고 꺼져."

"그래. 알았어. 내가 다 잘못했어. 그러니까 괜한 소리 말고 저녁에 좀 보자. 조용한 데 가서 차분하게 이야기 좀 해. 나 너 많이 그리웠어. 내가 이혼은 했지만, 애도 없고…… 그래도, 넌 초혼이니까 그 부분에 대해서는 충분히 보상해 줄게. 예전으로 돌아가자."

"하! ……미쳤어. 분명히 말할 테니까 잘 들어. 난 사랑하는 사람 있고, 우린 네 생각보다 훨씬 깊은 사이야. 네가 이런다고 그 사람이 날 오해할 일은 없겠지만, 그래도 난 그 사람 신경 쓰게 만들고 싶지 않고, 네 얼굴 마주하는 거 불쾌하니까, 다신 나타나지 마."

"뭐? 뭐라고 했어. 깊은 사이?!"

누가 보면 아내의 외도를 목도한 남자처럼 구는 김재우를 남겨 두고, 몸을 돌렸다. 뒤에서 소리를 치든 말든 이 정도면 의사 표시 확실히 한 거 아닌가. 정문에 들어서며 조용해진 뒤를 확인하니 차가운 인도에 멍하니 서 있는 김재우가 보였다.

미간에 힘을 준 지원은 다시는 저 눈앞에서 움츠리지 않겠다고 이를 악물며, 빠르게 걷기 시작했다. 이른 새벽. 병동과는 달리 한산한 로비와 외래진료실 앞을 지나며, 당직 중인 직원들과 가벼운 목례를 나눈 지원은 엘리베이터에 올라, 벽면 거울에 제 모습을 비춰 보았다.

이럴 줄 알았으면 좀 더 당당하고 세게 보이도록 색조화장이라도 하는 건데. 호텔에서의 어색함과 어쩌면 출근시간에 늦었을지 모를 그 사람을 걱정하며 비비크림만 바른 모습이 조금은 후회되었다. 이런 모습. 화장기 없는 모습이 청순해 보인다며 재우가 좋아했던 모습인데……. 지원은 내일부터 색조화장을 시작해 봐야겠다고 다짐했다.

겁에 질려 예전엔 말하지 못했던 말들을 속 시원히 내뱉고 나니, 아주 조금은 속이 시원해진 지원은 앞날도 그러하기를 바라며 엘리베이터에서 내려 7층 메인데스크 뒤편에 마련된 자그마한 실장실로 걸어갔다.

기막힌 24시간을 떠올리며 상념에 빠지지 않기 위해 지원은 숙취로 늦을지 모를 직원들을 대신해 검진실을 돌며 검사 기기들을 부팅시키고, 매일 그러하듯 고령이지만 간병인 외엔 아무도 찾지 않는 두원그룹 사모님을 찾아뵈러 병동으로 걸음을 옮겼다.

저를 손녀처럼 반겨 주시는 그분의 손을 잡고 있으면 마음이 좀 편안해질 것 같았다. 지원에겐 지금 평범한 일상이 필요했다.

　지원을 데려다 주고 출근한 현민은 임원진 조찬모임에 참석한 뒤 연이어 이파(IFA, 베를린 국제가전박람회)에서 공개될 3D TV와 안경 디스플레이어 개발팀과의 장시간의 회의를 거쳐 임원진은 물론, 각 부서장들이 참석한 1/4 분기 매출 동향 보고와 상반기 매출 전략 점검 회의를 주재하고 있었다.

　긴 회의가 끝나고 각 부서장들에게 실무부서 간의 긴밀한 협의를 지시한 뒤에야 비로소 전무실로 돌아온 현민은 책상에 앉자마자 휴대폰을 확인했다.

　어딘가로 전화를 걸어 굴러가는 신호음을 듣다가 벌떡 일어나 책상을 등지고 섰다. 창은 전면유리로 강남 시내가 파노라마처럼 훤히 내려다보였다. 그 풍경을 바라보면서도 현민은 오늘 새벽 지원을 내려 준 병원 앞 도로를 떠올리고 있었다.

　어쩌자고 이렇게 전화를 안 받는 건지. 무슨 일이 있는 건지. 양쪽 눈썹에 힘을 주고 생각에 잠긴 듯하던 그가 비서를 통하지 않고 직접 스카이병원 검진센터 연락처를 알아내, 번호를 누르기 시작했다.

　— 건강한 행복을 드리는 스카이 검진센터, 김영경입니다. 무엇을 도와 드릴까요?

　"민지원 실장 있습니까?"

　— 민 실장님 업무 중이시라 바로 전화 받지 못하십니다. 어디신지 남겨 주시면 전해 드리겠습니다.

　"언제쯤 통화 가능하겠습니까?"

　— 업무 중이시라, 정확한 시간 안내드리기 어려운 점 양해 부탁드리겠습니다.

　"흠…… 점심시간은 언젭니까?"

　— 한 시부터 두 시까지 점심시간이긴 한데, 그 시간에 실장님 전화

연결이 가능할지는 확답드리기 어렵습니다. 실장님께서 워낙 바쁘신 분이라서요.

"알겠습니다."

그대로 전화를 끊은 현민은 휴대폰은 켜져 있는데도 전화를 안 받으니, 지원이 혹시 어제 일을 무위로 돌리고 싶어 그럴지도 모른다는 생각이 들었다. 그 생각은 그의 불안을 부추겨 결국, 잘 보내지도 않던 문자를 적어 내리게 만들었다.

[점심시간에 통화 좀 하자. 애인을 이렇게 기다리게 하는 건 나쁜 거다. 순둥아.]

문자를 보낸 뒤 결재서류를 살펴보기 시작한 현민의 전화가 이내 진동했다.

"여보세요."

— 저 지원이에요.

"알아. 왜 그렇게 전화를 안 받아?"

— 미안해요. 어제 번호 저장을 안 해 놔서, 전화기를 켜니까 모르는 번호가 너무 많았어요.

누가 누군지 모르겠어서 전화를 못 받았다는 말에 현민의 눈동자에 안타까움이 실렸다.

"내 번호 저장해 놔."

— 네. 문자 받고 바로 저장해 놨어요.

"뭐라고 저장했는데?"

— 오빠요.

"그냥 오빠?"

— 네.

"그래서는 주위에서 너 연애하는 거 모른다."

— ……그럼 뭐라고 할까요?

"그걸 내가 정해 줄 순 없지. 어떻게 정했는지 나중에 만나면 보여 주고."

— 네.

"순둥아!"

— 네?

현민이 미소 지었다. 싫다더니, 부를 때마다 곧잘 대답해 온다. 누가 순둥이 아니랄까 봐.

"점심시간 다 된 것 같은데, 밥은 언제 먹어?"

— 한 세 시쯤, 샌드위치 먹을 거예요. 검진센터가 평소보다 더 바빠졌거든요. 몸이 세 개로 늘어나도 모자랄 것 같아요. 어, 오빠. 전화 끊을게요. 퇴근 때까진 오빠 전화인 줄 알아도 못 받을 때 많을 테니까 걱정하지 마시고요. 하실 말씀 있으시면 문자 주세요. 끊어요.

갑자기 바빠진 듯 지원이 목소리를 작게 소곤거리더니 전화를 끊어버렸다. 아무 말도 못하고 멍하니 듣다가 인사도 못 전하고 끊긴 전화. 현민은 저보다 더 바쁜 애인을 사귀게 된 것 같아 웃음이 났지만, 그래도 일터에서 바쁘게 일하는 지원의 목소리가 한결 생동감 있게 들려와 빙긋이 웃음 지을 수 있었다. 결재서류로 손을 향하던 그가 다시 휴대폰을 잡았다.

[저녁엔 뭐 해?]

오래 기다리게 될 줄 알았는데 생각보다 빨리 답변이 도착했다.

[오늘은 집에 빨리 가야죠.]

[데려다 줄까?]

[괜찮아요.]

[토요일엔 쉬지? 맛있는 아침밥 사 줄게, 일찍 보자.]

그녀는 바빠졌는지 문 비서를 불러 결재파일을 내보내고도 한동안 답문이 오지 않았다. 시간 낼 수 있는 날 일찍 만나 오래 보고 싶었던 마음이 과했던 걸까? 늦어지는 답에 휴대폰으로 자꾸 시선을 보내던 현민이 키폰을 눌렀다.

"차 한 잔 하지."

― 네. 전무님.

[토요일은 원래 엄마랑 약속이 있는데, 저한테 물어보고 싶은 게 많으신 것 같으니까 일요일로 미룰게요. 토요일 아침에 뵙는 걸로 알겠습니다.]

잠시 뒤 정 비서가 따뜻한 녹차를 내려놓고 나간 뒤에야 도착한 문자는 일요일은 자동으로 만날 수 없는 날로 만들고 있었다.

[내일부터 금요일까지 출장이야. 주소 알려 주면 토요일 아침에 데리러 갈게.]

[주소는 알려 드리고 싶지 않아요.]

현민은 빠르게 도착한 문자를 한참 동안 눈살을 찌푸리며 바라봤다.

[그 사람도 집 앞에 찾아온다며. 전 애인이 아는 집, 현 애인이 모르면…… 그건 좀 이상한 일 같은데.]

[생각해 볼게요.]

[그래. 오늘 야근이니까 편할 때 전화해. 연락 기다린다.]

지원에게선 더 이상 문자가 오지 않았고, 현민은 남아 있는 회의를 준비하기 시작했다.

검진 상담 문의가 평소보다 몇 배로 늘어났었던 검진센터의 하루는 정신없이 흘러갔다.

5대 검진기관 선정 전에 지급됐었던 용모관리 특별지원금에 어제는 선정기념 특별회식, 오늘은 치하의 뜻으로 특별 보너스 지급 소식까지 전해지자, 퇴근 준비에 바쁘던 직원들은 모두들 열심히 일한 보람이 있다며 기분 좋아 했었다.

그들을 먼저 보내고 업무시간 내내 다른 일에 밀려 하지 못했던 서류 작업을 시작한 지원은 지난 새벽 한 시간 정도 눈 붙이고 정신력으로 하루를 버텨 낸 피로가 한꺼번에 몰려와 잠시 책상에 엎드려 쉬기 시작했다.

'민지원! 넌 내 여자야! 그 몸으로 어느 새끼한테 갈 수 있을 것 같아!'

'못 보내! 빠져나갈 수 있을 줄 알아?! 죽는다 해도 안 보내! 죽어서 시체가 돼도 안 놔줄 테니까, 도망칠 생각 같은 건 꿈도 꾸지 마!'

"헉, 헉, 헉, 헉……."

책상에서 벌떡 몸을 일으킨 지원의 얼굴은 하얗게 질려 있었다. 이마엔 식은땀이 촉촉했고, 오한이 든 것처럼 덜덜 떨고 있는 몸은 온몸의 근육이 경직되어 있었다. 헉헉거리며 눈동자만 굴려 저가 있는 곳이 안전한 곳임을 확인하고 또 확인해도 심장 깊은 곳에 스며든 공포는 쉽사리 가라앉지 않았다.

"병원이야. 괜찮아. 괜찮아……."

인적 없는 공간에서 제 스스로를 위로하던 지원이 책상에 팔을 괴며 여전히 멈춰지지 않는 거친 숨을 몰아쉬었다. 아무리 끔찍한 재우를 다시 보게 되었다 해도, 잠시간 조는 꿈에서까지 김재우를 맞닥뜨리는 건 너무 가혹한 일 아닌가.

오른손에 머리를 기댄 채 깊은 한숨을 내쉬던 지원은 하얀 소매 아래로 드러난 왼쪽 손목을 바라보았다. 까만 가죽 시계 끈으로 꽉 조여진 하얀 손목. 시계를 풀어내자, 맨살을 드러낸 손목에는 알고 보지 않는 한, 잘 보이지 않는 가느다란 하얀 가로줄 두 개가 모습을 드러냈다.

손목 관절 주름 사이에 자리 잡은 하얀 선. 지금은 전혀 아프지 않지만, 지원의 가슴엔 영원한 분노로 새겨져 여전히 화끈거리고 있는 상처가 오롯이 눈에 박혀 왔다.

'제발 그냥 내버려 둬. 난 너를 단죄하지 못하는데, 어떻게 네가 날 더 괴롭히니.'

하루 종일 참았던 감정이 다시 울컥 솟구쳐 코끝이 빨갛게 변한 지원이 핸드폰을 집어 들었다. 미친 재우한테서만 벗어날 수 있다면, 뭐든 다 할 수 있을 것 같은 어젯밤의 분이 다시 되살아나고 있었다.

잠도 같이 잔 사이에 그깟 주소가 뭐라고 버릇처럼 거리를 두려 했는지. 그러다 김재우에게 가짜라는 덜미를 잡히기라도 하는 날엔……

감당할 수 없는 끔찍한 상상이 머릿속에 가득 차기 시작했다.

'미안해요. 유현민 씨. 까다롭게 굴려고 했던 건 아니었는데…… 아무래도 나, 당신 많이 귀찮게 해야 될 것 같아요.'

"건설사 주주 및 임원 동향은 별다른 움직임이 없었습니다만, 최근 중공업 주주들과의 접촉을 시도하고 계시고, 임원진과의 비밀회동이 잦아지셨습니다."

대여섯 명의 사람들과 타원형의 회의 테이블에 앉아 있던 현민은 검은 밤하늘을 드러낸 유리창 쪽에 자리 잡은 자신의 집무 책상에 가 앉았다.

"계속해."

전략적으로 진행하고 있는 기밀 프로젝트 진행 상황을 점검한 현민은 몇몇 인원을 내보낸 뒤 남아 있는 수족에게서 혜성건설 사장의 동태를 보고받는 중이었다.

현민의 전무 승진 행보에 대해 곧 사장 승진이 예상된다는 언론의 추측 보도가 쏟아져 나오고 있는 상황에서 심상치 않은 움직임을 보이고 있는 혜성그룹 유민성 회장의 유일한 친동생이자, 현민의 작은아버지인 유민태 혜성건설 사장.

그는 예전부터 회장님의 경영권을 대놓고 탐낼 정도로 야심이 큰 이였기에, 그동안 의례적으로 진행되는 사장단 조사와는 별도로, 그가 특별 지시를 내려 주시하던 중이었다.

"지분 확보율 변동사항은?"

"중공업의 경우 워낙 시장에 내놓는 물량이 적고, 매수 세력이 강하다 보니, 여전히 소량주를 받아 내는 데 급급한 상황인 것으로 보입니다만, 지금까지 투입된 매집, 로비 자금출처가 건설사 비자금인 것만은 확실합니다."

"무리하시는군. 작은아버지께 협조적인 주주와 임원진 명단은 파악
됐나?"

"대주주들은 수익에 만족하고 있는 터라 쉽게 포섭하지 못해 애를
먹고 있습니다만, 계속해서 공을 들이고 있고, 이번 승진인사에서 누락
된 임원들 중 반효성 상무, 한상민 상무, 김민욱 상무, 김문혁 이사 등
이 확실한 유민태 사장님 라인이라 파악되고 있습니다."

밤하늘을 바라보는 현민의 눈빛이 한층 더 차갑고 매서워졌다. 머릿
속 가득한 계열사 주주 명단과 임원진들의 관계도가 복잡한 선으로 이
어지고 있었다.

"앞으로 작은아버님, 대주주, 중공업 임원진들까지 누굴 만나는지,
어디로 가는지 모두 상세히 파악해서 보고해. 비서진은 물론 관계자다
싶으면 모두 주시하고, 확실한 걸 물기 전엔 회장님께도 보안 철저히
하고, 비상체제로 움직이도록."

지이잉.

"네, 전무님."

[민지원입니다. 전화 주세요.]

문 비서의 대답을 들으며 문자를 확인한 현민은 서둘러 버튼을 눌렀
다.

"잠시 쉬었다 하지."

"네, 알겠습니다."

테이블에 앉았던 사람들이 고개 숙여 인사한 뒤 사무실을 나갔다.

— 민지원입니다.

"나야, 목소리가 가라앉은 것 같다."

— 피곤해서요.

현민은 격무에 시달린 눈을 감으며 엷은 미소를 지었다. 하루 종일
만난 이들과는 달리, 속내를 꾸미지 않는 목소리를 들으니 한결 가벼워

지는 마음에 긴장이 풀리는 기분이었다.

"어딘데?"

— 아직, 일이 밀려서, 병원이에요.

"일보다는 몸이 먼저라고 했을 텐데, 잠도 못 잤잖아."

— 오빠도 일하시잖아요.

"그게, 그렇게 되나? 훗."

검은 도심에 환하게 불 켜진 빌딩 숲을 바라보던 현민의 눈매가 부드럽게 접혔다.

— 집 주소 알려 달라 하셨잖아요.

"그래."

— 집이나 병원 앞에서 그 사람 만나게 될 수도 있어요. 무척 좋지 않은 경험이 되실 거고…… 그 사람, 아주 무례해요.

"민지원, 나 너보다 오래 살았다."

지원이 걱정하는 것이 느껴지고, 그 마음이 예쁘게 다가왔다. 무뚝뚝하니 담담하게 말하고 있지만, 성가신 일에서 빠져나갈 기회를 다시한 번 주고 있음을 안다. 더 이상 미안해하지 말고 기대어 왔으면 좋겠는데.

— 그럼, 이젠 제 부탁이자 질문이에요. 주소 알려 드려도 서로 약속한 날 아니면 절대 집 근처로 찾아오지 마세요. 저는 약속 없이 불쑥 찾아오거나, 놀라게 하는 걸 무척 싫어해요. 만약, 단 한 번이라도 그러시면 유현민 씨 다신 안 볼 거고, 두 번 이상 그러시면 경찰에 신고할 거예요. 안 그러실 거죠?

"신고?"

— 그럴 정도로 싫어해요.

왠지, 룸서비스 벨소리에 소스라치던 이유를 알 것도 같았다.

"……나 그런 사람 아니다."

— 약속부터 하세요.

"그래. 약속한다."

— 뒤통수 맞는 것도 무척 싫어해요. 약속 꼭 지키세요.

지나치게 조심성 많은 걸 보니 지원아, 너 내가 생각한 것보다 더 여린 것 같다. 그런 네가 지난밤을 어떻게 받아들였는지…… 만나서 눈빛을 보면 알겠지.

"그래."

— 네.

"이제 시험에 통과한 건가?"

일부러 웃음기를 머금고 말했지만, 따라 웃길 바랐던 지원의 목소리는 밝아지지 않았다.

— 시험은 아니었지만 약속해 주셨으니까 문자로 주소 보내 드릴게요. 토요일엔 몇 시에 만날까요?

"너 보통 몇 시에 일어나는데?"

— 6시요.

"그럼 내가 7시까지 데리러 갈게. 아침 먹지 말고 나와."

— 네……. 근데 아침부터 뭐 하시게요. 제 얘기 별로 안 길 거예요.

"얘기하다 보면 생각보다 시간 빨리 간다. 그리고 순둥아. 말 않고 보낼까 했는데, 지금 보니 네 허락을 먼저 받아야 될 것 같아서. 병원에 도시락 보내 주고 싶은데 괜찮지?"

— 왜……요?

왜긴, 너 샌드위치로 때우는 거 싫어서 그러지, 란 말을 삼킨 현민은 좀 더 지원이 수긍하기 쉬운 이유를 꺼내 들었다.

"애인 있는 거 티 내야지."

— ……굳이 그렇게까진 안 해도 될 것 같은데요.

"알리려면 확실하게 알리는 게 좋지."

— ……네. 그런데 지금도 뒷조사하는지는 잘 모르겠어요.

"그냥 감안하고 움직여. 그래야 실수가 없는 거야."

— 네.

"언제 퇴근할 거야?"

—한 삼십 분 정도 뒤에요.

"집에 가면 뭐할 건데."

— 씻고 자야죠.

"바로?! 아⋯⋯. 어제 힘들어서 그렇구나.

— 네?! 네에⋯⋯.

지원의 뺨이 붉어졌다. 떠올리기만 해도 얼굴 붉어지는 기억을 아무렇지도 않게 끄집어내는 남자. 그는 아무렇지도 않은 건가? 지원은 누가 보는 것처럼 손을 들어 뺨을 가렸다.

"순둥아."

— 네⋯⋯.

네, 소리도 이렇게 여러 가지 목소리로 낼 수 있는 지원이 귀여웠지만, 당황스러워 끊기 전에 그만 놀려야 했다.

"푹 자고, 내일 도시락 잘 먹고, 출장 다녀와서 보자."

— 네.

전화를 끊은 현민은 키폰을 눌러 문 비서를 호출했다.

"네. 전무님."

"오전에 말했던 경호팀은 투입됐나?"

"네. 오늘 오후 2시부터 실력 있고 입 무거운 요원들로 차출해서 위장 경호 들어갔고, 지시하신 대로 민지원 실장님과 동기 중 재우라는 이름을 가진 대한대 졸업생에 대해서도 조사 착수한 상황입니다."

"그 사람이 놀랄 만한 일은 사전 차단하고, 손끝 하나 다치지 않게 철저히 보호해. 이 일로 자네 능력을 시험해 볼 테니, 실수 없어야 할 거야."

"네. 전무님."

현민은 문 비서를 내보낸 뒤 비서실 로비 라운지에서 대기 중이던 이

들을 안으로 들여, 다시 긴밀한 회의를 이어 가기 시작했다.

다음 날, 미리 언질받았던 도시락뿐 아니라 커다란 꽃바구니와 그 사이에 꽂힌 카드 때문에 병원 안이 떠들썩했다. 지원은 민 실장님이 드디어 연애를 시작했다며, 자기 일처럼 기뻐해 주는 검진센터 직원들의 관심과 축하를 한 몸에 받고 있었다.

"어머 실장님! 오늘 같은 날도 점심 안 드세요? 같이 가세요!"

"먼저들 가. 난 하던 일마저 끝내고 먹을 테니까."

도시락 하나만 제 몫으로 남겨 두고 나머지 도시락들을 가방째로 다른 간호사들에게 넘기며 지원이 애교 있는 김 선생의 말을 부드럽게 거절했다. 실장님 얼굴 붉어지신 것 같지 않아? 그치, 라며 저희들끼리 속삭이던 직원 중 하나가 생글거리는 얼굴로 장난을 쳐 왔다.

"실장님, 저희가 계속 질문할까 봐 같이 안 내려가시는 거죠? 저, 실장님 얼굴 빨개지시는 거 처음 봐요."

"그래, 김 선생한테 시달리기 싫어서 안 내려간다. 그러니까 그만들 놀리고 어서 가서 밥 먹어. 도시락 안 먹을 거면 외래팀에 전달하든가."

"아뇨! 이게 어떤 도시락인데, 절대 양보 못 해요. 우리가 언제 또 실장님 애인이 보내 준 도시락을 먹겠어요. 게다가 무려 혜성호텔 도시락인데. 실장님은 은근히 외래팀 많이 챙기시더라."

"외래팀도 우리만큼 점심시간 없이 일하잖아. 그만 떠들고, 어서들 가."

직원들은 놀림 반, 부러움 반 떠들썩한 인사말을 남기고 지하에 있는 직원 식당으로 발걸음을 옮겼다.

모두들 같이 식사하라고 데스크 지킬 간호사까지 식당으로 보낸 후에 저가 대신 데스크의 빈자리를 지키고 앉아, 모르는 전화번호가 참 다양하게 부재중 번호로 남아 있는 핸드폰을 들여다보았다.

"휴우……."

엊그제만 해도 이 부재중 전화 표시에 세상이 무너지는 것 같았는데, 지금은 도시락과 꽃바구니에 공사 구분 못 하고 흔들리는 마음을 다잡느라 혼자 생각할 시간이 필요할 만큼, 재우의 영향력이 줄어들어 있었다.

이걸 다행이라 해야 하나. 이 상황에서 다른 남자에게 마음이 흔들리는 제 자신을 미쳤다고 해야 하나. 지원은 그가 알면 얼마나 황당하겠나 싶어, 제 감정을 들키지 않도록 조심하고 싶었다.

계약에 충실하자 해 놓고 이 무슨 마음이란 말인가. 지원은 제 감정도 정리하지 못한지라 호기심 많은 어린 간호사들에게 더 이상 뭐라 말해 줄 것이 남아 있지 않았다.

애인이 보냈냐고 해서 애인이 보냈다고 답했고, 많이 사랑한다고 적힌 꽃바구니 카드를 빼앗아 본 짓궂은 석 선생의 장난에도 그냥 웃어 주었으니 할 만큼 한 거 아닌가.

지원은 의자에 앉은 채로 데스크에 놓인 커다란 꽃바구니를 올려다보았다. 그가 보내 준 꽃바구니엔 추운 계절인데도 여름 꽃인 리시안셔스로 가득했다. 함께 꽂혀 있는 작약은 수입 피오니라 해도 1월 초가 지나면 거의 구하기 힘들 텐데 2월이 거의 다 지난 지금 이 꽃을 어디서 구했을까……. 꽃을 바라보던 지원의 생각이 아련한 지난 시간의 어디쯤을 훑어 내리기 시작했다.

긴 머리를 한 묶음으로 묶고 발랄하게 뛰어다니던 대학 새내기 시절. 5월이면 연분홍 작약을 사고, 한여름이면 하얗다 못해 연둣빛 나는 리시안셔스를 사서 투명한 화병 가득 꽂아 놓던 시절이 있었다.

그리고 그 평온한 일상을 잃어버린 뒤 그녀만의 꽃을 마주한 것은 오늘이 처음이었기에, 이것이 진짜 애인이 보내 온 꽃바구니라면 얼마나 좋을까, 생각을 떠올린 지원은 문득 인상을 찌푸렸다.

자신 안에 여전히 사랑하고, 사랑받고 싶은 어리석은 마음이 살아 있는 것을 느끼자 기분이 썩 유쾌하지 못했다. 아직도 사랑을 꿈꾼다는 사실을 부끄러워해야 하는 스스로의 처지도.

지원은 긴 생각에 잠겼다가 계약에 충실한 그에게 실례가 되지 않을 만한 문자를 적어 내려가기 시작했다.

오전 업무를 마친 뒤, 전세기가 준비된 김포공항으로 여유롭게 출발하려던 현민은 일정에 없던 예선재에 도착해 있었다.

급하게 부른 것이 무색할 만큼 조용히 식사만 이어 가시는 유 회장의 의중을 알면서도 그 또한 조명이 닿는 방향마다 환한 빛을 발하고 있는 방짜유기들을 향해 묵묵히 젓가락을 옮기며, 두 부자는 기 싸움을 하듯 말을 아꼈다.

주인을 닮아 묵묵한 손길 따라 정성껏 차려진 음식들이 천천히 비워지자, 나이 지긋하고 기품 있는 예선재 주인이 은은한 보랏빛 한복을 입고 들어와 손수 차를 올렸다.

"회장님께 따뜻한 도라지 차 올립니다."

유 회장은 들어올 때 기침하던 제 모습을 눈여겨본 여주인의 말에 푸근한 미소를 보였고, 식사 내내 신경 쓰고 있던 휴대폰에서 잔 떨림을 느낀 현민도 눈매를 부드럽게 휘었다.

[도시락이라 해서 간단할 줄 알았는데 너무 과한 선물을 받았습니다. 꽃바구니는 생각도 못 했어요. 애인이 생겼다니 동료들 모두 놀랐고, 많은 축하받았습니다. 고맙습니다. 도움에 보답해 드리고 싶은데 원하시는 것 있으시면 알려 주세요. 출장, 잘 다녀오세요.]

현민은 휴대폰이 지원의 손등인 것처럼 쓸어내리며, 제게로 다가오는 손을 바라보았다.

"제주도 황금가지차입니다. 붉은 겨우살이를 캐는 이는 장수와 행운이 함께한다는데 전무님 앞날에도 지금보다 더한 행운이 깃드시길 기원드립니다. 승진 축하드립니다. 전무님."

"감사합니다."

선한 덕담을 내어놓은 여인이 현민의 인사말이 신호인 것처럼 일어나 조심스레 뒷걸음하여 밖으로 물러 나가자, 유 회장의 시선이 문가를 향하다 아들에게로 돌려졌다.

다 자란 아들은 태산 같던 아버지의 주름지고 병약해진 얼굴을 마주 보았다.

"내가 무슨 말을 할지 알고 있는 얼굴이구나."

찻잔에 손을 대고 한참 동안 머무르시던 회장님께서 천천히 잔을 올려 입술에 대셨다.

"아닙니다. 단지, 아버지께 드리고 싶은 말씀이 있습니다."

"해 봐."

"제 혼처를 물색 중이시란 소식, 들었습니다."

"하하하, 네가 내 사람들 중에 귀를 심어 놓았구나."

"심은 적은 없으나 그런 소식은 자연스레 들리는 것 아니겠습니까. 아버지께서 그런 자리를 만드신다 해도 제가 그 자리에 나가는 일은 없을 거란 걸 미리 말씀드리고 싶었습니다."

"괜히 곤란해지지 말아라, 그 뜻이냐?"

"제 안사람은 제가 직접 찾을 수 있게 해 주십시오."

"충분히 그럴 수 있는 나이지. 하지만, 네가 영 뜻이 없으니 부모가 나서는 것 아니냐."

"노력하겠습니다. 그 대신 제 사람을 데려오게 되면 반드시 따뜻하게 맞아 주십시오."

"또 근본 없는 아이를 데려다 놓을 생각이냐?"

노여움이 묻어나는 목소리가 급작스레 들려왔다. 지금, 근본 없는 아이라 불리며 또다시 현민의 머릿속에 떠오른 한 사람. 그의 손가락 관절이 하얗게 변하고 있었다.

"……근본 없는 아이. 소개시켜 드린 적 없습니다. 아버님께서 그리 생각하셨을 뿐입니다."

"유 전무!"

"저는 무슨 일이 있어도 정략결혼은 못 합니다. 회사를 성장시키기 위해서라면 무슨 일이든 다 하겠지만, 제가 품고 살 사람마저 회사가 정해 주는 대로 안을 수는 없습니다. 저는 집은 그저 집이길 원합니다. 아버지."

회장님의 눈빛이 잠시간 흔들렸다. 집이 집답지 못했던 그들의 집. 흥분하지 않고 제 뜻을 밝혀 오는 아들 앞에서 그가 하려던 말은 목에 가시처럼 아프게 삼켜졌다.

"회사에도 이익이 없다고는 말 못 하지만, 네 격에 맞는 짝을 찾아주고 싶은 것뿐이다. 내가 아무리 냉정하다 욕을 먹는 사업가라 해도, 자식마저 사업을 위해 희생시키고 싶지는 않구나. 다만, 아비로서 바르고 선한 아이가 네 짝이 되길 바랄 뿐이야."

가만히 듣고 있는 현민을 다시 차를 한 모금 마신 회장이 마주 보았다.

"1년 주마. 내년 봄까지는 기다려 주겠다. 하지만 그때까지 네 짝을 찾지 못하거나, 감정에 눈이 멀어 엉뚱한 사람을 데려온다면, 내가 정해 주는 사람과 짝 맺을 것을 약조해라. 결혼하고 일 년쯤 지난 다음엔 부회장 자리에 앉아 내 짐을 좀 덜어 줘야 될 것 아니냐."

예상대로 2년 뒤 부회장 승진이 예고되었다. 곧 일선에서 완전히 물러나시겠다는 아버지의 말씀 속엔 불안한 건강 상태에서 기인한 조바심과 애타는 부정이 묻어 나오고 있었다.

제 아버지의 인생이 어떠했는지 알면서도 제 욕심을 차리려, 아픈 곳을 긁어 댄 아들은 아버지의 약한 모습에 속수무책 죄송스러움을 느꼈다.

"네, 아버지. 꼭 좋은 사람 찾아 인사드리겠습니다."

새봄이 다가올 때까지 지원의 마음을 얻어야 하는 현민의 눈동자가 굳은 의지를 담고 아버지를 향했다.

아버지를 배웅하고 김포공항으로 향한 현민은 전용기에 탑승해 일본으로 향하며 눈을 감았다.

하버드 경영대학원에서 석사 과정을 마치고, 인재사관학교라 불리는 크로턴빌에서 연수를 받은 뒤 본격적으로 혜성전자 미주법인에 출근하기 시작했던 어느 날 퇴근길. 버릇처럼 들른 바에서 만나 사랑했던 그녀를 우연히 만났던 것처럼 너무나 쉽게 잃어버렸다. 미친놈이 되어 떠난 사람을 찾아다니고, 자괴감을 느끼며 몸부림쳤던 시간을 이제와 반복하고 싶지는 않았다.

그룹의 성공이 아닌 자신의 성공을 위해 달리다가 언젠가 이 그룹이 자신의 손에 들어오면, 모든 힘을 동원해서라도 그녀를 찾겠다고 결심했었지만, 뒤늦은 나이에 마음에 일어난 파도는 결국 그를 일선이 아닌 뒤로 한 걸음 물러나게 만들었다. 그리고 또다시 한국을 떠나 혜성전자에 적을 둔 채 일본 재계의 인맥을 형성하기 위해 그는 일본 게이오기주쿠대 대학원생으로 살아야 했다.

그 시간 동안 그와 함께한 것은 평상심을 유지하지 못하는 후계자에 대한 회장님의 질책과 문태웅 비서가 전부였다.

'언제부터 그녀를 잊은 걸까.'

한국 본사로 돌아와 이사로 일하며 임원들과 골프와 식사를 나누고, 일 년에 한 번씩 관례적으로 이뤄지는 은행장들과 재계 인사들과의 면담에 동석해 말없이 경청하며 국내 인사는 물론 세계 경영자들과 안면을 익히던 시절에도 매일 떠올리던 그녀였는데.

언제부턴가 이런 생각이 들었다. 이토록 꽁꽁 숨어 버린 건 단순히 버거워서가 아니라 그녀의 사랑이 딱 그만큼이었던 것은 아닐까. 사랑했다면 실수처럼, 아니 정말 실수라도 한 번쯤 근처를 맴돌거나 연락하지 않았을까.

몇 년이 지나고서야 그녀에게 서운했고, 미안했던 마음도 흐릿하게, 잊어버리고 싶은 마음으로 변해 갔다. 그리고 그로부터 몇 개월이 지난 뒤 그의 삶은 생활뿐 아니라 머릿속에서도 일만 존재했다. 마치 순둥이 처럼.

'너도 그럴까 민지원? 너도 내가 다가서서 나를 드러내면, 지레 겁먹고 숨 막힌다고 달아나려 들까? 너한테 보인 나는 아무 의미 없이 집어 던지고 이 자리에 있는 나만 보고서 다른 사람 보듯이 거부하며 사라져 버릴까?'

미소를 지어도 쓸쓸함이 묻어 나왔지만 마음만은 순둥이를 생각하니 조금은 밝아질 수 있었다.

바쁜 평일이 지나고 별다른 일은 없었는지 지원에게서 급한 전화가 걸려 오는 일도 없이 약속한 토요일이 되었다.

오래전 한바탕 내린 눈이 아직 녹지 않고 군데군데 얹어 있는 앙상한 나뭇가지. 그 온기 없는 모습에 더 모진 스산함을 더하듯 이미 오래전 갈색으로 변해 너풀거리는 넙적한 나뭇잎들이 가지에 한두 잎 붙어 너풀거리고 있었다.

차에 탈 때 잠시 느낀 바깥 날씨는 매서웠어도 바람은 없었던 것 같은데 약속 장소에 도착해 운전석에 등을 기대어 앉은 현민이 올려다본 창밖 풍경은 인적 드문 아침 풍경만큼 조용하니 차갑게 느껴졌다.

'옷 따뜻하게 입고 나와야 할 텐데…….'

진그레이 팬츠에 노타이, 화이트 셔츠와 라이트그레이 스웨터를 입은 남자는 그레이 베이스에 챠콜과 브라운이 가늘게 교차된 재킷을 입고서 시트에 등을 깊게 묻은 채, 추위를 많이 탄다고 말했던 지원을 걱정하며 도로 간석 사이 얼음처럼 굳어 있는 눈 뭉치들과 어깨를 잔뜩 움츠려 인도 위를 걷고 있는 사람들의 모습을 바라보았다.

한순간 각성되듯 명료하게 눈이 떠졌던 아침. 너무 급하게 달려가는 스스로의 마음을 경계하듯 어제와 별다르지 않은 속도로 집을 나섰지만, 머리의 다짐과 마음의 서두름이 달랐던 탓에 그는 지금 약속 시간보다 30분이나 먼저 도착해 있었다.

그 시간을 낭비하지 않고 조수석에 놓아둔 브리프 케이스에서 서류를 꺼내 들어 읽어 내리던 현민은 진동으로 울려 대는 휴대폰을 집어 들더니, 전화기에 떠 있는 번호가 마음에 드는지 하얀 치아를 드러내며 웃었다.

"어, 순둥아. 지금 나오는 중이야?"

— 네. 앞에 보이는 차, 오빠 차 맞는 것 같은데. 저 보이세요?

지원의 목소리에 얼른 아파트 단지 안쪽으로 시선을 던진 현민은 가늘고 긴 선을 가진 사람이 까만 옷에 붉은색을 목에 두르고 걸어오는 것이 보였다.

"빨간 머플러 했어? 너무 멀어서 잘 안 보이는데, 너 같다."

— 네. 저 맞아요. 거기 계세요. 빨리 갈게요.

전화를 끊고, 빨리 뛰기 시작한 지원은 한 손으로 목에 두른 머플러를 부여잡고, 학생처럼 백팩을 메고 뛰어오고 있었다. 재빨리 서류를 정리해 뒷좌석으로 브리프 케이스를 던져 놓은 현민이 차에서 내려 다가오는 지원을 기다렸다.

"왜 나왔어요? 추운데."

하얀 얼굴의 두 뺨과 코끝이 붉어진 지원이 입김을 폭폭 내뱉으며 말해 왔다. 하얀 얼굴을 반쯤 가린 붉은 머플러, 그 뒤로 차분하게 흘러내린 검은 머리카락이 참으로 예뻐 보였다.

"춥지? 얼른 타자."

문을 열어 지원이 차에 오르는 것을 보고, 빠르게 보닛 앞을 돌아 운전석에 오른 현민에게 웬일로 그녀가 먼저 말을 걸어왔다.

"오늘이 어제보다 더 추운 것 같아요."

"바람까지 불어서 그런가? 잠깐만."

두 손으로 뺨을 가리며 비벼 대는 모습에 현민이 히터를 높여 주었다. 그 모습을 물끄러미 보고 있던 지원이 아무런 말 없자, 슬쩍 돌아본 현민의 얼굴에 설핏 미소가 물렸다.

"……그러지 마."

"네? 아니에요."

멀리 서 있는 차를 보며 통화할 때까지도 괜찮았었다. 그런데 막상 정신없이 귓가로 파고들던 바람 소리가 뚝 끊긴, 조용한 차 안에 타고 보니 옆에 앉는 그와 자신이 이제 겨우 두 번째 보는 사이란 사실을 또렷하게 떠올리게 되었다.

그래서 너무 친근하게 군 건 아닌가, 잠시 굳었을 뿐인데 그는 이미 짐작하고 있는 것처럼 긴 설명 없이 그러지 말라고만 했다.

아까보다 볼이 붉어진 지원이 그의 시선을 피해 안전벨트를 매며 다시 입을 열었다.

"이제 어디 가요?"

"네가 좋아할 만한 곳, 산책도 하고 따뜻하게 쉴 수 있는 곳에 갈려고. 그런데 그 전에 아침부터 먹자."

"네."

복잡한 심사는 뒤로하고 어색하지 않게 재빨리 대답하는 그녀를 현민이 웃는 얼굴로 바라보았다. 눈을 크게 뜨며 '왜요?'라고 묻는 표정을 짓는 지원에게 그는 말없이 씽긋 웃어 주었다.

차를 움직여 도로로 미끄러져 들어간 현민은 운전하는 틈틈이 지원의 옆모습을 살폈다. 블랙진을 입고 가지런히 모은 두 다리 위에 놓인 블랙 백팩은 지원의 등을 다 가리고도 남을 만큼 커 보였고, 뭔가 가득 들어 있는지 꽤 무거워 보였다.

"뭘 그렇게 보세요?"

"가방. 뭐가 그렇게 많이 들었어?"

"이것저것, 책도 있고, 소지품도 있고……별다른 건 없어요."

"학생 같아 보인다. 누가 보면 너 도서관 가는 학생인 줄 알 거야."

"저 지금 도서관 가는 중 맞아요. 원래 토요일은 도서관 가는 날이거든요."

"아⋯⋯. 지금 도서관 가는 중인가?"

"네. 풋."

어린 나이도 아니고 서른 넘어 집에 거짓말하고 연애하러 가는 풋내기 대학생 흉내라니. 지원의 눈이 처음으로 현민 앞에서 장난기를 머금고 웃고 있었다.

"도서관 가면 다들 대학생으로 보겠는걸. 큰일이네, 만날 따라다닐 수도 없고."

연인 사이에 오갈 만한 소소한 질투를 해 보이는 현민으로 인해 지원의 얼굴에 미소가 찾아들었다. 가끔 이렇게 헛갈린다. 그와 하고 있는 연애가 단지 연극인지, 진짜인지. 혼란스런 제 감정 또한 그 헛갈림을 부추기니 마음이 또다시 살랑인다. 상황과 맞지 않게 염치도 없이.

'학생인 건 맞아요. 휴학생. 병원일과 병행하다 너무 지쳐서 휴학한 대학원생이에요. 몸이 너무 지쳐서 병원일도, 가족에 대한 미안함도 다 내려놓고 올여름부터 여행도 하고, 많이 쉬다가 가을엔 꼭 복학해서 공부만 하려 했는데. 그 사람이 다시 나타났고, 당신을 만나 계획에 없던 인연을 맺었네요. 이런 내가 다시 앞날을 꿈꿀 수 있을까요.'

지원은 자신의 미소가 쓸쓸하게 변해 가는 것을 알지 못했다. 그런 지원을 본 현민은 침범할 수 없는 곳으로 또 한 걸음 멀어지는 것 같아 조바심이 나 말을 걸었다.

"순둥이한테 어울리는 가방 하나 사 줘야겠구나. 좀 작은 걸로."

"아뇨. 그러지 마세요. 저 가방 필요 없어요."

"내가 사 주고 싶어서 그래. 그 가방, 네가 메고 다니기엔 너무 크잖아."

"저 정말 괜찮아요. 저 원래 가방 큰 거 좋아해요. 이건 도서관용이고, 출근할 때 드는 건 따로 있어요."

"그때 내가 봤던 거 말고 또 있나?"

"……네에."

"들켰어, 순둥아. 그렇게 거짓말해선 아무도 안 속아."

"저…… 안 그러셨으면 좋겠어요. 꽃바구니랑 도시락 보내 주신 것
도 너무 고맙고, 죄송한데 여기서 더 받으면 부담돼서 불편해서 안 될
것 같아요."

"……우리 그 얘기는 밥 먹고 나중에 좀 편하게 다시 이야기하자."

핸들을 왼쪽으로 돌리며 말하는 현민의 나지막한 목소리에 지원이
고개를 끄덕였다.

"네."

현민의 손에 이끌려 도착한 곳은 이른 아침에도 익숙하게 손님을 맞
이하는 고즈넉한 한식당이었다.

예쁜 나무가 잘 다듬어진 정원은 서울 시내가 맞는가 싶게 아주 넓었
다. 나무 냄새를 맡아 보고 싶어 절로 숨을 들이쉬게 되는 결 좋은 나무
향이 가득한 한옥 식당 깊은 룸에 앉은 지원은 새벽 비행기로 제주에서
올라왔다는 은빛 갈치구이와 성게미역국, 솜씨 좋게 무쳐진 산나물이
놓인 상을 받으며, 식사 내내 바라보는 현민의 시선을 느껴야 했다.

지원이 수저 한가득 소담스레 밥을 올려 입으로 가져가면 그도 밥 한
숟가락을 입에 넣고, 지원이 국을 떠 먹고 만족한 듯 작게 미소 지으면
현민도 그렇게 국을 입에 넣었다.

"나물 좋아하는구나?"

"네."

다른 반찬은 다 제쳐 두고 나물만 집는 지원의 젓가락질에 현민이 이
미 가시를 모두 발라내고 구워 낸 갈치 살을 한 점 집어 지원의 그릇에
올려 주었다.

"이것도 먹어 봐."

입안에 밥을 물고 통통해진 볼로 저를 바라보는 지원이 예뻐 현민은 또 웃었고, 지원은 시선을 내려 이미 밥을 물고 있는 입에 또다시 밥 한 숟가락을 떠 넣었다.

후식으로 나온 차를 마시고 계산대에 섰을 때 지원의 시선이 밖을 향해 꿈꾸듯 떠돌고 있었다.

"뭘 봐?"

"예뻐서요. 정원도 건물도 다 맘에 들어요. 저 먼저 나가 있어도 돼요?"

고개 끄덕여 주자 웃어 보인 지원이 무언가에 이끌리듯 먼저 정원으로 나갔다. 현민이 지원이 나간 출입문에서 시선을 거두지 못한 채 계산을 마친 뒤, 얼른 뒤따라 나가자 별채 지붕 처마 밑에 서서 고개를 꺾어 위를 올려다보고 있는 지원이 보였다.

"여기 정말 아름다운 곳 같아요."

다가오는 발자국 소리를 들었는지 반사적으로 뒤돌다 얼굴을 확인하곤 미소 짓는 지원의 목소리는 차분했다.

"특별한 곳도 아닌데…… 앞으로 지원이 여기저기 많이 데리고 다녀야겠다."

"저긴, 뭐 하는 곳이에요?"

"찻집, 뒷마당에 작은 다원도 있고."

"음…… 그럼, 차만 마시러 와도 되겠네요?"

"누구랑 오려고 그렇게 눈이 반짝이나? 애인한테 가고 싶다 그러면 어련히 같이 올까."

"아니에요. 괜찮아요. 저 혼자도 찾아올 수 있을 것 같아요. 여기 이름이…… 아! 저기 있네요. 예……선재."

지원은 한자로 쓰인 현판을 천천히 읽고서 이름까지 마음에 든다는 듯 기분 좋게 웃었다. 애인이란 말을 자연스레 들어 넘기는 지원에게 현민이 팔을 두르며 주차장 쪽으로 걸음을 이끌자, 지원은 자기 어깨에 올려진 팔을 보며, 아랫입술을 잘근 깨물었다.

"저……."

이미 팔을 어깨에 두를 때부터 움찔 놀라던 지원을 느낀 현민은 지금 그녀가 어떤 말을 꺼낼지 알 것 같았다.

"거의 다 왔는데, 이러고 가자."

시선은 스무 걸음 정도 앞에 보이는 차를 향하고 있지만, 현민의 신경은 온통 팔 아래 있는 지원의 어깨로 향하고 있었다. 흐릿한 스탠드 불빛에서 봤던 어깨는 두꺼운 코트로 덮여 있어도 여전히 가냘프고 한없이 약하게 느껴졌다.

현민이 찬바람을 막아 주는 것처럼 좀 더 가깝게 끌어당기자, 지원의 심장 소리가 옆 사람에게 들릴 만큼 요란하게 뛰어 대기 시작했다.

'제발. 좀 조용히 해.'

난리법석을 떠는 심장을 속으로 혼내며 지원은 주변을 둘러봤다. 사방이 훤히 뚫린 야외. 아직 이른 아침이라 그런지 넓은 야외 주차장엔 거대한 고급 세단들 여러 대가 세워져 있긴 했지만 비어 있는 땅이 더 많았고, 현민은 너무나 당당하고 당연하다는 듯 걷고 있었다.

지원의 숙인 얼굴이 아무도 모르게 붉어졌다. 공인된 연인처럼 환한 곳에서 그의 품에 안기다시피 해서 걷고 있다니……. 강한 힘이 느껴지는 단단한 팔. 넓은 어깨와 가슴. 무언가로부터 보호하는 것처럼 저를 감싸 걷고 있는 남자를 보면서 지원의 혼란스러움이 다시 되살아났다.

이런 사람과 정말 애인이 된다면……. 지원은 떠오르는 생각에 고개를 약하게나마 절레절레 흔들었다.

'이렇게 공개된 장소에서 이런 사람이 내 애인이라고 당당히 걸어 다닐 수 있는 입장이라면 당연히 좋겠지. 하지만 나는…….'

지원의 눈빛이 날카롭게 변하며 그 자세에서 표 나지 않게 둘러볼 수 있는 모든 곳을 살피기 시작했다. 다행히 눈에 띄는 사람은 없지만 안심할 수 없었다.

'아……. 내가 어떻게 재우를 잊고 편안해할 수 있었을까. 완전히 잊고 있었어.'

늘 긴장하며 경계했던 것도, 공포와 분노도…… 모두 잊고 이 사람과의 시간에 빠져 있었다니……. 스스로 너무나 놀란 지원은 그렇게 모든 것을 망각하게 한 존재가 바로 옆에서 걸음을 멈추고 차 문을 열어 주고 있는 현민이란 사람이란 것을 깨달으며 심각해진 마음만큼이나 그 모든 것을 감추려는 노력으로 무표정한 표정을 지어 보였다.

한남대교를 지나 고속도로로 진입해 바다를 향해 한참을 달리는 동안 잠시 속도를 줄였던 톨게이트에서나 휴게소에서도 지원은 별말이 없었다. 차갑게 구는 것도, 싫은 표정도 아닌데 미묘하게 내보이는 감정이 줄어들어 현민은 지원의 옆얼굴을 자꾸만 쳐다보게 됐다.

처음엔 그냥 둘만의 숨소리만으로도 좋아서 그대로 가려 했는데 운전할 때마다 가끔씩 고개 돌려 본 지원의 모습은 창가로 시선을 던지고서 자신만의 생각 속에 빠져드는 것 같아, 그는 라디오를 틀자고 말을 건넸다.

그가 운전하는 사이 지원이 이리저리 마음에 드는 방송을 찾아 틀고 의자에 다시 몸을 붙이는데, 들려오는 소리는 여자 아나운서가 진행하는 프로그램이었다. 현민의 입가가 그럴 줄 알았어, 라는 눈빛과 함께 작게 피식거렸다.

"왜요?"

"아니. 하는 일이 다 예뻐서."

"뭐가……."

자세히 물으려다 무안한지 말을 줄여 버리는 지원을 보며 그는 더 부드러운 눈길을 보냈다.

"너 하는 거 다 예뻐. 나한텐 그래 보여."

"그렇게까진 안 해 주셔도 돼요."

지원이 창밖으로 시선을 옮기며 작게 말했다.

"……지원아. 우리 이야기 좀 많이 해야겠다."

"너무 그러지 마세요. 겁나요."

"겁낼 필요는 없고 내가 해 줄 이야기가 있어. 물론 묻고 싶은 것도 있지만. 조금만 더 가면 도착하니까 도착하면 우리 차 한 잔 하자."

"……네."

지원도 지금 당장 긴 대화를 이어 가길 원치 않았다. 어깨에 둘러진 그의 팔에 설레었던 것도 자신이고, 별 뜻 없을 그의 '예쁘다' 라는 빈 말에 얼굴이 붉어진 것도 자신이었으니까. 상황에 어울리지 않게 쉽게 붉어지는 얼굴을 들켜, 그의 눈에 가벼운 여자로 보이고 싶지 않았다.

고속도로를 벗어난 후 얼마 지나지 않아 백미러를 바라본 뒤편엔 뒤따르는 차들이 두 대밖에 보이지 않았다. 저 사람들도 바다 보러 가는 거겠지? 별거 아닌 생각을 하다 무심코 느끼지는 바다 냄새에 시선을 들어 올린 지원은 푸르고 탁 트인 바다를 보며 숨을 들이쉬었다.

속초 해안도로와 맞붙은 푸르고 깊은 동해 바다는 만져질 듯 가깝게 커다란 파도로 밀려들어왔다 밀려나갔다. 창틀에 얼굴을 기대고 바다 바람을 느끼려하는 지원을 배려하듯 속도를 줄인 현민이 느긋하게 감상하라는 것처럼 한적한 곳에 차를 세웠다.

천천히 멈춰지는 차를 느끼며 지원이 현민을 돌아봤다. 한참을 아무런 대화 없이 라디오 소리를 적당한 소음 삼아 혼자만의 생각에 빠져 있던 지원은 미안한 마음이 들어 입꼬리를 살짝 당겨 올렸다.

"나가 볼래? 차 오래 타서 갑갑할 거야. 나가 보자."

차에서 내리는 지원의 몸을 거세게 휘감는 차가운 바람에 긴 머리카락과 옷깃이 마구 날리기 시작했다. 서울에서 아침, 저녁마다 느꼈던 찬바람보단 아주 조금 따뜻하고, 부드러운 바닷바람. 지원이 눈을 감고 턱을 들어 올려 맘껏 그 바람을 느꼈다.

짭짤한 다시마 냄새가 코를 파고들었다. 서울의 것과 완전히 다른 향, 다른 맛을 품고 있는 바람. 그래서일까. 지원은 그 찬바람이 다리와 두터운 코트, 두 뺨과 오뚝한 코를 할퀴고 지나가도 그렇게 한동안 멈춰 서 있었다.

바람은 그렇게 지원이 원하는 대로 작은 몸 구석구석을 헤집고, 맺힌 가슴을 부서 버릴 듯 시원하게 부딪혀 왔다.

"바다가 그렇게 보고 싶었어?"

귓가에 들려오는 거친 바람 소리를 뚫고 낮고 듣기 좋은 현민의 목소리가 들려왔다.

그대로 눈을 감고 목소리만 계속 들었으면 좋겠다 싶으면서도 예의가 아닌 걸 아는지라 눈을 떴다. 그러자 생각보다 가까이서 내려다보고 있는 그가 보였다.

지원은 이리저리 날리며 시야를 가리는 머리카락을 귀 뒤에 꽂아 붙들었다.

"그런가 봐요. 대학 이후 처음이에요, 바다 본 거. 생각보다 좋네요. 고마워요, 데리고 와줘서. ……그런 의미로 점심은 내가 살게요. 여러 가지 고마운 일도 많고, 바닷가 왔으니까 회 드실래요?"

지원은 나름 씩씩한 표정 지으며 명랑한 목소리로 대답했다. 마치 예전 대학 시절, 티 없던 그때로 돌아간 듯 기분이 좋아 보였다.

"그렇게 고마워?"

아까 차 안에서 침묵한 것도 미안하고, 바닷바람 쐬고 기분이 나아지기도 해서 밝게 분위기를 이끌려 노력했던 지원은 마치 네 마음 다 안다는 듯 빤히 들여다보며, 조금의 위장도 허용하지 않는다는 그의 시선에 천천히 가라앉았다.

"……네에."

지원이 애써 노력하던 미소를 걷어 버리자, 현민의 표정은 오히려 더 부드러워졌다.

"아, 우리 순둥이는 뭐가 그렇게 고마운 게 많을까? 순둥아. 좋아하는 여자가 옆에 있어 주면, 그건 남자가 고마워해야 할 일이지 여자가 고맙다 할 일이 아니야."

지원의 동그란 눈동자와 마주친 현민이 장난기를 지운 눈빛으로 담담하게 이야기했다.

"우리 애인 사이잖아. 그러니 이런 건 당연한 거지. 뭐든 함께 보고, 함께 가고……. 지금처럼 좋아하는 표정 보여 주면, 그걸로 된 거지 고맙다 말하는 건 아닌 것 같다."

"그래도 우린……."

부드럽지만 토 다는 것은 허락하지 않겠다는 묘하게 엄한 눈빛에 지원은 나오던 말을 삼켜 버렸다.

'아, 저 눈만 보면 말을 못하겠어.'

부드럽기도, 때론 눌리는 기분이 들기도 했다.

"너 아직 나한테 뭐 좋아하는지도 안 물어봤어. 애인이면 기본적인 건 알아야 하지 않아?"

"네……."

"지금 물어봐."

"지금요?"

현민은 지원의 눈을 마주 보며 딱 한 번 고개를 끄떡였다.

"특별히 싫어하는 거 있으세요?"

"너 괴롭히는 사람."

"……뭐 좋아하세요?"

"민지원."

지원이 아랫입술을 깨물며 말을 멈추자 그가 그녀가 물어야 할 것들을 대신 말하기 시작했다.

"내가 좋아하는 건 민지원, 내가 싫어하는 건 민지원 힘들게 하는 모든 것들. 그리고 지금 나는 너의 애인. 이게 지금의 나고, 우리 관계야. 잘해 줄게. 겁먹지 말고, 망설이지 말고 날 믿어 봐. 나 믿어도 되는 남자야."

"......."

흔들림 없는 남자의 눈빛을 받아 내고 있는 지원의 눈빛은 흔들리고 있었다. 모든 상황을 다 알면서 어쩌면 저렇게 태평하게 저럴 수 있을까.

"자, 이제 다시 출발할까? 우리 목적지는 여기서 10분 거리야. 거기 가면 점심도 준비되어 있으니까, 지원이가 사 주는 밥은 다음에 얻어먹어야겠다. 가자."

현민의 말대로 그들의 목적지는 멀지 않은 곳에 있었다. 해안도로를 조금 더 달리다 국도로 접어든 차는 한동안 나무만 보이는 길을 지나 인적 드문 백사장 앞에 마련된 널따란 주차장에 세워졌다.

차에서 내린 지원의 눈앞에 고즈넉하게 세워진 이층 건물과 작은 단층 건물 몇 채가 보였다. 그 주변엔 잘 다듬어진 잔디밭, 자잘한 나무들이 보였고, 몇몇 나무는 아직 추워서인지 앙상한 가지만 내보이고 있었다.

"지금은 이래도 여름에 오면 네 맘에 들 거야."

현민의 목소리를 들으며 지원은 고개를 끄덕였다. 지원의 눈에도 봄이 되고 여름이 되면 이곳이 얼마나 아름다울지 눈에 그려지는 듯했다. 직사각형으로 길게 바다를 마주하고 서서 그 끝이 'ㄱ'자로 꺾여 두 면의 외벽이 모두 통유리창으로 마감된 하얀색 건물은 감각적이고 절제된 외관으로 지원을 사로잡았다.

시원한 전망을 그대로 집 안에 들이려는 듯, 바다에서 바라보는 시선이 집을 통과해 뒷마당까지 한눈에 이어지는 갤러리와 같은 느낌이 마음에 들었지만, 커피숍으로 보기엔 손님도 없고, 손님을 맞이할 테이블이나, 주인도 보이지 않았다.

"여기 어디예요?"

"아는 사람 집인데, 지인들한테 늘 개방되는 곳이야. 나도 가끔씩 쉬러 오기도 하고. 왜? ……카페보단 여기가 말하기 편할 것 같아서 왔는데, 그냥 카페로 갈까?"

"……아, 뇨."

"그럼, 어서 들어와."

지원은 슬리퍼를 신고 성큼성큼 안으로 걸어 들어가는 현민의 등을 보다 아파트 평수로 보자면 지금 살고 있는 32평 집보다 3배는 더 되겠다 싶어 보이는 1층 공간을 둘러보았다.

지원이 들어오는 것을 보던 현민은 미소 지은 얼굴을 보이며, 몸을 돌려 꺾어진 공간 안쪽으로 걸어 들어갔다.

차가워 보이는 미색 대리석 위를 걸어, 디자인이 특이한 의자들만 몇 개 놓인 창가에 자리 잡고 앉은 지원은 두꺼운 옷과 가방을 내려놓고, 저쪽 검은색 그랜드 피아노 그 맞은편에 보이는 멋들어진 책상을 바라보았다.

그 외엔 별다른 가구나 구조물 없는, 눈이 시원해지도록 하얗고 깔끔한 공간을 바라보며, 지원은 문득 아빠가 떠나신 뒤 엄마에게 남겨졌던 낡은 아파트를 기억해 냈다.

그곳에서 두 딸을 키우고 자신의 삶을 버텨 나갔던 젊은 시절의 엄마. 그리고 다행히 그 아파트가 강남 요지에 있는 아파트라 재건축에 들어가면서 비싸게 팔린 뒤 지금 사는 새 아파트로 빚 없이 이사 올 수 있었음을 세 모녀가 얼마나 감사해했었는지도 함께 떠올랐다.

빚 없이 집을 사고, 엄마 연금 덕에 빡빡하나마 생활에 구애받지 않음을 감사하던 삶과 이렇게 멋진 집과 책상을 소유한 사람들의 삶. 지원은 '참…… 너무 다른 인생을 산다.' 하고 생각하며 덧없는 웃음을 지었다.

"뭐가 그렇게 좋지?"

차를 준비하느라 그랬는지 살짝 당겨져 올라간 소매 아래로 단단해 보이는 팔목을 드러낸 채 투박한 머그잔 두 개를 양손에 들고 오는 현민의 모습이 보였다. 그런데 왜 그 팔목에서 처음 만난 날의 기억이 떠오르는 건지. 미쳤어, 민지원!

"대답 안 할 거야?"

지원은 현민을 쳐다보지도 못하고 두 손으로 잔을 받아 들었다.

"고맙습니다."

"재미있는 생각했으면 같이 알자. 말해 봐."

"……재미있는 건 아니고…… 책상이 참 멋지다 생각했어요."

"책상?"

가까이 놓여 있던 의자를 당겨와 지원 앞에 마주 보고 앉은 현민이 고개를 돌려 책상을 쳐다보았다.

"저런 책상 좋아해?"

따뜻한 원두커피를 마시던 지원은 그의 말 뒤에 숨은 의아함을 이해했다. 남성적이고 투박한 책상은 제 또래 여자들이 선호하는 디자인이 아니었다.

"네."

"이 집에서 가장 먼저 눈에 들어온 게 책상이야?"

재미있다는 표정으로 지원을 보며 말하는 눈빛이 이채로웠다.

"책상하고 이 유리벽이요."

계속 말하라는 듯 별다른 말 없이 커피를 마시며 지원에게서 눈을 떼지 않는 현민의 모습에 지원이 자연스레 말을 이어 갔다.

"제가 원래 이렇게 가구 없이 비어 보이지만 아기자기하게 숨어 있는 얘기가 많은 공간을 좋아해요. 무심한 듯 보이지만 설계한 사람이나 건축주가 얼마나 이 집에 정성을 들였는지 보이는 것 같기도 하고……."

"뭐가 그래 보이는데?"

"저쪽에 보이는 이 층 계단 위치나 넓이, 난간 손잡이 주물 디자인이 하나하나가 모두 특이한 것 같아요. 단순한데 감각적이고, 창문이나 외관까지 아우르는 전체적인 통일감이 그저 그런 건축가 작품은 아닌 것 같다는 생각이 들 만큼이요. 건축에 대해 잘 모르지만, 이 유리벽도 이음매에 시선 걸리지 않게 특별히 주문 제작된 것 같아 보이지 않아요? ……아니면 이렇게 넓은 면을 단 두 장의 유리로 메울 수는 없으니까. 건축주가 건축비도 안 아꼈을 것 같고…… 아마 행복했을 거예요. 이 집 설계한 건축가는."

"왜?"

"건축비 구애 안 받고 이상을 마음껏 실현시켰을 테니까요. 설계는 잘했는데 건축비에 걸리고, 건축주 요구사항 자꾸 바뀌면 완성품은 결국 기형이 돼 버리잖아요. 그럼 속상할 텐데…… 여기 건축주는 안 그랬을 것 같아서요."

"평소, 건축에 관심이 많아?"

"관심만 많아요."

"왜 관심만?"

"건축사 되려고 다시 공부하기엔 무리가 있고, 건축주가 될 일은 없을 것 같아서요."

"그건 모르는 일이지. 책상은 뭐가 그렇게 마음에 들어?"

다시 한 번 커피를 마시며 묻는 현민은 뭔가 물어보기 전 분위기를 풀고 싶은지 유난히 말을 많이 시키고 있었다.

그것도 자신의 몫이라면 순순히 응하겠다는 생각을 하며 그가 원하는 대로 가벼운 이야기를 이어 나가는 지원의 몸은 자신도 모르는 사이 긴장이 많이 풀려 있었다.

"구두나 가방에 관심 많은 사람들 많잖아요. 저는 책상이랑 서재에 관심이 많아요. 건축, 공간, 실내장식에 관심 가진 것도 사실은 마음에 드는 서재 사진 찾아보다가 시작된 거거든요."

"그래서 마음에 드는 서재는 만들었어?"

"아니요. 제가 꿈에 그리는 서재는 공간이 너무 많이 필요해요. 지금 제 방에 있는 가구들 다 빼내고 제가 원하는 책장에 책상만 놔도 꽉 찰 거예요. 사실은 모자라죠."

"왜 그렇게 서재를 좋아해?"

"음…… 거기까지."

"어?"

"거기까지만 말할게요."

"……."

편안하게 미소를 물고 질문하던 그의 입술이 단번에 굳게 다물어졌다.

하지만 그녀는 아버지가 살아 계실 때 서재가 있었는데 버거울 정도로 컸던 아빠의 책상과 긴 시간 엄마의 눈물을 빼앗았던 서재 물건들을 어느 날, 독한 마음먹고 찾아온 외삼촌이 산 사람은 살아야 한다며 아버지의 앨범까지 통째로 불태웠다고, 그날 엄마가 퇴근해 와서 얼마나 발악하다 기절했었는지를 외할머니가 설명해 준 대로 그에게 다 말해 줄 수는 없었다.

너무 어렸던 그녀는 몰랐지만 자식들이 자라 각자 방 하나씩 차지하며 내 방이라 좋아라 했을 때, 하필이면 그녀가 차지한 그 방이 예전 아빠의 서재였다는 사실을 엄마의 버릇 같은 푸념과 한탄으로 알게 되었다는 걸.

그 기억이 아팠다고…… 아빠 방 뺏은 기분에, 어느 날부터는 중년 남자에게 잘 어울리는 서재 사진만 보면 눈길이 멈췄고, 그런 사진들이 점점 취향으로 스며들더니 이젠 정말 아빠를 위해서가 아니라 그녀가 제일 갖고 싶은 그 무엇이 커다란 책상이 놓인 넓은 서재가 되었다는 걸, 어떻게 다 말할 수 있을까.

지원은 그의 눈빛이 서운해하고 있다는 걸 느끼면서도 고개 숙여 찻잔에 입을 대고 입술을 오물거리다, 뜨거운 커피를 한 모금 입에 넣을 뿐이었다.

"우리…… 얘기 좀 해야겠지?"

짧지만 긴 것 같은 시간이 지난 뒤에 조심스럽고 차분한 그의 목소리가 들려왔다.

"네. 물어보세요. 아니면…… 제가 그냥 쭉 말할까요?"

"그래. 지원이가 먼저 말해 주면 내가 나중에 궁금한 걸 물어볼게."

"그러세요. 그럼. 다른 건 불필요하니까 재우, 그 사람에 관한 이야기부터 시작할게요."

지원은 말을 멈췄다. 그를 필요로 하는 이유를 맨정신으로, 지금처럼 환한 대낮에 마주 보고 앉아 이야기를 하자니 그의 눈빛에 무뎌지는 것이 쉽지 않았다.

정상적인 상황일 때 제대로 설명해 줘야 할 의무가 있기는 하지만, 그 지옥 같던 시간은 어떻게 말해 준대도 그가 자신이 겪은 시간을 제대로 이해할 수 없을 텐데. 그래서 지원은 최대한 짧고 간략하게 감정을 배제해서 말하려 했다.

그래서 낯설다고 단정하기엔 너무 깊고, 그렇다고 해서 이해와 포용이 가능한 사이도 아닌 사람에게 제 나름의 깊은 상처를 설명해야 하는 이 상황은 곤욕이며, 수치라는 걸 그가 알아채 주길 바랐다.

집안에 힘 있는 사람 하나 없어 말해 봤자 걱정만 커질 뿐이라, 이렇게 타인에게 구구절절 말하는 상황. 스스로 선택한 상황이긴 했지만 다시 재우가 죽도록 원망스러워 분노가 끓어올랐다. 다 그놈 때문이니까.

지원은 낮은 호흡으로 마음을 가다듬고 다시 말을 시작했고 그의 눈썹이 살짝 찡그려진 것이나 턱에 힘이 들어간 것을 보지는 못했다. 그녀가 바다만 바라보며 말하고 있었기 때문이었다.

"대학 때 만났고, 연애라고 생각해서 시작했는데 거짓과 집착, 스토킹과 폭력, 사회 권력을 절감하는 계기였을 뿐, 좋은 기억은 없어요. 우여곡절 끝에 어렵게 끝내고 그 사람이 결혼한 뒤, 저는 자유로워졌었는데…… 그다음은 오빠도 아시는 것처럼 7년 만에 찾아와 결혼하자고 괴롭히고 있고, 저는 이렇게 오빠 도움을 받기로 했고, 많이 고마워하고 있는 중이에요."

"……."

"……제 얘기 끝났어요."

이야기를 마친 뒤 이어지는 침묵은 지원의 시선을 출렁이는 바다에서 현민에게로 향하게 했다.

"하고 싶은 말, 다 한 건가?"

"……더 할 만한 이야기가 아니에요. 좋은 얘기 아니잖아요."

그 순간 현민의 굳은 입매를 봤지만, 이만큼 가이드라인을 제시했으니 지원은 그의 질문도 이 안에서만 시작하길 바랐다. 불편한 침묵이 이어졌다.

"날 못 믿겠어?"

평소보다 조금 딱딱한 거리를 둔 듯한 그의 말투에 지원의 어깨가 살짝 긴장되었다.

"못 믿는 게 아니에요. 지금까지 말씀드린 것만으로도 이미 과하게 드러내고 있다고 생각해요. 저는."

"그렇군."

"……."

짧은 답과는 달리 그는 또 다 알고 있다는 식의 눈빛을 보이고 있었다. 아, 저 눈빛. 진짜 이겨 내질 못하겠다.

"겨우 두 번째 만난 사람에게 과할 정도로 자기 이야기를 해서, 그렇게 거리를 두는 건가?"

"……."

"그런데, 우린 두 번째 만나는 사이이기도 하지만 몸을 나눈 사이이기도 해. 잊은 건 아니겠지?"

"……네."

"그리고 그날, 난 분명히 애인 대행이 아니라 애인 해 주겠다고 말했었고."

지원의 고개가 빠르게 돌아가 지금 뭐라는 거냐는 항의의 눈빛을 보냈다.

"잘 들어, 민지원. 난 이미 네 애인이야. 앞으로 난, 꼭 그 사람에 대한 상황뿐 아니라 서로 살아온 이야기도 편하게 하면서 너와 진지하게 만나고 싶어. 그러니까 지금처럼 경계하지 말고, 전부 다 얘기해. 그래야 내가 도울 수 있어."

머리는 차가워지라 외쳐 대는데 가슴은 이상하게 뜨거워졌다. 그렇지만 이건 아니다. 옛 사람을 정리하겠다면서 정말로 누굴 사귄다는 건…… 마음이 편치 않았다.

"안 그러는 게 좋겠어요."

"왜?"

"옛 사람도 정리 못 하면서 새 사람을 만나는 건, 상대에게 미안한 일 같아요. 말씀하셨던 대로 서로 필요에 의해 도움을 주고받는 관계라면 모를까, 진짜 애인 앞에서 이런 꼴 보이고 싶지도 않고, 과거의 기억 때문에 함께 시달리고 싶지는 않아요. 그건 제가 싫어요."

"그건 새 사람에 대한 예의가 아니라, 재우란 사람에 대한 배려 같은데?"

"……."

잔을 입에 대고 커피를 마시려던 순간 지원의 움직임이 멈췄다. 눈썹은 사정없이 찌그러졌고 미간은 좁혀져 여린 주름을 만들었다. 재우란 이름만으로도 가슴에 응어리가 느껴지는데 그 사람에 대한 배려라니. 그런 말을 한 현민까지 미워 보였다.

"네가 반듯하게 살아온 건 알겠는데 지금은 내가 싫은 것만 아니면 내 말대로 하는 게 맞아. 넌 너무 오랫동안 혼자였고, 지금 넌 모든 걸 털어놓고 기댈 사람이 필요해. 다행히 내가 널 알았고, 난 네가 혼자 힘들어하게 놔두지 않을 생각이야. 너란 사람이 남자를 사랑하는 마음,

내가 다 갖고 싶어."

"제게 애정을 느끼세요?"

"느껴. 사랑하게 된 것 같다. 참고로 나도 이런 감정 오랜만이니까 가볍게 생각하진 말고."

"……제 생각도 중요하겠죠?"

"물론."

이 사람, 진심…… 같아 보여.

"저는 제 상황에서 새로운 사람 만나는 건 마음에 걸려서 안 되겠어요. 누구에 대한 배려건, 잘못된 판단이건. 일단 제 맘이 불편하니까 그래서 안 되겠어요. 그리고 몇 번 보진 못했지만 오빠 여러 가지 조건이…… 그러니까 외모나 경제력이나 저보다 훨씬 좋은 사람 많이 만나실 수 있는 분 같고. 전 저 살기 바빠서 너무 잘난 분은 피하고 싶습니다. 이게 제 답이에요."

"내가 구체적으로 어떤 조건 때문에 차이는 건지는 알려 줬으면 하는데."

"……저랑 좀 다르세요. 저는 보시는 대로 늘 이래요. 편하게 깨끗하게만 입자 생각하고, 멋도 잘 못내요. 생활도 단순하고요. 지금 제 상황에서 마음은 괴로운데 멋지고 좋은 곳 찾아다니는 데이트하며 감정 소모하고 싶지도 않고. 저한텐 안 그러셨으면 좋겠어요."

"하…… 하하하……."

뜬금없는 웃음소리에 잔뜩 긴장하며 말했던 지원은 비웃음을 당한 것 같아 마음이 상했다.

"멋 못 내는 거야 지금까지 못 낸 게 아니라 안 낸 것 같으니까 내가 도와주면 될 일이고, 상황이란 건 7년 전에 이미 정리 끝난 사람이 저 혼자 좋다며 괴롭히는 건데 새 사람 만나는 것에 전혀 미안할 필요 없는 거고. 내가 지원이가 힘들어하는데, 나만 좋자고 이리저리 데리고 다닐 사람은 아니고. 자, 더 문제 될 만한 게 있나? 너도 지난밤에 나한테 안긴 거, 쉽게 안긴 거 아니란 거 알아. 그렇다면 적어도 네 눈에 내가 약속은 지킬 것 같아 보였던 거 아냐? 네가 안길 만큼 외모도 마음에 들고, 사람도 믿을 만해 보이고…… 그리고 우리 아주 잘 맞는 사람들 아니었나?"

"……"

얼굴이 달아올랐다. 그의 말이 다 맞았다. 그는 믿을 만해 보이고 외모도 준수했다. 며칠이 지날 동안에도 잔상이 남아 순간순간 일하다 예고 없이 빠져든 생각에 소스라치게 놀라며 얼굴 붉힐 만큼 매력적이고, 자극적이고, 전율할 만한 쾌락을 주었다.

창피했다. 마치 일은 네가 먼저 벌여 놓고 이제 와서 빼는 거냐고 질책받는 듯했다.

"여기, 화장실 어딘지 아세요?"

"흠…… 같이 가자. 데려다 줄게."

"아뇨. 제가 찾아갈게요. 알려만 주세요."

"이 층 올라가서 왼쪽 끝 방이야."

"네."

지원은 그를 외면하며 계단으로 향했다. 계단 끝까지 검게 이어진 회오리 모양의 주물난간을 지나, 긴 복도를 중심으로 작은 거실이 있는 이 층에 올랐다. 양쪽으로 쭉 이어진 문들 중 왼쪽 끝 문을 열자 가로로 긴 공간에 두 개의 문이 더 있었다. 그 공간 한쪽 벽면 끝엔 맞춤가구로 보이는 기다란 수납가구가 놓여 있고 그 위엔 커다란 거울이 벽에 붙어 있었다.

세면대를 찾아 두 개의 문 중에서 가장 가까운 문의 손잡이를 잡아 돌리자, 제 방보다 더 커다랗고, 아래층처럼 한쪽 벽이 유리창으로 마감된 욕실이 눈에 들어왔다. 세 사람은 충분히 들어가 다리 뻗고 바다 보며 수다 떨 수 있을 것 같은 하얀 욕조까지.

'하. 여긴 욕실까지 그림이구나.'

지원은 열린 문을 몸으로 기대듯 밀면서 터덜터덜 들어가 욕조 끝에 어정쩡하게 앉았다. 바다를 바라봤지만 유리창에 막힌 욕실엔 눈에 보이는 높은 파도 소리가 들려오지 않았다.

'그 사람은 왜 진심 같은 눈빛으로 내게 달려오는 걸까. 힘겨운 상황에 혼란을 덧붙이고 싶지는 않은데 그 사람, 자꾸만 보고 싶은 마음은 뭐야.'

아래층에서 이야기할 때 일부러 바다만 봤었다. 왜 눈에도 보이지 않는 그 사람의 시선에 볼이 따가운지, 왜 자꾸 얼굴이 붉어지는지…… 그런 나를 계속 보고 있었다면 그 사람은 얼마나 내가 재미있었을까. 놀려 먹기 딱 좋은 맹추처럼 왜 이러는 건지 모르겠다.

'우리 아주 잘 맞는 사람들 아니었나?'

그 사람의 목소리가 계속 머리에서 울려 댄다. 아주 잘 맞는 사람. 그래……. 잘 맞았다. 그렇다고 섹스가 만족스러우면 다 애인이 되는 건가? 애인 대행 부탁했다가 애인 되는 건 정상이 아니잖아. 마음속에서 스스로에게 다그치는 훈계도 왠지 별로 아프지 않다. 사랑하게 된 것 같다는 그 사람의 목소리만 더 크게 들려오는 것 같다. 계속…… 쉼 없이…….

지원은 혼란에 혼란을 더해 버린 자신의 잘못을 인정해야 했다.

똑똑.

숨소리도 들리지 않던 공간에 노크 소리가 들려왔다. 깜짝 놀라 쳐다보니, 반쯤 열린 문 사이에 그가 서 있었다. 문 닫을 생각도 못 하고 이러고 있었다니. 지원이 미간을 찌푸렸다.

"혼자 있을 시간, 더 필요해?"

"……."

지원이 아무 말도 않자, 현민이 지원의 한 걸음 앞까지 걸어 들어와 마주 보고 섰다.

"손, 아직 못 씻었어요. 세면대 찾다가 여기 욕실이 너무 예뻐서 바

135

다 보느라……."

"여기 마음에 들어?"

"네."

지원은 눈을 돌려 다시 바다를 바라봤다. 표정은 아래층에서처럼 굳어 있지도, 경계하는 것 같지도 않았다. 현민이 지원의 옆에 조용히 앉았다.

"아까 나한테 사랑하게 된 것 같다 그랬잖아요?"

"그래, 내가 널 사랑하게 됐어."

"그거…… 섹스해서, 섹스가 마음에 들어서 사랑하게 된 거예요?"

"……아…… 지원아. 하하하하……."

현민이 어이없다는 듯 웃음을 터트리며 지원의 머리를 쓸어내렸다. 지원의 표정은 여전히 심각했지만, 기분은…… 불쾌하지 않았다. 그런 지원을 현민이 끌어당겼다.

"이리 와 봐."

"……."

"왜 그런 생각, 하는데?"

"……."

"넌 아닌 걸 알고 있지만. 나는 사랑을 느껴서 널 안았어. 이건 의심하지 마."

"……."

"그래서 내가 널 안은 건, 섹스가 아니라 사랑이라 말해야 옳아. 네게 준 내 마음을, 네가 행위로만 부르지 않았으면 좋겠다."

"……어떻게 그럴 수 있어요? 그날 우리 처음 만났어요. 더군다나 난, 술에 취해서 정신도 잃었고, 보기 흉하게 울기도 했고…… 진짜 엉망이었잖아요."

"누가 그래, 엉망이었다고?"

"빈말 말고요."

"난 널 본 거야. 네 생각, 마음이 보였어. 그래서 바에서 널 계속 지켜보게 되더라."

"……말 한 마디 없이…… 날 어떻게 알아요……."

"그러니까 너랑 내가 인연이지. 네 말대로 처음 만난 사람과 이만큼 다가서기 쉬운 일 아니잖아. 너도 놀랐겠지만 지금 우리 사이, 내게도 놀라운 일이야."

"우리 사이가 뭔데요."

"애인. 나는 너를 사랑하고, 너는 아직 내게 오는 중인…… 애인 사이."

지원의 입술에 현민의 부드러운 입술이 와 닿았다. 지원은 마치 그의 입술을 기다렸던 것처럼 마음이 편안해지는 자신에게 놀랐다.

두근거리는 가슴, 뜨거워지는 몸, 아무런 소리가 들리지 않도록 멍해지는 귓가…… 세상에 현민과 자신만이 존재하는 느낌 속에서 다른 건 아무래도 상관없이 그만 봐도 될 것 같은, 그것을 허락받는 느낌이었다.

부드럽게 다가온 그의 입술은 거부하지 않는 지원의 입술을 서슴없이 열고 들어왔다. 지원이 그의 혀를 받아들이며 부드럽고 짜릿한 그의 혀를 빨아 당기자, 낮고 짧은 그의 신음 소리가 들려왔다. 현민의 두 팔이 지원의 고개를 뒤로 젖혀 감싸 안으며 더 깊이 입안을 점령해 왔다.

좀 더 가지려는 싸움처럼 현민도 지원도 서로의 입안을 탐했다. 갈급하게, 지금껏 나눈 어색한 대화가 무색하도록 서로의 타액이 생명수인 것처럼 받아 삼키다가, 지원이 호흡하려 얼굴을 떼어 내려 하자 잠시간의 떨어짐도 용납할 수 없다는 듯한 현민의 손바닥이 지원의 머리를 감싸 당겼다.

현민은 그녀의 혀가 움직이면 작은 신음을 내뱉었고, 그가 강하게 끌어안으면 지원의 고개가 더 깊이 꺾여 올라갔다. 현민의 목을 두 팔로 꼭 끌어안고 있던 지원이 몸이 붕 뜨는 것을 느끼며 눈을 떴다.

"그대로 있어."

머리 위에서 들려오는 낮고 거친 그의 목소리가 지원의 귓가에 속삭이듯 밀려 들어왔다. 지난 밤의 소리를 닮은 그 목소리에 가슴이 단단하게 뭉치기 시작했고, 그 위에 있는 유두가 볼록하니 솟아오르며 뜨거웠던 첫 밤 그의 입술을 기억해 내고 있었다.

그가 주었던 환락을 순식간에 기억해 낸 몸은 짙은 키스에 취해 아직 몽롱한 지원에게 이대로…… 그가 이끄는 대로 하라고 충동질하고 있었다.

자신의 심장이 얼마나 두근거리는지 그가 느끼지 못하기를, 그의 눈빛을 보고 확인하고 싶었던 지원이 고개를 들어 올리자 그의 입술이 지원의 입술에 내려앉았다.

더 이상 움직이지 말라고 말하는 것 같은 그의 입술은 그녀의 입술에 가볍게 맞닿았다 떨어져 나가며 살짝살짝 혀로 핥고, 달래 주었다.

작지 않은 그녀를 안고도 가벼운 발걸음으로 어딘가로 향하는 그의 팔은 단단했고 또, 든든했다. 그의 촉촉하고 부드러운 입술이, 그의 뜨거운 혀가 그녀의 입술에 가볍게 맞닿았다 떨어져 나갈 때마다 지원은 점점 예민해지고 더 많은 것을 원하는 몸의 감각에 다시 눈을 감으며 거친 숨을 삼켜야 했다.

감긴 눈은 그가 푹신한 매트리스 위에 올려놓는 상황에서도 떠지지 않았다.

"커튼 쳤어. 눈 떠 봐."

천천히 눈 뜬 그녀 앞에 벗은 몸이 부끄럽지 않을 만큼의 어둠이 내려앉아 있는 방 안이 보였다. 두꺼운 암막 커튼이 살짝 벌어진 틈 사이로 가느다란 실처럼 새어 들어오는 햇빛에 그의 든든한 어깨가 비춰졌다. 그가 낮고 묵직한 음성으로 천천히 말했다.

"지금부터 내가 하는 건 사랑이야. 애인에게 주는 사랑. 네가 내 마음 받아 줬으면 좋겠다."

지원의 가슴이 떨려 왔다. 그의 몸이 제 위로 내려오는 것을 보며 다시 눈 감은 지원은 그의 쉼 없는 키스와 불같이 뜨거워진 몸에 빠르게 반응하며 신음했다.

그의 혀가 귓바퀴를 핥아 올릴 땐 그의 낮은 숨결 소리와 촉촉한 혀의 느낌에 어지러움을 느꼈고, 그가 그녀의 얼굴을 두 손으로 감싸 깊은 키스를 퍼부을 땐 지원의 팔이 그의 목에 매달렸다.

마침내 실오라기 하나 걸치지 않은 맨몸이 맞닿은 순간, 예민해진 몸은 그의 피부가 닿는 것만으로도 호흡이 엉킬 만큼 전율을 느꼈다. 야하게 흐느끼듯 신음이 흘러나와도 지원은 그것이 제 소리인지 알지 못했다.

아무것도, 아무 생각도 없이 오직 그와 그녀만으로 채워진 시간과 공간 속에서 그는 지원이 제 팔을 잡아당기고, 몸부림치며 등을 끌어안고 매달릴 때까지 지독하게 지원의 몸을 탐하며 적셔 나갔다.

달콤하게 솟아오른 가슴을 입에 머금고, 작고 단단한 유두를 혀로 휘감아 부드럽게 빨았다. 신음하는 지원이 몸을 비틀면 다시 놓아주었다가 더 강하게 빨아들이고, 얼굴을 비벼 댔다. 검은 숲 아래로 손을 내려 넘쳐흐르는 애액을 확인하고서도 그는 서두르지 않았다.

"하아…… 하아…… 아흣."

속도를 달리하며 빨아 대는 그의 혀와 입술, 허리부터 납작한 배를 지나 까슬거리는 음모가 느껴지는 둔덕까지 스스럼없이 쓸어내리던 그가 '제발'이라는 지원의 목소리에 천천히 키스를 남기며 더 아래로 내려가기 시작했다.

무릎부터 다시 시작된 진하고 깊은 키스와 혀의 움직임은 허벅지 안쪽까지 이어져 그에게 달콤한 물을 선사하는 깊은 샘까지 이어졌다. 무의식적으로 꼭 붙이던 다리는 그의 혀가 움직이는 대로 서서히 벌어졌고, 그 사이로 현민이 머리를 들이밀자 거침없이 신음하며 그의 머리카락 속으로 손가락을 넣었다.

이제 그의 분신을 원하게 된 깊은 샘으로 현민의 뜨거운 혀가 파고들 었다.

"아홋."

그 놀라운 쾌감과 만족감에 허리를 비틀며 숨을 몰아쉬던 지원의 신음 소리가 우는 소리처럼 바뀌고 있었다.

말이 아닌 신음으로 그를 재촉하는 지원의 모든 움직임과 소리는 본능적으로 그를 유혹했고, 그의 혀는 지원의 귀를 멀게 할 만큼 그녀를 깊은 환락으로 몰아넣고 있었다. 지원은 형용할 수 없는 감각에 몸을 떨며 머릿속 자잘한 찌꺼기처럼 붙어 있는 고민을 덮어 둔 채 그가 주는 감각에 몰입했다.

마치 그녀가 더 불타오르기를 바라는 것처럼 그녀의 다리 사이에 얼굴을 파묻은 그가 손을 올려 그녀의 가슴을 찾아 쥐었다. 말캉거리는 한쪽 가슴을 주무르고, 솟아오른 핑크빛 유두를 손가락 사이에 넣고 비비며, 깊은 곳에 파고든 혀를 빠르게 움직였다.

생각과 이성이 흐릿해지고, 오로지 그가 주는 감각에 목마른 지원이 부끄러움 없이 그의 혀를 향해 몸을 더 벌리며, 골반을 들어 올렸다. 미끌거리는 샘에 입술을 담그고 마음껏 핥으며 빨아 대던 그의 머리 위에서 결국 교태스런 신음 소리가 터져 나왔다.

지원의 허리가 비틀리고, 목이 휘며 머리가 젖혀지는 동안, 현민은 꽃길이 일으키는 경련을 혀로 느끼며 만족스럽게 입술을 당겨 올렸다. 한 번 절정을 경험한 그녀의 부드러운 꽃잎을 혀로 더 열심히 핥아 올리다 단단하게 부풀어 오른 꽃잎 속 작은 알갱이를 입술로 감싸 빨아 당겼다.

들썩이는 그녀의 허리가 쾌감을 못 이겨 위로 휘어 올라가도 그는 멈추지 않았다. 숨이 넘어갈 듯 간절한 손짓으로 그녀의 손이 그의 머리카락 사이를 파고들어 밀어 대도, 긴 신음과 발버둥에 이어, 결국 또 한번 긴장한 몸이 경직되며 위로 솟아올라 활처럼 휘어질 때까지 그의 입술과 혀는 쉬지 않고 지원을 빨아 대며 제 맘껏 그녀를 가졌다.

바르르 떠는 몸으로 숨을 멈췄던 그녀가 거친 숨을 토해 내며 엉덩이를 내리자, 소리 없이 미소 지은 그가 단단하게 세운 혀로 그녀의 돌기를 할짝였다.

"아아…… 그만, 오빠. 제발 그만, 죽을 것 같아."

몸이 순식간에 위로 튕겨 오르며, 살려 달라 외치는 지원의 목소리엔 고통에 겨운 쾌감으로 흐트러진 신음이 섞여 있었다. 현민이 빙긋이 미소 지으며 두 입술을 정성스레 모아 꽃잎 사이 돌기를 깊게 누르며 입을 맞췄다.

위로 몸을 올린 현민이 그녀의 귀에 입술을 가져다 댔다.

"달아, 지원아. 맛있어. 네가 정말 좋아."

"하아, 하아, 하아."

"힘들어?"

"……하아, 하아, 죽을 것 같다고 그랬잖아요."

뒤늦게 창피함을 느끼며, 눈 감고 말하는 지원의 등 뒤로 현민이 몸을 붙였다.

"너 정말 예뻐. 생각도, 몸도, 신음도, 그리고 여기도."

귓가에 들려오는 나지막한 목소리를 듣고 있던 지원의 두 다리 사이에 그의 넓은 손바닥이 덮였다.

"그리고 여기도 예뻐."

시트에 한쪽 팔꿈치로 몸을 받치고 지원의 등 뒤에서 몸을 세워 앉은 현민이 그녀의 가슴 위 분홍빛 정점을 입에 넣어 빨기 시작했다.

"아훗, 오빠!"

"조금만 더, 지원아."

그사이 두 다리 사이를 덮고 있던 커다란 손이 더 깊이 파고들어 방금까지 그의 혀가 머물던 꽃잎 사이 돌기를 찾아 동그랗게 비비기 시작하자, 위아래로 자극받으며 허리를 비트는 지원의 신음이 금세 절정을 향하듯 높아졌다.

이미 넘칠 대로 넘친 그녀의 애액에 정점을 자극하는 그의 손가락은 금세 젖어 미끌거리는 뜨거운 피부 위에서 부드럽게 움직여졌다.

"너, 정말 뜨거워."

그녀의 가슴이 빨아 당기는 그의 입술을 향해 거친 숨을 내뱉으며 들려 올라갔다. 그가 꽃잎을 애무하던 손으로 지원의 거뭇한 숲 위를 누르며, 이미 젖을 대로 젖어 버린 꽃길로 버겁게 커져 버린 분신을 밀어 넣어, 제 몸을 끝까지 받아들이게 만들었다.

"아아하앙……."

"으윽."

파고드는 순간 지원은 고개를 뒤로 젖혀 그의 어깨에 머리를 기대며 신음했다. 하나도 아프지 않았다. 눈앞이 어지러울 정도로 온몸을 휘감는 쾌감만이 전신으로 퍼져 나가, 그대로 끝까지 날아갈 것만 같았다.

지원은 저도 모르게 허리를 휘고, 좀 더 그의 몸을 깊이 받아들이기 위해 엉덩이를 들어 올렸다.

"너무 좋아요."

"허억."

어떤 미사여구보다 강렬한 한마디가 제 어깨에 뒷머리를 기댄 지원의 입에서 탄식처럼 흘러나오자, 현민은 극도로 흥분한 몸이 곧 사정할 것처럼 아찔하게 쾌감에 전율하는 것을 느끼며 허리짓을 멈췄다.

그러나 이미 배워 버린 본능의 움직임으로 지원이 엉덩이를 뒤로 내밀며 자극해 오자, 현민은 고통스런 표정을 지으며 지원의 유두를 아프게 깨물었다.

"아악!"

"잠깐만, 지원아. 가만있어."

"하아응."

아쉬움이, 간절함이 뒤섞인 지원의 욕망이 또다시 그를 재촉했다.

제 몸이 느끼는 흥분만큼 지원의 가슴을 빨아, 혀로 적시며, 순간의 위기를 참아 낸 현민이 다시 움직이기 시작했다.

"하아, 하아, 어떡해."

뒤로 뻐근하게 파고드는 그의 몸짓 따라, 저도 박자를 맞추며 허리춤을 추기 시작한 지원의 몸이 현민의 몸과 완전히 한 몸처럼 맞붙어 물결처럼 출렁였다. 파고들 때마다 촉촉하고 뜨거운 속살이 그의 분신을 조이며 감싸 오는 쾌감에, 현민의 맞물린 치아 사이로 낮은 신음이 거칠게 터져 나왔다.

그가 만드는 물결이 점점 거칠고 거칠어졌다. 단단한 허리가 그녀의 몸을 거칠게 쳐올리고, 철벅거리는 소리가 방 안을 울릴 만큼 그의 분신이 지원의 몸을 거세게 파고들었다.

반동이 강해질수록 버티지 못하고 튕겨 오르는 지원을 잡으려, 현민의 종아리가 그녀의 무릎 사이로 파고들어 가느다란 종아리를 감아 붙들었다.

터질 듯 잡혀 일그러진 지원의 한쪽 가슴은 커다란 손에 가려져 좀 더 깊이 현민의 품속에 등을 맞대도록 당겨졌다. 지원이 색정스런 움직임과 터져 나오는 교성을 제어하지 못하고 혼이 나가려 할 때 그녀의 귓불을 빨고 있던 그의 입술 사이로 흥분해 가라앉은 현민의 목소리가 들려왔다.

"헉, 헉, ……더 깊이 들어가고 싶어."

지원은 눈뜨지 않고 거친 숨을 내뱉으며 고개를 끄덕였다. 지금 그가 원하는 거라면 뭐라도 괜찮을 것 같았다.

현민은 지원의 고갯짓을 보자마자 지원의 몸에 제 분신을 파묻은 채, 그녀의 허리를 감싸 안아 몸을 일으켰다. 두 무릎을 꿇고 허리를 세워 앉은 현민의 몸 따라 몸이 하나 된 상태로 엉덩이가 위로 들어 올려진 지원의 허리가 강인한 그의 팔에 붙들려 세워졌다.

너무나 원초적인 자세에 놀란 눈으로 뒤돌아본 지원의 눈빛에 현민이 말해 왔다.

"괜찮아. 하아, 괜찮은 거야."

아이 달래듯 말하며 여전히 그녀의 허리를 감싸 안아 들어 올린 자세로 등에 입 맞추는 그의 입술은 따뜻했다.

현민이 지원의 척추를 따라 천천히 입을 맞추며 등에 가슴을 겹쳐 오자 지원의 머리는 자연스레 시트에 내려뜨려졌다. 시트에 두 팔을 내려뜨리고 몸을 버티며 그가 원하는 대로 엉덩이를 세워 그의 분신을 받아 들인 지원의 허리가 고양이처럼 유연하게 휘어 있었다.

"머리 들고, 팔로 짚어."

지원은 두 팔로 윗몸을 지지해서 몸을 세웠다. 그와 동시에 뒤에서 밀고 들어오는 현민의 거친 움직임따라 지원의 몸이 위로 힘없이 튕겨 올라가자 그는 양손으로 지원의 골반을 거칠게 잡아 들었다.

깜짝 놀랄 만큼 깊었다. 배꼽까지 파고드는 듯한 그의 분신에 지원은 눈을 커다랗게 뜨고 경악하듯 입을 벌려 숨을 멈췄다. 현민이 방금 전 거칠었던 것이 미안했는지 보다 약하게 몸에 흔들림을 전해 주기 시작했다.

그제야 긴장을 풀며 그의 움직임을 느끼기 시작한 지원은 전신으로 퍼져 나가는 깊은 쾌감에 고개를 휘어 올렸다.

'좀 더…… 좀 더…….'

쾌감이 강해지는 방향 따라 조금 더 그를 깊이 받아들이고 욕심을 내며, 지원은 부딪혀 오는 그에게 밀려나지 않기 위해 두 팔과 허리에 힘을 주고 버텨 내기 시작했다.

"헉……. 지원아, 너……."

지원은 자신의 움직임으로 그가 좀 더 강한 쾌감을 느낀다는 걸 알아챘다. 어디서 그런 고약하고 야한 마음이 숨어 있었는지 모르지만 지원은 자신도 그를 괴롭도록 자극할 수 있다는 사실이 무척 마음에 들었다.

그가 파고들 때마다 엉덩이에 힘을 주며 온몸을 팽팽하게 긴장시켜 그를 받아들이자, 그가 굉장히 다급한 호흡을 내뱉으며 지원의 등에 몸을 기대 왔다.

그녀의 등 뒤에 몸을 바짝 붙이고서 손을 아래로 내려 둥근 가슴을 찾아 부여잡더니, 손가락 사이로 오뚝하니 솟아오른 분홍 정점을 비벼 대며 지원의 등에 입을 대고 거칠게 빨아 당겼다. 가슴에서 느껴지는 자극과 등을 누르는 그의 무게와, 허리를 더욱 깊이 휘며 파고드는 그의 분신에 더 이상 감당하지 못한 지원이 그대로 침대에 쓰러졌다.

시트에 파묻혀진 얼굴을 숨 쉬기 위해 옆으로 돌려 거친 숨을 내쉬었지만 계속되는 현민의 움직임으로 인해 지원의 숨소리는 신음인지 교성인지 모를 야릇한 소리로 변해 방 안을 울렸다.

현민은 움직임을 계속하며 몸을 들어 한 손으로 지원의 턱을 잡아당기더니 혀를 깊이 넣었다. 지원은 그의 혀를 반갑게 빨아 당겼다. 그의 몸을 깊은 곳으로 받아들이는 것처럼 쉼 없이 그의 입술을 빨아 당기며 그의 혀에 제 흥분을 전하자, 그도 거친 신음을 내뱉었다.

그 순간, 지원이 허리를 휘며 엉덩이를 높였다. 그의 분신이 지원 깊숙한 곳으로 파고들어 요동칠 때마다 현민의 혀를 감아 돌리는 지원의 입술에선 태어나 한 번도 낸 적 없는 기묘한 교성이 새어 나왔다.

무릎을 꿇고 허리를 움직이는 현민의 등이 지원의 입술을 향해 아래로 휘어지고, 그의 아래서 엎드린 채 허리를 비틀어 그의 얼굴을 부여잡고 있던 지원이 그가 주는 깊은 곳의 쾌감을 참지 못해 그의 입술에서 떨어져 나와 헉헉댔다.

"하아, 하아, 오빠, 오빠."

지원의 얼굴은 열기에 빨갛게 익어 있었다. 그녀의 눈은 쾌감에 집중하기 위해 오래전부터 감겨 있었고, 흰 가느다란 허리는 엉덩이를 높게 들어 올리는 움직임 따라 교태스럽게 흔들렸다.

놓친 혀를 다시 빨아들이는 현민의 입술이 그녀를 응원했다. 잘 따라오고 있다고, 잘하고 있다고 제 혀로 지원의 혀를 쓸어 주며 그 어떤 행동도, 소리도 괜찮다고. 그녀의 행동을 부추기는 현민의 행동은 지원의 부끄러움과 최소한의 자제심도 모두 앗아 가 버렸다.

여전히 계속되는 그의 움직임에 밀려 출렁이면서도 지원은 그가 원하는 대로 그의 입술을 핥았고, 혀를 놓지 않았다. 마치 둥글게 연결된 원처럼 그와 그녀는 서로 연결된 상태로 오래도록 서로가 서로에게 주는 느낌을 나누며 깊이깊이 파고들었다.

그가 그녀의 몸에 들어온 이후, 지원은 몇 번의 오르가즘을 홀로 느끼며 머릿속이 하얗게 타 버리는 것 같은 지독한 쾌감에 전율했고, 현민은 그것을 모두 지켜보았다. 계속되는 그의 움직임에 더 이상 감당할 수 없는 체력 상태가 되었을 때, 지원의 숨소리는 마침내 쾌감에 겨운 흥분과 함께 살려 달라는 의미가 담긴 앓는 소리가 섞여 나오기 시작했다.

몇 번이고 현민의 입술에서 떨어져 나오려 해도 놓아주지 않고 다시 잡아들이던 현민의 입술이 지원의 고개가 힘없이 바닥에 떨어지고 난 뒤에야 그녀의 휴식을 허락하듯 놓아주었다.

지원은 막혔던 숨을 토해 내며 하체에서 느껴지는 쾌감에 계속 신음했다. 그러나 그녀를 쉬게 해 줄 것 같았던 그는 곧 시트 옆으로 놓인 지원의 얼굴에 가벼운 키스를 남긴 뒤 깊은 샘에서 빠져나와 그녀의 몸을 돌려 편안하게 눕도록 도와준 후 또다시 급하게 파고들었다.

당연한 자신의 자리를 찾듯 하나로 몸을 합쳐 들어오는 그의 몸짓에 지원은 쾌감에 겨워 상체를 들어 올리며 고개를 뒤로 젖혀, 거친 숨을 내쉬었다. 체력은 바닥났는데 그가 몸을 합쳐 오면 원망스러울 만큼, 강한 쾌감이 온몸을 관통해 왔다.

지원의 몸은 이미 제 것이 아닌 것처럼 그의 움직임 따라 온갖 기묘한 감각을 불러일으키며 또다시 예민하게 깨어나고, 머릿속은 생각이란 걸 할 수 없을 만큼 어지러운데 그녀 안에서 느껴지는 그는 여전히 너무 강건했다.

"죽을 것 같아."

그녀의 애원에도 그는 멈추지 않았다. 둘 사이에 대화가 없어지고 물기 묻은 피부가 서로 거칠게 맞부딪치는 소리만 방 안에 크게 울려 퍼졌다. 두 다리를 구부려 세우고 그의 몸을 받아들이고 있는 지원의 엉덩이는 현민의 두 손에 잡혀 위로 들렸다.

거친 부딪힘, 두 눈 감고 무언가에 빠져든 표정으로 살짝 찡그린 미간, 점점 거친 숨소리 따라 야하게 벌어지는 입술과 흔들리는 가슴. 그의 눈에 보이는 지원은 자신만을 위해 가림막을 걷어 내고 불꽃 터트리는 아름다운 여인이었다.

이렇게 파고들어 느끼고 있음에도 더 목이 마르고 간절해져서 현민은 흥분해 달아오른 몸이 절정을 향해 가자고 요구하는데도 눈을 감지 않고 지원의 모습만 눈에 담고 있었다.

지원의 작은 움직임과 마른 입술을 축이려 부끄럽게 살짝 나왔다 들어가는 붉은 혀의 움직임까지 모두 눈에 담으며 그녀를 새겨 넣었다.

눈 감고 있던 지원이 더듬거리며 그의 팔목을 찾아 잡았다. 야릇하게 변하는 표정과 점점 위로 휘며 뒤로 젖혀지는 고개, 소리 없이 더 크게 벌어지는 입술을 보며 현민은 지원이 절정에 다다르고 있음을 느낄 수 있었다.

지원의 허리가 휘어 올라가자, 그는 마침내 자신을 풀어 놓기 시작했다. 현민이 두 눈을 감고 더 강하게 몸을 내려치며 절정을 향해 달리기 시작하자 지원의 손끝이 그의 팔목에 파고들 듯 세게 힘을 주었다.

"아…… 아…… 아아아."

"크으흑."

그녀의 몸이 믿기지 않을 만큼 크게 휘어 올랐다. 깊은 샘은 그의 분신을 강하게 조이며 경련을 일으켰고, 그를 숨 막히는 쾌락으로 이끌었다.

아래에서 휘어 오른 지원의 몸과 위로 솟구치듯 솟아오르던 현민의 몸이 맞붙어 아스러지는 꽃잎처럼 아래로 떨어졌다.

온몸의 열기, 땀으로 젖어 버린 몸. 절정을 느끼고도 지나친 쾌감에 젖어 사그라지지 못하고 아직까지도 단단한 분신에 힘을 주자 축 처진 지원의 몸이 경련하며 짧게 펄떡였다.

하지 말란 말도 못하고 고개만 약하게 가로저으며 깊은 잠에 빠져드는 지원을 보며 현민은 첫 밤에 아파하고 무거워하던 지원이 떠올라, 재빨리 지원의 옆으로 내려왔다.

제 몸을 감싼 얇은 막을 정리하고, 지원의 다리 사이를 닦아 준 현민이 그녀의 옆에 누워 지원을 감싸 안았다. 혼이 나간 듯 지친 표정으로 가쁜 숨을 쉬며 이미 잠든 지원을 두 팔 안에 안은 현민은 그녀의 이마에 천천히 입을 맞추며, 더 세게 끌어안았다.

"사랑해. 지원아."

현민은 부드러운 몸을 안고서 금세 다시 강건해진 분신을 잠재우며, 곤히 잠든 지원의 얼굴을 바라보았다. 다신 안 깨어날 사람처럼 깊이 잠든 지원이 너무나 약해 보였다.

분명 어제까지 지원의 주변을 맴돌거나 괴롭히는 사람은 없었다고 보고받았는데, 그 며칠 사이 더 마른 것 같기도 했다. 이불을 끌어올려 벗은 몸에 한기가 들지 않도록 목까지 꼼꼼히 눌러 덮어 주고는, 좀 더 깊이 끌어안으며 생각에 잠겼다.

진짜 애인이 되겠다는 것도 받아들이기 어려워하는 여자인데, 다짜고짜 안아 버렸으니 잠에서 깨어나면 뭐라 하려나. 현민은 피식 흐린 웃음을 흘렸다.

누군가의 사랑을 받지 못해 안타까워하는 건 익숙지 않은 감정이었지만, 안고만 있어도 웃음이 새어 나오는 이 행복감은 꽤…… 괜찮았다.

'네 속도 맞춰 보려 했는데, 나도 어쩔 수 없을 것 같으니까…… 너

도 날 사랑해라.'

현민이 지원의 감긴 눈에 천천히 입을 맞췄다. 지원은 여전히 작은 숨소리를 내며 곤하게 잠들어 있다. 지원이 깨어나지 않도록 조심스레 침대에서 벗어나 옷을 입은 현민이 발소리를 죽이며 아래층으로 내려 갔다.

시계를 보니 벌써 두 시가 넘어서고 있었다. 의자에 놓인 지원의 코트와 가방을 본 현민은 고개 돌려 이 층 계단을 다시 한 번 올려다본 뒤 기분 좋은 미소를 지었다. 그리고 테이블로 다가가 전화 수화기를 들고는 버튼 하나를 눌렀다.

— 네. 전무님.

"점심, 1시간 뒤에 먹겠습니다."

— 네. 준비하겠습니다.

전화를 끊은 현민이 지원의 옷과 가방을 챙겨 다시 계단을 올라가, 아주 조심스럽게 방문을 여닫고 옷을 벗었다. 지원의 옆으로 다가가 눕는 인기척에 그녀가 뒤척이자 그녀를 품에 꼭 안고서 손으로 다독였다.

"조금 더 자."

현민의 벗은 가슴 안에서 지원은 겨우 고개만 한 번 끄덕였다. 그런데 이번엔 말이 없는 지원의 코와 입술이 그의 가슴을 간지럽혔다. 서로 엉켜든 다리와 팔에서도 이상하리만치 묘한 느낌이 계속 전해져 왔다. 그저 가볍게 겹쳐진 종아리, 발가락까지도 지원과 친근하게 맞닿았다는 사실 때문인지 기분 좋은 감동이 전해져 왔다. 현민은 점점 더 자신이 지원에게 미쳐 가고 있다는 생각을 하며 눈을 감았다.

지원을 안고서 잠시 눈을 붙였던 현민은 잠에서 다시 깨어났을 때 여전히 그의 품에 안겨 있는 지원을 보았다. 그를 깨우지 않으려 가만히 안긴 채로 그의 가슴에 코를 대고 숨 쉬고 있는 지원을 내려다보고만 있는데, 그녀가 조심스레 가슴팍에 입을 맞춰 왔다.

"후훗, 다시 시작할 거야? 점심 거르고, 바로 다시 시작할까?"

얼른 품에서 떨어져 나간 지원이 작게 아니요, 라고 말하자 현민은 여전히 웃는 목소리로 먼저 일어나 옷을 입고 나가며 말했다.

"천천히 씻고 내려와. 점심 먹자."

지원이 방 안에 딸린 욕실에서 간단히 몸을 씻은 뒤 옷을 챙겨 입고 일 층으로 내려왔다. 그녀의 눈에 유리벽 너머 저쪽 건물 'ㄱ'자로 꺾인 곳에 서 있는 그가 보였다.

방향을 정하지 못해 느리게 움직이던 발걸음을 빨리해, 커다란 아일랜드 식탁 앞에 서 있는 현민에게 다가가자, 그가 자연스레 손을 마주 잡더니 그녀를 이끌듯 앞서 걸으며 좀 더 안쪽으로 데려갔다.

부엌을 지나 자그마한 나무 정원을 지나쳐 또 다른 방으로 걸어 들어가니, 전면이 유리로 마감된 탁 트인 전망이 아름다운 공간에, 12인석 대리석 식탁과 그릴이 놓여 있었다. 마치 파도치는 속초 바다가 액자에 담긴 듯한 그림 같은 공간이었다. 푸른 바다, 연한 파도 끝 하얀 경계선, 앞마당 잔디와 이어진 백사장엔 아무도 걸어 다닌 적 없는 것처럼 발자국 하나 없었다.

"뭐 해?"

"아니에요."

"그런데, 여기서 구워 먹어도 돼요? 냄새 밸 텐데……."

"그런 건 걱정 말고, 밖에서 먹으면 너 금방 감기 걸릴 테니까, 아무리 바다가 좋아도 참아."

"네. 저도 따뜻한 게 좋아요."

"그래. 앉자."

지원은 식탁에 다가가 자리에 앉으며 눈앞에 놓인 상차림에 기분이 좋아지는 것을 느꼈다. 누구의 손길인지 모르지만 상차림이 굉장히 깔끔했다.

화이트 레이스에 금사자수가 놓인 화려한 대형 매트 위 결 고운 미백색 식기들은 은은하니 기품 있었고, 빈 접시와 포크 나이프, 여러 가지 소스 보트와 빈 와인 잔 하나와 물 잔까지 모두 신경 써서 차려 낸 상차림이었다.

대형 접시에는 머리와 꼬리만 남기고 껍질이 손질된 새우와 관자, 여러 종류의 조개들이 버섯과 함께 담겨 있었다. 또 다른 접시엔 안심으로 보이는 스테이크용 쇠고기가, 또 다른 접시엔 여러 가지 야채와 함께 동그랗고 납작하게 잘라진 파인애플과 사과가 담겨 있어 풍성하기도 했다.

"고기, 해산물 중에 뭘 더 좋아해?"

"둘 다요. 이렇게 바다 보면서 먹으니까 더 맛있을 것 같아요."

"지원이가 좋아하니까 나도 좋다."

소리 없이 환하게 웃는 지원의 표정은 그녀의 10대 때 모습이 어떠했을지를 짐작하게 할 만큼 해맑게 변해 있었다. 멍하니 지원을 보던 현민은 눈을 깜빡이며 고개를 갸웃거리는 지원에게 미소 지은 뒤 바로 옆 그릴에 부지런히 조개와 새우를 올리기 시작했다.

지원은 그의 움직임 따라 얇은 셔츠 아래 근육들이 자잘하게 꿈틀거리는 것을 멍하니 바라보다, 그와 눈이 딱 마주쳤다.

"나도 사랑해."

"네?"

"지금 사랑 고백한 거 아니야? 반한 눈빛이라서 대답한 거야. 나도 너 사랑한다고."

"……."

붉어진 얼굴로 그의 시선을 피한 지원은, 뭔가 할 일을 찾듯 집게를 들어 올려 버섯과 고기를 그릴에 올려놓고 열심히 굽기 시작했다. 빨간 불만 바라보다 한쪽 면이 익은 고기를 뒤집으며 도톰하게 썰린 양파와 사과, 파인애플을 두 쪽씩 올려 가장 강한 불에서 빠르게 익혀 접시에 담았다.

지원 앞에 놓인 빈 잔에 짙은 향을 가진 레드 와인을 따라 준 현민이 준비가 다 끝났다는 신호를 보내듯 웃으며 눈을 마주쳐 왔다.

"자아, 다 됐다. 배고프지?"

"네."

"많이 먹어."

"네. 맛있게 드세요."

개인 접시에 음식을 담아 입에 넣던 현민이 고기를 먹고는 지원을 바라보며 환하게 웃었다.

"음식 잘하겠는데? 고기 잘 구웠네."

"잘 익었으면 다행이구요."

"아냐. 정말 맛있게 구웠어."

"와인 안 마셔? 이 와인, 독한 거 아닌데…… 아님 샴페인 마실래?"

"오빠. 운전하셔야 되잖아요."

"나 말고, 너만 기분 좋게 한 잔 마셔."

"네, 전 샴페인 주세요."

"잠깐만 기다려."

성큼성큼 걸어 나간 현민이 전에 호텔에서도 봤었던 샴페인 병을 들고 와 황금빛 기포가 퐁퐁 올라오는 달콤한 액체를 지원에게 따라 주었다.

달콤한 샴페인을 마시며 맛있는 점심을 느긋하게 먹는 동안 두 사람의 입가엔 웃음이 가득했다. 그들 사이에 늘 존재하던 긴장감이나 어색함은 멀리 사라진 듯했고, 가끔 현민의 커다란 웃음소리가 들리기도 했다.

현민이 꺼낸 대학 시절 여행 이야기에 지원은 여행은커녕 알바와 살인적인 리포트, 시험에 밀려 도서관에서 살아야 했던 학창시절을 추억하며 그를 웃게 했지만 그녀의 기억은 대학 3학년을 넘어서지 못했다.

뭐 좀 더 먹으라 현민이 권해도 지원은 그때마다 음식 대신 달콤한 샴페인을 목으로 넘겼다. 지원은 대화 도중 현민이 지원의 등 뒤편을 향해 고개를 살짝 끄덕이는 것을 보고 놀라, 뒤를 돌아보았다.

그곳엔 나이 든 중년 부인 두 명이 커다란 쟁반 하나씩을 들고 대기하고 있었다. 놀란 지원이 의자에서 몸을 일으키려 하자 현민의 목소리가 들려왔다.

"그냥 앉아 있어. 여기서 일하시는 분들이야."

지원은 그래도 우리는 객이고, 주인도 없는 집에 주인 친구라고 와서 대접받는 것이 영 마음이 불편해, 목례한 뒤 입술을 오므린 채 앞만 보고 앉아 있었고, 그 사이 두 분은 지원의 앞에 있는 빈 접시들을 정리하고 매트 위에 정갈한 한식 상차림을 올려놓으시더니 뒤로 물러나셨다. 내내 침묵하던 지원은 뒤로 멀어지려는 발걸음 소리를 잡으려 서둘러 고개 돌려 그분들에게 말했다.

"고맙습니다."

지원의 목소리에 몇 걸음 멀어지던 두 분의 몸이 멈춰 돌아섰다. 지원을 바라보는 그들의 눈이 이채로웠다.

"저도 잘 먹겠습니다."

잠시 멈췄던 두 여인은 현민의 인사에 고개 숙여 아닙니다. 필요하신 것 있으시면 불러 주십시오, 라는 말을 남기고 사라졌다.

지원은 이미 배부른 상태에서 다시 차려진 한식상에 절로 한숨이 나왔다. 간단한 상차림이긴 하지만, 반공기 정도 담긴 밥에 작은 된장찌개 뚝배기가 바글바글 끓고 있고, 그 위쪽으론 작은 접시에 기본적인 한식 반찬들과 나물 반찬, 바닷가답게 해초샐러드와 생선조림이 각 1인분씩 나뉘어 담겨져, 지원과 현민 앞에 따로따로 놓여 있었다.

"우리 또 먹어야 돼요?"

"어. 남기지 말고 다 먹어야 돼."

현민의 말을 들은 지원이 어떡하냐는 표정으로 자기 앞에 놓인 밥을 난감하게 바라보자 현민이 쿡쿡거리며 숟가락을 들어 올렸다.

"아까 그분들 음식 남기는 거 굉장히 싫어하셔. 고맙다 그래 놓고 남겨 놓으면 실례니까, 어서 먹어."

"네에……."

요즘 들어 하루 한 끼도 잘 챙기지 못하고 커피와 샌드위치로 늦은 점심을 때워 온 지원은 아침뿐 아니라 점심까지 이어진 무거운 음식이 버겁게 느껴져 괜스레 허리를 바로 펴 늘이며 전쟁에 임하는 눈빛으로 숟가락을 들었다.

그 모습을 지켜보던 현민은 입가에 푸근한 미소를 매달았다. 어찌되었건 지원의 그릇도 깨끗하게 비워졌다. 식사를 마치고 식탁 정리를 도우려던 지원에게 현민은 올라가 있으면 차를 가져가겠다고 말하며 등 떠밀듯 올려 보냈다.

지원은 잠잤던 방으로 돌아와 두꺼운 암막커튼과 얇은 속 커튼을 모두 걷어 냈다. 환해진 방 안에 서서 바다를 내려다보다 주춤주춤 뒤로 물러나 맨바닥에 앉아 침대에 등을 기댔다.

적당히 기분 좋게 도는 술기운, 눈앞에 보이는 예쁜 바다. 그리고 아낌받는 느낌. 어색하지만 행복하단 생각이 들었다. 그리고 연이어 여러 가지 생각이 떠올랐지만 지금 이 순간은 이대로, 이렇게 행복한 대로 느끼고 싶단 생각에 머리를 비우려 애썼다.

밥 먹다 별 이야기도 아닌데 시원하게 웃어 주던 현민의 미소가 떠올라 괜스레 웃던 지원은, 문 열리는 소리와 함께 작은 쟁반을 손에 들고 들어오는 현민을 보자 더욱 환하게 웃어 보였다.

"침대에 앉지. 엉덩이 안 아파?"

"기대고 싶어서요."

"술기운, 못 이기는구나."

"……그런 건 아니고요."

지원이 앉은 바로 옆자리에 쟁반을 내려놓은 현민이 지원의 등 뒤로 파고들어 뒤에서 안아 주었다. 오후로 접어들면서 부드러워진 햇살이 방 안을 환히 밝히고, 하얀 시트가 덮인 커다란 침대 옆에 지원을 안고 기대어 앉아 잔잔히 파도치는 바다를 내려다보는 현민의 얼굴이 편안해 보였다.

따뜻한 분위기 속에 현민에게 등을 맡긴 지원도 느긋하니 눈을 감고 연한 미소를 짓고 있었다. 제 두 다리 사이에 그녀를 앉혀 놓고서 다리로, 팔로 지원을 감싸고 앉아, 지원의 오른손을 만지작거리며 바다 저 멀리로 시선을 두고 있던 현민이 긴장 풀린 지원의 등을 느끼며 말을 꺼냈다.

"아까 하던 이야기, 다시 시작할 거야. 괜찮겠어?"

"흐훗…… 그럴 거 같았어요."

지원은 나른한 웃음을 지었다. 약간 눈동자가 풀린 것 같기도 했다.

"먼저 난 지금 널 사랑하는 남자로서 묻는 거야."

"……."

"그럼 시작한다. 너 아까 거짓, 집착, 스토킹, 폭력, 권력…… 그런 얘기 했던 것 같은데 자세히 말해 봐."

"……자랑스럽지도 못한 이야기, 나 좋다는 사람한테 할 말한 이야기는 못 되는데…… 그럼, 이야기 다 듣고 앞으로 나 좋다는 소린 하지 마세요. 그럼 다 할게요."

현민은 지원을 나무라듯 그녀의 손을 쥐고 있는 손에 살짝 힘을 주었다.

"나 너보다 협상 잘해. 그러니까 포기하고 자세히 말해 봐. 무슨 일인지 정확히 알아야 하니까."

"가만 보면 오빠 맘대로 다 하는 것 같지만, 말할게요. 애인인 척해 달라면서 상황 설명도 안 하면 안 되는 거겠죠."

"애인인 척이 아니라 애인이다. 지원아."

"그건…… 내 이야기 다 듣고 나중에 결정하세요. 뭐부터 말할까요?

처음부터 길게 말하려면 너무 길어요. 떠올리고 싶지도 않고."

"스토킹, 폭력부터 말해 봐."

캠퍼스에서 마주쳐 일방적으로 쫓아다닌 그의 용기로 시작된 만남이었다. 가난한 촌부의 아들. 어려운 생활 속에서도 성실히 공부해 좋은 대학에 입학한 사람. 창문조차 없는 협소한 고시원에서 살며, 학생 근로와 과외로 생활비를 버는 사람.

그런 그와의 데이트는 무조건 자판기 커피였고, 너무 더워 편의점 아이스 아메리카노라도 마시는 날엔 웬일로 크게 한 턱 쏘냐며 농담할 만큼, 있는 것보단 없는 것이 당연했던 생활 속에 그가 상처받지 않도록 늘 배려해야 했었다.

사랑이란 감정의 정체를 모르기에 첫 교제의 설렘을 사랑이라 착각하고, 진정한 사랑이 아닌 사랑받고 사랑하는 그 모습을 만족스러워했던 그 시절의 지원은 어리석었고, 그 대가는 참으로 처절했다.

"스토킹…… 후우……. 흠……. 헤어지고 싶다 말한 뒤 그 사람 저한테 많이 매달렸어요. 그래도 안 되니까 그때부터 병원, 집, 도서관……. 거기도 없으면 제 친구들한테 전화도 하고……. 제 생활 반경 모든 곳에서 절 지켜보고 감시하더니…… 쫓아다니며 사정하고, 협박하고, 회유하고, 협박하고를 반복했었어요. 직장에서도 보통 환자 보호자처럼 늘 복도를 지키던 그 사람 때문에 피가 마른다는 게 뭔지 알았고, 시간이 갈수록 폭언, 협박의 수위도 높아졌어요. 나중엔 납치도 했고……. 한 3년 그랬던 것 같아요."

잠시 말이 끊어지는 지원의 등을 현민은 격려하듯 더 따뜻하게 안아 주었다. 잠시 끊겼던 지원의 목소리는 다시 담담하게 흘러나왔다.

"폭력은 스토킹 과정에서 내가 자기 뜻대로 움직이지 않으니까 처음엔 협박과 욕설, 따귀로 시작했어요. 점점 심해지다 나중엔 망치 들고 죽여 버린다고도 했고. 그래도 안 된다니까 분을 못 참아서 결국 그 망치로 자기 손등을 내리찍더군요. 그 사람은 내가 공포를 느끼게 만들려고 무척 노력했어요. 제가 겁이 많은 편이라 그 약점을 이용하려 한 건데…….
그 사람은 내가 결정 내리기까진 시간이 오래 걸리지만 한 번 결정 내리
면 죽어도 안 변한다는 건 몰랐던 거예요. ……전에는 제가 싸움을 싫어
해서 늘 참아 주는 편이었고, 의견 충돌 없이 지냈거든요. 그래서 그 사
람, 분노했었어요. 제가 자기 뜻대로 안 움직이는 걸 못 견뎌한 거죠. 그
다음은요."

"……많이 맞았어?"

침통한 현민의 목소리가 아주 낮게 들려왔다.

"얼마나 맞아야, 많이 맞았다 그럴 수 있는 거예요? ……여잔…… 남
자한테 제대로 한 대만 맞아도 몸이 날아가요. 몇 대보단…… 정말 맞
았다는 게, 상대방이 날 그렇게 모질게 때릴 수 있다는 것 자체가 끔찍
한 거죠. 저도 세면서 맞진 않았지만, 그런 상황은 종종 있었어요. 처음
맞았을 때 남자 힘이 그렇게 센 건지 몰랐었기 때문에 모든 게 다 충격
이었죠. 집에서도 학교에서도 맞을 일이 없었으니까……."

지원은 잠시 말을 멈춘 뒤 현민이 가져온 쟁반에서 연한 커피가 담긴
찻잔을 들어 올려 한 모금 마셨다.

"따귀만 맞았을 때도…… 눈앞이 캄캄해지고 정신 차려 보니 이미
몸은 바닥에 쓰러져 있더라고요. 통증보다 바닥에 널브러진 내 꼴이,
힘에 의해 인격이 부인당하는 모멸감이, 그게 더 아프고, 치욕이란 단
어가 저절로 떠오르고…… 그랬어요. 뭐, 맞는 것 말고도 끌고 가려다
손목을 멍들게 하거나, 도망치려는 거 잡으려고 내던지거나……. 그 사
람 유도 했거든요. 아무튼 그런 일은 생활이었고, 의자나 망치 같은 걸
던진 적도 있고, 차로 치려고 했던 적도 있고……. 자기랑 결혼하기 싫
으면 차라리 자기 앞에서 죽으라고 가둬 놓고 칼을 준 적도 있고…….
다양했어요."

"경찰엔 왜 신고 안 한 거지?"

지원은 그의 말에 실소하며 기막힌 듯 웃었다. 그녀의 입꼬리가 한

쪽만 올라가 씁쓸하기 그지없는 눈빛으로 먼 바다를 내려다보고 있다는 것을 현민은 알 수 없었다. 그저 조금, 완전히 그에게 기대어져 있던 그녀의 등이 스스로 바로 앉고 싶은지 멀어지려 한다는 것 외에는…….

"내 편이 아니었으니까……."

"응?"

"내 편이 아니라고요. 경찰이나, 법 그런 건 서민들 편이 아니에요."

현민의 눈살이 찌푸려졌다.

"맨 처음엔 설득도 해 봤었고, 그러다 내가 노력해서 변할 수 있는 부분이 아니란 걸 깨달은 다음엔 남들한테 알려지는 게 수치스럽고, 또 신고했다가 괜히 어디로 끌려가서 더 당하는 건 아닌가 싶어서 두렵기도 했었는데. 그 모든 걸 다 이겨 내고 어렵게 신고했을 때 알아서 하란 소리를 들으면, 그 표현이 어찌 됐든 결론이 그렇게 나 버리면 다신 신고 같은 거 안 하죠."

"그럼 신고 해 봤단 소리야?"

"했었는데…… 소용없었어요. 언젠가 그 사람 피해서 며칠 집에 안 들어갔던 적이 있었어요. 그 사람은 제가 집에 숨어 있으면서 연락 안 받는 줄 알고 다들 출근하는 낮에 베란다 뜯고 들어왔었는데, 정말 제가 없으니까 제 방 다 뒤집고, 어디 있는지 알아내려고 그랬는지 일기장이며 다이어리며 죄다 들고 가고, 집을 난장판을 만들어 놨어요. 그때도 경찰이 집에 왔었지만 소용없더라고요. 그냥 상황 인지하고, 없어진 물품 목록 적어 가고…… 그게 다였어요. 누가 그랬는지 안다고 해도 무단 침입하던 장면 녹화된 거 있냐고 묻더니, 없다니까 그걸로 끝이었죠. 몇 번 그러다가 법적 처분 원해서 신고 자료 받으러 갔는데 경찰관이 그러더라고요. 좋게 해결하시라고 시간도 오래 걸리고 돈도 들고, 증거자료 부족해서 처벌도 어려운데 자극하면 더 난폭해진다고. 그 경찰도 신고 받고 몇 번 우리 집 왔었던 사람이라 가해자가 누군지는 알았을 텐데, 그러면서도…… 흠……. 그다음부턴 경찰 부른 적 없어요."

지원의 낮은 한숨에는 분노나 원망이 담겨 있지 않았다. 현민은 그게 더 마음이 아팠다.

　"그 대신 스토킹 상담도 해 봤고, 여성 경호도 신청해 봤었는데 우스운 게요. ……나는 생명에 위협을 받는데 경호 신청하면 아침 9시부터 6시까지만 경호해 준대요. 아시다시피 전 간호사고 그땐 병동근무라 3교대였거든요. 그래서 상담만 받고 아예 신청도 안 했었어요. 지금은 또 어떤지 모르지만…… 그땐 그랬어요. ……이 정도면 답이 충분한가요? 이제 다음 질문이요."

　"……거짓과 권력은 뭐야?"

　"꼭…… 주관식 시험 보는 것 같은 거 알아요?"

　애써 아무렇지 않은 듯 웃는 지원의 목소리는 작고 기운없었다. 정말 웃을 때 그녀가 어떤 표정과 어떤 웃음소리를 내는지 조금 전 식사하다 알게 된 현민은 지원의 어깨에 손을 올리고 천천히 주무르며 긴장을 풀어주었다.

　"말하기 힘들어? 쉬었다 할까?"

　"아뇨……. 그냥 이러고 주절주절 떠들어 버려도 될 만큼…… 별거 아닌 일이었나. 이렇게 쉽게 요약될 만큼, 내가 겪은 시간이 그리 간단했었나……. 잠깐 그런 생각 들어서요. 그냥 계속해요. 어차피 할 거라면 빨리 하는 게 좋죠."

　지원은 도리어 현민의 손을 어깨에서 걷어 내며 그의 손을 괜찮다는 듯 두어 번 다독였다. 현민은 그런 지원의 손짓을 가만히 내려다보았다.

　"거짓이나 권력이나 저한텐 둘 다 같은 맥락인데 그 사람, 처음에 저 쫓아다닐 때 자긴 농부의 아들이라고 했어요. 집은 시골이고 가난하다고. ……사람은 똑똑하니까, 힘든 상황에서도 좌절 않고 열심히 공부해서 좋은 대학까지 들어갔으니까 믿어 주고 의지되어 주는 사람만 있으면 분명 잘 살아 낼 거라 생각하며 응원했었죠. 그렇게 일 년 정도 사귀다 제가 먼저 졸업하고 취직하고…… 그랬었는데, 사실은 그게 아니었어요. 그 사람 아버님은 촌부가 아니라 대기업 이사시더라고요. 그 집에서는 그쪽보다 돈 없고 편모슬하라서 저를 반대했어요. 아……. 저…… 아버지 일찍 돌아가셔서 안 계세요."

"……그랬구나."

안타까워하고 있는 것이 분명한 낮고 굵은 목소리가 지원의 귀에 들려왔다. 일 년이란 긴 시간 동안 감쪽같이 속은 자신의 미련함이 창피스러워 지원은 한숨을 내쉬었다.

"안됐다고 생각하진 마세요. 저 다 컸고, 누구나 대부분 부모님은 먼저 돌아가세요. 전 조금 빨랐을 뿐이죠. 그러니까 그런 목소린 하지 마세요."

"그래."

"흠……. 그래서 전 그 사람과 헤어지기로 했어요. 이미 그 사람을 사랑하지도 않았고, 버겁고, 힘들다고 생각하던 중이었거든요. 처음엔 몰랐는데 알고 보니 남성우월의식이 강한 사람이어서 대화하다 보면 벽 앞에 선 것처럼 막막하니 답답해지는 경우가 많았어요. 그래도 그 사람이 저 많이 좋다고 하면서 헤어질 엄두도 못 내게…… 무서운 분위기를 잡았었으니까. 그 사람이 이끄는 대로 그 사람 부모님까지 만나게 된 건데, 그분들이 저 싫다고 하시니까 헤어지는 게 당연했죠. 헤어지라 안 하셨어도 처음부터 날 속인 그 사람에게 오래 화냈을 텐데. 제 입장에선 부모님이 반대하시니 기분은 나쁘지만 한편으론 차라리 잘된 거다 했었어요. ……머리카락이 타 버리게 분한데, 처지가 서글프면서도 너무 좋았어요. 눈물 날 만큼. 헤어질 수 있어서…… 정말 기뻤죠."

입가엔 기억의 잔상처럼 묻어난 미묘한 미소가 쓰리게 남아 있었으나, 과거를 떠돌고 있는 흐린 눈동자를 가진 지원은 담담하게 계속 말을 이었다.

"사회 권력이 얼마나 더럽고 잔인한 건지 알게 된 건 그 다음이에요. 스토킹과 폭력이 오가는 상황에서 헤어지려는 저와 헤어지지 않으려는 그 사람을 지켜보던 그 사람 어머님이 우리 엄마한테 협박을 했어요. 자기 아들 맘 정리 깔끔하게 안 시켜 주면 절 조폭한테 넘겨서, 몹쓸 짓 당하게 한 다음에 죽이겠다고요. 하필 그걸, 우리 엄마한테 말했다는 게 제일 화나요."

지원은 참을 수 없는 분노가 이는 듯 잠시 말을 끊고, 입술을 꽉 깨물었다. 그들은 잘못하면서도 늘 당당했었다. 그게 정말 화나는 부분이었지만, 그들이 그렇게 자신만만할 수 있었던 이유를 알게 되는 것은 어렵지 않았다.

여성범죄 담당 전화번호로 전화해 상담했을 때 처벌이 가능하다 했던 목소리가 실제로 면담하면 '알아서 좋게, 좋게 잘 화해하세요. 복잡한 것보단 그게 더 나아요.' 라는 현실적인 뼈아픈 조언으로 바뀌어 갔고. 소송을 하려 해도 파격적인 수임료를 제시할 수도 없고, 변변한 인맥 하나 없는 지원이 대기업 임원의 자제를 상대로 증거도 충분치 않은 고소장을 접수하려 한다고 말하면, 실력 있는 변호사들은 발을 뺐다.

그래서 지원은 죽도록 인정하기 싫지만, 가진 것이 조금이라도 많은 그들이 지원보단 더 힘이 세고, 정의와는 상관없이 제 위에서 언제나 뻔뻔하게 당당할 수 있는 자들이란 것을 인정해야만 했다.

왜 맞을 때마다 감추기 급급해서 진단서 하나 안 남기고, 녹취 하나 안 해 두었는지……. 제 스스로에게 그게 가장 원망되는 부분이었다. 가족들에게 감추려 애쓰다 보니, 재우를 공격할 수 있는 증거조차 남기질 못했다.

그런 이야기를 듣던 현민도 솟구치는 분노에 입매가 딱딱하게 굳었지만 아무런 말 없이 그런 그녀의 어깨를 가만히 다독이기만 했다.

"그 사람들 아주 선한 사람인 척 잘 살아요. 지역사회에서 존경도 받고. 제가 당한 게 많아서 그런지…… 전 그 사람 아버지 다니는 대기업 제품은 불매해요. 우리 식구들 모두 그러죠. 우리 형부도 그러시고요. 유치하지만 그냥…… 그러고 살았어요. 힘없는 게 죄란 걸 그들에게 잘

161

배웠고, 조용히 살았어요. 열심히 일하면서."

맞았다고 이야기할 때도 담담하던 사람이 갑자기 어머님이 협박받았다는 소리를 하면서 목소리에 노기가 서리기 시작했다. 지원의 몸이 점점 현민의 가슴에서 멀어지더니 혼자 힘으로 앉아 웅크리며 이야기했고, 지원은 더 이상 바다를 바라보지 않았다. 감정조절이 어려운 것 같았지만 그래도, 어느 기업인지는 알아야 했다. 그리고 그들과의 끝이 어땠는지도…….

"그런데 어떻게 헤어졌어? 그 사람 아버지는 어느 회사 다니는데? 이름은 알아?"

"헤어진 건 스토킹 당하기 전부터인 거고, 그 사람이 떨어져 나간 계기는 말하고 싶지 않아요. 포기하고 갔었다는 게 중요한 거니까요. 그리고 그 사람 부모님 성함이나 일하시는 곳도 말하고 싶지 않아요. 말하면 제 입이 추해질 것 같아서요. 이야기해 주기로 했으니 묻는 대로 답하겠지만 남의 이름은 거론하지 않을래요. 이해하세요."

이 순간에도 올곧다. 너무 올곧아서 답답하기도 했다. 그러나 현민은 이것이 지원을 지금까지 버티게 한 힘. 그녀의 자존심일 거라 생각했다. 이 몸으로 납치, 폭행을 당했다니……. 현민의 가슴이 욱신거렸다.

그러니 모진 말 못하는 사람이 그날 바에서 술도 마시고, 미친놈 소리도 하고, 내게 안겼구나. 그래서…… 그 때문에 난 널 다시 볼 수 있는 거구나……. 마음이 복잡했고, 미안했고, 다행이라 생각했다. 그날 바에서 지원을 볼 수 있었던 것에 대해.

"흠……. 지원아."

"네?"

"그러고 있지 말고 기대. 안아 줄게."

현민이 팔을 뻗어 웅크린 지원을 끌어안아 다시 제 품에 기대게 했다. 품에 안긴 지원의 긴장된 등이 가늘게 떨린다. 보지 않아도 알 것 같다. 얼마나 이를 악물고 있는지.

"울어?"

"아뇨. 이젠 그 사람들 땜에 우는 일 같은 건 안 해요."

"……장하네."

"장하긴요."

안겨 있는 지원의 몸을 꼭 한 번 안아 주고 머리카락을 매만져 주었다.

'나 이렇게 흠집투성이에요. 그래서…… 창피해요.'

지원이 숨을 크게 들이쉬는 순간 현민이 안고 있던 팔에 더 힘을 주며 속삭였다.

"넌 이제 내 사람이야. 지치지 않게, 힘들지 않게, 내가 지켜. 사랑해, 민지원. 울지 마."

지난 시간 언젠가…… 누군가 제게 이런 말을 해 주길 간절히 원했던 적이 있었다. 도와줄게. 지켜 줄게. 아무도 저를 위해 진심으로 나서 주는 사람 없었던 그 시간들이 떠올라 지원은 참았던 눈물이 쏟아지려해, 버릇처럼 울음을 참으려 숨을 멈췄다.

가슴이 뭉클하니 아려 왔다. 이런 감정 같은 건…… 가슴을 진동하는 기쁨이나 아픔은 이미 메말랐다고 생각했는데, 지금 이 사람이 다시 되살리고 있었다.

다신 이런 감정놀음에 휩쓸리지 않겠다 다짐했던 오랜 노력을 한순간에 무너뜨리고 있는 이 남자. 사람답게 느껴져 오는 모든 감정을 다시 느낄 수 있다고 행복해해야 하는 걸까, 아님 또다시 아플까 봐 두려워해야 하는 걸까. 행복하고도 두려운 마음에 지원은 눈을 감아 버렸다. 결국, 그녀의 뺨에 두 줄기 눈물이 소리 없이 흘러내렸다.

지원을 감싸 안은 현민의 팔에 물방울이 떨어졌다. 와이셔츠 소매를 걷어 올려 드러낸 맨살에 물방울이 투둑 떨어지는 순간 현민은 어찌할수 없는 안타까움과 함께 이제야 지원의 마음에 자신의 사랑 고백이제대로 전해짐을 느꼈다. 현민이 팔을 들어 올려 지원의 머리를 쓰다

듣었다.

"쉬이…… 쉬이……. 잘 정리될 거야. 걱정하지 마. 쉬이…… 내가 널 과거로 돌려보내지 않아."

현민이 지원을 꼭 안고 머리를 쓰다듬어도 지원은 싫다, 좋다 아무런 반응이 없었다.

고개를 숙이고 웅크린 몸으로 긴장을 풀지 않던 지원이 한참이 지난 뒤 입을 열었다.

"이래도, 날…… 사랑해요?"

대뜸 물어 오는 그녀는 아무렇지 않아 보이고 싶은지 당돌할 만큼 퉁명스러웠다.

"그럼, 사랑해."

"왜 사랑해요?"

"너니까."

"……나니까?"

"긴 시간 아무도 못 들어온 내 맘에 들어온 사람이 너니까."

"……."

현민은 지원의 등을 끌어안았다. 깊은 숨을 내쉬고는 지원을 만났던 첫날 자신의 마음이 분명치 않아 미뤄 두었던 제 이야기를 꺼내려 입을 열려는데,

"오빠."

그녀의 목소리가 한발 앞서 그를 찾았다.

"어?"

"이런 나랑 정말 애인이 되고 싶어요?"

"이런 너라서 애인 하고 싶은 거야. 이런 너라서."

"그럼 우리…… 정말 사귈까요?"

"지원아."

"그 대신, 그 사람 깨끗하게 정리하면요. 지금은 어떻게 나올지 모르

니까 조금은 더 지켜봐야 될 것 같아요. 그 사람 완전히 다 정리된 거 같으면, 그땐 당당하게 내 애인이 되어 달라고 제가 먼저 말할게요. 제가 사랑을 시작한다면, 첫 단추부터 깨끗하게 잘 끼우고 싶어요. 만약, 그때까지 오빠가 지금처럼 변하지 않고 내 곁에 있다면 그땐 우리 애인 해요. 진짜 애인."

"내가 변할 것 같아?"

"아뇨. 내가 오빠에 대해 아는 건 많지 않으니까, 오빠 마음만 변하지 않는다면 그런 것들이 변할 일은 없겠죠. 지금처럼 변하지 않고 내 옆에 있어 주면…… 좋겠어요. 내 마음이 조금 더 편안해질 때까지만…… 이대로 기다려 주세요."

현민은 굳어진 얼굴로 나오던 말을 삼켰다. 아직은 시간이 더 필요하구나. 불안에 떠는 이 사람에게 또 다른 문제를 만들어 줘 자극해선 안 되겠구나.

현민은 지금 말을 꺼냈다간 자신이 바로 아웃될 것이란 걸 직감했다. 일단 지원이 이토록 힘들어하는 스트레스 상황에서 벗어나게 해 주는 게 우선이었다.

[네. 오빠도 출근 잘 하셨죠? 좋은 하루 되세요.]

'사랑해 지원아. 잘 일어났어?' 라는 문자에 한 시간 만에 도착한 지원의 답문이었다. 지난 토요일에도 예상보다 길이 밀려 늦은 밤 지원을 데려다 주었을 때 '고맙습니다. 조심히 가세요.' 라고 말하더니, 도대체 언제까지 이럴 건지…….

현민은 고집스런 순둥이를 생각하자 월요일 아침부터 웃음이 날 것 같았지만, 사무실로 들어오는 문 비서를 보며 참아야 했다.

"유민태 사장님과 중공업 관련 측근들 동태 파악 자료입니다."

현민은 문 비서가 올려놓은 문서파일을 열어 보았다.

"흠……."

현민이 자료를 꼼꼼히 넘겨 보는 동안 문 비서의 시선이 느껴져 현민이 말문을 열었다.

"할 말 있으면 해 봐."

"네. 전무님. 괜찮으시다면 파일 맨 뒷장부터 살펴봐 주십시오."

무표정하게 고개 든 현민이 문 비서와 시선을 마주친 뒤 파일 맨 뒷장을 펼쳤다. 맨 뒷장 서류에는 젊은 남자의 사진과 함께 혜성중공업 김문혁 이사의 외동아들이란 기록 외엔 그 외 특이 동향이나 구체적인 정보는 적혀 있지 않고 공란으로 남겨져 있었다.

내부 기밀서류이긴 하지만, 그래도 또 한 번 걸러 문서에 적지 못한 보고 내용이 있다는 뜻을 아는 현민은 문 비서를 쳐다봤다.

"추가보고 있나?"

"네. 그것이…… 사진 배경을 다시 한 번 봐 주십시오. 그 집은 얼마 전에 경호 붙이라 하셨던 민지원 실장님 자택입니다."

"……."

말없이 치켜뜬 매서운 눈매가 찌를 듯이 문 비서에게 날아들었다.

"전무님께서 지시하신 대로 유민태 사장님 편에 선 중공업 이사진들과 그 측근들까지 동향조사에 들어간 상태입니다. 그중 김문혁 이사의 아들이 대학 졸업 후 금융권에 있다가 3년 전 혜성중공업에 입사해 울산에 거주 중인데 최근 자주 서울을 방문하고, 이동이 잦은 편이라 주시하고 있었습니다. 그러다 오늘 새벽 첫 보고를 받았는데 이 사진이 전송되었습니다."

문 비서의 시선이 한낮과 어둔 밤, 시간을 가리지 않고 아파트를 서성인 한 남자의 사진을 향해 있었다.

"그리고, 김문혁 이사의 외동아들인 혜성중공업 설계 계측팀 과장 김재우와 민 실장님과 동기인 대한대 재우라는 이름의 졸업생 신상이, 일치하는 것을 확인했습니다."

현민의 미간이 형편없이 일그러졌다. 지원이 불매하는 기업은 혜성이었다.

"민 실장님 경호팀에서 들어온 보고에 따르면 김재우가 민 실장님 아파트 단지에 진입한 시간은 오전 무렵이며, 자정쯤 돌아갔다고 합니다. 김재우는 주로 차 안에서 민 실장님 계시는 아파트 동 출입구를 쳐다보고 있었고, 어딘가로 계속 전화를 걸다가 저녁 때 잠시 차에서 내려 단지 주변을 배회했는데, 그때 전화통화 중 말끝에 민지원 실장님 이름을 입에 올리는 것을 경호원이 확인했습니다."

현민은 문 비서가 책상에 올려놓은 또 다른 사진 속 남자를 내려다보고 있었다.

"전무님."

현민은 문 비서의 재촉 어린 목소리를 들으면서도 대답 없이 눈을 감았다. 이가 갈리도록 꽉 깨물며 파일을 덮어 버렸다. 얼굴은 어둡게 가라앉았고, 눈빛마저 가려진 무표정한 얼굴에서 유일하게 움직이는 부분은 분노로 경련을 일으키는 턱 근육이 유일했다.

"조사해. 김문혁, 김재우, 그 집 안주인 관련 비리는 최대한 상세하게, 전부 다. 그리고 김재우 대학 때부터 지금까지 연애사는 물론, 민지원 실장이 어떻게 사는지도 다 조사해서 빠른 시일 내로 보고해."

"네. 전무님."

현민이 의자를 돌려 창밖을 바라보자 문 비서가 빠른 걸음으로 물러났다.

'네가 말한 그 위인이 김문혁 이사였어?! 김재우 그놈이 혜성중공업 소속이라니!'

꽉 다물린 턱에 힘을 준 현민은 지난 토요일, 자신의 품 안에서 잔뜩 웅크린 채 가슴으로 울던 지원의 마른 등을 떠올렸다. 그녀는 식사시간 내내 잔잔하게 밀려오는 파도의 포말처럼 기분 좋은 웃음소리를 내며 해맑은 모습을 보여 줬었다.

그런데 그때도 사실 지원은 김재우에게 괴롭힘을 당하고 있었다니,

지원아. 언제까지 말하지 않을 작정이었던 거냐?

현민이 창밖을 노려봤다. 뒷조사하는 것에 질려 버린 사람이란 걸 알기에 먼저 알아내기보다 알려 주는 것만 듣고, 마음도 열어 주는 그만큼만 열어 보며 그렇게 스스로 다가올 때까지 기다려 주고 싶었다.

그런데 잠시 숙고를 시간을 주어야 한다고 생각했던 배려가 지원에겐 혼자 고통을 감내했을 힘겨운 시간이 되었단 생각에 현민은 화가 났다. 더군다나 혜성 직원이라니. 지원뿐 아니라, 온 가족이 불매하는 곳이 혜성이라니.

'미안하다, 지원아. 내가 뒷조사 같은 건 안 하려고 했는데. 정말 네가 알려 줄 때까지 기다리려 했는데, 안 되겠어. 다 알아야겠어.'

주먹 쥔 현민의 손이 분노로 인해 점점 하얗게 질려 가고 있었다.

그 시간, 지원은 VVIP병동 노사모님의 병실에 앉아 있었다.

"그래서 민 실장 어릴 적 별명이 꼭지라 그거야?"

"네. 전 처음엔 수도꼭지거나 수박꼭지 아니냐고 엄마한테 물어봤었는데 나중에 알고 보니 딸 그만 낳으라고 딸꼭지라잖아요. 다 큰 다음이었지만 얼마나 서운했는지 몰라요."

지원이 아침저녁으로 찾아 말동무 되어 드리는 노사모님 병실에는 오늘따라 화사한 아침 햇살이 새어 들어 제법 완연한 봄볕을 느끼게 하고 있었다. 침대 윗부분을 반쯤 세워 기대 누워 계시는 노사모님과 그 앞에 의자를 두고 마주 앉아 담소를 나누는 지원은 마치 손녀와 할머니 사이 같아 보였다.

"그럴 테지. 근데 민 실장, 우리 땐 더했어. 있는 집이건 없는 집이건 딸 낳은 며느리한텐 마음씨 좋은 시어머니 아니면 미역국도 한 그릇 안 먹이는 경우가 많았었지."

"그러게요, 사모님. 여자로 태어난 건 여러모로 억울한 일 같아요."

지원은 사모님 간병인에게 삼십 분 정도 쉬었다 오시라고 말씀드렸다. 사모님과 지원만 남아 있는 병실에 반으로 자른 사과를 숟가락으로 긁어내리는 사각사각 소리가 정겹게 들려오고, 사과를 들고 있는 지원의 손가락 주변엔 작은 물방울이 된 사과즙이 튀어 물기가 조금씩 늘어났다.

보드랍게 긁어내린 사과의 과육과 즙을 반 숟가락 정도 담아 노사모님 입에 넣어 드리는 지원의 손길 따라 노사모님의 입은 어미 새에게 먹이를 받아먹는 아기 새처럼 잘도 벌어졌다.

이미 이런 상황이 익숙한 듯 편안해 보이는 두 사람이다. 입안에 든 과즙을 삼킨 노사모님이 눈이 조금 커지더니 지원에게 말을 건네신다.

"왜 그런 생각을 해. 그래도 요즘 세상은 전보다 많이 달라졌잖아."

"그래도요……. 저는 다시 태어난다면 남자로 태어나고 싶어요. 아마…… 제가 남자로 태어나면 제 아내 될 사람은 무척 행복할 거예요. 그죠, 사모님?! 전 정말 제 아내에게 잘해 줄 자신 있는데……."

작게 웃음 지으며 농담으로 마무리한 지원은 다시 사과로 시선을 돌렸고, 그런 지원을 보며 노사모님도 기분 좋게 미소 지었다.

"민 실장은 지금도 어떤 남편 만나든지 잘해 줄 거야. 사랑도 많이 받을 테고, 정신 나간 놈 아니면 민 실장 안 예뻐하고 배기나. 아이고……."

"왜 사모님. 어디 불편하세요?"

"아냐. 좀 돌아누우려니 늙은 몸이 삐그덕거리는 거지 뭐……. 근데 결혼은 언제 할 거야?"

노사모님은 모로 누었던 몸을 조금 틀어 반듯이 매트에 허리를 대고 누우며 말씀하셨다.

"글쎄요……."

"왜 대답이 없어?"

"……그런 생각 안 해 봐서요."

"그게 뭔 소리야. 참한 색시가 시집 안 가고 뭐 할려 그래?!"

"지금은 일단 공부 좀 더 하려고요. 공부하다가 인연 닿아 결혼하게 되면 결혼하고…… 안 되면 혼자 살죠, 뭐……."

지원은 싱거운 이야기 하듯 말을 마친 뒤 웃어 버리는데 노사모님 얼굴은 심각하다.

"웃을 일 아냐. 늙으면 자식이 있어야 돼."

"네. ……그런 것 같기는 해요."

지원은 시선을 내려 손에 든 사과를 다시 사각사각 소리 나게 조심스레 숟가락으로 긁어내리며 짐작하기 어려운 연한 미소를 짓고 있었다.

"나 그만 먹이고, 민 실장 먹고 싶은 과일 깎아 먹어."

"그만 드시겠어요? 사모님 다 드셨으면 치우고, 간병인 아주머니 오시라 할게요."

"왜 벌써 가려고?"

"네. 이제 가 봐야죠. 지금쯤이면 다른 직원들도 출근했을 거예요."

지원은 무릎에 올려놨던 쟁반을 들고 일어나 베드에서 몇 걸음 떨어진 테이블로 걸어가며 답했다.

"그래. 저녁땐 오나?"

"간병인 아주머니께서 저녁때 사모님 가족분들 오신다고 하셨어요. 저는 내일 올게요."

"그놈들 와 봤자지. 다 내 주식 내놓으라고 오는 녀석들이야."

"……그래도 가끔씩 며느님들 오시면 사모님께 지극정성이시잖아요. 사모님도 가족분들 많이 사랑하시고요. 제 눈엔 그렇게 보여요."

지원은 테이블에 쟁반을 올려놓고, 과육을 갈아 낸 바가지 모양의 사과 껍질을 정리하느라 사모님께 등을 돌리고 있다가 대답이 들려와야 할 순간에 찾아드는 적막함에 고개를 돌렸다.

"……."

노사모님은 조금 슬픈 표정으로 지원을 바라보고 계셨다. 처음엔 앙칼지고, 조금은 강했던 면에 거부감을 느꼈었는데, 이 정도로 친해진 건 노사모님이 긴 병동생활을 하신 탓도 있지만, 노사모님 자녀분들 간에 소송이 이어지면서 심약해진 것이 큰 이유였다.

지금도 여전히 다른 간호사들 앞에선 강한 면모만 보인다고 들었지만 지원에게만은 예외였다. 늘 마음을 열고 다가선 만큼 화답하듯 속을 열어 주는…… 따뜻한 분이었다.

그래서 지원은 노사모님이 좋았다. 가식 없이 마음으로 대화하는 벗을 만난 것 같아서.

"너무 서운해 마세요. 소송 들어간 건, 짧은 시간 혼란이라고 생각하시고 자책 마세요."

"그리 생각해?"

"네, 시간만 좀 걸리면 다들 바른 자리 찾으실 거예요. 사모님께서 하실 일은 아무것도 신경 쓰지 마시고, 오로지 건강해지시는 것, 아셨죠? 그것만 기억하세요. 그럼 저 내일 올게요."

"민 실장."

"네. 사모님."

"그렇게 보여?"

"뭐가…… 아…… 네. 그렇게 보여요. 사랑은 감출 수 없는 거라잖아요."

잠깐 의아한 표정을 짓던 지원이 뭔가 알아챘다는 명료한 눈빛으로 환하게 웃으며 말했다.

"노인네라 미련하게 구는 것 같지?"

"……아니요. 저는…… 지금부터라도 사모님께서 서운한 건 서운하다, 뭘 원한다 다 말씀하시면 좋겠다, 그 생각만 해요. 다 자란 자식이지만 누구나 부모에겐 늘 아기니까요."

그런 지원을 물끄러미 바라보시던 노사모님이 뜬금없는 질문을 던지셨다.

"민 실장은 우리 애들만큼 갑자기 큰돈이 생기면 뭘 할 거야?"

"돈이요?"

"그래. 눈앞에 갑자기 큰돈이 보이면 말이야."

"해야 할 일을 할 것 같아요."

"뭘?"

"누가 잃어버린 거면 주인 찾아주고, 로또 당첨된 거면…… 음……
저축하고, 공부도 하고, 독립도 하고. 아니, 사모님 댁처럼 셀 수 없게
돈이 많아지면 좋은 일 하면서 살아야죠."

젊은 사람이니 돈 이야기 하면 웃을 법도 한데, 지원의 눈동자는 흥
분한 기운 없이 담담했다.

"큰돈 생기는데 겨우 그런 것만 할 셈이야?"

"그럼 뭘 해야 되는데요?"

"그거야 민 실장 마음이지."

"제 맘대로라면…… 하고 싶은 거 하고, 억울한 일 안 당하게 저를 지
키고…… 적어도 돈에 취해 악한 사람이 되고 싶진 않아요. 가진 자의
유세, 그거 하는 사람은 몰라도 보는 사람 눈엔 굉장히 추하잖아요."

지원의 눈빛은 자신의 말이 오랜 생각에서 비롯된 진심임을 보여 주
고 있었다.

"추하지. 추하고말고…… 가 봐, 민 실장. 내일 꼭 오고."

"네, 사모님. 내일 뵐게요."

병실을 나서는 지원의 모습을 바라보는 노사모님의 눈빛에 깊은 고
민이 실려 있는 것을 보지 못한 지원은 복도를 나서자마자, 데스크 앞
에 앉아 쉬고 있던 간병인과 눈이 마주쳐 눈으로 웃으며 인사를 나눴
다.

지원은 그녀가 노사모님 병실로 들어갈 때까지 지켜본 뒤에야 제 할
일을 마친 사람처럼 엘리베이터 쪽으로 시원한 걸음을 옮겼다.

"민 실장! 민 실장!"

저를 부르는 소리에 등을 돌린 지원은 쉬엄쉬엄 복도를 산책 중이시
던 이민희 사모님의 모습에 환하게 웃음 지으며 인사드렸다.

"사모님, 오늘은 더 좋아 보이시네요. 곧 퇴원해도 되시겠어요."

"안 그래도, 내일 즈음 퇴원할 것 같아."

"다행이에요."

"다행은 무슨, 늘 그렇지 뭐. 그런데 오늘은 나도 안 보고 갈 셈이었어?"

이민희 사모님은 혜성병원에 있을 때부터 저를 친근히 대해 주시던 분이셨고, 지원은 약한 몸에 자주 입원과 퇴원을 반복하시는 그녀의 말벗이 되어 드리곤 했었다.

노사모님 병실에 너무 오래 있었던 오늘은 제외하고는 거의 매일 노사모님 뵈러 올 때마다 이민희 사모님이 입원해 계시면 함께 인사드리는 것이 당연할 만큼.

"이렇게 뵙잖아요, 후훗."

"전보다 능글맞아졌어, 민 실장."

"퇴근하고 팥죽 사 가지고 갈게요. 옹심이 많이 넣어서."

"잊었으면 서운해하려 했더니, 더 늦기 전에 가 봐."

"네. 저녁에 뵐게요, 사모님."

정말 바쁜지 엘리베이터 앞에 섰다가 비상구로 내려가는 지원을 바라보던 이민희 사모님의 시선이 따뜻하기만 했다.

두르르르, 두르르르.

일할 때 누구보다 바쁜 지원을 알기에 바쁜 하루를 보내고 퇴근시간까지 기다린 현민은, 전보다 길어진 해를 느끼며 창가에 서서 지원에게 전화를 걸고 있었다.

— 여보세요?

"나야."

— 알아요.

"알면서 만날 여보세요, 야?"

— 그럼 뭐라 그래요.

"좀 반겨 봐."

일부러 잔정 주지 않으려 하는 건 알고 있었다. 진짜 애인이 될 때까지 기다리라 했으니.

— 네. 많이 반가워요.

"참, 엎드려 절 받아도 좋으니, 큰일이다."

— 진짜 반가워요.

"정말 반가우면 저녁 같이 먹자. 나 내일부터 출장이야."

— 아…… 며칠이나요?

만난 지 얼마 되지도 않아 벌써 두 번째 전하는 출장 소식이었다.

"이틀."

잠시 뜸을 들이는 듯하더니 이윽고 지원의 목소리가 들려왔다.

— 미안한데, 친한 환자분이 낼 퇴원하신다고 해서, 오늘 저녁은 그분이랑 식사하게 될 것 같아요. 오늘 엄마 차 가지고 나와서 빨리 가져다 놔야 되기도 하고……. 출장 잘 다녀오세요.

"남자?"

— 훗, 여자분이세요. 나이 지긋하신.

"얼굴 보기 어렵다. 약속 끝나면 전화해. 집에 데려다 줄게."

— 아뇨. 사모님이랑 식사하고 있는데, 오빠가 기다리고 있다 생각하면 초조해서 체해요. 그냥 다음에 만나요.

"……알았어. 지원이가 불편하면 안 되지. ……지원아!"

— 네?

조금 전, 잠시간의 침묵이 거슬렸던 현민은 다시 한 번 걱정을 담아 말했다.

"무슨 일 있으면, 아무리 작은 일이라도 나한테 다 말하는 거다. 혼자 앓지 말고. 알았지?"

— ……네. 그럼 끊을게요.

"그래. 끊는다."

전화를 끊은 현민의 눈빛은 차가웠다. 지원은 김재우와 관련된 일을 계속 함구하고 있었다. 키폰을 누른 현민이 문 비서를 호출했다.

"문 비서, 아침에 말한 자료 준비됐나?"

— 네. 보고 가능합니다.

"들어와."

이사실로 들어온 문 비서는 이틀 동안 재우의 통화내역과 이동경로를 보고하기 시작했고, 문서를 넘겨보던 현민은 턱 선을 굳혔다.

최근 일주일간의 통화내역만, 손에 잡히는 종이뭉치가 지나치게 두툼했다. 그것들을 대충 휘리릭 넘겨보던 현민은 반쯤 미쳐 가는 김재우보다 이렇게 힘든데도 아무 말 않고 있는 지원이 안타까워 답답한 속을 억지로 눌러야 했다.

"네. 새벽 몇 시간 외에는 10분, 15분 간격으로 계속 연락하고 있습니다. 그리고 설계 계측팀에서 들어온 정보에 의하면 사무실에서 감정 조절을 못 하는 경우도 늘었고, 오늘은 휴가를 신청했다고 합니다."

"오늘?"

"네."

"휴가, 월차 반려하고 그대로 묶어 둬. 그리고 지시한 일은 언제쯤 준비될 것 같나?"

"이번 주 목요일이면 준비 완료될 것 같습니다."

"그럼, 출장 다녀와서 토요일에 실행하지."

"네. 전무님."

현민과의 전화통화를 마친 지원은 퇴근하는 다른 직원들과 함께 엘리베이터를 탄 뒤 지하1층 식당가에 내려 죽 전문점에 앉아 있었다.

이민희 사모님과의 인연이 길어지면서 생긴 버릇 같은 일이 있다면 그분이 입원하시게 되면 인사차 지원에게 음료수를 보내 왔고, 지원은 퇴원하실 때 다신 병원에 아파서 오지 마시라고 인사차 옹심이 많이 넣은 팥죽을 사 드리는 것이었다.

지원의 얼굴을 알아본 죽집 사장님은 옹심이 많이 달라는 지원의 말에 또 그분 입원하셨냐는 인사말과 함께 넘치도록 옹심이를 넣어 주셨다.

포장된 용기를 들고 병동에 들어와 노사모님 병실에 잠시 눈길을 주다가 이민희 사모님 병실 문을 두드렸다.

똑똑.

노크는 예의상 한 것이고, 열릴 것이란 기대 없이 문에 힘을 주고 밀려 하는데, 제대로 힘을 주기도 전에 문이 저절로 열려 버려 지원이 '어……' 하고 서 있는 사이, 장승처럼 커다란 남자가 바로 앞에 버티고 서 있는 모습이 보였다.

"어…… 저는 이민희 사모님께 인사드리러 온 민지원입니다. 사모님 안 계신가요?"

"아, 민지원 실장님?! ……들어오시죠."

"민 실장 왔어? 들어와."

안에서 들어오라는 목소리가 들려왔다. 하지만 남자는 지원의 눈을 민망할 만큼 빤히 쳐다보며 제대로 비켜 줄 생각을 않았다.

남자의 몸에 닿는 것을 감수하며 그와 문 사이의 좁은 틈을 게걸음으로 삐질삐질 빠져나갈 수도 없고, 이대로 같이 마주 보고 있자니 민망하기 그지없는데, 틈새로 보이는 사모님은 제 곤란한 상황을 보면서도 무척이나 기분 좋게 웃고 계셨다.

손에 들린 팥죽 옹심이만 지원의 마음처럼 당황스럽게 하염없이 불어 가는 묘한 상황에서 지원이 어색하게 웃으며 입을 열었다.

"저…… 비켜 주셔야 제가 들어갈 수 있는데요."

예리한 눈빛을 가진 남자의 얌전한 입술이 부드럽게 휘는 순간, 지원은 그의 눈에서 순간적인 반짝임을 보았다고 생각했다.

이틀 뒤, 커다란 대형 빌딩들이 들어선 대로변 뒷골목, 작은 식당들과 주점들이 즐비한 거리 한쪽 구석 호프집에서 알딸딸하게 취한 한 무리가 쏟아져 나왔다.

"원장님들, 조시미 들어가세요오."

"뭘 조심히 들어가요. 김 선생 혀 꼬였어요. 저랑 가요."

"아닌데여."

"아닌데여, 는 무슨 아닌데여. 혀 꼬였다니까. 어이, 임 원장 너도 내 차 타고 가라. 민 실장님도 제 차 타고 가시죠."

평소 뒷수습 전문 임 원장님과 치사량 직전까지 마시기로 유명한 이 원장님은 오늘 서로 역할을 바꾸셨다. 커다란 몸을 위태롭게 움직여 고개를 푹 숙이며 인사해오는 임 원장님을 걱정스런 눈으로 바라보던 지원은, 많이 취한 사람들을 제 차에 구겨 넣는 이 원장님을 도운 뒤, 차에서 한 걸음 물러섰다.

"민 실장니임, 지인짜 가요? 지인짜 가요?"

열린 창틀에 턱을 철퍼덕 기대 눈을 반쯤 감고서, 신규 시절 보살펴주신 은혜도 못 갚았는데, 이렇게 이별이냐며 울어 댔던 김 선생이 또다시 레파토리의 처음을 열기 시작했다.

"원장님, 출발하세요. 오늘 힘드시겠어요."

"이게 다 민 실장님 공룝니다, 내일 점심 사요."

"네, 그럴게요. 임 원장님, 임 선생, 김 선생 조심히 들어가세요. 작은 김 선생도 잘 가."

이 원장님께 점심을 약속하고, 차 안 가득 진동하는 술 냄새와 함께 떠나가는 하얀 차를 바라보던 지원은 인수인계를 받게 될 윤 선생과 함께 전철로 향했다.

진정한 주도를 가르쳐 준다며 회오리 주를 만들어 벽에 티슈를 날려 붙이던 용감하고 귀여운 작은 김 선생에 대해 이야기하고, 조금은 겁이 난다는 윤 선생에게 막상 부딪치면 다 하게 된다고 용기를 북돋아 주다 보니, 지하철 역사에 금세 도착한 두 사람은 전철 방향이 달랐던 탓에 서로 내일 보자는 인사를 하며 헤어져야 했다.

퇴근시간이 훨씬 지난 빌딩가 전철역 승강장에는 사람들이 많지 않았다. 가까운 강남역 승강장은 이 시간 줄 설 공간도 없이 미어터지고 있을 텐데…….

'어머니께서 지원 씨 말씀을 자주 하셨습니다.'

갑자기 엊그제 난감했던 기억이 승강장 스크린 도어 앞에 서 있는 지원의 머릿속을 파고들었다.

'네에.'

'만나 보면 얼마나 좋은 사람인지 알 거라고 하셨는데, 이제 무슨 뜻인지 알 것 같습니다.'

'……그 말이 좋은 뜻이길 바라야겠네요.'

'좋은 뜻입니다. 한눈에 반했다는 뜻이니까요. 만나시는 분 없다고 들었는데, 저와 만나 주시겠습니까?'

처음 보는 여자한테 윤지환 씨는 왜 그런 말을 했을까.

'……죄송하지만, 전 교제 중인 사람이 있습니다.'

'거절인가요?'

'정말 애인이 있어요, 보좌관님. 사모님께 아직 말씀 안 드려서 오해가 생긴 것 같네요.'

어머니를 잘 챙겨 주셔서 감사하다고 굳이 엘리베이터까지 배웅하겠다던 윤지환 씨가 결국 로비까지 따라 내려와, 인적 없는 곳을 걷다 꺼낸 말에 많이 당황했었다.

시간이 지나고 보니, 그동안 좋은 남자 소개시켜 주시겠다던 이민희 사모님의 말씀이 모두 그 윤지환 씨를 염두에 두고 하셨던 말씀은 아닌가 싶기도 했고, 한편으론 그래도 설마 아드님을 두고 그러셨겠나 싶기도 했다. 그러나 정작, 지원의 머리를 아프게 하는 것은 이제 이민희 사모님 얼굴을 어떻게 뵈어야 하나, 하는 것이었다.

휴우, 소리가 절로 나왔다. 미친 재우, 퇴사를 서운해하시는 병원장님, 앞으로 해야 할 인수인계, 지치고 쉬고 싶은 마음. 게다가 사랑한다 말만 안 했지 서로의 눈빛으로 이미 연인의 선을 넘고도 남은 그에 대한 마음까지…… 이미 머리 지끈거릴 일들이 너무 많았다.

생각 속에서 빠져나와 스크린 도어 속 광고판이 시시각각 변하는 것을 바라보며 어깨에서 흘러내리는 빅백을 추켜올리던 지원은 손에서 느껴지는 진동에 습관적으로 번호를 확인하다 반가운 표정으로 부드럽게 미소 지었다.

"여보세요?"

— 나야.

"오빠!"

— 왜 무슨 일 있어? 뭔데!

심각한 현민의 목소리가 들려오자 지원의 얼굴에서 웃음기가 사라졌다. 언제는 안 반긴다고 서운해하더니, 목소리만 좀 크게 불러도 걱정부터 하는 당신을 내가 어떡할까.

"아니. 그냥…… 출장은 잘 다녀왔는지 걱정됐었거든요."

느끼는 감정 그대로 말하자면 너무 보고 싶고, 지금 머리 기댈 당신의 어깨가 간절하다고 말해야 했지만 지원은 솔직할 수 없었다.

가벼운 농담조차 심각해하는 그에게 너무 지치고 지쳐서 다들 경력 쌓은 거 아깝지도 않냐고, 재입사하면 처음부터 다시 시작인데 원장님 말씀처럼 사표 내지 말고 대학원 병행하지 그러냐는 조언에도 끝내 사직서를 냈고, 오늘에서야 지난 가을부터 저를 붙잡아 주시던 원장님이 제 뜻을 받아 주셨다고 말하지 못했다.

퇴사할 만큼 쉬고 싶고, 지쳐 있다고 그에게 티 낼 수는 없었다. 또 무슨 일인지, 얼마나 힘들어서 사표까지 내는지 저보다 더 걱정할 사람이기도 했고, 정작 이틀 동안 출장 다녀오느라 힘든 건 그였으니까.

— 아직 집에 갔다는 문자가 없어서 전화해 봤어.

"지금 집에 들어가는 중이에요."

— 운전 중이야?

"아뇨. 전철 기다려요. 맥주 마셨거든요."

— 회식했어? 괜찮아? 내가 데리러 갈까?

지원의 얼굴에서 다시 피식…… 옅은 웃음이 흘러나왔다.

"아니에요. 생맥주 조금 마셨어요. 그리고 전철역에 언니 나와 있을 거예요."

— 얼마나 마셨는데?

"하우스 흑맥주 300cc 한 잔 받았는데. 반 정도 마셨어요."

그것도 세 시간 동안 나눠서.

— 버티겠어?

"훗, 그럼요. 맥주잖아요. 저 술 쎄요."

— 하…….

생각할 겨를 없이 튀어나온 외마디 탄식에 지원의 고운 얼굴이 찡그려졌다.

— 지원아.

"왜요."

— 또 술 마실 일 있으면 꼭 나 불러. 데리러 갈게.

뿌루퉁한 대답에도 아랑곳없이 제 할 말만 하는 사람. 이래서 첫 단추를 잘 끼워야 하는데.

"출장도 잦은 사람이 못 지킬 약속 하는 거 아니에요."

— 내가 친구라도 대신 보낼 테니까, 그런 걱정 말고 꼭 전화해.

"네. 앞으론 술 마실 일도 별로 없어요."

이제 퇴사 전 송별회 때 억지 술잔 한 번 받게 되려나…….

— 이름은 생각해 봤어?

"아. 그거요. 그런데. 그 집. 정말 제가 이름 붙일 집이 아닌 것 같은데요."

— 집주인이 전문가한테 맡기고 싶은 마음 없대. 나한테 부탁하는데

아무래도 나보단 네가 짓는 게 더 낫지 않겠어? 책임감 가지고 잘 지어 봐. 현판도 만든다니까.

"어후…… 그럼 정말 네이미스트한테 맡기는 게 나을 텐데요."

— 잘 생각해 봐. 너 잘하잖아. 뭐든지.

"지금 그 말 너무 맹목적인 거 알아요?"

뭐든지 다 잘하면 내가 이러고 살지도 않죠.

— 아냐. 넌 잘 할 거야. 자신감을 갖고 신경 써서 해 봐.

"훗…… 알았어요. 이름 지어 보낸다고 꼭 그 이름으로 정해지는 건 아닐 테니까, 그죠? 열심히 생각해서, 토요일까지 말할게요."

— 그래.

그 뒤로도 전화통화는 이어졌다. 지원은 어제 받은 선물상자에 대해 이야기를 꺼내며, 모든 직원들이 제가 받은 핸드백 구경하며 닭살 돋아 했으니, 이제 도시락도 그만 보내라고, 충분히 애인 있는 거 다 알려졌으니 그만해도 될 것 같다 했고, 현민은 좀 통통해지면 안 보낼 테니 괜한 소리 말고 점심 꼭 챙겨 먹으라고 말하고는 전화를 끊었다.

지하철이 진입한다는 안내 음성이 승강장에 가득 울려 퍼질 때 지원이 까맣게 변한 휴대폰 액정을 바라보며 중얼거렸다.

"건강하게…… 출장 잘 다녀와 줘서 고마워요. 보고 싶었어요. 많이……."

3장.
그 모든 것이 당신의 마음이었다는
것을 압니다

출장을 다녀온 그에게 지원은 토요일 만나기로 했으니 주중엔 일에 집중하자는 말을 되풀이했다. 그가 병원이나 집 근처로 온다는 생각만 해도 거칠게 충돌할 그와 재우의 모습이 눈에 보이는 듯했기 때문이었다.

전과는 달리 제 앞에 나타나지 않으면서 줄기차게 전화만 해 대는 재우의 상태로 볼 때 아직은 그가 직접 부딪칠 상황이 아니라고 생각했고, 가능하다면…… 그럴 리 없을 테지만, 그와 재우가 영영 볼 일이 없기를 바랐다.

처음 계약을 제안할 때와는 달리, 남자를 마음에 담은 여자의 마음으로 결정한 일이었다. 그 앞에서 더는 추한 모습을 보여 주고 싶지 않은. 말과 실제 눈으로 확인하는 것이 얼마나 다른 것인지, 그 누구보다 저 자신이 잘 알기 때문이었다.

재우의 손을 보며 그 손에 맞았을 저를, 그 팔에 휘둘려 내던져졌을 저를 상상할 현민의 눈과 생각이 두려웠다. 그가 조금이라도 그 비슷한 눈빛을 보인다면 다신 그를 만날 자신이 없을 만큼.

지금 이 마음이었다면 결코, 그날 술기운이 돌아 입이 가벼워진 탓이라 해도 묻는 대로 다 말하지 않았을 텐데. 그땐 마음이 이렇게 커지게 될 줄 몰랐다. 바보같이.

— 지원아.

"네."

— 김재우, 어떻게 하고 싶어?

금요일 밤, 평상시 지원을 대하는 부드럽고 정겨운 목소리가 아닌, 조금은 차가운 목소리로 그가 물어 왔다. 전화통화를 할 때마다 늘 밀어를 속삭였던 건 아니었지만, 이런 느낌이 든 적은 없었는데…… 더군다나 내일이면 만날 텐데, 왜 이런 불편한 이야기를 다시 꺼내는 건지.

속초에서 말한 이후, 지원은 의식적으로 재우에 관한 이야기를 피했고, 그도 다시 묻는 일 같은 건 없었는데, 딱 일주일 만에 재우 이름을 입에 담는 그가…… 좀 불안했다.

"그건 갑자기 왜요."

— 네가 원하는 대로 해 주려고.

"나랑 마주치지만 않으면 된다고 했잖아요."

— 복수할 생각 없어?

"처음엔 그랬는데, 이젠 안 바라요."

생각할 시간을 주는 현민의 침묵 앞에 지원은 좀 더 깊은 마음을 열어 놓았다.

"복수해서 내 상처가 씻기는 것도 아니고, 그 사람들도 반성하거나, 깨달을 만한 사람들 아니에요. 아마 죽을 때라면 모를까."

— 죽여 줄까?

너무 진지해서 지킬 것이 분명하다 느껴져 오는 한마디가 두렵고, 고마웠다. 그렇게 느끼는 제 마음이 잔인하다 싶으면서도…… 진짜 그럴 리는 없으니.

그만큼 저를 대신해 화내 주는 사람이 있다는 것이 고마웠다.

"아뇨. 그런 사람들 때문에 오빠까지 분노하는 건 보고 싶지 않아요."

그럼. 내가 어떻게 오빠 옆에 있겠어요. 같이 망가지는 건데……

침묵이 흘렀다. 지원은 그 사이 자조적인 미소를 지었다.

— ……지원아, 내일 제일 예쁘게 입고 나와.

"중요한 자리예요? 혹시…… 전에 말했던 절절한 애인 필요한 날?"

현민이 피식 웃었다. 그 숨소리가 수화기를 통해 지원에게 흐릿하게 들려 왔다.

— 아니. 내일 꼭 만나 봐야 될 사람 있으니까 너답게, 제일 멋지게 입고 나와.

"네. 멋질 자신은 없지만…… 단정하게는 입고 갈게요."

— 지원아.

"네?"

— 그 사람 정리되면 나한테 오고 싶은 거, 맞지?

그의 목소리가 그윽하게 들려왔다. 평소와 달리 끊을 때가 한참은 지났는데, 오늘따라 조급해하는 그의 목소리에 지원은 아랫입술을 깨물었다.

"남든, 가든…… 선택하게 된다면 그건 제 진심일 거예요. 그리고 지금은 다른 곳으로 갈 생각 없어요."

— ……밤마다 생각해. 처음 본 날. 잠자면서 우는 널 보면서…… 어떤 꿈을 꾸는 걸까, 꿈속에서 얼마나 힘든 걸까 그랬었는데. 요즘 나, 밤마다 네가 악몽 없이 잘 자고 있는지 걱정된다. 잘 자라, 순둥아.

끊어진 전화기를 손에 든 지원은 한동안 그대로 움직이지 않았다. 차분하고 다정했던 목소리. 아주 많은 염려를 담아 귓가에 속삭여 주는 목소리. 현민의 마음이 지원의 가슴으로 스며들고 있었다.

"정말…… 내가 오빠 좋아해도 되는 거예요?"

두려워 인정하기를 주저하던 지원이 끊어진 전화기를 들고 비겁하게 고백했다. 아무도 듣지 못한다는 사실에 위로받으며, 그래도 자신의 입 밖으로 소리 내 본다는 큰 용기로. 지원은 스스로의 마음을 하나씩 인정해 나가고 있었다.

다음 날, 엄마와 식사를 마친 뒤 설거지를 시작하던 지원은 오늘따라 유난히 두근거리는 심장이 버거워 눈살을 찌푸렸다.

이상했다. 호흡이 가쁘고, 심장 뛰는 게 매번 느껴져 성가실 정도로 힘겨운 아침 시간을 보내고 있었다. 그렇게 컨디션이 이상한 탓에 오늘은 비어 버린 반나절 동안 도서관에 가는 것을 포기한 뒤, 집에서 책을 보다 느긋하게 약속장소로 나가기로 맘먹었다.

'너무 신경 쓸 일이 많아서 이래. 병원 관두고 좀 쉬고, 여행도 다니면 괜찮아질 거야.'

가슴에 손을 얹어 심장 위를 지그시 누르며 스스로를 진정시키던 지원은 식탁에서 풍뎅이처럼 떨어 대는 핸드폰 진동에 고무장갑을 벗었다.

전화가 올 때마다 매번 재우겠지 싶어 확인하지 않으려다가도 혹시 병원이거나 현민일지 모른다는 생각에 번호라도 확인하게 되는 마음을 오빠는 알까 싶었다. 말해 주면 좋아하겠지만 날이면 날마다 전화에 음성으로 난리를 치는 재우가 있는 한, 그 말은 언제까지나 목안에 삼켜야 할 말이기도 했다.

"어?"

꼭 다문 입술로 집어올린 액정에 뜬 번호는 병원 전화번호 같았다. 뭔가 일이 생겼나 싶어 통화연결 버튼을 누르는 지원의 손길이 다급했다.

"여보세요?"

— 민 실장님!

"네. 어디신가요?"

— 112병동 근무하는 서문주 간호삽니다.

"서문……. 아! 두원그룹 사모님 계시는 1205호실 담당이시죠?"

— 네. 맞아요. 그런데 실장님! 노사모님 지금 중환자실 가셨어요.

"네?!"

잘 손질해 장롱 밖에 걸어 두었던 H라인 오프 화이트 원피스에 애플 그린 정장 재킷을 손에 잡히는 대로 급히 챙겨 입고, 현민에게 선물받은 손바닥 두 개 만한 크기의 블랙샤넬백까지 잡아채듯 들고서 다급히 현관으로 뛰어나갔다.

블랙 하이힐을 신는 짧은 시간 동안, 언제 오냐는 엄마의 질문에 경황없이 대답하고 뛰어나온 지원은 자신이 어떻게 집을 빠져나왔는지도 모를 만큼 서두르고 있었다.

'이것 때문이었나? 그래서 밤새 가위눌리고, 불안했던 걸까?'

제 손을 잡고, 늘 아쉬움에 조금만 더 있다 가지라는 눈빛을 보내시던 노사모님이 떠올라 지원은 아파트 주차장을 벗어나 그녀의 차가 도로를 달리게 될 때까지도 마음을 진정시키지 못했다. 마음은 이미 병원 안으로 뛰어 들어가는데, 현실은 자꾸만 신호에 걸려 멈춰 섰다.

"중환자실이라니……."

지원의 귓속에는 아까 서문주 선생이 말했던 이야기가 영상이 되어 마구 떠다녔다.

한가로운 토요일 왜 그 집안 아들들은 평소엔 머리카락 하나도 안 보이다가, 하필 같은 날 병원에 찾아와서 마주치게 된 걸까. 그렇다 해도 여든여섯이나 된 노모 앞에서까지 싸움을 해야만 했을까. 얼마나 발작이 심하셨기에 중환자실까지 가신 걸까.

지원은 강건해 보이려 노력하시지만, 길어지는 입원 기간에 어쩔 수 없이 나이 따라 허약해지고 계셨던 사모님의 모습이 눈앞에 보이는 듯했다.

도대체 어떤 충격을 받으셨기에 어제 퇴근 무렵만 해도 월요일 날 보자며 웃던 분이 중환자실까지 가신 건가. 안타까움이 커질수록 지원이 운전하는 차의 속도는 더욱 빨라져 갔다.

딩……딩…….

병원 엘리베이터에 올라 마음을 다잡으려 입을 꼭 다물고 깊은 심호흡을 한 지원은 부드러운 엘리베이터 알림음과 함께 문이 열리자마자 성인 중환자실 앞으로 걸어갔다.

면회시간이 아니지만 보호자 대기석을 지나 중환자실 앞 인터폰을 눌러 환자 상태를 문의하자, 지원을 알아본 ICU 간호사가 자동문 밖으로 나오더니 환자상태를 자세히 설명해 주었다.

심각한 얼굴로 대화를 나누던 지원은 고맙다는 인사를 남긴 채 다시 엘리베이터에 올랐다. 안도의 한숨 속에 12층에 내려 지원은 일단 서문주 간호사를 찾았다. 꼭 병실로 찾아와달라고 말했다는 사모님 지인이 누구인지. 왜 특별히 병실로 와 달라고 했는지 미리 알아야 할 것 같아서였다.

서 선생은 지원을 보자마자 데스크에서 빠져나와 지원을 비상구 쪽으로 이끌었다. 서 선생과의 대화를 통해 병실 안에서 아들들의 고함과 약간의 물리적 충돌은 재판 결과에 따른 감정 대립이 곧 확정 판결을 앞두고 극한에 다다른 탓이었다고 설명은 들었지만 그래도 이미 넘치게 있는 분들의 아귀다툼은, 더군다나 병상의 노모 앞에서 다 크다 못해 같이 늙어 가는 자녀들의 주먹다짐은 못할 짓이 분명했다.

자신을 찾는 분의 정확한 신분은 모른다는 답을 듣고, 지원은 내키지 않는 걸음으로 1205호실 앞에 섰다.

똑똑똑.

"네."

노크를 한 지원이 짧은 목소리에 문을 열고 안으로 들어섰다. 너무 긴장했거나 어쩌면 피하고 싶다는 지원의 마음 탓에 그리 느끼는 것이겠지만 하루 두 번씩 꼭 들르던 익숙한 병실에서 왠지 긴장하게 되는 낯설음을 느끼게 되는 묘한 공기로 채워져 있었다.

병실 안에는 의외로 50대 정도 되어 보이는 마르고 체구가 작은 남자가 혼자 앉아 있었다. 평생을 펜만 잡고 사신 것이 분명한, 그러면서도 굳은 의지가 느껴지는 입매는 입고 있는 고급슈트가 아니더라도 그가 얼마나 세상에서 건실하게 자리 잡고 있는 사람인지를 전해 주고 있었다.

"안녕하세요. 민지원입니다. 찾으셨다고 들었습니다."

"어서 오세요. 저는 지인찬 변호사라고 합니다. 선대 회장님 시절에 두원그룹 법무팀에 있었습니다. 이리 앉으십시오."

"네. 감사합니다."

지 변호사라고 자신을 소개한 남자가 권해 준 맞은편 소파에 앉으며 지원은 사모님 걱정에 오긴 왔지만 부디 이야기가 짧게 진행되길 바랐다.

그러나 지 변호사가 건넨 명함을 받고, 그가 국내 굴지의 로펌을 공동 운영하는 실력자라는 것을 알게 된 것보다 그 후에 그가 제안한 이야기에 지원의 눈은 놀람을 넘어서 씁쓸한 의심과 불쾌함마저 생겨나고 있었다.

"그러니까, 이 모든 것이 사모님의 뜻이라고 하셨나요?"

불쾌감을 감춘 지원의 목소리는 매우 딱딱하고 차분하게 울려 나왔다.

"그렇습니다. 허락하시겠습니까?"

"그렇게 쉽게 믿기지 않는 일이라 답변 드리기가 어렵습니다."

"고민되시는군요."

편안하게 들려오는 지 변호사의 음성에 지원은 정말 괜한 상황에 휩쓸린 자신의 상황이 마음에 들지 않아 안쪽 이마가 슬쩍 찌푸려졌다.

"고민하기 전에 사실로 받아들이는 것조차 어려워서요. 제안을 받아들인다 해도 제가 특별히 나서거나 할 수 있는 일도 없고, 단지 가족분들께 상실감만 안겨 드리는 일인데, 꼭 제가 나서야 할 이유를 모르겠습니다."

"……사모님 곧 쾌차하실 겁니다."

"그러셔야지요."

"그렇지만 아무래도 고령이시니 대비 안 할 수는 없는 일입니다. 짐작하시겠지만 사모님께서 오랫동안 고심하시고 내린 결정이시니 되도록이면 허락하셨으면 좋겠습니다. 안 그러시면 가시는 그분 걸음이 너무 서럽지 않으시겠습니까."

"……그러니까 그 일을 왜 굳이 제게 부탁하시는지 이해가 안 되는 겁니다, 변호사님."

"오늘 같은 상황만 없었다면 사모님께서 직접 설명하셨을 겁니다만, 믿음 문제 아니겠습니까."

"믿음……이요……?"

"압니다. 어떤 생각하실지. 두원그룹과 무관하면서 타 그룹 간 이해타산이 전혀 없는 분, 그러면서도 발설 가능성 적고, 일처리가 정확한, 믿을 수 있는 전혀 새로운 인물. 사모님은 그 조건에 딱 맞는 분이 민 실장님이시라 결정하신 것 같습니다."

지원은 사모님을 좋아했다. 왠지 정 그립던 할머니 같고 외로워 보이시는 분이라 온기를 전해 드리고 싶었던 것뿐인데.

이 순간 지원은 사모님도 어쩔 수 없이 서슬 퍼런 대기업 안주인으로서 숨소리 죽이며 긴 시간 버텨 낸 노련한 여장부란 생각이 드는 건, 그러면서 서운하고 뭔가 속은 듯 다시 돌아보고 싶지 않은 건 너무 지나친 반발심일까 싶어진다.

"혹시. 그런 결정 내리시기 전에. 저에 대해 알아보신 적 있으신가요?"

지원의 질문에 지 변호사는 무표정한 얼굴로 한일자로 다물어진 입술을 전혀 움직이지 않았다. 그것이 답이었다. 어디까지 알아보았는지는 모르지만 그 세계에서 뒷조사가 얼마나 당연한 것인지 이미 겪은 지원은 변호사의 포커페이스 속에서도 많은 답을 들을 수 있었다.

한참 만에 입을 연 변호사는 말을 무척 건조한 톤으로 이어갔다.

"……깊은 사생활까지 건드린 건 아니었고, 아주 간단하고 의례적인 조사였습니다. 받아들이시기에 따라 불쾌하실 수도 있겠지만…….”

계속 이어지고 있는 변호사말은 더 이상 지원의 귀에 전혀 들려오지 않았다. 웅얼거리는 입술 모양은 눈에 분명히 보이는데 소리는 전혀 들려오지 않는 것처럼. '깊은 사생활까지 건드린 건'이라니…… 어디까지 알아봤기에.

지원이 무반응으로 일관하자 변호사는 좀 더 적극적인 말로 설득을 시작하려는지 입술을 가만히 두지 않고 계속 움직여 댔다.

뜬금없는 소리로 불쾌하게 들쑤셔지는 건 여기까지 참았으면 충분하다. 지금까지 여기 앉아 있은 것만으로도 사모님께 드리는 예의는 다 지킨 것이라는 생각에 지원은 변호사의 말을 끊어 내듯 조금 큰 목소리로 말을 시작했다.

“변호사님.”

지원의 선언하듯 단호한 음성에 변호사의 입술이 드디어 멈춰졌다.

“말씀 중에 죄송합니다만, 저는 사모님께서 갑자기 위중해지셨고 저를 찾으셨단 소리에 놀라서 찾아뵌 것뿐입니다. 지금 변호사님께서 말씀하시는 제안, 어제까지만 해도 사모님께서는 아무런 언질도 주시지 않으셨어요. ……그리고 사실이라 해도 저는 그 제안 받아들이고 싶지 않습니다. 더군다나 뒷조사, 누구보다 변호사님께서 잘 아시겠지만 위법입니다. 무척 불쾌하고 변호사님도 사모님께서도…… 제게 무례하셨습니다. 이런 일까지 준비하실 정도라면 사모님…… 저 같은 사람이 찾아뵙고 안부 인사드리지 않아도 쉽게 쾌차하실 분 같네요. 변호사님께서 분명히 이 모든 것이 사실이라 하셨으니 저는 이제 그만 걱정 덜고 돌아가겠습니다. 사모님 쾌차하시거든…… 그리 전해 주십시오.”

들어왔던 것이나 뒷조사를 통해 알아낸 성향과 다르게 차갑고 냉정하게 일갈하듯 말을 맺으며 일어서는 지원의 모습을 보자 변호사가 당황하며 큰 소리로 지원의 발걸음을 잡았다.

“민 실장님!”

"아니면 직접 보니 서류상으로라도 주식 맡기기엔 못 믿을 사람으로 보이셨다 하시든가요."

깍듯하게 인사드리고 병실을 빠져나가는 지원의 뒷모습은 조금의 미련도 없어 보였다.

병실을 빠져나와 성난 걸음으로 데스크 앞에 선 지원이 1205호 담당 서 선생을 만나 어떤 일이건 1205호실 부탁으론 다신 전화 연결하지 말라고 말을 남긴 뒤 엘리베이터에 올랐다.

조용한 엘리베이터에 올라서서야 자신의 호흡이 얼마나 거칠어져 있는지 비로소 귓가에 들리기 시작한 지원은 한 면이 거울로 마감된 공간에 혼자 서서 잔뜩 굳어진 제 얼굴을 바라보며 꼿꼿하게 서 있었다.

꽉 다물린 입매와 힘이 들어간 턱 선, 바르게 서 있기는 했지만 위태로워 보이는 흔들리는 눈동자. 엘리베이터 벽면에 비친 자신의 모습은 슬퍼 보였다. 방금 오랜 벗을 잃어버린 느낌이었다.

바쁘고 힘들었어도 하루에 한두 번씩 꼭 찾아뵐 수 있었던 건 부잣집 사모님이라서가 아닌 지원에겐 할머니 같았던 정을 느끼게 하시는 분이셔서 그랬던 것인데 그분 또한 가면을 썼던 것일까.

멍하니 서 있던 지원은 갑자기 눈앞에 문이 활짝 열리고 엘리베이터를 탔던 12층 복도의 모습이 보임과 동시에 많은 사람들이 올라타자 뒤늦게 자신이 층수버튼을 누르지 않을 것을 깨달았다. 멍해진 자신의 모습에 어이없어하는 동안 다른 사람이 1층을 누른 덕분에 움직임 없이 서 있던 지원은 머뭇거리다 결국 뻗어 나가는 팔을 접어 들이지 못하고 ICU가 있는 층수를 눌러 버렸다.

마지막 인사라고 생각하자. 배신은 배신이고, 그분은 내가 알던 그분이 아니라 해도…… 저만의 인사는 하고서 돌아서자고 다짐한 지원은 그렇게 중환자실 앞으로 걸어 들어갔다.

많은 보호자들이 면회시간이 다가와 부산스럽게 모여들기 시작했고, 지원도 그렇게 면회를 준비하기 시작했다. 두원그룹 사모님을 찾아온 면회자는 지원밖에 없었다.

묵묵히 의식 없는 노사모님 면회를 마치고 나온 지원은 여러 차례 부재중으로 남아 있는 번호가 또 울리자, 급히 전화를 받았다.

"출발해요."

— 왜 전화 안 받았는데. 무슨 일 있어?

"조금, 병원에 잠깐 들렀었는데 다 마치고 가는 길이에요. 지금 출발하면 약속시간 안엔 충분히 도착할 것 같으니까 걱정 마세요."

— 그래. 천천히 조심해서 와.

"네. 그럼 가서 뵐게요."

지원은 여자화장실 구석 파우더 룸에서 뛰어다니느라 미처 살피지 못했던 자신의 모습을 꼼꼼히 살핀 뒤, 차에 올라 운전을 시작했다.

잠시 뒤, 한참 전에 약속장소에 도착해 있던 현민은 모니터를 바라보다 진동하는 휴대폰을 내려다보고는 자리에서 몸을 일으켰다. 문 비서에게 계속 살피라고 눈짓한 뒤 룸을 빠져나간 그는 긴 복도를 통과하며 전화를 받았다.

— 다 왔어?

"네. 발렛 맡겼어요. 에이쿠."

— 지원아?!

"아니에요. 다리가 꼬여서…… 멋지게 하고 나오라 해서 힐 신었는데, 아침부터 너무 뛰어다녔더니, 다리에 힘 풀려서 그래요."

— 거기 있어. 바로 갈게.

대답도 기다리지 않고 끊어진 전화에 지원은 안으로 들어가지도 못하고 주차장에 그대로 서 있었다. 다리는 뛰어다녀서가 아니라, 지금도 진정 안 될 정도로 놀란 마음 탓이었다.

새벽부터 불안하게 뛰어 대던 가슴. 아침에 걸려온 불운한 소식.

"후우……."

검은 나무판에 흰색 붓글씨로 쓰인 희라원이라는 글씨만 올려보다가, 눈을 내려 돌계단 사이 오랫동안 한자리에 머문 암록색 이끼를 바라보았다. 하지만 정작 지원의 눈에 선한 것은, 중환자실에서 잡아 드렸던 힘없이 축 늘어진 노사모님의 앙상한 손이었다.

그 장면을 털어 내듯 고개를 흔든 지원은 현민 앞에서 좀 더 밝은 웃음을 짓기 위해 열심히 주변 풍경을 눈에 담으려 노력했다. 담벼락에 올려진 검은 기와 빛은 눈으로도 먹향이 느껴질 만큼 깊었고, 굵은 고목으로 자라난 소나무들은 학춤 추듯 가지를 늘어뜨리고 있었다.

"우리 지원이 정말 예쁘다."

"엄……마아……."

짧은 시간, 혼자만의 생각에 빠져 미소 짓는 연습을 하고 있던 지원은 누군가 어깨를 불쑥 안아 들자, 무어라 말도 못 하고 외마디 신음을 흘리며 자리에 주저앉으려 했다.

"왜 그래?!"

"……어……아니, 놀라서…… 오빠지 몰랐어요."

놀라서 풀린 다리에, 아침부터 지치도록 거칠게 뛰어 대며 머리를 어지럽게 만들었던 심장에, 지원은 사실 지금 누굴 만날 컨디션이 아니었다. 몸에선 자꾸만 소름이 돋았고, 차 안에서 계속 생수를 들이켰는데도 여전히 입은 바싹 말라 있었다.

"괜찮아……?"

이제 좀 정신이 드는지 놀란 표정을 수습하려는 지원의 얼굴이 무안한 기색이었다.

'민 실장님 진료기록에서 확인된 사실입니다. 왼쪽 손목에 약 5센티 정도 되는 두 개의 자상이 있다는 외래 진료 기록을 확인했습니다.'

'손목자상……. 본인이 한 일인가.'

'환자는 함구했지만 의료진의 판단으로는 자해로 보인다고 들었습니다.'

'……그 외에는?'

'민 실장님 본인이 의료인이라서 그런지, 그 외에는 단순 질병 진료 기록조차 없었습니다. 폭력에 의한 다른 손상이 있으셨다 해도 아마 병원진료는 안 받으셨을 것 같습니다. 손목자상의 경우도 손상 후 바로 오신 것이 아니라, 자가 치료하시다 상태가 악화돼서 병원방문하신 것으로 기록되어 있었습니다.'

현민은 문 비서의 보고 내용을 생각하며 지원의 손목을 바라보았다. 늘 빈틈없이 조여져 있던 검은색 시계끈은 오늘도 역시 제자리에 묶여 있었다.

"미안하다."

그 힘든 시간에 널 몰랐었던, 혼자 두었던 것에 대해, 그리고…… 앞으로 놀라게 할 것에 대해.

"네. 괜찮아요. 그리고 이거. 고마워요. 잘 들게요."

지원이 어깨에 둘러멘 가방을 가리키자, 현민은 못 말린다는 듯 미소 지었다. 벌써 두 번째 인사치레를 할 만큼 지원이 선물을 부담스러워하는 것을 느낀 탓이었다.

"그래. 잘 어울린다."

유난히 멋부린 건 아니지만 늘 딱딱한 사무정장에 톤다운 컬러의 옷만 입는 줄 알았던 지원이 도톰한 소재의 오프 화이트 원피스에 애플그린 재킷을 입은 것을 보니 봄이 부쩍 다가온 듯 싱그러움이 느껴졌다. 괜히 예쁘게 입으라 했구나 후회할 만큼.

"어젠 잘 잤어?"

"……네에."

"그런데 왜 피곤해 보이지? 또 악몽 꿨어?"

"……."

"안 되겠다, 우리 지원이…… 내가 안 재워 주면 잠도 제대로 못 자고……."

지원을 볼 때마다 하나, 둘…… 더 사랑하게 되었고, 빨리 데려와야 할 이유들만 늘어갔다. 현민은 지원의 몸을 끌어안아 제 가슴에 품은 뒤 선 채로 재우려는 듯 머리를 쓸어내리며 다독였다.

머리 위로 그가 내뱉는 안타까운 한숨이 작은 바람결을 일으키며 날아갔다. 누군가의 걱정거리가 되는 것이 그 무엇보다 싫었던 지원인데…… 지금은 좋았다. 그가 걱정해 주는 것이. 처음으로 타인의 걱정이 가식처럼 느껴지지 않았고, 그의 따뜻한 마음을 모두 제 것으로 하고 싶을 정도로 그의 마음과 그의 배려가 욕심났다.

지원은 한낮의 드넓은 주차장이 창피한 줄도 모르고 그대로, 그가 이끄는 대로 그의 품에 안겨 눈을 감았다. 숨을 들이쉴 때마다 편안하고 깊이 있는 현민의 냄새가 지원의 몸 안으로 흘러 들어왔다. 더 많이, 더 깊이 그 냄새를 가지고 싶어 지원은 그의 품에 안겨 천천히 깊은 숨을 들이마셨다.

며칠간 그리워했던 것이 이 남자의 품이라는 걸, 피하려할 때마다 어딘가 더 복잡해지던 마음이 이 때문이란 걸. 제 위치를 찾은 듯 그의 품을 만족스러워하는 자신을 통해 분명히 알 수 있었다.

"안 밀어내니까 좋다."

"……."

지원이 볼이 붉어지며 안겨 있던 현민의 가슴을 밀어내려 하자 그가 더 꽉 끌어안았다.

"이렇게 하나하나 익숙해져 나가자. 네 맘이 좀 편해지거든…… 해 주고 싶은 얘기가 많다."

"오빠."

"응."

"고마워요."

"뭐가."

"나 좋아해 줘서."

195

현민은 제 품에 안겼던 지원의 양어깨를 잡아 살짝 떨어뜨려 놓으며 눈을 마주 보았다.

"뭐라 그랬어?"

"나…… 좋아해 줘서 고맙다고요."

"……좋아해 줘서?"

"미안한데…… 그래서 내가 참 많이 망설였는데…… 이럴 상황 아닌 거 알면서도, 오빠가 내 옆에 있어 줘서 많이 고마워요."

"……민지원."

현민은 지원을 뚫어지게 바라보았다. 마치 고맙다는 말이 그녀의 사랑 고백인 것처럼 감정을 자제하는 눈빛으로 말없이 마주하고 서 있었다.

앞으로 감당할 일이 힘들 거라는 생각에 긴장도 풀어 주고 싶고, 안타까워 미안하기도 했던 현민은 뜻밖의 지원의 말에 하필 오늘 이 일을 계획한 것이 너무나 후회스러웠다. 이대로 지원이를 데리고 가 버릴까.

"이제 그만 들어가요."

"어?"

"만날 사람 있다고 했잖아요. 가요. 너무 늦겠어요."

지원은 달아오른 뺨을 손으로 대충 비비며 고개 숙인 채 앞으로 걸어가기 시작했다. 뒤에 서서 짧은 순간 여러 가지 생각에 잠겼던 현민은 당장은 힘들겠지만, 그녀의 짐을 하루라도 빨리 걷어 줘야 한다는 생각으로 내키지 않는 발걸음을 옮기기 시작했다.

"그런데요, 오빠. 발자국 소리는 내고 다녀요. 아까처럼 그렇게 소리 없이 다가오면 저 매번 놀랄 거예요. 워낙 잘 놀라서 제 친구들도 제 생일엔 깜짝 파티 안 하거든요."

대학을 졸업하고 이런 증세가 생겼다. 병원에서 큰일이 있거나 해결하기 곤란한 일들이 생겨도 머릿속에 순서도가 입력되어 있는 것처럼 막힘없이 방법을 찾아내는 그녀였지만, 순간적으로 누가 놀래키면 여지없이 자신이나 상대방 모두 당황스러울 만큼 바닥에 주저앉거나 정신을 잃을 것처럼 기함하곤 했었다.

그 모든 게, 어디선가 숨어 있다 불쑥불쑥 튀어나오는 재우를 견뎌 내느라 얻게 된 억울한 증세였다.

"그래, 다음부턴 발소리 크게 내고 다닐게."

여전히 큰 나무처럼 옆에 서서 너그럽게 대답해 주는 현민을 보며 지원은 그의 미소가 참, 믿음직스럽다는 생각을 했다. 여느 연인처럼 이제는 익숙하게 어깨를 감싸 안던 현민이 뭔가 너무 억울하다는 듯 말해 왔다.

"그럼 나 앞으로 이벤트 해 주려면 매번 허락받아야 되는 건가?"

"푸훗, 아마도요."

"아…… 그건 너무한데?!"

손님들이 없는 별채로 걸어가면서 여러 개의 문마다 안쪽에서 미리 문을 열어 주는 사람들의 움직임에 지원의 몸이 조금씩 긴장하기 시작하자, 현민은 어깨를 끌어안은 팔에 힘을 주며 그녀를 이끌었다.

건물 안쪽으로 들어선 뒤 희라원 직원들의 한복 유니폼이 아닌 블랙 슈트를 맞춰 입은 남자들이 인사해 오자 현민을 바라본 지원에게 그가 낮게 속삭였다.

"오늘 만나야 할 사람 보기 전에 나랑 먼저 잠시만 이야기하자."

대답을 하기도 전에 건장한 남자들의 안내를 받으며 넓은 방으로 들어선 지원은 현민이 당겨 준 의자에 천천히 앉았다. 어깨에서 가방끈을 내려놓고, 룸 안 분위기를 살피는 동안 현민도 맞은편 자리에 앉았다. 아까는 보이지 않던 한복을 입은 직원이 미리 준비된 듯한 녹차를 내려놓고 물러났다.

"기분 괜찮아?"

"……네. 괜찮아요."

그는 지원의 상태를 세세하게 살핀 뒤 말문을 열었다.

"내가 그 사람 봤다."

"……누구…… 재우요?"

"그래. 그 사람. 내 입장에서는 지금까지 계속 시달리면서도, 말 한 마디 안 하는 널 지켜보기만 하는 게 쉽지 않았어."

"어떻게, 어떻게 안 거예요?"

"……이따금씩 네 전화기에 보이는 부재중 전화 표시만 봐도 얼마든지 추측할 수 있는 일이야. 네가 사람들 안 만나고 조심하는 것만 봐도 그렇고."

"……."

지원은 굳어진 표정으로 현민을 주시했다.

"그래서 내가 아는 분께 상의드렸고, 정확하게 정리할 수 있는 방법도 찾았어. 그래서 지금, 사건 당사자인 네가 여기 와 있는 거고, 재우라는 사람도 이런저런 상황 끝에 지금, 옆방에 있다."

"뭐, 뭘 어쩌자는 거예요."

아무것도 모르면서, 몇 마디 말들로 지난 내 시간을 다 이해할 수도 없으면서, 왜 이렇게까지 마음대로…… 지원의 눈이 원망으로 이지러졌다.

"이 사건 맡아 주신 변호사님 실력 있으신 분이야. 네가 뭘 어떻게 하고 싶든 다 들어주실 거야. 재판이든, 합의든. 하고 싶은 대로 하면 돼."

"나하고 상의도 없이 내 얘길 변호사한테…… 했다는 거예요. 지금?"

지원이 천장을 쳐다보다 눈을 감아 버렸다.

"혼자 감당이 안 될 땐 남의 도움도 받는 거야. 뭐든 혼자 감당하려다 일이 커졌다는 생각은 안 들어? 네 일 맡아 주시기로 한 분 변호사님 쭉 판사로 계시다 개업한 지 얼마 안 된 분이고, 김재우 집안에서 어떤 변호사를 쓰든 다 이겨 주실 거니까, 불안해하지 마. 물론 사안적으로도 충분히 합법적으로 네가 이길 수 있는 일이니까, 네가 신경 쓸 일은 없어."

"합. 법. ……재판이요?"

말을 웅얼거리며 혼잣말하는 쓸쓸한 표정의 지원을 안아 주고 싶지만, 지금은 지원이 강하게 서 있도록 도와주어야 할 때였기에 현민은 제자리에서 계속 말을 이었다.

"네가 싫다는데 바로 소장 접수하자는 소리는 아니야. 이미 변호사님께서 네 법률 대리인 자격으로 그 사람과 면담 중이기는 하지만, 여기서 김재우가 멈춘다면 법적 조치를 취하는 걸로 일단락 지을 수도 있고, 그게 안 된다면 재판에 들어가자는 뜻이야."

"안 받아들일 거예요. 재우, 말 안 통해요. 그건 내가 알아요……. 아니, 자기보다 강한 사람이라고 생각하면 금방 숙일 수도 있겠네요."

갑작스런 상황에 뭐가 뭔지 알 수 없다는 듯 고개를 저으며 눈 감아 버리는 지원의 모습은 벌써 지친 듯 보였다.

"생각보다 합의 가능성이 높아. 변호사님께서 알아보신 바로는 김재우 부친이 혜성중공업 해외영업이사인데, 업무상 배임 같은 여러 가지 약점이 많이 발견됐고, 재판 안 하고 그 약점만 밝혀서 이사직에서 물러나게 하건, 그동안 축적한 재산을 토해 내게 만들 건, 네가 원하는 대로 뭐든 다 할 수 있을 것 같다."

"……오빠."

"다 합법적인 거야. 변호사님이 알아보시고, 알려 주신 방법들이니까 겁먹지 않아도 돼."

놀란 지원을 보며 현민이 부드럽게 웃어 주었다.

"네가 선택해. 어떤 선택을 하든 다 정상적이고 합법적으로 진행시킬 거니까 무서워하지도 말고, 네가 나설 필요도 없어. 재판을 하든, 합의를 보든 다 변호사님이 법률대리인으로서 알아서 해 주실 거야. 물론 재판하게 되면 가끔 법원엔 가야 하겠지만……."

침묵이 흘렀다. 지원의 시선은 현민을 벗어나 의미 없이 허공에 맴돌며 먼 곳을 떠돌았다. 그러다 이미 식어 버린 찻잔의 차를 마시며 마른 목을 축인 지원이 잠겨 버린 목을 풀며 말을 꺼냈다.

"재우, 여기 있다고 했죠?"

넌 아직도 그놈의 이름을 불러주는구나.

"그래."

"그럼, 지금 내가 들은 이 얘기. 그 사람도 다 알고 있나요?"

"물론. 변호사님이 다 설명하셨어. 어느 쪽이든 할 테니 지원이 그만 괴롭혀라 그러셨지."

네 말 속에 지난 시간의 끈끈함이 묻어나는 것 같다면 내 질투가 과한 거겠지.

"그랬더니 뭐래요?"

"쉽게 받아들일 사람은 아니지 않나."

"그렇게, 변호사님이 다 알아서 하실 거면…… 나 여기 왜 부른 거예요?"

언제쯤 네가 날 믿고 솔직하게 의지해 올까.

"기회를 주고 싶어서."

얼마나 더 지나야 너에게 날 보여 줘도 되는 걸까.

"기회?"

"너 자존심 세잖아. 그동안 나한테 말 안 하고 혼자 버틸 만큼. 그래서 나도, 너 모르게 처리하고 싶지 않았어. 네 뒤에서 싸워 줄 사람들 완전무장하고 있으니까. 기죽지 말고 나 믿고 싸워 보라고. 하고 싶은 말하고, 겁먹지 말고, 그 사람 앞에서 당당하게 네 할 말 해야 그동안 쌓인 네 화가 좀 풀릴 것 같아서. 네 눈으로 끝을 봐야…… 네 불안도 빨리 나아질 거고. 물론 네가 그러고 싶다면 말이야. 힘들 것 같으면 지금 바로 나가도 돼. 나머진 변호사님이 다 알아서 하실 테니까."

눈앞에 있는 김재우를 보고 실감하길 바라. 너의 입장이 예전과 다르다는 걸.

"왜 이렇게까지 해 줘요?"

"네가 그놈이 정리돼야, 내게 온다고 했으니까. 오래 기다리기 어려워서."

"……."

"마주치는 거 싫다면 안 봐도 돼. ……가자, 여기 일은 변호사님께 맡기고, 나가서 바람이라도 쐬자."

쉽사리 대답하지 못하고, 벌써부터 힘든 기색을 보이는 지원을 보다 못한 그가 손을 내밀었다.

"아뇨. ……안 가요. 정말 이렇게 끝날 수 있는 일이라면 내 눈으로 그 끝, 봐야겠어요. 대신, 오빠는 보지 마세요. 다 끝난 다음에, 내가, 내 의지로 오빠한테 갈게요. 도와준 것까지는 고맙지만, 되도록 멀리 계셔 주세요. 그렇게 해 줄 수 있죠?"

"……좀 더 생각해 보고. 마음 정리되면 나와. 네가 원하는 대로 해 줄 테니까."

냉정하지만 가장 필요한 위로를 건넨 현민이 테이블을 돌아 지원의 어깨를 감싸 준 뒤 밖으로 빠져나갔다.

"밖에 있을게."

텅텅 빈 커다란 룸 안에서 호화스런 테이블세팅을 멍하니 내려다보며, 지원은 갑작스런 상황에 멈춰졌던 생각이란 걸 하기 시작했다. 누군가 막막한 길목에서 손잡아 준다는 것은 분명 힘이 되고, 고마운 일이었지만, 뭔가 마음이 편치 않았다. 모든 것이…… 편하지 않았다.

십여 분 뒤 룸에서 걸어 나온 지원이 변호사님과 함께 재우를 만나 보겠다고 말하자, 지원의 이마에 손을 올려보며 컨디션을 확인하는 현민의 얼굴은 오히려 지원보다 더 안 좋아 보였다.

"괜찮겠어?"

"괜찮아요."

"그래……. 지원아."

그윽한 음성이 지원의 시선을 잡으려는 듯 진지하게 불러오자 수많은 생각에 휩싸여 있던 지원은 고개를 들어 현민을 바라보았다. 긴장감에 그의 말을 이해하기보다, 그의 눈빛을 맹목적일 정도로 바라보며 자신의 마음을 다지고 있는 중이었다.

현민은 붙들린 지원의 시선을 놓지 않으며 깊은 눈빛을 마주한 그대로 다짐받듯 천천히 말하기 시작했다.

"너 힘들다고 하면 내가 다 알아서 할 거야. 이건 그냥. 너 속 풀라고, 하고 싶은 말하고 다 잊어버리자고 하는 거야. 굳이 너보고 해결하라는 거 아닌 거 알지? 속병 안 생기게, 하고 싶은 말 다 하고 나와. 그거면 돼."

지원은 현민의 눈을 마주 보며 천천히 고개를 끄떡이다 입술을 열었다.

"네. 고마워요."

그 말을 듣고도 정작 현민은 지원을 놓아주지 못했다. 저명한 정신과 전문의에게 지원과 같은 사례에 있어 가장 효과적인 치료방법은 가해자로부터 직접 사과의 말을 듣게 하고, 사죄하는 모습을 보게 하거나, 일어난 사건에 대해 정당한 수준으로 처벌받는 것을 보여 주는 것이라 들었기에 현민은 김재우가 있는 방에 지원을 들여보내기 망설여져도 결국 놔줘야 한다는 것은 알고 있었다.

재판이 아닌 합의를 원하는 지원의 선택을 존중해야 한다는 것을 알고 있지만, 시간이 지체될수록 지원의 양팔을 붙잡고 주물러 주며 긴장을 풀어 주려 애쓰는 현민의 팔에 점점 더 많은 힘이 들어가고 있었다. 그런 그의 손을 지원이 담담하게 떼어 냈다.

"재우, 이 방에서 나올 때 문 앞에 서 있다가 마주치지 말아요. 난 내 과거와 현재가 마주치는 걸 원하지 않아요. 그리고 이야기가 길어져도 안으로 들어오지 말고. 그래 줄 거죠?"

"그래. 난 아까 너랑 같이 있던 룸에 있을게. 여기 이 사람들 너 보호하려고 있는 사람들이니까. 겁먹지 말고."

그래. 과거에서 걸어 나오는 것은 지원, 너만이 할 수 있는 네 몫이겠지.

"네. 그럴게요. 오빠 가요. 오빠 가야 나 문 열 거예요."

현민이 지원의 어깨을 툭툭 쳐 준 뒤 등을 보이고 걸어가자, 그 모습을 바라보던 지원은 한 호흡을 가다듬고서 재우가 있는 방문을 열고 들어갔다.

돌아선 현민의 귀에 문 열리는 소리가 들려오고, 다시 문 닫히는 소리가 들릴 때까지 그는 뒤돌아보지 않았다. 이내 들려오는 문소리. 뒤돌아본 현민의 눈에는 경호원들이 서 있는, 그러나 온통 비어 있는 듯한 복도만이 남아 있었다.

'지원아. 빨리 나와. 그 자식 앞에 너무 오래 앉아 있지 말고…… 빨리 나와.'

현민은 굳게 다문 턱에 힘이 들어간 모습으로 서둘러 문 비서가 있는 방으로 들어가 자리에 앉았다.

모니터 속의 옆방 모습엔 지원이 들어가자 고개 들고 놀랐다가 반색하는 표정이 역력한 재우가 보였고, 현민의 눈빛은 차갑게 가라앉았다.

지원은 노신사와 이미 많은 감정을 소모한 듯한 재우의 모습을 바라보며 천천히 걸어 들어갔다. 허리를 곧추세우고 조용한 공간에 또각또각 구두 소리를 내며 노신사 옆까지 걸어가 자리에 앉은 뒤 재우를 똑바로 쳐다보았다.

오랫동안 미간이 찌푸려져 있던 재우의 얼굴이 조금은 편안해지는 것이 보였지만, 말없는 지원의 차가움에 더욱 불안해지기 시작한 그의 흔들리는 눈동자도 보았다.

"지원아……."

"그렇게 부르지 마."

"……이 사람, 네가 고용한 거 맞아?"

"도와주셔서 감사하게 생각하고 있는 분이야."

"도움? ……네가 왜?"

지원은 어이없어 웃음이 나왔다. 전혀 죄의식 없이, 자기 혼자 이 상황이 정상이라 생각하는 것에 질려 버렸다.

"너 때문에. 네가 자꾸 날 괴롭혀서."

"너?"

"그래, 너. 너랑 나, 동갑이야. 철없는 대학생 때는 네가 너무 기죽어 보여서 존대해 주면 네가 어깨 좀 펴고 다니지 않을까, 그만큼 책임감도 강해지고 더 성숙해지지 않을까 생각했었지만, 그 배려와 노력이 네가 날 기만하고, 만만하게 보게 되는 이유가 될 줄 알았다면 아마, 절대 그러지 않았겠지. 다행히 지금 난 그때만큼 어리지도, 어리석지도 않고, 더 이상 넌 내가 만나는 사람도 아니니까. 내게 존대를 듣고 싶으면 너도 내게 존대해. 그게 정상적인 거니까."

"그……그래……. 너랑 나랑 동갑이니, 앞으론 맘대로 불러. 재우라고 하든 너라고 하든……. 야, 라고 해도 돼."

지원은 순간적으로 작게 코웃음 쳤다. '야' 라고 불러도 된다고? 기억 속의 재우는 처음엔 어땠는지 기억나지 않지만, 시간이 갈수록 점점 자기 스스로가 자신을 높이려던 사람이었다.

몸을 나눈 뒤엔 그나마 느껴지던 작은 인간적인 교감도 없이 마치 주인이 소유물에게 군림하듯 '수고했어' 라는 말조차 하대받는 느낌이라며 '애 썼어요' 라고 말하라던 사람이었는데. 야, 라고 불러도 된다니.

지원은 지난 시간 속, 재우에게 눌리고, 세뇌당하던 모든 순간들이 한없이 후회됐다. 좀 더 강하지 못했음을, 좀 더 자신을 아끼고 사랑하지 못했음을 가장 후회했다.

겁준다고 주는 대로 움츠리고, 두려움에 떨었던 예전의 모습들도.

"그런데, 내가 괴롭혀? ……지원아, 그건…… 그래. 내가 다 잘못했어. 우리 이러지 않았잖아. 너 늘 나 이해해 줬잖아. 내 입장부터 생각해 줬잖아. 내가 잘못한 거 알아. 너 속이고…… 그래, 처음부터 속인 거 미안해. 근데 그건…… 지원아……. 우리 이러지 말자."

두서없이 무조건 다 지원의 뜻에 따르겠다고 빌어 대는 모습. 지원은 이런 재우의 모습이 익숙했다. 그리고 그다음은 몇 시간 후 혹은, 그나마 조금 시간이 오래 걸려 그다음 날이면 어김없이 난폭해져 몰아치던 사나움까지. 그때 그 시간들이 눈에 보이는 듯했다.

"그래, 그 대가가 지금까지 네게 괴롭힘 당하고 있는 지금 내 모습이야. 은혜를 원수로 갚는 건 지금 네가 하고 있는 짓이고."

"아우 씨! 그게 아닌 거 알잖아! 나한테 너밖에 없는 거 알잖아!"

격앙되는 재우의 반응에 서늘하게 앉아서 똑바로 눈을 보는 지원과는 달리 문밖의 경호원들은 금방이라도 뛰어 들어갈 듯 바짝 긴장해서 집중한 상태였고, 옆방의 현민은 주먹을 꽉 틀어쥐었다.

문 비서는 이사님이 나서실까 봐 어떻게든 막으려고 맘먹고 있었고, 지원 옆에 앉은 변호사는 오히려 대담하게 나오는 지원의 옆모습을 찬찬히 살피기 시작했다.

"가라앉혀. 나하고 대화하고 싶으면."

재우의 이마가 설핏 구겨졌다. 꽉 다물어진 입술 사이로 깊은 한숨이 터져 나왔고, 제법 자신을 가라앉히려 노력하는 듯 보였다.

"우리 둘이서만 이야기하면 안 될까."

"……."

지원은 말없이 재우를 주시했다.

"너하고 내 이야기야. 법률대리인이 아무리 이 얘기 저 얘기 다 들어야 할 사람이라 해도 너하고 나만 해야 할 이야기도 있는 거잖아. 부탁이야. 너 뭐 걱정하는지 아는데, 나 안 그래. 나, 그때의 내가 아니야."

"……난 너 달라진 거 모르겠어."

"그래, 그럴 거야. 근데 너, 달라진 걸 보여 줄 시간도 안 줬잖아."

"사람은 쉽게 바뀌지 않으니까."

"으하……. 어떻게 해야 되니, 내가. 지원아……."

"……."

"우리 둘이서 이야기하자. 내 이야기 다 듣고도 네가 도저히 안 된다면 내가, ……그래. 내가 너 하자는 대로 할게. 나한테도 말할 기회는 줘야지. 이건 아니잖아. 우리 얘길 다른 사람 앞에 두고 하는 건 정말 아니잖아."

팔꿈치를 테이블 위에 세워 올린 재우가 손바닥으로 눈을 가린 채 오열 같은 한숨을 내쉬었다. 그래……. 광기든, 집착이든 정리하려면 나름의 절차가 있겠지.

둘만 남아 하고 싶은 이야기 다 해서, 네 속이 풀리고, 깨끗하게 끝낼 수 있는 거라면…… 그래, 그러자. 지지부진 이렇게 이야기하는 것보단 속 시원하게 할 이야기 다 하고 끝내자. 또 어디서 갑자기 툭 튀어나와 할 말 있다고 그러는 널 보느니, 차라리 길거리보다 밖에 지키는 사람들이 있는 여기가 낫겠다.

맞아, 김재우는 다른 사람 앞에선 늘 착한 사람이었어. 다른 사람들이 주시하고 있다는 걸 알고 있으니까 예전처럼 미친 짓은 하지 못할 거야.

지원은 감정을 다스리고 앉아 있는 재우를 쳐다보다 변호사에게로 고개를 돌렸다.

"이런 말씀드려 죄송합니다만, 잠시 자리 좀 피해 주실 수 있으실까요? 서로 해야 할 말을 다 해야, 이야기가 매듭지어질 것 같아서요. 부탁드립니다."

지원의 말에 변호사는 곤란한 듯 천장 모서리를 바라보다, 고개를 끄덕인 뒤 자리에서 일어났다.

변호사가 룸을 빠져나갈 때까지 서 있던 지원은 지금 옆방에서 모니터를 바라보고 있는 현민의 이마가 얼마나 찌푸려져 있는지도 모른 채, 다시 제자리에 앉아 눈물이 그렁거리는 재우에게 말했다.

"말해. 가셨잖아."

"지원아. 우리 어쩌다 이렇게 됐을까."

지원은 아무런 말도 없이 눈물 젖은 그의 눈을 바라보았다. 그리고 너무나 분명한 것을 묻는 그가 의아하다는 듯 건조한 목소리로 답해 주었다.

"우리 아버지가 일찍 돌아가셔서, 우리 엄마가 남 보기 그럴듯한 좋은 남자 만나 재가 안 하시고 공무원 생활로 빠듯하게 우리 자매 키운 분이라서, 내가 부모로부터 받을 유산 같은 것 전혀 없는 보통 서민이라서, 열심히 일한 값으로 한 달, 한 달, 월급 받아 저축해서 먹고 살, 뻔하고 뻔한 인생이라서……. 이 모든 건 너희 부모님이 날 안 좋아하신 이유야. 그런데 내가 너하고 헤어진 이유는 재우, 너 때문이야. 네가 시작할 때부터 너 스스로를 나보다 우월한 인간으로 여기고, 마치 내가 제대로 알게 되면 돈 보고 달려들까 봐, 아님 유산이라도 바라고 결혼할까 날 경계하고 온전한 널 안 보여 줬다는 게, 헤어진 이유의 시작일 거야. 그 뒤로는…… 말 안 해도 알 거라 생각해."

"지원아, 나도 사정이 있었어!"

"그래. 사정, 있을 수 있어. 그런데 말할 수 있는 기회도 많았어."

"지원아……. 내가 어렸어. 그렇게 직접 부딪치는 게 나을 거라 생각했어. 설명하다 보면 네가 부모님도 안 만나려 들 거고, 부모님도 널 안 보겠다고 하실까 봐. 난 너한테 자신이 있었거든. 누구라도 널 보면 좋은 사람이란 걸 한눈에 알아볼 테니까 우리 부모님도……."

길어지려는 재우의 말을 지원이 잘라 냈다.

"……그래서 그 날, 내가 너희 부모님 앞에서 어떻게 됐니? 너랑 만나는 동안 넌 도서관 자판기 커피 값도 비싸다고 투덜대던 사람이었어. 영화 좀 보자고 모처럼 밖에서 만났을 때 넌 어떻게 커피 값이 학교 식당 밥값보다 비싸냐고, 네가 하도 그래서 그날 결국 커피 값 내가 낼 테니, 제발 그만하라 그랬던 거 기억하니? 남들 같았으면 너 쪼잔하다고 안 만났을 거야. 그런데 난 차라리 낭비보단 없는 형편에 알아서 근검절약하는 게 더 낫다고 생각했어. ……내가 바보였지. 없는 집 아들이지만, 하숙집 하나 못 얻을 만큼 가난해서 고시원 생활하며 쉴 틈 없이 알바하는 너였지만 노력하며 웃고 사는 네가 보기 좋았었어. 속이 건강한 사람이라고 생각했었거든. 그런데 너희 어머님 만나 뵙는 순간, 난 졸지에 잘난 아들한테 꼬리치는 여우같은 년이 됐어."

"……지원아."

"너도 들었으니까 기억할 거 아냐. 나도 신기하다. 말하기 시작하니까, 다 기억나. ……하, 어이없다. 얼마나 잊어버리려고 했었는데."

혼잣말하듯 점점 작아지는 목소리로 기막혀하던 지원이 다시 화가 솟구치는지 고개를 똑바로 들고 재우를 노려보며 차가운 목소리로 말했다.

"네가 다시 나타나서 그래, 김재우. 다 잊었었는데 네가 나타나니까 다시 악몽이 시작돼. 그러니까 그만 사라져 줘. 내 앞에서. 내 인생에서 제발 그만 물러나."

"안 돼. 너 지금 나한테 화나서 이러는 것뿐이야. 내가 알아. 너 지금은 이렇게 화내도 내가 잘하면…… 그래, 내가 잘하면, 넌 결국 화 풀어 줄 거야. 너 착하잖아."

"착해? ……너 그래서 그렇게 굴었니? 착해서 아무 데서나 때리고, 착해서 아무렇게나 집어 던지고, 목 조르고, 납치하고, 차로 치려고 하고…… 강간미수, 살인미수……. 그게 다 내가 착해서 당해야 했던 거야? 너한테 착하다는 건 겁먹어서 다 당해 주고, 찍소리도 못 하고 숨어 있다가, 네가 또 심심해지면 이렇게 찾아와 괴롭혀도 된다는 뜻이야?"

말하는 지원의 입술이 경련을 일으켰다. 살아온 시간이 고되었던 만큼, 끝내 이성을 놓치지 않고, 차분함을 가장한 절규로 재우에게 말하고 싶었던 것을 꺼내 놓기 시작했지만, 감출 수 없는 분노가 그녀의 온몸을 가늘게 떨리도록 만들고 있었다.

"그건…… 네가 겁이 많으니까. 그렇게 해서라도 널 잡고 싶어서, 사랑해서 그랬던 거야."

"네가 한 게 사랑이면 사랑이 다 썩었구나. 김재우, 여기서 그만 미친 짓 좀 끝내자."

단호하고 타인의 이야기를 하듯 감정 없이 결론 내리는 모습에 재우의 얼굴이 굳어져 갔다.

"노력해 줘. 부탁이야. 난 네가 돌아올 때까지 기다릴 수 있어. 도망치지만 마. 난 너 아니면 안 돼. 지원아."

"널 위해 노력하고 싶지 않아. 충분했어. 아니. 넘쳤어. 나, 너한테 할 만큼 했고. 너 그거, 부인 못 할 거야."

"알아. 네가 나한테 어떻게 했는지. 다 기억해. 생생하게 기억해. 그래서 못 놔."

지원은 방금 들은 말에 씁쓸했다. 사랑하는 사람에게 들었다면 우격다짐일지언정, 어쩌면 감동했을지도 모를 말이었으나, 지금 재우는 그녀에게 한없는 복종과 희생을 강요하고 있는 것이었다.

그것도 과거나 현재가 아닌 미래에 다가올 시간들 속에서조차 달라붙어 목을 조이겠다는 말과 다름없었다.

"나도 기억해. 네가 나한테 어떻게 했는지. 그래서 난 널, 다시 볼 수 생각이 없어. 그리고 너 혼자 이러는 것도 우스워. 너, 알고 있지. 너희 어머니가 우리 엄마한테 전화해서 어떤 협박과 막말을 하셨는지."

"……."

"말해. 알고 있잖아!"

"……그래……. 나중에, 나중에 들었어."

괴로운 듯 머리를 두 손으로 감싸며 고개 숙인 재우의 목소리가 참담하게 들려 왔다.

"그러니까, 나한테 와서 이럴 일이 아니란 걸 좀 똑바로 생각하고 살았으면 좋겠어."

재우는 고개 들어 지원을 넋 놓고 바라보았다.

"우리 엄마한테 빌라고 할까? 장모님한테 가서 무릎 꿇고 사과드리라고 해?"

"우리 엄마, 네 장모님이셨던 적 없어. 말 똑바로 해. 그런 말은 네 전 부인 어머님께나 가서 해."

"그래. 어머님. 어머님께 사과드릴게. 우리 부모님께 정식으로 찾아가서 사과드리시라고 할게. 다 할게, 제발. 지원아."

"정말 사과할 마음이 있는 거라면, 그 마음으로 다시는 나나, 우리 엄마 앞에 나타나지 마. 지금도 가끔씩 너희 어머님 나한테 전화하시고 문자, 음성 남기시는 거 알지? 그려서 봐야 확인도 안 하니까 그만하시라고 전해."

"지원아. 그럼. 그럼! 내가 우리 부모님 안 보고 살게."

지원은 쳇바퀴 도는 재우의 말들이 자신의 기운을 갉아먹는 느낌이 들었다.

"휴……. 예전에도 너 똑같은 말 했었어. 기억하니? 그때 내가 뭐라 그랬는지도 기억해?"

"……지원아."

"다 끝난 일에 진 빼게 하지 마. 난 재판보다 합의하고 싶어. 네 얼굴 앞으로 더 보는 일 없게. 너도 그게 낫잖아."

"지원아, 나 너 없으면 못살아. 너 나 속 버릴까 봐 집에서 도시락 싸다 줬잖아. 나 요즘 밥도 못 먹어. 담배만 피우고 술만 마셔. 너 알잖아, 나 그럼 얼마나 속 아파하는지. 전처럼 나 좀 봐줘, 지원아."

"그런 말! ……재우야. 그런 말은 네 전 부인한테 가서 해. 난 일 년이었어. 네 건강 챙겨주고, 식사 챙기는 거. 그다음부턴 그저 너한테 시달리고 너희 어머님한테 괴롭힘 당하는 전쟁이었잖아. 그런데 네 아내였던 사람은 내가 알기론 6년이 넘는 시간이야. 지금 네가 한 말들, 내가 아니라 네 부인에게 해야 할 말인 것 같다."

갑자기 재우의 몸이 부르르 떨리듯 급격하게 성을 내기 시작했다.

"그런 사람 아니었어! 너처럼 헌신적이지도 않았고, 조신하지도 않았어. 너처럼 바쁜 와중에도 내 걱정하고, 챙겨 주고, 다 위해 주고, 참아 주는 그런 사람 아니었다니까! 왜 날 못 믿어! 왜!"

지원은 그런 재우를 안쓰럽게 바라봤다. 그저 담담하게. 지나가 버린 시간들이 여전히 눈앞에서 아프다고 봐 달라 투정부리는 모습에.

사는 것이, 지나 버린 시간이 이렇게 덧없는 것인가…… 조소하면서.

"넌…… 아내도 사랑하지 못했었구나. 늘 그렇게 받고만 싶어서 어떡하니……."

재우를 정말 불쌍한 인간으로 보는 지원의 눈빛에 재우는 버럭 소리를 질렀다.

"……그런 게 아냐."

"그래. 내가 남의 부부에 대해 뭘 알겠어. 하지만, 내가 요즘에 와서야 너무 늦게 깨달은 건데, 한쪽이 참아 주고 이해해 주는 일방적이고 무조건적인 헌신, 그거 좋은 거 아냐. 그건 참는 자의 고통과 절규를 무시한 잔인한 기생이야. 기생하는 게 사랑이니? 참아 달라는 게 당연해? 헌신이 아름다워? 누구의 입장에서 아름다운 건데? 상대방의 인생과 생명을 빨아먹으면서 너 혼자 웃음 짓는 자기만족이 아름답니? 그런 건 사랑이 아니야. 기생이지. 그래서 너와 난 사랑한 적 없는 사람들이라고 생각해."

"민지원!"

재우는 지원의 말을 받아들이기는커녕, 지난 시간의 의미조차 철저하게 거부당하는 괴로움에 고통스럽게 소리쳤다. 목소리에서 느껴지는 다급함, 분노, 외로움, 버림받은 자의 절망. 어떻게 짧은 시간 그 많은 감정들이 다 느껴졌는지는 모를 일이지만……. 지원은 이제 재우가 마음속으로 완전한 헤어짐을 느끼고 있다고 생각했다.

그리고 여전히 마음속에서 뱉어내고 싶어 하는 말들을 참지 않고 모두 속 시원하게 계속 이어 가기 시작했다.

"너희 부부가 일방적인 희생으로 이어진 관계가 아니었다니까, 난 너희 부부의 재결합이 오히려 더 희망적인 것 같다. 이건 내 솔직한 심정이야. 진지하게 생각해 봐."

재우의 손이 부들부들 떨리고 있었다.

"그런 여자 아니라니까! 다른 남자 사귀고 투정만 부리는……."

"그만, 김재우. 네 부인이었어. 아이가 있건 없건 간에 내 앞에서 네 부인이었던 사람 모욕하지 마. 그리고 너희 부부 이야기, 나 정말 듣고 싶지 않아."

재우는 머리를 쓸어 올렸다. 진땀이 난 손으로 이마를 쓸어 올리며, 호흡을 가다듬었다.

"알았어. 안 할게. 안 할 테니까. 그래, 내가 흥분했다. 너 그런 거 알아. 나처럼 흥분도 잘 안 하고, 늘 바르게 판단했고, 늘 착했던 거. 제기랄! 그런 네가 왜 나랑 헤어져야 했냐고!"

"……."

지원은 차갑게 쳐다보기만 했다.

"그래. 알아. 후우…… 그것도 다 내 탓이지. 세상에 너 같은 여자 없다고 교수님도 선배들도 나보고 여복 타고난 놈이라고 그랬었는데, 내가 다 놓쳤지. 그랬어, 알아. 내가 그랬어. 그런데 지원아. 너 착하잖아. 너 불쌍한 사람들 그냥 못 넘기잖아. 차라리…… 날 불쌍하다고 생각해. 그래서 동정이라도 해 줘."

지원은 그렇게 말하는 재우를 무의미한 눈길로 바라봤다.

"어떻게 넌, 나에 대해 똑바로 아는 게 하나도 없니."

그 말에 재우는 허옇게 질려 버렸고, 옆방에 있던 문 비서는 풉 하는 소리를 내고 말았다.

그 소리에 지금까지 지원에게만 집중하느라 주변을 살피지 않았던 현민이 문 비서를 쳐다봤고, 이내 이어폰을 빼라는 손짓과 매서운 눈빛을 보냈다.

문 비서는 적절한 때 알아서 음소거하지 못한 자신을 원망하며 이어폰을 뺀 뒤 다시 굳은 표정으로 소리 없는 모니터만 바라봤다.

"난 특별히 동정심 많은 선한 사람이 아니야. 내가 소중하니까, 다른 사람도 소중하다 생각하는 보통 사람일 뿐이야. 대부분의 많은 사람들은 그 진리를 잊지 않아. 너희 집만 빼고. 그러니까 엉뚱한 말로 길게 질척이지 말자."

"질척여?"

"그래. 너 이러는 거 질척이는 거야."

"야! 민지원! 너 정말 딴 놈 생긴 거야? 아까 그 법률대리인인가 뭔가 하는 놈 말 들어 보니까 너 말고 처음 의뢰한 놈이 또 있는 거 같던데. 이 일 벌인 거 너 말고 다른 놈이지?! 그런 거지?! 너답지 않아. 맞아, 날 이렇게 몰아세우는 건 너다운 게 아니야. 다 그놈이 널 이렇게 만든 거야. 넌 그놈이 시키는 대로 하고 있는 거야. 그렇지? 맞지?!"

모니터를 바라보는 현민의 눈썹이 더 험악하게 모여들고, 턱 근육이 꿈틀거렸다.

"그렇게 믿고 싶을 정도로 넌 날 제대로 모르는 거야. 넌 언제나 네 뜻대로 생각하고 싶어 하니까. 전에도 말했듯이, 애인 있어. 하지만 이 싸움은 너랑 나, 둘의 문제야."

"정말 딴 놈이랑 만나고 잠도 자는 거야? 어? 말해. 너 그런 여자 된 거야?!"

지원은 웃어 버렸다. 잘못한 아내를 취조하듯 씩씩거리는 재우의 모습이 정말 같잖았다.

"정신 차려. 나 너랑 아무 사이도 아니야. 계속 이런 식으로 나올 거면, 난 갈 테니까 변호사님과 얘기해."

"잠깐! 너, 나도 딴 여자랑 살아봤으니까. 너 다른 남자한테 안겼던 거, 내가 이해해 준다 그럼 나한테 올래?"

"하아, 김재우. 너 정말!"

"너, 나랑 4년이었어. 넌 일 년만 사귄 거라는 둥, 그 일 년조차 무의미했다는 둥 하지만 분명히 햇수로는 네 번 해가 바뀌도록 우린 애인

사이였어."

"아니야! 처음 일 년 지나고 너와 내가 어땠는지 그렇게 외면하고 싶어?"

"그 사 년 동안 난 너의 첫 남자가 됐어. 그 사실은 바뀌지 않아. 그리고 나도 알아볼 만큼 알아봤었는데, 너 남자 없었어. 근데 어디서 툭 튀어나온 놈인지는 모르겠지만, 이런 일을 벌이는 걸 보면 있긴 있나 보구나. 씨발! 그렇지만 그 짧은 시간 안에 그놈이 널 품었을 거라고는 생각 안 해. 넌 그런 애 아니니까."

재우의 거친 욕에 지원이 한숨을 내쉬었다. 다람쥐 쳇바퀴.

더 이상 대화를 이어 나갈 이유가, 이성적인 합의를 이끌어 낼 가능성이 없어 보였다. 마지막이라 사람답게 대화로 끝내길 기대한 저만 또 우스운 꼴이 됐다.

그렇게 당했으면서……. 그러나 그 와중에도 재우의 입은 쉬지 않았다.

"그리고 설령 품었다 해도 딱 한 번일 거야. 그것도 넌 아주 고통스러워하면서 뻣뻣하게 굳었겠지. 넌 절대 요부처럼 신음하고, 허리 흔드는 여자가 아니니까. 괜찮아. 그 정도는 나도 이해해 줄 수 있어. 당했다고 치면 돼. 없던 일로 할 수 있다고. 알았어?! 그러니까 더 이상 아무 말 마. 난 네 첫 남자고, 여자는 첫 남자 못 잊는 법이니까, 내가 다 용서해 줄게. 너만 돌아오면 돼."

"김재우! 너 완전히 미쳤구나!"

지원은 고개 돌려 재우를 노려봤다. 지금 재우가 하는 말은 그녀, 지원의 첫 경험에 대한 말이었다. 수치스러웠다. 이런 남자를 위해 그렇게 아팠던 고통을 느끼면서도 벌 받듯 버텨냈던 시간이.

그러나 지원은 알지 못했다. 벽으로 가로막힌 바로 옆방에서 책상 위에 올려진 현민의 주먹이 관절마디마디마다 하얗게 튀어나오도록 거세게 주먹 쥐어진 것을.

차마, 끼어들어 중단시킬 수 없는 남자의 괴로움도.

"나한테 처음은 더 이상 중요하지 않아. 김재우. 그딴 기억. 쓰레기통에 던져 버린 지 오래야. 추억할 만해야, 추억하지 않겠어? 더 이상할 말 없어. 내가 원하는 건 네가 내 눈앞에, 내 생활 반경 어디에도 나타나지 않고, 날 잊고 사는 거. 이 조건 받아들이면 소송까진 안 갈 거야. 어때? 지금부터 서류 작성하고 매듭짓자."

그러나 지원이 자신의 말을 무시하고 마지막 결론을 향해 달리자 재우는 폭주하고 있었다.

"너 그 새끼한테 사랑한다 그랬어? 아마 그런 말 안 했을 거야. 벌써그런 말 했을 리가 없어. 그렇게 오래 사귀고, 빌고 빌어서 첫 몸 가질때, 사정사정해서 한 마디 겨우 들었었는데. 내가 널 안으려고 얼마나생고생했는데, 네가 그랬을 리 없어. 그래."

스스로를 위로하며 진정시키고 있는 재우를 보며 지원이 차갑게 말했다.

"안 되겠다. 너."

지원이 의자를 밀고 자리에서 일어나자 테이블 건너편 재우도 자리에서 일어났다.

"내가 너 꿈 이뤄 줄게. 네가 해 달라는 건, 뭐든 해 줄게. 나한테 와. 이런 웃기는 짓 그만하고 그냥 안겨. 그럼 다 끝나."

"네가 내 꿈을 어떻게 알아?"

"내가 왜 몰라? 네가 아무 말 안 했다고 내가 몰랐을 것 같아? 장학금 받으려고 공부만 했던 네가, 짬만 나면 전공하고 상관없는 요리학원으로 달려갔던 거. 그게 무슨 이윤지 내가 몰라? 나한테 싸 줬던 도시락들, 하나같이 제대로 만들고, 제대로 담아서 가져다준 거. 내가 그 이유를 모를 것 같아? 네가 요리 연구가가 되고 싶다면 쿠킹 스튜디오 만들어 줄게. 한식집 내고 싶다면 크게는 아니라도 작게는 내줄 수 있어. 강남에 내 이름으로 된 주상복합 있어. 그거 처분하면 그쯤은 얼마든지가능해."

지원은 소리 없이 씁쓸하게 웃었다.

"너희 어머님이 무척 좋아하시겠구나."

지원은 머릿속에 재우 모친의 분노한 얼굴이 떠올라 한쪽 입가를 올리며 비웃음을 보이다, 진지한 얼굴로 반쯤 돌아섰던 몸을 되돌려 재우를 마주 보았다.

"재우야. 난 널 사랑하지 않아. 과거에도 그랬고, 지금도 앞으로도 그럴 거야. 그리고 난 날 때리던 널 잊지 못해. 날 힘으로 범하려던 네 모습도 잊히지가 않아. 과거의 의미야 너랑 나랑 서로 다르게 해석할 수 있다지만, 미래는 분명해. 네 옆에 있는 건 내가 아닐 거야."

"어떻게든, 어떻게든 내가 노력할게. 지원아. 나 너 못 잊어."

아…… 여전히 벽 앞에 서 있는 것처럼 갑갑했다. 원하는 대답을 해 줘야만 멈출 수 있는 재우와의 대화. 자신이 원하는 결론을 얻어 낼 때까지 더 이상 아니라고 말할 수도 없을 만큼 진을 빼서라도 결국 제 고집대로 해 버리는 사람.

어쩌면 이렇게 하나도 안 변했을까. 재우는 지원의 눈을 똑바로 쳐다보고 있었다. 아무런 생각을 읽을 수 없는 눈동자가 서늘하게 빛났다.

"나 안 되겠니?"

"그래. 안 돼."

"정말 못 받아들여?"

"그래. 안 받아들일 거야."

"사정해도?"

"빌어서 될 문제, 아니야."

"씨발! 내가 널 죽어도 못 놓는대도?!"

"난 이미 너에게 잡혀 있는 사람이 아니야."

재우의 눈이 붉어졌다. 물기가 어려서일까 싶었지만, 지원은 이내 분노로 달아오르는 그의 광기 어린 눈동자를 읽어 냈다. 7년 전 그때,

그 광기로 번뜩이던 눈동자.

지원은 몸을 돌려 서둘러 문 쪽으로 걸어 나갔다. 룸 안에 울리는 제 다급한 구두 소리를 들으며 문고리로 손을 뻗던 지원의 몸이 거칠게 벽으로 밀쳐졌다.

"아악!"

순식간에 문 앞으로 다가선 재우는 문을 잠근 뒤, 그로도 모자라 테이블을 밀어 문 앞에 방어벽을 세우기 시작했다.

땅에 처박히며 부딪친 머리와 어깨가 쪼개지는 고통을 참으며 정신을 똑바로 차리려고 노력하던 지원은, 이미 막혀 버린 문을 망연자실하게 바라봤다.

"너…… 너……."

또다시 눈앞에 펼쳐진 예전과 같은 상황에 공포를 뒤집어쓴 지원의 호흡이 거칠어졌다. 공기마저 과거 속의 공기로 바뀐 듯 눈앞의 현실을 7년 전 상황과 혼동하며 심장이 가슴 밖으로 튀어나올 듯 거세게 뛰기 시작했다.

온몸이 땀으로 축축하게 젖어 들어갔다. 견딜 수 없이 빨라진 맥박은 지원의 숨을 막았고, 모든 소리가 사라진 세상에 오직 귓속에서 광적으로 울려 대는 제 심장 소리만 들으며, 재우의 움직임을 무성 영화 보듯 바라보았다.

"나한테 등을 보여?! 넌 죽어서도 내 거라고 했잖아!"

재우에겐 차가운 벽에 반쯤 기대앉아 일어설 생각도 못 하고 점점 하얗게 질려 가는 지원의 상태가 보이지 않는 것 같았다.

문 밖에선 쾅! 쾅! 쾅! 문을 부서뜨릴 듯 부딪혀 오는 소리와 고함 소리가 뒤섞여 들려오고, 어디선가 유리창 깨지는 소리도 들려왔지만 지원은 듣지 못했다.

지원에게 달려들어 키스하려는 재우의 입술을 고개 돌려 거부하자 그의 눈동자에 불길이 이는 것이 보였다. 양쪽 턱을 내리누르며 억지로 입을 벌리려 하는 재우를 버텨 내자, 입술을 뭉개며 비벼 대던 재우가 입을 떼며 분노를 터트렸다.

"죽어! 딴 놈한테 갈 거면, 내 앞에서 죽어!"

재우의 손이 제 목에 와 닿는 것을 느끼며, '그래, 차라리 이게 나아.'라고 생각했다. 제 목을 조르는 재우에게 반항할 힘도 없었지만, 미약한 저항이나마 하지 않았다. 멈춰 가는 숨이 곧 생명을 앗아 갈 거라는 기묘한 기대감에 마음을 놓으며, 제 눈가로 흐르는 눈물 한 줄기마저 잘 느끼지 못했다.

곧 끝이었다. 알몸으로 혹한에 던져진 듯 경련하기 시작한 지원의 몸에도, 안구가 돌출될 듯 모세혈관들이 터져 나가는 지원의 붉은 눈동자에도 온 힘을 다해 지원의 목을 내리누르는 두 손의 힘은 풀리지 않았다.

귓속을 고동치던 심장 소리가 잦아들기 시작했다. 감각과 고통이 희미해져, 비로소 온전한 자유를 느끼게 될 것 같다는 생각이 밀려들 때, 갑자기 그녀를 내리누르던 무거운 무게가 사라지고 목을 죄이던 두 손도 떨어져 나갔다.

살고 싶지 않은데, 이대로 갈 수만 있다면 좋겠는데, 마음과는 달리 몸은 살고 싶은지, 막혔던 숨을 쇠 긁는 소리를 내 가며 격렬하게 토해 내기 시작했다.

히익, 히익 숨을 들이마시는 제 소리를 들으며, 온몸을 감싸 오는 서늘함에 선득한 공포를 뒤늦게 느끼기 시작한 지원의 의식이 잠겨 들던 순간, 마지막으로 지원의 망막에 맺힌 상은 현민에게 맞아 입에서 피를 뿜어 대는 재우의 뒤틀린 얼굴이었다.

4장.
많은 망설임을 이기게 해 준
당신에게

방금 면도를 마치고 나온 현민은 걷어 올린 드레스셔츠 소매를 내릴 생각도 않고, 굳은 표정 그대로 뚜벅뚜벅 자신의 책상을 향해 걸어갔다.

조금 전까지 어질러져 있던 책상은 잠깐 씻고 나오는 사이, 먼지 한 톨 보이지 않게 깔끔히 치워져 있었지만, 무감한 표정의 그는 책상을 스쳐 지나 창가로 다가설 뿐이었다.

가라앉은 시선을 들어 창밖 하늘에 던지고 서 있던 그가 한참 만에야 입을 열었다.

"지원아……."

텅 빈 사무실 안, 공허하게 울려 퍼진 한숨 섞인 음성은 그의 표정을 이토록 가라앉게 만든 그녀를 부르고 있었다.

월요일 아침. 업무 시작 전. 이른 시간임에도 그의 모습은 벌써부터 일에 몰두했던 흔적이 역력한 지친 모습이었다. 팔꿈치 아래까지 걷어 올린 소매, 가느다랗게 핏발 선 붉은 눈, 방금 면도하고 나오긴 했지만 여전히 피로감이 묻어 있는 얼굴, 그는 휴일인 지난밤에도 지원에게 향하는 발걸음을 잡아매기 위해 사무실에서 밤을 지새웠다.

눈에 들어오지 않는 서류와 씨름을 벌이기를 벌써 일주일. 형편없이 부족한 수면시간과 과다한 업무로 인해 그의 얼굴은 더 이상 피로감을 감출 수 없는 지경에 이르러 있었다.

그날, 별채에서 안채로 옮겨진 뒤 두 시간 만에 깨어난 지원에게서 잠시 혼자 있게 놔둬 주겠냐는 거절할 수 없는 부탁을 들은 지, 벌써 일주일하고도 이틀이 더 지나고 있었다.

그동안 지원은 아무런 소식도 없었고, 그가 아는 그녀의 안부라고는 경호원을 통해 평소처럼 출퇴근하고 있다는 소식을 전해 들은 것이 전부였다.

며칠이 지나고서 인내심이 바닥날 무렵, 고심하다 지원에게 전화했지만, 그녀는 받지 않았다. 찾아가고, 다시 한 번 연락하고 싶었지만…… 할 수 없었다.

그 누구처럼 그녀를 코너에 몰아붙일 수는 없는 노릇이니까. 혼자 쉬고 싶다는 사람, 충분히 그럴 만한 일을 겪어 낸 여자에게 기댈 수 있는 가슴이 되어 주지 못하는 안타까움은 생각보다 큰 자책으로 다가와 견디기 힘들었다.

아직도 터놓고 의지할 만한 사람으로 여겨지지 못하고 있다는 것에 이토록 큰 상실감을 느끼게 될 줄이야.

현민은 손을 들어 얼굴을 비비며 마른세수를 했다. 지끈거리는 관자놀이를 누르고, 자꾸만 주름이 가는 미간과 이마를 쓸어 올리며 날카롭게 굳어진 표정을 풀기 위해 노력했다.

움직임을 멈춘 현민이 손목에 채워진 시계를 봤다. 아침 일찍 소집된 임원회의까지 아직 한 시간 정도 시간 여유가 남아 있는 것을 확인한 그는 두 팔을 가슴 앞에 올려 팔짱 낀 채로 커다란 창밖을 내다볼 뿐 움직일 생각이 없어 보였다.

'기껏 자리 만들어 줬는데…… 내가 방심해서 흉한 꼴 보였어요. 미

안해요.'

깨어나 겨우 한다는 말이 '미안해요.' 였다. 놀란 마음에 안겨 들어 울면 좋았을 텐데. 지원은 눈조차 마주치지 않았다.

욕실로 들어간 뒤 흐트러진 옷매무새를 손보고, 손을 씻고, 머리를 매만질 만한 충분한 시간이 지난 뒤에도 지원은 나오지 않았고, 그때서야 현민은 그녀가 욕실에서 혼자 울고 있다는 것을 뒤늦게 알아챘다.

자신의 품을 멀리하는 그녀에게 위로조차 해 줄 수 없다는 것을 깨닫는 순간 제일 먼저 느낀 감정은 막막함이었다. 언제까지 이렇게 욕실 문 밖에 서 있듯, 단단하게 닫힌 그녀의 마음 밖에 서서 지켜보기만 해야 할까.

괜한 자리 만들어 이런 일을 겪게 하냐고 탓하지도 않고 도리어 미안하다고 말하는 그녀에게 어떤 방식으로 용서를 구해야 할까.

그리고 잠시 뒤 나온 그녀에게서 또다시 한마디를 들어야 했다.

'좀 쉬고 싶어요. 만나는 것도, 전화하는 것도 좀 나아지면 할게요. ……그래도 되죠?'

'……그래.'

'……변호사님께…… 안 되면 어쩔 수 없지만, 가능하다면 법원에서라도 그 사람 만날 일 없게 처리해 달라고 말씀드려 주세요.'

'지원아…….'

'……보지 말지. ……이런 건, 보지 말지 그랬어요.'

머리로는 괜찮을 것을 알고 있지만, 무의식으로 접어 두었던 지난 시간들의 각인된 공포는 재우의 되풀이된 행동으로 인해 생각보다 빠르게 되살아나, 지원을 점령해 버린 상태였다.

'미안하다.'

화장이 지워진 지원의 얼굴은 핏기 없이 파리했다. 얼마나 비벼 씻었는지 입가가 붉어져 있어, 보는 것조차 미안했다.

그런 얼굴로 눈을 내리깔고, 조심스레 말하는 지원의 말에 안 된다는 말을 해서 더 기운 빠게 하고 싶지 않았다. 지쳐 보이는 그녀를 쉬게 해 주고 싶었다. 제 품에서 쉬기 싫다면 혼자서라도 좀 쉬라고 말해 주고 싶었다. 충격이 컸을 테니, 쉴 시간이 필요할 거라 생각했다.

그러나 너무나 완벽한 단절이 일주일 넘게 지속되면서 현민은 지원의 진심이 무엇인지 알 수 없었다. 충격 때문인지, 지쳐서인지, 혼란스러워서인지 아니면, 자신을 밀어내기 위한 행동인지. 그것이 아니라고 단언할 수 없는 불안함이 슬슬 그의 마음속에서 자라나고 있었다.

이리될 줄 알았다면, 그리 쉽게 고개 끄덕여 주지는 않았을 텐데……
현민은 또다시 낮은 한숨을 내쉬었다. 창가를 마주 보고 선 현민의 얼굴에 이제 제법 따뜻하게 느껴지기 시작한 봄 햇살이 내려앉았다.

환한 햇살이 현민의 얼굴에 드리워진 그늘과 피곤함을 앗아 가려는 듯 그의 뺨 위로 눈부시게 부서져 내렸지만, 정작 그는 가슴속 가득 채워진 서늘함으로 인해 봄 햇살의 온기를 느끼지 못했다.

그에게 따스함을 심어 준 그녀가 그를 외면하고 있음에, 그는 혼자만의 온기만으론 부족해 공허하게 비어 가는 눈빛으로 눈앞에 다가온 햇살도, 봄도 느끼지 못했다.

만난 첫날이야 서로가 경황없이 지나갔지만, 그녀가 속을 털어놓을 땐 그도 자신의 이런저런 이야기를 해 주려 했었다. 그녀를 향한 마음을 확신한 뒤로는 그녀에게 어떤 것도 감추고 싶지 않았기 때문에 조심스러울 뿐 그에게 주저할 이유는 없었다.

모든 것이 힘겨운 이때에는 지금 그대로 있어 달라는 지원의 말을 듣기 전까지는…….

지원을 알아 갈수록 남들에겐 놀랍긴 하지만 언제나 환영받게 될 조건들이, 그녀에겐 여지없는 거부의 조건이 될 수 있음을 알게 되었고, 그만큼 현민의 불안도 커져만 갔다.

더군다나, 이틀 전 변호사님께서 지원에게 김문혁 이사와 김재우, 그의 모친을 만나서 그동안 행한 모든 일들을 시인받고, 다시는 민지원에게 찾아오지 못할 법적 구속력을 갖춘 합의서를 작성했다고. 그리고 그 자리에서 지원의 법률대리인인 변호사님께 그 부모들이 얼마나 머리 조아려 빌었는지를 전화통화를 통해 지원에게 자세히 설명해 주었음에도 그녀의 침묵이 계속되고 있기 때문에 현민은 또다시 과거의 기억을 답습하게 되지는 않을까. 그것을 걱정스러워하고 있었다.

'어떻게든 마음을 먼저 열어야 하는데……'

아버지께 결혼 상대자를 소개시켜 드려야 할 내년 봄까지는 아직 시간적 여유가 남아 있었지만, 지원 스스로 다가올 만큼의 충분한 시간이 도대체 얼마인지 알 수 없었던 현민은 초조함을 느꼈다.

현민은 그녀가 다른 상황에 짓눌리지 않고 오직 자신만 바라보며 가까이 와 주는 기쁨을 느끼고 싶었던 것이 자신의 지나친 과욕이었던 것인지 곰곰이 생각해 보았다.

IFA 신제품 발표를 성공적으로 이끈 뒤 그녀를 세상에 내놓기 위해, 가을까지 깊이 있게 사귀면서 천천히 모든 것을 보여 주고 믿음을 얻게 되면, 나중에 혜성 후계자인 것을 알게 된 뒤라도 지원은 놀랄지언정 그로 인해 자신을 거부하고 무작정 밀어내는 일은 없을 거라고 생각했다. 그런데 그 기대마저도 어리석은 것이었는지 되짚어 보고 있었다.

그러면서 떠오른 한 가지. 희라원에서 지원과 김재우의 대화를 들으며 뭔가 아슬아슬한 줄타기를 하고 있는 기분을 느꼈다.

이렇게 늦추다가는 지원에게 돌이킬 수 없는 상처를 주게 되거나 단호히 돌아서는 지원의 등을 보게 될 것만 같아 더 가까워지고, 빨리 말해야겠다는 생각. 하지만 현실은 이렇게 만나지도, 연락하지도 못하고 무작정 그녀를 기다리고 있어야만 하니, 무엇을 어떻게 할 수 있을까.

현민의 얼굴에 짧은 경련 같은 씁쓸한 웃음이 잠시 머물렀다.

"후우……."

현민이 깊은 한숨을 내쉬었다. 두 달 뒤 예정된 장기 유럽 출장까지 그리 많은 시간이 남아 있지 않았다.

지원도 바빴고, 자신도 밀려드는 업무에 그 두 달을 모두 지원에게 쏟을 수 없는 상황이라 출장 전에 모든 것을 설명하거나, 아니면 출장에서 돌아온 뒤 자신의 입장과 상황을 설명해야 했다.

보름 이상 길어질 장기출장 동안 불안한 상태로 지원을 남겨 두고 떠날 수는 없었다.

두 달 뒤 출장 다녀온 뒤가 아니라 지금 당장 지원의 마음결이 어떻게 흐르는지도 모르고 있는데, 어떻게 그녀의 마음을 잡아야 할까. 그 불안감이 현민을 초조하게 했다.

한숨을 내쉰 현민이 몸을 돌려 책상 앞에 앉았다. 키폰을 눌러 문 비서를 부르자 곧 깔끔한 모습에 어울리지 않게 얼굴 한가운데 붕대가 붙어 있는 문 비서가 전무실 안으로 성큼성큼 걸어 들어왔다.

책상 앞에 서려는 문 비서에게 현민은 말없이 팔을 뻗어 앞쪽 소파를 권한 뒤 마주 보고 앉았다.

"좀 어떤가."

"많이 좋아지고 있습니다."

"아직도 숨 쉬기 불편하나?"

"네. 아직은 그렇지만 오늘 퇴근 후에 진료받으면 코로 숨 쉴 수 있다고 들었습니다."

"원망스럽겠군."

지원이 그렇게 쓰러지고 문이 잠길 때 모니터를 지켜보던 현민은 앉아 있던 룸에서 뛰쳐나가려고 했었다. 문 비서가 경호원들에게 맡기시라고 외치며 문 앞을 막아서는 바람에 그의 분노는 한층 더 걷잡을 수 없게 치솟았고, 급박한 상황인지라 온몸으로 엉겨 붙으며 문을 막아서는 문 비서를 떼 놓으려 휘두른 주먹이 하필 그의 얼굴에 맞아 코뼈를 부러뜨리고 말았다.

비서로서 충정의 발로로 그렇게 행동했다는 건 이해하지만, 그 순간에는 막아서는 문 비서의 입장을 이해할 여유 같은 건 남아 있지 않았었다.

바로 업무에 복귀하겠다고 말하는 문 비서에게 수행비서가 안면부상을 입고 출근할 경우, 회사 내에 떠돌 루머를 생각하라고 차갑게 말하자 그제야 문 비서는 갑작스런 휴가를 받아들였고, 갑작스런 그의 휴가가 병가였다는 것은 비서실 내 그 누구도 알지 못했다.

다행히 오늘부터 업무에 복귀한 문 비서의 얼굴은 멍과 부기가 사라져 피부가 제 빛으로 돌아와 있었고, 부상을 짐작하게 하는 것이라 해봐야, 지지대 역할 중인 작은 붕대만 콧대부분에 붙어 있을 뿐이었다.

"아닙니다. 전무님. 제 행동을 용서해 주십시오."

"진심인가?"

"네. 전무님."

어떤 생각을 하는지 모를 시선이 문 비서를 오랫동안 붙잡고 있었다. 그 침묵이 소리 없는 질책의 무게가 되어 문 비서의 어깨에 내려앉는 동안, 생각보다 부드럽게 상황이 진행되어 다행이다 싶었던 문 비서의 시선이 자꾸만 아래로 향했다.

"……보고, 시작하지."

현민은 사과하지 않았다. 아무리 수행비서라 해도 잘못한 일을 사과하기 두려워 에둘러 넘어가는 사람은 아니었지만, 또다시 같은 상황이 된다 해도 문 비서를 치고 지원에게 달려갈 마음은 여전했기에 후회하는 의미인 사과는 필요 없는 일이었다.

너무 빠른 상황 변화에 문 비서가 굳었던 표정을 서둘러 이완시키며 브리핑에 집중하기 시작했다.

"김문혁 이사가 빼돌린 자금으로 보유하고 있는 중공업 지분. 오늘 증시부터 25%씩 던지기로 했고, 자금회수는 삼 일 뒤 트리플 위칭 데이에 선물 옵션 거래를 통해 전액 회수 예정입니다."

"애널리스트들 한 번씩 돌아봐 주고."

"네. 전무님."

"김재우는?"

"장기손상과 골절상에 따른 수술은 끝난 상태인데, 소장파열 접합수술 건 때문에 아직 중환자실에 입원 중입니다. 그것만 회복되면 그 외주 손상이 대부분 골절상이라 일반병실로 옮겨질 예정입니다. 그리고 앞서 지시하셨던 김재우 과장, 김문혁 이사 퇴사 처리는 완료된 상태입니다."

"협력업체든, 하청업체든 김문혁 이사 재취업하는 일 없게 주시하고, 더 이상 남은 자금은 없을 테지만, 어떤 자금이든 끌어다 창업한다면 곧장 바닥 치게 만들어. 김재우 회복 상태 수시로 보고하고."

김문혁 이사를 고발해서 정당한 방법으로 리베이트 자금을 환수하고, 법적처벌을 받게 할 수도 있겠지만, 때 이른 시기에 유민태 건설사장에게 중공업 자금 흐름까지 유 전무가 파악하고 있음을 알려 줄 필요는 없었다.

김문혁 이사 집안이 지원에게 휘둘렀던 가장 큰 칼날을 빼앗고, 앞으로 그가 처할 경제적 어려움과 사회에서 쓸모 없는 인간이 되어버린 비참함을 맛보게 해 줄 작정이었다.

어디서도 써 주지 않고, 어떤 일을 해도 다 실패하는 경험이 오만했던 김문혁 이사와 그 가족들에게 겸손을 가르쳐 주게 될 것이었다. 그런 생각 없이 오로지 고소당하지 않게 될 것만 생각하고, 지금까지 받아 둔 리베이트 비자금에 중공업 임원진들 비자금 실태까지 모두 까발린 뒤 합의서를 작성하고 머리를 조아렸다는 김문혁 이사가 어떻게 중공업 해외영업이사까지 되었는지 모를 일이었다.

라인을 잘 탔거나 그 아둔함을 역이용한 또 다른 세력의 도움이었거나.

보고를 마친 문 비서가 나가고, 현민은 사무실에 비치된 셔츠를 갈아입은 뒤 넥타이를 매며 어느새 습관이 된 것처럼 휴대폰을 확인했다. 어디에도 없는 지원의 새로운 흔적. 재킷을 입으며 임원회의를 위해 사무실을 빠져나가는 현민의 얼굴이 굳어 있었다.

지원은 파리해진 얼굴로 실장실 창가에 서 있었다. 일주일 내내 끼니를 제대로 챙기지 못한 지원의 몸은 많이 야위어 있었다.

억지로 뭘 먹었다가 토하는 일이 잦아, 그 일이 있은 뒤 지원은 병원에선 아예 밥을 먹지 않았고, 그 탓에 유니폼 치마는 허리 위에서 걸음을 옮길 때마다 빙글빙글 돌아갈 만큼 넉넉해져 있었다.

그 몸으로 의자에 앉아 쉬지 않고 창밖을 바라보고 있던 지원은, 배는 고프지 않지만 자꾸만 말라 가는 입술과 혈당이 떨어져 기운 없는 몸 때문에 점심시간이 지나도록 하루 종일 아무것도 먹지 않았다는 것을 떠올리곤 1층으로 내려가 커피를 산 뒤 옥외 정원으로 향했다.

숨을 크게 들이마시자, 바람에 풀 향이 섞여 들기 시작한 봄이 느껴졌다. 사람에 치이고, 일에 쫓기다 보니 어느새 봄이 와 있었다.

절망했던 그때의 마음과 닮았던 차갑던 겨울날, 현민을 만나 이제 봄이 되었는데 자신의 상황은 봄만큼 따사로워졌는지, 봄만큼 깨끗해졌는지 알 수 없었다.

아직 바람은 차지만 속이 타는 지원은 얼음이 가득 든 커피에 꽂혀 있는 빨대를 힘주어 빨았다. 입안을 채우는 달콤한 커피를 천천히 삼키며 힘들었던 그날을 떠올렸다.

긴 잠에서 깨어난 것 같은 멍한 상태로 일어났을 때 옆에 앉아 있던 현민의 눈빛은 자신보다 더 아파 보였다. 누가 이 남자를 이렇게 아프게 만들었을까…… 그 사람의 눈동자를 바라보며 계속 그 생각만 했던 것 같다.

현민이 흐트러진 머리카락을 쓸어 올려 주며, 가라앉은 목소리로 '괜찮아. 다 끝났어. 쉬면 돼.' 라고 말해 줬을 때, 왜 눈시울이 뜨거워졌는지 지원 자신도 알지 못했다.

그저 안심되었고, 편안했다. 입안을 파고들던 재우의 혀가 생각나기 전까지는.

자리에서 일어나 칫솔과 치약을 부탁하고 지원이 한동안 화장실에서 나오지 않았을 때 그 사람이 계속 밖에서 기다렸다는 것도 알았지만 멈출 수 없었다.

수없이 입술을 문질러 닦고 씻어 내며, 치아, 잇몸, 혀, 입천장, 볼 안쪽까지 닦고 또 닦아 냈다. 얇은 점막이 찢어지고 피가 났지만 칫솔질하는 손은 멈추지 않았다. 뭐가 더 남았다는 건지 그녀 자신도 알지 못하면서 그래도 계속 닦아 냈다.

눈물도, 화도 안 나고 점점 마음이 가라앉는 것을 느끼며 철도에 쓰이던 폐목이 깊은 호수에 침잠하여 검게 썩어 가듯…… 그렇게 지원은 자신의 마음도 묵직한 어둠 속으로 빨려 들어가는 것만 같았다.

현민이 곁에 있던 공간에서 재우에게 입술을 내주고, 속수무책 추하게 늘어져 폭행당하는 꼴을 모두 보였다니.

욕실에서 나왔을 때, 현민은 재우에 대해 말하지 않았다. 그의 눈을 바로 볼 수 없었던 그녀도 묻지 못했다. 다 헐어 버려 조금만 움직여도 피 맛이 나는 입안 꼴을 해 가지고선, 그렇게까지 배려해 준 현민 앞에서 자신이 무슨 말을 할 수 있었을까.

다만, 전관예우 변호사를 고용할 정도로 현민이 능력 있는 사람이었던가, 생명의 위협을 느낄 정도로 다급했던 7년 전 지원도 생각해 본 적은 있지만, 쉽게 이용하지 못했던 경호원을 현민은 어떻게 그렇게 여러 명이나 고용해서 배치시킬 수 있었을까, 현민은 정말 평범한 사람이 맞는 걸까…… 라는 의문은 사라지지 않았다.

그가 변호사는 아버지 지인이시고, 경호원도 변호사님이 소개해 주신 곳에서 나온 사람들이라고 설명해 줬지만, 머리는 이해하면서도 마음은 불안했고, 또 그대로 받아들이기엔 보통 사람에게 너무나 많은 금전적, 정신적 피해를 입히고 있는 것 같아 미안해졌다.

비용을 말해 달라 해도 극구 사양하는 그에게 더 이상 물을 수도 없었고, 그렇다고 이렇게 무조건적인 호의를 받는 것엔 너무나 어색한 지원의 마음은 큰 빚을 진 듯 버거움이 생겨났다.

혼자만의 시간을 달라고 말했을 때 현민은 고개를 끄덕였지만, 그의 눈빛으로 그가 상처받았다는 걸 알았다. 괜찮다는 듯 쓸쓸하게 웃는 모습도 아파 보였다. 그런데도 이렇게 먼저 연락하지 못하고 있는 건, 무엇 때문일까. 알량한 자존심? 모든 것이 법적으로 완벽히 정리되었다는 전화를 받았을 때 느꼈던 안도감 때문에 그가 더 이상 필요 없어진 탓도 아니었다.

옥외정원 한적한 벤치에 혼자 앉아 있는 지원의 고개가 푹 숙여졌다. 수치심. 그래……. 수치심이었다.

사랑. 아니 마음을 열기 시작한 남자에게 보여진 과거와의 조우가 그토록 흉물스러웠다는 수치심과 자괴감, 그리고 미안함. 이미 다 알고 있는 사람이었으니 괜찮지 않냐, 스스로를 달래도 고개가 떨궈지는 건 막을 수 없었다.

지원도 처음 알았다. 이토록 자신이 그에게 잘 보이고 싶어 했는지를. 그에게 보인 그 모습들이 이토록 창피할 정도로 그가 좋았는지를…… 이런 서글픈 방식으로 알게 되어 버렸다.

자신답지 않다고, 머릿속에선 늘 혼자서도 꿋꿋했던 것처럼 그만 엄살 부리고 감정 추스리자 말하고 있지만, 이상하게도 마음은 아프면 아픈 만큼 쉬어 가도 되는 거라고 나약한 속삭임을 계속 들려주고 있다.

아프다. 다른 누구도 아닌 현민 때문에. 그에게 잘난 모습은 고사하고 흉한 모습만 보이는 제 삶이 부끄럽고 아팠다.

한 번쯤은 그에게 좋은 모습을 보일 수 있었으면 좋겠는데, 이미 너무 많이 불안정하고 상처 난 모습만 보이고 있었다.

그 사람은 늘 자신이 흔들리고 저답지 않을 때의 모습을 눈에 담는다. 그게 그의 탓은 아닌데, 그럼에도 그가 원망되었다. 마음이 향할수록, 수치도 괜한 원망도 커지고 있었다.

생각에 잠겨 있던 지원이 급하게 주머니 속에서 떨리는 전화를 꺼내 확인하더니 어디론가 뛰어갔다. 커피가 반이 넘게 남은 플라스틱 잔이 철제 쓰레기통에 던져져 둔탁한 소리와 함께 바닥에 부딪치는 순간 지원의 모습은 이미 건물 안 비상구로 사라져 노사모님이 계신 중환자실을 향해 뛰고 있었다.

그날 저녁을 지난 새벽 3시. 지원은 차를 달려 혜성병원을 향하고 있다. 맨정신이라면 당연히 그 병원 가까이에도 가지 않을 지원이었지만 다급한 지 변호사의 전화를 받고 눈물을 흘리며 운전하는 중이었다.

노사모님께서 가족들도 없이 스카이병원 중환자실에서 운명하신 뒤 상류층 사람들이 대부분 그러하듯 장례식을 위해 혜성병원으로 옮겨지셨다는 소식을 전해 받았다.

아무도 없다고, 노사모님의 사망 소식을 전해 들은 자녀들 중 아무도 찾아오지 않았다고 했다. 더군다나, 날 밝으면 법원에서 어느 쪽 손을 들어 줄지 정해지는데, 그때까지 신문이나 기자들에게 부고 소식도 알리지 말라고 했다고 들었다. 승패에 따라 아마 이긴 쪽은 장례식장을 찾지 않을까 추측된다고.

생모의 죽음 앞에서도 우선시되는 돈. 조금이라도 지분을 더 갖고 그로 인해 경영권을 유지하려는 쪽과 빼앗으려는 쪽의 지저분한 싸움.

이미 노사모님의 막대한 지분은 그분의 자식 사랑을 증명하듯 아들과 딸들에게 법적권고 퍼센트대로 상속하겠다는 유언장이 작성되어 있고, 그에 따라 그녀 자식들의 관심은 일찍 돌아가신 선대 회장님의 상속지분으로 경영권을 승계한 첫째 아들과 승복할 수 없는 둘째 아들의 난장판 싸움이 지루하게 이어지고 있다고 했다.

이미 재계에서조차 콩가루 소리를 들어 가며 싸우다 못해 막장으로 치달아 언론플레이까지 하고 있는 실정이었지만 그래도 생모가 돌아가셨는데 슬퍼하기보다 이미지를 위해 부고기사를 내일로 미루라니, 참으로 애통한 상황이었다.

　국내에서 가장 화려하고 넓은 장례식장이라는 평가에 어울리게 반짝이는 금장 출입구를 지나 밝은 낮처럼 불 밝혀 놓은 혜성병원 장례식장 로비로 걸어 들어갔다. 윤이 나는 대리석 바닥 위로 걸음을 옮겨 한 걸음씩 더 깊숙이 들어갈 때마다 또각거리는 지원의 구두 소리와 함께 진한 향 냄새가 코로 밀려 들어오는 것 같았다.

　코가 아닌 머릿속에 각인된 향 냄새. 병원에서 근무할 때도 장례식장 건물만 보면 가끔 이렇게 나지도 않는 향 냄새가 느껴지곤 했었는데, 지원은 그럴 때마다 아마도 어린 시절 맡아 봤던 향 냄새가 죽음의 상징처럼 머릿속에 새겨진 까닭일 것이라 생각했다.

　바로 옆 건물에 있는 응급실만큼은 아니지만 새벽인데도 많은 사람들이 깨어 움직이는 모습이 너무나 바쁜 한낮의 부산함과 닮아 있어 이곳이 애도를 위한 공간인지, 산 사람들이 특별한 행사를 치르기 위해 모여 눈도장 찍는 비즈니스 공간인지 혼동될 정도였다.

　얼마 뒤면 누군가의 발인이 시작될 예정인지, 상주와 가족으로 보이는 사람들이 검은 양복과 검은 한복을 입고, 대기 중인 손님들을 챙기며 여기저기 바쁘게 움직이고 있었다.

　그들을 피해 엘리베이터가 아닌 계단으로 한 층 내려가자 피곤을 감추지 못하는 지 변호사가 엘리베이터 쪽을 바라보며 자신을 기다리고 있는 뒷모습이 보였다.

　"지 변호사님."

　지 변호사의 눈동자엔 안개와 같은 아픔이 깃들어 있었다.

　"와 주셔서 감사합니다."

　마치 노사모님의 가족처럼. 상주가 되어 지원을 맞이하는 지 변호사의 모습에 둘 다 어색하지만 안타까운 마음을 내리눌러야 했다. 지원도, 지 변호사도 혈연이 아니지 않은가. 그렇지만 그들 외엔 아무도 오지 않았을 가슴 아픈 장소로 발걸음을 옮겨야 했다.

"아닙니다. 빈소는 어딘가요?"

"이쪽으로 오십시오."

긴 복도를 걸어 들어가며 이름 모를 사람들의 빈소를 스쳐 지나갔다. 복도 벽면에 세워진 근조화환들이 이미 죽은 자들의 살아온 세월을 말해 주듯 자랑 삼아 긴 줄을 지어 세워져 있고, 그 공간을 기계적인 걸음으로 지나쳐 커다란 홀에 들어선 순간 수많은 국화 속에서 인자한 미소를 보이고 계신 노사모님의 영정 사진이 지원을 바라보고 있었다. 이제 막 꽃 제단이 완성됐는지 주변 정리 중인 사람들이 보였다.

눈물이 나오지 않았다. 생각해 보니 예전에도 그랬었던 것 같았다. 소중한 사람이 죽었는데 세상은 너무나 정상적으로 흘러가고 슬픔은 나만 아는 내 감정일 뿐, 하늘의 구름도 세상도 고요히 잘만 흘러갔었다.

그리고 한 달, 두 달, 시간이 흘러간 뒤에야 정말 누군가가 땅에 묻히고 내 곁에서 영원히 사라졌음을 느끼게 되겠지. 아무도 없고, 또 한동안 아무도 오지 않을 빈소에 국화꽃을 올려놓고, 두 사람은 나란히 벽에 기대앉았다.

빈소 앞을 지나는 모르는 사람들의 발걸음 소리와 다른 빈소에서 들려오는 희미한 소음들이 멈춰진 시간처럼 고요한 노사모님 빈소 안에 떠다니는 동안, 그곳에 앉은 두 사람은 한동안 말이 없었다.

서글프게 놓인 국화꽃 두 송이와 양쪽에 세워진 촛대를 쳐다보며 지 변호사가 말을 꺼냈다.

"사모님께서는 제게 어머님과 같은 분이셨습니다. 입양된 것도 아니고, 단지 경제적 지원을 받은 것뿐이었지만, 자주 불러 주셨고 뵐 때마다 반듯하게 살아야 할 이유가 되어 주셨습니다. 그런 분의 소원을 들어드리고 싶습니다."

"……."

지원은 계속 앞을 보고 있었다. 옆얼굴에서 느껴지는 지 변호사의 눈길이 느껴졌지만 지원은 그대로 멈춰 있고 싶었다.

"민지원 씨. 부담스럽고, 성가신 일이란 것도 압니다. 그렇지만 사모님께선 민지원 씨를 믿고 떠나셨고, 저 또한…… 그분이 가장 두려워하셨던 일만은 막아 드리고 싶습니다. 사실, 사모님께서 유언장 작성하실 때 저는 반대했었습니다. 민지원 씨를, 아니 사람 속내를 믿을 수 없었으니까요. 하지만, 이젠 민지원 씨를 설득하고 싶습니다."

"유언장까지 작성된 건가요?"

"그렇습니다."

"꼭 그렇게까지…… 그런다고 뭐가 달라지는지 모르겠습니다."

"……돈을 움직여서라도 버림받고 싶지 않으셨던 불쌍한 분이십니다. 죽음 이후에라도 말입니다."

"참 사는 게 허망하네요. ……조금만 더 생각하고 말씀드릴게요. 지금은 생각이 멈춰서…… 조금 이따가 생각해 볼게요."

지원이 고개를 돌려 지 변호사의 눈을 바라보며 말하자 지 변호사도 말없이 고개를 끄덕이며 다시금 침묵으로 빠져들었다.

아침이 다가오고 있었다. 워낙 유명 인사들의 장례를 치르는 곳이라 어떻게 알고 찾아왔는지 사람들이 한둘씩 찾아왔고, 지 변호사는 그들을 맞이해 대화를 나누거나 기자인 경우는 그냥 돌려보내는 것 같았다.

상주가 없는 텅 빈 빈소를 지키고 있던 두 사람의 할 일은 기자들이 찾아오기 시작했다는 소식을 듣고 급히 몰려온 노사모님의 손자들로 인해 끝이 났다.

언론을 통해 끝까지 낯 뜨거운 집안싸움이 보도되는 것은 싫었는지 손자들을 보내긴 했지만, 재판 당사자인 두 아들들은 지원이 장례식장을 나설 때까지 끝내 모습을 드러내지 않았다. 그나마 상복을 제대로 차려입은 상주들이 자리를 채우기 시작한 모습에 다행이라는 생각을 하며 지원은 자신의 자리가 아니었던 거대한 공간에서 빠져나왔다.

지하 1층에서 빠져나와 천천히 로비를 벗어나면서 바라본 바깥 풍경은 이미 날이 밝아 많은 사람들이 오가고 있었다. 종종걸음으로 길을 재촉하는 사람들……. 여섯 시가 넘었는지 데이 근무자들이 출근하는 듯 보였다. 몇 해 전엔 지원도 저들 속에 끼어 있었는데. 그때는 출근하기만 급해 한 번도 늘 지나치던 장례식장 안에서 누군가 이렇게 처연한 마음으로 밖을 내다보고 있을 거란 생각을 해 보지도 못하고 살았었다.

살아간다는 건 그런 것 같다. 세상이 어찌 돌아가는 것인지 아무것도 모르면서 다 아는 듯 살아가는 것.

지원은 뒤따라온 지 변호사와 간단히 인사를 나눈 뒤 주차장으로 걸어갔다. 늦지 않으려면 지금 입은 검은 정장 그대로 출근해야 할 것이고, 또 웃어야 하겠지. 산 사람은 다 그렇게 살아내기 마련일 테니.

지원은 그렇게 열심히 웃으며 뭉개진 가슴을 다 정리하지 못한 채 마음 저 구석으로 몰아넣고 모르는 척 외면해 버렸다. 성격대로라면 모든 일들은 지금쯤 다 정리되고도 남았을 것인데 지금의 지원은 굳이 꺼내 들려 하지 않았다. 생각한다는 것이 두렵고, 버겁게 느껴진 하루였다.

사모님 빈소에 다녀온 그 새벽 이후부터 시작된 지 변호사의 간곡한 부탁으로 지원은 퇴근 후 늘 찾던 노사모님 병실 1205호실 대신 혜성병원 장례식장에 다시 들렀다. 하루 대여료가 천만 원 단위인 커다란 빈소에는 수많은 사람들로 채워져 있었고, 사람들에게 소식이 전해지기 시작했는지 아침까진 없었던 근조화환과 조기들이 여러 기업과 단체에서 보내져 와 있었다.

낯선 여인의 등장과 그녀를 맞이하는 유언장 집행자 지 변호사의 정중한 환대를 바라보는 유족들의 시선이 매서웠지만 지원은 그들의 시선을 마주하지 않았고, 지 변호사가 이끄는 대로 그가 사용하는 장례식장 위층 게스트 룸으로 안내받아 들어갔다.

빈소 옆에 붙은 가족 휴게실은 이미 유족들로 채워져 있어 이렇게 개인 공간으로 모신다는 지 변호사의 말에 괜찮다는 표정으로 묵묵히 고개를 끄덕이며 겨우 네, 라고 답했을 뿐 지원의 굳어진 표정은 풀어지지 않았다.

그 조용한 공간에서 지 변호사에게 건네받은 노사모님의 편지를 읽으며 지원은 뿌리칠 수 없는 고인의 절절한 회한을 마주해야 했다.

모든 사안은 지 변호사가 맡아서 해결해 줄 것이니, 일정 기간 동안 노사모님의 몫이었던 두원의 지분을 상속받아 두원 최고 대주주의 자리에서 경영권을 쥐락펴락하는 자로 살아 달라.

그래서 물욕에 눈 어두워 혈연도 모르는 두 아들이 더는 돈 때문에 싸우지 않고, 삶을 되돌아볼 시간을 주고 싶다. 그동안 병실도 찾지 않던 사람들이 자신을 너무 빨리 잊어버리지 않도록 가끔이나마 묘소를 찾게 해 달라는 부탁까지.

'도……와……줘…….'

'잘…… 할…… 거……야.'

이제 어제가 되어 버린 지난 낮, 옥외정원에 있다가 중환자실에 뛰어 내려가 잠시 의식이 명료해지신 노사모님을 뵙고 들었던 말이 생각났다. 이미 갈 것을 아는 것처럼, 많은 마음을 끊어 낸 편안한 모습으로 하셨던, 끊어지고 이어지던 그 가는 부탁의 목소리가 귀에 들리는 듯했다.

'생각해 보셨습니까? 부디 사모님 뜻을 헤아려 주십시오.'

지원을 게스트 룸에 남겨 두고 나가기 전, 지 변호사가 남긴 말이 무거운 짐이 되어 가슴에 내려앉았다. 농담처럼 하는 말, 죽은 사람 소원도 들어준다는데……. 정작, 지원은 그 흔한 말이 이토록 짐스러워 '하겠다' 한 마디를 내뱉지 못하고 있었다.

지원은 어둠이 한층 더 깊어질 때까지 그곳에서 생각에 잠겼다. 그리고 몇 시간 동안 의자에 앉아 움직이지 않은 탓에 뻐근해진 관절을 천천히 움직이며 다시 지 변호사를 찾았을 때 지원은 이렇게 말했다.

"제가 필요할 때 불러 주세요. 할 수 있는 건, 이름 빌려 드리는 것밖에 없지만. 사모님 뜻, 따르겠습니다."

지 변호사의 붉어지는 눈시울 앞에 말없이 고개를 숙여 인사드린 뒤 돌아서 나오는 지원의 모습은 담담했다.

언제나처럼 다시 담담해질 수 있다는 것에 감사하며 그동안 자신이 휩싸여 있던 수치와 분노가 죽음과 회한이라는 감정에 상쇄되는 것 같아 노사모님께 미안함을 느끼고 있었다.

'대신 잘 해볼게요. 사모님. 아니…… 할머니. 믿음을 저버리지 않도록 할게요.'

로비를 빠져나와 주차장을 걷는 동안 이 새벽에도 바쁘게 곤봉을 휘저으며 오가는 차량을 정리하고 있는 주차요원들을 바라봤다. 매일마다 조문객과 영구차들을 보며 사는 사람들이지만 얼굴이 그리 어둡지만은 않았다.

생과 사에 무던해지는 의료인들처럼 저들도 처음엔 죽음이란 것을 진지하게 생각하기도 했었겠지……. 지원은 다시 한 번 살아 있는 시간 동안 더 행복하기 위해 노력하고 싶어졌다.

재우를 만난 뒤 지원의 부탁대로 그녀를 홀로 남겨 둔 대신 가끔 문자나 듣기 좋은 음악만을 전해 오는 현민의 메시지를 다시 찾아 들었다.

'All the things you are.' 한 번도 현민에게 자신이 이 노래를 좋아한다는 말을 한 적이 없는데, 현민은 마치 아는 것처럼 그녀가 좋아한다 말했던 이소정 씨의 목소리로 이 노래를 보내왔다.

부담되지 않게 연락도 않으면서, 이렇게 잊지 않고 기다리고 있다는 표현을 해 오는 사람. 너무 늦지 말라는 뜻이겠지……. 여러 번 반복해서 음악을 듣던 지원은 차에 시동을 걸기 전, 망설이다 문자를 보냈다.

아침에 일어났을 때 그가 확인하길 바라며.

[연락이 너무 늦은 게 아니라면, 저녁에 예선재에서 저녁 사고 싶어요.]

문자를 보내고 시동을 걸어 주차장을 빠져나가는 지원의 휴대폰이 금세 울리기 시작했다. 도로로 진입하기 직전에 차를 세우고 전화기를 받아 들자 현민의 목소리가 들려왔다.

— 지원아!

전화를 받아 여보세요, 라고 말하기도 전에 들려오는 현민의 목소리에 지원은 가슴이 먹먹하니 따뜻해졌다. 그가 많이 그리워하고 있었음이 분명한 목소리를 들으며, 괜한 눈물이 서리는 것을 참으려 애썼다.

"네. 오빠. 안 잤어요?"

— 그래. 몸은 좀 괜찮아? 이제, 얼굴 보여 줄 수 있어?

"……미안해서 그랬어요. 죄송해요."

— 아냐. 내가 미안했다. 정말 미안했어. 지원아.

엉뚱한 사과. 그가 잘못한 게 뭐가 있을까……. 밝았던 현민의 목소리가 지금은 잔뜩 잠긴 목소리로 변해 있었다. 어쩌면 수화기 너머 현민의 눈가도 붉어져 있지 않을까 생각하며, 지원은 진심으로 그가 보고 싶었다.

"보고 싶었어요."

속에 말을 꺼내 놓고 나니 그가 더 보고 싶었다. 지금까지 어떻게 참았나 싶을 만큼.

— 그래…… 나도 네가 많이 보고 싶다.

한 호흡 멈췄다 들려오는 묵직한 목소리에 떨림이 묻어나고 있었다. 숨을 멈춘 채 그의 답을 기다리던 지원은 참았던 눈물이 뺨으로 흐르는 것을 느꼈다.

"……."

— 집이야?

말하면 숨소리에 섞인 물기를 알아챌까 봐 아무 말 못 하고 있는 지원에게 현민이 물어 왔다.

"아뇨. 아는 분이 돌아가셔서 지금 혜성병원 장례식장이에요. 지금 막 집에 가려고요."

— 거기 있어. 내가 데려다 줄게. 금방 간다.

"오빠!"

— 거기 있어. 부탁이야. 아무 말 말고, 그 핑계로 너 좀 보자. 주차장 안에 있어 금방 갈게.

지원이 끊어진 전화를 보다가 다시 혜성병원 주차장으로 돌아와 차를 세웠다. 그를 기다리는 동안 눈을 감고 쉬어야 할까 뭘 해야 할까 생각하던 지원이 조금 높은 사륜구동 운전석에서 무거운 두 다리를 한데 모아 천천히 차에서 내려섰다.

그에게 밝은 기운을 전하기 위해, 마음만큼 가라앉고 무거워진 몸을 억지로라도 경쾌하게 움직이려 애쓰며 빠르게 발을 놀려 장례식 건물 안으로 다시 들어갔다.

1층에 있는 카페는 늦은 시간이라 그런지 문이 닫혀 있었고, 편의점만 환하게 불이 밝혀져 있어 지원은 그곳을 향해 걸어 들어갔다. 생각해 보니, 현민이 어떤 차를 좋아하는지, 커피를 마신다면 기호가 어떤지 전혀 알지 못했다.

편의점 안에 우두커니 서 있다가 겨우 그의 몫으로 선택한 것이 아메리카노 원두커피. 지원은 오늘도 역시 끼니를 제대로 해결하지 못한 허기를 면하려 달콤한 마끼아또를 골라 계산대에 올려놓았다.

양손에 쥐인 뜨거운 커피 캔을 만지작거리며 차로 돌아온 지원이 좀 전에 들었던 음악을 다시 듣기 시작했다.

그 음악이 몇 번이나 반복되고 있는지 셀 수 없어질 즈음 창문을 두드리는 소리에 감고 있던 눈을 떠 보니 현민이 운전석 옆에 서서 웃고 있었다. 차 문을 열고 인사하려던 지원은 그가 이끄는 대로 안겨, 그대로 시간이 멈춘 것처럼 그의 품에 머물러 있었다.

사륜구동 운전석의 문을 열고 지원은 운전석에 앉아, 현민은 그 앞에 선 채로 등을 구부려 서로의 체온을 느끼기 시작했다. 지원을 안은 현민의 뺨이 그녀의 머리카락에 비벼져도, 지원의 팔이 현민의 가슴팍을 조금 더 깊이 파고들어도 그들은 서로 당연한 듯 모든 것을 받아들이며 서로에게 말없이 자신을 열어 보였다.

둘이 함께 있음으로 느껴지는 충만함이 모든 말을 부질없이 만들었고, 말없는 이해와 안식 속에, 애써 외면하고 아파하느라 부질없이 보낸 시간의 공백을 없애듯 서로만을 음미했다.

작게 들려오는 호흡, 가녀린 떨림, 소리 없이 울려 오는 심장박동까지…… 말이 아닌 마음으로 전해져 오는 서로를 느끼며, 부족했던 일부를 찾은 것처럼 서로를 끌어안아 제 몸에 스미게 했다.

"왜 이렇게 늦었어……."

머리 위에서 들려오는 현민의 목소리가 참으로 좋았다. 입술은 웃는데, 자꾸만 마음이 울컥거려 목이 메인 지원은 대답 대신 단단하고 넓은 가슴팍에 더 깊이 얼굴을 파묻었다.

"지원이 화나니까 무섭더라."

"……."

"난 기다리는 거 진짜 힘들었는데……."

이 남자. 가식이란 건 아예 집어던지고, 무섭게 돌진하면서도, 아픈 곳을 건드리지 않으려 마치, 자기가 잘못해 용서를 비는 양, 그렇게 떨어진 시간의 어색함을 채우려 했다.

"창피해서."

"창피해서?"

그래서 지원도 껍질을 벗어 보기로 했다. 여린 속살 내어 보였다가, 그 순간을 노린 것처럼 푹 찔러 오는 칼침에 맞을까, 꽁꽁 싸매고 있던 마음속을 그에게는 보이고 싶어졌다.

"응, 내 모든 게 다 창피해서……. 몰랐는데…… 내가 오빠한테 잘 보이고 싶은가 봐요."

"괜찮아. 지금도 충분히 잘 보이고 있어."

현민의 가슴에서 얼굴을 떼어 낸 지원의 뺨이 붉어져 있었다. 눈가엔 서글픈 눈물이 맺히고, 입가는 어색하게 웃는데…… 사랑스럽다. 단단한 허물을 벗어던진 지원은 생각했던 것처럼 여리고, 수줍은 여자였다.

그의 고개가 천천히 그녀를 향해 내려졌다. 갈급한 그의 마음은 입술로 그녀를 충분히 느끼기도 전에 성급하고 뜨거운 제 혀가 그녀의 입술을 가르고 들어가는 것을 막지 못했다.

수줍게 뒤로 도망가려는 그녀의 혀를 휘감아 올렸다. 숨을 쉬려는 그녀를 잠시 놓아주었다가 다시 빨아 당겨 제 입안으로 그녀를 마음껏 머금었다.

'아…… 살았다. 이제야 살아 있는 것 같다.'

현민은 제 품에 지원을 안고, 지원의 호흡을 제 입안에 다시 삼키며 며칠 사이 더 마른 듯 더 작아진 몸을 꽉 끌어안았다.

깊은 키스는 서로의 심장을 숨 쉬기 어려울 만큼 빠르게 펄떡이게 했다. 키스를 나누고, 지원의 뺨에 현민의 볼이 비벼졌다. 아침, 저녁으로 면도하는 현민이었지만, 지원은 그사이 자라난 수염이 아픈지 코를 찡긋거렸다.

"아……."

"아파?"

"아파요."

"저녁때 면도했는데……."

손바닥으로 자신의 볼을 훑어보던 현민은 더 오랫동안 뺨을 부비고 싶었는지 아쉬움이 가득했다.

"그런데 괜찮아요. 나 이런 거 해 보고 싶었거든요."

그것이 이성과의 모습이 아니라 비록 어린 시절 아빠와의 추억으로 갖고 싶었던 희망사항이었다 해도, 지원은 지금 자신의 뺨에 와 닿는 까칠거리는 현민의 얼굴이 좋았다.

부성, 이성애, 그 어떤 의미라도 살아가며 제 인생에 이런 장면이 현실이 될 줄은 기대하지도 못했었는데, 그 덕분에 또 하나의 소원을 풀고 있다는 걸…… 눈앞에 서글거리는 눈매로 웃고 있는 이 남자는 이해할 수 없겠지.

지원은 깊은 속을 미소로 감추며 그를 바라보았다.

지원의 웃는 눈매가 또다시 현민의 눈길을 잡아 맸다. 슬픈 듯 해맑은 저 눈빛은 어떻게 만들어진 것일까…….

"또 할까?"

"다음에…….'"

장난치듯 까르르 웃는 얼굴로 고개를 뒤로 피해 버리는 지원을 보며 현민도 활짝 웃었다. 그녀를 만나지 못했던 일주일하고도 삼 일 만에 짓는 환한 웃음이었다.

지원을 조수석에 앉히고, 운전석을 차지한 현민이 도로로 접어들어 그녀의 집으로 향했다. 현민은 운전하는 내내 오른손으로 지원의 손을 잡고 단 한 순간도 놓지 않았다. 신호에 걸릴 때마다 옆에 앉은 그녀를 바라보며 미소 짓는 모습에, 지원도 수줍은 미소로 답했다. ……오랫동안 오가는 말은 없었지만 눈길 속에 수많은 말을 전하며 서로의 이야기를 채워 나갔고, 아파트 근처에 도착하자 차를 세운 뒤 잠시만 더 같이 있자는 현민의 말에 지원이 미리 사 놓았던 커피를 꺼내 놓았다.

"다 식었어요. 괜찮아요? 편의점밖에 문 연 곳이 없어서 이거 샀는데……. 그래도, 차 가지러 다시 혜성병원 가려면 피곤할 테니까, 이거 다 마시고 운전해요."

"고마워. 잘 마실게."

현민이 지원을 보며 환하게 웃었다. 캔을 따서 지원에게 건네주고, 자신의 캔을 열어 쌉싸름한 원두커피를 입에 흘려 넣는 동안에도 그는 지원이 목 축이는 모습에서 눈을 떼지 않았다.

"나랑 다른 커피네."

"아……. 오빠 기호를 몰라서 무난하게 아메리카노 샀고, 난 좀 달게 먹고 싶어서 카라멜 마끼아또 샀어요."

"마끼아또?"

"네. 완전 설탕물 같지만, 단 거 먹음 기분 좋아지잖아요."

"그래? 나도 좀 맛보자."

"그럴래요? 여기요."

현민이 들고 있던 커피를 내려놓으며 말하자 지원이 자신이 들고 있던 마끼아또를 그의 앞으로 내밀었다. 그런 그녀를 바라보던 현민이 빙긋이 웃으며 눈을 마주쳐 왔다.

점점 기울어지는 현민의 입술이 지원의 입술을 덮고, 계속 숨 쉬지 않을 것처럼 멈춰 서 있다가 잠시 떨어져 나갔다. 지원이 참았던 숨을 쉬려 입술을 열어 한 호흡도 다 들이쉬기 전, 현민의 입술이 다시 다가와 벌어진 틈새를 채우며 안으로 들어왔다.

혀의 작은 돌기가 서로 비벼지듯 맞부딪쳐 감겨들고, 지원의 타액을 모두 빨아 마시며 샅샅이 훑아 내려가는 현민의 움직임에, 지원은 그대로 따르며 느낄 뿐이었다.

소리가 사라지고, 주변이 흐릿해진 곳에 그의 움직임만 남아 그녀를 취하게 했다.

운전석을 향해 비틀린 몸은 차 문에 기대어지고, 오른손에 들린 커피 캔을 놓치지 않으려 꼭 붙들고 있던 손이 굳은 것처럼 멈춰 있다, 조금씩 지원의 턱이 그의 움직임 따라 들려 올라갔다.

고개를 꺾어 파고드는 그의 혀가 내밀한 속살을 맛보듯 은밀하게 지원을 맛보고 있었다. 혀끝으로 오돌토돌한 입천장을 훑아 내리고, 빨아 당기는 것을 멈추고 지원의 혀에 제 혀를 비비며 그녀의 움직임을 이끌어 내려 애썼다.

제 입안으로 빨아 당긴 지원의 혀끝을 치아로 애무하듯 살짝살짝 깨물며, 작은 신음이 흘러나오면 또다시 강하게 휘감아 제 것으로 취하는 현민의 움직임에 지원의 몸은 점점 뜨겁게 달아올랐다.

몇 분이 지났는지, 아니면 몇 십 분이 지났는지, 키스가 끝났다는 것만 인지할 뿐 아무것도 뚜렷이 알 수 없을 만큼 현민에게 빠져들어 있을 때 그가 입술을 떼어 내며 말했다.

"맛있다."

"하아…… 하아…… ."

"날마다…… 이렇게 마시고 싶어. 달콤해…… 마끼아또보다 네가 더…… ."

지원은 이마를 맞대고 말하는 현민의 목소리를 들으면서도, 대답은 커녕 숨을 쉬는 것조차 힘들어 가쁜 숨을 쉬며 꼭 잡은 그의 옷깃을 놓지 못하고 있었다. 들려오는 말이 야한 것도, 볼을 붉힐 만큼 민망한 표현인 것도 잘 인지되지 않을 만큼 그녀는 뜨거워진 몸으로 자신이 살아 있음을 되새기고 있었다.

그의 키스 하나로 온몸을 휘감았던 장례식장의 먹먹함과 묵직함이 떠나가는 기분이 들어 현민이 고맙기까지 했다. 어느 정도 숨이 편안해지고, 주변을 인식하게 되자, 너무 농밀한 신음을 흘려 버린 창피함에 냉정을 찾아보려 감았던 눈을 천천히 떠 올리던 지원은, 다시 다가온 현민의 입술로 인해 작은 숨소리를 내며 또다시 눈을 감아 버렸다.

아쉬운 듯 여러 번 지원의 윗입술을 제 입안으로 빨아들이고, 혀로 쓸어내리던 현민의 움직임이 더 깊어지려 하자, 지원이 뒤로 살짝 고개를 물렸다. 끄응 하는 소리와 함께 어렵게 몸을 물린 현민이 아쉬움이 잔뜩 묻어나는 목소리로 말해 왔다.

"앞으로 내가 커피 달라고 하면 이렇게 주는 거야, 알았지?"

"…… ."

"아…… 지원이 커피, 정말 맛있다."

신기하게도…… 장난치며 가볍게 진지한 마음을 보여 주는 그의 모습이 지원의 눈에는 참…… 믿음직해 보였다.

삑. 삑. 삑. 삑. 삑. 띠리릭.

아파트 단지 앞에서 그를 배웅하고, 집으로 향해 현관문 번호 키를 누르는 지원의 손가락엔 아주 오랜만에 힘이 들어가 있었다. 잠시간의 기다림이지만 잠금 상태가 풀리길 기다리는 찰나의 순간도 오늘은 왠지 갑갑하게 느껴지지 않았다.

아직도 그녀의 손안엔 깍지 끼고 만지작거리던 그의 온기가 가득했고, 손잡이를 잡아당기려 무의식적으로 주먹을 펼쳤을 땐 그가 남긴 느낌들이 공기 중으로 사라지는 것 같아 익숙하지 않은 아쉬움을 느껴야 했다.

그리고 그 순간 익숙하지 않은 아쉬움보다 더 강하게 지원의 마음을 때린 생각은…… 앞으로는 더 이상 그에게로 향하는 자신의 마음을 자책하지 않아도 된다는 사실. 늘 편치 않았던 무언가가 쑤우욱 명치 아래로 내려간 듯 시원해지는 느낌에 지원은 엷은 미소를 지으며 집 안으로 들어갔다.

거실 안쪽에서 '아이구야' 소리와 함께 느릿하게 자리에서 일어나시는 엄마의 모습이 보였다.

"엄마. 나 왔어요."

"아이구. 하루 만에 반쪽이 됐네. 어제 새벽에 장례식장 들렀으면 됐지, 오늘 저녁엔 왜 또 가."

"그래야 되는 분이라서……."

"밥은?"

"대충 때웠어요."

"뭐 먹었는데?"

"이것저것…… 커피도 마셨고……."

커피. 그에게 준 커피, 그가 준 커피…… 지원은 엄마를 향했던 고개를 슬쩍 옆으로 돌리며 시선을 내리깔았다.

어제 새벽부터 병원에서 근무했던 시간을 제외하곤 지금까지 지루하게 입고 있던 블랙 재킷 단추를 풀어내며 거실로 들어서던 그녀의 눈에 텔레비전도, 라디오도 틀어 놓지 않은 적막한 공간 한가운데 놓인 수틀이 보였다.

"엄마, 또 수놓는 거예요? 눈 아프다면서……."

"니 언니가 예린이 여름 베갯잇 하나 만들어 달라잖어. 어떻게 손녀
그거 딱 하난데 해 달라면 해 줘야지. 돈이 많이 드는 것도 아니고……"

"힘들잖아요."

"그래서 사방으론 못 놔주고, 한쪽 구석에다만 작은 꽃송이 몇 개 놔
주고 말 거야."

"……다음부턴 언니보고 하라 그래요. 수놓고 또 며칠 눈 아파서 힘
들어하지 말고, 저번엔 머리도 아프다고 그랬잖아."

"아니야. 네가 안경 바꿔 준 다음부터 머리는 안 아파. 아휴…… 어
깨야. 너 들어왔으니까 나, 들어가 잔다."

"네. ……엄마!"

"왜?"

피곤한 어깨를 움직이며 안방으로 들어가려던 엄마를 지원이 걱정
스런 눈빛으로 바라봤다.

"파스 붙여 줘요?"

"으응? 아냐. 붙여 놔도 따가워서 또 금방 떼내야 돼."

"그래도…… 등이라도 붙이지."

동양자수는 적적한 엄마의 취미이자 자부심이기도 했다. 어릴 적,
수틀 앞에 앉은 엄마 곁에서 작은 손틀에 이것저것 따라 놓으며 자란
지원은 수를 놓을 때 어디가 아픈지 엄마만큼이나 잘 알고 있었다.

손에서 수틀을 놓은 지 십 년이 다 되어 가지만, 아빠 닮아 외향적인
언니 예원과는 달리 조용하게 노는 것이 엄마를 쏙 빼닮은 지원은 언니
보다 여러모로 엄마와 통하는 것이 더 많았다. 어쩌면 그 모든 것이 언
니를 결혼시키고 단둘이 살아온 세월이 길었던 탓인지도 모르지만…….

"붙여 줄래?"

소파에 가방과 재킷을 벗어 두고 안방으로 들어간 지원은 엄마의 척
추와 견갑골 근처에 서너 장의 파스를 붙여 드린 뒤, 자리에 눕자마자
깊이 잠드실 것 같은 엄마를 대신해 조용히 안방 불을 끄고 거실로 나

왔다.

거실은 고요했다. 이 거실에 홀로 앉아 수놓았을 엄마에게 미안해질 만큼. 그리고 잘했구나 싶었다. 또다시 재우의 이름을 엄마에게 말하지 않고 혼자 정리한 것이. 지원은 깊은 숨을 들이마셨다가 천천히 내쉬었다. 편안했고, 또 허탈했다.

이제 뭔가 정리되고 안정을 찾아가는 것 같은데, 전신에 힘이 빠질 만큼 버둥거리며 처절하기만 했던 일이 이렇게 쉽게 정리되었다는 사실이 때때로 믿겨지지 않았다.

그가 있어서 그랬다는 것. 그의 도움이 아니면 지금도 여전히 지옥에 머물러 있었을 것이 분명한데, 어떻게 그는 그렇게 쉽게 정리시킬 수 있었을까. 그에게 고마웠지만 또 한편으론 자신의 무력함이 더 상대적으로 또렷하게 보이는 것 같아 서글픔이 느껴지기도 했다.

집안에 남자가 있어야 된다는 나이 드신 분들의 말이 어쩐지 이런 경우에 쓰는 말 같아 문득 아버지가 생각이 나기도 했고, 안방에 홀로 누워 계신 엄마가 오늘따라 더 외롭고 안쓰러워 보이기도 했다.

김재우에게 시달리고, 신경 쓰는 사이…… 오랜 친구 같던 사모님은 허망하게 떠나가셨고, 어이없는 부탁과 또 너무나 현실적인 제안들로 채워진 서류들을 남기셨다. 허망한 것이 인생. 그 어떤 고민도 지나고 보면 헛웃음 짓게 되는 것이 인생이라지만 정신 차려 보니 짧은 시간 너무도 많은 것이 변해 있었다.

그리고 그렇게 또다시 살아 내야 할 인생에 지원은 유현민이란 남자를 받아들여 혼자가 아닌 둘이 되었다. 그를 생각하니 입가에 엷은 미소가 피어올랐다.

운전하면서도 손가락 하나하나 굵기는 얼마만큼인지, 길이는 또 얼마나 긴지, 촉감까지 모두 알아내서 그대로 조각상이라도 만들려는 사람처럼 그는 지원의 손을 끊임없이 조물거렸다.

깍지 껴서 손이 아프도록 꽉 힘주어 잡았다가, 또 마사지해 주듯 손등부터 손가락까지 꾹꾹 눌러 주던 그 사람. 아무런 말없이 무심한 시선은 앞을 보며 운전 중이었지만 그의 손은 열심히 말하고 있었다.

고마워. 보고 싶었어. 네가 정말 좋아.

주체할 수 없는 감정을 말로 꺼내지 않고, 그는 그렇게 손으로 마음을 전해 왔다. 그런 그라서 더 믿음이 간다는 걸 그는 알까. 알고서 하는 일일까? 그의 손은 뜨거웠고, 손을 쥐는 동작마저 자상한데, 그의 눈빛은 무표정하니 시선을 앞에 두고, 옆에 사람 불안하지 않게 안전 운전해 가며 제 할 일을 묵묵히 해내고 있었다.

뜨겁고, 때론 격해질 수 있는 감정을 누를 줄 아는, 자기 통제력 있는 남자. 생물학적으로 남자로 태어나서 남자가 아니라, 한 해 두 해 나이를 먹어서 어른이 아니라, 깊이 있는 내면을 가진 이 남자는 몸이 아닌 가슴과 머릿속마저 잘 다듬어진 남성으로, 어른으로 채워져 있었다. 그런 그가 손을 잡고 쉼 없이 다독여 주는 것이 좋았다.

그는 늘 그랬듯이 말이 아닌 다른 방법으로 그를 받아들인 지원의 선택을 잘한 일이라고, 올바른 결정이었다고 안심시켜 주었다.

그런 사람에게 내가 받은 것은…… 그 크기가 얼마인지 모를 이해와 기다림. 어쩌면 그만한 크기일지 모를…… 사랑. 그리고 도시락, 꽃바구니, 가방, 변호사 선임비와 경호원. 희라원…… 그곳을 사용한 대여비와 의료비. 그리고 또 뭐가 있을까.

지원은 생각이 깊어질수록 미간이 찌푸려진 줄도 모르고 소파에 힘없는 몸을 기대앉았다. 그런 그에게 자신이 준 것은 아무것도 생각나는 것이 없었다.

이제 겨우 내일 저녁, 아니 이제 오늘이 된 새 날 저녁에 밥을 산다고 약속했으니 아직 먹지도 않은 그 밥 한 끼가 그에게 준 전부가 될 것이었다. 사귀는 사이가 되었다고는 하지만 갚아야 할 것이 너무 많아져 있었다. 너무 미안하기만 한 건 싫은데…….

돈으로 갚는다 하면 받을 사람도 아니고, 그렇다고…… 그냥 넘어갈 수 있는 일도 아니었다. 고맙다는 말로 다 갚았다 생각하기엔 너무 무성의했고, 선물을 사기엔 그의 취향도 소비 수준도 알 길이 없었다.

아, 평소 그의 패션을 볼 때 안목이 남다른 것 같던데, 백화점 비싼 브랜드에서 뭐라도 골라 선물하면 되려나……. 지원은 한숨을 푹 내쉬었다. 이번엔 조금 전의 깊은 심호흡과는 달리 막막한 감정이 섞인 진짜 한숨이었다.

지원은 피곤한 몸을 소파에 더 깊게 파묻었다. 물끄러미…… 시간이 갈수록 긴장 풀린 눈으로 멍하니 거실 바닥을 내려다보며 생각에 잠기던 그녀의 눈이 갑자기 반짝 빛을 내는 것처럼 기운차게 떠졌다.

'어차피 돈은 받지도 않을 거고…… 물어보지 뭐. 선물했다가 쓸모없어 서랍 속에 보관되는 것보단 필요한 것 사주는 게 좋잖아…….'

오랜 고민이 무색하게 싱거운 답을 찾아낸 지원의 입가에 흐린 미소가 머물다 사라졌고, 그녀의 눈길은 엄마가 남겨 둔 수틀을 향하고 있었다. 수예용품을 거실 구석에 정리해 두고, 소파에 놓아둔 가방을 챙겨 제 방으로 들어간 지원은 검은 정장바지를 벗어 내며, 휴대폰에서 나는 메시지 알람 소리에 고개를 돌렸다.

[집에 왔어. 푹 자라고 안 깨우고 문자 남기는 거니까, 잘 자.]

아직 그의 차를 가지러 혜성병원 장례식장에 도착하기도 이른 시간인데 벌써 집에 들어갔다니. 아님 어쩌면 자기는 이 새벽에 힘들게 운전하면서 지원이 빨리 자길 바라는 배려이지 않을까 싶어 그녀의 얼굴에 뭉클함이 섞여들었다.

5장.
웃음을 주는 사람이고
싶어졌습니다

— 아직 일 많아?

"아뇨. 거의 끝나 가요."

— 잘됐다. 나 지금 그리로 가니까 서두르지 말고 천천히 준비해서 나와.

여느 때와 마찬가지로 바빴던 근무시간이 지나고 하루가 끝나 가는 오후이지만 그가 퇴근하기엔 아직 이른 시간이 아닌가 싶어 지원은 자그마한 손목시계를 내려다보았다.

"여기요?"

— 어. 밥 먹으러 가야지.

"그냥 거기서 봐요……. 뭐하러 여기까지 와요. 나도 차 가져왔는데."

— 밥 먹고 내가 데려다 줄게. 낼 아침도 내가 출근시켜 주면 되잖아. 지금 출발하니까 시간 좀 걸릴 거야.

"……일 안 해요? 그러다 잘리면 어떡하려구요."

— 나 일 열심히 하는 거 지원이만 모르는구나. 지난 주 내내 야근했으니까 지금 퇴근해도 괜찮아. 걱정 마.

그동안 묵묵히 기다려 준 그에게 지원은 더 이상 할 말이 없었다.

"마감은 이미 했는데, 정리할 게 있어서…… 도착하면 전화하세요. 바로 내려갈게요."

— 그래. 끊는다.

끊어진 휴대폰을 그대로 유니폼 주머니에 넣지 못하고 손가락으로 가만히 쓸어 보던 지원에게 곁에 있던 윤 선생이 말을 걸어왔다.

"실장님 애인이세요?"

"어? 응……."

"우와. 실장님 애인, 지금 여기로 오시는 거예요? 이따 실장님 퇴근하실 때 같이 내려가서 그분 얼굴 봐도 돼요?"

"뭘…… 오면 바로 가야 돼. 다음에 봐."

그 다음이 언제일지 모른다. 윤 선생이 지금 실장실에 들어와 마주앉아 있는 이유가 지원이 퇴사하기 위해 인수인계받기 위함이니까.

"에이. 얼굴만 보여 주세요."

"뭐하러 그래."

"궁금하니까 그렇죠. 저만 그런 거 아니에요. 눈 높은 실장님 눈에 든 애인은 어떤 사람인지 다들 궁금해하는데요 뭐."

윤 선생의 입술이 조금 뾰로통해진 것 같아 보였다. 괜한 일에 치기 어린 관심 보인다고 핀잔 들었다 생각하는 것일까……. 지원의 눈이 서운한 것이 역력한 윤 선생의 얼굴에 잠시 머물렀다.

늘 다가오려는 사람들이 벽을 느끼도록 만드는 자신의 못난 버릇이 또 튀어나온 것일까 싶어 신경 쓰였지만, 아직은 소개하고, 인사하고, 빈말처럼 뻔한 대화를 나누며 예의상 웃어줘야 하는 그런 장면을 만들고 싶지는 않았다.

"일해. 아직 배울 거 많잖아, 윤 선생."

"실장님 끝까지 이러시기예요? ……직원들이 실장님 퇴사하시는 거 혹시 결혼 준비 때문에 그러는 거 아니냐고 얼마나 말이 많은데요. 다들 궁금해한단 말이에요."

"윤 선생. 그만. 그리고 나 아직 공식적으로 퇴사 발표 안 했는데."

누구 입에서 그 말이 나와 온 병원을 떠도는 건지…… 문책성 시선을 고스란히 받아 내면서도 윤 선생은 기죽은 것 같지 않았다.

"아는 사람은 알고, 모르는 사람은 아직 모르고 그래요. 다들 아는 건 아니에요. ……알았어요. 안 조를게요. 대신 다음에 실장님 애인 만나게 되면 실장님이 얼마나 꽁꽁 싸매고 아껴 두셨는지 다 말할 거예요."

동생 같은 윤 선생의 투정에 지원이 피식 웃음 지었다. 밝고 시원시원한 사람을 보는 것은 이렇듯 곁에 있는 사람을 이유 없이 웃게도 만들고, 살랑이는 봄날처럼 마음 가볍게 만드는 묘한 구석도 있는 것 같다.

'나도 그를 웃게 하는 사람이 되고 싶은데…….'

지원은 문득 드는 생각에 저 혼자 낯을 붉히다 오늘은 일을 일찍 접고 달려오는 그를 위해, 적어도 립스틱은 다시 바르고, 머리도 새로 묶고 만나러 나가는 성의를 보이고 싶어졌다.

"윤 선생. 지금까지 대략적으로 훑어본 거 아마 한 번 봐서는 안 될 테니까, 여기 이 매뉴얼부터 숙지한 다음에 내일은 내가 월차 냈으니까, 모레쯤 다시 한 번 설명해 줄게. 오늘은 이만하자."

"어머! 실장님 월차 내셨어요? 실장님이?! 우와! 혹시 1박 2일로 그분이랑 여행 가세요?"

"아니야, 그런 거. 내일 아는 분 장례식에 참석해야 돼."

"아고, 죄송해요. 장례식…… 친한 분이세요? 설마 가족이나 친인척은 아니시죠?"

"친인척 아니야. 가족도 아니고."

그래, 마음이 아무리 슬퍼도 노사모님은 객관적으로 타인이었다.

"아, 다행이다. 실수할 줄 알고 깜짝 놀랐잖아요."

지원은 대답 대신 병원에서 일상적으로 짓고 있는 익숙한 미소를 지어 보였다.

"……그래도 실장님! 밖에서 기다리는 분 있으니까 마음 급해지시죠? 그렇죠?"

재잘재잘 기분 좋은 웃는 얼굴로 지원이 건네는 클리어 파일을 가슴에 안아 든 윤 선생의 얼굴에 장난기가 가득했다.

그래……. 다른 직원들에겐 그저 또 한 명의 환자가 사망한 것일 뿐이니까. 그런데 윤 선생. 나는 아직 마냥 좋지만은 않다.

12A병동 직원들은 노사모님 사망하신 이후 발걸음하지 않는 민 실장의 마음을 짐작하겠지만, 늘 조용히 병동을 다녀오곤 했던 탓에 지금 윤 선생이나 다른 검진센터 직원들은 지원이 왜 어제 검은색 정장을 입고 출근했는지 알지 못했다.

그들에겐 그분은 많은 환자들 중에 한 분일 테니까. 그리고 담당도 아니었고…….

"우리 실장님은 얼마나 좋으실까. 퇴근하고 기다려 주는 애인도 있고……."

웃는 얼굴로 조금은 민망해하며 책상을 정리하던 지원은 잠시 뒤 윤 선생과 함께 엘리베이터에 올라탔다. 지난 시간의 어두움을 털어 버리고 싶었던 것처럼, 온통 검었던 어제의 옷과는 달리 무릎 위까지 내려오는 H라인 파스텔블루 스커트에 크림컬러 블라우스 입고, 포근한 기운이 느껴지는 크림색 도톰한 정장 재킷 차림을 하고 있었다.

하루 종일 잔머리 하나 없이 곱게 빗겨져 망사 안에 말려 있던 지원의 긴 머리카락은 여전히 동그란 망사 안에 말끔히 정리되어 들어가 있었고, 고운 이마를 그대로 드러낸 지원의 모습은 언제나 그러했듯 깔끔하고 단아해 보였다.

"어우, 실장님은 좀 일찍 끝내고 미용실 가서 드라이라도 하시지. 머리 풀어야 더 예쁜데."

"그런 거 신경 안 써도 돼."

지원은 함께 엘리베이터에 타고 있는 다른 과 직원들과 환자 보호자들의 시선을 의식하며 짧게 답했다. 그런데, 정말…… 그 사람은 이런 거 신경 안 쓰는 사람일까. 막상 말을 하고 나니, 그제야 신경이 쓰여 엘리베이터 거울에 자신의 모습을 비쳐 보는 지원의 시선이 바빴다.

신입 시절 머리카락이 긴 동기 하나가 유독 퇴근 준비할 때면 하루 종일 눌려 있던 머리카락을 펴느라 여러 번 빗질을 하곤 했었는데, 그때 그 친구도 데이트 때문에 그렇게 신경 썼던 건가 싶은 생각이 들었다. 정말 병원 지하에 있는 미용실이라도 다녀왔어야 했던 걸까.

"그래도 데이트하는데 좀 예쁘게 보이면 좋잖아요."

지원은 입술에 손가락 하나를 가져다 댔다. '쉿. 조용히 해. 옆에서 다 듣잖아' 눈으로 전해져 오는 지원의 주의에 윤 선생은 입을 꾹 닫으며 고개를 끄덕였다. 지원은 손가락을 내리고 다시 윤 선생을 향해 웃어 주었다.

'데이트…… 그래, 데이트 하러 간다. 얼마 만에 이 바보 같은 짓을 다시 시작하는 건지. 그래도 기분이 좋은 걸 보면, 엘리베이터가 1층에 가까워질수록 심장 두근거림이 더 강하고, 빨라지는 걸 보면…… 지금 나는 그가 무척 보고 싶은가 보다. 그래. 나는 그가 보고 싶다. 심장이 점점 빨리 뛸 정도로…… 그가 있는 병원 앞 풍경을 기대한다.'

로비를 걸어가는 발걸음이 윤 선생보다 빨라지지 않도록 지원은 의식적으로 노력했다. 계속되는 자잘한 재잘거림에 습관처럼 윤 선생과 눈을 마주치고, 가끔 대답 대신 적절한 미소를 보이며 병원 밖으로 빠져나왔을 때 입구 저 위쪽 도로가에 멈춰 있는 그의 차가 보였다.

"윤 선생. 나 간다."

"어머. 실장님 그분 벌써 와 계신 거예요? 전화 안 해 봐도 돼요?"

"어. 나 갈게."

"어디요? 어디?!"

"간다."

도무지 저 장난기 어린 표정을 감당할 수가 없어, 콧잔등을 찌푸리며 반쯤 인상 쓰고 반쯤은 웃는 얼굴로 윤 선생에게 손을 흔들어 준 지원이 현민의 차를 향해 걸었다.

다부지고 정확한 보폭으로 걷던 지원의 걸음이 몇 걸음 사이 빨라졌다.

똑똑똑.

조수석 차장을 두드린 지원의 소리에 선팅 된 차 창문이 부드럽게 아래로 내려갔다.

"어. 전화도 안 했는데 어떻게 알았어? 빨리 타."

웃는 얼굴로 조수석을 향해 몸을 기울인 남자가 눈을 마주쳐 왔다. 그런 그를 멋있다고 생각하느라 잠시 멈춰 서 있던 지원이 손잡이를 잡아당겨 차에 오르려다, 문득 옆얼굴에서 느껴지는 시선에 고개를 돌렸다.

가장 먼저 보인 것은 저가 더 신난 것처럼 손 흔들어 주는 윤 선생과 그 옆에 선 검진실 직원 서너 명의 호기심 가득한 표정. 개중에는 그렇게 하면 뭐가 더 잘 보이기라도 하는지 목을 길게 늘이고 바라보는 직원들도 있었다.

졸지에 후배들의 짓궂은 시선을 받게 된 지원이 난감한 표정을 지으며 차에 올랐다.

"왜 그래?"

"아니…… 직원들이 오빠 구경한다고 서 있어서요."

그의 손은 벌써 지원의 몸 저편 안전벨트를 잡아당겨 착용시켜 주고 있는 중이었다.

"어……? 그래?"

재미있게 웃고 말 일을 생각보다 조금 의아하게 반응하는 현민을 보며 지원이 고개를 갸웃했다. 지원의 동그랗게 뜬 눈빛을 거두지 않자 현민이 어색하게 웃으며 답했다.

"처제들이 너무 많아지는 것 같아서…… 어떻게 다 챙기나. 한꺼번에 식사라도 사야 되는 거 아닌가?"

"훗, 안 그래도 돼요."

지원이 모든 긴장을 풀어낸 웃음 베어 문 얼굴로 고개 돌려 바르게 앉아 앞을 바라보았다.

"정말 안 해도 돼?"

"사귄다고 직장 후배, 동료 다 밥 사다간 지갑 거덜 나요. 빨리 가요. 배고파요."

"푸훗. 그래."

"왜 웃어요?"

현민이 시동 걸며 웃음을 터뜨리자 지원은 핸들을 잡고 차를 움직이는 그를 바라보았다.

"직장동료 밥 사다가 지갑 거덜 나는 것도 재미있고, 우리 지원이 배고프다는 것도 신기해서. 얼른 가자. 우리 지원 님 배고프시니까."

농담 섞어 대답하는 내내 그의 눈에 머문 웃음이 사라지지 않고 있었다. 나도…… 그를 웃음 짓게 하는구나. 지원은 뭔지 모를 뿌듯함에 작은 미소를 지었다. 이렇게 웃으며 편안하게 시간이 흘러가는 것을 참으로 고마워하다, 문득 지난밤이 떠올랐다.

"오빠, 어제 집에 들어가서 문자 보낸 거 맞아요?"

"어. 왜?"

"아니, 새벽이라 그런 건가…… 정말 빨리 들어간 거 같아서요. 혜성병원까지 멀잖아요."

"어…… 어."

집이 어딘지 정확히 듣진 못했지만, 지난 새벽 장례식장에서 홀로 그를 기다릴 때 그가 오기까지 이십 분 정도 걸렸고, 그녀의 집에서 혜성병원까지는 삼십 분 정도 걸린다. 택시라도 탔다면 차는 어떻게 가져온 걸까, 괜히 이리저리 고생만 한 건 아닐까.

"택시 탔어요? 출근은 어떻게 했어요?"

"……아침에 일찍 나와서 가져왔어. 걱정 마."

지원은 앞을 보며 입술을 오므리고, 콧잔등에 주름을 만들어 못마땅하단 표정을 지었다. 계속 그녀를 살피고 있었는지, 뚱한 표정의 지원을 보고 현민이 입을 열었다.

"표정이 왜 그래?"

"또 미안해서요……. 자꾸 미안한 거 싫은데."

"뭐가."

"다음엔 그러지 말아야겠어요. 오빠 차 놓고, 내 차로 데려다 주고, 또 그 차 가지러 가야 되는 거. 우리 다음엔 그런 거 하지 말아요."

"그거 때문에 그래?"

"네. 오빠가 나 때문에 잠도 못 자고, 피곤한 건 싫어요."

"밤길 다니는 애인 걱정돼서 같이 다니는 게 그렇게 미안할 일인가?"

"빚지는 기분이에요."

그래서 또 미안해지니까.

"손 줘 봐."

"네?"

"손."

지원은 현민이 내밀고 있는 손을 내려다보았다. 커다란 손이 활짝 펼쳐져 그녀를 기다리고 있었다.

가슴이 설렌다. 같이 잠자리를 하고, 그의 온몸을 제 맨살로 부딪혀 봤으면서도 그의 손바닥 하나에 설레고, 순간적으로 가슴이 두근거린다. 지원이 천천히 그의 손에 제 손을 올려놓자 그가 꽉 움켜잡고서 다짐하듯 두어 번 힘을 주었다.

"그런 맘 들 때마다 이렇게 손잡아 주면 되지. 나한테는 이게 최고의 피로회복제니까."

지원은 현민을 향해 고개를 틀어 그가 운전하는 모습을 가만히 바라보았다. 무형의 따뜻한 무엇이 박하향 퍼지듯 가슴을 서서히 채우고, 마음을 채웠다. 콧날이 시큰하니 뭉클해진다.

이 사람…… 내게 온 사람이 맞을까. 나한테도 이런 사람이 온 걸까. 복 많은 다른 여자들 이야기가 아니라, 내게도 이런 일이 생긴 건가. 아니면 다들…… 시작은 이러한 걸까.

굳게 다문 그의 턱 선에서 다부지고 강한 남성미가 풍겨났다. 저와 다른 그 남성적인 면도 마음에 들고, 믿음직스런 얼굴에 담긴 흐릿한 미소도 진중한 분위기라 마음에 들었다.

그러고 보면 그를 보는 마음은 언제나 참 좋은 사람, 참 마음에 드는 사람이라 생각하고 있었던 것 같다. 이런 사람이 스쳐 지나가는 사람이 아니라, 제 곁에 발붙이고 함께 지내게 될 사람이라 생각하니 마음이 찡해 오며 따뜻해졌다. 제게도 정말 봄이 오는 것 같았다.

"왜 웃어? 같이 웃자. 말해 봐. 왜 웃는지."

여전히 그의 시선은 앞의 차선을 보고, 옆의 백미러를 보며 운전에 집중한 모습인데 언제 그녀가 웃는 걸 본 것일까. 지금도 방금 왕복 10차선 도로에 들어선 차로 인해 그는 그녀를 신경 쓸 겨를이 없어 보였는데. 그럼에도 지원의 손을 감싸고 있는 그의 손에 여전히 강한 힘이 들어가 있어 그가 그녀를 의식하고 있다는 건 알 수 있었다.

맞아. 늘 이런 식이지……. 그는 보고, 말하는 것보다 마음이 먼저 그녀에게 와 닿아 있는 사람인 걸 잠시 잊고 있었다.

지원이 자세를 아예 틀어 그를 향해 앉으며, 그에게 잡히지 않은 나머지 한 손으로 자신의 손을 감싸고 있는 그의 손을 덮었다.

"좋은 방법 같아서요. 오빠가 말한 대로 다음부터는 내가 미안해지면 그때마다 이렇게 손 잡아 줄게요. 더 많이 미안해지면 이렇게도 해 주고요. 그리고 난 다 잊어버려야지. 미안하고 빚지는 기분. 까맣게 잊어버리고 전혀 안 미안해하면서 살 거예요. 그래도 돼요?"

지원은 그의 손을 감싸 쥐고, 손등에 살짝 입 맞췄다. 예상 못한 애교에 허를 찔린 것처럼 눈을 커다랗게 뜨던 현민이 곧 환하게 웃어 주었다.

"잘 생각했어. 네 맘이 편해야, 내 맘도 편하니까. 지원아."

"네?"

"그렇게 앞으론 내가 뭘 해 주든, 당연하게 받고 편하게 생각했으면 좋겠어. 내가 새벽에 들어가든, 뭘 사주든 더 해 달라고도 해 보고, 당연하게 굴었으면 좋겠는데. 우린 순둥이 언제쯤이나 그렇게 될까?"

웃고 있는 그의 옆얼굴 때문에 지원의 얼굴에도 미소가 퍼졌다. 그가 소리 내어 웃으니 그 울림이 지원의 가슴에 고스란히 전해져 세상이 마냥 예쁘게 보이려 했다.

그와 함께 있으니, 세상이 자꾸만 빛나 보이고, 그 빛에 그가 더 눈부셔 보인다.

'이게…… 무엇일까…….'

현민은 운전하는 내내 지난 새벽처럼 계속해서 지원의 왼손을 잡고 있었다. 때론 깍지를 끼고, 때론 손목부터 손가락까지 한 손 안에 넣고 꼭꼭 주물러 주고…….

그러나 지원은 이따금씩 왼쪽 손목 위 시계의 가죽끈이 움직이지 않게 꽉 조여져 있는 것을 내려다보는 남자의 시선에 아무도 알아차리지 못할 만큼 짧은 순간 스쳐 가는 아픔이 나타났다 사라지는 것을 알지 못했다.

차에서 먼저 내려선 지원은 가슴을 크게 부풀리며 숨을 깊이 들이마셨다. 예선재 직원에게 차 키를 넘겨주고 지원에게 다가서던 현민이 그녀의 허리에 손을 두르며 기분 좋아 보이는 미소를 지었다.

"여기가 그렇게 좋아?"

"응. 좋아요."

공기도 좋고, 나무도 많고…… 그리고 전에 왔을 때보다 마음이 편해서 더 좋아요. 그때는 아침 먹고 나섰던 인적 드문 주차장에서도 주변을 살폈었는데, 지금은 손님 많은 저녁인데도 불안하지 않아서 좋아요. 지원은 생각 안에 말을 가두며 부드럽게 미소 지었다.

넓은 정원 가득한 오래된 고목들. 어찌 보면 한식당을 위한 정원이 아니라 정원을 만들고 관리하기 위해 예선재가 있는 듯한 느낌마저 들 만큼 넓은 대지에 건물이 차지하는 면적보다 나무와 고요한 숲길이 차지한 면적이 더 넓은 한적한 곳이었다.

어느새 찾아든 어둠에 길 따라 서 있는 나무 아래에 설치된 조명들이 은은한 빛을 발하며 손님들을 건물까지 안내하고 있었다. 굵은 나무기둥과 얇은 종잇조각처럼 한들거리는 나뭇잎들이 노란 핀 조명에 부딪쳐 더욱 섬세한 선을 나타내고, 바람에 살랑일 때마다 결 따라 드리워진 음영이 한 폭의 극사실주의 그림처럼 세세한 아름다움을 드러내고 있었다.

그런 아름다운 정원을 보며 단조롭게 대답하는 지원의 목소리는 설핏 보기엔 부드러운 응수인 듯했지만, 그 시선이 계속 먼 곳을 향하고 있음에 현민은 이유 모를 불만감이 들어 지원의 허리에 두른 팔에 더 힘을 주며 당겼다.

"나도 안 볼 만큼 뭐가 그렇게 좋아?"

그의 행동에 시선을 그에게로 향했던 지원이 작은 웃음을 지었다.

"……말도 안 돼."

"뭐가 말이 안 돼?!"

"지금. 오빠. 질투하는 것 같아요."

눈가에 미소를 매달고 바라보고 있는 지원을 향해 현민도 문득 깨달은 자신의 상태가 기막히다는 듯이 피식 웃으며 말했다.

"그래. 그런 것 같다."

"왜요?"

방금 아무것도 한 것 없이 나무만 올려다봤는데, 질투라니…… 괜한 말로 대화를 유도하는 그에게서 장난기가 느껴졌다.

"아무래도 여기 매일 와야겠어."

"네?"

"여기 자주 보여 줘서 덤덤해지면 지원이가 나만 봐 줄 거 아냐."

"음……. 홋, 어떡하죠, 전 자꾸 보면 질리는 게 아니라, 정드는 타입 인데요? 홋."

지원이 또 웃었다. 엷은 웃음일지라도 그녀가 웃으니 그의 마음이 좋았다. 그의 손에 맞닿은 그녀의 허리에서 웃을 때마다 잔잔한 떨림이 전해져 왔다. 어깨에 손 올리는 것만으로도 온몸의 솜털을 곤두세우며 경계하던 지원이 제 허리에 닿아 있는 그의 단단한 팔을 피하지 않고, 의지 삼아 기분 좋게 기대 오는 것이 좋았다.

조경수들한테까지 질투하는 자신의 치기 어린 모습에 지원이 이렇게 웃을 수만 있다면, 현민은 기꺼이 지원 앞에선 바보가 되어도 좋을 것 같았다. 민지원. 내 순둥아. 어떻게 이렇게 예쁜 미소를, 그리 오래 잊고 살았니. 현민의 가슴 한켠이 알싸하니 아려 왔다.

예선재 건물에 거의 다다랐을 때 현민에게 전화가 걸려와 먼저 건물 안으로 들어온 지원은 미리 예약했던 룸으로 안내받아 들어갔고, 현민은 안채 쪽에서 식당으로 걸어가던 식당 여주인과 인사를 나눴다.

"전무님. 오셨습니까?"

"네. 저녁 식사하려고 들렀습니다."

"들어가시지요. 전무님 계신 곳에 요즘 제철이라 한참 맛 좋은 도다 리 올려 드리겠습니다."

"아닙니다. 함께 온 사람이 아직 저에 대해 잘 모릅니다."

"아…… 혹시, 혜성그룹 자제분인 걸 모른다는 말씀이십니까?"

"네. 아직 조심스러워 그렇습니다."

그것으로 충분한 답이 되었다. 혜성의 자제가 공적인 만남에서 스스로 낮추며 조심스럽게 대할 사람은 없으니 사적인 만남이요, 말할 때 미묘하게 얼굴에 맴도는 미소를 보니, 연분을 정하는 중인 것이 분명했다.

"……알겠습니다. 어서 들어가시지요."

허리를 숙여 한 걸음 물러나며 유 전무에게 먼저 들어가시라 무언의 예를 갖추는 여주인에게, 현민은 목례로 답하며 안으로 성큼성큼 걸어 들어갔다.

그런 그의 뒤에는 몸을 일으켜 세운 여주인의 시선이 오래도록 따라붙었다.

"심심했지?"

미닫이문을 열고 들어서는 현민의 미안한 얼굴에 지원이 웃어 보였다.

"아니에요. 방이 예뻐서 구경했어요. 괜찮아요."

방 안은 조용하니 별당 아씨방처럼 아기자기하게 꾸며져 있었다. 벽면 한가득 액자 대신 은은한 파스텔 모시조각보로 커다란 발을 만들어 걸어 놓고, 그 옆으로 길고 결 좋은 외술을 매달아 멋을 내 놓은 것이 사랑스런 분위기를 자아냈고, 나지막한 문갑 위 도자기와 멋 삼아 세워 놓은 듯한 수틀이 여인의 방처럼 느껴지게 했다.

'아.'

지원은 수틀을 보며, 지난밤 생각했던 자신의 계획을 상기했다. 조만간 짬을 내서 백화점에 들러야겠다는 생각을 하며 코스로 주문하고 있는 현민을 바라보았다.

'정성이 들어간 거니까, 좋아해 주겠지?'

지원은 선물도 하기 전에 설레는 제 마음이 우스워 작은 미소로 제 무안함을 감췄다.

　저녁 상차림 코스 중에서 무난한 것으로 골라 주문하고, 종업원들이 들어와 상에 음식을 올리는 동안, 방 안에 있는 물건들을 보며 가벼운 대화를 이어 가던 현민은 상 위에 말없이 올라온 도다리 회 접시에 눈길이 닿자 살짝 고개 돌려 방금 종업원들이 빠져나간 문 쪽을 바라보았다.

　"이거 어떻게 다 먹죠?"

　"밥 한 그릇만 다 비워. 그리고 여기 나온 음식들 다 한 번씩은 맛보는 거다. 안 그럼 집에 못 가."

　"아······. 음······. 네. 오빠도 드세요."

　앉은 자세로 몸을 일으켜 세운 현민이 마주 보고 앉은 지원 쪽으로 몸을 숙여 수저를 챙겨 주었고, 곧 그들의 식사가 시작되었다.

　서로 음식을 먹어 보며 맛있다고 권하고, 눈을 마주치며 서로의 이야기를 경청했다. 지원이 제 앞에 놓인 밥 한 공기를 다 먹으려 요리보단 밥을 공략하자 현민은 밥그릇 위에 열심히 맛난 반찬과 요리를 한입에 먹기 좋을 만큼 계속 올려놓았다.

　"그만, 배불러요. 내가 알아서 먹을게요."

　"그거 먹고 뭐가 배불러. 밥 다 먹으라니까 밥만 먹고 있잖아. 엄살 피우지 말고 내가 올려 주는 거라도 다 먹어. 그러니까 살이 안 붙지."

　지원은 정말 속이 꽉 찬 사람처럼, 허리를 쭉 올려 세우면서 배를 만졌다.

　"배 안 나왔어. 걱정 마."

　무신경하니······ 정말 상관없다는 어투로 툭하니 말을 내뱉은 현민은 또 열심히 도미조림에서 살을 발라 지원의 앞 접시에 올려주었다.

　"네?"

　"배 안 나왔다고. 적당히 통통해서 손에 잡히는 거 있어도 예쁘니까 맘 놓고 먹어."

지원이 황당하단 얼굴로 입을 살짝 벌린 채 현민을 바라보자 열심히 밥 먹기에 열중하는가 싶던 현민이 고개 들고 지원의 눈을 마주 보았다.

"너 너무 말라 가는 거 알아?"

그가 나무랐다. 마음먹고 혼내려는 듯 짐짓 얼굴 표정도 살짝 굳어져 있다. 동그랗게 뜬 눈으로 현민을 바라보던 지원이 시선을 내리고 방금 현민이 올려 준 도미살을 조금씩 집어 먹기 시작했다.

"……신경을 안 써서…… 일부러 그러는 건 아니에요."

"알아. 일부러 빼는 것 같으면 나한테 혼났지. 여긴 제철 음식을 주로 올리니까 여기 도미랑, 도다리…… 다 제철이라 맛있을 거야. 좀 무리되더라도 네 몫은 다 먹어. 그래야 일어날 거야."

뺨이 쏙 들어간 걸 보면, 그간 통 못 먹은 게 분명했다. 그럴 만하다 생각하면서도, 그 모습에 자책이 되니 뭐든 더 먹이고 싶은 것이 그의 마음이었다.

"오빠 많이 드세요. 오빠한테 고마워서 밥 산다고 한 건데, 저만 먹이시는 것 같아요."

"인사받고 싶었던 일 아닌 거 알잖아. 생각처럼 잘 끝난 것도 아니고……."

"뭐 문제 있어요?"

심각해진 지원이 현민에게 사실대로 말하라는 압박 어린 눈빛을 보내오자 현민이 그녀를 향해 미안한 미소를 지어 보였다.

"너, 아팠잖아. 내가 잘못한 거야. 너 아플 일 없게 잘했어야 했는데."

"그거 말곤, 걸리는 거 없죠?"

걱정스런 눈빛에 씁쓸했던 현민의 눈이 그녀를 안심시키려는 듯 또다시 웃었다.

"그럼. 너도 알다시피 다 끝났어. 걱정 마."

"……그럼 됐어요. 오빠가 미안할 일도 아니고…… 내가 방심한 거니까. 내가 미안해요."

"그런 말 하지 마. 변호사님이 그러시는데 너 아주 똑소리 난다고 그러시더라."

지원이 입술을 당겨 애써 미소 지으려 노력하는 것이 그의 눈에 보였다.

'무늬만 똑똑한 바보. 언제나 난 그래요.'

"그러셨어요……? 그러고 보니 오빠도 그렇고, 변호사님께도 감사 선물 드려야 되는데, 오빠가 말 안 했음 변호사님 선물은 생각도 못할 뻔했어요."

"안 해도 돼. 변호사님 그런 거 안 좋아하셔."

"그래도, 나 너무 아무것도 안 하는 거 같아서 마음 불편해요."

"정…… 서운하면 나만 뭐 하나 들어주든가."

지원의 애잔함을, 마치 그가 모르는 척해 주면 없는 감정이 될 듯 현민이 짓궂게 굴었다.

"뭔데요? 안 그래도 오빠 선물 하나 해 드리려고 했어요. 말씀하세요."

"우리 지원이가 만든 걸로 뭐 하나 받고 싶은데."

"뭘……? 받고 싶은 게 뭔데요?"

"그건 네가 알아서 해야지."

정말 무언가를 주고 싶었는지 눈을 반짝이며 냉큼 물어 오는 지원의 모습이 귀여웠다. 현민이 장난스런 웃음을 입에 물고 팔을 뻗어 착한 아이 칭찬하듯 지원의 이마를 문질렀다.

"아…… 뭐가 적당한지 모르겠는데, 그냥 필요한 거 말씀해 주세요."

"하. 이 멋없는 아가씨야. 뭐 사 달라 정해 주고 받는 게 무슨 재미야, 네가 알아서 선물해야 그게 선물이지."

"제 맘대로요……?"

지원이 여전히 고민된다는 표정을 짓자 현민이 때를 기다렸다는 듯 입을 열었다.

"정, 고민되면 네 손으로 밥 한 번 지어 주든가."

"……밥이요?"

"어. 도시락도 괜찮고, 언제든 밥해 준다 그러면 여행 가도 좋고."

"도시락이요? 회사에서 드시게요?"

"어. 만들어 놨다 그럼 아침에 내가 가지러 갈게."

"아침부터 가지러 오는 거 너무 번거롭잖아요."

"안 번거로워. 가는 건 내가 갈 거니까. 그것까진 걱정하지 말고."

"구내식당 없어요?"

"있어. 그런데 입에 안 맞아."

"회사 주변 식당도 많을 텐데 왜 사서 고생을 해요. 남들 다 따뜻한 밥 먹는데 사내식당까지 도시락 들고 가긴 뭐하잖아요. 출근도 일찍 하면서 점심이라도 따뜻한 밥 먹어야죠. ……다른 선물하면 안 돼요?"

"그렇게 귀찮은 일인가?"

받아 보고 싶었다. 저가 모르는 지원의 솜씨를 그놈이 당연하게 누렸을 것을 생각하면, 지원이 이렇게 얼굴 보여 주니 뒤늦게 그 점에 마음이 쓰였다. 식문화 연구원을 만들어 주든, 요리 연구가로 성장시키든 그건 그놈이 아닌 자신과 지원이 상의해야 할 일이었다.

"그게 아니라……."

지원의 시선이 다시 수틀에 향했다. 전보다 솜씨가 줄었겠지만, 제 손으로 직접 손수건이라도 수를 놓아 볼까 생각했었는데…… 말로 꺼내긴 뭐한 선물이라 입을 닫았다.

"음…… 오빠 이상해요, 정말. 그런 거 말고, 다른 선물해 드릴게요. 많이 고민해서 마음 담긴 걸로."

사랑에 미쳐서가 아니라, 잘 못 먹는 사람 음식 배우는 겸사겸사, 때론 그가 너무 원해서 도시락을 싸 줬다. 그런데 그것이 오늘에 와서까지 저가 재우에게 미쳐 있었단 증거처럼 디밀어진 상황이 겨우 이 주일도 채 안 되었기에, 지원은 지금 누구에게도 음식을 만들어 주고 싶지 않았다. 선의가 치욕으로 되돌려질 만한 일을 하는 건 철없던 시절, 한 번으로 족했다.

"······그냥 밥으로 해. 네가 해 주고 싶을 때까지 기다릴게."

"음······ 네."

"속초 집 이름은 생각해 봤어?"

더 뭐라 말해서 분위기를 망칠 수 없었던 지원은 차분하게 수저질을 다시 시작하다가, 열심히 고민해서 지어 놓은 속초 집 이름을 일주일 전에 말해 줬어야 했다는 걸 떠올렸다.

"네."

"뭔데?"

"하래요."

대답하는 지원의 볼이 은근히 붉어지고 있었다.

"하······래······ 뜻풀이는?"

"뜻이요?"

"그 친구한테 그냥 하래라고 말해 줄 순 없잖아. 무슨 뜻인지는 알려 줘야지."

"······하늘 아래. 그래서 하래. 한글 줄임말이에요."

"그게 다야?"

"그다음 말은 그분한테 상상하라 하세요. 어차피 내가 지은 이름 그대로 사용할지 안 할지도 모르는데····· 속속들이 다 말하긴 뭐하잖아요. 어쨌든 내가 그 집 부르는 이름은 앞으로 하래니까, 앞으로 내가 하래라고 하면 오빠도 그 집 말하는 거구나····· 그렇게 아세요."

"나는?! 집주인은 몰라도 나는 무슨 뜻인지 알아야지!"

"나중에."

"민지원. 너 나한테 비밀 만들어?"

"아니요. 그냥 창피해서 그래요. 나중에. 내가 덜 창피해지면 그때 말해 줄게요."

"하…… 민지원, 아직도 거리 두네. 안 되겠다, 나가면 커피부터 마셔야지."

대답도 못 하고 지원의 얼굴이 또 붉어졌다. 입안 가득 밥을 넣고 열심히 먹기 시작하는 지원이 예뻐서 현민이 물끄러미 바라보며 눈으로 웃었다.

사람이 밥만 먹는 걸 봐도 예쁘고, 사랑스럽다는 걸 이 나이에 알게 되다니, 이제야 허하던 가슴팍이 든든히 채워진 느낌에 삶이 충만해지는 기쁨을 느꼈다.

'지원아, 사랑해.' 속도 모르고 고개 숙인 채 맨질거리는 이마만 보여 주는 작은 여자가 제 세상의 중심이 되는 기분을 현민은 기쁘게 받아들이고 있었다.

식사를 마치고, 이미 계산되어 있다는 말에 현민에게 얼굴을 찡그려 보인 지원이 정원에 부는 차갑고도 부드러운 밤바람을 느끼며 천천히 걷고 있었다. 속도를 맞춰 걷던 현민이 먼저 말을 꺼냈다.

"춥지 않아? 아직 바람이 차다."

"……오빠."

"어?"

"나도 여기 밥 정도는 살 수 있어요."

"내가 있는데 왜 네가 내, 내가 너 밥 한 끼 못 사줄까 봐?"

"그런 소리가 아니잖아요."

"밥 하난 잘 먹일 자신 있다고 꼬셔서, 얼른 내 여자 만들려고 그러는 거야. 열심히 먹고, 포동포동 살쪄서 나한테 와, 너무 시간 오래 끌지 말고."

성큼 다가서는 그의 마음에, 지원은 진지한 반응 대신 농담으로 받아넘겼다.

"그런 의미라면, 괜히 밥 사셨어요. 난 밥으로 넘어가긴 어려운 타입이거든요. 그리고 오빠, 결혼에 회의적이잖아요. 절절한 애인 대역이 필요할 만큼."

"아, 그건 너 만나기 전 얘기지."

"아…… 네에."

지원이 어렵하시겠냐는 표정과 뉘앙스로 고개를 과하게 끄덕이며 말하자 현민이 걸음을 멈춰 섰다.

"그건 확실히 하고 넘어가야겠다. 지원아, 난 널 만난 이상 절대……."

"알았어요. 뭘 그렇게 설명하고 그래요."

순간적으로 진심을 다해 해명하려던 현민의 말을 끊어 낸 지원의 따듯한 시선이 그의 얼굴에 머물러 있었다.

"너어……."

"누구 놀리는 거, 오랜만에 해 보니까 재밌네요. 학생 때로 돌아간 기분이에요. 후훗."

"……."

지원의 눈은 웃지 않는다는 것을 알면서도, 현민은 지원이 원하는 대로 함께 웃어 주었다.

'발인이 내일이라 했던가.'

지원은 그저 지인의 발인이라 했지만, 경호팀에서 보고받아 이미 지원이 두원가 노사모님 빈소를 찾았다는 것을 아는 현민은 심성 따뜻한 지원과 스카이병원 장기입원 환자셨던 노사모님과의 관계를 어렵지 않게 추측할 수 있었고, 상세 보고 내용 또한 크게 그의 짐작과 다르지 않았다.

환자를 진심으로 대하는 지원의 태도로 인해, 상처받는 일이 생길까 걱정스러웠던 현민은 일단은 상심했을 지원을 다독여 주고 싶은 마음에 작은 어깨에 팔을 올려 감싸 안았다.

"바람이 전보다 더 따뜻해진 것 같아요."

"그래, 그렇다."

변한 건 바람뿐이 아니었다. 그의 마음도, 은근히 농담 뒤로 숨어 그의 고백을 피해 버리며, 앞날에 대한 어떤 약속 하나 남기지 않는 지원을 두고 볼 수 없을 만큼 커져 있었다.

재우와 헤어지면 애인이 되자 했지만, 한동안 만남을 거부하며 침묵했고, 아직 사랑한다 말 한 마디 하지 않은 그녀의 마음은 그에게 있어 불안하기만 했다. 속내조차 털어놓지 않고 위로조차 원하지 않는 지원.

그러니, 다른 건 몰라도 곁에서 노력할 시간이 충분할 수 있기를 원했다.

"지원아."

"네?"

"앞으론 피하지 말고, 내 옆에 있어. 나 이제, 너 없음 안 될 것 같다."

그에게 기대 걸으며, 노란 조명에 비친 정원 풍경과 바람이 잎에 부딪쳐 사그락거리는 소리를 듣고 있던 지원은, 낮게 들려오는 그의 목소리에 코끝이 찡해졌다.

지원은 마음이 약해진 저를 알고 있었다. 요 근래 저에게 닥쳤던 일들이 한결같이 마음을 흔들고 가서, 유난히 눈물샘이 약해지고, 순간적으로 울컥하는 일이 잦아진 자신을. 사랑은…… 앞날에 대한 약속은 이런 때, 이런 기분에 취해 하는 것이 아니라는 생각에 대답 대신 침묵을 지키던 지원의 몸이, 걸음을 멈추며 그녀의 양어깨를 잡아 돌리는 현민에 의해 그와 마주 보게 되었다.

"민지원, 나 사랑한다는 말 쉽게 하는 사람 아니야. 지금 바로 너한테 뭘 결정하란 소리는 안 하겠지만, 내가 너한테 하는 모든 게 진심인 건 네가 알아줬으면 좋겠다. 나 너 정말 사랑해, 진심으로 사랑해서 너한테 장가가고 싶을 만큼. 그러니까, 내 마음 피하지 마."

쉼 없이 흔들리는 지원의 눈동자를 보며 현민의 고개가 천천히 숙여졌다. 식사할 때부터 조명에 부딪혀 매끄럽게 반짝이던 지원의 이마와 음식 씹을 때마다 오물거리던 예쁜 입술에 현민의 입술이 차례로 스치듯 내려앉았다.

지원의 입술에서 후식으로 나왔던 달콤하고 깔끔한 매실향이 맴돌았고, 쉽게 떨어지지 않는 입술이 한 번, 두 번 닿을 때마다 지원의 속눈썹이 가느다랗게 떨려 왔다.

입술의 모든 감각이 깨어나려던 순간, 지원은 건물에서 나오는 다른 사람들의 인기척을 인식한 듯 한 걸음 뒤로 멀어지며 현민에게서 떨어져 나갔다.

고개 돌려 이제 막 사람들이 나오는 모습을 확인한 현민은 따뜻한 손을 들어 지원의 어깨를 보듬으며 앞으로 걷기 시작했다.

다음 날 오후, 골목길에 주차한 지 벌써 십여 분이나 지났지만 지원은 차에서 내려서지 않았다. 눈앞에 보이는 담 높은 저택. 이미 그분의 온기가 사라진 지 오래된 집이었으나 그 집은 아직까지 누구에게도 상속되지 않은 노사모님의 집이었고, 장례식을 마치고 본가로 다시 모여든 가족들 앞에서 곧 유서 내용이 공개될 예정이었다.

기자들과 세인들의 관심을 피해 멀찍이 떨어져 장례식에 참석했던 지원은 유서가 공개될 본가로 장소를 이동하면서 또 한 번 고민을 시작했다. 그러나 주저한다고 무위로 돌아가지 못할 일. 지원은 불안과 긴장으로 떨리는 몸을 감추고서, 얼굴 한가득 자신감을 채워 넣으려 애썼다.

괜한 일에 끼어든 것이 분명했지만 이왕 시작한 일, 몇 년간 주식 소유자로 명의를 빌려주고, 오늘처럼 연극에 동참하는 일 몇 번으로 가엾게 돌아가신 분의 유언을 저버린 죄책감 없이 살 수 있다면……. 지원은 심호흡하며 차에서 다리를 내려 섰다.

딩동.

"누구십니까?"

"지 변호사님께 민지원이 도착했다고 전해 주십시오."

비록 무릎은 떨리고, 두 주먹은 긴장으로 굳어졌지만, 안에 있을 사람들에게 첫인상에서 밀리지 않기 위해 표정만은 침착하게 짓고 있던 지원은 잠시 뒤, 커다란 거실에 도열하듯 양쪽으로 길게 앉아, 뜬금없이 등장한 낯선 여자에게 경계와 적의를 내보이고 있는 혈족들을 바라보며 지 변호사 옆에 앉아 있었다.

이미 얼굴은 다 알고들 있지만 유서 공개 수순에 따라 모여 있는 사람들의 인적사항과 본인 여부를 확인하는 무료한 절차가 시작되었고, 맨 마지막에 지원도 신분증을 내보이며 본인임을 확인했다. 곧이어 유서 내용이 공개되자, 이미 다 알고 있는 내용인 줄 알고 잠시 앉았다 가려고 했던 집안사람들은, 그 기함할 내용에 모두들 경악하며 지원을 쳐다보았다.

"……그에 따라 두원그룹 전체 주식의 25퍼센트에 해당되는 모든 주식과 주택을 비롯한 모든 동산 및 부동산에 대한 재산권은 민지원 1인에게 상속한다. 자. 유서 내용은 모두 공개되었습니다. 상속받으실 민지원 씨를 제외한 다른 분들은 자리를 떠나셔도 좋습니다."

지 변호사가 유서를 다 읽은 후 마지막 말을 마침과 동시에 노사모님 직계가족들의 울분은 상상을 초월하도록 거칠게 튀어나왔다.

"야! 너 뭐하는 애야?! 너 뭐니? 뭔데 노친네 꼬드겨서 이 난리야!"

누군지 모를 사오십 대 정도 되는 여자의 입에서 튀어나오는 말이 그치기도 전에 누구 입에서 나온 것인지도 모를 거친 말들이 여기저기서 튀어나왔다.

지원을 꽃뱀으로 매도하고 싶은 것 같았지만 고인이 여성이었고, 지원이 긴 시간 고인의 말벗으로 위로를 전하던 사이임을 알던 가족들은 어떻게 해서든 지원을 사악한 저의를 품고 노사모님께 접근한 파렴치범으로 몰아가기 위해 애쓰고 있었다.

그리고 이윽고 크게 터져 나오는 어느 사내의 목소리. 그것은 노사모님께 상속받을 지분으로 완벽히 경영권을 방어하려던 큰아들의 입에선 튀어나온 말이었고, 아예 유서 자체를 거부하는 말이었다.

"언제 바뀐 거야! 엉?! 이거 무효야, 이거 가짜야! 지변! 당신 말야! 일 그따위로 하면서 살길 바라?! 야! 니가 이 집안에서 얻어다 쓴 돈이 얼만데 이거 하나 똑바로 처리 못 해! 야! 지변! 야! 이 개새끼야! 먹여 주고 입혀 줬음 값어치를 해야 할 거 아냐!"

모욕에 익숙한 듯 표정 하나 변하지 않는 지 변호사를 보면서 지원의 떨림과 긴장은 분노로 인해 서서히 가라앉았다.

누가 이 광경을 대한민국 재계 서열 열 손가락 안에 드는 대기업 본가의 모습이라 하겠는가. 지원을 욕하고, 지 변호사를 욕하고, 그것도 모자라 이제껏 법원에서 으르렁거렸던 형제가 또다시 맞붙어 험한 말을 주고받는 모습을 보며, 지원은 시장판에서 하루 벌어 하루 먹고 살기 위해 시장 좌판에서 자리싸움하는 민초들의 보잘것없는 싸움이 오히려 더 깨끗하다는 생각이 들었다.

먹고 살기 위해, 살아내기 위해 싸우는 것이 아닌 더 가지기 위한 싸움. 그것을 위해 저 아름다운 옷을 입고 고운 화장을 한 모습으로 험한 말을 내뱉으며 누구보다 사악한 말과 표정을 감추지 않는 사람들⋯⋯. 누가 저들이 며칠 전 어머니를 잃고, 할머니를 잃어버린 유족이라 할 것인가⋯⋯. 지원의 무표정하던 얼굴에 경멸의 미소가 떠올랐다.

막무가내로 쏟아지는 욕설, 간간이 집어 던져지는 물건들, 그리고 달려들 듯 눈에 핏발 세운 사람들. 눈앞에 펼쳐진 상황에 놀랄 법도 하건만 지원은 눈을 똑바로 뜨고 바라봤다.

허리를 꼿꼿하게 세우고 앉아 미동하지 않는 젊은 여자, 그런 지원을 쳐다보는 사람들이 하나둘 늘어나더니 차츰차츰 그들의 소요가 잦아들기 시작했다.

아무것도 지킬 것 없고, 눈에 보이지 않는 사람들처럼 잡아 뜯을 듯

들이대며 싸우고 고함치던 사람들이 어린 여자의 차가움과 조소에 불쾌한 표정이 역력한 채로 하나둘 입을 닫더니 서서히 그녀를 주시하기 시작한 것이었다.

사태가 진정되자 그들 중 서로 달려들어 엉키던 어른들을 말리느라 지쳐 버린 젊은 사람들이 갑자기 정리되는 상황에 멀뚱히 서서 자신들의 부모와 친척들을 쳐다보다 소파에 다시 주저앉기도 했고, 제일 앞에 나서 핏대 세우며 소리치던 중년의 여인과 두 아들들은 그대로 선 채 지원을 노려보고 있기도 했다.

그러다 또다시 시작된 고함. 여기가 어딘지 아느냐, 우리가 누군지 아느냐. 네까짓 것이 끼어들 일이 아니다. 노인 사기로 감옥 가고 싶으냐는 말들을 듣다가 지원이 입을 열었다.

"먼저 제 상속 의사를 밝히겠습니다. 저는 노사모님께서 유서에서 허락하신 모든 것들을 상속받을 것입니다. 그리고 여러분들은 제가 상속받은 그 막대한 자산을 어떻게 쓸지 궁금해하실 것 같은데, 아니라면 저는 바로 지 변호사님 사무실로 가서 조용하게 일 마치고 이만 쉬고 싶습니다. 계속 그렇게들 싸우고 막말로 제 감정 건드리시든가, 아니면 조용히 앉아 앞날을 말씀하시든가 결정하세요. 계속하시겠다면, 전 이만 가겠습니다."

지원의 당당함과 단호함이 세상에 자기들보다 잘난 사람 없는 그들에게 약간이나마 불안을 느끼게 했던 것인지, 열기가 가시자 서 있던 사람들이 주춤주춤 자리에 앉기 시작했다. 한 번에 깔끔하게 앉으면 자존심이 안 서는 것처럼 꽤나 느리고 거만하게.

"갑자기 툭 튀어나와서 그렇게 당당할 일이 아니지, 아가씨! 어머님께서 법률 상속분대로 상속 예정이셨던 건 여기 있는 사람들 다 아는 얘긴데 당신하고 지변하고 짜고 하는 짓인지 우리가 어떻게 믿어?!"

저 여자. 아침 발인할 때 깔끔하고 우아한 업스타일, 우수에 젖은 눈빛으로 노사모님 관을 바라보던 여자였던 것 같은데, 기억이 맞는 걸까? 우아함과 앙칼진 목소리에서 느껴지는 상반된 이미지에 지원이 같은 얼굴을 보면서도 쉽게 그녀가 아침에 봤던 그녀인지 확신하지 못하고 있을 때 바로 옆자리에 앉아 계시던 지 변호사의 목소리가 들려왔다.

"유서 내용이 정상적으로 변경된 것인지 의심하셔서 말씀드립니다. 가족 여러분께서 소송하시기 전 미리 알려 드릴 것은 여기 보시다시피 사모님의 친필 서명은 물론 하단에 간략한 친필 문장이 적혀 있으며, 유서 내용 변경 당시 검사받은 정신건강진단서와 소견서도 첨부되어 있습니다."

유족들의 얼굴이 각양각색으로 일그러지며 자신들의 분함과 허망함을 드러내고 있었다.

"노사모님께서는 이런 경우를 대비하셔서 민지원 씨가 근무하시는 스카이병원이 아닌 혜성병원과 대한병원 두 곳의 정신과 교수님들과 뇌의학과 교수님들께 정신건강과 뇌 진단을 받으셨고, 모두 정상이라 판정받으셨습니다. 노사모님께서는 사망 당시까지 정신적인 부분에 어떠한 질환이나 병증이 없으셨음을 여기 계신 모든 분들께서 상기하시기를 바라며, 여러분께 공개된 유서 내용은 최종 변경된 것으로 유서 공개자인 저와 정신건강을 진단하셨던 두 분의 정신의학과 교수님, 한 분의 뇌의학과 교수님께서 증인으로 입회하신 상황에서 합법적으로 투명하게 진행된 사항임을 알려 드립니다."

"노친네, 죽으려면 곱게 죽지 끝까지 이렇게 장난을 쳐 놔!"

지원은 자신의 귀에 들려온 소리가 환청이라고 생각하고 싶었지만, 이미 두 눈이 벌게져 침까지 튀겨 가며 벌겋게 달아오른 노사모님 큰아들이자 두원그룹 회장인 남자와 눈이 마주친 상태였다.

온갖 노여움을 지원에게 쏟아 낼 것 같은 번들거리는 눈동자를 보며 지원은 재우를 떠올렸다. 가지려 했던 것을 갖지 못하게 된 난폭한 수컷의 눈동자, 그것이 원하는 여자이든 권력이든 돈이든…… 자제를 모르고 날뛰는 짐승이 그저 자신이 원한 것을 갖지 못하게 된 것이 분해 날뛰는 어처구니없는 적반하장의 분노.

지원은 이미 익숙해져 더 이상 자신에게 놀라움과 두려움을 주지 못하는 사나운 눈동자를 보며 상황에 맞지 않는 미소를 지어 보였다.

'김재우. 당신에게 당해 힘들어했던 시간들이…… 그냥 지나 보낸 시간들은 아니네. 이젠 저런 눈빛을 봐도 하나도 안 무서워. 그냥 웃음만 나와. 나 미쳤나 봐. 아님 간이 부었든가.'

사내는 자신을 보며 미소 짓고 있는 어린 여자를 보며 더 광분했다. 그가 소리 지르려 배에 힘을 주려는 것 같은 순간…… 지원이 먼저 입을 열었다.

"진정들 되신 것 같으니 제가 상속받는 재산을 어떻게 처리할지 알려 드리겠습니다."

역시 돈 이야기가 나오니 사람들은 금세 초인적인 집중력을 발휘하며 지원을 향해 반짝이는 눈동자를 모으기 시작했다.

"여러분의 주 관심사는 부동산보단 동산일 겁니다. 특히나 그중에서 두원그룹 주식 지분에 대한 관심이 높으시겠지요. 그 부분이 노사모님이 상속하시는 자산의 대부분이기도 하고요."

지원은 숨조차 멈춘 듯 고요해진 거실 안을 둘러본 뒤 지 변호사와 눈을 마주친 후 다시 말을 이어 갔다.

"저는 그 주식에 대해서는 혈연지간이신 여러분들께 다시 돌려 드릴 생각을 가지고 있습니다. 더불어 이 집, 노사모님께서 평생을 살아오신 이 본가 또한 함께 말입니다."

웅성거림과 동시에 '어떻게.', '믿을 수 없어.', '놀려 먹는 거야?' 라는 식의 비아냥을 위장한 속 떠보려는 말들이 들려왔다.

"그러나 앞서 여러분이 하셨던 모욕을 들은 이상 쉽게, 순리대로 드리고 싶은 마음은 사라졌습니다."

"뭐야? 이 기집애가 뭘 어쩌겠다는 거야! 야! 너 같은 게 우리한테 수

작을 부려!"

"방금 말씀하신 분께선 두원 주식에 관심 없는 것으로 알면 되겠습니까?"

지원의 호통 같은 목소리가 거실에 울려 퍼지는 순간 잘난 척 떠들던 여자도, 불쾌함에 치를 떨던 아들들도 모두 말을 멈추고 있었다.

"저는 강요하지 않습니다. 주식에 관심 없으신 분들은 지금 말씀하세요. 그럼 제 제안에서 바로 제외시키도록 하겠습니다. 관리해야 할 인원이 적어지면 저도 편하니까요."

"관리라니. 무슨 말씀이요?"

다른 사람들보다 비교적 과묵하게 입을 다물고 말을 아끼던 남자가 지원에게 예를 차리며 말을 걸어왔다. 지원이 고개 돌려 지 변호사를 보자 그는 노사모님의 둘째 아드님이시라고 작게 알려 주었다.

"제가 조건을 제시한 뒤 가장 열성적인 실천과 진심 어린 마음을 보여 주신 분께 두원그룹 주식과 본가를 드리려 합니다. 오직 그 평가기준은 제가 제시한 조건에만 국한될 것이고, 나이, 촌수 같은 부가적인 조건은 제외될 것입니다. 그러니 그 조건들은 잘 이행하시는지, 누가 가장 진심을 다하시는지 평가하려면…… 관리라는 게 필요합니다. 주식과 본가를 모두 차지하는 분은 두 아드님들 중 한 분이 되실 수도 있고, 며느님들이나 손자분들이 되실 수도 있을 겁니다."

섣부른 기대감에 표정까지 환해진 몇몇 손주들의 얼굴이 보였다. 반신반의하면서도 상기된 표정을 애써 감추려는 며느리들의 시선이 서로를 견제하듯 벌써부터 탐색전을 시작하는 듯도 보였다.

"뭐하는 수작이야! 상속에 촌수 제외되는 게 말이 된다고 생각하나?! 다 필요 없어! 소송 들어갈 테니까 지변! 이 여자 끌고 나가! 난 인정 못해!"

지원은 방금 말을 끝내고 목덜미까지 벌겋게 변한 장남에게서 눈을 돌려 조금 지친다는 표정으로 지변을 쳐다보았다.

"저는 유서 집행을 위해 이 자리에 왔지만 고인 되신 노사모님 뜻에 따라 민지원 씨의 법률대리인 자격도 가지고 있습니다. 해서 말씀하신 유류분 청구 소송에 대해 몇 가지 말씀드리자면 오늘 이날부터 1년 동안 언제든 소송에 착수하실 수 있는 것은 사실입니다만, 소송에 참여하시는 분들 모두 만족하실 만한 결과를 얻기는 힘드실 겁니다."

"지! 변!"

불호령을 내리는 두원 회장을 향해 간단히 목례한 지변은 말을 계속이었다.

"소송에 승소하셔도 법률이 정한 상속분의 많아야 50%를 받게 되실 텐데, 이미 노사모님 사망 전 증여받으신 것이 있으시다면 50%에서도 그 특별 수익분을 뺀 나머지 금액을 받게 되십니다. 간단하게 설명하자면, 작은 사모님들께서 지난 1년간 병원에 드나드시면서 소소하게 받으신 모든 증여가 이미 상속 재산에 포함되어 있다는 뜻입니다."

지변의 지적에 얼굴이 하얘지는 사람이 여럿인 걸 보니, 작은 사모님들 외에도 남몰래 증여받은 사람들이 꽤 있는 것 같았다.

"또한, 대법원 판례를 살펴본다 해도, 우리나라에서 두원가 재산싸움을 모르는 이가 없다는 점을 감안할 때, 노사모님의 심적 고통과 건강에 끼친 악영향, 직계비속에 대한 상속 거부 의사를 법원에서도 충분히 반영해 주실 것으로 생각되어, 여러분들의 승소가능성을 높이 점칠 수는 없습니다."

자잘한 속삭임은 곧 술렁임이 되었고, 지변은 목소리를 키우며 말을 이어야 했다.

"그럼에도 소송에 들어가신다면 유언장 내용 그대로 노사모님께서 미리 지정해 두신 법률자문단과 변호인단이 민지원 씨를 대신해 이번 상속건을 담당하게 될 것이며, 유류분 청구 소송 이후 민지원 씨에게 상속되는 재산 일체는 오늘과 같은 선의의 제안 없이 전액 민지원 씨의 소유가 될 것임을 알려 드립니다."

"지 변호사!"

"저는 고인 되신 노사모님의 뜻을 받들 뿐입니다."

회장의 고함치는 소리와 함께 의도적인 침착함을 가장한 지 변호사의 신랄한 비판이 마무리되었다. 그리고 몇 초 지나지 않아 앞서 회장의 목소리와는 사뭇 다른 차분하고 이성적인 목소리가 들려왔다.

"그 조건이라는 게 무엇이오?"

이제 지원은 따갑게 꽂히는 다른 사람들의 시선은 무시한 채 노사모님의 둘째 아들과 눈을 마주 보며 일대일 대화를 하듯 집중해서 말하기 시작했다.

"마음을 걸어 돈을 얻는 일입니다. 그동안 떠들썩하게 진행됐지만 수익률이 떨어졌던 법정 싸움과는 달리 최고의 수익률을 보장하는 일인데 한번 해 보시겠습니까? 물론, 도전에 실패하셔도 잃으셔야 할 건 없습니다."

"……마음으로 돈을 얻는다. 허허허…… 오랜만에 재미있군. 내가, 여기 있는 사람들이 응할 거라 생각하오?"

사람 좋게 웃는 얼굴. 차가운 눈동자, 빠르게 훑어 내리는 시선. 지원은 노사모님 둘째 아들의 눈빛이 아주 익숙했다. 한번 꺾어 보고, 깔아 보는 시선. 이젠 그리 당황스럽지 않았다.

"응하지 않으셔도 됩니다. 어디까지나 강제가 아닌 선택이니까요."

둘째 아들의 얼굴에서 서서히 표정이 사라지기 시작했다. 무표정 뒤에 마음을 감추려는 듯 무감각해지는 얼굴을 해 가지고선 지원을 마주 보기 시작하는 노년의 사내를 보며 그녀는 그 주변에 앉은 야심만만해 보이는 그의 아들들…… 노사모님의 손주들의 얼굴을 훑어보았다.

지원보다 나이가 많은 남자들. 검은 정장을 아직 벗지 않은 남자도 있었고, 그새 옷을 갈아입은 남자들도 있었다. 그러나 모두들 오랫동안 지속된 화려하고 윤택한 생활로 인해 자연스레 풍겨져 나오는 멋이 느껴지고 있었다.

'돈의 힘인가……'

그러나 곧 지원은 마음속에 잠시 들었던 생각을 털어냈다. 보통 회사원인 오빠도 그냥 일하다 퇴근하고 만나 저녁을 먹을 때조차 저보다 멋있었으니까.

지원이 잠시 생각에 빠졌다 다시 앞을 보는 순간, 소파 구석 젊은 남자가 눈을 찡긋하는 것이 눈에 들어와 저절로 눈살이 찌푸려졌다. 그리고 노사모님의 말씀이 기억났다.

'우리 손자들이 번듯하면 내가 짝지어 줄 텐데…… 손주들이 죄다…… 으휴……'

병실에서 한가롭게 대화 나누던 그분이 지금은 저세상 분이라는 현실이 잠시 지원을 휩쓸고 지나갔다.

'사모님. 보고 싶어요. 사모님 말씀처럼 손주분들은 정말 제 취향이 아니네요. 이 말 들으셨다면 고개 끄덕여 웃어 주시면서도 내심 마음 상하셨겠죠……. 사모님께서 맡겨 주신 이 자리가 버겁습니다.'

지원이 잠시 생각에 빠져 침묵을 지키는 동안 계속되던 정적은 누군가의 침 삼키는 소리가 마이크에 들이댄 것처럼 크게 들려오자 자연스레 깨져 버렸다.

"제안을 받아들이는 분들께는 지 변호사님께서 서면으로 정리된 세부사항을 안내해 드릴 겁니다. 자세한 사항은 그 서류를 참고해 주십시오. 그리고 주의 사항은 우선 제 제안에 동참하시는 분들은 언론이나 주변인들에게…… 그러니까 이 자리에 참석하신 분들을 제외한 어떤 분들에게도 제가 노사모님께 상속받은 사실을 절대 발설하셔서는 안 된다는 겁니다. 저에 대한 뒷조사나 개인정보를 얻으시려는 움직임이 파악되면 지금 드리는 제안은 철회되고 이 모든 재산, 제가 다 가지겠습니다. 개인신상까지 파헤쳐진다면 저 스스로를 보호하기 위해서라도 돈이 필요할 테니까요. 이의 있으십니까?"

사람들은 여전히 지원에게 집중한 채로 침묵했다.

"단 한 분께 두원그룹 주식과 본가를 드리겠지만 참여하시는 다른 분들께도 잔여 재산을 N분의 일로 나눠 드릴 생각이니까 끝까지 이 사항을 지키셔야 할 이유는 충분할 거라 생각합니다. 큰 액수는 아니더라도 동참하신 의의는 충분히 느끼실 수 있을 테니까요. 제 조건은……."

지원이 본격적인 조건을 제시하려 하자 그동안 표정을 잘 감추던 며느리들까지 노골적인 눈빛을 보내며 탐욕 어린 시선을 보이기 시작했다.

"제 조건은 간단합니다. 지금부터 노사모님의 3년 상이 끝나는 날까지 가장 모범적으로 생활하시고, 노사모님을 기리는 분께 3년 상이 끝나는 다음 날 주식과 본가 재산권을 이전해 드리겠습니다."

"뭐요?"

"뭐라는 거야?"

"장난해?"

"저년 뭐야?"

상환 판단을 위해 눈길을 돌리던 지원은 주변의 어수선함과는 별개로 열심히 서류를 챙기시는 지 변호사의 모습을 바라보았다.

"한 가지 더 추가하겠습니다. 제 제안에 동참하실 분이라면 앞으로 지 변호사님께 경어와 연륜에 맞는 예의를 갖추시고, 제게도 욕설이나 반말은 삼가셔야 합니다."

지원이 일어서며 지변에게 간단하게 인사한 뒤 사람들을 둘러보았다.

"저와 지 변호사님은 이만 일어나겠습니다. 지금까지 제가 드린 말씀은 강요사항은 아니니까 제 제안을 받아들이실 분들은 내일부터 지 변호사님께 동참 의사를 밝히시고 세부사항 자세히 안내받으십시오. 동참하실 분이 아무도 없으시다면…… 저는 오늘 상속받음과 동시에 조용히 편하게 살겠습니다."

자리를 벗어나려는 지원에게 중후한 음성이 들려왔다. 이젠 음성만으로도 말하는 사람이 노사모님의 둘째 아들인 것을 알 수 있었다.

"민지원 씨가 얻는 것은 뭡니까? 뭘 위해 이렇게 하는 건지 알아야겠소."

지원은 천천히 뒤돌아섰다.

"여러분들은 마음을 던져 돈을 얻으시고, 저는 돈을 던져 마음을 지키는 일이 될 겁니다. 그리고 제안에 참여하셔도 3년간, 주주로서 행사할 모든 권리와 권한은 여전히 제게 있음을 기억하세요. 답이 되셨나요?"

제가 얻는 건, 믿음을 저버리지 않았다는 스스로에 대한 자긍심일 겁니다.

"겨우…… 3년 누리고 말겠다는 겁니까?"

둘째 아들은 알 수 없는 표정으로 지원을 주시했다. 고개 돌려 살피지 않았지만 다른 이들의 표정 또한 별반 다를 것이 없을 거라 여기며 지원은 반쯤 돌려 섰던 자세를 바로잡아 그들을 바로 보았다.

"그 선택은 여러분의 행동을 바탕으로 제가 합니다, 여러분은 제 제안에 참여하실지만 결정하시면 됩니다."

묵묵부답으로 처음과는 사뭇 달라진 거실 안 사람들의 분위기를 뒤로하며 지원은 지 변호사의 에스코트를 받아 본가 밖으로 나섰다.

대문을 완전히 빠져나오는 순간 토해 내듯 큰 숨을 내뱉으며 드디어 끝냈다는 표정으로 지 변호사를 바라보자 지변은 푸근하게 웃어 주며 지원의 등을 가볍게 두드려 주었다.

"힘드셨을 겁니다."

"네에……. 저 이제 더 안 해도 되죠? 온몸의 기운이 다 빠져나간 것 같아요."

"운전하시기 힘드시면 제 차로 가시죠. 지원 씨 차는 저희 사무실 직원이 가져올 겁니다. 사무실 가서 서류 작성하신 뒤에 집까지 모셔다 드릴 테니, 제가 세부사항 정리해 놓은 것 보완해서 다시 연락드릴 동안 푹 쉬십시오."

"그럴 시간 있을까요?"

"결정하기까지 서로들 싸울 테고, 법률 문제까지 따지다 보면 충분히 며칠은 걸릴 겁니다."

"네에."

지변의 차를 타고 지친 몸을 쉬고 있던 지원이 침묵에 익숙해질 무렵 조용한 평온을 깨며 지변의 목소리가 들려왔다.

"고맙습니다."

"네?"

"저도 욕을 싫어하는데, 이 나이 될 때까지…… 이 집안사람들에게 한 번도 욕하지 말라고 말하지 못했습니다."

지원은 앞만 보며 운전하는 지변의 옆얼굴을 바라보았다. 한 기업의 높은 자리에 있으셨고, 썩 괜찮은 자리라고 생각했던 연륜 있는 변호사의 자리에서도 뭐 그리 못할 말이 많으셨을까. 하룻강아지 범 무서운지 모르고 뛰어든 제 모습을 되돌아볼 만큼, 지 변호사의 눈빛이 깊어져 있었다.

"네. 송 비서님. 평소보다 일찍 퇴근하도록 스케줄 조절하라고 하신 건 어제 일입니다."

— 오늘 스케줄 진행은요?

"오늘은 저녁까지 공식일정대로 진행하실 예정이시고, 지금은 오찬 모임 후에 각 부서장들과 비공식 회의 중이십니다."

— 퇴근 후 일정 말씀하세요.

"오늘 저녁 스케줄은 하버드 비즈니스 스쿨 동문모임에 가실 예정이십니다. 얼마 전부터 계속 꼭 참석하라고 비서실 통해서 연락이 왔던 터라 이사님께서도 이번엔 참석하시기로 하셨습니다."

— 다른 보고 사항은 없습니까?

"……네, 아직입니다."

— 그 정도 기밀 하나 볼 수 없을 만큼, 신뢰를 얻지 못하고 뭐하는 겁니까.

"죄송합니다. 송 비서님."

— 계속 이런 식이면 관장님께서 실망이 크실 겁니다. 좀 더 알아보고 다시 연락 주세요.

"네, 다시 연락드리겠습니다."

송 비서와 전화를 끊으며 한숨을 내쉰 정 비서는 이미 여러 번 살펴본 문 비서의 책상을 다시 한 번 뒤집어 보았다. 역시 지난번처럼 기밀 문서로 보이는 파일은 아예 흔적조차 남아 있지 않았다.

정 비서는 몸을 일으켜 시계를 쳐다보았다. 회의가 끝날 시간이 아슬아슬했지만, 송 비서의 채근에 떠밀리듯 작은 쟁반에 물수건을 챙겨 전무실로 들어갔다.

사무실에 들어선 그녀는 손에 들었던 것을 응접 테이블에 올려놓은 뒤, 집무책상 위를 살펴보다 주머니에서 마스터키를 찾아 잠겨 있는 책상서랍을 열려 했다.

철컥, 철컥.

철커덕하고 돌아갔어야 할 서랍 자물쇠는 어딘가에 걸려 열리지 않고 반만 회전하며 정 비서의 애를 태웠다. 수입가구인 전무님 책상에 맞춰 오늘 같은 날을 위해 어렵게 구했던 유럽형 마스터키인데, 아무 소용이 없자 정 비서의 얼굴에 짜증이 실렸다.

다행히 캐비닛은 열쇠가 맞아 들어가 하나하나 서류철을 찾아보았지만, 그곳에서도 그동안 문 비서가 홀로 진행해 오고 있는 내부 기밀 문서는 찾을 수 없었다.

정 비서의 시선이 다시금 열리지 않는 집무책상 서랍을 원망스럽게 노려보았다.

시간은 자꾸 흐르고, 회의가 끝날 시간은 다가오고 있었다. 그러나 포기하지 못하고 사무실 어딘가에 있을 비밀금고를 찾듯 벽면을 훑어 내리던 정 비서의 눈에 벽처럼 보이는 전무님 개인 휴식 공간 출입문이 보였다.

정 비서의 얼굴은 금세 할 수 있는 한은 다 해 보겠다는 듯 결심한 얼굴이 되어, 사무실 안쪽 전무님 개인 휴식공간인 베드룸으로 걸어가기 시작했다.

그러다, 살짝 열어 놓은 전무실 출입문 사이로 새어 들어온 인기척에 급하게 몸을 돌려 응접 테이블로 뛰어가 물수건을 손에 쥐고서 테이블의 먼지를 닦아 내듯 몇 번 걸레질을 하는 시늉을 하다가, 누가 온 것은 아니었는지 더 이상 소리가 들려오지 않자 식은땀을 닦아내며 시간을 확인했다.

이젠 정말 부서장 회의가 끝나 나가 봐야 할 시간이었다. 어렵게 잡았던 기회가 안타까웠지만 더 있다가는 들킬 것 같아, 쟁반과 물수건을 챙겨 들고 나온 정 비서는 몇 분 지나지 않아 회의를 마치고 돌아온 현민과 문 비서를 맞이하며 웃는 얼굴로 데스크 앞에서 인사하고 있었다.

그리고 그 시간, 송 비서는 갤러리 라무, 관장실 안 마호가니 책상 앞에 서 있었다.

"정 비서가 보고한 내용은 여기까지입니다."

높낮이 없는 건조한 목소리로 브리핑을 마친 송 비서는 앞에 앉은 여인의 지시를 기다리며 그녀를 바라보았다. 하얗고 잘 관리되어 주름 하나 없는 피부는 여인을 많이 먹어야 40대 후반으로 보이게 했지만 그녀는 이미 육십 대 초반에 접어든 혜성그룹 회장의 안사람이자 유현민 전무의 어머니인 서희 여사였다.

민지원. 32세. 대한대 간호학과 졸, 대한대학교 간호대학원 임상전공 휴학 중. 전 혜성병원 병동 간호사, 현 스카이병원 건강검진센터 실장.

〈가족사항〉

부친 민형기. 시청공무원 근무 중 27년 전 사망.

모친 이혜림. 생존. 전직 시청공무원 현 연금생활자.

언니 민예원. 생존. 현 혜성병원 병동 간호사, 배우자 강형석. MK은행 과장, 자녀 강예린.

경영지원 5팀장이 보고한 민지원에 대한 보고자료가 서희 여사의 손가락에서 휘리릭 무성의하게 넘겨졌다. 다음 페이지에 길게 서술된 상세 보고 내용이 남아 있었지만, 가족사항만 훑어봐도 더 이상 읽어 볼 필요가 없다고 판단한 서희 여사가 파일을 거칠게 덮어 버렸다.

무직인 편모를 모시고 홀로 사는 아이라. 그것만 봐도 그의 아들 유 전무와는 격이 맞지 않는 아이였다. 그런 아이가 어떤 식으로 아들에게 다가갔을지 눈에 빤히 보이는 듯해서 서희 여사의 공들여 관리받고 있는 걸 고운 이마에 신경질적인 주름이 깊어졌다.

'그래. 놓치기 싫겠지. 너 같은 아이들 내가 잘 알지.'

서희 여사의 눈에 먼 기억을 더듬는 섬광 같은 혐오의 눈빛이 서렸다 사라졌다.

"보고 내용 확실해?"

"네. 지금까지 확인한 바로는 그렇습니다."

"법무팀 석경원 이사, 출장에서 돌아오는 대로 들어오라고 해."

"네. 관장님."

그날 저녁, 승진 이후 모처럼 사적인 모임에 참석하기 위해 이동 중이던 현민은, 지원이 장례식 후 두원가 가족모임에 참석했으며, 고인이 비서 겸 양아들같이 여겼던 변호사와 접촉하고 있다는 보고를 받은 후 표정이 어두워졌다.

'무슨 일이길래……'

워낙 소문이 안 좋은 두원그룹의 3세들도 신경 쓰이고, 말 많은 두원가와 가까이 지내다 괜한 일에 엮이는 것은 아닌지 걱정되어 당장 전화라도 해 보고 싶었지만, 처음 경호를 붙인 건 이해한다 해도, 재우와의 상황이 다 끝났다고 말한 지금까지 위장 경호가 계속되는 것을 어떻게 받아들일지 몰라, 그럴 수도 없었다.

"그래서 지금 지인찬 변호사와 함께 있다고?"

"네, 변호사 사무실에 들어가신 뒤 이동 없으십니다."

"……경호인원 축소 계획 취소하고, 여자 경호원 증원해서 밀착 경호하라고 해."

"네, 전무님."

방관할 수 없었던 현민은 경호를 강화하라 지시한 뒤에도 굳은 표정을 풀지 못했고, 오솔길로 지나, 본격적인 행사가 이뤄지고 있는 W호텔 에스톤 하우스 야외정원으로 들어설 때까지도 지원의 생각으로 가득 차 있었다.

어둠이 검게 내려앉은 맨션하우스와 야외정원을 화려하게 장식한 보랏빛 조명들이 잔잔한 음악과 잘 어울려 제법 고급스런 분위기를 자아내고 있는 행사장 안으로 발을 내딛던 현민은, 입장과 함께 자신에게로 집중되는 이목에 맞춰 비즈니스 페이스로 표정을 가다듬었다.

현민이 많은 사람들과 악수하고, 별 의미 없는 미소를 주고받으며 안으로 걸음을 옮기는 사이 그의 모습을 발견한 진헌은, 오랜만에 사교계 모임에 등장한 혜성 후계자의 시선을 받으려 친구 녀석 주변으로 몰리는 여자들과, 인맥이 닿기 위해 여유로운 몸짓으로 그에게 말을 거는 남자들의 모습에 머리를 설레설레 흔들며 웃고 있었다.

개중에는 현민이 움직일 때마다 몸을 타고 흘러내리는 턱시도 아래로 드러나는 탄탄한 다리근육과 몸을 틀 때마다 보기 좋게 당겨지는 친구의 등근육으로 눈길을 주는 꽤 대담한 여자들도 있었기에, 진헌은 입술을 동글게 만들어 휘파람이라도 불 것처럼 장난기 가득한 눈빛으로 다가오는 현민을 지켜보고 있었다.

"봤으면 알아서 나와 줘야지."

"안 그래도 네가 잘 쳐내는데, 나까지 끼어들었다간 여자들 원망 다 나한테로 온다. 내가 그 짓을 왜 하냐."

테이블에 다가와 자리에 앉는 현민과 진헌의 인사에는 격이 없었다.

샴페인을 받아 든 현민은 하래에서 샴페인에 취해 나른하게 웃던 지원이 떠올라 설핏 미소 지었고, 오랜만에 만난 친구를 뚫어지게 바라보던 진헌은 뭔가를 알아내려는 듯 테이블에 몸을 바짝 붙여 앉았다.

"뭐냐, 너?"

"뭐가?"

"그렇게 혼자 웃는 이유가 뭐냐고."

"잔이나 들어."

현민이 샴페인을 들어 올려 건배하듯 잔을 끄덕인 뒤 가볍게 한 모금 마실 때에도 진헌은 시선을 거두지 않았다. 웃는다 해도 입꼬리만 올리던 녀석이, 미국에서 돌아온 후로는 그마저도 볼 수 없었는데…….

"회사 일이야? 신제품 개발했어? 유 전무, 내가 캐면 다 나온다."

"일만 하다 죽마고우 만나니까, 긴장 풀려 그런다."

"전에 마울른에서 만났었잖아. 언제였더라……. 좀 추울 때였지, 그때. 그렇지?"

"그래."

현민은 당연히 그날을 기억했다. 바람처럼 흔들리며 슬퍼하던 지원을 만났던 날.

그날의 지원이 떠올라 아릿해 오는 가슴팍을 달래기 위해, 현민은 현재의 지원을 떠올리려 애썼다. 변호사 사무실에서 뭘 하는 걸까.

"그날 바빠서 잠깐 얼굴만 봤었지. 너나 나나 점점 바빠지고 참 우리가……."

진헌의 목소리를 배경 삼아 계속 지원을 떠올리던 현민은, 샴페인과 칵테일을 들고 다가오는 동문들의 이야기에 동참하며 옛 이야기에 잠시 빠져도 보고, 잡다한 주제 속에 결국 은밀한 비즈니스로 귀결되는 대화를 듣는 척도 했지만, 이마저 지루하게 느껴져 어렵게 견뎌 내고 있었다.

집요하게 접근해 오는 여자들도 적당한 인사치레로 잘 넘기고, 끈적한 눈빛은 서늘한 눈빛으로 떨궈 내며 주변으로 모이는 사람들에게서 적당히 거리를 유지하는 현민에게 진헌이 다가왔다.

"뭘 그렇게까지 다 쳐내. 네 나이 봐서 적당히 좀 해라. 회장님께선 뭐라 안 하시냐?"

"내년까진 괜찮아."

"그러냐. 난 우리 어머니가 잡아 놓은 선만 이번 주 들어 두 건이다. 근데 넌 내년 지나면 어떻게 되는 거냐?"

"알아서 가야겠지."

현민이 툭하고 내뱉은 말이 체념처럼 들렸던지 진헌은 현민을 설득하기 시작했다.

"하긴 우리 결혼이야 알아서 정해지지만, 그래도 너희 부모님은 억지로 밀어붙일 분들은 아니시지 않냐. 나처럼 선자리 전전하기 전에 너도 이제 주변 좀 살펴. 네가 안 해 봐서 그렇지 선보는 거, 그거 참 뻔뻔하게 낯간지런 일이다."

그 소리에 현민은 속으로 '임자 찾았다. 인마.' 하면서 손에 든 잔을 내려다보며 미소 지었고, 그걸 본 진헌은 이번엔 제대로 잡았다는 듯 눈이 휘둥그레졌다.

"너, 진짜 뭐 있구나!"

"뭐가 있냐. 네 소리 듣고 보니, 우리 나이가 새삼스러워 그런다."

현민의 표정을 살피던 진헌은 앞으로 쏠려 있던 자세를 뒤로 편하게 기대어 앉았다.

"자식. 그렇게 여유 부릴 일이 아냐. 그렇게 관심 없이 굴다간 대진

그룹 차남처럼 영 엉뚱한 데 걸린다. 조심해라."

"대진그룹 차남? 윤태훈? 왜?"

"대진그룹 맏아들 스키 사고로 불구돼서 휠체어 신세 된 건 너 알지?"

"들었어. 그 사고 때문에 윤태훈이 그룹 후계자로 확정됐다면서."

"맞아. 그 앞날 창창한 윤태훈이가 글쎄 집안에서 반대하는 여자랑 못 헤어진다고 고집부려서 지금 그 집 발칵 뒤집어졌단다. 우리 어머니가 그 집 어머님하고 친하시잖아. 집에만 가면 누워 계시고 윤태훈은 그래도 못 헤어진다 그러고……."

현민의 인상이 굳어졌다. 지금 그의 상황에서 결코 듣기 편한 이야기는 아니었다.

"뭘 그렇게 반대해. 좋은 사람 만나서 못 헤어진다는데 그냥 허락하시지."

씁쓸한 입맛에 손에 든 잔을 입으로 가져가며 현민이 한마디 하자 진헌이 이내 그 말을 받아쳤다.

"그 집 어머님 유별나시잖냐. 하긴 아들 둔 어머니치고 아들 사랑 극진하지 않은 경우도 드물지만."

그동안 사교모임 출석률이 저조했던 현민을 위해 여러 가지 정보를 풀어 놓는 진헌의 말을 흘려들으며, 천천히 입안에 샴페인을 흘려 넣던 현민은, 조금 전 친구 녀석이 말한 어머니치고 아들 사랑 극진하지 않은 경우 드물다는 소리를 되새기다, 목소리를 낮춰 오는 진헌에게 시선을 돌렸다.

"뭐?"

"태훈이 그 자식이 만나는 여자가 꾼이란 소문이 돈다고."

"……."

"대진 사모님이 너무 안 헤어지고 못 헤어나니까 뒷조사 들어가셨는데, 우리 어머니 말씀 들어 보면 아직은 태훈이 막아서 그런지 딱히 나온 건 없는 것 같아. 그런데도 암암리에 여기저기서 태훈이 사귀는 여자가 전문적으로 놀던 여자란 소문은 돌고 있고. 스폰받는 애였다는 거지."

익숙한 수순 아니냐는 듯 그저 말없이 바라보는 현민에게 진헌은 꽤나 흔하고 흉한 스토리를 전하고 있었다.

"게다가 어딘지는 모르지만 잔챙이들 상대하다가 간이 커졌는지 대기업 아들을 꼬셔서 그 집안에서 한몫 단단히 챙겨 나왔단 소문도 있는 여자야."

"거기가 어딘데?"

"너 같으면 이름 돌게 놔두겠냐?"

"근데 그런 건 어떻게 알았는데?"

"선진그룹 차혁이 알지? 그 자식이 그 여자를 좀 안다더라. 노는 걸로도 유명했고 남자 후리는 기술도 대단한 애였다고 하더라고."

"태훈이 자식, 속 좀 썩겠는데."

현민은 천천히 잔을 들어 목을 축였다.

"말 마라. 걔 요즘 보기 어렵다. 그 여자한테 빠진 뒤론 모임에도 잘 안 나와."

"그래. 파티엔 빠지는 법 없는 녀석이 안 보이는 걸 보면, 빠지긴 빠졌나 보다."

"그렇지? 하하."

진헌의 말을 들으면서 현민은 지원을 생각했다. 입가에 흐린 미소를 물고 다시 샴페인을 한 모금 마시는 사이, 진헌이 취기가 도는지 주절주절 이야기를 늘어놓았다.

"하긴. 사랑에 취해 그런 애들한테 잘못 걸리느니, 너처럼 연애 안 하고 적당히 놀기만 하다 집안에서 정해 준 여자랑 결혼하는 게 훨씬 똑똑한 거지."

"뭐?"

"맞잖아, 너 즐기기만 하지 언제 제대로 사귀었냐? 나 이날까지 너 애인 있다고 시끄러운 거 못 봤다. 이젠 탄탄대로 급물살 타기 시작할 텐데 걸맞은 여자가 필요하다 이거 아냐. 그래서 격에 맞는 여자 옆에 앉히려고 연애도 안 하는 거고…… 네가 똑똑한 거다."

'그래, 지원이를 잡은 걸 보면 내가 똑똑하긴 한가 보다.'

현민이 찌푸렸던 미간을 펴며 잔을 입으로 가져갔다. 그런 여자를 찾아낸 자신이 똑똑한 건지, 운이 좋은 건지. 현민은 친구의 말을 들으며 계속해서 입가에 퍼지는 미소를 막지 않았다. 마음이 뿌듯했다. 무심결에 다시 술잔을 잡으려던 현민은 지원에게 취기 어린 목소리를 전하게 될까 봐 술 대신 생수잔을 집어 올렸다.

호시탐탐 옆자리에 앉으려 드는 여자들과 하우스 안에서 좀 더 친밀한 교제를 원하는 사람들, 한자리에 가만히 앉아 있어도 주변으로 사람들이 몰리는 탓에 쉴 틈 없이 의례적인 대화가 의미 없이 오가는 곳에서 그는 지원을 점점 더 그리워하고 있었다.

그로부터 여러 날이 지난 어느 날, 실장실을 벗어나자마자 곧 많은 사람들이 벌써부터 바쁘게 움직이고 있는 검진실 풍경이 눈앞에 펼쳐졌다. 반쯤 뛰듯이 걷는 간호사들의 목례를 받으며 지원은 부지런히 다리를 움직였다.

지원도 알고 있었다. 인수인계 때문에 윤 선생과 붙어 다니며 가르치는 모습이 종종 노출되자 직원들 사이엔 자연스레 지원의 퇴사 문제가 소문나기 시작했다는 걸.

'실장님, 혹시 퇴사하세요?'

'무슨 소리 들었어?'

'다들 그래요. 실장님 퇴사하신다고, 정말이에요?'

'음…… 그렇게 됐어.'

귀 밝아 이미 아는 사람은 어쩔 수 없지만, 모르는 사람들에겐 퇴사

일이 주 전에 정식으로 알리려 마음먹었었는데 역시나. 병원도 사람 많고 말 많은 곳이다 보니 병동은 몰라도 검진센터 직원들 중엔 지원이 퇴사 준비 중이란 소식을 모르는 사람이 거의 없을 만큼 소문이 빠르게 돌았다.

직접 퇴사 여부를 묻는 직원까지 생겨나자 지원은 더 이상 감추지 않았고, 때문에 쉬고 싶을 때도 혹시나, 끝이니 저런다 하는 소리가 나오게 될까 봐 더욱 쉬지 못하고 스케줄 표에 따라 오차 없이 업무를 진행해 나가느라 힘이 부쳤다.

그렇게 바쁘게 인수인계 작업에 매달리던 지원이 의아하게 생각하는 부분이 있었는데, 언제부터인지 박 이사와 마주치게 될 때면 그가 먼저 눈을 피하며 슬쩍 자리를 피한다는 것이었다.

'그럼, 민 실장 우리 직원들 잘 좀 가르쳐 줘요.'

'이사님, 같이 보시죠. 지난번에도 잘 모르겠다고 부르셨잖아요.'

'아니, 난 외부에서 나가 봐야 해서.'

직원들도 의아한 눈빛을 보내는 딱 그 시간에 반복되는 외근은 의도된 것이 분명했다.

복도 저 끝에서 지원의 그림자만 보여도 이리 오라며 손짓하고, 지원이 무시하고 지나치려 하면 거의 뛰다시피 다가와 차라도 한 잔 대접하겠다며 끈적하게 굴던 사람이었는데, 일부러 피하는 모양새가 어색한데도 계속 자리를 피하는 걸 보면 분명 누군가에게 경고를 받은 것 같기도 했다.

'원장님이 아시고 한 말씀 하셨나?'

지원은 남아 있는 직원들을 위해서라도 박 이사님의 행동이 변화된 것을 다행스럽게 생각하며, 제 일에 바빠 이사님의 변화에 대한 관심을 거두고 일에만 매달렸다.

그렇게 바쁜 일과를 보내는 동안 현민과의 전화 통화는 만나지 못하는 것에 비례해 점점 늘어났다.

그는 가끔 장례식 이후에도 너무나 바빠하는 지원에게 왜 그렇게 바쁜지 강한 호기심을 나타내며 질문을 던지기도 했지만, 지원은 자신이 잠시 연극에 동참해 줄 뿐인 이 일을 어떻게 설명해야 될지 몰라 그저 일상적인 안부로 말을 돌리다 통화를 마무리하곤 했다.

3년이 지나면 지변 사무실에 나가 누군가에게 재산권을 이전해 주고 끝나게 될 일. 타인의 것을 잠시 맡아 두게 된 일을 시끄럽게 떠들거나, 처음엔 저 자신도 놀랐던 일을 누군가에게 이해시킬 자신도 없었기 때문이었다.

모든 일은 지 변호사님이 맡아서 처리하시되 두원가에 속하지 않은 낯선 사람이 나타나 실제로 재산을 모두 뺏길 수도 있겠다는 현실감을 느끼게 하는 것이 제 할 일의 전부였다. 때문에 지원은 두원가와 관련된 일을 되도록이면 단시간에 몰아서 처리하고 일상을 되찾기 위해 노력했다.

지 변호사님 바쁘시면 지원이 퇴근 후 변호사 사무실을 찾았고, 서로가 바쁜 날은 지 변호사님께서 점심시간에 병원을 찾아오시기도 하며 제안 사항의 세부수식을 정하고, 설명 듣는 시간을 가졌다.

그러던 중 며칠 전에는 변호사님 사무실에서 우연히 윤지환 씨를 마주쳤었다. 지원이 놀라워하자, 변호사님께서는 윤 보좌관의 부친인 윤 의장님과 자신이 막역한 친우 사이라고 알려 주셨고, 윤지환 씨도 처음 만난 날의 불편함을 상기하는 일이 없도록 편하게 행동하며, 앞으로 보더라도 친구처럼 대해 달라는 말을 해 왔었다.

지원이 그런 시간을 보내는 동안, 두원가 사람들은 생각보다 빨리 개별적으로 하나둘 연락을 해 와 동참 의사를 밝히기 시작했고, 사람들을 대면한 지 변호사님께서는 가족 내에서도 분파가 형성된 것 같다는 말씀을 전해 주셨다.

제안 참여 명단이 확정되면, 관리, 평가, 법적 문제를 담당하실 지 변호사님이 혼자 바빠지시게 될 텐데도, 그는 늘 지원에게 힘들지 않냐고, 미안하고 고맙다는 말씀을 먼저 건네며 그녀를 도리어 미안케 했다.

빠아앙.

다른 직원들보다 늦은 퇴근을 하는 지원이 병원 문을 나서자마자 주차장 쪽에서 클랙슨 소리가 들렸다.

빠아아앙.

그대로 지나치려던 지원의 걸음을 붙잡으려는 것처럼 다시 한 번 길게 들려오는 클랙슨 소리에 지원이 유심히 쳐다보자, 운전자석 문이 열리며 현민의 웃는 얼굴이 나타났다.

"오빠?!"

"퇴근이 늦네."

종종걸음으로 다가간 지원의 등에 손을 대고 조수석으로 이끈 현민이 차 문을 열어 지원이 타는 것을 지켜보았다.

"전, ……오빠도 얼른 타세요."

전화도 없이 무슨 일이에요? 라고 물으려던 지원은, 현민의 갑작스런 방문에 자신이 반가움을 먼저 느꼈다는 걸 깨달으며 말을 삼켰다. 그의 행동에 화나고 두렵기는커녕, 반갑기만 하다니. 저처럼 그도 보고 싶은 마음이 커서 달려왔을 뿐이라고 단번에 이해되다니…….

"안 혼내?"

"혼날 일 했어요?"

"혼내면 혼나려고 그랬지. 아니면 너무 바쁘신 우리 애인님을 어디 만날 수가 있어야지."

"정말 혼내면 어쩌려고요."

"혼내. 적어도 혼나는 동안엔 얼굴은 볼 수 있으니, 아예 안 보는 것보단 나아."

지원이 웃고, 그가 웃었다. 차를 움직여 도로로 접어든 뒤부터 손을 잡고 놓지 않는 그의 온기가 좋았다. 세상이 따뜻한 것 같았다.

"우리 어디 가요?"

"맛있는 거 먹이려고."

'밥 하난 잘 먹일 자신 있다고 꼬셔서. 얼른 내 여자 만들려고 그러는 거야. 열심히 먹고, 포동포동 살쪄서 나한테 와.'

그가 전에 말했던 목소리가 다시 들리는 듯했다.

"같이 먹어요. 맛있는 거."

제 말에 누구에게도 보여 주고 싶지 않은 눈부신 미소를 짓는 현민의 옆얼굴을 보며, 지원은 마음이 찡해지는 것을 느꼈다. 입이 간질거렸다. 행복한 것도 같았다. 그가 웃을 수 있는 말을 아주 많이 하고 싶다는 생각이 들었고, 그의 손에 잡힌 제 손이 부러울 만큼 그에게 안기고도 싶었다.

갑자기 마음에 작은 먹먹함이 찾아와 지원은 창밖을 바라보았다. 어두워지는 거리엔 수많은 연인들의 모습이 보였다. 평범하게 만나, 평범하게 사랑하는 사람들.

"무슨 생각해?"

"그냥요."

"뭔데."

그가 제 손 안에 들어 있는 지원의 손을 힘주어 잡았다.

"지나가는 사람들 봤어요."

"사람?"

"연인들이요. 평범하게 만나서 예쁘게 사귀는 사람들이 부러워서요."

"뭐가 부러워. 우리도 이렇게 퇴근하고 데이트하잖아. 평범하게."

"난 첫인상이 나빴잖아요. 오빠도 내가 예쁠 때 봤으면 좋았을 텐데."

"……이리 와 봐."

지원이 몸을 운전석으로 조금 당겨 앉자, 현민이 오른손을 뻗어 정수리의 머리카락을 헝클어뜨리며 쓰다듬었다.

"그러지 마. 너 첫인상 좋았어. 내가 푹 빠질 만큼 예뻤잖아. 기억 안 나?"

"……풋."

분명하게 떠오르는 그날의 모습이 예뻤다니, 지원은 웃으며 눈길을 아래로 떨어뜨렸다.

"정말이야. 너니까 내가 떨렸고, 너니까 내 마음에 들어온 거야. 너 그거 알아야 돼."

"……네."

지난번부터 기억하라고 강요하는 것들. 너니까 마음에 들어온 거라는 말. 이젠 그렇게 기억하는 게 아니라, 믿고 싶어진다.

쥐고 있던 손가락 사이사이를 벌리며, 깍지 낀 그가 진지하게 말해 왔다.

"사랑해. 지원아."

"……."

신호에 걸려 잠시 차를 세운 현민이 옆으로 고개를 돌렸을 때 소리 없이 미소 짓는 지원의 시선이 그의 어깨에 닿아 있었다. 작게 웃음 짓는 너의 숨소리. 이제는…… 한 번쯤 못 이기는 척 너도 사랑한다고 답해 주면 좋겠는데. 하지만 지원은 여전히 미소만 짓고 있었다.

"나는 너한테 고마워. 밤새 같이 있자고 했을 때 미친놈 취급 안 하고 같이 있어 줘서."

"오……빠……."

"나는 내 여자 흠잡는 거 못 봐. 그러니까 너도 내 여자에 대해선 좋은 말만 해."

"네……."

"예쁘다."

지원의 얼굴에 엷은 홍조가 보였다. 현민은 그런 지원이 사랑스러워

망설임 없이 입술을 내려 가볍게 입술을 부딪쳤다. 장난치듯 내리누르는 입맞춤에 지원이 미소 짓자, 그대로 멀어지는가 싶었던 현민이 다시 다가와, 다급하게 지원의 입 안으로 파고들었다. 주변을 잊은 것처럼 계속되는 키스에 세상이 아득해지고 모든 소음이 차단되어 갔다.

빠아앙.

"흡."

시간의 흐름이 멀어지고 호흡이 달아오를 때 갑자기 지원의 귓속으로 파고든 클랙슨 소리에 맹목적으로 현민에게 빨려 들어가던 그녀의 몸이 흠칫 굳어졌다.

빠아앙, 빠아앙.

"풋…… 푸하하……."

잔뜩 굳어진 지원이 현민을 밀어내더니 고개 숙인 채 조수석 의자에 숨어들 듯 깊이 등을 묻어 버렸다. 놀란 듯 난감한 표정을 짓는 지원을 보며 현민은 뭐가 그렇게 재미있는지 소리 내어 웃으며 차를 움직이기 시작했다.

신호가 푸른 등으로 바뀐 지 얼마 되지 않은 것 같은데 벌써 뒤차가 보내오는 클랙슨 소리는 신경질적으로 변해 있었고, 몇몇 차들은 옆 차로로 우회해 나무라듯 현민의 차 옆을 느리게 지나며 구경하는 듯했다.

옆 차선를 지나는 차량 운전자의 시선이 따갑다고 느낀 지원이 안쪽으로 고개를 돌리며 차창을 외면하자 현민이 차의 속도를 높이며 말했다.

"창피해?"

"그럼 안 창피해요? 어떡해. 다 봤을 거야……."

"본 사람들 다 부러워했을 테니까, 걱정하지 마."

"무슨 소리예요?"

"세상에 태어나서 이렇게 사랑하기 쉬운 일 아니잖아. 그리고 장차 내 마누라 될 사람이랑 키스 좀 한 게 뭐 그렇게 부끄러워? 하, 갑자기 속이 다 시원하다. 이런 건 사람 많은 데 가서 해야 되는데."

"에?!"

"세상 사람들한테 민지원은 내 사람이다, 건들지 마라, 하고 싶어서."

씽긋 웃음 꼬리를 입가에 매단 현민의 옆얼굴은 즐거워 보였다.

"말도 안 돼."

"뭐가 말이 안 돼?"

"내가 이 사람, 저 사람 이상하게 행동하고 다닐 것 같아요?"

"아니."

시선은 운전으로 바빠 여전히 도로를 주시하고 있었지만, 얼굴 표정만은 여전히 만족스러운 듯 보이는 현민의 목소리가 낮고 부드럽게 울려 왔다.

"근데 왜 그래요……."

"질투하는 거야. 너 보고 싶은데 못 보니까. 네가 너무 바쁘잖아."

"……."

"내 사람이라고 말해 본 적 없으니까, 내 거라고 외치고 싶기도 하고."

현민은 말을 한 뒤 다시 운전에 열중했다. 그러나 속마음은 뒤이어 나올 지원의 똑 부러진 말을 담담하게 넘기기 위해 노력하는 중이었다.

'난 아직 나예요. 오빠 거 아니에요.'

예전에 그 사람이 정리되기 전까진 어떤 의미도 담지 않겠다 했었고, 누구의 것이 아닌, 그저 자신은 자신의 것이라 했던 지원이 오늘은 어떤 말을 할 것인지 그는 무척이나 궁금했다.

현민이 고개 돌리자, 지원은 긴장한 그와는 달리 창밖을 보며 느긋한 표정을 짓고 있었다. 확실한 거절보다는 무응답이 차라리 낫다고 생각하며, 반걸음 더 다가갔다 생각하자 다짐하는 현민에게 지원의 웅얼거리는 소리가 들려왔다.

"그럼 외쳐 봐요."

"어?!"

"말해도 된다고요. 자기 거, 자기 거라 그러는데 누가 뭐라 그러겠어요."

"민지원!"

"네?"

"순둥아! 야! 너⋯⋯!"

"왜에."

왕복 10차선 도로를 달리던 차에 비상등이 켜지더니 급하게 인도 쪽으로 차 앞머리를 꺾기 시작했다. 간석 가까이 걷던 인도 쪽 사람들은 급한 일이 있는지 다소 속도감이 있게 차를 세운 은회색 세단을 힐끗 쳐다보았다.

차를 세운 현민은 지원을 향해 몸을 틀더니 갑작스런 차선 변경과 성급히 움직이는 현민의 행동으로 놀란 지원의 동그란 눈을 마주 보며 뭔가를 진정시키듯 숨을 들이켰다.

"지원아."

두 팔을 벌려 지원을 끌어안고, 작은 어깨에 고개를 파묻으며 거친 숨을 몰아쉬던 그가 지원의 뒷머리를 쓸어 내렸다.

"고맙다."

푹 가라앉은 목소리. 한참을 그렇게 안고 있던 현민의 억눌린 목소리가 흔들리는 숨결과 함께 지원의 귓가에 들려오자, 지원도 그의 어깨에 얼굴을 묻은 채로 작게 중얼거렸다.

"내가 고마워요."

그 말 한마디에 이렇게 좋아해 줘서 고마워요. 나 혼자 가슴 뛰는 게 아니라. 맞닿은 가슴이 더 세게 두근거리고 있는 걸 느낄 수 있게 해 줘서 내가 더 고마워요.

"사랑한다."

"……이제 그만 봐요. 사람들 쳐다봐요."

지원이 상기된 얼굴로 현민의 팔을 풀어내며 밀어냈다. 여전히 사랑한단 말도, 나도……라는 말도 건네지 않은 지원이었지만 현민은 행복했다.

밀어내는 지원의 말을 들으며 앞을 본 현민의 눈에 들어온 사람들의 호기심 어린 시선과 또다시 창가를 등지며 얼굴을 감추고 싶어 하는 지원의 창피해하는 모습에 현민은 이루 말할 수 없는 행복감을 느꼈다.

"배고프지? 밥 먹으러 가자."

"빨리요."

시동을 걸며 도로 상황을 살피려 고개 돌린 현민의 모습에 지원은 어딜 가든 제발 빨리 출발하자고 서둘렀고, 현민은 너털웃음을 지으며 서서히 인도에 선 사람들의 시선에서 벗어나고 있었다.

차는 한남대교를 지나 남산 옆길로 접어들었다. 방금 지나온 여러 갈래 길의 복잡한 도로와는 달리 도로가에 심어진 키 높은 고목들에 둘러싸인 길은 지원의 마음을 편안하게 해 주었다.

잘 가꿔진 T호텔 진입로, 국립극장 앞 한적한 인도, 언덕배기에 세워진 건물 옆으로 높다란 옹벽이 갤러리 전시벽처럼 각기 어울리는 조명이 설치되어 있어 사람들의 시선을 사로잡고 있었다.

"아…… 저 길 걸으면 좋겠다."

"걷는 거 좋아하지?"

"네."

"……내가 출장 다녀오면, 그땐 스케줄 맞춰서 잠깐이라도 여행 다녀오자."

"또 출장 가요? 어디로요?"

"어. 독일. 한 달쯤 남았는데, 이번엔 좀 길어. 한 보름 정도."

"으음…… 길다. 뭐 하러 가는 건데요?"

"가을에 중요한 일이 있어서 미리 다녀오는 거야. 현지 확인차. 되도록 빨리 올 거야."

"······오빠."

"왜."

신호에 잡혀 서 있는 차들 앞으로 몇 안 되는 사람들이 횡단보도를 건너고 있었다.

"뭐 하나 물어봐도 돼요?"

"음, 물어봐."

"······오빠 무슨 일 해요? 생각해 보니까, 어디 회사인지도 아직 몰라서요."

앞만 보고 있는 그의 얼굴에 흐릿하게 남아 있던 미소가 쓸쓸하게 변한다고 느낀 지원은 고개를 한쪽으로 기울이며 그의 얼굴을 더 자세히 보려 애썼다.

"처음엔 어쩌다 보니 그랬고, 나중엔 말해 주고 싶었는데······ 마음에 걸려서 말을 못했어. 나 혜성그룹 다녀. 혜성전자. 이번 출장도 신제품 발표 사전 준비 차원에서 가는 거야."

"아······."

"안 그래도 주말에 말하려고 했었는데. 늦어서 미안하다."

"아니. 말해 줬음 됐죠, 뭐. 우리 다른 얘기해요."

지원은 현민에게 미안했다. 누구보다 속속들이 지원의 일을 다 알게 된 사람. 그러다 보니······ 자신이 불매운동까지 한다는 기업이 혜성그룹이란 건 적어도 희라원에서 그 난리가 나기 전에 이미 알았을 사람.

'내가 이 사람한테 무슨 짓을 한 거지. 과거가 현재에 오버랩 되는 것이 싫어 나름대로 구분 짓고, 경계한 건데 이 사람은 다니는 회사 이름도 말 못해 줄 만큼 혼자 살얼음판 걷듯 조심하고 있었구나.'

"많이 놀랐어?"

"아뇨. ······우리 지금 어디 가는 거예요?"

회사 이야기를 회피하는 지원의 마음이 무거워졌을 것을 알아, 현민

301

또한 지원이 표면적으로 원하는 대로 다른 이야기를 꺼내며 더 이상 회사 이야기를 하지 않았다. 그저 주말에 지원을 만나 하래로 가야겠다고. 품에 안고 할 이야기. 지금처럼 운전하느라 눈동자조차 마주 보지 못하면서 대충 할 이야기는 아니니, 그때 지원을 안고 말하자고 마음먹었다.

"어. 여기도 영화 상영하나 봐요."

지원이 고개 돌려 밖을 보다 육중한 건물벽에 붙은 영화 상영 플래카드를 보고는 신기한 듯 말하기 시작했다.

"어, 그 안에 자동차극장 있단 소리 들었던 것 같다."

"와."

"뭐가 '와' 까지 할 일이야."

"부럽잖아요. 자동차극장도 가 보고."

"부러워?"

"그럼요. 낭만적이잖아요. 옛날에 TV에서 외화 할 때 보면, 애인들끼리 자동차극장 가고 그러잖아요. 어린 맘에 얼마나 신기하고, 창피했는지……."

"왜?"

"자동차극장 가면 연인들이 다 키스하더라고요. 공터에 자동차들 꽉 들어차 있고 차마다 팝콘 먹는 가족들, 키스하는 연인들, 싸움하는 연인들…… 어릴 때 본 영화라서 그런지 자동차극장 하면 자꾸 그 장면만 생각나곤 했어요."

"거, 도대체 몇 살 때 그런 영화를 본 거야?"

"초등학생 때요. ……뭘 그런 눈으로 봐요. 나라에서 봐도 된다고 TV로 틀어 준 영화였는데."

짓궂은 눈빛으로 바라보는 현민 때문에 무심코 옛 기억을 말하던 지원의 얼굴이 붉어졌다.

"일반 극장보다 자동차극장이 더 좋은 이유가 그거야?"

"아니…… 그게 아니라, 한 번도 못 가 봤으니까 신기해서 그런 거죠!"

"뭐가?"

"능글맞은 표정 짓지 말고요!"

"안 그래."

그러나 현민은 계속 웃고 있었다.

"진짜."

"알았어. 그만할게. 자……. 거의 다 왔다."

지원의 머리에 스팀이 오르기 시작할 때 즈음, 현민의 차는 조경이 잘된 길로 접어들고 있었다. 그곳은 현민이 종종 찾는 그룹 자회사인 G호텔이었다.

현민의 차보다 앞서 달린 경호팀 차량이 호텔 정문 상황을 체크한 뒤 양식당까지의 진로를 정리해 놓은 상태였고, 현민의 뒤를 따른 차에서 내린 경호원들은 소리 소문 없이 주변사람들과의 거리를 벌리며 그 곁에서 걷고 있는 지원이 눈치채지 못하도록 경호하고 있었다.

양식당 주방은 현민의 갑작스런 방문에 난리가 났지만 정작 그 원인 제공자인 현민과 지원은 조용한 룸으로 안내되어 소소한 데이트를 즐겼다.

어뮤즈 부시를 나누고, 블랙트러플 가리비구이, 그리씨니로 시작하여 화이트트러플 소스를 얹은 한우 안심스테이크로 이어진 지원의 식사와 꽃새우 타르트, 밤크림 스프, 오리가슴살을 곁들인 푸아그라로 식사를 시작한 현민의 식사가 이어지는 동안 소믈리에가 따라 주는 와인를 곁들여 본격적인 대화가 무르익고 있었다.

"이런 데 자주 와요?"

"와야 되면."

"앞으로도 나 데리고 이런 데 자주 올 거예요?"

"물론."

대답을 들은 지원은 입술을 오므렸다. 눈동자도 이리저리 움직이며 뭔가를 골똘히 생각하는 것 같았다.

"쪼그마한 머리로 무슨 생각을 그렇게 해?"

목이 긴 투명한 유리잔을 들어 올려 차가운 물로 입안을 정리한 현민이 지원을 바라보며 물어왔다.

"……꽤 낭만적인 데이트란 생각."

"그리고?"

"우린 지금처럼 가끔씩 만나는 게 좋겠다는 생각 같은 거?"

"무슨 소리야?"

"날마다 이러다간 오빠 지갑 거덜 날 것 같다고요. 그럼 곤란하잖아요."

"하하하하하."

"왜 웃어요?"

"내 지갑 거덜 나도 되니까, 많이만 먹어. 기왕이면 빨리 포동포동해지면 더 좋고."

"……."

"왜 말이 없어?"

"왠지 포동해지면 잡아먹겠다는 소리로 들려서, 얌전히 있다 가려구요. 새끼 돼지 통구이도 떠오르고."

"하하하. 가긴 어딜 가, 영화 봐야지."

"영화요? 우리 영화도 봐요?"

"어."

영화. 오랜만이었다. 언제 적 보고 안 봤는지…… 이젠 이 사람이랑 그런 소소한 것들을 다시 시작하는 거다. 내 것이 아니라고 담 쌓고 살던 것들 속으로 크게 한 발 내딛는 기분.

아무도 짐작 못하겠지만 지원에게 있어서는 먼 바다를 건너 신대륙에 첫발을 내딛는 것만큼이나 의미 있는 일이었다. 자신 안의 틀을 깬다는 건. 지원에게 있어서 스스로를 구속하던 사슬을 끊어 내는 의미 있는 절차, 새로운 인생의 시작을 의미했다.

"그럼 영화는 내가 보여 줄게요. 빨리 먹어야겠다. 예매도 안 했는데 잘못하면 우리 심야영화 보게 생겼어요."

지원의 입가에 편안하고 보기 좋은 미소가 머금어졌다.

"천천히 먹어. 내가 예매해 놨어."

덩달아 기분 좋아진 현민이 그런 지원의 모습을 빠짐없이 눈에 담으며, 마치 보이지 않는 손으로 그녀의 들뜬 마음을 다독이듯 말해 왔다. 지원의 마음을 이해하는 것처럼.

"정말요? 바쁜 사람이 예매는 또 언제 했대요……. 감동하겠네."

"하하. 영화표 예매해 놨다고 감동까지 해? 더 멋진 이벤트 준비하면 어떻게 하려고."

기분 좋은 웃음소리. 무표정할 때 느껴지는 위압감과는 거리가 먼 싱그러운 웃음이 그의 얼굴에 가득했다. 저만치나 밝게 웃는 그의 마음이 고마웠다.

"나 땜에 일부러 예매해 놓고 기다려 준 마음이 고마워서 감동하는 거지, 드라마처럼 골드클래스 상영관 통째로 빌려서 썰렁한 데 둘이 앉아 와인 마시면서 영화 보는 거…… 뭐, 그런 일에 감동해야 되는 건 아니잖아요."

"그런 거…… 싫어? 보통 다 좋아하지 않나?"

"사람마다 감동받는 포인트가 다르니까요. 남들은 어떤지 모르겠는데 난 그런 거 돈만 아깝고 싫을 것 같아요. 그 돈 있음 저축하든, 꼭 필요한 데 기부하든지, 아님 같이 영화 보고 싶은 사람들 다 불러서 그 자리들 채우든가…… 그런 이벤트도 어색해서 싫고, 그런 식으로 돈 쓰는 사람도 속이 덜 찬 사람 같아서 싫어요. 돈은 꼭 써야 할 때 잘 써야 하는 거잖아요."

"아. 지원인 그렇구나."

"오빠 어떤데요? 그런 거 좋아해요?"

"아니. 나도 그런 건 싫어."

그들의 식사는 그렇게 이어지다, 디저트가 나오기 전 회사에서 연락이 왔다며 양해를 구해 왔다.

"회사에서 연락이 왔었는데, 금방 나가서 전화 통화만 하고 올게."

"네, 다녀오세요."

지원의 미소로 배려받으며 룸을 빠져나온 현민은 어딘가 전화를 걸어 무언가를 취소시킨 뒤 대화를 나누다 전화를 끊고, 다시 룸으로 돌아왔다.

라벤더 아이스크림 몽블랑과 발로나 초콜릿 캐러멜 아이스크림, 마카롱과 초콜릿으로 채워진 쁘띠 디저트 접시를 앞에 두고 웃고 있는 지원을 보며, 향 짙은 커피를 마시던 현민이 핸드폰에 도착한 문자를 확인했다.

[상영시간 21시 50분 예매되었습니다. 표와 기타 필요 물품은 전무님 차 뒷좌석에 준비해 놓았습니다.]

"바쁜가 봐요."

"별로."

현민은 대수롭지 않게 답하며 핸드폰을 주머니에 넣었다.

"우리 극장까지 가려면 이만 일어나야 되는 거 아니에요?"

"어. 9시 50분. 50분쯤 남았으니까 괜찮아. 극장도 가깝고, 가는 데 시간 얼마 안 걸려."

"난 극장 급하게 들어가는 거 싫은데 그만 일어서요, 오빠. 가는 시간이 있잖아요."

"정말 가까워."

"어딘데요?"

"아까 봤던 자동차극장."

"어? 정말요?!"

"그러니까 천천히 일어나."

현민이 다시 찻잔을 들어 올려 차를 마시자 지원은 손에 들고 있던 가방을 내려놓으며 신기하다는 표정으로 웃었다.

"정말 거기 가는 거예요?"

지원의 두 눈이 즐거움에 반짝였다. 별것도 아닌 자동차극장에 가자는 것이 저리도 좋을까. 새삼 대학 다닐 때도 공부만 하다가 겨우 자신에게 허용한 자유가 요리 학원이라 했던 말이 떠올랐다.

"그렇게 좋아?"

"네. 한 번쯤 가 보고 싶었거든요. 신기해요, 정말. 내가 자동차극장 가 보고 싶었던 거, 오빠 조금 전에 알았잖아요. 그런데 어떻게 이럴 수 있죠?"

"훗. 마음이 통했나 보지. 우리 애인이잖아. 차 마셔. 식는다."

지원은 뭔가 통하는 느낌이 들어서 기분이 더 좋았다. 조용한 룸 안에서 기분 좋아 방실방실 웃으며 차 마시는 지원과, 느긋하니 앉아 그런 지원을 보며 미소 짓는 현민이 여유로운 시간을 즐기고 있었다. 포근하고 따뜻한 애정으로 채워진 공기가 마주 앉은 그 두 사람 사이에 가득하니 채워졌다.

"계속 걸어야 돼?"

지원의 손을 잡고 걷고 있는 현민이 뭔가 불만스런 표정으로 지원을 내려다보았다.

"조금만 더 걸어요. 맛있는 거 잔뜩 먹고, 또 영화도 앉아서 봐야 하는데 소화가 안 되잖아요. 아직 주차장에 진입도 못하는 시간이니까 여기서 좀 더 걸어요."

"그래, 그럼."

식사를 마친 두 사람은 자동차극장 맞은편 국립극장에 주차하고, 남산 산책로를 올라갔다 내려오는 길이었다.

현민은 지원이 기분 좋은 얼굴로 제 손을 의지해서 걷는 것도, 이따금 눈을 감고 밤공기를 폐부 깊숙이 들이마시는 모습을 보는 것도 가슴 뻐근한 기쁨으로 느끼고 있었기에, 더 걷자는 그녀를 말리지 않았다.

정장을 입은 커다란 남자가 아이보리 스커트에 파스텔 민트 재킷을 입고 있는 피부가 하얀 여자를 사랑하는 눈빛으로 바라보며 하릴없이 걷고 있는 모습은, 남들 보기에도 기분 좋은 미소가 지어질 만큼 잘 어울리는 모습이었다.

두 사람이 걷고 있는 주차장은 현민의 차가 진입할 때 북적이던 모습과는 달리, 관객들의 차량이 많이 빠져나가 허전할 만큼 텅텅 비어 있었기에, 얼굴을 노출하고 같은 자리를 맴돌고 있는 현민이나 보이지 않게 그들을 둘러싸고 경호 중인 요원들의 얼굴에선 처음보단 난감함이 많이 가신 상태여서 좀 더 걷자는 지원의 바람이 쉽게 이뤄진 것이었다.

그런데 그렇게 즐거워하며 걷던 지원이 이따금 고개를 돌려 이리저리 둘러보던 것이 몇 번 반복되더니 현민의 손을 잡아끌며 주차된 현민의 차 쪽으로 걸음을 옮기기 시작했다.

"오빠. 우리 가요."

"실컷 걸었어?"

"그건 아닌데."

"그런데 왜?"

"그냥…… 아까부터 누가 보는 느낌이라서 좀 불편해요."

"누가……?"

현민은 살짝 미간을 찌푸리며 자신의 차가 주차된 주변에 자리 잡은 경호차량을 슬쩍 쳐다봤다.

"저기, 사람들이요. 아까 호텔에서도 봤던 사람들인데 여기서도 또 보는 거예요. 상관없는 사람들이니까 어쩌다 장소 겹치고 어쩌다 눈이 마주치는 건 알겠는데, 왠지 신경 쓰여서요."

지원의 말에 고개 돌린 현민이 바라본 곳엔 얼굴은 잘 보이지 않지만, 평범한 샐러리맨으로 보이는 흔한 외모의 남녀가 차에 타서 도란도란 이야기 나누는 모습이 보였다.

"보통 연인들 같은데 신경 쓰여?"

"데이트 코스가 같은 것일 수도 있는데…… 왠지, 좀…… 가요, 우리."

"기분 나빠? 내가 가서 호텔에서부터 우리 따라왔냐고 물어볼까?"

"에?! 아니. 아니에요. 난 심각했는데 장난만 치고…… 못됐어요, 정말. 가요."

입술을 뾰족하게 내밀고 한 걸음 앞서 걷기 시작한 지원에게 현민이 성큼 다가갔다.

"지원아."

"왜요."

"내가 알아두고 미리 조심하려 그러는데…… 혹시 그날이야?"

이 남자 표정이 정말 심각하다. 덩달아 심각해진 지원이 그의 얼굴을 걱정스럽게 쳐다보다, 그의 눈빛에서 장난기를 발견한 순간 얼굴이 달아오르는 것을 느끼며 소리쳤다.

"무슨 날이요……? 아녜요! 그래서 예민하게 구는 거 아니에요. 끝까지 이러기예요? 정말?! 처음엔 안 이러더니 이젠 친해졌다고 장난만 치고 나빴어요. 진짜."

지원은 현민의 손을 놓고 차를 향해 빨리 걷기 시작했다. 주차장 한가득 울려 대는 남자의 커다란 웃음소리와 토라진 표정으로 조금만 더 놀리면 홧김에라도 울어 버릴 것 같은 여자의 모습은 이제 막 연애를 시작해서 서로의 눈에 서로만 보이는 연인들의 알콩달콩, 애틋한 모습이었다.

문제는 기존의 보스 이미지와 눈앞에 보이는 보스의 모습을 도저히 겹쳐 생각할 수 없어 하는 경호요원들이 이 모습을 모두 지켜보고 있다는 점이었다.

"영 안 웃으시는 줄 알았는데. 저렇게 웃을 수도 있는 분이셨네요. 서 과장님도 처음 보시죠?"

주임 단 지 얼마 안 된 이 주임이 놀라움에 겨워 입사 선배인 서 과장에게 묻고 있었다.

"그래, 처음 본다."

"정말 좋아하시는 것 같습니다. 두 분."

— 긴장 안 해?!

요원들이 착용하고 있는 이어마이크를 통해 차 안을 한순간에 얼려버리는 목소리가 들려왔다. 조금 멀리 떨어져 있던 1호차에서도 2호차 요원들의 풀어진 표정이 눈에 잡혔기에 경호책임을 지고 있는 강 부장의 호통은 당연한 일이었다.

"이 주임. 우측 2시 방향 20**년형 BMW M6 그란쿠페 번호판 확인하고 소유자 추적한다. 남녀 각 1인 안면, 전체 컷 확보하고, 거주지 확인한 뒤에 돌아와. 이상."

서릿발처럼 내려진 명령에 기분 좋은 긴장감을 느낀 요원들의 눈매가 반짝이기 시작했다.

"아씨, 저거 560hp 스포츠카잖아. 송 대리 너 잘 쫓아라, 눈치채고 내빼면 안 된다."

"아. 과장님, 아무리 벤츠라지만 세단이 어떻게 스포츠카를 잡습니까. 건의 좀 해 주십시오."

"그러니까 조심하라잖아. 건의하면 지금 당장 바뀌냐!"

"송 대리! 저 차 돌아 나오기 전에 먼저 치고 나갔다가 신호 받은 다음에 뒤로 물러나."

"저기 차 빠진다. 이 주임! 차량번호 확인해서 조회부터 해 봐."

"알겠습니다. 출발하겠습니다."

지원과 현민이 탄 차는 국립극장 내리막에서 신호 대기 중이고, 그 뒤에는 송 대리가 운전하는 경호 2호 차량, 그 뒤에는 묘령의 연인이 탄 BMW M6 그란쿠페가 줄지어 서 있었다.

조금 떨어진 곳에서 그란쿠페를 바라보고 있는 강 부장의 눈매가 가늘어졌다.

신호를 받아 바로 길 건너편 국립극장에서 자동차극장 주차장으로 진입한 현민의 차는 부드럽게 진입하려다 갑자기 멈춰 서야 했다.

남산 산책길에서 내려와 확인했을 때만 해도 텅 비어 있던 주차장은, 그들이 국립극장 주차장 근처를 산책했던 그 십여 분 사이 수많은 차량들로 빽빽하니 채워져 있었다.

멈춰진 현민의 차를 발견한 자동차극장 직원이 붉은색 야광 안전지시봉을 흔들며 다가왔다.

"저기 저쪽에다 주차하시고, 라디오 주파수 맞추셔서 소리 들으시면 됩니다."

현민이 차창을 내리자 직원은 익숙하게 늘 입에 달고 다니는 멘트를 쏟아 내고는 야광봉을 흔들며 차량을 구석 방향으로 유도하기 시작했다.

"어떡해요. 나 때문에 늦었나 봐요."

스크린에서 멀리 떨어진 어두운 구석 자리로 차가 천천히 이동하자 지원은 괜히 더 걷자고 했나 싶어 미안한 얼굴로 현민을 바라보았다.

"괜찮아. 여기서도 영화 잘 보일 텐데 뭘."

느릿하게 차를 운전하며 무릎 위에 얌전히 올려 있는 지원의 손을 다독이는 현민의 손은 무척 따뜻했다.

차를 완전히 세우고 곧 영화가 시작되려는 듯 광고 영상이 나오는 스크린을 보며 시동을 끄고 보니, 저 멀리 보이는 매점도 최소한의 불만 켜 놓고 있어 가끔씩 환하게 빛나는 스크린 외엔 차량 주변은 온통 암흑천지 같았다.

라디오 주파수를 맞추자 스크린 가득 움직이던 사람들의 움직임에 맞는 소리가 생생하게 들려오기 시작했다. 지원의 의자를 뒤로 밀어 두 다리를 편하게 쭉 펼 수 있도록 한 현민이 무언가 부족한 듯 잠시 바라 보다가,

"잠깐만……."

이라는 소리와 함께 현민이 몸을 돌려 뒷좌석에서 무언가를 집어 올 렸다.

"받아 봐."

계속해서 지원에게 건네주는 자그마한 종이가방 3개. 그 뒤 현민이 손에 들고 있는 것은 얇은 담요였다.

"그런 것도 갖고 다녀요?"

"어…… 예비로 뒀었는데 쓸 데가 있네."

현민은 얇은 담요를 네 번 접어 지원의 다리를 덮어 주었다.

"다리 편하게 하고 봐."

지원이 배시시 웃었다. 그의 배려에 따뜻해진 마음은 온통 세상이 호의적으로 여겨지는 동화 같은 느낌을 느끼게 했다. 제게도 이런 시간 이 허락되는 것이 불안하면서도 감사할 만큼.

"고마워요."

"고맙긴. 종이백 좀 줘 봐."

현민이 지원 손에서 건네받은 종이가방에서 작은 도시락들을 꺼내 기 시작했다.

꺼낸 것은 호텔에서 준비해 온 것으로 보이는 작은 과일 도시락과 생 과일주스, 그리고 또 다른 가방에서 나온 것은 르르와 부르고뉴 와인과 와인 오프너, 곱게 포장된 와인 잔 둘, 그리고 작은 도시락엔 두 종류의 치즈와 견과류들이 들어 있었다.

"이거 뭐예요?"

"영화 볼 때 먹으라고. 너 심심할까 봐."

"와아…… 좋긴 좋은데. 앞으로 우리 데이트 할 때마다, 이렇게 챙길 거예요?"

"원한다면."

"오오."

곱게 눈을 접어 가며 잘 보여 주지 않는 매력적인 눈웃음을 지어 보이는 지원 때문에 현민도 따라 웃었다. 참, 웃음이 많은 날이었다. 웃는 얼굴로 도시락을 펼쳐 놓는 현민의 옆얼굴이 간간이 스크린이 더 밝아질 때마다 잠깐씩 보였다 다시 어둠에 가려지곤 했다.

"뭐가, '오오' 야?"

"내 수준은 팝콘에 콜란데…… 뭐 가끔 나쵸도 먹지만, 이건 너무 제대로잖아요."

"콜라랑 팝콘 먹고 싶음 말해. 다녀올게."

"아니, 그건 얘네들에 대한 모독이죠. 이렇게 준비해 줘서 고마워요."

지원은 무척 아낌받는 느낌에 미소가 머무는 얼굴로 잔을 들고 스크린에 집중했다. 지원은 광고 영상이 끝나고 시작되는 영화를 보고, 현민은 지원을 보고.

지원의 와인은 그대로 멈춰진 잔에 고요히 담겨 있고, 현민의 손에 들린 생과일주스는 작은 소용돌이를 만들며 느릿하게 빙빙 돌려지고 있었다.

어느 정도의 시간이 지났을 때 별로 좋아하지 않는 액션씬을 피하듯 지원이 스크린에서 눈길을 돌려 버리자 현민이 물어 왔다.

"지금 하는 일, 원래 하고 싶었던 일이야?"

"……글쎄요. 선택의 여지가 없긴 했는데. 하고 보니까 어느 정도 맘에 들어요. 잘 맞는 부분도 있고…… 그래요."

"꿈은 뭐였는데?"

"꿈? 아…… 꿈이요? 뭐 그렇게 어려운 질문을 하고 그래요."

말끝을 흐리며 분위기가 어색해지지 않게 버릇처럼 따라 나오는 미소를 짓고 있는 지원이었지만, 그녀의 눈이 웃지 않고 있다는 건 현민도 알 수 있었다.

　아무리 스크린의 장면 변화에 따라 시야가 어지러울 만큼 빠르게 밝아지고, 어두워지고를 반복하고 있어도 그녀의 눈빛만은 잘 읽혔다.

　"뭐가 어려워. 그냥 말하면 되는 거지."

　"……음. 꿈꿔 본 적 없다 그럼 너무 염세적인가요?"

　"아니. 그렇진 않은데. 꿈 같은 거 생각해 본 적 없어?"

　"꿈꿀 자유가 없었어요."

　지원은 현민의 반응을 살피듯 조심스레 그를 봤지만, 그는 천천히 고개를 끄덕이며 잘 듣고 있다는 표시를 해 줄 뿐이었다.

　"생각만이라도 마음껏 내달려 볼 배짱도 없었고, 그만큼 월등하지도, 이기적이지도 못했어요. 여유도 없었고…… 영화 보다 왜 이상한 질문하고 그래요? 영화나 봐요. 다운될까 봐 일부러 술도 안 하는데……."

　먼 옛날을 회상하듯 멀어지던 눈빛 따라 점점 가라앉는 표정이 되던 지원이 갑자기 그 생각 속에서 빠져나오며 현민을 타박했다.

　"일부러 안 마시는 거야? 내 앞인데 뭘 그래."

　"그러다 또 잠들면 어쩌려구요. 아무리 오빠 앞이라도 매번 그럴 수는 없잖아요. 지난번에 속초 갔을 때도 끝에 가서 좀 취했는데, 한 번 했음 말아야죠."

　"와인이라 괜찮아. 너 그때 마티니 마셨잖아. 그것도 도수 높여서."

　"어?! ……다 아네요. 어떻게 알아요? 다 봤어요?"

　"어. 나 바로 네 앞 테이블에 있었거든. 넌 나 못 봤어?"

　"……그날은 아무것도 안 보인 날이라…… 그리고 원래 남자는 잘 안 쳐다보고 살았어요."

　지원은 그날의 기억이 떠오르는지 뒤늦게 얼굴을 붉혔다.

　"일부러?"

"네. 어쩌다 눈 마주치는 것도 싫었거든요. 직장동료나 환자들 아니면 굳이 이야기할 이유도 없고…… 그러니까 못 봤다고 서운해 마세요."

"푸하하하. 그건 앞으로도 그랬으면 좋겠다. 내 맘 같아선 동료래도 남자면 얘기 안 했으면 좋겠지만……."

지원이 웃는 얼굴로 나무라는 눈빛을 보냈다.

"남자라면 누구나 내 여자가 딴 놈들 처다보는 거 싫어해. 그걸 어떻게 조절하고 부드럽게 표현하나 그 차이지……."

"그럼 정상적인 수준에서 부드럽게 조절 잘해요. 나 무섭게 만들지 말고."

"그럼 지원이 놓칠 일은 안 해야지. 나도 그건 알아."

지원의 침묵으로 잠시 몇 초간 영화 속 주인공들의 대사만 들려왔다. 이미 영화에는 관심을 두지 않는 현민은 그런 그녀를 부드럽게 지켜볼 뿐이다.

"……오빤 꿈이 뭐였는데요?"

지원이 등을 의자에 깊게 기대며 고개만 돌려 현민을 바라봤다.

"나? 나도 지원이처럼 꿈꿀 자유는 없었어. 하고 싶은 건 건 다 해 봤어도, 정작 내 맘대로 미래를 정하진 못했지."

"부모님이 엄하셨어요? 대학도 부모님 뜻 따라 가고 그랬어요?"

현민은 말없이 미소만 보였다. 의외였다. 자신이 원한다면 그 어떤 것도 양보할 것 같지 않았는데.

"갑갑했겠다."

"……그랬지. 그런데 강요라기보단 어렸을 때부터 한 길만 보고 자랐으니까. 꿈꿀 필요성조차 못 느꼈어. 부모님이 정해 주신 길이 내 길이라 생각했고, 또 그래야 한다고 배웠으니까."

그랬었다. 늘 주어진 길을 곧게 달리려 스스로를 채찍질했었다. 어떤 때는 전쟁 같기도 했고, 또 어떤 때는 숨 쉬기 어려운 터널을 지루하

게 걷는 것 같기도 했었다. 손이 귀한 집안의 유일한 후계자란 타이틀
은 그렇게 그를 몰아세웠다. 언제나…… 늘…….

"그럼…… 오빠랑 나랑 동류네요 그런 의미에서 건배!"

"훗…… 그래. 건배."

쨍! 듣기 좋은 유리잔 부딪치는 소리가 들려왔다. 서로의 잔에 든 것
을 한 모금씩 마시는 두 사람에겐 이미 저 앞에 스크린은 배경이 된 지
오래였고, 차 안은 두 사람이 마음을 터놓고 이야기 나누는 공간이 되
어 있었다.

작게 줄인 라디오 볼륨 따라 서로의 목소리가 더 잘 들리게 되자 지
원은 아예 몸을 반쯤 틀어 현민을 보고 앉았다. 작은 치즈조각을 들어
올린 지원은 조금씩 입에 넣어 오물거렸고, 현민은 그 모습을 보며 귀
엽게 움직이는 입술이 귀여워 씩 웃었다.

"치즈 좋아해?"

"있으니까 먹는 거예요. 하드치즈가 와인엔 잘 어울리잖아요."

"음. 그런 말 하니까 와인 마니아 같잖아. 술이라곤 못하는 사람이."

"어…… 오빠. 맛은 몰라도 눈으로 보는 것도 있고, 즐기진 못해도
상식은 있답니다. 모른다 그랬더니 너무 무시하시는데요. 마이너스예
요."

"무슨 감점씩이나. 그럼 이 치즈 먹어 보고 이름 맞춰 봐."

"내가 장금이예요?!"

지원이 기막히단 표정으로 현민을 바라봤다. 농담을 해도 저렇게 대
책 없는 농담을 하다니.

"상식은 있다며. 먹어 보고 찍어 봐. 하나라도 맞추면 내가 상 주고,
틀리면 감점 취소고. 자, 빨리."

현민이 치즈를 집어 들고 지원의 입 가까이 가져다 대자 그것을 보
는 지원의 눈동자가 점점 작아지고 있었다. 눈빛은 밉다는 듯 보였고
미간은 점점 찌푸려지고 있는데도 현민은 뭐가 좋은지 계속 웃고 있

었다. 성이 난 듯한 지원이 치즈를 먹지 않고 재빨리 말을 내뱉었다.

"이건 파르미자노 레지아노, 저건 과일치즈 같긴 한데…… 블랙 포레스트. 체리랑 스트로베리 들었을 거예요. 자. 상 주세요."

"……다 알아? 너 와인 안 즐기잖아?"

"와인은 안 즐기는데 제가 식재료 먹어 보고 기억하는 걸 좋아해서 아는 거예요. 저 과일치즈도 치즈답지 않게 너무 달아서 좋은 맛으로 기억하진 않지만, 한 번은 먹어 봤으니까."

"그럼 파르미자노 레지아노는?"

"그건 가끔 쓰니까요. 하드치즈는 어디든 쓸 일이 많잖아요. 파스타 만들 때도 쓰고, 샐러드 만들 때도 쓰고…… 그러니까 알죠."

"쓸 일이 많아? 그럼 음식 자주 만든다는 소리네?"

"가끔. 식구들이 해 달라면 가끔 만들지만, 옛날만큼 자주 만들진 않아요."

"왜?"

질문이 너무 길어지고, 깊어지고 있다. 지원은 잠시 대답할까 말까 망설이다 그래, 이젠 별거 아닌 일이란 생각으로 답을 했다.

"전만큼 기쁘지 않아서요. 요즘엔 만드는 것보다 그냥 맛을 기억해 둬요. 나중에 만들고 싶어지면 그 맛 떠올리면서 만들어 보려고요. 그런데. 왜 상 안 줘요?"

"상?! 줘야지. 눈 감아."

"눈은 왜?"

"아무리 게임에 이겨서 받는 상이라 해도 서프라이즈 해야 재미있지. 자, 눈 감아."

현민은 지원의 잔을 받아 들어 도시락과 함께 뒷좌석에 내려놓고 있었다.

"이거 상 아닌 것 같은데요?"

"눈치 빠르네, 우리 지원이."

둘 사이에 방해물이 모두 사라지자 현민은 지원에게 고개 숙여 왔다.

"눈 감아."

마음이 많이 열린 탓이었을까. 현민의 말에 지원의 눈꺼풀이 스스륵 감겼다.

달콤한 과일향과 함께 부딪혀 오는 현민의 입술은 느릿했고, 두근거리는 심장 소리는 한없이 커져만 갔다. 느리고, 부드러운 혀의 움직임에 조용한 차 안에 그의 혀가 움직이는 소리가 모두 들려왔다.

"아까부터, 너만 먹고 싶었어."

누가 들을까 봐 소곤거리듯 귓가로 입술을 가져와 작게 말하는 현민의 목소리에 어깨까지 전율이 퍼져 나갔다. 그의 숨소리가 귓속을 파고들 때, 저도 모르게 신음이 나올 것 같아 지원은 입술을 꼭 깨물었다.

목에 키스하며 내려와 다시 입술을 부딪쳐 오는 현민의 입술 사이에 지원이 조심스레 혀를 집어넣었다. 부드럽게 밀려드는 지원의 움직임에 현민은 거친 숨소리를 감추지 못했다. 지원에게 기울어진 현민의 몸만큼이나 현민에게로 가까이 다가온 지원의 몸이 서로를 껴안고 강한 자극을 선사하며 뒤엉키기 시작했다.

눈을 감고 키스를 리드해 가는 지원의 혀가 현민의 모든 것을 가지려는 듯 적극적으로 움직였다. 입술 사이로 부족한 숨이 신음처럼 흘러나오면서도 지원은 그의 입안을 파고들어 현민의 혀를 놓지 않았고, 현민의 손은 지원의 목에서 어깨로, 그리고 말캉거리고 탱글거리는 부드러운 가슴으로 움직였다.

점점 더 달아오르는 지원의 체온과 이미 뜨거워진 현민의 손길로 인해 둘의 키스는 더 깊어졌고, 그의 손가락이 지원의 유두를 비틀며 비벼 대자 밀착된 지원의 허리가 비틀리며 멀어졌다.

"그만…… 그만해요. 오빠."

현민에게서 떨어져 나와 의자에 몸을 기대며 가쁜 숨을 내쉬는 지원의 눈은 아직 감겨 있었다.

"왜."

간절히 원하는 느낌, 쾌락을 향해 가는 단순한 욕구와 오늘 지원의 마음을 온전히 얻어 냈다는 충만감에 젖어 있던 남자의 행복감은 멀어진 지원의 행동으로 일순간에 차단됐다.

"더 하면 안 될 것 같아. 그만…… 안 되겠어요."

지원은 예뻤다. 달아오른 뺨과 새근거리는 숨소리. 현민은 사랑을 나눌 때 가끔씩 나오는 지원의 반말도 귀여웠지만, 이제 자신 앞에선 부끄러운 욕구도 감추지 않고 숨소리도, 표정도 모두 드러내는 지원이 더 예뻐서 가슴이 욱신 하는 뿌듯한 통증을 느꼈다.

"하고 싶어? 너 지금 뜨거워졌어."

"……지금 멈추면 괜찮아요."

놀란 지원이 눈을 떠 현민을 보다가 수줍은지 자신을 추스르는 대답을 했다.

"안 멈춰도 돼."

현민의 뜨거운 눈동자에 빨려 들어가던 지원은 정신 차려야 된다는 것처럼 머리를 흔들었다. 그런 지원에게 말이 아닌 행동을 보여 주려는 것처럼 운전석에 등을 기대앉은 현민은 지원의 손을 잡아당겼다. 이미 영화 시작부터 뒤로 밀려나 있던 좌석의 앞 공간은 무척 넓었다.

"이리 와."

"네?!"

"이리 오라고."

"어쩌려고."

"와 봐."

지원은 당황하여 지금까지 전혀 의식하지 못하던 밖을 내다보았다. 저 멀리 커다란 스크린에선 아직도 쫓고 쫓기며 피 흘리는 배우들이 보였고, 주차된 차들 모두 잠자듯 조용하니 멈춰져 있었다. 사람들 모두 영화에 빠져든 듯 저쪽 어렴풋이 불 밝히고 있는 매점에도 오가는 사람들이 없었다.

"빨리 와."

"선물 준다면서요."

남아 있는 이성을 끌어 모아야 했다. 이 뜨거운 분위기와 가빠지는 호흡을 단숨에 내몰아 줄 만한 시답지 않은 이야깃거리를 찾아 지원은 괜히 볼멘소리를 했다.

"키스해 줬잖아. 너 어렸을 때부터 자동차극장 하면 키스 떠올렸다며."

"아. 정말!"

"환상을 현실화시켜 줬는데 그 이상 선물이 어디 있어?! 그러니까 빨리 와!"

"이건, 정말…… 너무 위험해요."

"아까 키스는 너의 환상, 이건 내 환상. 공평해야지. 빨리 와. 너도 하고 싶댔잖아."

"흐으음……."

어떻게 할까, 아니 어쩔 수 없는 일 같아…… 지원의 한숨 속에 섞여 나온 생각들이 그대로 현민에게 전해지자 현민은 지원의 손을 잡아당겼다.

"넘어 와."

현민이 지원의 등과 무릎 사이에 손을 넣어 안아 들려고 하자 더 이상 만류하지 못하고, 그가 이끄는 대로 센터콘솔박스를 넘어 현민의 가슴에 등을 붙이며 앉았다.

H라인 스커트를 입은 지원은 두 다리를 딱 붙인 채 현민의 허벅지 위에 목각인형처럼 앉아 그가 무거워할까 봐, 체중을 자신의 다리로 지탱하려 몸을 약간 앞으로 숙인 상태였다.

"계속 그렇게 있을 거야? 안 기대?"

"무겁잖아요."

"안 무거워."

현민은 지원을 두 팔로 끌어안으며 자연스레 지원의 등이 자신에게 기울어져 체중을 의지하도록 만들고는, 가녀린 목선에 얼굴을 파묻어 숨을 크게 들이쉬었다.

가슴속 깊이 채워지는 지원의 살내음이 그를 그동안의 바쁜 일과와 스트레스 속에서 해방시켜주는 것 같았다.

"이제 넌 영화만 봐. 나머진 내가 알아서 할게."

"……."

지원은 말없이 고개를 끄덕였다. 목덜미에 느껴지는 뜨거운 입김이 그가 방금 소리는 없었지만, 만족스런 웃음을 터트렸다는 걸 알려 주었다.

현민은 조수석으로 팔을 뻗어 조금 전까지 지원의 두 다리 위에 얌전하게 올려 있던 담요를 펼쳐, 지원의 몸을 덮어 주었다.

"잘 잡고 있어. 영화 보다 담요 떨어뜨리면 안 된다."

"……."

현민의 장난기 짙은 협박에 웃음을 터트리던 지원의 얼굴이 순간적으로 놀라 굳어졌다. 두 다리를 곱게 붙이고 앉아 있던 지원의 다리는, 현민의 손길에 의해 허리까지 위로 올라가 버린 스커트로 인해 해방되었고, 곧 강인한 두 손에 의해 크게 옆으로 벌려졌다.

그 사이로 더듬어 올라가던 손길이 주춤하더니 다시 허리를 붙잡아 안으며 지원의 어깨에 현민의 머리가 기대어졌다.

"순둥아……. 너 이럴래?"

"뭐얼…… 하란 대로 했는데요."

"뭘 이렇게 많이 입었어. 완전 봉쇄잖아."

팬티, 거들, 스타킹. 스커트를 입으면 기본적으로 입는 속옷이지만, 지금 그가 원하는 차림새가 아닌 건 분명했다.

"치마 입으면 원래 다 챙겨 입는 건데, 뭘요."

"그럼 여름에도 이걸 다 입어? 안 더워?"

"더워도 입어야 되는 거니까. 그래서 여름엔 바지를 더 자주 입어요. 저기, 그럼……. 이제 저쪽으로 갈게요."

"어딜 가?"

"완전 봉쇄라면서요. 그러니까 간다고요."

"가만있어 봐."

현민은 지원의 허리로 손을 넣어 팔 힘으로 속옷들을 한 번에 아래로 내리고, 지원의 다리를 들어 올리게 해서 완전히 벗겨 냈다. 현민은 부끄러워하는 지원을 대신해 벗겨 낸 속옷과 스타킹을 가지런히 정리해 조수석에 올려놓았다.

"자, 이젠 안 창피하지?"

지원은 현민이 정리하는 동안 피하고 있던 시선을 돌려 옆자리에 잘 접어 놓아둔 속옷을 보고는 콧날을 찡그렸다.

현민은 자신의 슈트 재킷을 벗은 뒤 그 위에 올려 지원의 부끄러움을 감춰 주었고, 조금 부스럭거리다 지원의 몸을 조금 들어 올린 뒤 다시 체중을 실어 자신의 허벅지 위에 앉게 했다. 다시 앉았을 때는 양복 원단 대신 따뜻하고 기분 좋은 현민의 살결이 지원의 허벅지 아래로 느껴졌다.

넓게 펼쳐져 덮인 담요 아래 완전히 하체를 드러낸 두 연인의 피부가 맞닿아 뜨거운 열기가 피어올랐다. 부드러운 지원의 엉덩이로는 벌써 단단하게 자라난 현민의 몸이 느껴져 지원은 숨을 들이쉬었다. 지원을 감싸 안고서 그녀의 셔츠를 하나씩 풀어내는 현민의 손은 아까보다 훨씬 뜨거워져 있었다.

"영화 잘 보고 있어? 볼륨 높여 줄까?"

"아……아니요."

아무렇지 않은 듯 묻고, 답하는 두 사람. 그러나 둘 다 이미 호흡이 가빠져 조용한 차 안은 가끔씩 들리는 거친 숨소리만으로 채워졌고, 벌어진 셔츠로 인해 편안하게 드러난 지원의 목선 깊은 곳에 현민의 입술이 닿았다.

상처 나지 않게 입술과 혀로만 지원의 살결을 맛보던 현민의 손이 지원의 가슴을 덮어 천천히 주무르기 시작했다. 서서히 긴장이 풀리며 느낌에 몰입하기 시작한 지원은 현민의 움직임이 점점 강해지자 가슴이 오르내릴 정도로 더 깊은 숨을 내쉬었다. 솟아오른 정점을 현민이 비비며 자극하자 지원은 끝내 신음을 흘리고 말았다.

"아훗, 나, 나만…… 이러는 거 싫어요."

"너만 그러는 거 아냐. 나도 그래."

"하아……."

잠겨 든 목소리로 지원의 허리를 붙잡아 자신에게 더 밀착시킨 현민이 엉덩이를 받쳐 올리자 딱딱하고 뜨거운 그의 분신이 그녀의 깊은 샘을 찔러 왔다.

"아웃."

지원은 고개를 뒤로 젖히며 뜨거운 숨을 내뱉었다. 아직 삽입도 안 했지만, 그의 몸을 받아들인 것처럼 숨이 멈췄고, 깊은 곳이 떨려 왔다.

현민도 참기 어려운 듯 허리를 감쌌던 손을 내려 그녀의 다리 사이로 파고들었다.

"아훗."

현민의 손이 가실거리는 수풀을 쓰다듬다가 그 사이 골로 파고들어 볼록하니 솟아오른 작은 몽우리를 둥글게 비벼 대자 지원은 다급히 허리를 휘며 눈을 감아 버렸다.

뜨거운 혀로 지원의 목선을 핥으며 더 빠르게 손가락을 움직이는 현민의 움직임 따라 지원의 호흡은 거칠어지고, 몸은 더 뜨겁게 달아올랐다. 미끌거리는 애액이 잔뜩 묻은 그의 손가락이 지원의 정점을 더 강하게 비벼 대며 몰아치자 견디지 못한 지원이 현민의 어깨에 자신의 머리를 기대듯 비비며 뒤로 밀착했다.

그는 왼손으로 지원의 턱을 돌려 뜨거운 호흡을 내뱉는 그녀의 입술에 혀를 넣으며 자신이 느끼는 흥분을 표현했다. 현민이 억지로 벌리다시피 했던 두 다리는 지원의 의지로 그의 손이 움직이기 편할 만큼 넓게 벌려졌고, 지원의 깊은 곳은 현민을 기다리듯 깊은 꽃길이 넘치도록 젖어 들어갔다.

"오빠."

"어?"

"오빠."

"왜? 들어갈까?"

뒤로 젖혀진 지원의 머리가 현민의 어깨에 기댄 상태로 끄덕여졌다. 현민이 팔을 뻗어 무언가를 꺼내는 것 같더니 이내 지원의 허리를 조금 들어 올려 제 몸에 더 가까이 밀착시키며 자신의 분신을 잡아 그녀의 촉촉하고 뜨거운 곳으로 부드럽게 밀어 넣었다.

"아흐훗."

"허억."

온몸을 전율하게 만드는 느낌에 휩싸인 현민이 등받이에 완전히 기대어 버렸다. 바른 자세로 앉아 현민에게 몸을 의지하고 있던 지원도 어느새 비스듬히 반쯤 기대앉은 자세가 되어 가쁜 숨을 내쉬고 있었다.

"너무 좋다. 지원아."

"아흐웃, 오빠."

현민은 자신의 몸은 거의 움직이지 않고, 아주 이따금씩 슬쩍슬쩍 미동할 뿐이었다. 오른손으로 지원의 깊은 곳을 덮고 부드럽게 문지르며 그녀 스스로가 흥분에 겨워 허리를 움직이도록 유도했다.

어떻게 할 줄을 몰라 현민의 몸을 더 깊게 받아들이려 엉덩이를 움직여 몸을 비벼 보지만 몸의 움직임이 쉽지 않았다. 더 큰 자극을 찾아 허리를 숙여 하체를 밀착시키는 지원의 움직임이, 그가 만족할 만한 움직임은 못 되었는지, 현민이 거친 숨을 쉬는 지원의 고개를 돌려 키스하며 서서히 힘주어 움직이기 시작했다.

가빠 오는 숨에 더 이상 키스하지 못하고 입을 떼어 버린 지원의 감긴 눈을 보며 현민의 움직임은 점점 거세져만 갔다.

한 손은 그녀의 가슴을 움켜잡고, 한 손은 수풀 아래 정점을 더 빠르게 자극하며 두 사람의 의식 속엔 서로의 움직임만 남아 차창이 뿌옇게 김이 서리도록 뜨거운 열기를 내뿜었다.

터져 나오는 신음을 참지 못해 제 몸을 덮고 있던 담요를 끌어 올려 입을 막아 버리는 지원의 움직임은 갈망으로 채워진 뜨거운 불덩이와 같았고, 그 모습은 현민을 더 자극시켰다.

"아응…… 아하앙으……."

"움직여 봐."

지원은 현민이 시키는 대로 움직여 보려 했지만 어떻게 리듬을 타야 할지, 그의 움직임과 자꾸 엇박으로 부딪치는 아쉬움에 고개를 저었다.

"하윽……. 하아……흑…… 못 하겠어."

"할 수 있어. 해 봐."

그녀의 맨다리가 좀 더 강한 자극을 찾아 잠시 그의 몸에서 떨어져 나왔다. 왜냐고 묻는 듯 의아해하는 현민이 잠시 그녀를 보기만 하던 그때 지원은 재빨리 몸을 돌려 담요로 등을 감싸며 현민을 마주 보고 앉았다.

그의 다리에 올라앉아 서서히 뜨겁게 불끈거리는 단단한 기둥 위로 내려앉으며 서서히 물결치듯 엉덩이를 움직이기 시작했다.

"지원아."

이전에 그에게서 배운 움직임. 너무나 야하게 물결치는 지원을 끌어안고 두 손으로 그녀의 엉덩이를 잡아 원하는 자극이 느껴지도록 위치를 잡는 현민의 두 팔엔 잔뜩 힘이 들어가 있었다.

"아훗…… 하……하아…… 오빠……."

현민의 목을 끌어안고 어깨에 얼굴을 묻으며 전율하는 쾌감으로 어떻게 할 수 없어 하던 지원이 그의 목에 입을 맞추고 그가 그랬던 것처럼 귓불을 빨아 당기며 현민의 귓속으로 가녀린 신음을 흘렸다.

이 남자. 아직 두렵지만, 내가 원하는 것이 분명한 이 남자. 이 남자와의 시간을 마음껏 느끼고, 아끼고 싶다. 이렇게 모든 고민과 표현과 욕망조차 스스럼없이 기꺼이 받아 주고, 이해하는 남자 앞에서 지원은 거리낄 것이 없었다.

현민의 온몸에 완전히 붙어 떨어지지 않는 움직임으로 물결치는 지원의 가슴은 그의 단단한 가슴팍에 닿아 자극되어지고, 까슬거리는 현민의 음모에 닿아 비벼지는 지원의 음핵은 몸 안에서 느껴지는 그의 분신만큼이나 강한 자극으로 지원을 열락으로 몰아갔다.

지원이 다가설 때 현민도 몸을 올려 맞이하면서 점점 강하게 부딪혀 왔다.

"하아…… 하아…… 하아…… 어떡……해……. 오빠, 오빠! 아아아."

움직임이 빨라지다 지원의 허리가 뒤로 크게 휘며 고개가 뒤로 젖혀졌다. 참을 수 없는 신음을 내뱉은 지원이 자신의 양어깨를 온 힘을 다해 붙잡고 의지하며 몸을 휜 모습은 그의 눈에 무척이나 아름다워 보였다.

몸 안 가득 들어찬 그의 분신을 조이며 경련하는 지원의 뜨거운 몸속을 느끼면서도 현민은 꾹 다문 입술로 자신의 열락을 뒤로 미루며 그녀가 온전히 끝까지 느끼도록 강하게 힘주며 버티고 있었다.

"하아…… 하아…… 오빠……."

끝까지 날아오른 지원의 몸이 서서히 앞으로 쏠리며 현민의 단단한 가슴팍에 안겨 들었다.

"다 느꼈어?"

"으응……."

"그럼. 내 차례다. 꼭 잡아."

고개를 끄덕인 지원이 힘이 들어가지 않는 가느다란 팔로 현민의 목을 다시 감싸 안자 그의 커다란 손이 그녀의 허리를 양쪽에서 붙잡고는 세게 들이쳤다.

"으흡…… 아흑……."

"조금만. 지원아. 조금만 더."

거칠게 지원의 몸을 당겨 내리며 자신의 몸을 위로 올려 치던 현민은 지원의 몸을 위로 튕겨 올리며, 살 부딪치는 소리가 커지는데도 거침없이 그녀 안으로 몸을 들이쳤다.

"오빠, 그만, 아흑, 오빠, 제발."

지원의 목소리에 화답하는 그의 음성은 들리지 않았다. 그의 거친 움직임만이 계속되고, 지원의 주인을 잃은 신음이 끊임없이 이어질 때즈음, 현민은 잠시 뒤 눈앞에 모든 사위가 사그라지는 쾌감에 젖어 들며 지원의 몸을 꼭 끌어안았다.

"크흐윽."

"아하으응."

이미 치러 낸 지독한 쾌감에 더 이상 끝까지 날아오를 수 없으면서도 그의 움직임 따라 거듭되는 쾌감으로 고통 같은 희열을 맛봐야 했던 지원은 절정을 맞이하는 그의 분신이 뜨거운 쇠기둥처럼 마지막을 향해 내찔러 들어오자, 그와 함께 전기를 맞은 것처럼 전신을 긴장시키며 경련하고 있었다.

"흐흑…… 오빠 그만."

온몸을 관통하는 쾌감을 느끼는 현민은 지원을 다 가지려는 것처럼 고개를 숙여 지원의 가슴을 입에 문 채로, 굵은 팔로 온 힘을 다해 지원의 허리를 감아 내리눌렀다. 그는 몇 번이고 계속해서 불끈거리며 분신을 깊이 밀어 넣으며 뜨거운 것을 쏟아 내고 있었다.

그에게 가슴을 물려 더 이상 멀어지지도, 가까이 다가가지도 못하던 지원이 자신의 몸 안에서 순간적으로 더 팽창되었다 사그라지고 있는 현민의 몸을 느끼며, 지치고 노곤해진 몸을 그의 어깨 깊숙이 기대었다.

몸 안의 모든 것을 쏟아 낸 듯 뒤로 몸을 기대앉으며, 지원을 감싼 팔을 풀지 않고 그대로 자신의 위에 올려 안은 현민이 귀여운 고양이를 어루만지듯 게으른 손동작으로 천천히 그녀의 머리카락을 쓸어내렸다.

한참 동안 거친 숨을 쉬던 지원의 호흡이 점점 고르게 안정되어 가자 현민이 낮은 소리로 진지하게 말했다.

"지원아."

"네……?"

"나 조금만 더 이러고 있을게. 네 안에서 나가기 싫다."

지원은 절정을 맛보고도 완전히 사그라지지 않고, 어쩌면 수그러들었다 다시 또 강건해지고 있는 중인지 모를 그의 분신이 느껴지자, 현민의 어깨에 기댄 머리를 아주 잠깐 끄덕거렸다.

"난 네가 날 어떻게 생각할까, 이상하게 보지 않을까 고민하지 않고, 지금처럼 원하는 건 모두 말할 거야."

"……."

"널 안으려면 가까운 호텔이나 내 집으로 가는 게 맞겠지만, 내가 여기서 널 조르고 안아 버린 이유는, 난 이렇다고 너한테 보여 주고 싶었어."

'나이 서른 중반에. 나름 알려진 얼굴로 이런 곳에서 혈기 다스리지 못하는 20대처럼 널 안는 건, 나도 나답지 않은 일이지만, 지원아. 내 안에 이런 치기 어린 부분이나 숨겨진 욕망도 너에겐 가리지 않고 싶지 않다. 너니까. 머리가 아닌 마음이 먼저 붙어 버린 너니까.'

"난 너한테만큼은 격식도, 창피함도 생각 안 하고 다 보일 거야. 그러니까 너도 나한테 그래도 된다고, 그래 주길 바란다고 하는 말이야."

지원은 소리 낼 기운 없이 축 처진 고개를 작게 끄덕였다. 그의 손바닥이 뒷머리를 쓸어내리는 느낌이 너무나 좋았다. 포근하니 안정되고 금방 잠들 것 같은…….

"너도 그랬으면 좋겠다. 날 원할 땐 원한다고 말하고, 보고 싶을 땐 보고 싶으니까 바쁘든 말든 빨리 오라고 떼도 쓰고, 제발 좀 그랬으면 좋겠다."

"오빠 늘 바쁘잖아요."

잠겨 드는 눈을 뜨지 못하고 지원이 나른하게 답했다.

"네가 오라면 나는 가. 그렇다고 해서, 내 일 다 엉망으로 만들진 않으니까, 내가 생각날 땐 망설이지 말고 불러. 내 생각 해 준다고 혼자 견디고, 다른 사람 부르면 그건 날 생각해 주는 게 아니야."

"……."

"그리고…… 넌 내 거고 난 네 거고. 난 널 사랑하는데. 넌 아직 말해 준 적이 없지만, 눈을 보면 네가 날 어떻게 생각하는지 점점 잘 보여. 지금은 이렇게 짐작하는 거로 견디고는 있는데, 그래도 언젠가는 네 목소리로 직접 듣고 싶다. 빨리 말하라고 강요하진 않아. 그러려고 노력하고 있어……. 나 인내심이 꽤 강하거든."

지원은 그의 목소리를 들으며 그의 어깨에 머리를 기댄 채로 가만히 눈을 떴다.

"너하고 나, 거의 한마음이란 건 내가 느끼고 있지만, 아직 네가 말하지 않는 건 시간이 필요하단 뜻이라고 생각해."

"……."

"그러니까 지원아. 내가 기다린다는 것만 기억하고 있어. 다만, 오고 있는 방향만 바꾸지 말고. 그럼 나 잘 기다릴게. 거의 다 온 걸 아니까…… 조바심 나도 잘 견뎌 볼게."

"……."

지원은 머릿속을 울려 대는 그의 목소리에 뭐라 답을 해 주고 싶었다. 하지만 이렇게 벌거벗고 차 안에서 그에게 안겨 아무에게도 들려준 적 없는, 그녀 자신조차 생소한 신음 소리까지 들려준 사람에게 사랑한다는 말이 우습게도 잘 나오지 않는 이유를 고민하고 있었다.

지원의 몸은 이미 그에게 익숙해져 그를 향해 있었고, 그의 눈빛이 몸을 쓸어내리면 가슴속이 진동하며 전율하고 있었다. 그러니 마음이라도 좀 어렵게 시간 끌고 싶은 것일까. 쉽게 보이고 싶지 않아서? 몸을 섞어 놓고 사랑한다 말 안 하면 자존심이 좀 세워지니? 지원은 머리도, 마음도 복잡해졌다.

"만약, 네가 부끄러워서 말 못하는 거라면. 마음은 이미 다 왔는데…… 말이 안 나와서 내게 표현하지 못하는 거라면 그땐 날 안아. 날 원한다는 눈빛 내게 먼저 보여 주는 날엔 네 마음 내게 다 왔다고 생각할게. 목소리가 아니라 마음으로, 몸으로 사랑한다 고백하는 거라고 생각할게. 그러니까 뭐든…… 목소리든, 눈빛이든…… 내게 알려 줘. 나 내일부터는 먼저 널 안겠다고 조르지도, 말 꺼내지도 않을 거야. 물론 참기 힘들겠지만, 네가 사랑한다 말할 때까지, 아니면 먼저 날 원한다고 표현해 줄 때까지 기다릴게."

"……."

지원은 현민을 더 꼭 끌어안았다. 눈물이 흐르는 것도 같았지만 닦아 내지 않았고, 소리 내지 않으려 숨을 참으며 고개만 끄덕였다. 현민은 그런 지원의 등을 계속 쓰다듬었다.

"내 마음 이해해?"

"……네."

지원은 메어 오는 목을 가다듬으며 작은 목소리로 그의 귓가에 속삭였다. 현민의 커다란 손이 그녀의 등을 하염없이 다독이며 쓸어내렸다. 10초가 지나고, 1분이 지나고…… 몇 분인지 모를 평온한 시간이 소리 없이 흘러갔다.

"우리 지원이 이제 큰일 났다."

갑자기 현민이 장난기 섞인 목소리로 말하기 시작했다.

"뭐가요."

나른해진 지원의 목소리가 대답하자 현민은 웃음을 참더니 그녀의 뒷머리를 커다란 한 손으로 감싸 좀 더 힘줘 꼭 끌어안았다.

"너 앞으로 자동차극장 보면 키스가 아니라 지금 이 순간 떠올릴 거잖아."

"아, 못됐어. 정말."

탄성 같은 한숨이 들려오더니 부끄러운 듯 현민의 목과 어깨 사이에 머리를 깊이 파묻는 지원의 웅얼거리는 목소리에 현민이 기분 좋게 웃었다.

"난 좋은데, 왜? 앞으론 뭐든 다 내 생각만 나게 할 거야. 이젠 키스라고 말하면 지금 이 순간을 생각해."

말을 마친 현민은 지원의 입술을 찾아 방금 섹스를 끝낸 사람이 아니라 이제 막 섹스를 시작하려는 사람처럼 열정적으로 깊은 입맞춤을 건네기 시작했다.

지치고 기운 빠진 지원이 수동적으로 그를 대하다가 시간이 갈수록 점점 더 깊게 그를 받아들였다. 고개를 꺾고 입을 벌려 그를 받아들이자, 현민이 끙 소리와 함께 각도를 바꾸며 혀를 그녀의 안으로 더 깊이 파고들려 했다.

"잠깐만!"

지원이 숨죽인 다급한 소리로 그의 움직임을 멈추게 했다. 덩달아 소리에 귀 기울이며 움직임을 멈춘 현민의 귀에는 아무것도 들려오지 않았고, 지원의 눈을 마주한 채 무슨 일이냐는 눈빛을 보내자 그녀가 고개를 갸우뚱하며 미간을 찌푸리는 듯하더니…….

"저 소리. 뭔가…… 어머! 어떡해."

지원이 깜짝 놀라 보고 있는 방향엔 김 서린 창 아래 조금 깨끗하게 보이는 유리창 사이로 흔들리고 있는 옆 차의 움직임이 보였다.

"우리도 그랬나 봐요."

지원은 옆 차의 움직임이 무엇인지 금세 알아차리며 무척이나 당황스러워했다. 창피해서 두 손으로 자신의 얼굴을 가려 버리는 지원과는 달리 현민은 작은 움직임과 소리만으로 금세 옆 차의 상황을 알아챈 지원의 모습이 귀여워 피식거리며 그녀의 옷매무새를 다듬어 주었다.

브래지어를 내려 주며 아쉬운 듯 소담스런 가슴을 한 번씩 더 쓰다듬고서 셔츠의 단추를 하나씩 채워 나갔다. 손수건을 꺼내 지원의 다리 사이를 닦아 주는 현민의 손길이 조심스러웠다.

다시 다른 면으로 접어 지원의 다리 사이에 깔아주듯 펼쳐 놓자, 지원이 쑥스러운 듯 몸을 움직여 그 위에 몸 깊은 곳을 올려놓았다. 현민은 자신의 옷을 추스른 뒤, 조수석에 올려놓은 재킷 아래로 손을 뻗어 속옷을 집어 올려 지원의 손에 쥐여 주었다.

"우린 하나도 안 흔들렸을 거야. 네가 워낙 작게 움직여도 잘 느끼고, 난 너한테만 들어가면 바로 가 버리니까 그렇게 창피해할 필요 없어."

그러고는 조수석에 놓여 있던 자신의 슈트 재킷을 집어 들고는 그 자리로 건너가 버렸다. 눈이 동그래져 쳐다보는 지원에게 현민이 미소 지으며 말했다.

"차가운 콜라 마시고 싶지? 키 가져가면서 문 걸어 둘 거니까, 잠깐 혼자 있어."

지원이 고개를 끄떡이자 현민은 맘이 놓이는지 지원에게 다가와 가볍게 입을 맞췄다.

"천천히 갔다 올 거니까, 급하게 입지 말고 맘 편하게 천천히 입고 여기로 와 있어."

"응."

현민은 조금 허술해진 담요를 당겨 꼼꼼하게 지원의 하체를 덮어 주더니 무언가를 확인하듯 다시 살핀 뒤 문을 열고 밖으로 나갔다. 차 문이 닫힌 뒤 자동으로 잠기는 차 문 소리를 들으며 지원이 희미한 미소를 지었다.

조금 전 그의 손에 의해 둘둘 말린 티슈 덩어리가 뒷좌석 어딘가에 버려지는 것을 보았다. 그 안에 무엇이 있을지는 충분히 짐작 가능한 일. 언제나 그녀가 걱정하는 일 없도록 먼저 알아서 배려하는 면이 좋았다.

흥분으로 들떠 눈을 감고 있을 때 언제 준비했는지 모르게 무안하지 않도록 스스로 조심해 주는 그. 지원은 이런 면에서도 아낌받는 느낌이 들 수 있다는 게 신기했다.

빙긋이 웃으며 옷을 챙겨 입다가 문득 고개 돌려 옆을 보았을 때, 옆 차의 움직임은 이제 거의 출렁임이 되어 얼핏 봐도 단번에 시선을 사로잡을 만큼 크게 움직이고 있었다.

"아후…… 어떡해……."

지원은 마치 자신의 움직임으로 차가 흔들리는 듯, 얼굴이 화끈거려 옆으로 돌렸던 시선을 재빨리 피하며 부지런히 옷을 챙겨 입기 위해 노력했다.

옷을 다 챙겨 입고 조수석으로 건너와 머리카락을 다시 정리해 올린 지원은 티슈를 꺼내 앞 유리에 서린 김을 닦아 내기 시작했다. 이윽고 운전석 문이 열리며 현민이 차 안으로 들어왔다.

"자, 우리 지원이 콜라, 이건 팝콘."

지원은 현민이 건네는 팝콘 봉지보다 차가운 이슬이 맺힌 콜라 캔의 서늘함이 더 반가웠다. 방글거리는 얼굴로 콜라 캔을 볼에 가져다 대고는 아직 다 식지 않는 볼의 열기를 식히는 지원을 보며 현민은 이마에 내려온 몇 가닥의 머리카락을 올려 주었다.

"괜찮지?"

이런 곳에서 이런 식으로 안아서 미안하다고 느끼는 걸까. 현민의 눈빛엔 장난기는 사라지고, 진지하게 지원의 상태를 살피는 따스함과 애정만이 남아 있었다.

"응."

"……푸훗…… 좋다."

"뭐가요?"

"난 아까 우리가 사랑 나눌 때만 그러는 건 줄 알았는데, 지금도 말 편하게 하니까 좋아서."

"아……. 편하게 하고 싶을 때 맘대로 말 놓으라면서요."

현민이 손바닥으로 지원의 뺨을 쓸어내리며 환하게 웃었다.

"그러니까. 좋다고."

지원도 소리 없이 웃으며 아직 자신의 뺨에 올려져 있는 현민의 손안에서 고개를 돌려 그의 손바닥에 가볍게 입을 맞췄다.

입술로 느껴지는 커다란 손바닥조차 단단한 남자의 힘을 느끼게 했다. 손마저도 여자의 것과 너무나 다른 남자의 존재, 사랑을 나누고 그 떨림과 희열을 공유한 상대에게 점점 감정이 깊어져 가는 걸 막을 수 없듯 지원의 눈빛도 전에 없이 따뜻하게 현민을 향했다.

눈빛만으로 둘만의 밀어를 속삭일 수 있는 사이가 되어 가고 있었다. 눈빛만으로도 뭘 원하는지, 무슨 이야기를 하고픈지 알 수 있는 사이가.

"뭐 하고 있었는데?"

"창문이 안 보여서 좀 닦으려고 그랬어요."

"안 그래도 돼, 우리 창문 열자."

"밖에서 보면……."

"뒷좌석만 열 거니까, 우린 안 보여, 이쪽이 구석자리라 캄캄하기도 하고, 밖에 돌아다니는 사람도 없더라. 안전요원도 매점에서 놀고 있던데 뭐."

뒷좌석의 창을 모두 내리자, 금세 몰려든 서늘한 밤공기가 차 안에 가득 차 있던 뜨거운 공기를 몰아내고 선선한 기운을 채워 주었다.

창문을 여니 조금 더 확실하게 들리는 옆 차의 규칙적인 소음에 지원이 어색한 미소를 짓자, 현민은 볼륨을 올려 영화 음향을 더 크게 들리도록 만들었다.

지원의 손에서 콜라를 집어 들어 캔 뚜껑을 연 뒤 건네주던 현민이 당연하다는 듯 물음을 던져 왔다.

"영화 내용이 뭐야? 지금 저 사람들 어디로 도망가는 건데?"

"어……."

"넌 영화 보기로 했었잖아. 난 하나도 못 봤어. 말해 줘, 지금 저게 어떻게 된 건지."

능청맞게 시선을 스크린에 둔 채 얄미운 말을 잘도 해 대는 현민의 옆얼굴을 보며 지원은 머리에 작은 뿔이 자라는 것을 느꼈다. 함께했던 그 시간 동안 영화는커녕 앞도 제대로 못 보고, 눈 감고 있었다는 걸 누구보다 잘 아는 그가 지원을 놀리고 있었다.

마치 그렇게 좋았어? 너 완전히 정신 못 차리더라, 라고 말하는 것 같아 지원이 밉다는 표정을 지어 보이자 현민은 크게 웃으며 그녀의 머리를 쓰다듬었다.

"귀여워서 그래. 예뻐서. 자꾸 그렇게 예쁜 표정 지으면 더 놀리고 싶잖아. 이리 와."

지원의 어깨까지 담요를 덮어 준 뒤 자기 쪽으로 잡아당겨 안은 현민이 스크린에 집중하기 시작했다.

"추우면 말해, 문 닫을게."

"네."

"지금부터 봐서 내용을 알 수 있을지 모르겠다."

지원이 그의 어깨에 기댄 채 나른하게 고개만 끄덕이자 현민이 스크린에서 눈을 떼, 그녀를 내려다보았다.

모든 걸 믿고 내맡기듯 기분 좋게 긴장 풀린 얼굴 표정과 뒤로 넘겨진 머리카락 때문에 그대로 드러난 이마선 따라 가느다란 솜털 같은 잔머리가 포시시 흐트러진 모습을 드러낸 모습엔 아직 앳된 구석이 남아 있었다.

서른둘. 사회생활은 잘 해내지만, 속은 한없이 어리고 여려서 어찌

저리 맑을까 걱정되는 사람. 아마 속이 여리고 맑으니 표정도 눈빛도 이렇게 맑고 선한 거라고 현민은 자신에 어깨에 기대어 있는 지원을 보며 그런 생각을 했다.

지원의 눈꺼풀이 졸린 듯 천천히 감겼다 뜨였다. 이내 숱 많은 속눈썹이 바르르 떨어 대자, 현민은 만족스러운 미소를 지으며 그녀의 눈꺼풀을 손바닥으로 쓸어내려 감기게 만들었다.

"잠깐 자, 영화 끝나면 깨워 줄게."

지원은 갑자기 몰아닥치는 피로감에 이번엔 고개도 끄덕이지 못하고 따뜻하고 든든한 그의 품만 느끼며 서서히 잠에 취해 들었다. 다독이는 현민의 손길과 이따금씩 이마에 닿는 그의 부드러운 입술을 느끼면서.

시간이 흐른 뒤, 지원은 아파트 단지 안까지 들어온 현민의 차에서 조용히 내리고 있었다.

"피곤하죠?"

자신은 조금이라도 잠을 잤지만, 쉬지도 못하고 운전한 현민이 다시 운전해서 집으로 갈 것을 생각하니 마음이 쓰였다.

"아니."

"얼른 가서 자요. 잘 도착했는지 전화해 주고. 안 자고 기다릴게요."

"그럴래? 알았어. 빨리 가서 전화할게."

"빨리 가지 말고, 조심해서 가요."

한편 저 멀리 차에 탄 채로 두 사람이 떨어질 줄 모르고, 대화가 계속되는 것을 지켜보고 있던 경호팀장은 추적에 나섰던 차량을 놓쳤다는 보고를 받으며, 경호단계를 높이고 있었다. 그런 것을 알 리 없는 두 연인은 서로의 눈빛만 바라보며 그 뒤로도 긴 인사를 나눴고, 현민은 지원이 아파트 동 입구 안으로 사라진 것을 확인한 뒤에야 차를 출발시켰다.

6장.
이제야 사랑이라고 말해 봅니다

다음 날 금요일 오전. 근무 중 진동하는 휴대폰의 발신번호를 확인하던 지원의 이마가 살풋 구겨졌다. 모르는 전화번호. 이미 이 번호로 부재중 전화가 여러 통 와 있었고, 지원이 전화를 받지 않자 이 번호의 주인은 문자도 보내왔다.

[석경원 변호사입니다. 한번 뵙죠. 꼭 드려야 할 말씀이 있습니다.]

혹시나, 그래도 설마, 하며 재우를 떠올렸던 지원은 변호사가 찾는다는 말에 또다시 재우를 떠올렸다. 오빠가 분명히 다 해결됐다고 했는데. 그 일이 있고는 정말 전화도 없고, 찾아오지도 않았는데. 무슨 일이 또 생긴 걸까.

지원은 재우와 관계된 업무를 처리하신다던 그 나이 드신 변호사님의 성함조차 알아 두지 못한 것을 자책했다. 누구한테 확인해야 하지? 오빠한테? 그러다 두원그룹 일이면 뭐라고 설명해? 그렇지만 만약 재우 일이라면 지 변호사님이 아시도록 하고 싶지도 않았던 지원은 전화하는 것조차 망설이다, 점심시간이 돼서야 제 사무실로 돌아와 결국 그

337

에게 전화를 걸었다.

늘 호인처럼 모난 곳 없이 상황을 웃으며 넘기시는 모습에 속이 무서운 사람이라고 느꼈던 것도 잠시, 자애로운 면이 많은 보통 할아버지처럼 대해 주시는 지 변호사를 지원도 가깝게 느끼기 시작하고 있던 참이었기에 가능한 일이었다.

"변호사님, 석경원 변호사라고 아세요?"

— 글쎄. 이름만 들어서는 얼핏 생각나는 사람이 있긴 하지만, 그 사람은 왜 찾으십니까?

"그럼, 두원그룹 일하곤 전혀 상관없는 사람인가 봐요?"

— 제가 아는 한은 그런데, 무슨 일인지 말씀해 주시면 알아보겠습니다.

"아니에요. 그냥 두원그룹하고 상관있는 사람인지 알고 싶었어요."

— 두원그룹과 관련된 사람은 아닙니다.

"네. 알겠습니다. 바쁘신데 죄송해요. 이만 끊을게요."

— 아닙니다. 궁금한 게 생기시거든 언제든 전화 주십시오.

"네. 들어가세요. 변호사님."

똑똑똑.

"네에."

전화를 끊자마자 들려온 노크 소리에 지원이 대답하자, 인수인계 중인 윤 선생이 고개를 내밀었다.

"서원기업 명예회장님 검진 들어가신다고 센터장님께서 실장님 찾으세요."

"아, 지금 갈게."

"저 먼저 가 있을게요. 실장님."

"그래."

대답을 마친 지원은 자리에서 일어서며 오늘 특별히 신경 쓸 예약자들을 정리한 파일과 휴대폰을 집어 들었다. 누굴까…… 그럼. 정말 김재우와의 일이 잘못된 걸까. 아냐. 만약 그랬다면 오빠가 먼저 이야기해 줬거나, 어쩌면 이야기하지 않았어도 이렇게 내게 직접 전화오게 만들진 않았을 텐데…… 생각에 빠졌던 지원은 손안에서 느껴지는 진동에 깜짝 놀라 진동하는 핸드폰을 내려다봤다.

"네, 변호사님."

걱정이 되셨는지 지 변호사님이 다시 전화를 주셨다. 이렇게 걱정 끼치고 싶진 않았는데.

— 네. 접니다. 혹시, 아까 그 석경원 변호사, 만나실 일 있으십니까?

"아직…… 잘 모르겠어요."

— 제가 아는 사람이 맞다면, 타 그룹에 벌써 민지원 씨에 대한 정보가 새어 나간 것일 수도 있습니다. 같이 가 드릴까요?

"아니에요. 변호사님 바쁘신 것 다 아는데. 폐 끼칠 수는 없죠."

— 그래도 혼자 가시는 것보단 나으실 겁니다. 민지원 씨께 무슨 일이 생기면 두원가에도 영향을 끼치게 될 테니, 제가 함께 가는 것은 두원가의 업무 연장이라고 생각하시면 됩니다.

나한테 두원주식이 넘어온 걸 벌써 알아낸 사람이 있을까. 설마 날붙잡고 기업합병이나 사업적인 이야기를 하는 건 아니겠지? 설마 그런 건 아닐 거야. 그럼 왜…… 정말 김재우하고 관련된 일인 거야? 김재우 일만 아니면 지 변호사님과 함께 나가거나, 아니면 무시해 버렸을 전화인데, 왠지 묘하게 신경이 곤두서는 전화에 지원은 기분이 개운치 않았다.

"……좀 걱정되긴 하지만, 일단 만나게 되면 저 혼자 다녀올게요. 만나 본 뒤 상의드릴 일 있으면 꼭 말씀드릴 테니, 염려하지 마세요."

만약…… 김재우 일이면 변호사님께 보이고 싶지 않아요. 그런 모습.

— 민지원 씨.

"네 변호사님."

— 가끔은 기대 보는 것도 좋습니다. 그렇게 혼자서만 애쓰면 금세 지치게 되더군요. 겪어 본 사람 말이니 틀리진 않을 겁니다.

"……네. 다음엔 꼭 부탁드릴게요. 그리고 두원 회장님과 작은 사장님 측에서 서류 보내실 때까지 저는 다음 주 금요일 임시주총만 신경 쓰면 되는 거죠?"

— 네. 금요일엔 죄송합니다만, 주총 참여하시려면 하루는 병원 쉬셔야 합니다.

"아. 네."

— 시간이 오전이기도 하고, 대주주와 그룹경영진들이 민지원 씨를 보기 위해 마련한 자리이기 때문에, 새벽부터 준비하실 것이 많습니다. 괜찮으시다면 아침 6시경에 자택으로 모시러 가겠습니다.

"변호사님 말씀대로 할게요. 그렇게 준비해 주세요."

— 네. 알겠습니다.

"그럼 다음 주에 뵐게요. 변호사님 안녕히 계세요."

— 민지원 씨!

"네. 변호사님."

— 혹시, 만나게 된다면. 조심해서 다녀오시고, 필요한 게 있으시면 바로 연락 주십시오.

"네. 감사합니다. 끊겠습니다."

전화통화를 마친 지원은 휴대폰을 주머니에 넣으며, 바쁜 걸음으로 사무실을 빠져나갔다. 지원은 불쾌함에, 그리고 뭔지 정확히 알 수 없지만 불안으로 엄습해 오는 것은 피하는 것이 좋겠다는 생각을 하며 검진센터 로비로 걸음을 옮겼다.

그날 저녁 9시가 넘은 시간. 높은 담벼락이 이어진 삼성동 자택에 현민의 차가 멈춰 섰다. 손에 든 휴대폰을 끊지 못하고 계속 귀에 대고 있던 현민은 이내 깊은 한숨을 내쉬며 경호원들을 뒤로한 채 열린 대문

안으로 들어섰다. 넓은 계단참을 가진 하얀 대리석 계단을 올라, 완만한 경사에 접어들자 대기하고 있던 집사와 김씨 아주머니가 그를 맞이했다.

"전무님 오셨습니까?"

"네. 두 분은 다 안에 계십니까?"

"안에서 기다리고 계십니다."

끄덕 고개를 움직인 뒤 현관을 향해 걸어 들어가는 현민의 등 뒤로 차가운 냉기가 흘렀다. 현관문 앞에서 어머니, 서희 여사에게 인사드린 현민은 집 안 중앙 거실부터 2층까지 이어진 커다란 계단에 잠시 눈길을 주었다가 차가운 눈길을 돌려 회장님이 계신 서재로 걸음을 옮겼다.

"할 이야기가 있어서 온 것일 테지."

"네."

"해 봐."

"내년 봄까지 기다려 주신다 하셨던 말씀, 기억하십니까?"

소파에 앉은 아들과 책상에 앉아 있던 회장님의 시선이 공중에서 부딪쳤다. 몇 초간 정지된 시간 속에 가늘어졌던 회장님의 시선이 이내 평온을 되찾으며, 손을 들어 서류를 볼 때 쓰는 돋보기를 내려 두었다. 그리고 자리에서 일어나 현민이 앉은 소파로 다가와 앉았다.

"그 일로 네가 예까지 왔다면, 이미 네 마음이 정해졌다는 소리구나."

아들이 싫어하는 본가였다. 부모가 저를 사랑 없이 철저한 정략으로 낳아 키웠다는 사실에 상처받은 십 대로부터 지금이 되도록, 아들은 이 집에 들어서길 지독하게 싫어했었다.

"그대로 두십시오. 그 사람."

회장님의 시선이 또다시 매섭게 가늘어지며, 반짝이는 빛이 예리하게 나타났다 사라졌다.

"사람 붙이신 거, 다 물리시고, 독일 출장 다녀온 뒤 정식으로 인사드릴 때까지 기다려 주십시오. 무슨 일이 있어도 저, 그 사람과 결혼합니다. 어차피, 집안에 들일 사람, 상처 내서 서로 낯 붉히는 일은 만들지 말아 주십시오."

"결혼. 결혼이라…… 벌써 그런 말이 나올 만큼 마음을 준 것이냐."

"아버지."

"……."

"저만은 아버지처럼 살지 않도록 도와주십시오. 그 사람만 제 곁에 두게 해 주신다면, 혜성. 반드시 선대보다 더 강하게 지켜 내겠습니다."

"……그 아이가 네게 무엇이길래."

"유일한 제 사람입니다."

"유일?"

"모든 것에 우선될 수 있는 유일한 사람이 되었습니다."

"……흐음, 출장 다녀오면 꼭 보이거라. 나머지는 그때, 다시 이야기하도록 하자."

아버지의 답이 끝남과 동시에 열린 서재 문 사이로 서희 여사가 모습을 드러냈다.

그 뒤로 새로 들어왔는지 얼굴이 익숙지 않은 주방직원이 다기상을 두 손으로 받쳐 들고 따라 들어왔다. 하지만 현민은 자리에서 일어나 회장님께 목례한 뒤 서재를 빠져나가며 굳은 입술로 제 어머니인 서희 여사에게조차 차가운 목례로 인사를 대신하고 있었다.

"차 준비했다. 한잔 마시고 가렴."

"일이 바쁩니다. 어머니. 다음에 뵙겠습니다."

이미 저만치 멀어져 차가운 등을 보이는 아들을 멍하니 보는 사이, 다기상을 내려놓고 문을 닫고 물러나는 도우미의 인기척에 회장님에게로 시선을 돌렸던 서희 여사가 날카로운 것에 찔린 것처럼 몸을 긴장시켰다.

"현민이 만나는 사람, 못된 망아지오?"

"······."

"그런 게 아니라면, 지금 하는 일 멈춰요. 현민이를 더 잃고 싶지 않다면 말이오."

"그 아이, 여러 가지로 유 전무에게 부족한 아이입니다."

"족한 사람 만나도 다 행복한 건 아니란 걸 알지 않소. 현민이에겐······ 그러지 맙시다."

서희 여사의 고운 입술이 피가 나도록 깨물려졌다. 한평생 외로운 가슴 채우려 일만 하고 사는 회장님 빈 등만 보며 지켜 낸 세월이었다.

처음에야 감정 없이 배란일 맞춰 합방한 몇 번에 아이가 들어서자 제 할 일 다 했다 여겼었지만, 아이를 낳고 보니 없던 감정도 생기는 것이 사람이었다.

그러나 변함없이 정해진 계약만 이행하듯 늘 거리를 유지하며 아이를 낳은 뒤에도 가정의 형태만 유지할 뿐 마음 한 점 주지 않는 남편을 미워하느라, 아들이 저를 바라보고 있다는 것도 알지 못했었다.

그 세월 탓에 다 자란 아들에게마저 외면당하는 삶은······ 진정 남편의 말처럼 행복과는 거리가 멀었다. 차라리 다른 남자들처럼 호색한이었다면, 덜 마음 아프고, 덜 미웠을지도 모른다.

몇 십 년간 한 사람만 마음에 담고, 잊지 못하는 남편을 볼 때마다 제 어미의 죄와 묵인한 제 행동이 죄의식으로 내리눌러 한 순간도 편치 못할 줄 알았다면, 오빠만 아끼던 엄마에게 떠밀리듯 집안의 명운을 걸고 정략이란 걸 받아들이지도, 이런 결혼은 하는 게 아니라고 철없는 저를 안타깝게 여기던 젊은 시절 남편에게도 건방지게 굴지 않았을 텐데.

"회장님께 그런 말씀 듣고 싶지 않습니다."

"현민이가 곧 인사시킨다니 그때까지만이라도 기다리시오. 나는 그렇게 알겠소."

"······."

테이블에 놓인 차는 어느 누구에게도 한 잔 따라지지 못한 채, 두 부부가 내뿜는 서늘한 기운처럼 다기 안에서 차갑게 식어 갔고, 남편의 시선을 외면하며 차가운 문고리를 잡아당겨 서재 문을 닫고 물러나는 서희 여사의 귀에는 젊은 시절 정략결혼을 거부하던 남편에게 자신이 큰 소리로 내뱉었던 말들이 이명처럼 파고들었다.

'어차피 우리네 결혼 다 그런 거 아닌가요? 난 결혼해서 후계자를 낳고 혜성 안주인 자리를 지킬 테니, 민성 씨는 회장님 후계자로 인정받는 대신, 언론에 오르내릴 만한 요란한 연애를 하거나, 집 안으로 여자 끌어들이는 짓만 하지 마세요. 그 나머진 각자 자유롭게. 아, 난 아이만 낳으면 일을 할 생각이니까 아동재단과 갤러리는 꼭 맡겨 주세요. 난 그거면 돼요.'

제 말들에 찔린 심장은 뜨거운 선혈을 흘리다 차갑게 식은 지 이미 오래였다.

"회장님. 유일하게 남은 이 자리만은 제 뜻대로 물려줄 겁니다. 반드시."

두터운 서재 문이 닫히고서야 들려온 그녀의 목소리는 아무도 듣지 못할 만큼 작았다.

어릴 때부터 보아 온 김씨 아주머니의 배웅을 받으며 본가에서 빠져나온 현민은 제 휴대폰에 남겨진 메시지를 확인한 뒤, 하루 종일 몇 번이나 했는지 모를 전화를 다시 걸기 시작했다.

경호팀에서 지원에게 사람이 붙었다는 보고를 받고, 혜성 본사 경영지원 5팀이 움직였다는 것을 알아내기까지 오랜 시간이 걸리지 않아 오늘 아버님을 찾아뵌 것인데, 행동반경 좁고, 요일별로 어디에 있는지 짐작 가능한 지원이 하필 오늘따라 퇴근시간에 자취를 감춰 지금까지 연락 두절에 위치 파악도 되지 않았다.

"민지원, 전화 좀 받아."

늘 정문으로 퇴근하던 지원이 오늘따라 지하 식당가로 향했다가 다시 엘리베이터로 향했던 것이 근접 경호요원이 마지막으로 본 지원의 모습이라 했다.

로비에서 대기 중이었던 경호요원은 1층에서 내리는 지원을 보지 못했고, 차량 대기 중이던 요원들도 지원이 병원을 빠져나오는 것을 보지 못했다.

뚜르르르, 뚜르르르.

신호음만 이어지는 전화를 몇 번이나 반복하다, 현민은 결국 문 비서에게 전화했다.

"어떻게 됐나?"

— 지 변호사님이나 두원가는 잠잠합니다. 김재우도 병동에서 움직이지 못하고 모친의 간병을 받고 있는 상태고, 김 이사는 최근 하청업체 재입사가 무산된 뒤 집에서 나오지 않고 있습니다.

"찾아, 어디 있는지 당장 찾아서 연락해!"

— 네, 전무님.

전화를 끊고, 곧장 지원의 집으로 달려가던 현민은 차 안에서 '방금 민 실장님께서 혼자 귀가하셨습니다.' 라는 전화를 받은 뒤에야 무거운 숨으로 안도하며 의자에 머리를 기대 눈을 감았다.

그 시간 지원은 엄마가 계시지 않는 어두운 빈집을 열고 겨우겨우 제 방, 제 침대까지 걸어 들어가 쓰러지듯 몸을 누이고 있었다. 옷도 벗지 못하고 온몸이 무너지는 느낌에 제 몸 하나 뒤척이지 못한 채 끙끙거리기만 하던 지원은, 어디선가 울리는 휴대폰을 찾아 더듬거리다 집어 올려, 실눈으로 발신자를 확인한 뒤 다시 눈을 감았다.

"언······니······."

— 지원아, 엄마 지금 형부가 모셔다 드릴 건데, 너 부침개 먹을래? 먹는다면 좀 싸 보내게.

"······언니."

— ……지원아?! 너 왜 그래? 무슨 일이야?!

"아파."

지난밤, 지원의 집에 불이 환하게 켜지는 것을 확인한 뒤 귀가했던 현민은 토요일 오전, 약속시간보다 훨씬 이른 시간에 지원의 집 앞에 도착해 있었으나, 해가 중천에 걸리도록 지원을 만나지 못했다.

지난밤부터 계속 꺼져 있는 휴대폰 때문에 기다리다 못해, 정 비서에게 지원의 집으로 전화를 걸도록 했던 현민은 월요일 출근 여부가 불투명할 정도로 몸이 아프다는 지원의 소식을 겨우 전해 들을 수 있었다.

지원의 휴대폰은 그가 본사로 되돌아와 다시 걸었을 때도 여전히 꺼진 상태였다. 온종일 지원을 위해 무리하게 비워 두었던 토요일. 현민은 집무책상에 앉아 업무에 매진하려 해 보았지만, 전에 없이 업무 중 시간을 확인하거나 휴대폰을 만지작거리는 일이 끊임없이 반복되었다.

지원의 소식을 듣지 못한 하루가 저녁을 향해 가고 있었다. 오후 5시. 습관적으로 통화를 시도하던 현민의 눈동자가 들려오는 신호음에 순간적으로 힘이 들어갔다.

뚜루루룩, 뚜루루룩.

전화기를 챙길 만큼 좀 괜찮아진 건가? 그러나 현민의 애타는 마음을 외면하는 것처럼 건조한 신호음은 한동안 계속되었다.

— 여보세요?

"지원아?!"

— ……네.

"괜찮아? 무슨 일 있어?"

— ……아니요. 오늘…… 약속 못 지켜서 미안해요. 좀 아팠어요.

"지금은? 아니, 내가 데리러 갈게, 병원 가자."

— 괜찮아요. 많이 나았어요.

"그래도 안 돼. 병원 가서 제대로 진료받고, 뭐라도 좀 먹자. 너 먹는 거 봐야 내가 안심하겠어, 어?! 지금 갈게."

― ……그럼 밥만 사 줄래요? 병원은 정말 안 가도 돼요.

"일단, 봐. 보고 얘기해. 지금 출발한다."

― 네. 나도 보고 싶어요."

분명, 좋지만 뭔가 전과 다름을 느꼈으면서도 급했던 그는 그 느낌을 간과했다.

"……그래, 빨리 갈게. 조금만 기다려."

아파트 단지에 차를 진입하던 현민은 현관계단에 앉아 있는 지원을 발견하고는 반쯤 뛰는 걸음으로 다가가 지원을 품 안에 꼭 안았다.

4월에 접어든 포근한 봄날이 다시 한겨울이 된 것처럼. 청바지에 흰 티, 긴팔 체크무늬 셔츠에 카디건으로도 모자라 두툼한 재킷까지 입은 지원은 평일과는 다르게 숱 많은 생머리를 내려뜨리고 있었다.

"많이 아팠어?"

"……응…….."

제 품에 안겨 힘없는 머리를 기대 오는 지원의 머리카락 사이로 손가락을 넣어 쓰다듬던 현민은 핏기 없이 창백한 얼굴에 금방이라도 눈물이 떨어질 것처럼 물기 많은 눈동자를 내려다보며 안타까운 표정으로 눈살을 찡그렸다.

아파서 많이 운 건지 퉁퉁 부어오른 눈두덩이 아직도 붉은 기운을 담고 있었다.

"무슨 일이야. 말해."

"……."

"너 눈 부었어. 빨리 말해."

"아픈데, 집에 아무도 없어서, 전화할 힘도 없고…… 울기만 했어요. ……나 배고파, 오빠."

아프면 늘 그렇게 운다는 지원이 원하는 대로 차를 움직여 도착한 곳은 콩나물 해장국집이었다.

건물 1층 투명한 유리벽 안으로 식사하고 있는 손님들 모습이 모두 들여다보이는 곳. 꽤 유명한 곳인지, 때 이른 토요일 저녁에도 환하게 불 밝힌 넓은 가게 안에는 식사 중인 사람들이 생각보다 많았고, 지원은 처음으로 주변 사람들의 시선을 의식하고 있었다.

몇몇 사람들은 현민을 앞서 걷는 지원의 뒤로 시선을 멈췄다가, 지원과 눈이 마주치면 대부분 빠르게 제자리로 돌아가곤 했다.

그들의 시선 속에서 하얀 얼굴에 점점 코끝과 눈망울이 붉어지던 지원은 키 낮은 앉은뱅이 파티션으로 가려진 테이블들 중에서도 가장 안쪽, 인적 드문 곳에 자리 잡고 앉았다.

"이게 먹고 싶었어?"

"네. 속이 풀릴 것 같아서요."

"너 그러니까 어제 폭음한 것 같다."

지원은 저를 웃게 하고 싶어 가벼운 대화로 이끄는 현민의 뒤로 굳이 모퉁이 꺾어진 자리까지 따라 들어오듯 자리 잡는 정장 차림의 한 무리의 남자들을 바라보고 있었다. 언제부터였을까.

"약에 취했으니까요. 지금도 약 때문에 입이 써요."

"남들이 들으면 레이브 파티 갔다 온 줄 알겠네. 여기."

긴 팔을 쭉 뻗어 제 앞에 수저를 내려놓는 현민을 감흥 없이 바라보던 지원이 갑자기 자신이 보고 있는 장면이 무엇인지 뒤늦게 알아챈 것처럼 현민에게 인사를 건넸다.

"고마워요. ……그런데, 레이브 파티 가 본 적 있어요?"

"어, 아주 옛날에 미국에 있을 때 경험 삼아 한 번 가 봤지. 즐겼던 건 아니야."

"……미국에도 갔었구나."

지원은 새삼 이 작은 사실만으로도 그와 자신의 성장환경이 다르다는 것을 실감했다.

외국에서의 레이브 파티라면 약물에 취해 음악을 듣고, 즐기고……
자신은 생각조차 못했던 마약파티에 경험 삼아 가 봤다는 현민. 그의
유학생활은 어떤 것이었을까. 마약이라고 하면 향정신성 의약품을 카
운트했거나, 유사 마약류라 해도 응급상황이나 수술실에서 사용했던
진통제와 마취제밖에 접해 본 경험이 없는데.

지금 이 순간, 지원은 그가 낯설었다.

"옛날에 공부하러 잠깐 갔었어."

"그런데 왜 말 안 했어요?"

별거 아닌 농담을 주고받듯 가슴속 깊은 물음을 꺼내 놓는 지원의 표
정에는 아주 긴 시간 훈련된 무표정이 자리 잡고 있었다.

"어?"

"난 순수 국내파니까 해외파인 오빠한테 기죽을까 봐 말 안 했냐고
요. 안 그래도 되는데. 훗."

온통 지원의 안색에만 집중되어 있던 현민의 시선이 잠시 멈칫하며,
할 말을 고르고 있는 것을 보며 지원은 그에게서 시선을 내렸다.

'그렇게 당황하면 어떡해요. 오빠가 그러면…… 웃고 싶지 않은 내
가 웃어야 하잖아. 농담하듯 지나가려 내가 또 웃어야 하잖아.'

지원은 현민의 당황스러운 얼굴이 보고 싶지 않았다. 그를 미워하게
되는 것도, 그에게 서운한 눈빛을 보이는 것도. 아직은 어떻게 하자고
아무것도 정하지 않았는데, 정돈되지 않은 감정이 눈빛으로 흘러나와
상황을 대책 없게 만들어 버리는 건, 원하지 않았다.

"아냐. 그런 거. 요즘 가고 싶음 누구나 다 가는 건데, 갔다 왔다 말
하는 것도 우습잖아."

다시 고개 든 지원은 멀뚱히 앞만 보았다. 아파서, 그래서 기운이 없
어서 표정 없는 얼굴이라 생각하길.

'처음이자 마지막 기회를 준다고 생각하며 물었던 건데. 지금 말하

지 그랬어요. 난 또 물어볼 자신 없어요. 또 내가 부족해서 문제라는데, 내가 어떻게 또 묻겠어. 또 내가 문제라는데…… 내가 뭘 얼마나 억울하다고 외칠 수 있겠어. 난 이게 다야. 내 소심한 따짐은 이게 다야. 화도 버리지만도 못하게 내는 게 나고, 이런 내가 오빠한테 줄 수 있는 변명의 기회도…… 이게 다였어요.'

멍한 눈빛이던 지원은 현민이 자신을 빤히 쳐다보자, 힘없이 웃어 주었다.

"그랬구나……. 오빠, 국밥 나와요. 와, 맛있겠다."

현민의 등 뒤로 쟁반을 들고 다가오는 아주머니에게로 시선을 돌린 지원은, 뜨거운 국밥에 숟가락을 집어넣으며 정말 먹고 싶던 음식을 마주한 것처럼 입가를 올려 웃었다. 그러나 여전히 생기 잃은 눈동자는 웃지 않았고, 지나치게 뚝배기에 고정된 시선은 그의 미간을 좁히게 만들었다.

그러자 지원은 그런 그의 걱정을 덜어 주려는 것처럼 뜨거운 콩나물 해장국을 숟가락으로 휘휘 저어 입맛 다셔 가며 한 입 푹 퍼 입에 넣었다. 볼록한 볼을 해 가지고선 눈매를 접어 곱게 웃어 보이는 지원을 보며 현민은 어이없어 너털웃음을 지었다.

"먹어 봐요. 맛있어요."

그다음 퍼 올린 숟가락도 한 입에 넣기엔 너무 많았다.

머슴밥처럼 퍼 올린 것을 한 입에 다 넣고, 입 밖으로 삐죽삐죽 빠져나온 콩나물 줄기를 숟가락으로 입안에 밀어 넣으며 지원은 남들이 보기엔 배고파서 아주 맛있게 식사를 해 나갔다. 사실은 밥으로 뭔가 하지 말아야 할 말을 꺼내려는 제 입을 막으려는 행동이었지만.

입안에 밥이 너무 꽉 차 말도 못하고, 붕어배처럼 볼록하니 부풀어 오른 지원의 두 뺨이 작은 입을 오물거릴 때마다 같이 움직이는 것을 바라보며, 현민도 지난밤을 꼬박 새운 충혈된 눈으로 이틀 만에 따뜻한 밥을 편안하게 먹고 있었다.

"천천히 먹어."

"음."

여전히 입에 넣은 것이 많아 들려오는 대답은 고작 '음.' 과 끄덕이는 고갯짓이 다였다. 그런데 눈이 반짝인다.

"너…… 울어?"

저도 안 되겠는지 숟가락을 내려놓은 지원이 식사를 시작하고 처음으로 입을 열었다.

"내가 아프면 원래 이래요. 별일 아닌 걸로 울컥울컥해."

"지원아."

"이럴 땐 무조건 받아 줘야 돼요. 아파서 그런 거니까. 나 아플 땐 투정이 좀 많아지거든요. 지금처럼 감정 과잉 상태라도 흉한 건 좀 넘어가 주고, 알았죠?"

이번엔 제대로 눈을 마주치며 빙긋이 환하게 웃는 지원의 눈이, 입술 따라 함께 웃어서 현민도 마음을 놓고 고개를 끄떡였다. 이런 모습도 보일 만큼, 또 다른 문이 열린 것이라 생각하면서.

식사 후 현민의 집으로 끌려온 지원은 집 안을 느릿하게 걸어 다녔다. 처음 와 본 그의 집. 현민은 지원을 침대에 눕힌 뒤 열이 많이 떨어진 이마에 손을 올려 보더니 곧 방을 나섰다. 물수건을 가지러 간 모양이었다.

그가 밖으로 나가자마자, 지원은 바로 거실로 향했다. 그의 공간. 무슨 생각에 여기로 온 건지 모르지만 마지막일지 모를 기회라 생각한 탓에 부질없는 용기를 내어 그의 공간을 둘러보고 있었다. 어떻게 사는지, 정말 나랑 다른 사람인지 확인해 보고 싶었는지도…….

콩나물 국밥을 먹고 더 이상 무슨 말을 해야 할지 모르겠을 때 그가 물어 왔다.

'우리 집에 갈래?'

대답을 기다리는 그를 바라보면서 기운 없다는 생각만 들었었다.

'좀 쉬고 싶어요.'

나는 이제 할 말이 없는데…….

'아파? ……병원 가자 지원아. 일어나.'

금세 옆자리로 와 부축하려는 그가, 그런 그 때문에 더 마음 아프다는 것을 모르는 그는,

'아니. 아픈 건 아니고, 기운이 없어서, 집에 가서 쉬면 돼요.'

야속하게 따뜻했다. 뭔가를 알아내려는 듯 한참을 바라보던 그의 결정은, 이것이었다.

'……그럼 우리 집으로 가. 아픈지 안 아픈지 내가 보고 있어야 맘이 편하겠어.'

그렇게 오게 된 그의 집은, 좀 지나치게 높고, 정감 없이 거대한 건물이었다.

두 개 층을 터놓은 듯 높은 로비 천장, 층마다 층고는 왜 이리 높은지, 말없을 때의 그를 닮아 위압감이 느껴지는 그의 집은 로비나 벽에 걸린 대형 액자들이나 한결같이 거대함을 추구하고 있었다.

보안요원들을 지나, 로비 안내데스크 직원들의 인사를 받으며, 제가 사는 아파트와는 완전히 다른 분위기에 왠지 어색하고 불편해서 제 어깨를 감싼 채 걷는 현민의 속도에 맞춰 걷느라 몸이 긴장했었는데, 지금도 그 느낌은 여전했다.

은은한 돌빛이 느껴지는 먹색 대리석이 드넓게 깔린 바닥과 벽면, 그중 한쪽 벽면엔 아트 월처럼 깨어진 돌조각이 촘촘히 박혀 멀리서 보면 음영 차만 느껴질 뿐 단순한 벽면처럼 깔끔해 보이는 것이, 집 안이 아니라 갤러리 전시실 같기만 했다.

원래 이렇게 지어진 집인지 공사를 따로 한 것인지 집 안엔 시선을 가로막는 벽면도 별로 없었고, 막 어두워지고 있는 어슴푸레한 밤하늘이 한눈에 보이는, 점점 검게 변하는 하늘과 높은 건물 꼭대기에서 빛

나는 붉은 항공장애등의 붉은 반짝임조차 그림처럼 보이는 넓은 창을 가진 이 집에, 저를 사랑한다는 그가 살고 있었다.

이래서 부족하다는 걸까. 대출 없는 84제곱미터 아파트 한 채만도 너무나 감사한 제 처지와 이 집을 가진 아니, 이 집 같은 건 얼마든지 수집하듯 할 수 있는 남자의 위치가 너무나 다름을 이제 지원 자신도 인정해야 할 것 같았다.

그러나 다름을 인정한다고 해서, 포기라는 단어를 떠올리자마자 찢어지는 가슴을 모두 감당할 수 있는 것은 아니었다. 아팠다. 가슴이, 마음이. 그 안에 있는 심장과 온몸을 도는 붉은 피조차 그가 없는 시간을 상상하는 것만으로도 아파했다.

지원은 눈물이 나올 것 같아 창을 외면하고, 회갈색 넓은 카펫이 깔린 사각 공간을 향해 걸어갔다. 라이트그레이 페브릭 소파가 한쪽 면엔 L자로 또 반대쪽엔 I자로 마주 놓여 있고, 그 사이엔 좀 더 진한 먹색 에그체어가 각각 양쪽으로 둘, 하나씩 자유롭게 놓여 있는 공간은 하래와 닮아 있었다.

하래. 그 집. 그 집도 그의 집일 것이란 생각이 이제야 들었다. 바보같이. 그의 집이라 말 못하는 사람 앞에서 건축주가 공을 많이 들였나 보다라고 얼마나 떠들었던가. 하래의 자연광 대신, 이 집엔 천장에서 두 줄기로 쏟아져 내리는 단순하고 강렬한 조명이 설치되어 있었다. 그녀가 감탄했던 하래의 모든 것은 그의 취향이었다.

'당신은 날 언제까지 속이려 했던 건가요? 그리고 난, 왜 매번 멍청이처럼 속는 걸까요.'

처음 재우에게 속았던 것은 그의 탓이었지만, 반복된 두 번째는 온전히 상대를 탓할 수 없었다. 분명 제게 멍청한 허점이 있기에 이런 일이 반복될 수 있었을 테니까.

아트 월 뒤에 자리한 안방 두 개만 한 주방과 식당. 복층이 아니면서도 4.5m 정도는 되어 보이는 층고. 그 높은 천장부터 아래를 향해 식물 커튼처럼 흘러내리고 있는 벽면 한가득한 초록식물들과 그 사이사이 아기자기하게 액자처럼 붙어 자라고 있는 키 낮은 식물들까지.

지원은 입술을 오므리며 입안 부드러운 살점을 이빨로 살짝 깨물었다. 그래. 이 집에 들어서면서부터 마음이 불편했던 건 마음에 안 들거나, 어색해서가 아니었다. 이렇게 예쁜데, 이렇게 멋지기만 한데, 어색하다고 해서 기분이 그렇게 가라앉을 리가 있나.

자신은 그저, 현민과의 거리감에, 도저히 따라갈 수 없는 이 간극의 차이에 절망하는 중일 뿐이었다.

'인정하자. 마음 못 추스르고 엉뚱한 데 화내는 게 더 추해, 민지원.'

지원은 지금껏 열심히 집 안을 살피던 고개를 푹 숙이며 자조적인 미소를 지었다. 인정하기 싫지만 받아들여야 하고, 아무것도 모르는 것 같지만, 이미 어느 정도는 알아 버린 지금. 부질없는 회피는 필요 없는 것.

추해지지 말자. 지원은 눈앞에 보이는 회갈색 카펫을 바라보며 멍해지는 시야 사이로 지난밤 일을 떠올렸다.

지원은 계속 무시하던 전화를 받아 자신을 변호사라 소개하는 석경원이란 남자와 통화를 했다. 만나지 않겠다고 말했지만, 그는 유현민 씨에 대한 이야기라며 특이하게도 그를 전무님이라고 불러 지원의 궁금증을 자극했다.

그러나 경계하게 되는 목소리에 낯선 이보다는 그를 믿고 싶었던 지원은, 그가 또다시 전화를 해도 무시했다. 하지만 그가 보내 온 문자만은 피하지 못했다.

[민예원 씨 혜성병원 중환자실에서 근무 중이시고, 강형석 씨는 MK은행 과장 승진하신 지 얼마 안 되는 것으로 알고 있습니다. 나와서 전무님 모친께서 전하신 말씀 듣지 않으시면 그분들 곧 퇴사 처리 되실 테니, 오시든 안 오시든 그 결과는 민지원 씨 가족분들께 돌아간다는 것만 기억하십

시오. 전무님이 고용하신 민지원 씨 경호원들이 꽤 많더군요. 오늘은 조용히 혼자 오시기 바랍니다. J호텔 콘티넨탈에서 기다리겠습니다.]

지원은 어떻게 언니와 형부에 대해 아는 건지, 또 뭐가 잘못되어 이런 일이 있는 건지, 심장이 마구 뛰기 시작해서 덜컥 겁이 났다. 그래서 누가 경호원인지도 모르면서 사람들의 시선을 무조건 피하며 정해진 장소로 이동했다. 그리고 그 변호사라는 사람을 만났다.

"뭐……라고 하셨습니까?"

"기본적인 양심과 지각이 있는 사람이라면 알아서 행동해 달라고 말씀드렸습니다."

"무……무슨 말씀을 그렇게……."

"이야기가 길어지면 서로 기운 빠지니까 비즈니스는 비즈니스답게. 이쪽에서 본론부터 들어가면 그쪽에서도 원하는 것을 바로 제시하셔야 깔끔한 거래가 되지 않겠습니까?"

"비즈니스…… 요?"

"혹시, 저한테 민지원 씨 연기가 통할 거라 생각하는 건 아니시겠죠?"

"어떤 이유로 이렇게 무례하신지, 먼저 설명을 듣고 싶습니다."

지원은 멀쩡하게 생긴 남자가 왜 이러는지, 정말 알 수 없었다. 한결같이 고급스러운 것들로 자신을 꾸민 남자가, 외양과는 달리 무례를 넘어 망발을 하면서도 왜 이리 당당한 건지.

"정말, 단계별로 다 밟겠다는 뜻입니까?"

"무슨 단계인지 모르겠지만 저는 이러시는 이유에 대한 해명을 꼭 들어야겠습니다."

지원이 자신의 눈동자와 온몸 구석구석을 훑어보는 듯한 석변이란 남자의 시선을 이겨 내는 동안, 두 사람이 앉은 룸에는 침묵이 기 싸움처럼 이어졌다.

"훗……. 생각보다 딜을 할 줄 아는군요. 전무님도 그래, 지난번에 그렇게 우스운 꼴을 당하셨으면 조심을 하셨어야지, 어떻게 더 영악한 여자한테 걸리신 건지. 그쪽, 아! 민지원 씨는 이런 일이 별일 아니겠지만 우리처럼 그분들 뒷정리하는 입장에서는 이런 일, 참 자존심 상하는 일이라서 말입니다. 민지원 씨 같은 분이나 만나려고 어렵게 공부한 건 아니니까요."

이어진 석 변호사란 남자의 말에 지원은 갑자기 더러운 오물을 뒤집어쓴 것 같은 기분이 되었다. 하지만 어디서부터 뭐가 잘못되어 이런 오해를 받게 된 것인지 지원은 이해할 수가 없었다.

"……모욕적인 언사 그만하시고 제대로 설명하시죠. 말씀 다 하신 뒤에도 제게 충분한 해명이 안 된다면 반드시 정중히 사과를 하셔야 할 겁니다."

"그 점은 걱정 마십시오. 제가 사과드릴 일은 없을 겁니다."

석 변호사라는 남자는 말하면서 명함케이스에서 혜성그룹 법무팀 이사 석경원이라고 적힌 빳빳한 사각 종이를 지원에게 내밀었다.

"저는 혜성그룹 법무팀 직원을 만날 만한 일이 없습니다. 또 명함이야 누구나 만들 수 있는 건데, 이런 걸로 신분이 증명된다고도 생각하지 않습니다."

"그렇습니까? ……그럼 저도 민지원 씨 연기 패턴에 맞춰 전혀 아무것도 모르시는 분으로 대해 드리겠습니다. 민지원 씨께서 전무님 마음을 얻으신 걸 보면 제 연기력에 만족하실지는 모르겠지만, 일단 그렇게 얘길 시작해 보도록 하지요. 위조된 명함이라고 생각되시면 차후에 민지원 씨께서 확인해 보시면 될 일이고. 우선 저는 혜성그룹 법무팀 내 준법 감시팀이 아니라, 경영지원팀입니다. 이해가 되십니까?"

"……."

"같은 법무팀 소속이라 해도 좀 더 긴밀한 업무를 담당한다고 생각하시면 됩니다. 가끔은 비공식적인 업무로 민지원 씨 같은 분도 만나는 그런 일이죠."

"……자칫 비아냥으로 느껴질 수 있는 감정은 빼시고, 꼭 하실 말씀만 하셨으면 합니다."

"정확하게 보신 겁니다. 저는 민지원 씨와 같은 사람을 무척 잘 알고, 경멸하기 때문에 비아냥거린다 느끼셨을 수도 있습니다. 뭐, 굳이 그런 감정을 감춰야 할 자리도 아니고 해서 있는 그대로 제 감정이 드러났나 봅니다. 원하시는 대로 할 말만 빨리 해 보도록 하지요."

"지금 뭐하시는 겁니까!"

기막힘에 찌푸려진 눈매로 더 이상 모욕을 견뎌야 할 이유가 없다고 판단한 지원이 자리에서 일어났을 때 석변이란 남자가 소리쳤다.

"유현민 전무님을 끝까지 곤란하게 만드실 겁니까?! 민지원 씨가 접근하신 그분, 아시다시피 혜성전자 전무이시자, 회장님의 단 한 분뿐이신 후계자이십니다. 민지원 씨 이러는 거, 기업 이미지 때문이라도 윗선에서 중재할 걸 감안해서 협상금액 올리려고 시간 버는 거 아닙니까! 간단하게 갑시다. 좀! 윗분께서도 아직 지저분한 소문이 퍼지지 않은 상황이라는 점을 감안하셔서 지금 이 선에서 정리하신다면 그만한 보상은 생각해 주신다고 하셨습니다."

"……."

석 변호사는 지원의 말을 기다리는 듯했으나 지원의 눈빛은 넋이 나가 있었고, 입술은 살짝 벌어져 굳은 채 가늘게 떨리고 있었다.

"조건은 간단합니다. 전무님과의 관계, 완벽하게 정리하십시오. 지금 이곳을 나가는 순간부터 직장, 거주지 모두 변경하시고 모든 연락을 끊은 뒤, 조용히 계시면 추가로 지급되는 금액이 꽤 클 겁니다. 국내에서 곤란하다면 해외로 가시는 것 정도는 도와드릴 수 있습니다."

"……저를, 이 세상에서 도려내라는 말씀……이신가요?"

"뭐 이를테면, 받아들이기 쉬운 쪽으로 이해하십시오."

"제가 왜 그래야 되죠?"

"하! 이보세요, 민지원 씨. 전무님 옆에 달라붙었던 여자가 당신이 처음일 거라 생각합니까?"

"……보상, 하시겠다고요?"

"이제야 말이 통하는군요. 좋습니다. 얼마를 생각하는지 최대한 맞춰 드리겠습니다."

"지금 저를…… 꽃뱀 취급하시는 겁니까?"

떨리는 입술을 깨물어도, 어깨부터 팔까지 이어지는 떨림은 감출 수 없었다.

"뭐 그렇게 자존심이라도 챙기고 싶다면 그렇게 하십시오. 제 업무야 민지원 씨가 거래금액만 정확하게 결정해 주시면 끝나니까요."

석변은 미리 준비되어 있던 서류를 테이블에 올려놓으며 사인할 곳을 확인시키고 있었다.

"여기 빈 곳에 원하시는 금액 적고, 사인한 뒤 지장만 찍으시면 됩니다. 너무 높은 금액을 적으면 불필요한 일이 생기니까 적당히 적으시는 게 좋을 겁니다."

지원은 석 변호사의 말을 들으며 계속 그 서류를 내려다보았다. 바로 코앞까지 디밀어진 서류. 조소하는 석 변호사의 눈빛. 지원은 테이블 아래 떨리는 두 손을 맞잡았다. 그러나 턱이 아플 만큼 어금니를 깨물어도 상황은 변하지 않았다.

"민지원 씨!"

빨리 일을 처리하자고 겁을 주려는 듯 큰 소리로 지원의 이름을 부르는 석변을 바라보았다. 성가시다는 표정. 그 모습을 보면서 가장 먼저 지목하게 되는 죄인은 바로 지원, 자신이었다. 지원은 이 꼴을 겪으면서도 그를 잃을까 겁먹고 아프기부터 하는 멍청한 마음에게 이 모든 상황에 대한 죄를 물어야 할 것 같았다.

지원은 흐릿한 시야와 감각을 잃어버린 아득한 몸을 일으켰다.

"가겠습니다."

"어딜 갑니까! 서명 안 합니까? 돈 안 받을 거예요?!"

빠져나가는 지원으로 인해 당황한 석 변호사가 의자에서 일어나 지원을 잡으려 팔을 뻗었지만, 이미 지원은 출입문을 열고 복도로 뛰쳐나가고 있었다.

지원은 옆으로 어떤 사람이 지나가고 있는지, 무엇이 앞을 막고 있는지 인지할 겨를도 없이 빠르게 레스토랑을 빠져나가, 급히 비상구를 찾아 문을 열고 인적 없는 공간으로 뛰쳐 들어갔다.

한 호흡도 들이쉬지 못하고 천식 환자처럼 억지로 숨을 들이쉬기 위해, 계단 손잡이를 붙잡고 허리 굽힌 채 몇 번이고 천천히 숨을 다시 들이마시고 내쉬며 진정하려 몇 십 초간의 짧은 사투를 벌였다.

흐릿했던 시야가 서서히 명료해졌다. 그리고 주변 상황이 인식되기 시작하자 그녀의 표정은 차분하다 못해 서늘하게 식어 갔다.

'방금 무슨 말을 들었던가.'

다리를 휘청이며 계단을 내려가는 동안에도, 현민을 떠올렸지만 당신의 품이 간절하다고 아니, 해명이 필요하다고도 전화할 수 없었다.

'그가 진짜 내가 아는 그가 아니라면, 나는…… 어떡해야 하나.'

아래층으로 내려갈수록 비상계단에서 만나게 되는 호텔직원들의 수가 늘어났고, 그들의 시선이 느껴져도 지원은 눈물 흐르는 얼굴을 닦아 낼 생각도 못했다.

그저 넘어지지 않기 위해 무릎에 힘을 주고 걷기에 전력을 다하다, 1층 여자화장실로 들어갔다. 그리고 거울 속, 세상에서 가장 멍청하고, 아둔하고, 머저리 같은 여자를 발견하곤 마음속으로 욕을 퍼부어 주었다.

아는 욕을 총동원하여 거울에 비친 여자에게 쏟아 내고 있는데, 계속 같이 노려보던 거울 속 여자의 눈에서 가느다란 물줄기가 뚝뚝 떨어지는 것이 보여 잠시 멍하니 구경해야 했다.

추했다. 서러움을 자처한 주제에 아파할 자격 없는 울음은 추하기만 했다.

그렇게 정적 속에 서 있던 지원의 귀에 갑자기 이명처럼 고주파음이 들리기 시작하더니, 그 소리 사이로 화장실 안의 정상적인 소리들이 섞여 들려오기 시작했었다.

사람들 오가는 소리, 문 여닫는 소리, 세면대 물 흐르는 소리.

그 현실적인 소리들이 모든 감각을 일깨운 순간 지원은 화장실 안의 모든 시선이 자신을 향해 있다는 것을 느낄 수 있었다.

지원은 기계적인 걸음을 옮겨 지하 주차장으로 내려갔다.

운전석에는 앉았지만 액셀을 밟는 순간 아무 곳이나 들이받을 것 같아 지원은 핸들에 머리를 묻고 잠시 쉬는 것을 선택했다. 하지만 그녀의 머릿속은 잠시의 휴식도 허락하지 않고, 감당할 수 없는 생각들만 가득 차올랐다.

모든 것이 예전과 비슷했고, 그런 상황을 익숙하다 느끼는 것이 더 비참했었다.

이제 사는 것에 자신 없었다. 열심히 바르게만 살면, 좋은 일이 생기지 않을까 기대하는 마음도 있었는데, 그런 마음조차 너무 큰 요행수를 바란 일이었던 것인지. 그래서 이렇게 철저하게 바닥을 치는 것인지.

양심에 걸리는 것 없이 살려고 그렇게 노력했었는데, 왜 이런 일이 생기는 걸까.

그를 만났던 날, 단 한 번 일탈의 대가가…… 제 양심과 상식을 저버리고 감정에 몸을 내던졌던 그 일이, 이런 일을 겪어야 할 만큼 그렇게 나쁜 일이었나.

지원은 억울했다. 제게 드리워진 잣대는 왜 이리 엄한 것이냐고 따지고도 싶었다. 그런 식으로 만나도 진심이면 해피엔딩이 되어 주면 안 되는 것일까. 남들은 수많은 우연 속에 사랑을 키워 나가던데.

'왜, 나만. 왜 나한테만!'

억울한 것 같고, 분하고, 서러운 것 같기도 했다. 어린 날의 그때처럼. 이만큼 나이 먹고서도 아픈 말은 여전히 아프고, 억울한 건 여전히 억울했다. 면역성 없는 마음은 오늘도 치욕을 느끼고, 바닥으로 무너져 내렸다.

"흐윽…… 윽……. 크흡. 읍……읍……."

제 것이 아닌 양, 낯선 목소리가 들려왔다. 제 목숨 이어 주는 숨구 멍마저 제 편이 아닌 듯 목구멍을 막고 있는 울음덩어리가 제 맘대로 숨을 쉴 수도 없게 만들었다.

지겨웠다. 이런 느낌. 이런 울음. 눈물에 흐려진 시선은 눈앞을 어그 러져 보이게 만들고, 투둑, 투둑 떨어지는 굵은 눈물방울을 닦아 내며 앞을 보니, 지하 주차장을 지나던 사람들이 차 앞에 멈춰 서서 쳐다보 고 있는 것이 보였다.

참으로 고맙기도 하지. 이 와중에도 죽지는 말라는 건지, 고개를 숙 이자 막혀 있던 숨이 토해져 나왔다. 숨이 쉬어지니, 이번엔 속에 든 모 든 뜨거운 감정들이 다 빠져나왔다.

원망, 혼란, 두려움, 막막함, 혼란, 그리고 빤한 앞날에 대한 인정과 이제야 확신하는 제 감정까지.

"윽…… 읍……. 흑……. 어떡해……. 흐흑……."

잘못했으니 화내는 게 당연했고, 속였으면…… 속였다 화내는 게 당 연한데 그래지지 않는 이유는 사랑이었다.

"어떡해……. 윽, 윽……. 어윽…… 윽……."

지금 저가 이 주차장에서 이리 초라하게 울고 있는데. 제 주제에 그 의 아픔이 먼저 걱정되는 이유도 사랑이었다. 제 걱정이 무슨 소용 있 겠다고…….

"음……읍……."

지금에야 사랑을 배우고 있는 지원은 그가 자신을 속인 것보다, 상 처 날까 조심했던 그의 마음을 이제야 되짚어 보고 있는 중이었다.

늘 조심했던 그 사람, 늘 먼저 눈을 보고 이야기하던 그 사람. 결국 에는 저를 잃게 될 그의 모습들에, 분노도 뒤로 미룬 채 울음부터 터트릴 만큼 이제야 더 깊이 지원의 가슴에 파고들고 있었다.

그럼에도 그의 곁에 있을 자신이 없으니, 그럼에도 그가 저를 속인 것이 반드시 그를 떠나야 할 이유가 되어 버린 것 같아 원망되니…… 뭐가 이렇게 엉망인 걸까.

심장이 너무 아팠다. 핏줄마다 부서진 칼날들이 피를 타고 흐르며 온 마음을 다 난도질하고 있는 것만 같았다. 어떻게 이렇게 아플 수 있는지 이 상황에도 놀라울 만큼, 아픈 건 마음인데, 온몸이 고통에 신음 했다.

"흑흑. 아파……. 오빠……. 아파."

그만 아팠음 싶었다. 늘 하던 대로 숨을 참아도 안 되고, 눈을 감고 이를 악물어도 여전히 가슴팍은 누가 염산을 끼얹고, 칼로 쑤시며 비트는 것처럼 아프고 또 아팠다.

이런데 어떻게 살 수 있을까. 왜 이렇게 이런 고통을 다 느끼면서도 살아남아야 하는 걸까.

"흐흑…… 사랑해……. 끅……끅……."

말하고 싶었던 순간들이 많았었다. 뭔가 더 신중하라고, 조금 더 천천히, 그래서 첫 밤은 그러했지만, 제가 가볍지 않다는 걸 보여 주고도 싶었고, 재우를 정리하고 깔끔하게 시작하고 싶기도 했었고…….

그의 앞에서 그렇게 욕보임 당한 꼴을 보인지 얼마나 되었다고 뻔뻔하게…… 아직은 사랑을 입에 올릴 시기가 아니라고 참았던 순간도 있었다.

그런데 우습게도 그렇게 참았던 마음은, 썰렁하고 그마저도 옆에 없는 지하 주차장에서 입 밖으로 꺼내어지고 있었다.

"사랑해. 으으읍."

그가 자신과 아주 먼 사람이라는 걸. 반드시 멀어지게 될 사람이라는 걸 알게 된 순간, 다신 기회가 없을 것 같아서.

그가 듣건, 듣지 못하건 상관없이 한 번도 말해 보지 못한 제 마음이 이대로 제 안에서 썩을까 봐…… 제 귀에만이라도 들리도록 말해 보라고…… 묶어 놨던, 제게는 소중했던 마음을 놓아주고 있었다.

"사랑해……."

혼자라도 말해 보니 좀 나은가…… 한 번 나온 말은 자꾸만 쉽게 꺼내어졌다.

어쩌면 그도 이미 알고 있을지 모를 제 사랑을, 조심하느라 애써 밀어 두었던 이 고백이 추하게 여겨지는 오늘 밤을, 지원은 절대 잊을 수 없을 것 같았다.

지원의 사랑은 오늘 이렇게, 강제로 입 막혀, 태어난 날, 죽음을 준비하고 있었다.

지원의 울음은 그녀가 울 기운이 없을 때까지 이어졌다. 핸들에 머리를 기대 축 늘어진 몸에는 자꾸만 한기가 들었다. 허했다. 벌써 그가 빠져나가 버린 것처럼, 그가 있던 공간만큼 휑하니 뚫린 가슴으로 바람이 시리게 불어왔다.

모질기도 하지. 조금 덜 실감되고, 조금 덜 아프면 안 되는 걸까. 뭐 이리 잔인하게 또렷한 걸까. 그와 저만은 그렇지 않을 거라 말할 수 없을 만큼 앞날이 뻔히 보였다. 애원하고 매달릴수록 추해질 제 모습도 함께 시달릴 가족들도 눈에 보이는 듯했다.

철없는 나이였으면 좋겠다. 누구나 철없어 저런다고 한마디씩 거들어 댈 그런 나이여서, 눈 딱 감고 그에게 매달릴 수 있었으면 좋겠다. 어려도, 나이 들어도 아픈 건 똑같은데. 세상도 모진 것도 마찬가진데, 그 속에서 몇 년 더 버텨 냈다는 이유로 아파하기보다 어서 빨리 나이에 걸맞은 현명한 결정을 내리라고 강요받는 제 나이가 버거웠다.

어려서 뭐든 봐주고 괜찮다 하던 면죄부는 어디로 사라진 것일까. 정작, 어릴 적엔 그런 면죄부 한 번 사용해 본 적 없었는데.

"쿡쿡."

미친 사람처럼 웃음이 났다. 눈물로 범벅되고, 땀에 젖어 머리카락도 젖어 버린 주제에 미친 것처럼 웃음이 났다. 웃는데 또 눈물 흐르는 건 뭔지. 참 가지가지 한다 싶었을 때 멍한 머릿속으로 핸드폰 진동 소리가 들려왔다.

그 사람, 아니 혜성그룹 후계자 유 전무. 액정에 뜬 이름을 가만히 들여다보다 결국 휴대폰을 다시 옆자리에 내려놓았다. 지난밤, 지원은 그랬다.

"뭐 해?"

지원은 들려오는 소리에 상념에서 깨어나며, 제 곁에 선 사람을 올려다보았다.

"응?"

"안 누워 있고 뭐 하냐고."

"아…… 집 구경했어요."

"넌 집 구경을, 제자리에 서서 눈 감고 해? 이리 와. 아픈데 무리하지 말고."

손에 물수건이 없는 걸 보니, 방에 들어갔다 아무도 없어 찾으러 나온 모양이었다.

"나 찾았어요?"

"그래. 깜짝 놀랐다."

"그러게…… 혼자서 이렇게 큰 집에 사니 찾아다닐 일도 생기네. 좀 작은 집에 살지."

좀 보통 사람으로 살지. 내 손이 닿기 편하게 그저 평범하게 사는 사람이지 그랬어요.

"걷기 힘들면 안아다 줄게."

지원은 대답도 하기 전에 불쑥 안아 든 현민의 품이 좋았다. 이렇게 안기고 나서야 지난밤 내내 아파하면서 그리웠던 것이 이 사람의 품이었다는 걸 깨달은 지원은, 어제까지만 해도 제 것이었던 이 품이……

벌써 그리웠다.

침대에 눕혀 놓고 이마에 수건을 올려주는 손길이 투박했다. 이런 일 잘 안 해 본 것이 티 나는 손길. 그런데도 꽤 열심이라 마음이 울컥해지는 정겨운 손길에 지원은 눈을 감았다.

"잘 거야?"

"아뇨. 쉬는 거예요."

침대 중간에 누워 있는 지원과 그 옆에 올라앉아 물수건을 만지작거리는 현민의 움직임이 고요한 방 안에 작은 소음을 만들어 냈다.

"오빠."

"어?"

"나한테 할 말 없어요?"

"……무슨?"

"……아니. 집까지 데려와서…… 뭐, 할 말 있는 것 같아서요."

"아냐, 너 더 아파지는 것 같으면 바로 병원 데려가려고 집에 오자고 한 거야. 편히 쉬어."

"……."

지원이 고개를 끄덕였다. 말할 생각 없는 사람에게 자꾸 이러지 말자는 생각을 하며.

이런 속내도 모르는 현민은 지원이 어서 낫기를 바랐다. 출장 가기전 건강해진 지원을 보고 가야 마음이 편할 것 같기도 했고, 그래야 또출장 다녀와서 해 줄 말을 들어도, 잘 감당해 낼 수 있을 것 같았다. 새물수건을 지원의 이마에 올려주던 현민이 지원의 머리카락을 쓸어 넘기며 말했다.

"잠깐이라도 자. 조금 이따가 깨워 줄게."

"……오빠."

"안 자?"

"내가 해 주는 밥 말고, 나한테 뭐 해 달라 그러고 싶은 거 있어요?"

"왜 갑자기?"

앞으로 선물 줄 기회가 없을 것 같아서.

"갑자기 아니잖아요. 늘 나만 받아서 미안했는데, 뭘."

"으음...... 세상에서 제일 갖기 어려운 거 달라 그럴 건데, 괜찮겠어?"

"뭔데요. 그게."

현민은 지원의 가슴 사이에 손을 가져다 댔다.

"여기, 내 자리 하자. 내가 늙든, 병들든, 못난 짓 해도 언제나 내 자리. 줄 수 있어?"

사랑의 처음은, 상대방의 말에 귀를 기울이는 것이라는데.

"......욕심이 많네요."

그의 말은 이상하게 귀가 아닌 심장이 듣고 반응한다.

"음, 나 욕심 많아. 그래서 여기, 꼭 가져야겠어."

"......줄게요, 여기. 오빠 자리 해요."

내 메말랐던 심장 살려 낸 건 당신이니까.

현민의 환하게 웃었다. 이마에 가볍게 입 맞추고, 고개를 저어 가며 코로 장난치듯, 어미가 아픈 새끼, 혀로 핥아 주는 것처럼 코로, 뺨으로 그녀의 얼굴을 부비며, 쓰다듬어 올렸다.

"빨리 낫자. 지원아. 사랑해."

"......"

눈 감은 지원의 눈가에 물기가 고여 들었다.

다음 날, 지원은 화장으로 아픈 안색을 감추고 출근했다. 일하는 틈틈이 현민에 대해 검색했지만, 이상하게도 혜성 전자 전무의 프로필 사진은 하나도 찾아볼 수 없었다.

"실장님. 열나시는 것 같은데, 괜찮으세요?"

오전 검진 스케줄을 마무리한 직원들의 시선이 지원의 얼굴로 모아졌다.

"어……? 어, 괜찮아. 아까 약 먹었어."

"편찮으신 것 같은데, 월차 내시고 하루 쉬세요. 실장님이 쉬신다 그럼 아무도 뭐라 할 사람 없잖아요."

"나 이제 한 달 반도 안 남았어. 관두기 전에 풀어져서 대충 한다 소린 듣고 싶지 않아. 대신 나 점심시간에 데스크 좀 부탁해. 좀 쉬고 올게."

지원은 소득 없는 인터넷 검색을 포기한 채, 약을 챙겨 옥외정원으로 향했다. 옥외정원의 한적한 벤치에 앉아 지원은 가져온 약을 삼켰다. 그리고 멍하니 먼 하늘을 바라봤다. 그때였다.

"왜 그렇게 기운 없어 보입니까? 어디 아파요?"

옆에서 들리는 느닷없는 소리에 지원의 고개가 돌아갔다.

"어, 보좌관님."

"아, 또 보좌관님이네. 지환 씨, 편하고 좋지 않아요? 나도 지원 씨라 그러잖아요."

"나중에요. 그런데 여긴 어쩐 일이세요?"

"날도 좋고, 의원님 대신 인사차 대신 찾아뵐 분도 있어서 들렀다가 지원 씨랑 점심이나 할까 했는데, 자리에 안 계셔서 혹시나 하고 올라와 봤습니다."

"아……네……."

"연애는 잘 돼요?"

"네?!"

"아니, 연애한다는 사람의 안색이 너무 어두워서요. 혹시, 잘 안 돼요? 지원 씨 속 썩이는 사람이면 내가 대신 혼내 줄 수도 있는데."

"아니에요. 그런 거."

"애인 혼내 준다고 해서, 기분 나쁜 건 아니죠?"

"농담인 거 아는데요."

"……그렇죠. 농담이죠."

지원은 그의 소리가 잘 들리지 않았다. 마음과 몸이 온통 그로 가득 차, 슬프기만 했다. 그런 지원을 바라보던 지환의 눈빛이 깊은 이야기를 담고 안타깝게 변해 갔다.

"밥은 먹고 올라온 거예요?"

"……."

"지원 씨?"

"네?"

"밥은 먹었냐구요."

"……좀 나중에 먹으려고요."

"일어나요. 난 여기서 먹고 출발해야지, 이대로 국회 들어가면 저녁까지 굶어야 돼요. 식당 테이블 혼자 차지하기는 민망한데 굶기는 싫고, 앞에 좀 앉아 있어 줘요."

애인은 못 되어도 친구는 해 주기로 하지 않았었냐는 지환의 담백한 시선에 지원은 그와 함께 지하식당으로 향했다. 마주 앉아 별 대화 없이 아무 맛도 느껴지지 않는 음식들을 몇 번 모래알 삼키듯 억지로 목으로 넘기며, 지환이 식사를 마칠 때까지 맑은 장국물을 몇 차례 떠먹는 것으로 식사를 대신한 지원은 다음에 또 보자는 지환을 배웅하고 엘리베이터로 향하며 제 손에 들려진 생크림 가득 올린 카페모카를 바라보았다.

'이건 밥 같이 먹어 준 보답이에요.'

지갑을 안 들고 나온 지원 대신 밥값도 자기가 내놓고, 식사 내내 유쾌하게 굴다가, 커피를 보답이라며 내미는 그는 참 서글서글하고 성격 좋은 사람 같았다. 이민희 사모님이 아들 자랑하실 만하다 싶을 만큼.

지이이잉, 지이이잉.

엘리베이터에서 내리려던 지원은 액정을 확인하며 이맛살을 찌푸렸다. 석변의 전화였다.

[또 거부하신다 한들 이 이상 금액이 오르긴 힘들 테니, 그만 사인하십시오. 더 늦어지면 민지원 씨 주변 분들이 소리 소문 없이 다치실 수도 있습니다.]

[민지원 씨! MK여신과장 강형석 씨, 걱정 안 되십니까?!]

[이토록 비협조적이시니 내일 MK은행 대기발령명단 확인해 보시기 바랍니다.]

아침부터 시간차를 두고 보내져 왔던 그의 문자는 점점 도를 넘어섰고, 결국 지원은 점심시간 전, 무시하던 그의 전화를 받아 초강수를 두었다. 피할 수 없고, 어차피 벌어질 일이라면, 눈을 크게 뜨고 맞서 봐야겠다는 생각도 들었다.

'정말 유현민 씨 어머님께서 시키신 일이라면 제가 직접 찾아뵙겠습니다. 그럴 수 있게 해 주세요.'

— 허헛. 지금 사모님을 뵙겠다고 하셨습니까?

'그렇습니다.'

— 역시, 보통이 넘으십니다. 이 정도 조건이면 여기서 받아들이실 만도 한데요.

'그 이야기도 그분과 직접 하겠습니다.'

— 재미있군요. 한 가지만 알아 두십시오. 시간 끌수록 다치는 건 민지원 씨 쪽일 겁니다.

'……정말 혜성그룹 법무팀에 소속되신 석 변호사님이 맞으십니까?'

— 이제야 현실이 좀 보입니까?

'지금까지 문자로 보내신 내용들, 정말 그러실 생각이신가요?'

— 진작 그렇게 나왔으면 편했잖습니까. 요 며칠간 이게 뭡니까. 그럼, 사모님 만나시는 건 포기하시고, 저랑 이야기 끝내시죠. 솔직하게 얼마를 생각하는 겁니까?

'석 변호사님, 문자는 물론이고 이 전화도 녹취 중입니다. 앞으론 제

게 막말 삼가 주세요. 약속 정해지기 전까지 다신 연락하지도 마시고
요.'

 — 뭐?! 민지…….

그렇게 전화를 먼저 끊어 버렸었으니, 지금 지원의 손에서 진동하는
전화는 약속이 정해졌단 소식일 가능성이 높았다. 하지만…… 지원은
아직 시간이 필요했다.

머리가 말하는 것을 마음이 받아들일 시간이 아직 더 필요했고, 그
가 정말 혜성의 전무인지 사진조차 확인하지 못했다. 동명이인이란 가
능성에 매달릴 만큼 우매하지는 않지만 그래도 뭔가, 제 눈으로 확인할
무언가는 필요했다.

그리고 그의 어머님이 맞다면, 앞에 나가 어떤 말을 해야 할지도 정
하지 못한 채 전화를 받고, 당장 오늘 저녁이라도 어디론가 불려 나가
게 되는 건, 피하고 싶었다.

"하아…….'

전화기만 쳐다보는 사이, 석변의 전화는 끊어졌고 지원은 숨을 내쉬
며 어깨에서 힘을 뺐다. 그러나, 그런 지원을 비웃는 것처럼 반갑지 않
은 문자는 금세 날아들었다.

지이이잉.

[이번 주 금요일 저녁 7시. 삼성동 다이너스티 코리아 클럽. 늦지 마십
시오.]

화살은 활시위를 떠났고, 지원은 그 화살의 방향이 틀어져 부메랑처
럼 제게 돌아올 것을 알았다. 어느 누구도 제게 진실하지 않은 어항에
갇혀, 혼자 뻐끔거리고 있는 것 같은 갑갑함. 비웃음거리가 될 시간이
정해져 버렸다.

'말해 볼까. 나 지금 이렇다고. 어떻게 좀 해 보라고 하면 나쁜 걸까.'

그러나 지원은 이내, 고개를 저었다.

그라고 해서 제 부모에게 맞서는 일이 쉬울까. 지원은 지금까지 자

신을 속인 데는 이유가 있을 거라 생각했다. 치부까지 드러낸 자신 앞에서 그가 끝까지 감춰야 했던 데는…… 그도 끝까지 갈 수 있을 거라 생각을 못했던 게 아닌가.

지원은 그저, 그럴 만한 이유가 있는 거라고. 그를 곤란하게 하지는 말자는 생각이 들었다. 자신이 가족들에게 또다시 사랑을 해서 이런 일이 생겼고, 그래서 나 때문에 앞으로 당신들은 직장에서 해고될 수도, 엄한 사람들을 만나 험한 소리 들을 수도 있는데 가족이니까 내 사랑, 내 감정을 위해 흔쾌히 고난에 동참해 주고, 응원해 주겠냐고 말을 꺼낼 수 없는 것처럼, 그도 차마 어느 선까지는 넘을 수 없는 무엇이 있지 않겠나…….

그렇게 제 비겁함을 그에게 덧입히며 애써 감정적으로 충돌할 시간을 미루고 있었다. 아예 피할 수 있으면 더 좋고.

'나만, 나 하나만 조용히…… 그러면 돼.'

그러니 이제 와 그의 목소리로 사실은 이러하다는 설명, 듣고 싶지도 않았다. 확인 사살당하는 짐승의 심정이 되어, 시간이 지날수록 점점 원망이란 마음이 커져 나가는 것도 원치 않았다.

그런데 왜 울컥하게 되는 건지. 지원은 찡한 코끝을 매만지며, 약기운이 떨어져 다시 열이 오르는 몸으로 센터 안으로 걸어 들어갔다.

임 원장님이 처방해 준 약을 먹어 가며 하루를 버텨 낸 지원은 직원들이 퇴근한 뒤 제 사무실 책상에 엎드려 눈이 뜨거워지고 입에서 끙끙 소리가 나올 때까지 현민에 대해 검색하고 있었다.

눈이 너무 아파서 잠시 감고 있다가, 유현민과 관련된 새로운 검색어를 바꿔 넣다 못해 경제라고 무심하게 써 넣었던 지원은 경제월간지를 클로즈업한 카페 글에 몸을 굳혔다.

신년을 맞이해 앞으로 한국을 빛낼 리더 그룹 5곳을 선정한 기획 인터뷰 기사.

그중 가장 첫 번째 기사로 포브스 선정 세계 30위, 혜성그룹 차기 리더를 표지모델로 내세운 『월드 이코노미』 1월 특집호. 그 표지 모델은…… 낯익은 얼굴로 지원이 전혀 알지 못하는 차갑고 냉정한 표정을 지으며 그들의 세계를 대표하고 있는 현민이었다.

맙. 소. 사. 지원은 눈을 감아 버렸다. 병원의 작은 실장실에 앉아 있는 자신과 이리도 유명인사인 그의 삶은 너무나 멀어, 빠르게 뛰는 심장이 버겁기만 했다.

그는 정말 어떻게 사는 사람인 걸까. 지원이 아는 그 사람은 신발 벗고 마루에 올라, 뜨끈한 콩나물 국밥을 아무 투정 없이 먹는 사람인데. 처음 만난 모습이 불안했던 탓인지 언제나 부드럽게 대하고, 자상하게 설명해 주는 사람인데. 사진 속 모습은 너무 멀기만 했다.

사진이라서, 그저 인쇄된 종이라서 온기가 느껴지지 않는 것이라고 생각해 보려 해도, 사진 속 그는 미소조차 잘 다듬어진 기업인일 뿐이었다.

지원은 낮에 임 원장님 방에서 얻어 온 경제지 뭉치로 다가갔다. 나중에 기사 하나하나까지 찬찬히 찾아보려 폐지로 쌓여 있던 경제지 묶음을 얻어 왔던 건데. 이렇게 무엇을 찾아야 할지 확실해질 줄은 몰랐다.

책들을 묶고 있는 노끈을 자르고 얇은 책자 표지만 확인하며 미친 듯이 뒤적거렸다. 버리는 것조차 잡지별, 날짜별로 정리해서 묶어 두신 임 원장님 덕분에 지원이 찾으려 했던 1월호 책자는 금세 찾을 수 있었다.

지원은 현민의 얼굴이 새겨진 얇은 책을 한참 동안 들여다보다 가슴에 꼭 껴안았다. 아무도 없는 실장실. 오랫동안 검색하느라 피곤해지고, 아픈 열에 들떠 붉어진 지원의 눈에서 맑은 물줄기가 소리 없이 천천히 흘러내렸다.

"진짜였어. 나보고 어떡하라고 진짜인 거야. 으으으으읍, 읍, 으읍……."

입술이 부들부들 떨렸다. 이를 악무는데도 숨을 끌어 마시느라 벌어진 입술은 제 감정을 못 이기고, 서슬 퍼렇게 버들거렸다. 마지막 도망칠 구석마저 완벽하게 막혀 버린 순간. 이 사진을 본 이상, 더는 그를 내가 아는 유현민일 뿐이라 고집부릴 수 없어져 버린 순간. 지원은 제게 물음을 던졌다.

어쩌면…… 아니길 바라면서도, 아닐 리 없다는 것을 알면서도, 이런 방식으로 그를 정리하고 싶어 아침부터 지금껏 검색하고 찾아내려 애썼던 것은 아닌지.

지원은 자신의 집요함이 너무나 싫었다. 뭐든 이렇게 끝을 봐야 하는 성격이 제 인생을 꼬이게 만든 건 아닐까 싶을 만큼, 스스로에 대한 원망이 깊어지기 시작했다.

가슴에 끌어 안겨진 얇은 컬러판 일간지가 힘 조절 못 하는 지원의 두 손 사이에서 일그러지고 있었다.

현민은 작은아버지의 중공업 주식 매수 건을 해결하고, 응집된 주주 세력을 와해시키느라 눈코 뜰 새 없이 바쁜 시간을 보내고 있었다.

그런 와중에도 지원을 만나려면 주말 일정을 최소화시켜야 했기에 평일엔 거의 매일마다 야근을 해 왔고, 지난 주말마저 맘 편히 지내지 못한 탓에 현민의 어깨 근육은 누적된 피로로 단단하게 뭉쳐 있었다.

그렇게 눈이 뻑뻑하니 피로한 상태로 업무에 매달리던 현민은 피곤을 덜어 내려 맨손으로 얼굴을 쓸어내리다 충동적으로 전화기를 집어 들었다. 야근할 때면 건강 챙기라 말해 주던 지원이 오늘은 전화가 없었다.

손을 올려 이마를 문지르던 현민은 또르르, 또르르 굴러가는 신호음을 들으며 눈을 감았다.

— 오빠?

"어, 나야."

현민의 얼굴에 평화로운 미소가 물결처럼 퍼져 나갔다.

— 왜 전화했어요? 야근한다면서…… 힘들어요?

"힘들긴. 우리 지원이 보고 싶어서 전화했지."

— ……어떡하니, 우리 오빠…….

"왜?"

— 나 너무 보고 싶어 해서…… 목 길어지겠네.

잠자리에서 작게 속삭이는 내밀한 밀어처럼 지원의 목소리가 나른하게 들려왔다.

"하하하하하. 그래, 내 목 길어지는 건 다 네 책임이다, 이거 어떻게 책임질 건데?"

— 책임은…… 내가 그걸 어떻게 책임져요.

"목 안 길어지게 지금 만나러 오라 그러든지."

— 안 돼요.

"왜?"

— 저 지금 잘 거예요.

"아…… 내가 방금, 잠보다 못한 남자가 됐단 말이지? 하다하다 잠한테까지 질투해야 되나?"

지원에게 집중하려 눈을 감고 전화통화를 이어 가고 있던 현민은 피곤으로 굳어진 이마를 손가락으로 문지르며, 입매를 부드럽게 휘고 있었다.

— 잠 말고도 질투했던 게 있어요?

"많지, 나보다 널 더 오래 보는 병원 남자직원들부터 시작해서……
아무튼 요즘 내가 질투라는 신세계를 경험하는 중이야. 누가 너 쳐다보는 것도 아까워."

오늘 보고받은 바에 의하면 지원이 한 남자와 옥외정원에서 이야기를 나누고, 점심을 함께 했다고 했다. 가벼운 대화를 나누고 먼 사이처럼 깍듯이 인사를 한 뒤 헤어졌다지만, 자신이 일에 치여 있는 동안 여유롭게 지원을 만나러 간 남자에게 감정이 좋지 않았다.

　마음은 누군지 알아보고 싶은데, 그렇게 되면 지원의 안위를 위한 경호가 아니라 뒷조사가 되는 거니까 알아보라고 지시할 수가 없었다. 더 심해지면 누군가와 닮아 가는 것일 테니.

　— …….

　"설마, 지금 나한테 겁먹고 있는 건 아니겠지?"

　— ……아니에요.

　"다행이다."

　— 긴장했어요?

　"그럼. 나 지원이한테 잘 보여야 되잖아."

　— 왜요?

　"왜긴 왜야. 내가 사랑하는 여자니까 그렇지."

　— 오빠.

　"어?"

　— 오빠…… 사랑 자주 해요?

　"무슨 말이야?"

　— 연애 주기가 짧은지 묻는 거예요. 진지하게 사귄 거든, 아닌 거든…… 다 포함해서.

　"왜 그런 말을 해?"

　— 궁금해서.

　'난 얼마나 담고 있을 건지. 그래서 내가 가면 얼마나 아플 건지 묻는 거예요. 내가 알던 오빠라면 한없이 무너질 것 같은데. 오빠 이제 내가 아는 사람이 아니니까. 잘 모르겠어서.'

　현민의 분위기가 가라앉고, 말없는 전화기 속의 공기가 무거워지는 것이 느껴졌다.

　"말하기 싫으면 안 해도 돼요."

　이러려고 했던 것은 아닌데. 있는 동안 기쁘게만 해 주고 싶었는데.

왜 자꾸 이러니.

— 아니. 말해 줄게. 내 연애 주기는…… 주기라 할 것도 없지만, 7년이야. 그 정도, 되는 것 같다.

"7년이나 비울 만큼 많이 아팠나 보네."

차분한 지원의 목소리엔 질투나 원망 같은 건 섞여 있지 않은, 담담한 위로가 섞여 있었다.

— 아팠다기보다…… 잊히지가 않았어. 처음엔 아팠지만 그다음엔…… 덧없더라.

"그렇죠. 지나고 나면 다 덧없을 거예요."

— ……뭐?!

"지금은 확실히 안 아픈 거죠?"

— ……음.

"그럼 됐어요. 잘했어요. 우리 오빠. 잘 이겨 냈어요."

지원은 링거 꽂힌 손등부터 수액이 스며 들어가는 혈관마다 저릿하게 느껴지던 차가움이 몇 배나 더 시리고 서늘하게 제 몸으로 파고드는 것을 견뎌 내며, 그를 위로했다.

얼굴을 보지 않고 말하니, 제가 아는 그 사람이기만 한 것 같은 그가, 이제는 아프지 않다니 다행이고, 곧…… 자신의 의미도 덧없어질 테니, 다행이라 생각하자고 다짐하면서.

— 아, 우리 순둥이 진짜 보고 싶다. 안 되겠다. 내가 지금 바로 갈게. 잠깐만 나와.

"아니에요. 나 잘 거예요. 피곤해. 오빠도 퇴근해야죠. 와도 나 정말 안 내려갈 거예요."

— 고집부릴래? 왜 그렇게 말을 안 들어?

두원가나, 지 변호사와의 만남이나, 사표를 낸 것이나, 그에게 설명하기 어렵고 망설여지는 것들은 말하지 못했지만, 고집을 부리거나 일부러 그의 말을 안 들었던 적은 없었던 것 같은데…… 이 잠깐의 의견

차도 못 견뎌하는 그와 선택의 여지가 없는 제 미래가 안타까웠다.

"오빠, 큰일 났다."

마른입을 가다듬으며 지원은 아무렇지 않은 목소리를 내려 노력했다.

— 뭐가?

"말이 씨가 된다잖아요. 나 순둥이 되려 했는데, 앞으론 고집불통처럼 살아야겠어요."

— 뭐?

"앞으로 후회하지 마요. 나 고집불통 만든 거 오빠니까."

후회해도 어쩔 수 없어. 내 태생이 바뀌지 않는 한, 어쩔 수 없는 거예요.

— ……

"왜 말 안 해요? ……장난 그만해야겠다. 재미없어. 내가 아파 투정 부리면 받아 줘야지. 뭐야…… 혼자 심각해져서 말도 안 하고."

— 그게 다야?

"그럼 뭐가 더 있어야 돼요?"

이제 그만, 이렇게 갑갑한 속을 토해 내다 정말 어떻게 할지, 생각도 정리하기 전에 그에게 들켜 헤어지지도 못하고, 안 헤어질 수도 없는 진창에 빠져 함께 뒹굴고 싶지 않거든…… 이제 그만.

— 없으면 됐고, 고집불통 하지 마라. 그거 싫다.

"……알았어요. 더는 이런 이야기 안 할게요. ……오빠."

— 왜.

"나도 오빠 많이 보고 싶어요. 오늘은 안 되지만, 오빠도 나도 일 좀 줄어들면 그때는 일하지 말고 나 좀 만나 줘요."

무슨 일이 그렇게도 많은지 가끔은 그도 저만큼이나 일중독이지 않을까 생각했었던 지원은 이제 그의 야근을 당연하게 받아들이고 있었다.

일반 회사원이라면 야근한다 해도 지원이 회사 근처로 가서 저녁식사라도 간단히 함께 할 수 있겠지만, 지원은 이제 그의 저녁식사가 단순한 식사가 아닌 비즈니스 미팅이란 것도 알게 되었고, 그가 주말 스케줄을 온통 비우기 위해 거의 매번 야근하는 이유가 자신 때문이라는 것도 짐작하게 되었기 때문에 그녀는 자신이 원하는 것을 솔직하게 말하기까지 많은 생각과 용기가 필요했다.

— 당연하지, 말만 해. 내가 그 날은 완전히 비워 둘게.

"훗, 고마워요. 나 좀 쉴게요."

흐리게 웃으며 전화를 끊은 지원은 손에서 휴대폰을 내려놓자마자, 온몸에 기운이 빠져 축 늘어졌다. 텅 빈 제 방에 언니가 꽂아 주고 간 수액은 이제 반 정도 남아 있었다.

그런데 이 꼴을 해 가지고서도 지원은 현민이 마음 쓰였다.

'아무에게나 저러지 않을 텐데. 내가 가고 나면 그 마음 또 어떻게 추스를까.'

걱정 안 하려고, 미워하고 정 떼려고. 있는 동안 웃는 얼굴 보이다 잘 보내자고 집으로 오는 내내 생각하고 결론지었건만 미워하겠다 마음먹을수록 보고 싶고, 정 떼겠다 생각할수록 안고 싶었다. 지원은 아직, 그를 잘 보내 줄 수 있을 것 같지가 않았다.

며칠이 지난 금요일 이른 아침 7시. 청담동 어느 메이크업 샵 커다란 거울 앞에 앉아 있는 지원은 도도한 인상으로 변해 가는 자신의 얼굴을 지켜보고 있었다. 대학 졸업앨범 촬영 날조차 집에서 직접 화장했던 지원으로서는 화장 하나로 사람이 이렇게나 변할 수 있다는 새로운 경험을 하고 있는 중이었다.

"화장이 너무 진하지 않아요?"

"그래 보이세요? 색조나 피부 톤도 자연스러운데, 보시기엔 어떠세요?"

메이크업 실장이란 사람은 지원에게 말하다 고개를 틀더니, 처음부터 옆에 서서 지켜보던 지 변호사님 사무실 여직원 서연 씨에게 의견을 묻고 있었다.

"제가 보기엔 괜찮은데요. 지난번에 사무실 오셨을 때 뵈니까, 거의 피부 톤만 정리하시고 색조를 거의 안 하시는 편이라 진하게 느껴지시는 걸 거예요. 보통 회사원들도 다 이 정도는 하고 다니니까 염려 마세요."

지원은 사람들의 말을 들으며 거울 속, 결이 하나하나 느껴지는 속눈썹과 왠지 더 높아 보이는 콧날, 커 보이는 눈을 가진 도도해 보이는 얼굴을 이리저리 돌려 보고 있었다.

"변호사님께서 좀 강한 이미지를 원하셨는데 사실 지금도 제가 보기엔 화장이 좀 약해요. 아무도 말 못 붙이려면 색조도 더 넣고, 눈썹도 더 풍성하게 붙이고……."

"됐어요. 이대로 갈게요."

지원이 서연 씨의 말을 끊고 급하게 결정 내리자, 메이크업 실장은 만족스런 웃음을 보였다.

"호호호. 네. 알겠습니다. 잠시만 기다려 주세요. 이마 손질만 조금 더 하면 되세요."

"네."

지원은 의자에 등을 편히 기대앉았다. 새벽부터 맨얼굴로 집에서 나와, 서연 씨의 진두지휘 아래 미리 준비된 의상을 입고, 메이크업부터 헤어스타일까지 매만지는 건 결코 쉬운 일이 아니었다.

지원을 담당한 아티스트는 이마 끝을 붓으로 몇 번 스치더니, 모두 끝났다며 헤어디자이너와 눈빛을 주고받으며 자리를 교체했다.

그로부터 또 한동안 머리카락이 시달린 뒤에야 자리에서 일어선 지원은 다 꾸며진 자신의 모습을 바라보았다.

둥글린 카라 네크라인, 어깨부터 팔꿈치 아래까지 풍성하게 부풀려진 유니크한 디자인에, 허리라인이 잔뜩 조여진 화이트 패플럼 블라우스는 이태리 브랜드 한정판이라 했고, 지원은 바지를 고집했으나 오늘만은 참아 달라는 서연의 말에 입어야 했던 H라인 블랙 스커트와 구두 앞굽이 다크 실버 금속으로 감싸인 블랙 하이힐은 국내 디자이너의 작품이라고 했다.

그나마 색이 무난해서 입혀 주는 대로 입었던 지원은 뒤에 서서 엄지손가락을 들어 올려 주는 서연 때문에 작게 웃을 수 있었다.

"변호사님이 도도해 보이셨으면 했는데, 딱인데요. 최고예요."

굵은 컬을 넣어 머리숱이 굉장히 풍성하고 자연스럽게 연출되도록 만들어 준 헤어디자이너도 고개를 끄떡여 주고 있었다.

목걸이 없이 지원의 귀에는 다이아몬드로 반짝이는 엄지 한 마디만 한 나뭇잎 모양의 귀걸이가, 오랫동안 검은 시계 줄에 가려져 있던 팔목에는 나뭇잎과 열매를 형상화한 다이아몬드 팔찌가 둘러졌다.

"여기, 클러치 백 드세요."

모든 준비를 마친 지원은 서연과 함께 지 변호사가 기다리고 있는 지하 주차장으로 내려가면서 지금 이 모습이면, 그에게 조금은 가까운 사람이 된 건가 하는 생각을 하고 있었다.

지원은 지상에 세워 둔 자신의 차를 주시할 경호요원들을 떠올리며, 엘리베이터 버튼을 층마다 모두 눌렀다.

왜 그러느냐 눈으로 바라보는 서연에게 미안했지만, 스탭만 머물 수 있었던 VIP공간을 벗어난 곳엔 근접 경호요원들이 있을 수도 있었다. 그래서 지원은 오늘 그들이 엘리베이터가 멈춰 서는 층수를 보고 지원이 어디에 있는지 짐작할 틈을 주지 않을 생각이었다.

그렇게 시간을 번 지원은 지하 주차장에 내려서서 대기하고 있던 낯선 차에 바로 올라탔다.

"부탁 들어주셔서 감사해요. 변호사님."

"무슨 일 있는 겁니까?"

"오늘은 좀 특별한 날이라 조심하고 싶어서요."

"······지난번 석경원 변호사 전화와 관련된 일입니까?"

"두원과는 관련 없는 제 개인적인 일이었어요. 죄송하지만 더 이상은 말씀 못 드려요."

지변은 검게 선팅 된 뒷좌석에 앉아서도 서류파일을 들어 창문을 가리는 지원을 바라보았다.

'지 변호사님 차 말고, 렌트 차량 가져오셨으면 좋겠어요. 부탁드려요.'

지원이 부탁했던 대로 선팅 된 렌트 차량을 지하에 주차해 놓고 대기 중이었던 지변은 갑작스런 지원의 요구사항과 석변의 관계에 연관성을 짚어 나가고 있던 중이었지만, 신중한 성격인 만큼 더 이상 말하길 거부하는 지원의 심기를 살피며, 이 일에 대해 입을 닫았다.

"차는 사옥 정문 출입구 앞에 세워질 겁니다. 보안직원들 의전받아 귀빈전용 게이트를 통과하신 뒤 사옥 내부 조경으로 꾸며진 중앙 문까지는 차로 이동하시게 되고, 차에서 내리시면 바로 회장 비서실 의전으로 중앙문을 통과하시게 됩니다. 중앙문은 정규 주총이 열려도 열리는 경우가 거의 없었기 때문에 지금쯤이면 본사 직원들의 이목이 모두 집중되어 있을 겁니다. 사람이 많더라도 너무 놀라거나, 긴장하지 마십시오. 로비에 임원진들이 도열해 있어도 일일이 눈 마주치지 마시고 가볍게 지나치시는 것이 좋습니다."

지하 주차장을 빠져나온 차량 앞쪽에는 운전기사와 서연이 앉고, 그 뒤 상석에는 지원이 앉아 있었다. 쭉 뻗은 도로를 달리는 차창 밖 풍경은 평온한데 들려오는 지변의 설명은 긴장을 늦추지 말라는 주의같이 느껴져, 지원의 시선은 때때로 창밖을 향하곤 했다.

"걸음이나 잘 걸어질지 모르겠어요. 다들 그렇게 구경하고 있으면."

"사람들 시선 의식하셔야 되는 곳은 귀빈전용 게이트를 통과하실 때부터입니다."

"왜요? CCTV라도 있나요?"

"차량 통과하는 곳이라 당연히 CCTV가 있지만 그보다 스치더라도 보안요원들 눈도 있으니 거기서부터 신경 써 주셨으면 해서 드리는 말씀입니다."

"좀, 숨 막히는데요."

"번거롭지는 않으실 겁니다. 지금 이 차량도 별도 확인 없이 귀빈전용 게이트를 통과할 수 있도록 그쪽에 번호판이 노출된 차량이고, 어느 곳을 가시든 민 실장님이 먼저 질문하시지 않는 한 의전 담당자들이 먼저 말 거는 일은 없을 테니까요."

"……대기업 의전이란 건, 거의 모시는 건가 봐요. 병원 의전이랑은 느낌이 다르네요."

"그러실 겁니다."

"주주들 중 조심해야 할 사람은요? 저 곤란하게 할 만한 사람은 미리 알려 주세요."

"모두들 눈치 보기 바쁠 겁니다. 회장 소유지분에 우호지분을 더한다 해도, 민 실장님 지분을 넘어설 수 없으니까요. 회장과 두원유통 세력으로 나눠진 이해관계가 복잡하긴 합니다만, 그들 모두 민 실장님 심중이 어느 세력으로 향할지 궁금한 사람들일 텐데, 감히 곤란하게 만들기는요. 그럴 엄두도 못 낼 겁니다."

"그래도 뭔가 한마디씩은 할 것 같은데……."

"만약, 누군가 호기를 부려 나선다 해도, 어떤 질문이든 당황하지 마시고, 경영진을 지켜보고 있으니 나중에 실적 보고 말하자고 차갑게 한마디만 하십시오."

"겁주라고요?"

"네. 민 실장님께서 욕심이 없으셔서 그렇지 두원 주식 25%의 힘은 그만큼 막강한 겁니다. 노사모님께서 일평생 25% 지분을 확보하시기까지 상속재산은 물론, 가지셨던 모든 것을 쏟아부으시면서 얻어 낸 힘이지요. 어떻게 손에 쥐셨든 일단 민 실장님 재산이 된 이상 두원의 앞 날은 민 실장님의 한 말씀에 좌우된다는 걸 잊지 마십시오."

"그렇게나요? ……겨우 3년인데요."

"민 실장님께서 정하신 기한이지, 노사모님께서 정하신 기한은 아닙니다."

"……변호사님은, 제가 그 주식 안 나눠 줬으면 좋으시겠어요?"

"가끔은 민 실장님이 더 욕심을 내셨으면 좋겠단 생각이 들기도 합니다."

"변호사님……."

"일단, 오늘은 이것부터 천천히 읽어 보십시오."

생각이 많아진 지원에게 서류 한 장을 내민 지변은 차분하게 설명을 이어 나갔다.

"단상에 오르시면 이대로 말씀하시거나 여기에 원하시는 내용을 추가하시면 됩니다. 인사할 때도 고갯짓이나 눈빛으로만 예를 표하시는 것이 좋고, 절대로 평소처럼 친절하게 대하지 마십시오."

"요점은 말붙일 틈을 주지 말고, 차갑고 냉정한 사람으로 각인시켜라, 그 말씀이신가요?"

"그렇습니다."

그 뒤로도 한동안 지변의 말을 듣다가 지원은 조금 쉬겠다는 듯 차창 밖으로 고개를 돌렸다.

달리는 차 밖 도로 풍경을 바라보며, 많은 사람들 앞에서 잘 보이기 위해 아침부터 꾸미고 차려입은 자신의 모습이 연기력 좋은 배우가 된 것만 같아 씁쓸한 미소를 지었다.

그리고 그 미소는 현민을 생각하며 더 아픈 미소로 변해 갔다.

'……나는 쇼지만 오빠는 일상이겠지. 마음 터놓기도 쉽지 않았을 거고, 보여지는 이미지조차 사업의 일환으로 치열하게 살았을 텐데. 긴장과 외로움에 치이면서도 늘 여유 있는 척 웃어 가면서…… 나를 만났

겠구나.'

두원그룹 본사가 가까워지는지 더 이상 기다려 줄 수 없다는 듯 지변의 설명은 계속되었고, 지원이 타고 있는 차는 지변이 알려 준 대로 귀빈 게이트를 지나 직원들 모두가 내다보는 것 같은 사옥 출입구 앞에 멈춰 섰다.

먼저 내린 지변의 에스코트를 받으며 경호원들에 둘러싸여 걸음을 옮기던 지원은 로비 안에 들어찬 사람들을 보며 허리를 꼿꼿하게 세우고 걷기 시작했다.

주총에 참가한 지원은 저를 둘러싼 두원가 형제들의 알력 다툼 속에서 무사히 현 경영진 유지 체제라는 의견을 피력한 뒤 단상에서 내려왔다. 지변이 작성해 준 짧은 인사말보다 더 짧은 말을 남기고 제자리로 돌아온 지원을 지변은 아무 탓도 하지 않았다.

주총이 끝난 후 승리에 도취된 얼굴로 지원을 호의적으로 대하는 두원그룹 회장과 회의장 밖에까지 따라 나와 일을 그르쳤다 화내는 두원유통 사장을 뒤로하고 지변과 함께 노사모님 납골당에 들렀다. 그리고 저녁이 다가오기 전, 지원은 미리 약속된 삼성동으로 이동하기 위해 자동차에 올랐다. 오늘따라 유난히 스산하게 느껴지는 도심 풍경을 바라보다 손안에서 진동하는 핸드폰을 내려다보던 지원은 목을 가다듬듯 침을 한 번 삼킨 뒤 전화를 받았다.

— 지금 어디야?

"……쉬는 날이라, 여기저기 들르는 중이에요."

— 어디?

"……지금 그거, 좀 아닌 것 같지 않아요?"

— ……뭐가.

"너무 다 알려고 그러는 거, 난 안 묻잖아요. 지금 어딘지, 뭐 하는지. 누구 만나는지."

'당신도 나처럼 말해 줄 수 없다는 걸 알아요. 그리고 지금 내가 어디 있는지 몰라, 걱정하고 있을 거라고도 생각해요. 하지만, 오늘은⋯⋯ 나도 다 알려 줄 수가 없어요. 미안해요.'

그렇게 현민의 전화를 끊은 지원은 약속장소에 도착해, 로비에 서 있던 석변의 에스코트를 받으며 안으로 들어섰다.

"이쪽입니다."

발자국 소리를 삼켜 버리는 붉은 카펫 위를 천천히 걸었다. 오늘 석변은 사람을 내리누르는 것 같은 이곳의 분위기 때문인지, 아니면 이곳 어딘가에 그가 모시는 윗분이 계신 탓인지, 전에 없이 정중한 태도로 지원을 대하고 있었다.

그의 등을 바라보던 시선을 돌려 주변을 살펴보니 입구까지는 일반적인 멤버스 온리 회원제 레스토랑이라고 받아들일 수 있는 인테리어 디자인이었는데, 로비를 지나자 통로에 지나지 않는 공간의 벽면은 유리와 금장장식으로 이뤄져 중국풍 명화가 연이어 걸려 있었고, 천장에는 작은 샹들리에가 일정 간격으로 낮게 드리워져 있었다. 마치, 중국 황실을 옮겨다 놓은 듯 온통 붉고, 검은 장식물에 황금빛이 둘러져 사치스런 화려함을 뽐내고 있었다.

그런 지원이 뒤를 살피는 것이라 여겼는지 앞서 걷던 석변의 말이 들려왔다.

"걱정 마십시오. 뒤따르던 경호팀은 저희가 처리했습니다."

"네? 어떻게⋯⋯."

"오전에 청담동에서 이동하실 때 저희 측 차량이 작은 접촉 사고가 나 전무님이 고용하신 경호 차량을 막았습니다. 물론 저희 측 차량으로 드러나지 않을 사람들로 손써 두었으니, 앞으로도 오늘 사모님 뵈는 것은 전무님께 함구하시면 됩니다."

이렇게 어리석다. 그깟 렌트 차량 하나로 경호를 따돌릴 수 있다고 생각했던 자신이 우스워, 지원은 입술을 꾹 내리눌렀다.

"그런데, 두원 지인찬 변호사님과는 무슨……."

말하던 석변은 지원의 불쾌하단 표정에 말을 흐린 채 다시 앞서 걷기 시작했다. 역시, 오늘 석변은 전과 다른 태도로 지원을 대하고 있었다. 지원조차 어디선가 쳐다보는 시선이 있는지 의식하게 될 만큼.

지원은 차 안에서 화장을 엷게 지워 내고, 머리카락을 단정하게 한 묶음으로 묶은 뒤, 지니고 있던 보석들을 지 변호사님께 돌려 드리고, 원래 착용했던 제 시계를 착용한 모습이었다.

"잠시만 기다리십시오."

석변이 노크한 뒤 열린 문 안으로 들어갔고, 잠시 뒤 열린 문 앞에는 짧은 단발머리를 하고 회색 투피스 정장을 입은 젊은 여성이 문 옆으로 비켜서 있었다.

"들어 오십시오."

들려오는 말에 가볍게 목례하고 안으로 들어선 지원의 눈앞에 보드 룸 안쪽 창가를 등지고 앉은 젊은 중년 여인이 보였다. 나이를 생각하면 집에 계신 엄마와 비슷하실 텐데, 겉으로 보기엔 이모뻘 피부로 보이는 곱게 나이 든 여성.

가만히 있기만 해도 뭐라 말할 수 없는 우아함이 느껴지는 그녀의 모습은 어깨 아래까지 살짝 닿아 있는 머리카락이 부드럽게 손질되어 적당한 컬로 크게 구불거렸고, 화이트 재킷 위로 보이는 옥과 진주로 만든 브로치, 자그마한 진주 귀걸이와 반지는 그녀의 하얀 피부와 무척 잘 어울렸다. 그리고, 얼굴……. 지원은 그녀의 얼굴을 바라보다 잠시 숨을 멈춰야 했다.

그녀의 눈 속에 현민의 눈빛이 담겨 있었다. 안타까운 것은 현민의 눈빛을 닮은 그 눈이 지금 지원을 너무나 차갑게 보고 있다는 것. 살아온 세월을 말없이 설명하듯 거침없이 당당한 눈초리에 지원은 잠시 고민하다 고개를 숙였다.

"이쪽으로 앉으십시오."

문을 닫고 지원 등 뒤에 선 젊은 여자는 중년 여인의 맞은편 비어 있는 의자를 가리켰다. 지원이 의자 가까이에 다가서자 거대한 테이블을 돌아 중년 여인 옆으로 다가선 젊은 여성이 보초병처럼 바른 자세로 유리창을 등지고 지원을 바라보며 섰다.

 자리에 앉기 전 지원은 앞에 앉은 여인을 바라보며 인사를 드렸다.

 "안녕하세요. 민지원입니다."

 눈동자의 흔들림도 없이 그저 바라보기만 하는 여인의 눈 속에는 아무런 감정이 담겨 있지 않았다. 그저 빨리 앉으라는 듯 짧게 움직인 미약한 고갯짓에 허락의 의미가 담긴 듯하여 지원은 그녀의 맞은편 의자에 앉았다.

 "내가 누군지는 알고 있겠지요."

 "네. 알고 있습니다, 어머님."

 "그런 말, 안 하는 게 좋겠습니다."

 차가운 목소리. 그의 어머니이기에 무심결에 예의에 맞게 말한다는 것이 마치 자신을 며느리로 받아들여 달라는 소리로 들렸던 모양이었다.

 지원은 수치심이 느껴져 볼이 붉어졌다.

 "네. 알겠습니다."

 지원을 바라보던 서희 여사는 금세 말을 알아듣는 듯 대답하는 지원을 보고는 그녀의 모습을 조용히 살폈다.

 사진에서 보던 그대로 반듯해 보이는 모습 안에 어떻게 이런 허무맹랑한 생각을 하는 마음이 숨겨져 있을까.

 어찌 감히 세상이 다 아는 아들이 혜성 후계자인 것을 몰랐다 거짓말을 하며 지저분한 술수를 부리려 하는가! 감히 자신의 앞까지 와서도 저리 당당하게 선한 눈빛으로 기만하려 들다니.

 가만, 서희 여사는 지원의 눈을 가만히 살펴보다 마음에 들지 않는 것을 발견한 듯 이맛살을 찌푸리며, 눈빛에 칼날을 담았다.

"돈을 안 받겠다고 했습니까?"

"네."

"이유가 뭔가요."

"……돈을 바라고 유현민 씨를 만난 적이 없었기 때문입니다."

"흥정을 원합니까?"

"……한 번도 그런 생각을 가져 본 적이 없습니다."

"다시 한 번 묻겠습니다. 뭘 원하는 겁니까?"

지원은 한 박자 늦게 입을 열며, 자신을 가라앉혔다.

"유현민 씨가 혜성가의 사람인지 모르고 만난 것은 사실입니다. 작정하고 다가선 적도, 대단한 분이신 줄 알고 만난 적도 없습니다. 그리고 저는…… 받고자 하는 것도 없습니다."

"대한민국에 살면서 유 전무를 몰랐다고 하는 겁니까? 거짓말도 믿어 줄 만한 걸 해야 하는 겁니다!"

"정말 석 변호사님 만나기 전까지 몰랐습니다. 몰랐던 일을 더 이상 거짓이라 비웃지 말아 주십시오."

"주겠다는 돈 안 받고 시간 끌어 봤자 금액은 더 안 올라갈 겁니다. 차라리 솔직하게 원하는 액수를 말하세요. 적당한 금액이라면 수용할 생각도 있으니까 이런 자리, 길게 끌지 않는 게 좋은 겁니다."

서희 여사는 피곤하다는 듯 몸을 조금 옆으로 틀며 지루한 이야기에 질린단 표정을 지었다.

"……."

"하루라도 빨리 우리 유 전무 옆을 떠나세요."

대답 없는 지원에게 통보하듯 이제 할 말을 다 한 사람처럼 결론을 말하고 비서를 보는 그녀는 더 이상 지원에게 할 말이 없는 것 같았다.

"……제가 불쾌하십니까?"

지원은 처음으로 앞에 앉은 여인을 똑바로 쳐다봤다. 그 눈빛이 기분 나빴는지 지금까지 평정으로 가려졌던 서희 여사의 분노가 눈빛으로 드러나 지원과 마주쳤지만 지원은 흔들림 없이 현민 어머니를 바라보았다.

"내가 누구라고 그렇게 보는 건가!"

"유현민 씨 어머님으로 알고 있습니다."

"할 말이 많은가 보지만 나는 민지원 씨 같은 사람을 길게 만나 줄 만큼 한가한 사람 아니니까 돈을 받든 안 받든 유 전무 곁에 머물지 말란 말을 해 주려고 불렀으니, 지금까지 한 말로 내 뜻은 다 전해졌다고 생각합니다. 나머지 사항은 송 비서가 알려 줄 테니 나가 봐요."

서희 여사가 한쪽으로 비켜서 있던 송 비서를 보고 눈짓하자 지원은 마음을 가라앉히기 위해 시선을 옆으로 돌렸고, 그곳에 서 있던 석 변호사는 눈길만으로도 피부에 두드러기가 돋을 것 같은 눈으로 시선을 맞춰 왔다.

"이 자리에 나올 때 어떤 말씀을 하실지 짐작하지 못한 것이 아니었지만, 저 또한 드리고 싶은 말씀이 있어서 나왔습니다."

지원에게 나갈 것을 요구하듯 곁으로 다가서던 송 비서의 걸음이 멈추더니 어찌할까요, 라고 묻듯 서희 여사를 바라보자 서희 여사는 손바닥을 살짝 움직여 그대로 두라는 뜻을 표했다.

"유 전무님, 제게 진심이십니다. 믿지 않으시겠지만, 저도 진심으로 그분을 사랑합니다."

"그런 말 할 거면 그만하고 일어나는 게 좋겠습니다."

서희 여사는 불쾌한 듯 지원을 노려보았지만 지원은 결심했던 말을 이어 나갔다.

"늘 그분을 사랑하며, 진심을 다해 아끼며 살고 싶습니다. 아무것도 내세울 것 없지만, 그분과 함께할 수 있도록 허락해 주십시오."

지원도 부질없음을 알고 있었다. 그래도. 제 자존심이 짓밟히고, 모욕을 뒤집어쓴다 해도, 한 번은 사정하고 싶었다. 도저히 안 되겠느냐고.

"어떻게 그런!"

치욕일지언정. 그를 위해 저가 할 수 있는 것은 다 해 보고 싶었다. 너무 쉽게 그를 놓아버린 자신을 뒤늦게 자책하지 않기 위해.

"부탁드립니다. 지금 헤어지면 저도, 전무님도 너무 힘들 겁니다."

할 수 있는 거라면 모두 다.

"내 아들을 기만한 것도 모자라 나까지 우롱하겠다는 겁니까?!"

얼마든지 모욕은 참을 수 있으니 그와 자신을 위해 한 번이라도.

"그저 유현민 씨를 사랑하는 것뿐입니다. 사모님. 그분을 사랑하면서 어떻게 그분의 어머님을 우롱할 수 있겠습니까."

노력하고 싶었다. 사랑하니까.

"어디까지 지저분하게 굴 겁니까! 그럼, 말해 봐요. 오늘 지 변호사는 왜 만났는지."

"……?"

"우리 유 전무 일로는 석 변호사를 만나고, 지 변호사는 두원가 어느 누구 때문에 만났는지 사실대로 말한다면, 내가 가진 민지원 씨에 대한 불쾌감이 조금은 정도가 달라질 수도 있겠지요. 어디, 말할 수 있겠습니까?!"

그러나, 어디까지 자신을 무너뜨리며, 그를 잡아야 하는 것일까.

"……그건, 사모님께서 생각하시는 그런 일은 분명 아닙니다."

서희 여사의 입가가 비틀리는 것을 보면서도 지원은 더 이상 아무것도 설명하지 못했다.

"이봐요, 민지원 씨. 거대 그룹을 이끈다는 게 어떤 건지 알기나 합니까? 누리고 싶은 건 이해합니다만, 그렇게 살기 위해선 자격이 필요한 겁니다. 유 전무 짝이 되려면 한가하게 사랑놀음이나 할 게 아니라 거시적인 눈으로 그룹의 방향을 함께 고민하는 눈을 가진 사람이어야만 합니다. 그런 건 쉽게 생기는 게 아니라, 태생부터 그렇게 나고 자라야 가질 수 있는 것이고, 민지원 씨가 아무리 노력한다 해도 가질 수 있는 게 아닌 겁니다. 다시는 유 전무와 접촉하지 마세요. 송 비서!"

"네, 관장님."

"제안 조건 다시 확인하고, 사인 받은 다음 로비까지 안내해 드리지."

"네."

지원은 침착하려 애썼지만, 꽉 다물린 이에 턱이 아프도록 힘이 들어갔다. 이렇게 사정한다고 해서 그의 어머니가 받아들여 줄 거란 기대는 하지 않았지만, 마지막 인사조차 할 수 없게 강제 격리되는 고통은 생각보다 너무 심했다.

극복할 수 없는 태생의 차이. 죽었다 깨어나지 않는 한, 받아들여질 가능성 없는 높은 벽을 바라보고 있는 기분은 참담했다.

지원의 머릿속엔 아파 누워 있는 제 가슴에 손을 올리며 이 자리는 언제나 제 자리라고, 네 가슴엔 언제나 자기만 담으라 하던 그 사람의 얼굴이 떠돌아다니고 있었다.

'그를 한 번이라도 따뜻하게 안아 줄 시간만은…… 제발.'

지원은 의자에서 일어났다. 송 비서라는 여자가 밖으로 안내하려 다가섰지만 지원은 의자 바로 옆에 무릎을 꿇었다.

"민지원 씨."

송 비서의 목소리가 당황한 것처럼 들려왔다. 지원은 입술을 꼭 깨물고 고집스레 고개를 숙였다.

"제가 유 전무님을 몰라본 것은, 오랜 시간 언론매체를 접하지 않고 살아왔기 때문입니다. 결코 그 일이 전무님과 사모님을 기만하기 위해 꾸며 낸 일이 아님을 믿어 주십시오."

지원의 두 눈이 붉게 충혈되고 있었다.

"뭐하는 짓입니까! 송 비서!"

"아닙니다. 제가 지금 부탁드리는 것은 계속 전무님 곁에 머물게 해 달라는 것이 아니라 전무님 독일 가실 때까지만 기다려 달라는 것입니다. 돈 같은 거 안 원합니다. 그 어떤 것도 원하는 것 없습니다. 그때까지만. 전무님도 출장 전에 저와 헤어지시면 분명 업무에 지장받으실 테고, 저도 전무님이 저를 찾으실 수 없는 곳으로 떠나려면 준비할 시간이 필요합니다. 다니던 직장도 마무리해야 하고, 가족들 안심도 시키려면 적당한 시기와 설명이 필요합니다."

"……."

"그때까지만 기다려 주십시오. 이제 한 달입니다. 주중엔 바빠서 못 만날 테고, 주말에 만난다고 해도 곧 출국 준비에 바빠지시면, 생각만큼 자주 만날 수 없을 겁니다. 전무님 만나더라도 이런 일 말씀드려 업무에 방해되는 일 없도록 하겠습니다. 사모님. 제가 그분을 만나더라도 고작 며칠입니다. 그때까지 기다려 주시면 전무님 한국 오시기 전, 제가 떠나겠습니다."

침착한 얼굴로 예리하게 변한 서 여사의 시선이 지원을 훑어 내렸다.

"떠나겠지만 돈은 원하지 않는다…… 이건가요?"

"그렇습니다."

"위로금. 안 원한다?"

"네. 저는 돈을 바란 적이 없습니다."

"홀어머니 모시고 직장 다니면서 사는 걸로 아는데. 돈이 필요 없다……?"

"……부족하다 해서 남의 것을 탐내 본 적 없습니다. 제가 이미 하라시는 대로 하겠다 말씀드렸으니, 더 이상 가족 이야기나 상처 될 말씀은 말아 주셨으면 합니다."

"믿어 달라는 건가요?"

"아닙니다. 돈도, 사모님께서 저를 믿어 주시는 것도 이젠 아무것도 원하지 않습니다. 다만 시간을 주시길, 그 사람도 저도 필요 없는 상처, 가능한 덜 받고 정리할 수 있도록 시간을 주셨으면 합니다."

"시간을 끌어도 소용없는 일이에요."

"길지 않습니다. 전무님 출장 가시면 돌아오시기 전에 반드시 떠나겠습니다. 제가 지금 갑자기 증발해 버릴 수도 없는 일이고, 그렇다고 헤어지자고 말 꺼내는 건 서로 힘들어질 뿐이니까 출장 가실 때까지만 기다려 주십시오. 출장 가서 마음 편히 일하고 돌아오도록, 갈 때 가더라도 저 때문에 그 사람 일에 악영향 주지 않도록 조금만 기다려 주십시오. 그리고, 제가 떠난 뒤 우리 가족, 형부든, 언니든, 엄마든…… 아무도 위협하지 마시고, 힘들게 하지 말아 주십시오."

지원이 말하며 고개를 숙였다. 이를 악물고 거울 보며 다짐했던 것을 지키고자 눈물이 나오지 않도록 숨을 참고, 마음을 내리눌렀다.

"약속만 지켜 준다면 가족이 다치는 일은 없을 겁니다. 출장 전까지는 그냥 두겠지만 출장 간 뒤에도 민지원 씨가 제자리에 있다면, 결과는 민지원 씨가 책임져야 할 겁니다."

"그렇게 하겠습니다."

"……더 할 말 있습니까?"

"없습니다."

"그럼 그만 나가 보세요. 다시 보는 일 없도록 합시다."

"네. 안녕히 계십시오."

지원은 긴장과 자신에 대한 모멸감으로 굳어져 잘 움직여지지 않는 다리에 억지로 힘을 줘 자리에서 일어났다.

허리 숙여 그의 어머니에게 정중하게 인사드린 그 찰나의 순간, 지원이 느낀 감정은 말로 할 수 없는 안타까움과 어쩔 수 없는 서러움, 그리고 담담하게 받아들이는 처연함이었다.

몸을 조금 틀어 송 비서라는 사람에게 목례하고 방을 걸어 나오면서, 지원은 더 이상 현민과 똑같은 눈빛으로 차갑게 쳐다보는 그의 어머니 앞에서 자신의 흔들리는 눈동자를 감추려 노력하지 않아도 되는 것에 안도했다.

생각보다 무난하게 넘어갔다. 쌍욕이나 막말 없이. 같은 상황이지만 사람이 달라서인지 많은 것이 전과는 달랐다. 그를 한 번이라도 더 만나겠다고 무릎까지 꿇은 자신의 모습도 전과는 많이 다른 모습이었다. 그리고 헤어짐을 기뻐하지 못하고, 이토록 아파하는 심장의 통증도…….

7장.
미안하단 말은 안 하겠습니다

지원의 변한 모습은 현민을 감격시켰다. 지난 몇 주 동안 주말마다 일 같은 건 잊어버리고 자신과 놀아 달라 졸라 대는 지원의 모습은 저만큼이나 사랑에 빠진 모습이었다. 포옹을 해도 적극적으로 다가왔고, 어디를 가든 편안하게 이야기 나눌 수 있는 조용한 곳을 좋아라 해 주는 지원으로 인해 데이트 코스를 걱정해야 할 부담이 아예 사라져 버려 마음도 편했다.

다만, 한 가지 전과 달리 너무 많이 웃고, 늘 밝다는 것이 마음이 걸릴 때가 있었지만, 자신으로 인해 지원이 변한 것이란 생각을 하면, 그 또한 기쁨이 되곤 했었다.

— 오빠는! 주말에는 약속 잡지 말라니까요.

"나도 그러고 싶은데 중요한 일이라 빠질 수가 없어. 이번 주만 봐 줘."

— ······일이라는데, 어쩔 수 없죠. 그래도 다음 주말은 꼭 나랑 같이 지내야 돼요."

"그럼! 다음 주는 출장 직전인데, 다른 스케줄 잡을 리가 있나."

— 다음 주엔 하래에서 봐요.

"하래? 같이 내려가지. 가면서 오랜만에 드라이브도 하고."

— 아뇨. 먼저 가 있을 테니까, 일 끝나면 조심해서 와요. 늦게 오면 오빠 손해라는 것만 알고. 이번 주말 날려 버린 오빠 미워서 먼저 끊을 게요.

지원과의 전화를 끊은 현민은 문 비서에게 스케줄을 재확인했다.

"일요일, 오후라도 비울 수 없나?"

"죄송합니다, 전무님. 토요일은 오전부터 오후까지 회장님께서 청와대 오찬에 참석하실 때 함께 들어가시기로 한 스케줄이라 변경이 어렵고, 일요일엔 일본 경제인 회의에 참석하시기로 되어 있으십니다."

아버지 건강만 괜찮으셨다면 굳이 현민이 함께 청와대까지 들어갈 필요가 없는 오찬 행사였다.

사업상 긴장과 스트레스가 심장질환에 끼치는 악영향을 알기에 현민은 전무가 된 이후부터 아버지 보좌라는 명목으로 청와대를 출입하며, 정치인들과의 교류는 물론, 권력자와 얼굴을 익히며 혜성의 전권을 위임받을 수순을 밟고 있었다.

"경호팀 차량 교체 후, 추가요청은?"

지난번 접촉사고로 지원의 경호가 하루 종일 공백이 생겼던 날, 대노한 현민으로 인해 경호팀은 그날 이후 살얼음판이었고, 경호 차량은 최신 기종으로 교체되었다.

그리고 그날 이후 지원의 경호에 틈이 생기는 일 또한 없었다.

"없습니다."

"그래. 나가 봐."

한 주가 지나고 지원과 만나기로 약속한 토요일 오후. 주중에 짬짬이 차 한 잔이라도 마시면 좋을 텐데, 지원은 요즘 들어 많이 피곤하다며 평일엔 일찍 잠자리에 드는 통에 좀처럼 만날 수가 없었다.

지난 주말 약속을 망쳐 버린 자신을 탓하며 보고 싶은 지원을 보지 못하고 또 한 주를 견뎌 낸 현민은 하래로 달려가는 차의 속도를 위험할 정도로 높이고 있었다.

바다가 보이자 현민은 창문을 내렸다. 머리카락이 온통 바람에 날리고, 귓가에 바람 소리만 가득해 정신없어도, 뺨을 때리는 바닷바람이 좋아 미소 지었다.

바람이 불 때나 이렇게 차를 타고 바닷가를 지날 때면 손가락 사이를 빠져나가는 바람을 느끼고, 머리카락을 휘날리던 지원을 떠올리며 창문을 여는 것이 어느새 현민의 습관이 되어 있었다.

뒷좌석에 놓아둔 커다란 꽃다발 포장지가 바람에 퍼덕거리며 모양이 망가질 것처럼 소란스럽게 굴자, 현민은 아쉬워하며 창문을 닫은 뒤 좀 더 빨리 지원에게 닿기 위해 또다시 속도를 높였다.

이내 도착한 한적한 별장. 투자가치를 생각해 서울에 인접한 곳에 별장을 마련하는 친구들이 많았지만, 현민은 쉴 때는 좀 더 완벽히 서울과 그곳에 속한 사람들에게서 벗어나고 싶어 어릴 적 본가에 계시던 아주머님, 아저씨 부부가 나이 들어 낙향하신 지역 주변 부지를 찾아 별장을 지었다.

내심 그분들께 일을 맡겨 노후를 책임지고 싶기도 했고, 정든 분들과의 인연을 쉽게 놓고 싶지 않았기 때문이었다.

그리고 이제…… 이곳에 사랑하는 지원과의 추억이 쌓이고 있었다.

마당에 들어서기 전 커다란 나무판에 새겨진 '하래'라는 한글 이름. 현민의 뜻에 따라 아주 커다랗게 새겨져 있는 그 현판을 지원이 처음 봤을 땐 정말 이렇게 현판이 만들어질지 몰랐던 사람처럼 아무 말 없이 한참을 그 앞에 서 있어, 그를 당황시키기도 했었다.

마음이 여린 지원은 자신이 지은 이름이 나무판에 정성스레 새겨져 있다는 사실만으로도 감격했는지 코끝이 찡해져 마치 울음을 참는 것처럼 붉어지기도 했었고, 그렇게 작은 것에 감사하고 예민한 감정을 느끼는 지원을 볼 때마다 아껴 줘야지, 지켜 줘야지 새삼 한 번 더 다짐하게 되는 것이…… 마음이 깊어짐을 스스로도 감당할 수 없어 미치도록 그녀를 사랑하고 있는 자신을 발견하곤 했다.

회의는 제시간에 끝났는데 오찬 때 김문열 국회의원의 반주가 지나쳐 식사시간이 길어지더니, 결국 고속도로까지 밀려 결국 노을이 지는 지금에서야 하래에 도착하고 말았다.

한 소리 듣게 되길…… 지원의 찡그린 코와 웃으면서도 성난 척하는 미운 얼굴을 보게 되길. 그래서 아무에게도 하지 않는 지원의 투정을 혼자서만 모두 볼 수 있기를 바라며 현민은 차에서 내려섰다.

품 안 가득, 묵직한 장미꽃다발을 챙겨 들고 지원이 기다리고 있을 별장 본채로 향한 현민이 문을 열자, 집 안에는 맛있는 냄새가 가득했다.

지원은 이 층에서 공부하거나 쉬고 있겠지, 아주머니께서 맛있는 거 하시니 우리 지원이 오늘 저녁은 또 얼마나 맛있게 밥을 먹을까. 눈길이 가는 대로 곧장 이 층으로 올라가 그들이 이곳에 머물 때마다 사용하는 방문을 반가운 마음에 들떠 활짝 열었는데. 지원의 가방만 보일 뿐 정작 있어야 할 주인공은 보이지 않았다.

꽃다발을 지원의 가방 옆에 내려놓고 서둘러 욕실 문도 열어 보고, 화장실에 노크도 해 보고, 혹시나 싶어 빈방을 다 열어 봤는데도 보이지 않는 지원 때문에 마음이 급해진 현민은 아래층에 계신 아주머니께 지원의 행방을 물으려 다급히 계단을 내려갔다.

"아주머니?!"

계단에서 아직 다 내려서지도 않고 큰 소리로 부엌을 향해 소리치는 현민의 마음은 급하기만 한데, 큰 소리에도 불구하고 너무 멀어서 안 들리는 것인지, 꺾어진 건물 구조 때문에 불 앞에서 요리하는 사람은 더더욱 잘 안 들리는 것인지 아주머니는 대답하지 않았다.

스스로의 급함을 탓하며 좀 더 다가가 말해야겠다, 생각한 현민이 눈길로는 전체 유리로 마감된 거실 창문 밖, 혹시나 산책 중일지 모를 지원을 찾아 분주히 헤매며 독특한 디자인의 의자들이 놓인 공간을 지나 책상까지 다가섰다.

그러다 꺾어진 부엌에서 들려오는 콧노래 소리에 그의 다급한 발걸음이 그 자리에 멈춰졌다.

지원. 그녀였다. 체면 불구하고, 스스로의 유치함에 짜증나면서도 불쑥불쑥 솟아오르는 질투와 시기심을 참지 못해 도시락을 요청했던 그에게 합당한 몇 가지 이유를 들며 끝내 음식 만들어 주길 거부하던 그녀가 바로 눈앞에서 앞치마를 두르고 있었다.

둘만이 머무는 공간에서 만드는 음식. 그것이 누굴 위한 노력인지는 너무나 분명해서, 현민은 기쁘게 미소 지었다.

"어?! 깜작이야! 왔으면 왔다고 인기척이라도 내야죠!"

끓고 있는 찌개를 살펴보다 다듬어진 달래를 집어 들던 지원이 커다란 덩치에 우두커니 서 있는 현민을 발견하곤 누군지 눈으로 보면서도, 깜짝 놀라 뒤로 물러서며 눈을 감으며 크게 놀라했다.

"놀랐어? 미안."

잠시 잊었던 모습. 갑작스런 일에 쉽게, 또 심하게 놀라는 사람이라 조심해야 했었는데.

"아니에요. 놀라는 나도, 이러는 내가 짜증스러운데 오빠가 더 놀랐겠어요. 미안해요."

"아냐. 내가 미안해."

지원이 따뜻하게 웃었다. 그리고 이곳은, 집…… 같았다. 음식 만드는 열기에 다른 곳보다 조금 더 뜨거운 공기, 구수한 된장찌개 냄새와 도마 앞에서 뭔가를 썰고 있던 지원이.

'우리가 결혼하면 넌 이렇게 퇴근하는 날 맞아 주며 웃어 주겠지.'

현민의 마음이 찡해 왔다.

"오늘 많이 바빴어요? 생각보다 늦었네요?"

"어. 정말 빨리 오려고 했는데, 이렇게 됐어. 화난 건 아니지?"

"화는 뭐. 손은 씻었어요? 손 씻고 와서 밥 먹어요. 오빠 줄려고 지원 이표 백반 차렸어요."

"전부 네가 만든 거야? 아주머니는?"

"아주머니께는 댁에 계시라고 말씀드렸어요. 오빠, 내가 만든 거 먹고 싶다 그랬었잖아요. 비록 도시락은 아니지만, 이거 다 내가 만든 거예요. 오빠 주려고."

"……."

"……전에 약속했던 거 기억 안 나요?"

"기억나."

너무나 환하게 웃는 지원이. 지원이가 만든 밥상. 이렇게 살았으면. 이렇게 늘 따뜻하고 행복할 수 있었으면 좋겠다, 싶었던 현민은 손 씻으러 갈 생각보단 이 순간을 눈에 담기 위해 열심히 지원을 바라보았다.

"빨리 손 씻고 와요. 상 다 차려 놨으니까 찌개만 올리면 돼요."

등을 보이고 돌아서서, 보글거리는 소리가 들리는 뚝배기를 들고 식탁으로 옮기는 지원이 부지런하게 움직이고 있었다.

멀뚱히 서 있는 현민을 바라볼 생각도 않고, 식기까지 챙겨 온 건지 처음 보는 식기들로 차려진 밥상을 보며 현민이 웃는 얼굴로 멈춰 서 있자 뒤돌아본 지원이 어울리지 않게 미간을 모으고, 한 걸음씩 겁주듯 다가왔다.

"어어엉?! 손 안 씻을 거예요?"

"어. 씻으러 가면 너랑 떨어져야 되잖아."

"그럼 밥은? 찌개 다 식어요."

"씻겨 줘."

"네?"

"씻겨 달라고."

현민을 말썽쟁이 보듯 하던 지원이 웬일인지 팔을 잡아당겨 앞서 걸었다.

세면대 앞으로 끌고 가, 셔츠 단추를 풀어 곱게 접어 올리더니 손가락 사이사이부터 손톱 아래, 손바닥, 손등, 손목…… 손 모양 그대로 외워 버릴 듯 정성스레 손을 닦아 주었다.

"뭘 그렇게 오래 씻겨."

만족스런 미소가 한가득 채워진 현민의 얼굴을 올려다본 지원이 씽긋 웃으며 대답했다.

"가르쳐 주는 거예요. 앞으론 이렇게 씻으라고. 감기 걸리지 않게 손잡이 잡고, 악수하고, 사람 많은 데 다녀오면 꼭 이렇게 씻어요. 손톱 밑까지 깨끗하게."

"네가 매일 씻겨 주면 되겠네. 흐흐흣."

"으이구…… 내가 회사까지 따라갈까요? 여름 되면 에어컨 너무 세게 틀지 말고, 차도 자주 마시고 환기도 자주 시키고…… 너무 건조하면 안 좋아요. 알았죠?"

"아직 여름 오려면 한참 있어야 돼. 뭘 그렇게 벌써부터 걱정이야?"

손을 다 씻긴 지원이 잘 개어진 수건을 꺼내 현민의 손을 잡고 톡톡 두드려 가며 닦아 주었다.

"봄 금방 가요. 봄이다 싶으면 여름이고, 여름이다 싶으면 가을 되고. 시간 그렇게 빨라요. ……내가 말한 대로 건강 챙길 거죠?"

예쁜 눈으로 바라보며 꼭 들어 달라며 소원 빌듯 하는데, 안 들어줄 수 없었다. 어려운 일도 아니고, 다 저를 위해 하는 말이니.

"그으래. 내가 누구 말인데 안 듣겠냐?"

슬쩍…… 입을 맞추려는 것이 역력한 눈빛으로 다가서는 현민의 뺨에 먼저 '쪽!' 하는 소리를 남기고 앞서 나가는 지원의 때문에 현민의 커다래진 눈은 지원의 뒷모습을 좇았다.

"아…… 지원아. 잠깐만 안고 있자. 나, 오느라 힘들었어. 조금만 쉬자."

"밥 먹고. 다 식어요, 빨리…….'"

매정하게 돌아서는 지원이 야속한 것도 잠시, 밥상의 정체가 지원이 차려 낸 것임을 생각해 낸 현민은 다시 기대에 찬 얼굴로 밥상에 앉았다.

"백반이라며?"

"응. 지원이표 백반이에요. 거기다 만들어 주고 싶은 거 몇 가지 추가해서…… 어때? 맛있어 보여요?"

"우와아…… 이걸 다 우리 지원이가 만든 거란 말이지?!"

"얼른 먹어요. 목 메지 않게 국물부터 마시고."

처음으로 지원이 자신을 위해 차린 밥상엔 정성이 가득했다.

색 배합이 화려한 한식의 특성을 잘 가라앉혀 정갈하게 보이도록 하얀 식기를 사용하고, 그럼에도 심심하지 않게 금테 장식을 쓴 지원의 센스가 현민을 만족스럽게 했다.

그릇마다 조금 더 큰 접시가 아래에 겹쳐져 있고, 그 사이마다 푸른 잎사귀가 끼워져 제대로 정성 들인 밥상을 대접받는 느낌. 뿐만 아니라 수저 받침대로 사용된 작은 풋고추는 그를 절로 웃게 만들었다.

아직 향이 남아 있는 노란 모과를 놓고 그 옆에 나무로 만들어진 냅킨 링을 사용해 작은 잔을 세워 보라색 제비꽃과 이름을 알 수 없는 노란 풀꽃을 풍성하게 꽂아 놓은 센터피스를 보며 저 풀꽃을 꺾으러 이 주변을 거닐었을 지원을 상상했다.

은은한 연두색 테이블 매트 한쪽에 놓인 패랭이꽃 자수, 잔을 감싸 놓은 작은 초록 나뭇잎과 종이끈. 지원이 오늘 이 상차림을 위해 얼마나 많은 정성을 쏟았는지 한눈에 보이는 것 같아 현민은 아무런 말 하지 못하고 그저 지원이 시키는 대로 수저를 움직이며 뭉클한 마음을 가라앉히려 애썼다.

처음 받아 보는 그녀의 밥상. 지원의 마음결을 보여 주는 것 같은 아기자기한 이야기가 숨겨진 밥상. 여러 가지 잡곡과 은행, 밤, 단호박과 대추 수삼이 섞인 검은색 영양밥을 지어 내고, 그 옆에 맑은 콩나물국, 그 위로 된장, 고추장, 소금, 각기 다른 장으로 맛을 낸 갖가지 나물반찬과 가벼운 볶음, 무침 밑반찬에 견과류가 듬뿍 들어간 갈비찜, 도톰하니 깔끔하게 구워진 생선구이, 그리고 그 중간에 아직 약하게 보글거리고 있는 달래 된장찌개까지.

그것만으로도 푸짐한 한상차림인데 그 옆에 화려한 색감을 뽐내는 구절판까지. 하루 종일 쉴 틈이나 있었던 걸까.

마주 앉은 지원의 손을 쳐다보던 현민은 안 그래도 일하며 손을 자주 씻어 쉽게 거칠어져 로션을 자주 바른다던 저 손이 오늘은 또 얼마나 물을 많이 묻혔을까 싶어 눈길을 떼지 못했다.

그래도, 지원이 시키는 대로 시원하고 깊은 맛이 나는 콩나물국으로 입안을 적시고, 밥을 떠 올린 숟가락에 지원의 손길로 사랑스럽게 올려지는 생선살과 고기반찬을 맛보며 행복하게 웃었다.

"이 된장, 우리 엄마랑 나랑 우리 집 베란다에서 만든 된장으로 끓인 거예요. 밥에 비벼 먹으면 정말 맛있어요."

두부와 도톰하게 썰린 애호박에 향 좋은 달래까지 한 숟가락 퍼서 밥그릇에 넣고 비비는 사이 지원의 목소리가 이어졌다.

자기 앞에 놓인 밥은 건드리지도 않고 빈 접시에 밀전병을 올려 색색들이 곱게 썰린 여러 가지 재료들을 말아 겨자 소스에 살짝 찍어 내밀더니.

"아. 해 봐요."

현민이 입을 벌리자마자 매콤하고 깔끔한 맛이 입안에 퍼지더니 곧이어 재료 각각의 담백한 맛이 입안 가득 채워졌다. 맛있다고 말해 주고 싶은데 지원은 말할 틈도 안 주고 음식이 목구멍으로 넘어가기 무섭게 또 다른 반찬을 넣어 주기 바빴다.

"입에 맞아요?"

"음."

고개를 끄떡여 대답한 현민의 입이 또다시 비워지자, 지원은 목이 멜까 싶었는지 콩나물 국물을 입안에 넣어 주며 웃고 있었다.

"왜 안 먹어?"

지원이 식사할 기미가 전혀 안 보이자 현민은 입안 가득한 밥을 볼 양옆으로 밀어 넣고 겨우 말했다.

"좋아서. 우리 오빠 내가 한 것도 잘 먹는구나…… 보기만 해도 기분 좋아서."

"그렇게 해 달라 해도 안 해 주더니…… 이럴 거면서. 앞으론 자주자주 해 줘. 네가 한 거 먹으니까 진짜 속이 든든해지는 것 같다."

"……."

"진짜야."

지원이 지어 준 밥은 정말 맛있었다. 집에서도 조리 명장 아주머니가 이사급 대우를 받으며 일하시고, 나와서 먹는 밥도 늘 일정 수준을 넘어서는 곳에서 해결하는지라 현민의 입맛은 의도하지 않아도 자연스레 미식가 수준이 되었는데, 그런 그의 입맛에도 지원의 음식은 간이 세지 않고 재료의 맛이 살아 있는, 제대로 된 한식이었다.

무엇을 입에 넣든 바로 녹아 버리는 음식들. 구절판이나 갈비찜, 각가지 반찬이야 그렇다 쳐도 각자의 향취, 쓸쓸함이 살아 있는 나물무침마저 달게 느껴지다니. 지원이 밥상에 뭔 짓을 해도 단단히 한 모양이었다.

음식을 배운 것도 예전 학생 때뿐이라 했고, 사회에 나와서는 늘 직장을 다니느라 음식을 손에서 놓은 지 좀 되었을 텐데 이 정도 맛을 내다니 이건 손맛을 타고난 것이 분명했다.

자리만 만들어 주면 얼마든지 요리 연구가가 되든, 유명한 한식당 주인이 되든 뭘 해도 해낼 것 같다는 생각이 들자, 현민은 저 조그만 순둥이 속에 뭐가 이렇게 들어 있는 것이 많을까, 새삼 감탄하며 바라봤고 지원은 여전히 마주 보며 밝게 웃기만 했다.

"오는 시간만 정확히 알았으면 내가 돌솥밥 해 주려고 했었는데, 오빠가 바빠서 그런 거니까 기회 놓쳤다고 아쉬워 마요. 내가 만든 돌솥밥 진짜 맛있는데 못 먹은 거 억울해해야 할 거야."

"또 해 주면 되잖아. 나 출장 다녀오면 그 주에 여기 또 오자."

그랬다. 이 주말이 지나고 나면 3일. 수요일이 되면 현민은 출장을 떠나게 되어 있었고, 지원도 어디론가…… 그래야만 했다.

"……내가 출장 요리산가. 오라면 딱 그날 오게."

지원은 입을 삐죽거려 가며 골이 난 척했지만 현민은 여전히 웃고 있는 지원의 눈빛을 보고 있었다.

"또 먹고 싶은 거 있으면 말해요. 야참도 해 줄 수 있고, 내일 서울 가기 전까진 내가 다 만들어 줄 수 있어요."

"우리 새침데기 민지원 씨. 오늘은 왜 이렇게 후할까?"

"……."

"매일 이렇게 살았으면 좋겠다. 내가 잘해 줄게. 출장 다녀오면 여기저기 인사드릴 곳 많아서 당분간 힘들겠지만, 우리 얼른 허락받고 같이 살자. 행복하게 해 줄게."

"……나랑…… 정말로 같이 살 생각했어요? 끝까지?"

"그럼, 내가 너 아니면 누구랑 살아. ……민지원! 내가 사랑한다는 말 허투루 듣지?!"

"……그랬구나."

'하루라도 빨리 우리 유 전무 옆을 떠나세요.'

'약속만 지켜준다면 가족이 다치는 일은 없을 겁니다.'

지원은 귓가에 들리는 그의 어머님 목소리를 무시하며 갈비찜 한 조각을 집어 그의 입에 넣어주었다.

"많이 먹어요."

갈비찜을 입에 넣은 그가 꾹 다물린 입술과 불룩한 뺨으로 기분 좋게 웃어 보였다. 아직은 나의 그인 이 남자가 참으로 좋다. 어찌할 수 없도록.

"근데, 대답 안 해? 딴소리만 하고. 행복하게 해 준다니까."

계속 웃던 지원이 처음으로 말없이 바라보기만 하고 있었다. 코가 찡긋거리는 것이 마치 울음이 고인 표정 같아 깜짝 놀란 현민이 숟가락을 내려놓으려는데, 아예 인상을 팍 쓰면서 얼굴을 찡그린 지원이 현민을 나무라기 시작했다.

"정말 그럴 거예요?"

"뭘…… 왜 그래?"

"프러포즈도 안 했으면서. 당연히 결혼할 사이처럼 그렇게 말해도 되는 거예요?"

"그래서 그런 거야? 그게 그렇게 슬펐어?"

"……슬프지 그럼. 여자한텐 일생에 단 한 번뿐인 추억인데. 오빠는 나한테 프러포즈 한 적도 없으면서, 그런 말 하지 마요. 오빠 나한테 정식으로 결혼 신청한 적도 없고, 나도…… 결혼한다 그런 적 없잖아요."

지원은 절말 서운했는지 살짝 배어 나온 눈물을 스윽 닦아 냈다.

"허…… 야! 순둥아! 네가 나랑 안 하면 누구랑 할 건데? 나 이렇게 빠지게 만들어 놓고 딴 놈한테 갈 생각이야? 안 돼. 못 보내."

"오빠가 내 주인이에요? 보내고 말고 하게. 내가 가면 가는 거지!"

"어어어?! 너 정말. 그래서 딴 놈한테 간다고?"

"프러포즈 안 한 건 오빠예요. 내 탓하지 마요!"

"할 거야! 하면 되잖아! 안 그래도 출장 다녀오면 하려고 했어. 네가 워낙 서프라이즈 이벤트 싫다고 해서 말할까 말까 망설였지만 프러포즈는 그래도 될 것 같아서 너 몰래 준비하고 있었어. 삐지지 마. 삐지니까 귀엽긴 한데 간다니까 겁난다. 하지 마, 그런 장난. 별로야. 아……."

"왜요?"

갑자기 배에 손을 올리고 아…… 소리를 내는 현민 때문에 계속해서 토라진 표정을 짓고 있던 지원이 얼굴이 걱정스런 표정으로 바뀌었다.

"됐다."

"뭐가요."

"넌 지금처럼 내 걱정만 해. 아까 그런 표정 안 어울려. 잘 삐지지도 못하면서 괜히 삐진 척이야. 하지 마. 그런 거."

"허어……."

말을 마친 현민이 다시 숟가락으로 밥을 떠 올리자 지원은 기막힌 표정으로 잠시 멈춰 있다 아무 일 없는 듯 갈비살을 발라 밥 위에 얹어 주었다. 그 모습에 싱글거리기 시작한 현민이 눈을 접어 웃으며 말을 덧붙였다.

"우리 부부 같다. 그치? 투닥거려도 금방 풀리는 거 봐. 우린 벌써 부부야. 프러포즈만 안 했지. 벌써 할 건 다 하잖아."

"짓궂어. 정말……."

시원시원한 수저질로 밥그릇을 깨끗이 비운 뒤에도 젓가락으로 갈비찜이며 구절판을 양껏 집어 먹던 현민이 만족스러운 듯 젓가락을 내려놓았다.

현민에게는 이것저것 챙겨 먹이기 바빴으면서도 정작 자신의 밥은 반 이상 남긴 지원이 안타까워 식탁을 치우는 내내 거들던 현민이 걱정스런 말을 해 왔다.

"속이 안 좋아? 왜 그렇게 못 먹는데?"

"으응. 점심 많이 먹어서 그래요."

"뭘 얼마나 먹었기에…… 지금 시간이 몇 신데."

"음식 만들면서 이것저것 많이 먹었어요. 헛배 불렀나 봐. 배고프면 이따 뭐 먹죠 뭐."

"그럴래? ……먹고 싶어지면 바로 말해."

"네."

지원은 먹은 것도 없으면서 기분 좋은 일이 있는지 같이하자는 설거지도 웃으면서 혼자 하고, 차도 직접 내오고…… 활기찬 것은 좋은데. 힘들 것이 뻔한 몸으로 아주머니의 도움은 전혀 받으려 하지 않았다.

요즘 지원이 많이 웃고, 전에 없이 가깝게 다가오는 것이 행복한 만큼 현민에게 생긴 한 가지 걱정은 날이 갈수록 말라 가는 지원의 몸이었다.

뭘 먹이려고 노력은 많이 하는데 뭘 먹고 싶다 하는 것도 없고, 음식 좀 괜찮다 싶은 곳엔 꼭 데려가려 하는데도, 주말에만 어렵게 시간 맞춰 만나는 터라 자주 가긴 어려웠다.

정말 어디 아픈가. 일이 바빠서 힘들다더니…… 지쳤나? 현민이 생각에 골똘히 빠져들 때 지원이 따뜻한 차를 내왔다. 그리고 현민은 그녀가 아직도 앞치마를 입고 있는 모습에 못마땅한 눈빛을 보냈다.

"이제 그만하고 좀 앉자. 너 쉬어야 돼."

느긋한 여유로움을 만끽하는 초저녁. 아무것도 하지 못하게 하는 지원의 말에 따라 멀뚱멀뚱 지원 뒤만 쫓아다니는 현민은 전혀 회사의 중책을 맡은 사람 같지도 않았고, 그저 사랑에 빠진 한 남자의 모습이었다.

"앉으라니까."

지원이 잔을 내려놓으며 다시 부엌으로 쟁반을 가져다 놓으려 하자 현민은 쟁반을 건네받으려는 듯 손을 내밀며 말했다.

"이리 주고 앉아. 왜 계속 일만 해? 나랑 놀기 싫어?"

"아뇨. 좋아요."

"근데 왜 자꾸 등 돌리고 일만 해. 아주머니한테 부탁하면 되는데. 일부러 그러는 것 같잖아."

지원은 현민의 말에 웃으며 자리에 앉았다.

"싫었어요?"

"싫지 그럼. 이리 와, 같이 앉자."

현민은 따로 떨어진 의자가 못마땅한지 앉아 있는 자신의 다리를 툭툭 두드리며 지원을 불렀다.

"오빠 다리 아파요. 그냥 여기 있을게."

"당장 소파부터 주문해야겠다. 거실에서도 같이 안고 차 마시게."

"사지 마요."

"아냐. 넓은 걸로 사야겠어. 푹신한 걸로."

"나 안고 싶어요? 올라갈까?"

기분 좋게 잔을 들어 올려 차를 한 모금 마시는 현민을 지그시 보는 눈빛으로 바라보는 지원의 입에서 나온 말이 현민의 귓가를 때렸다.

"……."

입가에 올려져 있던 잔이 천천히 아래로 내려졌다. 아무 말도 못하고 눈이 둥그렇게 변해 입만 살짝 벌린 채 굳어졌다가 서서히…… 아주 서서히 현민의 얼굴에 미소가 번져 가기 시작했다.

"지원아."

언젠가부터 지원은 현민을 만날 때마다 포옹이나 더 깊은 스킨십도 망설이지 않았지만, 그래도 그 시작은 늘 현민이 먼저였다.

그랬는데, 지금 지원이 말하는 것은…… 먼저 사랑을 나누자 하는 것은 곧 '사랑한다'라는 고백으로 받아들이겠다던 현민의 말처럼 그녀가 하는 첫 번째 사랑 고백인 셈이었다.

'그런데 만약, 네가 부끄러워서 말 못하는 거라면…… 마음은 이미 다 왔는데…… 말이 안 나와 내게 표현하지 못하는 거라면 그땐 날 안아 줘. 날 원한다는 눈빛, 내게 먼저 보여 주는 날엔…… 네 마음, 내게 다 왔다고 생각할게.'

벌써 오래전, 차 안에서 안은 뒤로 처음이었다. 완벽히 자신에게 사랑을 고백한 지원 때문에 심장이 터질 듯 뛰는 현민은 갑자기 거칠어진 숨을 몇 번이고 내쉬어야 했다.

지원은 조금 창피한지 긴장한 것 같은데. 단단히 마음먹었는지 곧잘 입을 열었다.

"나 오빠한테 안기고 싶어요. 그런데 오늘은 전부 내 맘대로 할 거 야. 내가 하고 싶은 대로 하게 해 줄 거죠?"

'이렇게…… 마지막으로 한 번만 더 가질게. 그다음엔…… 그다음엔 욕심부리지 않고, 오빠가 있어야 할 자리로 보내 줄게요.'

"어. 뭐든, 뭐든 다 해."

"나, 오늘은 다 받아 줘요. 나도 용기내서 하는 거니까 이상하게 굴 어도, 창피 주지 말고."

"이상하게 생각 안 해. 너랑 난데 뭘 이상하게 생각해. 안 그래."

"……오빠."

"어?"

"차 마시고, 영화 좀 보다가 우리 이 층 올라가요."

"……."

말이 끝나고도 현민이 대답이 없자 지원은 그의 눈을 똑바로 쳐다보 다가, 잠시 뒤 느릿하게 흘러나오는 말에 눈매를 곱게 접어 웃었다.

"꼭 그래야 돼? 지금 올라가면 안 돼?"

사랑스러운 남자. 이 남자를 품을 수 있는 날이 더 이상 남아 있지 않 았다.

눈물이 나올 것 같아, 슬픔이 담긴 눈동자를 들키고 싶지 않은 지원 은 대답 대신 현민에게 다가가 눈을 감고 입술을 부딪혔다.

말없이 다가선 지원을 끌어안고 오늘따라 자주 보이던 작은 등을 쓸 어내리며 의자에서 일어난 현민은, 품에 안긴 지원의 다리를 자신에 허 리에 감아 들어 올린 채, 이 층으로 걸어 올라가기 시작했다.

움직이는 현민을 걱정해서인지 입술을 떼어 낸 지원은 그의 어깨에 머리를 기댄 채 옷깃 사이로 드러난 피부에 쉼 없이 입을 맞췄다.

단단한 근육 위를 한 겹 덮고 있는 피부에 입을 맞추고 혀로 쓸어내리며 가끔은 고약한 장난처럼 살짝 이로 깨물기도 했고, 아프기는커녕 간지럽다는 듯한 현민의 그르렁거리는 낮은 웃음소리가 들리면 고개를 살짝 들어 귓불을 빨아 댔다.

전에 없이 과감한 지원의 움직임에 현민의 숨소리는 계단을 다 올라가기도 전, 있는 대로 거칠어졌다. 몸이 맞닿아 있는 가슴팍과 지원의 엉덩이와 허리를 받치고 있는 현민의 손에서 뜨거운 열기가 전해져 오기 시작했다.

키스만으로도 달아오른 두 연인의 몸은 서로의 숨결을 찾아 다시 맞물려졌고, 방 안에 들어와 침대에 함께 누워 버린 두 연인은 서로만이 존재하는 양 더 안지 못해, 더 가까워지지 못해 화를 내는 것처럼 서로를 부여잡고 몸을 밀착하기 시작했다.

뜨거운 입안, 거칠어지는 숨을 더 이상 참지 못해 벗어나듯 현민의 입을 밀어냈다가도, 다급히 숨을 들이쉰 뒤, 잠시 떨어졌던 순간도 아까운 듯 달려드는 지원의 모습에 현민은 흥분을 이기지 못하고, 지원의 옷을 급하게 벗겨 내리기 시작했다.

"아흣."

맨살끼리 닿기만 해도 전류가 흘렀다. 끌어안아 비벼 대기만 해도 눈앞이 하얗게 변했다.

방 안 가득, 그가 사다 둔 꽃다발에서 퍼져 나온 장미향이 신음하는 지원의 폐를 타고 몸안 깊숙이 스며들었다. 밤이 깊어진 방 안. 불 켜진 적 없는 그 방엔, 뜨겁게 달아오르는 두 연인이 서로를 가지려는 몸부림치는 뜨거운 욕망만이 자리하고 있었다.

"더 자요. 괜찮아."

이제 막 잠에서 깨어나려 실눈을 떠 올리던 현민의 몸에 가늘고, 부드러운 두 팔이 감겨왔다. 지난밤을 하얗게 지새우며 둘이 한 몸이 되었던 탓에 그녀도 방금 잠에서 깨어났는지 목소리가 착 가라앉아 있었지만, 여느 때처럼 따뜻하고 포근한 체온에 현민은 그녀의 말대로 다시 눈을 감았다.

"으음……. 지원아."

머리를 끌어당겨 제 가슴에 부드럽게 안아 드는 지원의 품으로 현민은 망설임 없이 몸을 가까이 붙이며 안겨 들었다. 말캉거리는 벗은 가슴에 얼굴을 묻고 있자니, 지원을 쉬게 해 주려던 생각이 조금씩 약해지기 시작해, 현민은 정면으로 안긴 얼굴을 조금 옆으로 틀어 옆얼굴을 가져다 댔다.

"거기. 오빠 자리, 잘 있는 것 같아요?"

"흐흐흣…… 그래. 아주 잘 있는 것 같다."

제 가슴에 내 자리를 만들어 놓은 여자. 사랑하는 여자의 가슴에 제 자리가 있다는 것이 남자로서 얼마나 뿌듯한 일인지. 현민은 눈을 감고 부드러운 지원의 가슴에 얼굴을 부비며 기분 좋은 미소를 지었다.

마치 약한 지원의 힘만으로는 자신이 원하는 만큼 가까워질 수 없는 것처럼 제 팔로 지원을 꼭 끌어안으며, 달큰한 살 냄새와 엷게 남은 잠기운에 다시 취해 갔다.

선 굵은 건장한 남자의 몸이 그 몸의 반쪽이나 될까 싶은 가녀리고 하얀 여자의 가슴에 머리를 묻고 안겨 있는 모습은 평화롭고, 아름다웠다.

그들이 얇은 하얀 시트를 반쯤 두르고 누워 있는 침대 위로 바닷가를 향해 돌출된 유리벽을 통해 환한 아침 햇살이 거침없이 쏟아져 들어오고 있었다.

그를 안은 채 유리창에 막혀 소리 한 점 새어 들어오지 않는 저 먼 파도가 하얀 포말을 일으키며 밀려 들어왔다, 쓸려 나가는 모습에 시선을 두고 있던 지원의 눈에는 아무것도 담긴 것이 없었다.

밤새 두 사람이 엉켜 움직인 탓에 빳빳하게 풀 먹여 사그락거리던 하얀 시트도 소리를 잃고 부드러워져 있었고, 그 안에서 따뜻한 맨살을 맞대고 두 다리를 깊숙이 얽고 있는 젊은 몸의 주인들도 이젠 소리 없이 고요하게 멈춰져 있었다.

그때, 지원의 팔이 천천히 그의 머리를 향했다. 정지된 화면이 아닌 것을 알려 주려는 것처럼 흐트러진 그의 머리카락을 한 올, 한 올 쓸어 넘기고 있는 그녀의 표정에는 흔들리기 시작한 눈동자처럼 얇게 얼은 얼음이 곧 깨어질 듯 위태로워 보였다.

"지원아."

"응?"

보드라운 가슴에 얼굴을 묻고 있는 현민의 귓가에 지원의 비음이 꿈결처럼 들려왔다.

"참 좋다."

"……좋아요?"

"음, 좋아. 여기 계속 이러고 있었으면 좋겠다. 네 품에, 매일 이렇게 안겨 있었으면 좋겠어."

"……그만 자요. 안아 줄게."

아무런 말없이 순간을 새겨 넣으려는 지원은 고개 숙여 그의 머리카락에 뺨을 비비듯 파묻었다. 자장가처럼 부드러운 목소리로, 그만큼 따뜻한 입김으로 그의 정수리에 제 마음을 마음으로 전해 주었다.

'잘 자요. 언제나 편안하게. 내가 없어도 지금처럼.'

자신을 깊이 안아드는 지원의 몸짓을 느낀 현민이 지원의 가녀린 몸통을 힘주어 안았다.

언젠가 그가 이렇게 안을 때 지원은 숨 막힌다고 뼈가 부러지는 것 같다고, 팔을 때리곤 했었는데, 오늘은 싫다 하지 않고, 그가 바라는 대로 함께 더 깊이 안으려 제 나름 가는 팔에 힘을 주고 있었다.

"지원아."

"응?"

"나…… 네 마음 고백받은 거라고 생각한다."

“뭘……?”

“네가 먼저 날 안고 싶다 한 거. 내가 전에 말했었잖아. 언제가 네가 날 먼저 청하면 난 네가 날 사랑한다는 뜻으로 알겠다고. 기억하지?”

“……기억해요.”

“그러니까. 난 어제 너한테 고백받은 거야. 그렇지?”

아스라한 통증이 가슴 깊숙이 밀려 들어오기 시작했다. 떨리는 목소리가 새어 나오지 않기를.

“……내 마음. 전부터 알지 않았어요?”

“푸훗…… 알았어. 알지만. 확인하니 행복하고 좋다.”

정말 행복한 듯 환한 웃음소리를 내는 현민을 보며 지원은 저도 모르게 되묻고 있었다.

“……나 때문에 행복해요? 내가 표현해서?”

“그럼.”

“얼마나?”

“세상이 다 내 것인 만큼, 더 바랄 것이 없을 만큼…… 앞으로 무슨 일이 있어도 다 이겨 낼 수 있을 만큼, 행복해.”

부드러운 느낌을 음미하듯 그의 머리카락을 쓰다듬던 지원의 움직임이 멈췄다. 그리고, 천천히 그의 말을 따라 했다.

“다 이겨 낼 수 있을 만큼?”

“나한텐 네가 힘이고, 휴식이고, 사랑이니까.”

지원은 망설임 없이 말하며, 감긴 눈으로 미소 짓고 있는 그를 내려다보았다. 그는 뺨에 닿는 부드러운 온기에 취해 아련한 꿈속을 거닐듯 나른한 표정을 짓고 있었다.

‘다…… 이겨 낼 수 있을 만큼…….’

지원은 천천히 눈을 감았다. 그에게 들키지 않을 정도로만 숨을 깊이 들이쉬며, 심장부터 뻐근해져 오는 통증이 가슴을 지나 어깨를 타고 사지로 흩어지는 고통을 티 내지 않으려, 이를 악물었다.

자신을 감고 있는 현민의 팔을 풀어내며 그를 반듯하게 눕힌 지원이 좀 더 편하게 그의 얼굴을 쓰다듬었다.

"난 오빠가 밝고, 열심히 일하고…… 과거에 파묻히지 않는 그렇게 멋진 사람이었으면 좋겠어요. 그래 줄 수 있죠?"

"음. 그래."

현민의 미소는 곧 멈춰졌다. 부드럽게 자신의 몸 위로 오르고 있는 지원의 모습에, 주저 않고 제 입술로 다가오는 그녀의 입술에 그의 여유로운 표정은 곧 열기 속으로 사라졌다.

며칠이나 물을 마시지 않은 사람처럼 그의 입술을 파고드는 지원의 혀를 현민은 자연스레 입술을 벌리며 맞이했다.

곧장 안으로 파고든 지원은 그를 마시고, 과감하게 혀를 움직이며 더 깊은 결속을 위해 고개를 꺾어 들었다. 자극적인 지원의 몸짓에 숨이 가빠진 현민은 맹목적으로 저를 탐하는 그녀의 감은 눈에 시선을 고정했다.

"지, 지원아."

그녀는 잠시간의 떨어짐도 마음에 안 든다고 말하는 것처럼 미간을 찌푸리며, 다시 그의 혀를 휘감아 왔다.

몽환적인 표정만큼이나 뜨거운 그녀의 혀가 놀리듯 신음을 흘리며 그를 빨아 당겼다. 그러나 뜨거워진 몸으로 그가 움직이려고만 하면, 아직은 아니라는 듯 살짝살짝 뒤로 물러나는 그녀 때문에 현민은 지원을 탐할 수가 없었다.

현민이 멈추자 지원이 다시 그의 입술을 핥고 윗입술과 아랫입술을 살짝살짝 깨물어 가며 부드럽게 빨아 댔다. 보드라운 그녀의 혀가 그의 치아 결을 훑고, 그의 뜨거워진 입김도 모두 빼앗아 삼켰다.

서로의 입술이 그의 것인지 그녀의 것인지 모를 타액에 젖어 더 촉촉하고 은밀한 느낌으로 변해 갔다.

가빠 오는 숨결, 다급해지는 서로의 손길. 벌거벗은 몸이 조금의 틈도 허용치 않고 맞붙어 있고, 점점 더 뜨거워지는 피부가 서로의 체온을 높였다.

서로의 입술을 탐하기 위해, 보드랍고 촉촉한 혀가 쾌락의 근원인 양 조금 더 깊이, 더 간절하게 매달려 들 때마다 어쩔 수 없는 신음이 새어 나왔다.

처음엔 감미롭게, 부드럽고 은밀하게 시작된 키스는 이제 뿌리 끝까지 빨아먹을 듯 거칠어져 있었다. 서로의 숨이 서로의 입안으로 흘러 들어갔다. 주지 않으면 뺏을 것처럼 무조건적인 탈취로 격해져 감아져 오는 혀와 신음으로 전해져 오는 서로의 쾌감 외엔 아무것도 느껴지지 않기 시작했다.

그가 그녀의 등을 안아 쓸어내렸다. 봉긋하게 솟아오른 가슴을 한 손으로 감싸 쥐고 부드럽게 자극하며, 뾰족하게 솟아오른 정점을 손가락으로 비벼 댔다.

그에 반응하듯 빨고 있던 그의 혀를 지그시 깨물며 신음하는 그녀를 보면서도 그는 손끝의 움직임을 멈추지 않았다. 엄지와 검지로 솟아오른 분홍빛 정점을 비벼 대자 지원의 몸이 비틀리기 시작했다.

"하아웃."

신음과 함께 떨어져 나간 그녀의 입술을 되찾기 위해, 그의 얼굴이 그녀를 쫓았다. 그가 내민 혀를 길게 빨아들이는 지원의 얼굴은 어느새 붉디붉어져 있었다.

제 혀로 그의 혀끝까지 쓸어내린 지원은, 그가 그녀의 입안으로 깊숙이 들어와 작은 혀를 빼앗아 가자 고개를 꺾어 올려, 더 깊이 그의 안으로 들어가려 했다.

서로가 지지 않을 것처럼 서로의 혀를 가지고 빼앗고 되돌려 주는 사이 누구의 것인지 모를 비릿한 피 맛이 느껴졌다. 그의 것인지, 그녀의 것인지 모를 흐릿한 피 맛에 그가 눈을 떴다.

"지원아."

"……."

지원은 대답 없이 그의 입술을 다시 막았다. 아무 말 말라는 듯 그의 입술을 막고서 고개를 흔들었다. 아주 작고 짧은 움직임으로도 그는 그녀의 뜻을 전해 듣고, 다시 키스에 몰입해 갔다.

모든 것을 잊어 가는 그에게서 그녀가 천천히 입술을 떼어 내더니 혀로 그의 까칠거리는 턱을 부드럽게 쓸었다.

"난 오빠 수염이 늘 신기했어요."

유혹하듯 은밀하고 낮은 지원의 목소리가 촉촉하게 젖어 그의 귀에 들려왔다. 그의 대답을 바란 것은 아닌 듯 그가 무어라 말하기 전에 그녀는 그의 귓가로 입술을 가져갔다.

"이렇게 오빠가 혀로 핥아 줄 땐, 온몸에 전기가 흐르는 것 같아 좋았어요."

그녀는 그의 동그랗고 통통한 귓불을 살짝 잡아당기며 빨다가, 귓바퀴 사이에 혀끝을 얹고 간지럽게 핥아 주었다. 그러고는 그의 목을 꼭 감아 안았다 떨어지며, 그의 귀를 따라 손끝을 내려 목선까지 쓰다듬었다.

"그리고 여기. 오빠가 일부러 그랬는지는 모르지만 언젠가 여기에 키스 자국이 남았던 적이 있었는데, 그래서 나도 언젠가는 오빠한테 그런 자국을 남기고 싶었어요. 해도 돼요?"

지원이 부드러운 손끝으로 그의 목을 쓰다듬으며 눈을 마주쳐 오자, 그가 흥분으로 잠겨 버린 목소리 대신 마른침을 삼키며 고개를 끄덕여 주었다. 지원이 웃었다. 허락을 받은 그녀의 고개가 숙여지자, 바로 누워 있는 그의 눈에는 그녀의 내려뜨려진 머리카락만 보일 뿐 그녀가 얼굴을 감춘 뒤 얼마나 애절한 표정으로 키스하는지는 보지 못했다.

보드라운 입술이 그의 길고 탄탄한 목에 깊은 키스를 남겼다. 살짝 빨아들이는 듯하다가 혀로 핥고, 입안에 가둔 그의 피부를 혀로 동그랗게 굴리며 맛을 보았지만 그녀는 그의 목에 피멍을 남기지는 않았다.

지원은 그의 쇄골을 따라 어깨까지 손끝으로 쓸어 만지며, 단단하게 발달된 근육을 느꼈다. 한 손으로 그의 넓은 어깨를 꼼꼼하게 보고 또 보았다.

"난 오빠 어깨가 참 좋아요."

"왜?"

"멋있잖아. 믿음직하고."

푸훗, 웃음을 터트리는 현민의 눈을 바라보던 지원은 고개를 숙여 그의 어깨부터 길고 굵은 팔을 따라 손목까지 키스하며 내려갔고, 그의 눈을 마주 보고는 손바닥을 들어 올려 손가락 하나하나에 입을 맞추며 미소 지었다.

"날 귀하게 대해 준 이 손도 고마웠고."

"그랬어?"

"응. 늘…… 다…… 고마웠어요."

지원이 잡고 있던 그의 손을 내려놓고서 그의 가슴 위로 몸을 내리며 말했다.

"오빠."

"음?"

"내가 말 안 해도 내 마음 다 알죠? 내 입술로도 내 마음, 다 느낄 수 있죠?"

현민은 그렇게 말하는 그녀가 귀여운지 그녀의 뺨을 쓸어내리며 대답했다.

"음, 알아."

지원은 그의 얼굴 가까이로 다가와 입을 맞췄다. 부드럽게 한 번, 느릿하게 두 번…… 그러고는 그의 눈을 한참 동안 들여다보다 고개를 천천히 아래로 내렸다.

근육으로 각진 가슴에 입을 맞추고 작고 단단하게 자리 잡은 그의 정점을 혀로 핥았다.

"하아……."

위에서 들려오는 나지막한 숨소리를 들으며, 그가 그녀에게 하는 것처럼 혀끝에서 느껴지는 그의 딱딱한 정점을 입술로 빨고, 혀로 핥았다. 현민의 가슴이 점점 더 크게 들썩이기 시작하자, 지원은 손을 내려 조금씩 아래로 내려갔다.

흥분으로 달아오른 자신의 뜨거운 뺨을 느끼며 그의 가슴에, 그의 배꼽에 볼을 부비며 키스했다. 그녀의 뜨거운 숨결과 입술이 그에게 닿아 아래로 내려갈 때마다, 그녀의 부드러운 가슴이 그의 배꼽을 지나 더 아래로 내려가 그의 몸과 스칠 때마다 그의 근육이 움찔하며 떨리는 순간이 점점 잦아졌다.

이미 태양이 완전히 떠올라 환한 햇빛 아래서, 전면이 통유리로 이루어져 햇빛 한 점 막아 내지 못하는 그곳에서, 지원은 그와 자신의 하체를 감싸고 있던 얇은 하얀 이불을 걷어 냈다. 넓은 하얀 시트 위에 바로 누운 그의 몸과 그의 다리 사이로 미끄러져 내려가는 지원의 몸이 햇빛 아래 온전히 드러났다.

그의 다리 사이로 자신의 몸을 끌어내리면서 지원은 고개를 들어 흥분해 달뜬 얼굴로 그의 눈을 마주 보았다. 햇빛에 완전히 드러난 그녀의 몸과 대담함에 넋 놓고 바라보던 현민은 지원의 눈과 마주치자, 그녀의 수줍음 덜어 주기 위해 눈을 감았다.

"나 봐요."

그녀의 소리에 놀라 다시 눈 뜬 그의 눈을 흔들림 없는 그녀의 눈이 맞이했다.

"나도 창피하지만, 지금은 오빠가 날 봤으면 좋겠어."

놀란 눈빛으로 가만히 있는 그의 아래쪽으로 지원이 얼굴을 디밀어 허벅지 안쪽을 핥았다.

그의 무릎에 그녀의 가슴이 닿았다. 그가 눈으로 보면서 더 강하게 자극받고 있듯이, 그녀는 눈을 감고서 점점 그에게 깊이 취해 갔다.

현민은 두 팔을 등 뒤로 지지하여 상체를 세워 앉아 지원을 내려다보았다. 눈을 꼭 감고, 붉게 상기된 얼굴이 혀를 내밀어 작은 두 개의 주름진 주머니를 위로 핥아 올리는 것이 보이고, 느껴졌다.

"후우……."

"좋아요?"

여전히 눈을 감고서, 낮고 느릿한 음성으로 당돌하게 묻는 여인을 보며, 현민은 도저히 그녀가 그가 아는 쑥스러움 많은 지원이라고 생각할 수 없었다.

"어…… 하아…… 좋아……. 지원아…… 흐흡!"

딱딱한 기둥에 촉촉한 속살을 닮은 혀가 휘감기자, 지원의 머리에 손을 올려 쓰다듬고 있던 현민은 신음과 함께 눈을 감고 고개를 젖혔다.

지원은 혀를 위로 올려 뜨겁고 단단하게 커져 있는 그의 몸을 육감적으로 핥아 올라갔다. 혀끝으로 전해지는 보드랍고 얇은 피부는 불덩이처럼 뜨거워져 있었다.

혀끝으로 맥박이 느껴질 만큼 강한 맥동이 그곳에서 느껴졌다.

"늘 묻고 싶었어요. 내가 어떻게 해야 오빠가 더 좋은지."

"네 맘대로 해, 나는 그게 좋아."

잠겨 있는 탁하고 거친 목소리가 들려왔지만 지원은 고개를 흔들었다.

"가르쳐 줘요. 나도 오빠처럼 기분 좋게 해 주고 싶어."

지원은 그의 다리 사이에 무릎 꿇고 앉아, 그의 분신에 입을 맞췄다.

"흐음."

그의 몸 끝에 맺혀 있는 미끌거리는 액체를 혀끝로 맛보다, 입술을 모아 그의 분신 끝에 대고 살짝 빨아 당겼다. 혀를 내밀어 갈라진 그의 분신 끝을 할짝이고, 그의 짙은 신음 소리를 들으며, 입술을 벌려 딱딱한 분신을 천천히 빨아들였다.

"허……윽."

얇은 피부에 감싸인 딱딱한 그의 분신을 혀로 휘감았다. 거칠게 맥동하는 그의 팽창된 혈관을 혀끝으로 느끼며, 제 아랫배가 조여 오는 흥분에 그의 분신을 더 세게 빨아 당겼다.

"지원아……."

지원은 대답하지 않았다. 그의 분신을 입에 문 채로 붉어진 얼굴을 들어 올려 그와 눈을 맞췄다.

"하아……."

탄식 같은 신음성을 들으며, 분신을 입에서 놓아준 지원은 혀로 제가 남긴 타액을 핥아 주며 물어 왔다.

"도와줘요. 어떻게 해야 제일 좋은지 말해 줘요."

현민은 지원의 손을 잡아당겨 제 분신을 잡게 했다.

"이……렇……게."

기둥을 움켜잡은 지원의 손을 제 손으로 덮고서, 천천히 위아래로 오르내리게 만드는 현민의 호흡이 한층 더 거칠어졌다.

"좀 더 꽉 잡아."

지원은 그의 표정을 살피며 그의 말에 따라 좀 더 힘주어 그의 분신을 잡았다. 그의 분신을 손으로 감싸고, 또 그 손을 그의 손에 잡힌 채 부드럽게 움직이는 야릇한 느낌…… 지원이 또다시 질문했다.

"어디가 제일 예민해요?"

눈을 감고 있던 현민이 흥분으로 힘겨운 호흡을 내쉬는 사이, 피식 웃음을 터트리며 눈을 떴다.

"여기. 흠, 여기가 제일 예민해."

그가 이끄는 대로 부지런히 손을 움직이며, 그의 몸 끝부분을 내려다보는 지원이 말했다.

"다른 데는? 그럼 다른 데는 하나도 안 좋았어요?"

"하아……. 하아…… 아냐……. 다…… 좋았어……. 흐음……."

오늘의 지원은 그가 아는 지원이 아니었다. 그는 그녀의 눈빛을 보는 것만으로도 흥분되었고, 그녀가 건네 오는 말 한 마디만으로도 자극받아 심장이 터질 것처럼 거세게 뛰고, 온몸이 달아올랐다.

지원은 제 손을 감싼 그의 손이 점점 빨리 움직이려 하는 것을 느끼며, 그대로 고개를 숙여 그의 분신을 입에 넣었다. 혀에 느껴지는 단단함. 한 손으로는 그의 분신을 뿌리부터 감싸 쥐고 입안으로는 그의 몸 끝을 받아들여 쉼 없이 혀로 핥아 대고, 빨아 마셨다.

입에 고이는 것이 자신의 타액인지, 그의 몸에서 흘러나온 것인지 알지 못할 만큼 그를 모두 삼킬 것처럼 제 마음껏 가지고 자극했다.

지원의 손과 혀는 거칠 것 없이 움직였다. 처음엔 그의 분신을 입에 문 채로 한 팔을 뻗어, 그의 등과 허리를 한 팔로 감싸 안아 제 얼굴을 들이밀며 그를 당겨 댔고, 조금 더 익숙해지자 그의 다리 사이에 엎드려 분신을 문 채로 양팔 모두 그의 허리를 끌어안아 머리만 움직이기 시작했다.

그는 제 몸의 속도를 알려 주려 올려놓았던 그녀의 머리 위에서 손을 떼어 내고 온전히 그녀에게 몸을 내맡겼다. 그의 분신을 입에 넣은 지원의 고갯짓이 점점 더 뜨겁고, 율동적으로 변해 갔다. 그의 애액과 그녀의 타액이 뒤섞여 불기둥 같은 그 분신을 모두 적셔 내렸다.

지원의 머리 위에서 들려오는 거칠고 격해지는 현민의 호흡. 그가 이끄는 대로, 그의 몸이 원하는 대로 움직임을 맞추며 서서히 빨라지고 격해지는 그의 분신을 입으로 받아 내던 지원의 입안이 얼얼해질 때쯤, 한두 번 감당할 수 없도록 목 끝까지 깊이 파고드는 그의 분신이 느껴져 숨이 막힐 것 같았을 때, 그녀는 갑자기 자신의 머리를 두 손으로 붙들어 올리는 손에 이끌려 위로 당겨졌다.

뜨겁고 얼얼한 지원의 입안으로 그의 혀가 거칠게 밀고 들어왔다.

아직 그녀의 입안 가득 남아 있는 비릿하고 몽롱해지는 그의 냄새, 그의 흥분과 그녀가 맞닿았던 냄새가 연하게 느껴지는 깊은 키스. 지원의 입안에 남겨진 제 것을 모두 핥아 주듯 온 입안을 쓸고 빨아 대는 그에게서 입을 뗀 지원이 그를 바라보았다.

"끝까지 가요."

"안 돼……. 하아……."

"왜요."

"내가 거칠어져. 안 돼. 이리 와."

"싫어."

지원은 잡아당기는 그의 팔을 밀치며 그의 다리 사이로 미끄러져 내려가, 단번에 그의 분신을 입에 넣고, 또다시 두 팔을 그의 허리 뒤로 둘러 끌어안았다.

지원의 팔을 떼어 내고 다시 위로 올리려는 현민의 팔 힘에 지원이 그의 분신을 입에 문 채로 고개를 세게 가로저었다.

"지, 지원아!"

그 순간에도 계속되는 지원의 애무에 현민은 결국 지원의 팔을 잡고 있던 손을 놓고, 지원의 머리를 양손으로 감싸 잡았다.

"크흣."

제 분신을 조이며, 빨아 당기고, 혀로 비비고, 휘감는 지원의 움직임에 현민의 호흡이 가빠 올랐다. 지원이 제 가슴을 그의 허벅지에 비벼 댔다. 본능만이 살아 그를 원하는 지원의 움직임에 현민은 엉덩이를 쳐 올렸다.

"하흑, 지원아."

그의 허리를 양팔로 꽉 끌어안고 있던 지원의 팔에 더 강한 힘이 들어갔다.

"으윽, 지원아! 크흐흑……."

뜨거운 것이 목젖을 치고 목 안으로 흘러 넘어갔다. 채 넘기지 못하고 그의 분신만 물고 있는데도 그의 몸에서 흘러나온 그의 것은 반쯤 지원에게 삼켜지고, 또 반쯤은 지원의 입안에 고여 마지막 절정의 여운에 떨고 있는 그의 분신과 함께 지원의 입안에 머금어 있었다.

지원은 천천히 입을 뒤로 빼내며 입술로 그의 분신에 묻은 액들을 모두 제 안으로 삼켰다.

꿀꺽 넘어가는 비릿한 오묘한 맛에 싫은 건 아니면서도, 코끝이 찡그려졌다.

"하아……하아…… 지, 지원…… 삼켰어?"

지원이 입술을 꼭 다물고, 배시시 웃으며 고개를 끄덕였다.

"그걸…… 지원아."

부풀어 오른 입술을 닦아 내는 지원의 손을 그가 잡아 내렸다. 지원은 다시 한 번 제 입안에 남은 여운을 삼킨 뒤, 입을 열었다.

"좋았어요?"

"……맙소사."

현민은 지원을 끌어안아 제 옆자리로 끌어 올렸다. 지원을 무작정 침대로 끌어올려 눕히고는 그녀의 작은 얼굴을 두 손으로 부여잡고서, 뭔가 일을 저지를 것처럼 흔들리는 눈빛으로 지원을 내려다보았다.

"넌, 내 거야. 그렇지?"

한 번도 그런 그의 눈빛을 본 적 없는 지원이, 놀라 굳어 대답도 못하고 그대로 그와 눈빛만 마주치고 있자, 현민은 그녀의 어깨와 목 사이에 입을 박고, 아프도록 빨아 당겼다.

"아!"

현민은 지원의 신음에도 아랑곳하지 않고, 하얀 살결에 새빨간 자국을 남기며 아래로 내려가기 시작했다. 커다란 손으로 얼굴을 쓸어 만지고 비단결 같은 목선을 지나 흥분으로 탱글거리는 두 개의 가슴을 부여잡고 힘주어 주물럭거리다, 한쪽 가슴을 거칠게 입안으로 빨아 삼키며 흥분으로 뾰족하니 일어선 연분홍색 꼭지를 혀로 굴려 댔다.

온통 그의 타액이 발라져 번들거리고 꼿꼿하니 솟아오른 정점은 그의 혀끝으로 비벼지다 흡 하고 빨아들여져 거세게 빨리고, 잘근거리는 이에 깨물려, 지원을 신음하게 했다.

아파하면 혀로 애무하고, 또 거칠어지면 또 잇자국을 내는 그의 손길은 더 이상 자상하지 않았다.

"오빠!"

"가만있어."

현민답지 않은 거친 움직임과 강압적인 목소리, 혀끝까지 불처럼 뜨거워진 그의 흥분이 거친 애무가 되어 그녀에게 내려앉았다.

흥분으로 저절로 꼬아진 다리 사이를 그의 단단한 허벅지가 파고들어 벌리고, 그의 커다란 손이 그녀의 까칠거리는 숲을 헤집고 들어와 미끌거리는 꽃길에서 흘러넘친 애액을 손가락에 묻혀 볼록하니 부풀어 오른 작은 알갱이를 비벼 대기 시작했다.

입으로는 그녀의 가슴을 빨아 당겨 혀끝으로 베어 낼 듯 누르고 깨물면서, 다리 사이를 파고든 손으로는 작은 알갱이를 이리저리 흔들듯 원을 그리며 비벼 대다, 힘주어 꾹 눌러 댔다.

"으흣!"

온몸이 마구 비틀리며, 거친 숨소리 사이 야릇한 신음을 내뱉어도 그의 움직임은 부드러워지지 않았다.

"아훗! 오빠!"

그의 애무가 유도하는 대로 그녀의 몸은 흥분과 쾌감에 반응하여 몇 번이고 휘어진 몸이 하늘로 튕겨 올라갔다. 허벅지가 젖어 그의 손가락과 손바닥까지 모두 적시고, 다리는 그를 향해 크게 벌어졌다.

"느껴."

"흐흡!"

저절로 감긴 눈으로, 얼굴을 찡그려 쾌감에 집중하던 지원의 눈이 한순간 크게 뜨였다.

"옵······."

"나야, 괜찮아."

몸 깊은 곳으로 미끄러지듯 파고 들어온 그의 손가락. 지원을 내려다보며 다시 흥분한 눈빛으로 깊은 곳에 손을 밀어 넣고 있는 그의 움직임이 지원의 머릿속을 하얗게 만들었다.

'이래도 되나? 이럴 수도 있나? 그런데, ……좋아.'

뜨겁게 그를 기다리던 곳이, 너무 원하는 마음에 뜨거운 아지랑이가 피는 느낌이던 곳에 그의 손가락이 파고들자, 지원은 만족감에 고개를 젖혔다.

그녀를 파고드는 그의 손가락을 느끼며 다리를 더 벌려, 손을 내리고 그의 굵은 팔목에 제 손을 얹었다. 그의 손이 파도처럼 움직였다. 머리를 가로저으며 입술을 깨물어도 그가 주는 느낌은 사라지지 않았다.

"내가, 내가 해 주려고…… 하아, 그랬는데. 아하웃."

온전히…… 지금까지 받은 모든 것을 그에게 돌려주고 싶었던 지원은 오늘도 그의 애무에 완전히 항복하고 말았다.

온몸에 현민의 입술이 지나가고, 몸 여기저기 거친 그의 입술이 지나간 자리마다 남겨진 붉은 피멍울 자국. 그런 자국이 남도록 세게 빨려진지도 모를 만큼 온몸이 흥분으로 달아올라 떨고 있던 지원은 깊은 곳을 빠져나가는 손가락의 느낌에 참았던 숨을 토해 내다, 다시 깊은 곳에서 느껴지는 물컹하고 뜨거운 혀에 온몸을 조였다.

"아웃…… 하아…… 오빠!"

볼록하게 부풀어 오른 정점을 단단하게 힘주어 세운 혀끝으로 내찌르듯 누르며 베어 내는 촉촉하고 은밀한 혀의 움직임에 지원은 신음했다.

그를 맞아들이기 위한 깊은 꽃길이 가늘게 경련하기 시작했다. 투명한 액체는 이미 넘치고 넘치도록 흘러내려 시트를 적셨다.

꽃잎을 핥아 올리며 흐르는 애액을 모두 빨아 마시는 현민의 혀에 그녀의 깊은 몸은 자꾸만 더 강하게 수축하며 움찔거리기 시작했다.

그 떨림을 예민한 혀로 느낀 그가 잔인하도록 장난스런 미소를 머금고서 그 사이를 비집고 더 깊이 머리를 디밀었다.

길게 혀를 내밀어 꽃길을 파고 들어가 바들거리는 속살을 핥으며 흥분으로 떠는 그녀를 달래 주었다. 그러나 너무나 직접적이고 혼을 앗아가는 자극으로 인해 그녀의 하얀 엉덩이는 억누를 수 없는 움직임으로 더 야릇하게 들썩이기 시작했다.

"제발, 오빠! 아흥."

견딜 수 없는 흥분으로 몸을 휘는 여인의 입에서 제발이라 외치는 웅얼거림이 들려오기 시작했을 때 그의 든든한 연인도 이성의 한 자락을 내려놓고 광기 어린 흥분을 터트리며 더 세게 그녀를 빨아 당기기 시작했다.

"아, 아아, 어떡해. 오빠! 아흥."

어깨를 붙잡아 끌어당겨도 꿈쩍도 않는 그의 어깨를 원망스럽게 때려 봐도 그는 움직여 주지 않았다. 쾌감만을 좇아 이제는 다급하게 손을 뻗어 현민의 분신을 잡아 보려 해도 그는 잡혀 주지 않았고, 그의 분신을 잡으려 했던 지원의 손을 허공을 떠돌다 그녀의 청을 들어주지 않고 도리어 더 깊이 꽃길로 혀를 밀어 넣는 현민의 고갯짓에 시트를 움켜잡았다.

"같이! 같이! 제발! 흐흑."

눈물을 흘릴 정도로 흥분한 지원이 그의 어깨를 밀어내며 몸을 비틀었다. 현민이 고개를 들고 지원의 눈물을 닦아 주려 하자, 지원은 고개를 저으며 그의 분신을 향해 고개를 내려 입에 머금었다.

처음 만난 그날처럼. 서로의 몸을 거꾸로 보며 깊은 곳을 향해 자연스레 머리를 파묻어 버린 연인들. 뜨거운 그들의 몸만큼 방 안 공기까지 달아올라 온 방은 뜨거운 열정으로 채워져 갔다.

"아흑!"

"……흐윽."

"오빠! 제발."

크게 내지르는 신음도 참지 않고, 부끄럽게 여겨지지 않게 된 그들의 애무는 점점 더 거칠어져 갔다. 그녀가 재촉해도 그는 자신의 혀가 분신인 것처럼 혀로만 지원을 자극했고, 그때마다 몸을 휘며 전율하던 지원은 지나친 쾌감에 입에 물었던 그의 분신을 놓치고 가쁜 호흡만 내쉬었다.

그러다 그가 지원의 꽃잎 속 작은 알갱이를 빨아들이면, 지지 않으려는 것처럼 그녀도 다시 그의 몸 끝을 세게 빨아 당겼다.

그의 입에서 신음 섞인 날숨이 터져 나왔다. 쾌락을 주고받는 전쟁 같아진 애무. 어느 순간 머리를 들고 그의 몸에서 떨어져 나온 지원이 그의 손을 잡고 일으켰다.

"오늘은…… 하아…… 내 맘대로잖아. 하……아……."

상기되어 홍조를 띠는 두 뺨, 쾌락에 취해 반쯤 풀려 몽롱해진 야릇한 눈빛. 현민은 까맣게 깊어진 눈으로 고개를 끄덕였다.

지원은 앉아 있는 그의 두 무릎을 세워 벌리며 똑같은 자세로 그 사이로 몸을 가깝게 다가갔다.

해가 높이 떠올라 환한 대낮 같아진 방 안, 그 태양보다 더 뜨거워진 두 연인이 깊은 곳을 드러내 다리를 벌리며 벗은 몸을 마주했다.

지원이 연인의 탄탄한 허벅지 위로 제 다리를 들어, 허리 옆으로 내려놓은 뒤 손을 뻗어 하늘을 향해 서 있는 현민의 분신을 잡아 쥐었다.

뜨겁게 고동치는 그의 분신을 쓸어 만지다 천천히 제 몸을 그에게 가까이 가져다 댔다.

"하아…… 하아……."

"지원아."

제 몸을 다 보이며 다가오는 지원으로 인해 말문이 막힌 현민이 그녀의 깊은 몸에서 눈을 떼지 못하며 대답했다.

"오빠 차례예요. 하아……하아…… 조금만, 조금만 들어와요, 천천히 하아……."

현민이 그녀의 말대로 제 분신을 천천히 집어넣기 시작하자, 묵직하게 찔러 들어오는 충만감에 지원은 고개를 젖히며 신음했다. 현민과 똑같은 자세로 다리를 벌리고서 두 팔을 등 뒤로 받치고 앉아 있던 지원은 짜릿한 쾌감에 가슴을 가쁘게 오르내리며 전율했다.

현민이 그녀의 몸을 받쳐 주고 싶어 몸을 앞으로 당기자, 그의 분신이 조금 더 깊이 그녀 안으로 들어갔다.

"으흑. 가만…… 그만요."

고개를 완전히 뒤로 꺾어 내리며 크게 신음하다가 저도 모르게 속살을 조이며 살짝 들어온 그의 분신을 조이기 시작했다.

"으흐흑, 하…… 하…… 오빠…… 잠깐만."

이제 겨우 끝만 살짝 넣는 자극에도 온몸을 파르르 떨며 지독하게 흥분하는 지원을 본 현민은 거침없는 정열과 달뜬 표정에 자극받아 머릿속이 하얗게 변하는 것 같다.

그의 몸 끝이 뜨거운 그녀의 안을 느끼며 조금이라도 더 들어가고 싶다고 외치듯 터질 듯 단단해져 불끈거렸다.

"하, 지원아. 너 왜……."

오늘은 지원의 뜻에 따르기로 한 날이었다. 또 어떤 행동을 할지. 이젠 정말 예측할 수 없는 지원의 행동이 그의 흥분을 부추기고, 부드러운 애액이 조금만 몸을 내밀면 뜨거운 길로 깊이 들어가도록 길을 내주고 있는 상황에서 욕망을 억제하기란 쉬운 일이 아니었다.

더군다나, 흥분해서 들썩이는 지원의 가슴과 요동치는 제 분신을 유혹하듯 부드럽게 조여 오는 그녀의 속살을 외면하기란 고행과 마찬가지여서, 그의 눈빛은 뜨겁게 일렁이고 있었다.

"보여? 들어오는 거, 다 보여요?"

"……보여."

현민은 이를 악물고 겨우 한 마디로 답했다. 금방이라도 제 맘대로 움직여 그녀에게로 파고들 것 같은 욕정을 겨우 참아 내고 있는 자신을 충동질하는 것인지, 불끈거리는 녀석을 얌전하게 하느라 진땀 나는 상황에, 보기만 해도 미칠 것 같은 그녀의 속살을 다 보고 있냐고 묻다니.

"나. 하아…… 나도 볼래."

"……?!"

"오빠, 가만있어요."

혈관이 터져 나갈 듯 불끈거리는 분신이 돌덩이처럼 딱딱해지는데, 말로는 가만히 있으라면서 꽃길로는 그의 분신을 빨아들이는 요사스런 속살에 혼이 나갈 것 같아도, 지원이 참으라면 무조건 참아야 하는 게 오늘, 그들의 룰이었다.

지원은 잘 안 보이는지 허리를 구부려 결국 제 몸 안에 들어간 그의 몸을 분명하게 들여다보았다. 눈을 동그랗게 뜬 그녀가 고개를 들더니 놀랍다는 듯 눈을 마주쳐 왔다.

"오빠."

"지원아, 제발."

우린 이렇게 하나였어요.

그의 입에서 제발이란 소리를 처음 들은 지원은 달뜬 얼굴로 그를 마주 보며 환하게 웃었다.

"정말 예쁘다."

그 말에 답하듯 더 환하게 웃는 아름다운 지원을 바라보던 현민이 더 이상 참지 못하고 몸을 움직여 제 분신을 점점 더 깊게 그녀에게 집어넣었다.

이를 꽉 깨문 얼굴로, 이마와 옆얼굴에 땀방울이 흘러내리는 현민의 모습은 보는 것만으로도 뜨거웠다. 그의 턱은 조심스런 몇 번의 허리 움직임만으로 그녀의 몸에 완전히 들어선 뒤에야 긴장이 풀렸다.

서로의 까슬거리는 음모가 맞붙어 그녀의 몸이 그의 분신 뿌리까지 삼키도록 깊숙이 파묻자, 충만함이 서로의 몸을 감싸 왔다.

"으……흐훗."

"으…… 윽……."

완벽한 일체. 완전한 충족감에 크게 안도의 숨이 쉬어질 만큼 간절했던 서로의 몸이 합해지자, 허리를 움직이는 것이 아니라 단순하게 채워 넣고 비비고만 있는데도 참을 수 없는 쾌감이 몰려와 지원의 입에선 가느다란 교성이 새어 나왔다.

깊게 찔러 들어온 그의 몸으로 인해 지원은 뻐근함을 느끼면서도 다리를 더 크게 벌렸다. 더 깊게 맞물린 자극에 그의 입에서도 결국 외마디 같은 굵은 신음이 터지고, 그가 허리를 구부리는 자극에 그를 품은 그녀도 자지러졌다.

"흐윽……."

"하아아……."

천천히 그의 힘에 의해 맞붙은 몸이 흔들리기 시작했다. 정신없이 치받는 그의 힘을 이겨 내지 못한 지원이 뒤로 밀리자, 강인한 팔이 뒤로 넘어가려는 그녀의 허리를 감싸 붙들어 위로 들어 올렸다.

"어, 홋."

갑자기 들어 올려진 놀람을 다 꺼내기도 전, 빠져나가던 분신이 한순간에 쑤욱 강하게 파고드는 통에 지원은 숨도 못 쉬고 쾌감에 전율했다.

"하윽."

"흐…… 윽."

눈을 감고 허리를 휘며 충만한 표정으로 쾌락에 젖어 드는 지원의 모습에 현민은 급하게 지원의 가슴을 입에 물었다. 허리를 치받을 때마다, 위로 흔들리는 지원의 움직임 따라 색정적으로 흔들리는 가슴을 현민은 혀로 맛보고, 빨아 대며 쾌락에 젖어 들었다.

"내 맘대로 하는 날이라서?"

정말 좋아하는 믿음직한 어깨라 말했던 그곳에 두 팔을 올려 감싸 안고서 왜 자신을 위로 올렸냐고, 내 맘대로 움직이라는 거냐고 묻는 지원을 보며 현민이 부드러운 숨을 헐떡이며 말했다.

"언제든, 다, 네 맘대로야."

"언제든……? 하아……."

"언제든, 나한테서만, 내 앞에서만."

그의 몸을 제 안에 품고, 그의 마음을 제 가슴에 품고, 그의 눈빛을 제 눈 안에 담고서도…… 가슴이 이토록 먹먹하고 아픈 것은 그를 너무 사랑하기 때문일까.

문득 가슴부터 목까지 울컥 차오르는 울음에 급하게 연인의 목을 끌어안고 눈물이 모여드는 얼굴을 그의 눈앞에서 감춰 버렸다. 울음을 삼키기 위해, 그의 귓가에서 숨을 참고 울음을 참아 내느라 목에 뾰족한 돌멩이가 걸린 듯한 통증이 느껴지는 얼굴을 보이지 않으려 지원은 천천히 현민의 목을 감싸안고 그에게 몸을 꼭 붙인 채로 허리를 천천히 움직였다.

'다른 생각은 하지 말아야 해, 이 순간을…… 나라도 기억해야 해.'

그의 몸 위에서 자신의 몸을 더 깊숙이 내리누르며, 그가 전해 주는 짜릿한 느낌에 온몸을 맡기고 단단하고 뜨거운 그의 몸이 그녀의 깊숙한 곳에서 느껴지도록 더 거세게 춤추는 지원의 은밀한 곳이 그의 깊은 곳에 부딪치고 있었다.

아래에서부터 퍼지는 지독한 열기가 전신으로 퍼져 나가고, 그녀의 허리와 등을 감싸 안고 힘 있게 받쳐 주기 시작한 그의 손길에서 절정을 향한 간절함이 전해져 오던 순간, 지원은 움직임을 멈추고 그를 밀어 침대로 눕혀 버렸다.

왜 그러느냐는 듯한 현민의 눈빛에 입을 맞추며 그 몸 위에서 내려와 그처럼 천장을 보고 누웠다.

그의 단단한 두 다리 사이에 자신의 다리 하나를 밀어 넣고, 그의 다리 하나를 제 가슴 가득 끌어안고서, 오늘 하루 종일 너무 놀라워 이젠 기막힌 듯 웃고만 있는 그를 보며 화사하게 웃었다.

"나 혼자 움직이는 거, 싫어. 하아…… 같이해요."

"이리 와."

붉게 달아오른 몸과 흐릿한 눈으로 짧게 대답한 그가, 그녀의 안으로 단번에 쑤욱 제 분신을 밀어 넣었다.

열십자 모양으로 완전히 얽혀버린 두 연인의 몸. 깊은 곳은 맞붙어 쾌락을 부르고 서로의 상체는 멀리 떨어져 서로를 바라보며 허리를 움직이기 시작했다.

애액이 넘쳐흘러 꽃길 주변까지 미끌거리는 그녀의 촉촉하고 좁은 속으로 그녀가 감당하기 힘들 정도로 굵은 제 것을 밀어 넣은 현민은 팽팽하게 조여 오는 그녀의 속살을 헤집으며, 거친 신음을 흘렸다.

"허억, 허억."

격정적으로 몰아치는 거친 현민의 움직임에 지원은 전율했고, 격정에 둘러싸여 머리끝까지 쾌락으로 비명 같은 신음을 내지르던 지원이 숨을 할딱였다.

고개를 뒤로 꺾은 그녀가 숨 가다듬을 시간도 주지 않고 터트리기로 작정한 것처럼, 강하게 부딪혀 오는 현민의 움직임은 방금 전 날아오를 듯했었던 순간이 멈춰졌던 것을 보상받으려는 것처럼 그녀의 몸을 짓밟는 잔인함마저 느껴지도록 거칠고 난폭했다.

"오, 오빠! 아학."

그동안 그의 몸 위에서 마음껏 움직였던 그녀의 움직임은 격정으로 치달은 그의 움직임에 휘둘리며 감당하기 바빴고, 쾌락에 잠식당한 그녀의 표정은 그를 더 흥분하게 했다.

그렇게 그는 아름답고도 강하게 짐승 같은 사나움으로 그녀에게 파고들고 물러나며 그녀의 속살 안에서 맘껏 비비고, 긁고 찔러들었다.

그의 움직임이 강해질수록 그녀는 그 부딪힘에 밀려나지 않기 위해 그의 왼쪽 다리를 더 강하게 끌어안았고, 그녀에게 더 깊이 파고들고 싶은 그도 자신의 허리쯤에 올려 있던 그녀의 왼쪽 다리를 잡아올려 제 몸으로 더 꼭 붙이며 강한 팔로 꽉 끌어안았다.

서로를 느끼고 싶은 만큼 서로의 다리를 꽉 끌어안고, 절대 떨어질 수 없는 만큼 서로의 몸을 강하게 부딪치는 사이 그와 그녀의 열기 어린 몸에서는 여러 개의 땀방울이 흘러내렸다.

전신에 퍼지는 쾌락으로 몸이 활처럼 휘면서도 끝까지 눈 감지 않고 현민을 바라보고 있는 지원의 달뜬 모습이 그녀의 연인 눈 속에 각인되고 있는 시간. 그들은 부족함 없는 완벽한 연인이 되어 절정을 맛보고 있었다.

현민의 절정의 순간을 보고 싶었던 지원은 의도와는 달리, 자신이 먼저 절정에 닿아 눈앞이 하얗게 되었지만, 현민은 끔찍할 만큼 격한 쾌감에 경련하는 지원을 보며 행복감에 취해 갔다.

그러고도 계속 이어진 현민의 사랑으로 지원은 몇 번이나 간헐적인 전율에 몸을 떨어야 했다.

"아흑."

짓궂은 현민이 흥분으로 달아오른 얼굴임에도 장난기 어린 눈빛을 보내며 자신의 몸을 받아들이고 있는 지원을 바라보고 있었다.

길고 강인한 팔을 아래로 뻗어 그녀의 깊은 곳 까칠한 수풀 아래 분홍빛이다 못해 지금 이 순간 선홍빛으로 변해 버린 볼록한 작은 알갱이를 손가락으로 동그랗게 비비며, 탈진한 지원을 다시 흥분시키려 했다.

"같이 느껴."

단호한 명령. 거친 숨소리에 섞여 나온 낮게 가라앉은 목소리, 그만이 주는 울림이 전해 오는 목소리와 그의 손끝이 주는 쾌감으로 인해 이미 지칠 대로 지쳐 그의 모습만 눈에 담으려던 그녀의 몸이 또다시 그녀를 배신하고 깊은 곳부터 올라오는 쾌락으로 달아올랐다.

"나…… 아흑, 이러다 죽어. 오빠…… 아훗. 아흑……."

"안 돼. 같이 가."

"그만. 제발."

그녀의 말에 만족스럽게 웃으며 여전히 강하게 움직이고 있는 현민은 정점을 자극하는 손을 부여잡는 지원의 방해에도 손짓도, 허리의 움직임도 멈추지 않았다.

현민은 그녀가 안 된다는 눈빛을 보내며 고개 저어도, 집요하게 몸을 내밀어 부딪쳐 왔고, 그의 것은 더 강하게 그녀의 속으로 파고들었다.

어느 순간 더 이상 멈춰 달라 애원할 수도, 이젠 멈출 수도 없게 된 그녀가 서서히 그의 몸에 또다시 반응하며 허리를 들어 올려 맞부딪쳐 오는 그의 몸을 받아들이기 시작했다.

"하아, 하아, 하아……."

"헉, 헉, 헉."

거친 숨소리와 흘러넘친 애액을 잔뜩 묻힌 두 사람의 음부가 맞닿는 철벅거리는 소리가 커져 갔다. 몽환적인 표정, 저도 모르는 사이 감긴 그녀의 눈, 공중으로 살짝 들린 하얀 엉덩이가 그의 움직임대로 반응하면서도 좀 더 강한 자극을 찾아 허리를 꺾으며 현민의 눈앞에서 고혹적으로 흔들렸다.

숨을 멈추도록 강렬한 쾌락을 불러일으키는 지원. 이제 그녀는 성에 미숙하지 않았다.

제 눈앞에서 물결치는 하얀 허리춤을 보며, 현민도 절정의 끝을 향해 달리기 시작했다. 긴장감이 감돌 정도로 조용해진 실내에 뜨거운 숨을 뱉어 내는 두 연인의 숨소리와 빠르고 규칙적인 리듬으로 철썩거리는 소리만 가득하고, 강한 쾌감을 찾아 들어 올려진 허리로 그녀가 그에게 보란 듯 격정적인 춤을 추던 그 때.

"오빠. 하아…… 나. 또 느낄 것 같아. 하아……하아……."

"그래…… 조금만 더…… 다 왔어."

"오빠! 하응…… 나…… 제발…… 하아……."

"좀 더."

애원하는 지원의 목소리를 들으며 완벽히 소유한 기쁨으로 더 거세게 몰아 대는 현민의 움직임이 미친 정염처럼 타올랐다.

"지원아!"

"하아아아……."

"크으흑으……."

전율과 전율이 엉켜 혼이 나가는 쾌락의 순간. 두 사람 모두 시야가 하얗게 타 버리는 절정을 느낀 뒤에도 뒤엉킨 다리를 풀지 않았다.

이미 절정을 맞본 그의 분신이지만 여전히 그녀 안에서 심장의 두근거림을 그녀의 속살에 전해 줄 만큼 쉽사리 줄어들지 않고 있었고, 그녀는 마지막 한 순간의 절정에, 눈을 뜨고 있어도 앞이 보이지 않는 희열을 맞보면서도 끝내 감지 않은 눈으로 그가 절정을 느끼던 순간의 끝부분을 눈과 마음에 확실히 담을 수 있었다.

지원이 지쳐 헐떡이며 눈을 감는 그의 모습을 마지막으로 제 눈을 감았을 때 눈가에서 관자놀이를 지나 머리카락 속으로 사라지는 물기를 느꼈다.

지원은 그때 알았다. 격한 쾌락과 미칠 것 같은 사랑도, 그 끝은 결국 고통을 느낄 때처럼 눈물을 흘릴 수 있다는 것을.

늦은 아침에 시작된 그들의 사랑은 점심때가 넘어서야 끝났다. 기절하듯 잠든 지원을 안아 바르게 눕힌 현민은 그녀를 안고 다독이다 설핏 잠들었었다.

그러나 그가 다시 눈 떴을 때도 지원은 여전히 잠들어 있었고, 그로부터 두 시간쯤이 지나고서야 그녀는 눈꺼풀을 떠 올렸다.

너무 치열하게, 너무 오랫동안 전쟁처럼 치러 낸 사랑으로 인해 지원의 속살은 넘쳐흘렀던 애액에도 불구하고 그를 받아들였던 곳이 부어오를 만큼 쓰라렸고, 후들거리는 두 다리는 한 걸음도 반듯하게 걸을 수 없게 되어 있었다.

"괜찮아?"

"아니. ……안 괜찮아요."

맨몸에 하얀 이불만 덮고 자다 잠에서 깨어난 지원은 정말 걱정스러운 듯 그녀의 머리를 쓰다듬며 잔머리를 정리해 주는 현민에게 맥없지만 환한 미소를 선사했다.

"어떡하지? 우리 지원이 힘들어서? 점심 먹고 천천히 출발할까 했는데, 저녁까지 먹고 갈까?"

"아니. 날 어두워지면 그냥 안 갈 거잖아요."

"뭐?! 푸후훗. 그래, 맞다. 근데 그거 피해 일찍 가자는 거면 서운한데?!"

입술을 내밀며 그 속 다 안다는 듯 말하는 지원의 표정이 귀여워 현민의 웃음이 터졌다.

"정말 기운 없어 그래요. 가만 누워 있어도 다리가 달달 떨려. 오빠는 괜찮아요?"

웃음기 없이 자신이 상태를 토로하는 지원의 표정은 진지했다. 그런 지원을 보며 현민도 웃음을 멈춘 얼굴로 다시 지원의 머리카락을 매만져 주며 말했다.

"음……. 저녁 먹고 가고 싶을 만큼?"

"하……. 오빤 정말 보양식만 먹고 사나 보다. 난 더는 감당 못 해요."

"네가 감당 안 해 주면 난 어떡하냐?!"

"……."

뒤로 돌아누우려는 지원의 몸을 현민의 팔이 잡아들였다.

"서울 가면 보약 지으러 가자."

"내가 알아서 먹을게요."

"내가 지어 줘야지 나 땜에 허해지는 건데. 하하하하."

"뭐가 그렇게 좋아요?"

발끈하는 지원을 보면서도 여전히 현민의 얼굴엔 미소 한가득이었다.

"너 한동안 기운 없을 테니까 나 출장 다녀올 동안 지쳐서 아무 생각도 못 할 거 아냐."

"……내가 무슨 생각을 한다고."

"내가 불안해서. 다른 놈들이 너 쫓아다닐까 봐."

현민의 눈은 여전히 웃고 있는데, 지원의 표정은 금세 차분해져 씁쓸함마저 묻어 나왔다.

"나, 다른 사람 만나는 거 싫어요?"

"허, 민지원. 말이 되는 소리만 하자."

지원이 팔을 뻗어 현민의 목을 꼭 끌어안았다.

"오빠!"

"어?"

"이프 게임 알아요?"

"아니."

"저도 병동 환자들 하는 걸 들은 건데요. 만약에 며칠 내에 퇴원할 수 있다면 가장 먼저 뭘 할까. 그런 식으로 만약에라는 가정으로 상상하는 거예요. 우리도 한번 해 볼래요?"

"글쎄, 난 지금이 좋은데."

"그럼 내 이야기만 들어요. 만약에, 우리가 떨어져 지내다가 할머니 할아버지 돼서 어디선가 문득 마주치게 된다면 나는 오빠를 아주 담담하게 보면서 웃어 줄 것 같아요. 대신 인사하거나 알은척은 안 할래. 그러니까 오빠도 나처럼 눈인사할 수 있으면 인사만 해 주고, 그것도 못 하겠으면 그냥 지나가요. 알았죠?"

"……뭐야, 그런 말이 어디 있어?! 무슨 생각하는 거야?!"

가슴에 예리한 칼날이 빗금을 긋고 스쳐 지나가는 느낌. 얇은 이불 하나만 덮고서 바로 옆에 맨몸으로 누워 있는 제 여자인데 현민은 갑자기 아득히 멀어지는 불안함을 느꼈다.

"아휴……. 게임이라잖아요. 무슨 남자가 놀이 하나 못 맞춰 주고 이렇게 성질을 내요?"

"게임을 해도 꼭 그런 말을 해야 돼? 곧 출장 가는데 너, 불안하게 왜 그래?!"

"아니…… 나도 나이 들어 예쁘게 추억할 수 있는 사랑 하나 있음 좋겠다 싶어서, 오빠 알다시피 난 그런 거 없으니까…… 상상해 본 거죠."

"그것뿐이야?"

"아니면 뭘 어쩌려고? 난 병원에서 일할 때 오빠 나 놔두고 좀 있으면 외국 미녀들 실컷 보고 다닐 거면서?"

"……질투해? 민지원이? 푸하하……. 지원아."

"…….."

"민지원."

"왜요."

"나 출장 가면 일하기도 바빠. 가서도 네 생각나서 빨리 돌아오고 싶을 거고."

현민의 손이 지원의 가슴을 더듬어 한 손 가득 들어오는 말캉거림을 음미했다.

"일 방해하는 사람 되고 싶진 않아요. 출장 가면 전화도 하지 마. 안 받을 거예요."

"왜 이렇게 토라지셨을까……. 나 없다고 이프 게임이니 뭐니 그런 생각하지 말고, 착하게 있어. 멀어져야 추억이 아니야. 같이 살면서 부부끼리 쌓아 가는 게 진짜 추억이지."

"그럼, 이건…… 추억도 못 되는 건가?"

"무슨 소리야?"

"……우린 부부 아니잖아요. 우리가 약혼한 것도 아니고, 프러포즈도 안 했고."

"그럼 넌 내가 프러포즈 안 하면, 정말 나랑 결혼할 생각 안 해?"

"나 그렇게 쉽지 않아요."

쉽게 행동해 놓고, 쉽지 않다고 말하면 뭐가 좀 달라지나……. 지원은 눈을 감았다.

"하…… 알았어. 너 왜 이러는지 알았다. 너 안 이래도, 그냥 넘어갈 생각 없었으니까 화내지 마. 출장 다녀와서 제대로 청혼할게. 그때 부모님께도 인사드리고 그러자."

차가워진 지원의 표정에 한순간 현민의 등 뒤로 싸아한 불안감이 스쳐 지나갔다. 이 불안함이 어디서 기인된 것인지 당장 알아내고 싶지만, 그러기엔 그녀의 눈빛이 더 이상 파고드는 걸 허용할 것 같지가 않았다.

그저…… 금세 다시 웃어 주는 얼굴에, 옛 기억의 한순간을 잘못 들췄는가 보다라고 짐작하며, 그녀의 앞날을 행복하게 만들어 줄 거라 다짐하는 그가 지원의 머리카락을 부드럽게 쓸어내리고 있었다.

"오빠, 나 졸려요. 조금만 더 자고 싶어요."

"그래. 자."

한참 동안 지원을 안고 다독이던 그의 손길이 서서히 느려지다 멈춰졌다. 그의 숨이 규칙적으로 고르게 변한 뒤 제 품에 안긴 그녀가 소리 없이 눈물을 흘리는 줄은 꿈에도 모르는. 그는, 모자라고 부족하단 이유로 상처받아 본 적 없는 그런 남자였다.

8장.
그래야 했었으니까요

"지금. 공항 간다."

— 네. 잘 다녀와요.

"……순둥이 정말 이럴 거야? 정말 안 보고 그냥 보낼 거야?"

— 미안해요. 조심해서 잘 다녀와요.

"휴…… 애인이 직장에서 너무 인정받아도 안 좋구나."

어떤 말을 하든, 차분하게 자신을 달래려고만 하는 지원의 목소리에 현민은 혼잣말처럼 중얼거렸다.

— 인정은 무슨…… 그냥 간호산데.

"네가 나보다 더 바쁘니까 그러지. 어제 밤에도 잠깐 보자니까 야근 한다 그러고, 나 출장 가면 일에만 집중하라고 전화도 안 받는다 그러 고. 너무한 거 아냐?"

매일마다 지원의 경호책임자에게서 보고를 받았고, 이상한 점 없는 평화로운 나날이 계속되고 있음에도 불안했다. 혹시나, 지원의 집안에 일이 생긴 건 아닐까 생각했지만, 지원은 속을 털어놓지 않았다.

무슨 일이 있어서 그런 거라면 지원 성격에 바쁜 사람한테 부담 주기 싫어서 지금 물어봐야 출장에서 돌아온 뒤에야 답할 것이 분명했고, 그래서 경호만 강화하며 지금은 잠시 그녀에게 속아 주기로 마음먹긴 했지만, 여전히 속은 편치 못했다.

"한동안 바빠서 관리업무를 다 못해서 그래요. 잘 다녀와요. 오빠 화내는 목소리 싫어요."

— ……알았어. 너무 보고 싶어서 그래. 우리 하래 다녀온 뒤 한 번도 못 봤잖아. 넌 나 안 보고 싶어?

"오빠도 바빴잖아요. 바쁠 땐 일만 집중해요. 출장 가서 실수하지 말고, 내 걱정도 말고요."

— 어째. 내가 아니라 네가 일에 집중하고 싶어 나 미뤄 놓는 것 같다.

"그런 거 아니에요."

— 지원아.

"네."

— 너 목소리…… 별로 안 좋아. 무슨 일 있어?

"아……아니…… 배고파서 그런가 봐요. 지금 밥 먹으러 갈 테니까 걱정 마세요."

— 너! 끼니 그렇게 안 챙길래?!

"……오빠 이렇게 멀리 가는 거 처음이잖아요. 그래서 기분이 이상해서 그랬어요."

— ……곧 올 거야. 되도록 빨리 끝내고 올게.

"아니, 서두르지 말고, 꼼꼼히 일 잘하고 오세요. 나 땜에 실수 생기는 거 싫어."

— 그래…… 약은 먹은 거야?

"밥 먹고 먹을게요."

— 따뜻하게 데워 먹어. 잘 먹고 기운 내야지.

하래에 다녀온 뒤 사상체질로 유명한 한의원 탕약상자가 용감하게 도 스카이병원 건강검진팀 실장실로 배달되었을 때, 끝없는 현민의 사랑 표현에 이젠 지켜보는 사람들도 기막혀 더 이상 놀라지도 않아 했다.

"네. 알아요."

— 그래. 그럼.

"오빠, 몸 조심히 잘 다녀와요……. 정말 잘하고 와요. 건강 조심하고요."

— 그래. 이제야 우리 순둥이 같다. 잘하고 올게. 끊는다.

"네…… 오빠!"

— 왜?!

"많이 보고 싶을 거예요."

— 그래. 이제야 마음이 좀 놓인다. 고마워, 잘 다녀올게.

지원은 책상 앞에 앉아 한 손으로 고개 숙여 이마를 짚고 있었다. 다른 한 손은 손에 들린 휴대폰을 터져나갈 듯 거세게 움켜잡고서 잘게 떨고 있었다.

부들부들 떨리는 그녀의 손만큼, 그녀의 꽉 깨물어진 입술도 가느다란 핏방울이 흘러나오도록 모질게 깨물린 채 억눌린 울음을 참아 내느라 힘들게 떨리고 있었다. 손등에 가려진 눈은 잘 보이지는 않지만 볼로 흘러내리지도 못하고 아래로 뚝뚝 떨어져 내리는 눈물방울이 그녀가 얼마나 숨죽여 울고 있는지를 짐작케 했다.

지원은 아무 소리도 내지 않았다. 이따금 창자가 에는 고통에 겨워 흐걱거리며 급하게 숨을 들이켜곤 했지만, 악물린 잇새로 폐 안에 그득 찬 울음이 새어 나가고, 목이 졸린 것처럼 얼굴이 붉어져 고통스러울 때까지 지원은 소리 없이 울고, 또 울었다.

너무 울어 비비지도 않은 눈이 점점 부어오르기 시작했다. 시야가 흐릿하게 좁아지며, 상황인지가 잘 안 될 정도로 아파 오는 머리였지만 지원은 억지로라도 기운을 차려야 했다.

현실은 현실이니까. 이 자리에 몸이 원하는 대로 누워 버리거나 감고 싶다고 눈 감고 정신을 놓아 버린다 해도 그를 태우고 공항으로 달리는 차는 멈추지 않을 것이고, 내가 네모난 방, 이 작은 실장실에 앉아 곧 일을 시작해야 하는 직장인이란 사실은 변하지 않을 것이었다.

"후우……."

손으로 책상을 짚으며 일어선 지원이 잠시 심호흡으로 스스로를 달랬다. 아직 머리가 멍했다. 현실과 환상이 눈앞에 공존하듯, 몸은 분명 빈 사무실에 서 있건만 머릿속엔 현민의 환영이 가득해 마치 눈앞에 그가 서 있는 듯했다.

어떤 자세로 걸음이 걸리는지 의식할 필요도, 겨를도 없이 책상 뒤편 작은 세면대로 걸어가 거울을 바라보았다. 얼마나 울었던지, 눈이며 얼굴이 전체적으로 퉁퉁 부어올라 코까지 붉어져 있는 못난이가 서 있었다.

그와의 마지막 통화를 끝마친 순간에서야…… 기가 막혔다. 주어진 상황도, 지금의 제 꼴도.

과연 그를 이렇게 떠나보낸 것이 잘하는 것일까. 어쩌면 지금까지는 영영 이별은 아닐 수도 있었다. 그가 돌아올 때까지, 조금 전 그에게 말한 것처럼 잘 다녀오라고, 다시 돌아오라고 말한 것처럼 이 자리에, 이 서울이란 도시에 자신이 계속 남아 있는다면 그는 여전히 웃는 얼굴로 저를 안아 줄 것이 분명했다.

지원은 잠시 생각에 빠져들다 머리를 흔들며 천장을 향해 고개를 꺾어 올렸다. 이렇게라도 숨구멍을 가장 높은 곳으로 쳐들어야 숨이 쉬어질 것 같았다.

'정말 속상해. 승진되고 얼마나 좋아했는데, 별로 실수한 것도 없는데 일방적으로 대기 발령이라니 말이 되니?!'

'그래서 형부는 뭐라시는데.'

'내가 성질나서 부당 대기발령으로 노동청에 신고하자니까 가만있어 보래. 자기가 알아서 한다고. 입사동기가 본사에 있는데 열흘만 참아 보라고 언질을 주더래. 윗선에서 뭔가 일이 있는데 지시가 잘못 내려갔거나 꼬인 것 같다고. 이게 무슨 일이니?! 아무리 직장인 목숨이 파리 목숨이라지만 대기발령이란 게 정당한 사유가 있어야 하잖아! 사유가! 일 잘하고 실수도 안 한 사람한테 대기발령을 내렸으면 뭔가 설명이 있어야 하는 거 아냐? 안 그래?!'

'⋯⋯.'

'옆에서 보는 나도 더러워서 죽겠는데. 네 형부는 참는다더라. 참. 가장이 뭔지. 내 월급만 갖고서 언제 대출금 갚고 어떻게 살 거냐는데, 나 대답 못 했어. 진짜 이럴 땐 로또라도 당첨됐으면 여보! 사표 써! 할 텐데, 그 말이 목구멍에서만 깔딱거리는 거 있지.'

짜증난다던 언니의 목소리엔 울음이 섞여 있었다. 자존심 센 언니의 화내는 모습은 또 다른 통곡이란 걸 안다. 바로 어제 저녁 깊은 밤, 멍하니 집에 앉아 내일은 그 사람이 떠나는 날이구나⋯⋯ 넋 놓고 있었을 때 전화를 걸어온 언니는 그런 방식으로 눈물을 보였었다.

언니의 전화를 받으며 숨을 크게 들이쉬고, 내쉬고⋯⋯ 그러고도 안정이 안 돼 눈을 꼭 감고 죄책감을 견디다가 전 방위에서 조여 오는 숨 막힘에 머릿속에선 연기처럼 펑! 하고 제 몸이 사라지는 환상을 떠올렸었다.

이런 복잡하고 비상식적인, 도저히 맞부딪쳐 볼 만한 자신이 생기지 않는 상황 속에 있는 것이 너무 힘들었다. 그리고 좋든 싫든 그저 자신을 감싸고 있는 사람들을 떠올리는 것만으로도 숨이 막히는 것 같았다. 가족도 마찬가지. 가족마저 버겁게 느끼고 있는 자신이 얼마나 나쁜 사람인지 뼈저리게 느낀 순간이었다.

그래도 늘 그래 왔듯 버티고 출근했는데. 그를 떠나보낸 지금, 그동안 버텨 내던 모든 기운이 사라지는 것을 느꼈다. 마치 누군가 배터리를 분리한 것 같기도 하고, 관절마다 실로 연결돼 흐느적거리던 목각관절인형의 실을 모두 잘라 낸 것처럼, 온 마디의 관절마다 제멋대로 꺾여 축 늘어진 몸이 구석에 멋대로 처박힌 기분 같기도 했다.

일주일만 참아 보라는 MK은행 본사직원의 언질이 무엇을 뜻하고, 그 지시가 어느 루트로 전해진 것인지 지원은 당연히 짐작할 수 있었다.

그것은 분명 일주일 안에 모든 걸 정리하고 떠나라는 무언의 경고일 것이다. 혹시나 흐릿해졌을지 모를 약속을 상기하라는 경고. 차라리 그에게 모든 걸 말할까. 말하고 책임지라 해 볼까.

"훗."

지원의 입술이 쓰게 비틀려 자신을 조소하는 허망한 숨소리를 흘렸다. 이젠 모든 것에 지쳤다. 그도, 저도. 서로가 서로에게 진실하지 못했으니 이젠 누가 누구에게 상처를 준 것인지 따지는 것조차 우스운 상황이 되어 버렸다.

그의 어머니. 그의 배경과 후광. 그래, 남다른 환경이 부담스럽고, 버겁지만 그런 건 중요한 것이 아니었다. 그도 옷을 벗으면 그저 저와 다름없는 사람이었고, 사랑한다 말하는 그저 한 남자였으니까. 그런데 다른 건 다 그렇다 쳐도 그가 저를, 민지원을 믿지 않았다.

왜 믿지 않았을까. 왜 말하지 않았을까.

처음부터 어쩔 수 없이 공개된 저의 치부였다 해도 수치심과 두려움을 이겨 내고 모든 것을 그에게 열어 보인 저와는 달리, 그는 마음이 아닌 이성을 먼저 디밀어 계산이란 걸 했다.

언제 말할 것인지, 혹은 아예 말하지 않았을지도 모를 그에 관한 이야기. 그가 조심스러워 그런 것이라 해도. 그의 어머님이 이토록 싫어하시는 지금에 와서는, 그런 그를 기다릴 명분도, 이렇게 떠나는 이유가 무엇인지를 말하지 않았음을 죽도록 미안해야 할 죄책감도 소용없는 감정일 뿐이라고…… 지원의 이성은 그렇게 그녀를 달랬다.

서로가 서로에게 미안한 것 하나씩. 그러니 된 거라고.

'전무님 곁에 있는 민지원 씨 모습이 드러나면 어떻게 되는지 아십니까? 회장님의 노여움을 사는 건 물론이요, 후계 공식화 작업에 제동이 걸리고 그룹 내 지지세력이 와해돼서 결국은 계열사 사장 자리 하나 차지하고 몇 년 버티다, 결국 회장님 떠나시면 그마저도 잃게 되실 겁니다.'

'어떻게, 외아들이라면서요?'

'그 자리를 노리는 사람들이 그만큼 많습니다. 민지원 씨.'

시간이 지날수록, 후회하고 지쳐 가는 그를 볼 자신도 없었다. 그러니 그를 위해서라도 유한한 감정을 위해 안정적인 지지기반을 버리고 자신을 택하라 말하는 것은 사랑이 아닌 이기심일 뿐이라고, 차가운 이성이 남아 있는 머리는 이 모든 상황을 그렇게 깔끔하게 정리해 주었다.

그런데…… 사실은 안다. 그의 마음을. 이렇게라도 떠나는 행동을 정당화시키기 위해 남들이 말해 준 수많은 이유를 되새기고, 그가 잘못한 것들을 찾아 서운하게 생각해 보려, 그렇게 마음을 정리해 보려 애쓰는 것이, 사실은 그도, 저조차도 원하는 것이 아니라는 것을.

그래도, 처제의 연애사에 끼어 아무 죄 없이 부당 대기발령을 받은 형부는 여기서 내가 더 버티게 되면 또 어떤 잘못을 뒤집어쓰고 나쁜 상황에 휘말리게 될지 모를 일이었다. 그나마 상황이 순하게 마무리된다면 권고사직을 당하시겠지.

그가 이 모든 상황을 알게 돼서 도와줄 방법을 찾는다 해도 내 가족이 느낀 모멸감, 열심히 일한 회사에서 한 번에 내침당한 분노는 멀쩡한 사람을 잠시나마 망가뜨릴 수 있을 만큼 충분한 파괴력을 가지고도 남을 일이었다.

그것도 이 잘난 처제의 유별난 연애 때문에 자신의 인생이 이리저리 휘둘렸다는 걸 알게 된다면, 형부는 나를, 또 이런 동생을 가진 언니를 전처럼 대할 수 있을까. 동생으로 인한 부부싸움과 직장에서의 어려움. 한 곳만을 보며 성실하게 살아온 자신의 삶이 누군가의 말 한마디에 무너져 버리는 모멸감과 무력감. 자존심이 손상된 형부는 어떤 반응을 보이실까.

그런 일을 겪고도 처가가 전혀 원망되지 않는다면 그건 거짓말일 것이다. 설령, 나중에 그 사람이 나서서 복귀하도록, 아니면 다른 일자리를 알아봐 준다 해도 이미 상처받은 자존감은 회복되기 힘들 것이고, 언니와 형부와의 관계엔 얼마나 지속될지 모를 냉기가 흐르거나, 동생으로 인해 한없이 남편에게 미안해야 하는 언니의 모습이 남게 될 것이었다.

그 일이 언니의 가정에 얼마나 흉한 흔적이 되어, 또 얼마나 오랫동안 남아 있게 될 상처가 될까. 그리고 또 언니는 그런 남편을 보며 날 원망하지 않을 수 있을까.

언니 또한 혜성병원에 다니고 있으니 언제든 형부보다 더 간단히 내쳐지게 되겠지. 그렇게 가족들을 상처 내고서 지원은 행복할 자신이 없었다.

그 모든 꼴을 엄마에게 다 보이고, 예비 시댁에 환영은커녕 인정조차 받지 못하는 모습을 보이게 된다면. 그 시간 다 견딘다 해도 우린, 그 사람과 나는, 정말 하나가 될 수 있을지 어떨지조차 모르는 불안을 안고 행복할 수 있을까.

가족을, 저를, 그리고 그를 위해서라도…… 굳이 가 보지 않아도 알 수 있는 가시밭길은 가지 않는 것이 옳았다.

그래. 잘 결정한 거다. 아파도 혼자 아프고 말자. 여러 사람 상처 내고, 괴롭히다 그 사람들 다 지쳐 떨어져 나간 다음 상처받지 말고. 여기서 멈추자. 어쩌면 그도 이런 것을 원할지 모른다. 아직 자신을 보이지 않은 것엔 이유가 있는 것일 테니.

얼마나 잠들었는지 모를 만큼 고요한 정막이 흐르는 가운데, 지원은 자신이 검진실 구석 심전도실 베드에 누워 있다는 걸 깨닫고 몸을 일으키려 했다.

"그냥 계세요. 아직 한 시간은 더 누워 계셔야 합니다."

지원은 무거운 몸을 일으키려는 노력은 포기하고 고개를 돌려 소리 나는 쪽을 쳐다봤다.

'임 원장님.'

왼쪽 팔에 꽂힌 링거바늘. 누워 있는 지원 옆에 의자를 놓고 앉아 있는 임 원장님. 지원은 어렵지 않게 상황을 파악했다. 그와의 통화를 마친 뒤, 윤 선생에게 실무 인수인계를 하고, 몸이 아픈 것을 알면서도 병원 일에 매달렸고, 그리고 이렇게……. 임 원장이 한숨을 쉬었다.

"퇴근하려다가 성 간호사가 급하게 와서 알았습니다. 민 실장님 아프신 거."

"……."

"성 선생은 병동으로 보내고, 제가 좀 살폈는데…… 오늘따라 정리할 것이 많았길래 망정이지 저라도 없었으면 어쩌실 뻔했습니까? 지금 몸 상태가 어떠신지 아십니까? 자기 몸을 그렇게 안 돌보시는 건 민 실장님답지 않습니다."

목소리가 큰 것도 아니고, 험한 목소리도 아닌데, 몹시 나무라는 느낌에 지원은 임 원장이 화내고 있음을 알았다.

"……죄송합니다."

마른 입술로 새어 나오는 소리가 생각보다 작아, 당황한 지원이 입술을 혀로 축였다.

"민 실장님. 퇴사하시면 일단 쉬십시오. 잘 드시고, 푹 쉬셔야 합니다."

"네."

"그런데 왜…… 연애하시는 분이 행복해 보이질 않는 건지 모르겠습니다."

현민을 만나고, 참 많이 행복했는데. 윤지환 씨도 임 원장님도 행복해 보이지 않는다고 말해 왔다. 일터에서까지 감정을 흘리고 다녔던가 싶은 자책도 아무 소용없을 만큼 지원은 이미 임 원장님 앞에서 환자가 되어 누워 있는 꼴을 보이고 있으니, 변명도 소용없겠지.

"……."

"……그분께 제가 대신 전화드릴까요? 연락처 주시면……."

"아뇨. 안 그러셔도 돼요. 이것만 다 맞고…… 제가 알아서 갈 수 있어요."

지원은 대답을 마친 뒤 눈을 감으며 벽 쪽으로 고개를 돌렸다. 행복. 마약처럼 빠져들었던 그와의 사랑. 이렇게 짧을 것이기에 그렇게 뜨거웠던 건지도 모른다는 생각이 처음으로 들었다.

"그분 걱정하실까 봐 그러시는 거면, 제가 모셔다 드리겠습니다."

"……."

지원은 말없이 고개를 저어 보였다. 말보다 더 확실한 거절. 말하는 것조차 힘드니 그만 말하라는 민 실장의 목소리가 들리는 것 같았다.

"안…… 아프셨으면 좋겠습니다."

짧지만 긴 것 같은 침묵의 시간이 지난 뒤에 들려온 임 원장의 목소리가 진지하게 들려왔다.

"……."

"민 실장님 쓰러지신 거 성 선생하고 저만 압니다. 병원에 소문 안 났으니까 마음 걸려 하실 필요 없습니다."

"고맙습니다."

그나마, 병원에서의 마지막은 흉하지 않게. 유종의 미를 거둘 수 있겠다는 생각이 잠시 지원의 머리를 스치고 지나갔다.

"지난번에 링거 처방받으셨을 때 쉬셨어야 했는데, 그때 제가 못 챙겨 드린 게 마음에 걸립니다."

"……."

너무 조용해서 링거액 떨어지는 소리마저 들릴 것 같은 적막과 침묵이 지원은 오히려 편안했다. 이내 작게 색색거리며 다시 노곤함과 약에 취해 깊은 잠에 빠져든 지원을 보며 임 원장은 한참 동안 지원을 가까이에서 내려다보았다.

지원이 쓰러졌던 수요일 이후로 목요일, 금요일 아침마다 임 원장님은 아침 조회 전 실장실로 찾아와 차 한 잔 달라는 핑계로 지원의 건강 상태를 확인했다.

지난밤보다 훨씬 더 부어오른 지원의 눈가를 모른 척하며 처방약을 지어다 주고 돌아간 임 원장님께 별다른 고마움도 표시하지 못할 정도로 어딘가에 정신이 반쯤 나간 듯, 순간순간 무신경해지는 지원이었지만 직원들 앞에서 실수하는 일이 없도록 일을 줄이며 자신의 상태를 감추려 애쓰고 있었다.

하나하나 윤 선생에게 단독으로 맡기는 일이 많아졌고, 일이 덜어진 만큼 금요일 점심시간엔 모처럼 직원들과 같이 지하 직원식당에 내려가 밝은 성격의 김 간호사의 입담에 억지미소 지어 가며 식사를 함께하기도 했다.

그리고 토요일. 지원은 엄마를 모시고 백화점을 향하고 있었다. 쇼핑할 때면 늘 그랬던 것처럼 가까이 있어도 먼 곳에 있는 다른 백화점을 찾아가던 쇼핑 패턴을 버리고 집 근처 혜성백화점 주차장으로 진입하는 지원을 보며 엄마가 의아한 눈빛을 보내자, 그녀는 아무렇지도 않게 먼저 답을 드렸다.

"이젠 좀 벗어나야지. 언제까지 그 사람들 기억하며 살 순 없잖아. 그 사람들이 여기 사장도 아니고…… 이젠 됐어. 나 그 사람들 다 잊었어, 엄마. 엄마도 잊어."

"잊었다고?"

"응. 앞으론 엄마, 내 신경 쓰지 말고. 혜성백화점도 가고, 뉴스도 맘대로 보고 그래. 나 정말 괜찮아."

지원은 미안한 눈빛으로 엄마를 바라보며 웃었다. 백화점에 들어선 지원은 때 이른 여름신상품들 사이에서 엄마에게 어울리는 투피스와 바지, 티셔츠, 재킷들을 많이도 골랐다. 자신이 없어도 한동안 옷 걱정 없이 새 옷 입고 다니실 수 있도록 이것저것 속옷까지 사들이는 지원에게 엄마는 그만 사라고 말렸지만, 지원은 괜찮다며 쇼핑을 끝내지 않았다.

조카 예린이의 옷과 예쁜 곰인형까지 산 뒤, 다리 아파하시는 엄마의 요구에 겨우 쇼핑을 끝낸 지원은 백화점 식당가에서 점심식사를 마쳤다. 카페로 옮겨 엄마에게 음료수를 주문해 드린 뒤 좀 더 돌아보고 오겠다고 혼자 쇼핑에 나선 지원은 남성복 판매 층으로 내려갔다.

"저 이 와이셔츠 어느 브랜드인지 아세요?"

안내데스크 여직원에게 다가가 월드 이코노미 1월호 표지를 내민 지원의 물음에 여직원은 안내해 드릴 직원을 부를 테니 잠시만 기다려 달라고 말해 왔다. 지원은 고객 휴식용 소파에 앉아 발목을 까딱거리며 근육을 이완시키다가 문득, 그가 없는 주말을 보내고 있는 자신의 모습에 침울한 표정을 지었다.

정말 전화를 안 받을 줄은 몰랐을 텐데. 그의 전화를 외면하고 있는 저의 모습이나, 운전하면서 저를 따라붙고 있을 경호차량이 무엇인지 자꾸만 둘러보게 되는 저의 모습이나 아직은 담담해질 수가 없었다.

"안녕하십니까? 고객님. 저는 혜성백화점 퍼스널 쇼퍼 룸에서 수습근무 중인 박윤주입니다. 어떤 상품 구입을 원하시는지 말씀해 주시겠습니까?"

……생각에 빠진 지원 앞에 검은 정장바지와 재킷, 화이트 셔츠에 스카프를 맨 세련된 여직원이 바르게 서서 묻고 있었다.

"네. 안녕하세요? 이 제품 브랜드를 좀 알려 주셨으면 해서요."

지원은 박윤주 씨에게 월간지를 내밀었다. 주의 깊게 살펴보던 그녀는 환하게 웃으며 지원에게 월간지를 돌려줬다.

"이 슈트와 셔츠는 키톤 제품입니다. 매장으로 안내해 드리겠습니다. 이쪽으로 오십시오."

지원은 박윤주 씨의 안내로 키톤 매장에 들어서자마자 여러 가지 컬러의 원사로 정교하게 짜여 있는 흔치 않은 원단에 작게 미소 지었다. 디스플레이 된 재킷의 선이나 이미지가 눈에 익어 제대로 찾았다는 반가움을 느꼈다. 그의 옷이었다. 늘 단단해 보이는 그의 어깨를 감싸던 따뜻한 느낌의 재킷들.

그저 마네킹과 옷걸이에 걸린 옷만 봐도 마치 현민이 입고 있는 환영을 보는 것처럼 반가워 목구멍에 생기는 단단한 돌덩이의 아픔을 느껴야 했던 지원은 중역회의에 입고 나가도 좋을 만한 셔츠를 보여 달라 요청한 뒤 마네킹 앞에 멈춰 서 있었다.

"이 재킷 마음에 드세요?"

"네. 셔츠 선물 받을 사람이 입었던 거라서 자꾸 보게 되네요."

"선물 받으시는 분께서 안목이 대단하신 것 같네요. 셔츠도 까다롭게 고르시겠는데요."

"그런가요?"

"그럼요. 키톤을 입으시는 분이라면 안목도, 사회적 지위도 높은 경우가 많으세요."

"이 브랜드가…… 그런 거군요."

"키톤은 이태리 나폴리에서 장인들의 손길로만 만들어지는 100% 핸드메이드 슈트이고, 현재 키톤이 들어와 있는 국내 백화점 매장은 이곳이 유일합니다. 국내 다른 매장은 두 곳 정도 더 있기는 한데 모두 호텔 안에 입점되어 있습니다. 선물 받으시는 분 취향이나 직업, 자주 입으시는 슈트 컬러를 알려 주시면 추천해 드리기가 좋을 것 같습니다. 고객님."

"……."

지원의 대답이 늦어지자 윤주 씨는 대답을 재촉하듯 눈을 크게 뜨며 다시 한 번 웃어 보였다. 지원은 생각 끝에 입을 열었다.

"취향까진 잘 모르고, 그 사람 롤 모델이 아까 경제지에 나온 그분이에요. 이 브랜드에서 그 표지 모델한테 잘 어울릴 만한 드레스셔츠하고 넥타이로 추천해 주세요. 예를 들면 그분이 중요 회의 때 입으실 만한 그런 이미지로요. 그럼 선물 받는 사람이 좋아할 거예요."

지원에 말에 윤주 씨는 가볍게 목례하고 셔츠를 고르던 자리로 돌아갔고 지원은 내내 보고 있던 재킷에 다가가 안쪽으로 손을 넣어 택을 꺼내 봤다. 그리고 슈트 한 벌에 1,300만 원이 넘는 가격을 확인하고서 지원은 무표정한 얼굴로 생각에 잠겼다.

그녀가 아는 현민은 차 안에서 충동적인 사랑도 나눌 만큼 장난기 많은 남자였고, 숟가락에 반찬 올려 주길 기다리는 그저 순한 남자였다. 지나치게 일을 많이 하는 남자이긴 했지만, 그 지친 몸으로도 늘 잠깐이라도 만나길 조르던 사랑에 빠진 남자였고, 사랑하는 사람을 잘 보듬어 안으려 노력하는…… 눈물이 날 만큼 따뜻하게 안아 주던 남자이기도 했는데. 언제부터 우리 사이에 이토록 극명한 틈이 생겨 버린 걸까. 아니, 처음부터 있었던 차이였겠지.

떠나기로 결심했음에도 순간순간 맞닥뜨리는 그와의 차이는 강풍부는 추운 겨울날 맨몸으로 바깥에 내쳐져 찬물 세례를 받는 것처럼 온몸으로 한기와 통증을 느끼게 만들었다.

"네 것 좀 사라니까 아무것도 안 샀어?!"

윤주 씨의 도움으로 무난한 화이트 셔츠와 네이비 컬러에 프린트 무늬가 있는 세븐 폴더 타이를 구입한 지원은 주차장 제 차 트렁크에 쇼핑백을 넣어 둔 뒤, 다시 백화점 식당가로 돌아오자 엄마는 빈손을 나무라셨다.

"사고 싶을 정도로 예쁜 게 없어서. 엄마, 언니네랑 같이 저녁 먹기로 했어요. 가요."

지원은 언니네 가족들과 갈비집에서 식사를 하며 곧 퇴사하게 되면 바로 여행을 시작할 거라고, 좀 긴 여행이 될 것 같다는 말도 함께 알렸다. 엄마는 늘 믿는 딸인 만큼 다시 시작하게 될 대학원 공부에 대해 물어 오셨고, 형부는 여자 혼자 장기 여행은 불안하다며 묵게 되는 호텔마다 연락하고, 이동할 때마다 전화하라고 당부하셨다.

여러 가지 의미가 담긴 미소로 대답을 대신한 지원은 종이가방을 꺼내 건넸다. 딸아이 옷을 꺼내 든 언니의 요란한 환호와 동생 고마운 줄 알라는 엄마의 잔소리성 당부에 지원의 퇴사와 여행 소식은 이내 테이블에 앉은 가족들의 관심사에서 멀어지고 있었다. 다행이었다.

형부는 아무 일 없는 것처럼 행동하시면서 아직 평정심을 유지하고 계셨고, 언니는 전보다 더 많이 떠들고, 웃으며 모처럼의 가족 외식 분위기를 밝게 이끌고 있었다.

이런 모습. 지원 그녀가 아끼고, 지켜 드려야 할 이유가 충분한 모습을 보며 지원도 자주 웃었다. 형부와 눈이 마주칠 때마다, 언니의 평소보다 유난스런 수다를 끈기 있게 들어주면서 고개를 끄덕여 맞장구쳤고, 조카를 위해 아이스크림을 퍼다 주며 그때마다 환하게 웃으려 노력했다.

그렇게 자신에게 어울리는 생활 속에 녹아들어 그를 떠올리지 않으려 노력하는 사이 풍성했던 저녁식사가 어느덧 끝이 났다.

집으로 돌아온 지원은 방 안에 있는 옷과 소지품, 꼭 챙겨 가야 할 것들을 상자에 정리했다. 당장 입게 될 여름옷들 위주로 챙겨 넣고, 장마철이면 종종 추위에 떨며 때아닌 한기에 남모르게 몸살을 앓고, 에어컨과 장마철 비바람을 가장 싫어하는 지원이었기에 카디건과 남들은 10월 말에나 꺼내 입는 얇은 누빔 재킷까지 함께 챙겨 넣었다.

그렇게 짐을 꾸리다 발견한 작은 가방. 현민이 선물한 작은 가방을 손에 들고 장롱 문에 기대어 앉아 물끄러미 바라보는 지원의 눈빛이 아련해졌다. 손가락으로 가방을 쓸어내리다 기억을 더듬듯 한동안 움직이지 않던 지원은 모양이 눌리지 않게 가방 안에 종이를 채워 넣고 장롱 한켠에 잘 세워 두었던 가방을 다시는 꺼내 보지 않을 것처럼 더스트백에 집어넣은 뒤 상자에 담아 원래 있던 자리보다 더 구석진 자리에 숨기듯 밀어 놓았다.

예전에 재우 때문에 만들게 된 기록물과 녹취 테이프들도 원래 보관된 상자 그대로 장롱구석에 밀어 두려던 지원의 손길이 잠시 멈칫거렸다. 빤히 상자를 바라보고, 쓰레기들을 모아 둔 봉투에 잠시 눈길이 머물다가 꼭 다문 입술 사이 낮은 한숨이 나오는 것과 함께 결정을 내린 듯 상자는 다시 장롱 구석으로 밀려들어 갔다.

이제 그만 버려도 될까 싶기도 했었지만, 7년이나 지나 다시금 되풀이된 현실의 불안은 그녀로 하여금 그것들을 쉽게 버릴 수 없도록 만들었다. 한동안 짐을 꾸리며 정리하기 바빴던 지원이 숨을 몰아쉬며 많이 허전해진 책장과 옷장, 그리고 벌써부터 온기가 사라진 것 같은 방 안을 휘…… 둘러보았다.

이제 누가 갑자기 들어와 방 안을 뒤진다 해도 들켜 버린 무안함에 당황할 만한 것들은 모두 차로 옮겨질 상자들 속에 정리되어 있었다. 그를 만난 뒤 일기처럼 적어 내려갔던 기록들도 조용히 태울 수 있도록 모두 한데 모아 따로 종이가방에 넣어 두었으니 이제 조금…… 머리가 아닌 마음이 하자는 대로 쉬고 싶었다. 장롱에 기대앉은 지원이 세운 무릎에 얼굴을 묻었다.

차 안에서 바라본 월요일 저녁, 강남 거리는 언제나 그렇듯 사람들에 쓸려 앞으로 걷고, 사람들에 밀려 주춤거리는 사람들이 보일 만큼 유동인구가 많은 모습이었다.

도로 사정도 마찬가지여서 사거리에서 우회전해서 유턴받기까지, 지원은 한 시간이나 일찍 나왔음에도 약속시간에 늦을까 초조해하며 시계를 봐야 했고, 도로에서 많은 시간을 허비한 뒤에야 한 블록을 다 차지할 만큼 커다란 빌딩 지하 주차장으로 차를 진입할 수 있었다.

아직 약속시간까지 이십여 분 정도 남아 있어 지원은 여유로운 걸음으로 빌딩 지하 1층 아케이드로 올라가 한가해 보이는 커피전문점 구석진 곳에 자리를 잡고 앉았다. 카페의 투명한 유리벽 너머로 저녁식사를 마친 사람들이 한식집이며, 레스토랑에서 간간이 빠져나오는 모습들을 물끄러미 바라보았다.

대낮처럼 밝은 지하 공간. 그가 없는 그의 영역, 혜성그룹 본사 건물. 한 번도 초대받지 못했던 그의 공간에 그의 부재를 틈타 도둑고양이처럼 슬그머니 찾아든 제 모습이 여러 가지 오묘한 감정을 불러와 지원의 시선이 점점 아래로 향했다.

깊어진 눈동자가 새카맣게 타들어 가고, 버거운 감정들을 이겨 내느라 맞잡은 손가락이 제 힘을 못 이겨 비틀리는데, 하루 종일 그녀를 괴롭히던 전화는 그 잠시간의 여유도 사치라는 것을 알려 주는 것처럼 테이블 위에서 진동하기 시작했다.

"네."

전화 걸어온 이를 대하는 지원의 목소리는 냉랭했다.

— 거긴 왜 가신 겁니까?

"……감시 안 하셔도 된다고 말씀드렸는데요."

— 본사까지 찾아가신 민지원 씨가 하실 말씀은 아닌 것 같군요. 내일모레 떠나실 분이 뭐하시는 겁니까?

"금요일까지 근무하기로 되어 있어서 주말에 떠난다고 말씀드렸는데, 일부러 저 힘들게 하시려는 거면 그만하세요. 단지, 약속 안 지킬까 봐 미리 겁주시는 거래도 이제 그만하시고요. 여기 온 건 경호 문제 때문이에요. 그 사람이 고용한 경호원들, 어떻게든 정리해야 제가 서울을 떠나도 떠나는 의미가 있는 거 아닌가요? 그럴 필요 없다면 이대로 돌아가고요. 서울 떠나면서 경호원들 대동하고 여행 가는 걸 원하실 줄은 몰랐습니다."

— 민지원 씨! 지금까지 내가 한 말, 다 헛소리로 들었습니까? 엄포 놓는 거로만 들려요?!

"저야말로 헛소리할 만큼, 기운 넘치지 않습니다. 석 변호사님께서 직접 나서서 경호 문제 정리해 주실 거 아니시면, 그만하세요. 약속드린 대로 저 주말이면 떠납니다."

— 사모님이 주신 기한은 일주일입니다. 수요일까지 떠나도록 하십시오. 미련 떨어 봐야 민지원 씨나 저만 힘들어집니다. 아시겠습니까?

"……억지 부리지 마세요. 자꾸 이러시면, 저…… 정말, 다 놔 버릴 수도 있어요. 하루에 몇 번씩 전화해서 괴롭히는 거, 요즘 불법추심에도 가드라인이 있다는데, 변호사씩이나 되셔서 이러시는 건 너무한다는 생각 못 하십니까? 전화 그만하세요. 더 하시면 저, 작정하고 맘 바꿀지도 모릅니다."

펄펄 뛰는 석변의 목소리를 들으며 전화를 끊었어도, 지원의 속은 조금도 시원하지 않았다. 방금 전, 격앙된 음성으로 통화를 주고받은 사람답지 않게 차분하게 시간을 확인한 지원은, 뒤늦게 자신의 테이블만 비어 있다는 걸 알고는 주문대로 향했다.

탄산수 한 병과 아메리카노 한 잔을 받아 들고 자리로 돌아오는 지원의 눈에 급하게 문을 열고 들어서는 한 남자가 보였다.

"나오는 길에 중요한 전화가 와서 조금 늦었습니다. 죄송합니다. 저는 전화받았던 문태웅이라고 합니다."

"괜찮습니다. ……앉으세요."

지원은 자신을 알고 있는 것처럼 곧장 제 테이블로 다가서는 남자의 얼굴에서 긴장과 걱정을 읽을 수 있었다.

먼저 사 두었던 커피를 그의 앞으로 밀어 주며, 급한 전화라는 게 혹시 독일에서 걸려온, 그와 관계된 전화일까라는 궁금증이 생겼지만 이내 부질없음에 고개를 저은 지원은 말 꺼내길 무척이나 조심스러워하는 남자 대신 먼저 입을 열었다.

"저를 아시나요?"

"……네. 알고 있습니다."

"언제부터요?"

"……."

"뭘 어떻게 하자고 온 자리가 아니에요. 제가 드릴 말씀이 있어서 뵙자고 청한 거니까, 불편하시면 제가 먼저 용건을 말씀드리겠습니다."

"네. 듣겠습니다."

"……알게 됐어요. 제가 만나는 분이 어떤 일을 하시는지, 어떤 자리에 있는 분이신지."

지원은 순간적으로 꿈틀하는 문 비서의 표정으로 그가 이 상황을 얼마나 난감해하는지 알 수 있었다.

"출장 가시기 전에 알게 됐는데, 지금 와서 제가 알고 있다고 말씀드리는 이유는 그분 일에 방해되지 않게, 돌아오실 때까지 그분 모르게 경호 차량 철수해 달라는 말씀을 드리고 싶어서예요. 그리고 부탁드릴 것도 있고."

지원은 옆자리에 올려 두었던 쇼핑백을 문 비서에게 내밀었다.

"이거, 그분 오시면 전해 주세요. 만약, 지켜보시기에 안 전해 드리는 게 낫겠다 싶으시면 문 비서님께서 그냥 쓰레기통에 버리지 마시고, 깨끗하게 태워 없애 주셨으면 좋겠습니다."

"……실장님, 죄송하지만…… 이건, 열흘 후에 직접 전해 드리실 수는 없으시겠습니까?"

문 비서는 감정이 담기지 않은 지원의 눈빛을 바라보았다. 이런 상황에 담담하다는 것은 많은 것들을 이미 정리했다는 뜻일 거란 생각에 문 비서는 제가 할 수 있는 말들을 고르고 있었다.

"……그럴 수가 없을 것 같아서 부탁드리는 거니까, 거절하지 말아 주세요. 그리고 내일까지 경호 차량 철수 안 되면 저, 경찰에 수사 의뢰할 거예요. 사생활 침해 같은 걸로…… 그럼 곤란해지실 분들 많으실 테니까, 서로 힘들어지지 않게 제 말 흘려듣지 말아 주세요. 전문가 고용해서 저 모르게 경호하셔도 저 금방 알 수 있어요, 철수하셨는지, 하신 척만 하시는 건지."

"혹시, 누구 만나신 적 있으십니까?"

"제가 지금 내린 결정, 또 원하시는 분이 계시다는 뜻으로 들리네요. 그럼 더더욱 제 결정이 옳았다는 뜻이 되니, 다행입니다."

문 비서는 낮게 숨을 고르며, 곤란한 표정을 지었다.

"전무님께서 저를 여기 남기신 건, 민 실장님께서 잘 지내시도록 도우란 뜻이셨습니다."

"잘 살펴보란 뜻이셨겠죠."

"……민 실장님, 오해는 마시고 전무님 돌아오실 때까지만 결정을 미뤄 주십시오."

"한 가지만, 궁금한 게 있어요."

"예, 말씀하십시오."

"그 사람, 좋은 기업가인가요?"

"네, 지금도 그렇지만, 앞으로 더 그렇게 되실 분이십니다."

"……그 사람. 모든 사람들에게 신뢰받고, 지지받는 좋은 기업인 될 수 있게 잘 도와주세요. 제가 드릴 말씀은 다 드린 것 같아요. 문 비서님도 그 사람 하는 일, 저 때문에 방해받는 건 원치 않으실 테니 돌아오실 때까지 아무 말 말아 주세요. 부탁드립니다."

자리에 일어선 지원은 담담한 표정으로 목례를 남기고 카페를 벗어났다. 손에 들었었던 종이가방을 두고 나온 허전함보다, 마음이 비워져 가는 허함을 더 크게 느끼며 차에 올라, 어두운 도심 속을 운전하기 시작했다.

지원은 집으로 가고 싶지 않았다. 마음은 갈피를 못 잡고 눈길 닿는 곳마다 허망하게 떠도는데, 몸은 매일마다 규칙적으로 집으로 향하고, 정해진 범주 안에서 생각하고 머무르는 갇힌 느낌이 지금 이 순간엔 답답함으로 다가왔다.

마음 가는 대로 차선을 바꾸고, 핸들을 돌렸다. 막힌 도로에서는 어디를 향할 것인지 생각하지도 않고 좀 더 통행량이 적은 차선으로 망설임 없이 갈아탔다.

사고가 나지 않은 것이 다행일 만큼 어떻게 운전해서 여기까지 왔는지 알 수 없을 정도로 정신없이 운전해서 차를 멈춘 곳은 예선재 앞이었다.

그와 두 번째 만남이자 처음 햇빛 아래 만나던 날 이곳에서 아침을 먹었었고, 진정으로 교제를 시작하기로 하며 처음으로 저녁을 함께 했던 곳. 고즈넉한 분위기가 마음을 가라앉혀 주던 이곳에 그녀 혼자 도착해 있었다.

차를 돌려 가 버릴까. 지원은 잠시 운전석에 앉아 조명이 밝혀진 예선재 담장 안, 잘 가꿔진 나무들을 바라보았다. 전보다, 그와 함께 왔던 얼마 전보다 나무는 더욱더 빽빽하니 수많은 잎사귀를 달고 잔잔한 바람에 무겁게 흔들리고 있었다.

그가 없어도, 여전히 저를 반겨 주고, 쉬었다 가도 된다고 손짓하는 나뭇잎들을 멍하니 바라보다가 지원은 천천히 차에서 내려섰다.

오래된 고택에 꾸며진 예선재 다원은 앞마당이 유난히 넓었다. 고택이 차지한 부지보다 세 배쯤 더 넓은 마당엔 커다란 나무가 듬성듬성 자리하고 있었고, 그 나무 아래마다 더운 여름날 쉬어 가기 좋은 평상을 하나씩 놓아 둔 것처럼 원목으로 만든 키 낮은 테이블이 놓여 있었다.

그 위엔 바람이 불어도 불이 꺼지지 않도록, 높이가 높은 유리 호롱이 세워져 어두운 밤을 밝히고 있었는데, 가끔씩 테이블 위로 흔들리는 불꽃 따라 일렁이는 검은 그림자가 생겨나곤 했다.

그 테이블 옆으로 통나무를 그대로 잘라 놓은 것 같은 나무 등걸이 스툴처럼 놓여 있어 지원은 고택 앞 대청마루에 서서 눈이 마주친 직원에게 마당에 앉아도 되냐고 물어보았다.

"네. 주문하시고, 마음에 드는 자리에 앉아 계시면 차 가져다 드릴게요."

하루 종일 몸살기운에 으슬으슬했던 지원은 음료를 주문한 뒤 다시 밖으로 나왔다.

몸은 안 좋으면서도 속은 답답해 실내에 앉아 있기 싫었던 지원은 늘 그와 함께 있던 공간에 홀로 들어와 주문하고, 혼자 앉아 있는 것이 다른 어떤 장소에서 느낀 허전함보다 더 외로움을 느끼게 해 마음이 더 깊이 가라앉아 버렸다.

'날 원망할 건가요?'

잔잔하게 흔들리는 나무 잎사귀 따라 지원의 고개가 먼 하늘로 향했다. 휴대폰에 남아 있는 부재중 전화 표시가 늘어 가도 지원은 그저 먼 하늘만 바라보았다.

연결되어 있으나 이어질 수 없는 그를 생각할수록 세상을 올바르게 살아간다는 것이 무슨 의미인지, 모든 것이 얽힐 뿐이었다.

다원에서 흘러나올 법도 한데 그 흔한 음악 소리 하나 들리지 않았고, 바람 소리, 바람에 나뭇잎이 자잘하게 흔들리는 소리가 전부인 곳에 앉아, 지원은 눈을 감고 버릇처럼 고개를 들어 올려 숨을 들이마셨다. 요즘은 이렇게라도 안 하면 속이 답답해 미칠 것만 같았다.

"손님, 생각이 많아 보이십니다."

"네?!"

갑자기 들려온 소리에 놀란 지원이 눈을 뜨자 고운 한복 입은 여인이 쟁반을 들고 서 있었다. 지나치게 놀란 자신의 모습이 창피했던 지원은 서둘러 침착함을 되찾았다.

"놀라셨는가 봅니다. 죄송합니다."

"아닙니다."

"여기, 주문하신 생강진피 차 가지고 왔습니다."

"네에."

"이건 여기서 직접 만든 한과입니다. 쌉싸름할 때 입에 넣어 보십시오."

"네. 감사합니다."

그런데 이상하게도 여인은 지원의 대답이 끝난 뒤에도 등을 돌려 안으로 들어가지 않았다.

"여긴 정원이 굉장히 넓네요. 나무도 많고 아름다운 곳에 계시니 좋으시겠어요."

뭔가 어색함이 흐르자, 타고난 천성에 오랜 의료서비스를 행한 직업병이 더해져 먼저 말을 꺼낸 지원이 불편한 표정을 감추려 의식적으로 웃어 보였다.

"네. 여름 되고, 가을 되면 더 아름다워질 겁니다. 혹시 나무 좋아하십니까?"

여인은 정원을 둘러보더니 지원을 쳐다보며 물어 왔다.

"네."

이러려고 온 것이 아닌데. 낯선 이와 불편한 대화를 나누며 시간을 뺏기고 싶지 않았는데.

"이 다원과 한식당 뒤편으로 여기보다 더 잘 꾸며진 정원이 있습니다. 오실 때마다 들러서 산책도 하실 수 있도록 개방해 드릴 테니, 자주 찾아 주십시오."

"네……? 왜 그런…… 다른 손님들도 그러시나요?"

"모든 손님들께는 훼손 문제로 개방해 드리지 못하고, 일부 특별한 손님들께만 출입이 허용되고 있습니다."

"저는 특별한 손님이 아닌데요."

"나무 아래에서 조용히 차를 즐기시는 분이시면, 특별한 손님이 맞으십니다."

"아…… 특별한 손님 되기, 생각보다 어렵지 않네요."

지원이 긴장 풀린 미소를 보이자 여인이 다시 입을 열었다.

"열흘 뒤에 다시 찾아 주시면 뒷마당에서 햇매실로 만든 차를 대접해 드릴 수 있을 것 같은데, 그때 다시 찾아 주시겠습니까?"

상냥한 여인의 말에 지원은 입술을 다물었다. 잠시 눈동자가 테이블 어딘가를 떠돈다 싶더니 작고 차분한 목소리가 흘러나왔다.

"초대해 주셔서 감사합니다만, 그땐 제가 좀 멀리 가 있을 것 같아서요."

이번엔 여인의 표정이 굳어졌다. 지원이 눈치채지 못할 만큼 미간에 주름이 잡혔다 사라지고 눈가엔 설명하기 어려운 아픔이 스치고 지나갔다.

"멀리…… 가십니까."

"네."

"출장을 멀리 가시나 봅니다."

"……그냥, 여행을 가게 됐어요. 죄송해요. 귀한 초대를 이렇게 거절하게 돼서 미안합니다."

"아닙니다. 언제든 여행에서 돌아오시면 이곳에 꼭 다시 한 번 들러 주십시오. 손님께는 언제든 뒷마당이 개방되어 있을 테니, 마음껏 산책도 하시고 쉬었다 가시면 됩니다."

"말씀만으로도 감사드립니다."

"아닙니다, 손님. 편히 쉬십시오."

단아한 차림새만큼이나 단정한 움직임으로 살짝 고개 숙여 인사한 중년 여인이 고택으로 걸음을 옮기기 시작하자, 혼자 남겨진 지원은 또다시 머리를 비우며 미약한 바람 소리에 귀를 기울였다.

화요일, 지원은 어딜 가나 따라붙는 그의 생각이 힘겨워 먼 하늘을 바라보며 작게 한숨을 지었다.

'언제까지 내 눈에 보일 거예요.'

오가는 사람들이 많은 인도에서 천천히 걸음을 멈추고 하늘을 올려다보자, 머리 위엔 나뭇잎 사이로 보이는 하얀 햇살이 보석처럼 반짝이고 있었다. 지금쯤 그곳은 깊은 저녁이겠지.

그렇게 전화하지 말라고 해 놓고도, 정작 전화기를 들여다보는 사람은 지원 자신이었다. 그의 전화를 받지는 않았지만, 그가 있는 곳의 시간을 생각해 보면 아마 잠들기 전에 시간을 내서, 전화를 하는 것 같았다.

그가 잠들기 전 당연하게 자신을 떠올려 주는 밤이, 분노하거나 슬퍼하지 않고 평온하게 기억하며 미소 지어 주는 밤이, 앞으로 몇 밤이나 남은 것일까. 지원은 고개를 떨구며 다시 은행으로 걸음을 옮겼다.

번호표를 뽑아 들고, 잠시 기다린 후에 자신의 차례가 되어 환하게 웃으며 응대하는 여직원 앞에 앉은 지원은 언니가 결혼한 이후부터 부어 왔던 정기적금 통장과 신분증을 내밀었다.

업무 시간상 내일 인출 가능하시도록 처리될 텐데 괜찮으시겠냐고 묻자 지원은 고개를 끄덕인 뒤 은행을 빠져나왔고, 걸음을 서두르며 오가는 행인 속에서 엄마 몫으로 만들어 드릴 통장과 조카에게 줄 침대값을 수표로 뽑아야 하나, 통장에 넣어 줘야 할까…… 하는 가벼운 생활 고민을 이어 가다 저도 모르게 혼자 중얼거렸다.

"걱정 말아요. 당신은 괜찮을 거야. 그리고, 나도 이제 그만하고 쉴 거니까, 염려 말아요. 우리 둘 다 괜찮을 거야."

그렇게 마지막 말을 하늘로 보낸 지원이 발끝에 힘주어 앞으로 걸어가기 시작했다. 하지만 그로부터 몇 시간이 지나지 않아 그녀는 후들거리는 두 다리로 두서없이 어딘가를 향해 뛰어야만 했다.

퇴근한 지원을 맞이한 건 텅텅 빈 집이었다. 가끔씩 있어 왔던 일이었기에 지원은 '엄마 언니네 집에 있어?' 라고 전화를 걸었지만, 들려온 건 누군가 '퍽' 하고 명치에 주먹을 날리는 것과 같은 충격적인 대답이었다. 핸들을 잡을 수 없어 제 팔을 때려 가며 곱은 손을 억지로 펴서 차를 운전한 지원은 집과는 먼 곳에 있는 대형병원 응급실로 향했다.

"엄마는?"

지원의 눈동자가 한곳에 머물지 못하고 이리저리 흔들렸다.

"어머님은 검사 중이셔, 그래도 링거 다 맞고 깨어나시면 별일 없을 거야."

"너 이거 무슨 일이야?!"

죄인처럼 병원 복도에 서서 고개 숙인 지원은 입술을 꼭 깨물었다. 예원이 지원에게 다가서려 하자, 앞을 막아선 형부가 언니를 감싸 안으며 힘으로 억지로 밀어내기 시작했다.

"예린 엄마! 가자. 가서 좀 쉬자. 처제, 언니가 놀랬어. 놀래서 그러니까 진정 좀 시키고 올게."

"놔 봐요! 할 말은 해야 하잖아. 엄마만 이 꼴 당했을 것 같애? 얘도 똑같이 당했을 거란 말야!"

"이따가, 응? 이따가 해. 처제도 놀랐잖아."

"뭘 당했다는 거야……?"

"너! 유현민 알아? 석경원 변호사, 알아? 몰라?!"

절망적으로 변한 지원의 눈동자가 질끈 감은 눈꺼풀에 가려졌다. 자꾸만 힘으로 밀어붙이는 남편을 바라보며 말리지 말라고 소리치는 예원의 눈빛은 애절해 보이기까지 했다.

목소리는 성을 내는데, 눈은 울고 있어서, 지원은 언니가 지금 얼마나 가슴이 찢어지고 있는지 알 것 같았다. 고령의 엄마를 응급실에 눕게 만든 것도 모자라, 언니네 가족의 삶까지 뒤흔들며 뻔뻔하게 사랑을 입에 담는 여자가 자신이라니…….

한 번 열린 눈물샘은 금세 눈물을 고이게 만들었고, 바닥을 마주 보듯 고개 떨군 지원은 흘러나온 눈물을 병원 복도 바닥에 그대로 뚝뚝 떨어뜨렸다.

"……이모."

연베이지 병원 복도 색깔만 흐릿하게 보이던 시야 안에 자그마한 얼굴 형체가 쑥 밀고 들어왔다.

"이모, 울어?"

"……."

눈에 고인 눈물을 깜빡임 한 번으로 더 떨어뜨린 뒤에야 아이의 이목구비가 분명하게 눈에 들어왔다. 아이는 저보다 한참이나 큰 지원을 올려다보며 걱정과 불안이 담긴 시선을 보내고 있었다. 지원의 입술이 숨을 참느라 핏기를 잃도록 깨물어졌다.

"싸우지 마, 이모."

조카의 목소리, 아이는 분위기를 인지한 것처럼 표정이 굳어져 있었다.

스커트 자락 밖으로 흘러나온 블라우스 한 귀퉁이를 작은 손아귀로 잡고 흔들며, 병원 복도에서 울고나 있는 바보 같은 여자를 제 이모랍시고 제 방식대로 달래려 노력하는 어린 아이.

그 아이를 위해 지원은 돌멩이가 걸린 듯 소리 나오지 않는 입을 겨우 움직여 꽉 잠긴 목소리를 내뱉었다.

"……으응. 안 싸워."

모난 돌멩이가 목 안에서 구르는 듯 억지로 소리를 낼 때마다 목이 상처가 나는 것처럼 아파 와서 이대로 컥컥대면서 기침하면 거친 단면을 가진 회색빛 시멘트 벽돌 조각이라도 내뱉어질 것만 같았다.

아이에게 괜찮다는 것을 보여 주고 싶어서 고개를 들어 올리자 언니와 형부가 굳은 듯 멈춰 서서 놀란 눈빛으로 바라보고 있었다.

"……너…… 울어?"

"……."

지원의 고개가 다시 아래로 향했다.

"민지원이 길바닥에서 울어?!"

언니의 목소리에 서서히 노기가 스며들었다. 길바닥. 아무에게나 개방되고, 누구나 거리낌 없이 오가는 응급실 앞 복도. 그래 이곳은 길바닥이나 마찬가지였다.

지난 모진 시간들 속에서 단 한 번도 언니 앞에서 눈물을 보인 적이 없었는데, 이렇게 눈앞에서 우는 꼴을 보이고 말았다. 그것도 언니만으로도 모자라 형부와 어린 조카 앞에서까지.

"야! 민지원!"

"처제, 잠깐 나갔다 올게. 예린아, 따라와!"

언니의 고함 소리에, 본격적으로 제대로 화낼 것 같았는지 형부는 언니를 껴안다시피 해서 몸을 돌렸다.

복도보다 더 많은 사람들이 빽빽하게 자리 잡은 응급실에는 줄지어 있는 병상과 여러 가지 기계음들이 자잘한 소음으로 뭉개져서 부유하고 있었다.

그 속으로 내딛는 지원의 걸음이 조심스럽다 못해, 뒤돌아 뛰쳐나갈 사람처럼 더디기만 해서, 빠른 걸음으로 오가는 의료진들에 비하면 느릿한 보행 연습하는 사람처럼 보일 지경이었다.

지원은 아까 언니가 빠져나오던 방향으로 다가가 눈으로 엄마를 찾았다. 가로막힌 커튼을 치우거나 환자마다 얼굴을 보지 않아도 보호자 없이 허전한 베드에 붙은 엄마의 이름은 금세 눈에 들어와 박혔다.

가까이 다가가지도 못하고. 누워 잠들어 있는 엄마의 발치에 머물러 선 지원은, 심장이 뛸 때마다 그 반동으로 흔들리는 자신의 몸을 느끼지도 못하고 계속 그렇게 서 있기만 했다.

언니의 세심한 살핌으로 어깨부터 발가락까지 단정하게 덮인 시트를 보면서도 지원은 감정을 극도로 억누르며 얼굴에 표정을 만들어 내지도, 엄마의 곁에 다가서지도 못했다.

깨어 계실 거라 생각했는데, 엄마는 아직도 눈을 감고 계셨다. 네 잘 난 사랑이 얼마나 큰일을 벌인 것인지 눈 똑바로 뜨고 보라고 누군가 속삭이는 것만 같아 눈을 감았다.

"이혜림 씨 보호자분 되십니까?"

한참을 그렇게 서 있던 지원은 한 걸음 앞에서 들려온 소리에 눈을 떴다.

"네, 맞습니다."

"이혜림 환자분 검사 결과가 나왔는데요. 다 괜찮으세요."

"하아…… 감사합니다."

"그래도, 나이가 있으시니까 지금 바로 퇴원하시기보단 하루 정도 기력 회복하시는 거 보고 내일쯤 퇴원하시는 것도 좋을 것 같습니다. 어떻게 하시겠요? 보호자분, 지금 가실래요? 하루 더 계시겠어요?"

"병실로 올려 주세요. 경과 더 지켜보겠습니다."

"그럼, 제가 가서 병실로 올려 달라고 말할 테니까, 조금만 더 기다 리세요. 병실 나온 거 확인하고 병동에서 올라오라고 할 때까지 시간 좀 걸리거든요. 아셨지요?"

피곤에 절은 듯한 레지던트는 굳은 얼굴로 의식적으로 친절하려 애 쓰는 것인지. 말끝마다 확인하듯 되물어 왔다.

"네."

지원의 대답을 듣자마자, 서울 말씨에 묘하게 경상도 사투리 억양이 남아 있는 레지던트는 반걸음 뒤에 떨어져 있던 인턴과 빠르게 말을 주 고받으며 다른 베드 쪽으로 급하게 걸어가기 시작했다. 그 모습을 멍하 니 바라보다가, 누워 있는 엄마를 내려다보았다.

'무슨 말을 들으신 걸까. 얼마나 심한 말을 들으신 걸까.'

놀라신 만큼 지치신 건지 엄마는 약에 취한 사람처럼 깊은 잠에 빠져 계셨다. 분명 그렇게 보이는데도, 지원은 엄마가 일부러 저를 외면하고 있는 것인지도 모른다는 생각이 문득 들었다. 일부러 피한다 해도 엄마를 일어나 보라고 깨울 자격조차 없는 딸.

지원은 천천히 깊은 숨을 들이마시며 아까처럼 또다시 병상에서 한 걸음 뒤로 떨어져 나왔다.

"처제 가서 밥 먹고 와."

형부의 목소리에 고개를 돌리자 아까보다 많이 진정된 언니의 모습이 눈에 들어왔다. 그리고 아까 함께 나갔던 조카가 보이지 않았다.

"예린인?"

언니를 보고 한 물음에 아무런 답이 없자 형부의 목소리가 그 어색한 틈새를 메웠다.

"어머니가 오셔서 데리고 가셨어."

"……사돈어르신께서 고생이 많으시네요."

뭐라도 말을 해야 할 것 같아서 떨어지지 않는 입을 열었더니, 겨우 나온다는 소리가 사돈어른 고생하신다니. 제 엄마는 병원에 눕혀 놓고 사돈어른 손녀 봐 주시는 거에 인사치레를 하고 선 자신이 뻔뻔하게 느껴져 지원은 다시 입을 꾹 닫았다.

"뭐, 별로. 얼른 가서 밥 먹고 와. 아니. 여긴 내가 있을 테니까 집에 가서 좀 쉬고 내일 오든가."

"아니에요. 엄마 곧 병실로 올라가실 거래요."

그래, 말하려면 이런 말이 옳았다. 주제넘게 사돈어른 챙기지 말고, 입이 열 개라도 할 말 없는 민지원은 처음부터 엄마의 상태만 보고하는 편이 나았다.

"밥 먹고 와. 먹고 기운 차린 후에 얘기 좀 해."

툭 끼어든 언니가 차갑고 불퉁하지만 많이 누그러진 목소리로 말해 왔다. 그런데 그 말이 어찌나 눈물 나게 고마운지 지원은 더 대답하지 못하고 고개를 끄덕였다.

자신은 다가서지 못했던 엄마의 머리맡으로 다가서는 언니를 보면서 지원은 천천히 몸을 돌려 밖으로 빠져나왔다. 건물 밖 휴게실 의자에 털썩 주저앉았다.

처음엔 해외 의료 봉사를 갈까 생각했었다. 혜성이 아무리 큰 그룹이라 해도 한국을 벗어나면 그 그림자는 훨씬 옅어질 것이라 생각하니 생각만으로도 숨통이 좀 트이는 것 같았다.

갑작스레 떠나려니 사적인 경로로 팀에 합류해야 할 것 같았지만, 그리 못할 일은 아니었기에 처음엔 그렇게 계획을 잡았었다.

그런데 지 변호사님께서 잠시 한국을 떠나 있겠다는 지원의 말에 크게 놀라시더니 반대하셨고, 그 통화를 이어 가다가 지원은 문득 출입국 조회라는 단어를 떠올렸다.

지원은 현민이라면 어느 나라로 갔는지 금방 알게 될 것이고 그럼 자신을 찾아올지도 모른다고 생각했다. 아니 찾아와서 화를 내건 설득하건 어떻게든 한 번은 얼굴을 마주하려 할 사람이었다.

국제적인 숨바꼭질을 하며 괜히 그를 더 신경 쓰게 하고 싶지는 않고, 그렇게 갔다가는 저가 먼저 찾아올 그를 기대하며, 기다릴지 모른다는 비참한 상황도 눈에 그려졌다.

그래서 지원은 의료 봉사나 여행 대신 의료인 구인구직 사이트를 드나들며 서울에서 멀리 떨어진 곳에서 숙식이 제공되는 일자리를 검색했다.

지원의 학벌, 경력은 모든 곳에서 환영을 받았지만 지원이 요구한 비정규직, 4대 보험 미가입 유령 직원으로 채용해 줄 곳은 많지 않고, 지금껏 면접 약속을 잡은 곳은 병원이 아닌 외진 곳에 위치한 사회복지법인 단 한 곳이었다.

그것도 그나마 간호사 면허 외 사회복지사 자격이 있다는 소리에 겨우 잡힌 면접이었다. 일단 가족들에겐 여행을 간다고 안심시키고, 떠나면접을 보고 있을 곳이 정해지면 한동안 지방에 있게 됐다고 말할 생각이었다.

그런데…… 멀쩡해 보이려던 그 모든 노력이 산산이 부서져 버렸다.

구질구질하게 흘러나오는 눈물을 억지로 밀어 넣듯 거칠게 눈을 비벼 댄 지원이 재킷 주머니에서 휴대폰을 꺼내 들었다.

"우리 엄마 만나서 무슨 소리 했어요."

— 이제야 들으셨습니까? 생각보다 소식이 늦으시군요.

"무슨 소릴 했냐고 묻잖아!"

— ……가족이 그렇게 중요하시면 진작 고분고분하셨어야지, 받아먹을 거 다 받아먹고, 그렇게 고고한 척하면 누가 받아 줍니까? 가족한테 손대는 거 싫으면 빨리 떠나세요. 내가 많이 봐줘서 다음 주 월요일까진 강형석 씨 퇴사, 막아 줄 테니까.

"받다니, 뭘 받아요? 그거 무슨 소리예요?!"

— 아, 거참, 그만 좀 합시다! 한두 푼도 아니고…….

지원은 뒤이어 들려오는 석변의 목소리에 차가운 건물 외벽에 머리를 기대, 아련해지는 눈으로 별 하나 뜨지 않은 검은 밤하늘을 멍하니 바라보았다. 시간이 갈수록 저가 저일 수 없고, 누군가가 꾸며 준 대로 변해 가는 저의 모습이 삐에로처럼 춤을 추고 있는 것만 같았다.

새벽녘, 출근 준비를 위해 집에 잠시 들렀다 언니네를 집으로 돌려보내고, 엄마의 병상 옆을 지키고 있던 지원은 조금 전 통장 정리를 해 본 월급 통장을 들여다보고 있었다.

한 달에 한 번, 입금되면 바로 다른 통장으로 자동이체 연결된 것들이 많은 월급통장엔 잔액이 많아선 안 되는데. 모르는 이름으로 한 번에 입금된 5억은 석변이 말한 금액과 일치했다.

'받을 거 다 받아먹고!'

통장에 돈 들어간 지가 언젠데, 아직까지 모르는 척 입 닦고 고고한 척이냐는 석변의 말에 해명해 봐야, 유현민이 혜성 후계자 유 전무인

472

걸 어떻게 모를 수 있냐는 말과 똑같은 시선을 받을 뿐이란 걸 알기에. 통장을 바라보는 지원의 시선은 그 어떤 의지도 담겨 있지 않았다.

등 뒤에서 인기척이 들려왔다. 옆 베드가 비어 있는 2인실에서 지원은 뜨거워지는 얼굴을 들지 못하고 몸을 뒤로 틀었다.

"……"

"이거 빼라."

엄마의 시선이 두 번째 맞고 있는 수액을 향했다.

"엄마."

"됐다. 집에 가자."

"엄마, 다 맞고 아침에 가요."

"……너, 병원 관두고 여행 가는 이유가 이거였어?"

"아니야. 작년부터 사표 낼 거라고 그랬잖아. 그건 아니야. 원래부터 쉬고 싶었어."

"……지원아."

"네."

"하나만 묻자."

"네."

"너 정말 작정하고 거짓말해 가며 꼬셨어?"

"엄마!"

"그런데 왜 그런 욕을 먹고 살아!"

지원이 눈이 뻘게져서 고개를 끄덕이며 눈물을 떨어트렸다. 꾹 다문 입술이 끅끅 소리를 삼키고 있었다.

"내 딸이 그런 주변머리 없다는 거, 나는 알아. 나는 아는데, 후우우. 지원아."

"네……에…… 흐흡."

"잊자. 다 잊고, 여행 다녀와. 여행 다녀와서 외국 나가 살고 싶으면 집 팔아 줄게. 그 돈 들고 가서 밖에서 살아."

"엄마아."

"옛날에는 예원이가 있었으니까 못 그랬지만, 이젠 예원이도 시집갔고 너랑 나랑 둘인데. 나야 어디 살든 괜찮다. 너 아직 젊으니까, 똥물 뒤집어썼다 생각하고 싹 씻고 와. 액땜했다 치자. 아무것도 모르고 속아서 결혼했다가 인생 통으로 망가지는 사람도 많아. 넌 운이 좋은 거다. 그렇게만 생각해."

"……."

"못 잊어? 이 일을 당하고도 못 잊어?!"

"엄마……."

"나 당한 일 때문에 그러는 거 아니다. 세상 어느 엄마도 딸이 불구덩이 뛰어드는 꼴은 그냥 못 본다. 잊자. 지원아. 여행 가라. 가서 잊자."

"엄마……."

무슨 말을 어떻게 들으셨는지 엄마는 더 이상 말씀하시지도, 묻지도 않으셨다. 다만, 다 잊으라고 하셨다. 다 잊고…… 다 잊고, 다 잊으라고. 그 사람을. 그를 잊으라고만 하셨다.

지원은 그에 대해서 단 한 마디도 묻지 않으시는 엄마가 참…… 가슴 아팠지만, 그 사람만은 좋은 사람이라고, 힘들고 포기하고 싶었던 저를 살게 해 준 사람이라고도 말하지 못했다. 죄인에겐 입이 없어야 했다.

토요일 오전 11시, 지원은 스키니 청바지에 굽 낮은 검은 구두, 루즈핏 화이트 셔츠에 블랙 재킷을 차려입고 갤러리 '라무'의 사무행정동이라 안내받은 검은 건물 1층에 서 있었다.

처음 갤러리에 들어서면서 건물 하나가 아닌 타운 개념의 큰 규모에 놀랄 틈도 없이, 건축가들의 작품들로 지어진 건축물도, 연결하는 꽃과 나무가 만발한 오솔길도 눈에 담지 못하고 선선한 긴장감에 심장을 조이며, 들려오는 소리에만 집중했다. 이윽고 지원은 눈에 익은 여자가 로비로 걸어 나오는 것을 보며 자세를 당당히 했다.

"관장님께선 약속된 분이 아니시면 만나지 않으십니다. 돌아가셔서 미리 약속 잡으시고 다시 방문해 주시겠습니까?"

지원은 앞에 선 직원을 물끄러미 바라봤다. 다 알면서, 어떤 일이 있었는지, 다 봤으면서 여자는 정말 아무것도 모르는 사람처럼 지원을 대하고 있었다.

"다시 한 번 전해 주세요. 지금 저를 만나지 않으시면, 저는 삼 일 뒤 서울에, 아니 공항에 마중 나가 있을 거라고요."

"······."

무표정했지만, 긴장한 턱 근육의 움직임에 지원은 그녀가 흔들리고 있다는 느낌을 받았다.

"전해 주세요."

"······네, 잠시만 기다려 주십시오."

또각거리는 구두 소리가 유난히 크게 들린다는 생각을 하며 로비 안내데스크 직원들의 시선을 이겨 내고 있던 지원은 잠시 뒤, 송 비서의 안내를 받으며 기다란 복도를 따라 관장실로 안내되었다.

"안녕하십니까."

"원래 이렇게 무례합니까?"

"아닙니다. 미리 약속하지 못하고 찾아온 점 사과드리겠습니다."

"만나자고 한 이유나 말해 봐요."

관장실 책상에 앉아 시종일관 냉대하는 분의 얼굴을 지원도 오래 보고 싶지 않았다.

"사모님께 돌려드릴 것이 있어서 찾아뵈었습니다."

지원은 백에서 하얀 봉투를 꺼내며 앞으로 걸어갔다. 책상 위에 수표가 담긴 봉투를 올려놓고 한 걸음 뒤로 물러난 지원을, 서희 여사는 뭐 하는 짓이냐는 눈빛으로 바라보고 있었다.

"······."

"사모님께서 주신 5억입니다."

"오늘 떠날 거라고 했다던데?"

"그렇습니다."

"떠날 거라면 굳이 이렇게 돌려줄 필요 없는 거 아닙니까?"

"……떠납니다. 이 돈 돌려드리고 지금 바로 떠날 겁니다. 그러니 받으시고, 저희 형부 압박하고 계신 거 풀어 주십시오."

"떠나기만 한다면 아가씨 형부란 사람, 더 좋은 위치로 발령 내줄 수도 있습니다."

"그러실 필요 없습니다. 과장이었으니 제자리로 돌려놔 주시기만 하면 됩니다. 또다시 제 계좌에 돈 넣으시거나, 제 가족과 접촉하시거나 협박하시면, 저는 어떤 끝을 보게 된다 해도 다시 돌아올 겁니다. 그러니 이제 그만해 주세요. 전무님 만난 일에 어떤 의도나 계획 섞였던 적 없고, 저는 이런 대우받을 이유 없는 사람입니다."

서희 여사는 지원의 눈을 쳐다보며 한동안 생각에 잠기더니, 책상 위로 팔을 올려 두 손을 맞잡아 깍지 낀 손으로 질문을 던졌다.

"정말 당당하다면, 민지원 씨가 두원가와 접촉하는 이유를 떳떳하게 말해 보세요. 그럼, 이 돈. 내가 사과하고 돌려받지요. 나는 민지원 씨가 설명할 수 있기를 바라요. 그렇지 않으면 감히 내 아들을 가볍게 여긴 값을 치르게 하고 싶으니까."

이미 자기 마음대로 단정 짓고, 결론 내어 버린 사람에게, 믿지 않겠다 다짐한 것 같은 사람에게 결백을 주장하는 것이 너무나 구차하게 느껴진 지원은 기가 막혀 눈을 감았다 뜨며 사모님의 눈을 똑바로 쳐다보았다.

"저는 고인이 되신 노사모님과 친분이 있었던 연으로 지 변호사님을 비롯한 두원가분들과 얕은 안면이 있는 것뿐입니다. 괜한 오해로 저를 모욕하지 말아 주십시오. ……더 하실 말씀 없으시면 이만 돌아가겠습니다."

"한 일 년쯤이면 될 겁니다."

허리를 숙여 인사드린 뒤 돌아서던 지원은 서희 여사의 목소리에 걸음을 멈춰, 잔뜩 굳은 얼굴로 뒤를 돌아보았다.

"일 년만 떠나 있으면 유 전무도 마음 정리될 테니, 그때까지 잘 떠나 있으면 될 겁니다. 그렇게만 하면 민지원 씨가 걱정하는 가족들도 아무 탈 없을 겁니다."

"……."

지원이 대답 없이 몸을 돌려 문을 나서는 동안, 더 이상 뒤에서 들려오는 말소리는 없었다.

갤러리를 빠져나온 지원의 차는 무작정 서울에서 조금 더 멀리, 그에 관한 것들로부터 조금 더 멀어질 수 있는 남쪽을 향해 내달리고 있었다.

트렁크와 뒷좌석에 미리 정리해 두었던 짐을 렌트 차량에 싣고서, 익숙하게 달리던 한남대교에서 곧바로 고속도로로 접어든 지 얼마 되지 않아, 다시는 서울로 돌아올 수 없다고 누군가 뒷머리에 대고 소리치는 것 같은 환청을 들으며 서울 톨게이트를 빠져나왔다.

차가 앞으로 달릴수록 그와의 추억이 뒤로 밀려 나가고 있었다.

처음을 함께 했던 호텔도, 그가 맛난 밥을 사 주겠다며 데려갔던 예선재도, 그와 오가던 거리도 모두모두 멀어지고 있었다. 자꾸만 흘러나오는 눈물에 손등으로 거칠게 닦아 내리며 운전하던 지원은 감당할 수 없게 흘러내리는 눈물에 차선을 휘청였다. 결국 뒤따르던 차량이 추월하며 내지른 경적 소리에 놀란 지원은 더 이상 운전하기를 포기하고서 갓길에 차를 멈춰 세웠다.

"그만해! 민지원!!"

내가 뭘 그렇게 잘못해서, 어디서부터 뭘 반성해야 이 악몽이 끝나는 건데.

어디부터 틀어진 건지, 왜 자신은 결국 이런 모습이어야만 했는지, 어느 순간 어떤 결정이 여기까지 오게 만들었는지. 이성적으로 생각하고 마음을 정리해도 부족할 판에 지원의 머릿속엔 그에게 사랑했으나 사랑한다 말해 주지 못한 것. 그 미안함이 더해지고 있었다.

'미워하기로 했잖아. 그렇게 해서라도 잊어버리기로 했잖아!'

사랑이 가장 자신 없었던 지원이 한 사랑은 이렇게나 어리석었다. 사랑을 두려워하기 시작한 그녀는 어느새 버리는 것에 익숙한 사람이 되어 갔다. 배우고 싶고, 하고 싶었던 것 많았던 소녀는 어른이 되었다는 표식처럼 여겨지는 주민등록증을 만들러 파출소에 도장 받으러 갔던 그날 이후. 십여 년을 조금 넘게 살아냈을 뿐인데 이젠 가지려는 발버둥이 얼마나 덧없는 혼자만의 헛짓인지를 알아 버렸다.

원했던 것을 누가 빼앗아 가면 그러지 말라고, 지금까지 성실하게 바르게 잘 살아왔으니 그런 날 믿어 달라 말하던 약한 소녀는 지금. '아……역시 그렇군요.' 하면서 빼앗김을 묵묵히 받아들이는 사람이 되어 있었다.

그나마 타다 남은 장작 잔불처럼 희미하게 살아 있는 자존심으로 뺏기더라도 추하지 않게 매달리지도, 애원도 말자 다짐하게 될 뿐.

예전의 지원은 몰랐지만 지금의 지원은 알고 있었다. 애원해도 고개를 숙이거나 오열을 해도, 안 되는 건 안 되는 거란 걸. 세상은 냉정하다 못해 참혹한 일이 밤낮없이 일어나고. 그리고, 그와 저는 사는 세계가 다른 사람인 것을.

'살자. 숨 쉴 때 숨만 쉬고. 일할 때 일만 하면서. 그가 떠올라도, 길 가다 비슷한 사람을 만나게 되도 미친 듯이 가슴 뛰지 말고 모두 잊자. 잊고 살아보자. 사랑 같은 거 없이. 감정 빼고, 마음 빼고도 생명이 붙어 있기 때문에 사는 사람도 많을 테니 나도 그렇게 사는 거다. 그렇게라도 살아지면 사는 거고. 숨만 쉬면 살아 있는 것일 테니.'

지원의 눈에서 눈물이 주르륵 흘렀다. 금세 결심을 저버리고 흘러나온 눈물을 서둘러 닦아 내며 지원은 하늘을 올려다보았다. 그 사람도 없는 세상에서 울고 싶지 않았다.

지원은 이를 악물었다. 힘들어도, 보고 싶어도, 목소리라도 듣겠다고 전화하는 미친 짓은 하지 말자고. 저 사람을 어떡하나 싶을 정도로 맹목적인 사랑과 신뢰를 보내오던 눈빛도 한 꺼풀의 거짓을 뒤집어쓴 눈빛이었으니, 그마저도 잊자고.

두 눈을 티슈로 꾹꾹 눌러 닦고, 다시 차를 달리기 시작한 지원은 그렇게 결심하면 지워질 줄 알았다. 스스로 의지도 강하고, 결심한 건 모두 지켜 내 왔었기에, 사랑한다 말한 적도 없었으니 괜찮을 거라, 상대에게 온전히 전해 준 적 없는 마음은 저 혼자 잊으면 될 거라 그렇게 생각했다.

어리석게도. 자신이 아는 사랑이 사랑의 전부가 아님은 미처 깨닫지 못한 지원은 그렇게 생각하며 도로를 달리고 있었다.

그로부터 며칠이 지난 어느 날, 오후 3시. 응급의료설비와 첨단 장비, 침실과 샤워 시설을 갖춘 보잉 737—700 혜성그룹 전용기가 김포공항에 착륙했다.

트랩이 설치되고 출입구가 개방되자 건장한 체격의 현민이 깍듯이 인사하는 승무원을 무심하게 스쳐 지나 빠른 걸음으로 트랩을 내려가기 시작했다.

비서진들이 다급한 발걸음으로 그를 뒤따랐고, 동행한 10여 명의 실무진들은 미처 비행기에서 내릴 준비를 마치지 못했었는지 현민이 트랩 끝부분에 다다랐을 때야 하나둘 트랩 위로 모습을 드러내기 시작했다.

트랩 아래에는 세 대의 검은 세단과 한 대의 대형 승합차, 승무원들을 위한 것으로 보이는 셔틀 버스가 대기 중이었다.

가장 앞쪽에 있는 세단 쪽으로 다가간 현민은 차에 올라타자마자 지체 없이 차를 출발하라고 지시했고, 앞차가 빠져나간 뒤 몇 초 간격으로 세단들과 승합차량이 검은 줄을 만들며 김포공항에서 빠져나가 강남 도심으로 향하기 시작했다.

— 뚜르르륵…… 뚜르르륵……. 고객님, 이 번호는 없는 번호이오니…….

몇 번이나 전화를 걸었는데 없는 번호라는 소리만 들려왔다. 귀국을 서둘렀건만, 그사이 지원의 전화번호는 없는 번호가 되어 있었다.

출국할 때부터 불안하던 마음은 선득함으로 변해 그를 초조하게 만들었고, 애초 보름 예정이던 출장은 일정을 3일 더 늘려야 할 정도로 처리해야 할 일이 많았다. 보름 만에 소화할 수 없는 일정을 가능하게 만들기 위해 무리하는 직원들을 보면서도 업무를 몰아쳐 3일이나 귀국을 앞당겼는데, 돌아와 마주친 현실은 그의 불안을 가중시키고 있었다.

게다가 앞당긴 일정이라 해도 공항에 나와 있어야 할 문 비서가 아직 서울에 있다는 것은 지원에게 어떤 일이 생겼다는 뜻이기도 했기에 현민은 문 비서의 전화번호를 누르기 시작했다.

"문 비서. 그 사람한테 무슨 문제 있나?"

— 저…… 전무님. 회장님께서 업무 보고 기다리고 계십니다.

어떤 일이 있든 보고되어야 했다. 질책이 묻어 있는 어조에 문 비서의 목소리가 순간적으로 메어져 나왔고, 현민의 입가는 더욱 차갑게 굳어졌다.

"일이, 있나?"

일상적인 생활로 별다른 것 없이 지내고 계신다는 문 비서의 보고를 받으며, 전화받지 않는 지원에 대해 불안함이 느껴질 때마다 그저 그녀만의 고지식한 행동이라 애써 묻으려 노력했던 것이 화근이었던가.

그녀라면 충분히 그럴 수 있다고 생각했었다. 입에 담은 말은 저가 힘들든 말든 어떤 일이 있어도 지키려 드는 지원이니까, 출장 간 자신의 일을 방해하지 않으려는 그녀 나름의 또 다른 배려일 수도 있다고 믿고 싶었다.

귀국하면 앞으로는 그러지 말라고, 전화 걸면 목소리는 들려 달라고 웃으며 설명하면 될 일이라 생각했었다. 그렇게 출장 기간 내내 애써 아닐 것이라, 꺼림칙하고 불쾌하던 감정을 억누르고 있었는데. 이 무슨…….

— 부탁드립니다, 전무님. 오시면 말씀드릴 수 있도록 허락해 주십시오.

어떤 일이든 그녀 스스로가 저를 단절시킬 리 없었다. 그렇다면 불가피한 사고가 난 것은 아닐까. 피가 마르는 느낌에 현민은 주먹을 꽉 쥐었다.

"사고인가?"

본인 명의의 휴대폰이 해지되었으니 사고는 아닐 것이다 싶으면서도 만에 하나, 그녀의 안위가 걱정된 현민은 일말의 가능성이라도 확인해야 했다.

— 사고는 아닙니다. 전무님. 죄송합니다. 회장님 뵙고 나오시면 제가 다 말씀…….

"업무 보고 미뤄. 정 기사, 스카이병원으로 가지."

— 전무님! 실장님, 병원에 안 계십니다!

전화를 끊으려 하던 현민은 전화에서 들려오는 고함 소리에 멀어지던 휴대전화를 다시 귓가로 가까이 가져다 댔다.

"……무슨 소리야!"

분명히 평일이었다. 지원은 지금 이 시각 병원에 있어야 할 사람이고, 그녀는 일을 중요하게 여기는 사람이었다.

— 퇴사……하셨습니다.

"……."

아무런 생각을 할 수 없는데, 뭔가가 가슴팍을 둔탁하게 치더니 작정하고 터트리려는 것처럼 계속해서 심장을 내리눌렀다. 갑갑함에 숨이 더디 나왔다. 등줄기의 서늘함이 온몸으로 퍼져 나갔다. 설마……

— 전무님.

"어디 있나."

예감은 짐작일 뿐이다. 머릿속으로 밀려드는 생각은 뒤로 접어 두어야 했다. 그런 생각들을 현실이라 인정한다면…… 있어서는 안 되는 일이다.

— 문, 문제가 있었습니다. 전무님, 일단 회사로…….

"문 비서, 어디 있는지 말. 해."

푸르고 시리게 반짝이는 진검의 번뜩임 같은 서늘한 목소리가 들려왔지만, 그 속의 불안함도 함께 전해진다. 비서실 책상에 앉아 전화받고 있는 문 비서의 이마와 옆얼굴로 자잘한 식은땀이 맺히기 시작했다.

— ……모릅니다. 전무님…… 죄송합니다. 정말 모릅니다.

"경호팀은 뭘 하고! 도대체 무슨 일이 있었던 거야!"

잠시간 차갑게 가라앉았던 목소리가 솟구치는 분노만큼 검붉은 노여움을 담아 도심을 향해 달리는 차 속에서 크게 퍼져 나갔다. 그녀의 부재를. 이것이 현실임을 느껴 버린 탓이었다.

— 민 실장님께서 경찰에 사생활 침해로 수사 의뢰하신다고 경호팀 철수하라 말씀하셨습니다. 처음엔 반신반의했는데, 실장님께선 진담이셨는지 경찰서에…….

"후우…… 그거 하나 처리 못 하나? 정 기사, 민 실장 아파트로 가."

겁 많은 지원은 어디에 있든 저녁이면 집으로 돌아갈 것이 분명했으니, 거기서 올 때까지 기다릴 작정이었다.

— 전무님. 실장님…… 여행 떠나셨습니다.

이건 아니야. 이런 건…… 이러면 안 되는 거야.

"……뭐라 했나."

네가 나한테…… 이럴 수는 없는 거야.

— 여행 가신다 하시곤, 지난 토요일 이후, 행적을 감추셨습니다.

나한테 널, 그렇게 새겨 놓고.

"행적을…… 감춰?"

내가 여기 있는데. 네가 왜.

"이유가 뭐야."

서슬이 퍼랬다. 차가운 눈가루를 뒤집어쓴 목소리가, 금속 갈리는 끔찍한 전율을 담아 아주 낮고 억눌린 목소리가 새어 나왔다.

"……."

이유가 있었을 것이다. 그냥 그러진 않았을 테니. 집에서는? 설마…….

"가족들은 행적을 알고 있겠지."

혼잣말처럼 중얼거리던 현민이 문 비서에게서 반드시 그렇다는 대답을 하라는 듯 물어 왔다.

— 아마…… 모르실 겁니다. 가족분들께도 여행 다녀온다고만 말씀하셨다고…… 들었습니다.

"직접 들었나?"

버려진.

— ……네. 죄송합니다.

아무짝에도 쓸모없는.

현민은 분노로 터져 버릴 것 같은 정신을 차리기 위해 한동안 아무 말 않고 거친 숨을 몰아쉬었다.

"왜 말 안 했지?"

그렇게 가벼운 의미로.

— 이번 출장이 얼마나 중요한지 알기 때문에 상황을 말씀드릴 수가 없었습니다. 민 실장님께서도 그렇게 당부하셨고, 지금, 유 사장님 라인 동태가…….

내 사랑이 너에게는 고작.

"문 비서, 언제부터 자네가 상황을 판단했지? ……문 비서 자리가 그런 자리였다는 걸 나만 몰랐던 건가?!"

그 정도의 의미였나.

— 죄송합니다, 전무님. 그렇게 떠나지 않으셨으면 실장님도 가족분들의 안전도 장담할 수 없는 상황이었습니다.

또다시 커다란 바윗덩어리가 저 높은 곳에서 심장을 향해 떨어져 내려, 펄떡이는 심장의 세포 하나하나를 으깨며 짓이겼다.

"안. 전?"

겨우 빠져나온 소리가 스스로 듣기에도 나약하게 흔들렸다.

— 네.

"떠나고 싶지 않았는데, 가족들 안전 때문에 떠났다……는 건가?"

— 알아낸 사실이 그렇습니다.

"……회장님이신가?"

차마…….

— 사모님께서 나서신 걸로 압니다.

내가 널 그 앞에 세워 두었구나.

"하아, 어머니……."

웃고 있던 네가 속으로 우는 줄도 모르고.

"흐으……."

내가. 널. 그 앞에.

참담한 외마디 탄식이 들려왔다. 몇 초간의 정적이 몇 분처럼 길게 느껴지는 목 조이는 침묵이었다.

"언제부터?"

너의 고통이 언제부터였나.

— 꽤 오래전부터였던 것 같습니다.

편안하게 해 주겠다 했었는데.

"출장 가기 전부터인가?"

따지지 그랬어.

— ……그런 것으로 압니다.

설명하라 고함치며 따귀라도 내려치지, 내 품에서 울지 그랬어.

휴대폰을 들고 있던 손이 그대로 아래로 내려뜨려졌다. 휴대폰 속에서 여전히 '전무님!' 이라고 외치는 문 비서의 목소리가 먼 메아리처럼 계속해서 들려왔다. 그럼에도 현민은 넋을 놓고, 허망해진 눈빛으로 멍하니 눈을 뜨고서 어디있는지도 모른다는 지원을 향해 물었다.

'너, 왜 묻지 않았어. 변명할 기회도 주기 싫을 만큼. 그렇게 미웠나?'

현민의 눈꺼풀이 무겁게 내려앉았다. 기운을 잃은 그의 커다란 몸이 중심을 잃고 의지하듯 의자에 파묻혔다. 어머님을 오래전부터 만났고, 이별을 종용당했다면, 아니 협박을 받는 중이었다면 지원인 어째서 그렇게 따뜻하게만 굴었을까. 왜 한 번도 원망이나 속상함을 토로하지 않았을까.

언제부터인지 정확하진 않지만, 지원은 분명히 희라원에서 일이 있고 크게 아픈 뒤부턴 처음보다 더 마음을 열며 다가왔었다.

다만…… 안개 낀 것 같은 모호한 말들로 가끔 가슴을 털썩 내려앉게 만들긴 했었지만, 놀라 물어보면 따뜻한 품을 내어 주며 환하게 웃던 지원이었다.

열심히 오다가 순간순간 멈칫하며 불안해한다고만 생각했었다. 그 이유가 모두 과거에 있다고만 생각했었다. 왜 전에 없던 환한 미소가…… 진정한 미소가 아니었음을 알아채지 못했을까. 그저 좋아서. 좋아하기만 했던 저의 모습에 조소할밖에.

현민은 마지막을 함께했던 하래에서의 밤. 그리고 그다음 날 보였던 지원의 대담함과 모든 걸 다 열어 보이던 그 순간을 떠올리며 눈을 감았다.

'너…… 그날 도대체 뭘 한 거야.'

그리고 문득 떠오른 기억에 현민은 기막힘에 굳어진 얼굴을 일그러뜨렸다.

"하······."

'좋은 방법이 생각나서 웃었어요. 오빠가 말한 대로 다음부터 내가 미안해지면 그때마다 이렇게 손잡아 줄게요. 더 많이 미안해지면 이렇게도 해 주고요. 그리고 난 다 잊어버려야지. 미안하고 빚지는 기분. 까맣게 잊어버리고 전혀 안 미안해하면서 살 거예요. 그래도 돼요?'

'잘 생각했어. 네 맘이 편해야, 내 맘도 편하니까.'

대화 나누던 날엔 고맙고 다행스럽기만 했던 옛 기억이 마지막 하래에서 함께했던 날, 서울로 돌아오는 내내······ 그의 손을 끌어다 깍지를 끼고서 계속 제 손등에 입술을 대고 있던 지원의 모습과 겹쳐졌다.

가끔씩 그녀의 입술에 닿아 있는 손등에 오물거리는 느낌이 전해지면, 그는 지원을 놀렸다. 그렇게 먹어 놓고도 더 먹고 싶은 거냐고······ 그 말을 했을 때 지원이 웃었던가. 아니······ 울었던가.

이제야 그 말에 차창으로 고개 돌리던 그녀의 마음이 수줍고 창피했던 것이 아니라 아팠을지도 모른다는 생각이 들다니.

고속 주행 중이고, 또 먼저 다가와 준 지원의 행동에 마냥 기분이 좋아서. 그래서 보고도 못 본 지원의 아픈 눈빛. 그때 분명 그녀를 보고 있던 두 눈은, 도대체 무엇을 본 것이었나.

지원은 서울로 돌아오는 내내 미안해하며, 또 그 미안한 마음을 모두 도로에 날려 버리며······ 그런 마음으로 서울까지 왔었던 거였다. 얼마나 원망했을까.

'지원아. 나 없이 살 수 있어? 넌······ 그렇게 살 수 있어? 난······ 못하겠다.'

지원이 없다고 느낀 세상은 한순간에 그의 집념과 열정, 삶의 의미를 앗아 갔고······ 모든 것들이 허망했다. 언제부터 지원을 괴롭히기 시작했는지, 왜 그래야만 했는지, 도대체 언제까지 그러실 건지! 어머님께 물어야만 했던 현민은 다시 휴대폰을 들어 올려 자세히 듣지 않으면 잘 들리지 않을 정도로 무심하게 한숨 섞인 말을 내뱉었다.

그의 목소리는 조금 전과 달리 지치고, 힘이 빠져 있어 마치 중얼거림처럼 들렸다.

"후우…… 라무로 간다. 김 이사한테 대신 업무 보고 하라고 해, 회장님은 나중에 뵙는다고 말씀드리고."

— 전무님! 본사 오셔서 회장님 업무 보고 마쳐 주십시오. 민 실장님께서 바라신 일입니다.

"……."

뒤로 힘없이 기대앉은 현민은 한 손에 든 휴대폰을 귀에 가져다 댄 채 눈을 감고 있었다.

— 민 실장님은 전무님께서 혜성그룹 주인이 되시길 바라십니다. 본사로 오셔서 회장님께 업무 보고해 주십시오. 부탁드립니다. 지금 김 이사에게 업무 보고 맡기시면 전무님께선 민 실장님 피눈물을 저버리시는 게 되십니다.

"훗. 혜성을 물려받아라…… 내가 물려받으면 돌아온다고는 하던가?"

누구를 향한 조소인지 이젠 그것조차 정확하지 않았다.

— 그런 말씀은 없으셨지만, 민 실장님께서 전해 드리라고 맡겨 두신 것이 있습니다. 전무님! 종이백 안에 상자가 들어 있는데, 남기신 말씀이 있지 않을까 생각됩…….

현민의 눈꺼풀이 들려 올라가고, 서늘하게 식어 아무것도 읽혀지지 않는 눈동자가 드러났다.

"그 자리에서 대기해."

현민은 휴대전화를 양복 주머니에 넣기도 귀찮은 듯 팔이 떨궈진 그 자리에 아무렇게나 내려놓았다.

"본사로 간다."

현민의 말에 '네, 전무님.'이라 짧게 답하는 정 기사의 목소리를 들으며 현민은 눈을 감았다.

심장이 붉은 선혈을 뚝뚝 흘리며 뜯겨나가고 있었다. 절규가 뭉쳐져 만들어진 형체 없는 검은 그림자덩이가 심장을 한 손으로 움켜잡고 뜯어내는 것 같았다. 지원이가…… 강제로 찢겨져 나갔다.

'어머니……'

날카로운 유리 칼날을 손가락마다 끼워 여린 피부 깊숙이 박아 내려 긋는 듯한 통증은, 숨을 쉬어도 숨을 멈춰도 계속됐다. 천천히 눈을 떠 올린 현민은 결심했다.

반드시 찾아내겠다고. 자신이 가진 것이 창이 되어 지원을 상처 내고 도려냈다면, 반드시 찾아, 지원의 손에 그것들을 움켜쥐고 흔들게 할 것이라 마음먹었다.

자신이 할 수 있는 가장 큰 사죄로. 반드시 그리할 것이라. 모든 사과를 그것으로 대신하리라 결심하는 현민이 냉정을 찾기 위해 애쓰고 있었다.

'지키고 있을게. 널 위해서. 더 높은 자리에 올라가 반드시, 내가 널 데리러 갈게.'

현민은 본사에 도착할 때까지…… 감은 눈을 뜨지 않았다.

현민은 회장실에 모여 있던 중역들 앞에서 간단하게 출장 분위기와 결과를 전하며 입국인사를 드렸다. 아들이 이룬 성과를 이사진들 앞에서 좀 더 느긋하게 즐기고 싶었던 유 회장은 상세 보고를 내일 있을 임원회의 때로 미루는 유 전무를 붙잡고자 했다. 하지만 정중함을 가장한 싸늘함이 아들에게서 풍겨 나오자 사람들 눈을 의식해서 더 이상 잡지 않으셨다.

분노를 감추려 무표정으로 얼굴을 감싼 현민이 전무실로 내려오자 비서실 직원들은 그 서슬에 어쩔 줄 몰라 했다. 수행원으로 따라다니며 지친 데다 전무님께서 본사로 들어오신 탓에 공항에서 쫓기듯 회사로 들어와야 하는 처지를 한탄하던 직원들은 현민이 노려보듯 지나쳐 전무실로 들어가자 묘한 분위기에 눌려 입을 닫았다.

전무와 눈이 마주친 문 비서가 깊은 심호흡을 내쉰 뒤 전에 없이 꾸물거리며 시간을 끌다 본인의 책상에서 무언가를 챙겨 들고 전무실로 들어갔다. 그 뒤에도 한동안 비서실의 정적은 계속 이어졌다.

정감 있게 대해 주시는 분은 아니셨지만, 늘 감정 없는 예의로 거리를 두시던 분이 처음으로 드러내는 감정 섞인 눈빛이란 게 너무도 서늘하고 차가운 것이라서, 그 분위기를 쉽게 흐트러뜨리지 못한 탓이었다.

전무실에 들어선 현민은 오른쪽 응접테이블과 소파를 지나 해가 길어져 여전히 환하게 밝은 바깥 풍경이 보이는 유리창 앞에 서 있었다.

솟구치는 감정을 조절하기 위해 자리에 앉지 않고 책상을 등지고 서 있던 현민이 잠시 뒤, 그대로 바깥 풍경이 드러나는 경치 좋은 자신의 사무실을 천천히 둘러보았다.

이곳과 지원일 바꾼 셈이었다. 지원은 저의 자리를 알고 떠난 것이었고, 솔직하지 못했던 그를 원망하고 있을 터였다.

'어머니, 왜 갑자기 제게 관심이 많아지셨습니까. 어쩌자고 지원이를 협박하셨습니까. 무슨 말로 겁박했길래 가족을 위해, 나를 위해 떠났다는 말이 나옵니까. 넌 잘못한 거야. 민지원. 내 곁에 있었어야지, 널 지키고 싶었으면 나한테 말했어야지. 처음 만난 날도 바보처럼 혼자 숨어 울기만 하더니…… 넌 끝까지 바보로구나.'

현민이 눈앞에 처음 만난 날 서럽도록 통곡하던 지원의 모습을 떠올렸다. 무슨 여자의 울음소리가 저렇게 한스럽냐고 느꼈던 그 울음을. 이젠 그 나쁜 놈이 아닌 현민 자신으로 인해 어디선가 울고 있을 거란 생각이 들자 미치도록 괴로웠고, 부끄러웠다.

이제 그는 김재우를 향해 나쁜 놈이라 말할 수도, 떳떳하게 못나게 굴지 말란 말도 할 수 없는 남자가 되었다. 오히려 김재우보다 지원에게 더 나쁜 일을 한 것일 수도. ……자신은 지원이 가족과 함께 사는 것도 불가능하게 만들어 버렸으니.

현민의 눈에 문 비서가 문을 열고 들어오는 것이 보였다. 그리고 그의 손에 들린 종이 쇼핑백도 함께. 종이가방에 꽂힌 시선이 문 비서에게 향하자 문 비서는 고개를 숙였다.

"그건가?"

"네. 전무님."

문 비서는 간단하게 대답하며 잔뜩 굳은 얼굴로 책상 위에 종이가방을 올려놓고 한 걸음 뒤로 물러섰다. 문 비서는 현민의 분위기에 '잘 다녀오셨습니까?' 라는 흔한 인사말조차 할 수 없었다.

현민은 종이가방을 잡아당겨 그 안에 들어 있는 눈에 익은 브랜드의 종이포장 케이스를 발견했다. 그 종이상자들을 꺼내 놓고 가방 밑면에 아무것도 남아 있지 않은 것을 확인한 현민이 편지를 찾기 위해 상자를 열자, 단정하게 개어져 있는 하얀 와이셔츠 위에 비스듬히 놓인 연보랏빛 편지봉투가 보였다.

"나가서 대기해."

"네. 전무님."

문 비서가 뒷모습을 보이자 현민은 의자에 앉아 천천히 편지봉투를 열었다. 연한 보랏빛 편지지에 검은색 펜으로 써 있는 단정하고, 둥그스름한 손글씨가 지원의 성품을 닮아 있었다.

잠시 쉬러 가요. 몇 년간 휴가도 없이 지내다 보니 피곤이 쌓여서 좀 오래 쉬려고 합니다. 마음껏 쉬고, 기운이 나는 것 같으면 가족들 곁으로 돌아올 생각이에요.

그리고 그땐, 모든 것을 다 잊은 후일 겁니다. 나는 다시 당신 곁으로 돌아가지 않아요. 그러니 날 위해 어떤 것도 하지 말고, 잊으세요. 언론을 통해 들려오는 당신 소식이 좋은 소식이길 바랍니다. 그러다 그 소식들에 덤덤해할 수 있어지면, 나는 평범한 사람 만나 유현민 씨를 점점 더 깨끗하게 잊어갈 거예요.

내가 미안하다 말 안 하는 이유는, 당신도 내게 그런 말 하지 않아도 된다는 뜻입니다. 우리가 함께 보낸 시간들이, 후회나 아픔으로만 기억되지 않길 바라요. 건강하고, 행복하길. 그동안 많이 고마웠습니다.

한 줄, 한 줄 읽어 내리는 현민의 얼굴이 점점 굳어져 가며, 안타까움에 일그러졌다. 한 번도 원한 적 없는 담담한 포기의 말에 가슴에서 느껴지는 통증을 참지 못하고 고통스런 신음을 흘리며 편지를 들고 있던 손에 힘을 주었다.

"누구 맘대로 날 잊어. 누구 맘대로 딴 놈을 만나!"

현민의 주먹이 책상에 내리꽂혔다. 육중한 책상에 주먹 쥔 뼈마디가 으스러지는 고통도 느끼지 못할 만큼 격앙된 현민이 그 길로 사무실을 걸어 나갔다.

문 하나 사이로 겨우 평상시 공기 흐름을 찾아가던 비서실이 또다시 순식간에 얼어붙는 가운데 오로지 문 비서만이 다급하게 그의 뒤를 따르고 있었다.

흥분을 감출 생각 같은 건 아예 없는 현민의 과격한 걸음걸이는 무척이나 빨랐고, 그 뒤를 따르는 문 비서 뒤로 멍하니 서 있는 비서실 직원들의 굳은 표정은 그들의 보스에게 뭔가 중차대한 일이 생겼다는 불안감으로 굳어져 있었다.

전무님의 모습이 바람처럼 지나가신 뒤 자신의 책상 앞에서 벗어나지 못하던 정 비서는 독일 출장 수행원으로 피곤에 절었던 모습에서 순식간에 하얗게 질리더니 깔끔하게 차려입은 블랙 투피스 정장과 어울리지 않게 입가로 손톱을 가져가 무의식적으로 깨물어 뜯기 시작했다.

쾅!

회장님을 만나 뵌 뒤 라무로 이동하려던 현민은 작품 매입 건으로 이미 출국하셨다는 소식에 타려던 차체를 세게 내려치며, 깊은 숨을 몰아쉬었다.

'이렇게 피하십니까!'

호흡을 고르며 차 앞에 서 있다가 저로 인해 긴장하고 멈춰 서 있는 경호팀과 문 비서를 의식한 현민은 몸을 돌려 로비를 향해 묵묵히 걸음을 옮겼다.

"호텔 수속 확인되면 바로 연결하고, 필요한 라인 다 동원해서 지원이, 찾아내."

"네. 전무님."

그날 저녁, 한 번도 술에 취하는 걸 주변 사람들에게 보인 적 없던 현민은 작정하고 술을 들이붓고 있었다.

"그만 마셔, 인마! 야, 유 전무!"

처음 현민이 술 마시자고 클럽으로 불러냈을 때, 모처럼 시간이 생겼나 보다 하고 반색하고 나왔던 진헌은 막상 말려도 소용없고, 말 걸어도 대답 없이 술잔만 들어 올리는 현민 때문에 골치가 아파 오고 있었다.

"무슨 일이야?"

"……"

"정말 말 안 할 거냐?"

"……네 얘기나 해 봐. 요즘 다른 애들 사는 얘기도 좋고."

듣고 싶어 하는 표정도 아닌 현민의 얼굴을 보며, 진헌도 말 대신 술잔을 집어 들었다. 그러다 무심히 술잔을 입에 대고 꿀꺽, 한 모금 들이켰다. 그때 요즘 사교계에 한참 이야깃거리를 제공해 주는 주인공이 들어서는 모습이 보여 친구의 팔을 툭툭 건드렸다. 그래, 골치 아플 때 가볍게 안주 삼기에 이만한 이야기가 또 없을 것이다.

"저기 좀 봐."

"왜?"

"저기 들어오는 여자, 저 아가씨야. 내가 전에 말한 태훈이 애인. 기억나냐?"

"뭐가?"

"아, 왜! 그 소문 많다는…… 대기업 아들 하나 후리고, 태훈이 물었다는 여자."

"아……."

진헌은 이제야 생각났냐는 눈빛으로 고개를 한 번 끄덕이며, 시선을 입구 쪽으로 돌렸다.

"봐봐, 네가 봐도 인물은 좀 되는 것 같지 않냐? 그렇다고 다 저래도 되는 건지, 하긴 세상이 워낙 지랄맞으니, 저러는 것도 영 이해 안 되는 건 아니지만 말야. 야! 좀 보라니까!"

술에 취해 가는 중이기도 했고, 남의 사생활에 관심을 두고 싶지 않았던 현민은 그저 슬쩍 진헌이 무안하지 않을 정도로만 옆을 돌아보는 척했다. 그러나 진헌의 자꾸만 계속되는 재촉에 흘깃 시선을 주었던 그의 고개는 앞으로 향하다 눈에 띄게 경직됐고, 이내 다시 크게 뜬 눈으로 완전히 뒤를 돌아보았다.

'세……영…….'

여전히 하얀 피부에 버건디 립스틱으로 포인트를 준 갸름한 얼굴이 낯이 익었다. 렌즈를 착용했는지 전보다 더 커지고 묘한 빛을 내는 눈동자는 행복한 미소로 가득했고, 검은 생머리는 어깨 조금 아래까지 길러져 있어 그녀가 고개를 움직일 때마다 찰랑거렸다.

몸을 타고 흐르는 샤넬라인 원피스는 앞쪽은 쇄골이 살짝 드러나는 정도로 정숙하고 기품 있어 보였지만, 등은 굉장히 과감하게 파여 노출 수위가 높은 의상이었다.

척추뼈 옆으로 도드라진 가느다란 등 근육이 그녀가 움직일 때마다 관능적으로 움직여 남자들의 눈길을 사로잡았고, 분명 그 시선을 느끼고 있을 그녀는 팔에 걸쳐 놓은 재킷을 입을 생각이 없어 보였다. 그녀의 몸에서 반짝반짝 빛을 내고 있는 화려한 보석들…… 그녀의 움직임은 찰랑이는 머리카락과 보석들의 흔들림을 꽤나 즐기고 있는 것 같아 보였다.

"윤태훈…… 피앙세라고?"

멍하니 벌어진 입술 사이로 저도 모르게 질문이 흘러나왔다.

"그래, 태훈이가 워낙 목을 매니까 집안에서도 전보다 져 주는 분위기인가 보더라. 태훈이 에스코트도 안 받고 저렇게 혼자 프라이빗 클럽까지 들어오는 걸 보면, 공식적으로 발표하진 않았어도 어느 정도 인정받고 있다는 게, 맞는 말 같지 않냐?"

어깨를 으슥하며 재밌는 일이라는 듯 말하던 진헌이 술잔을 들어 올려 입을 축였다.

"그 소문, 분명해?"

"뭐? 꾼이라는 거? 몇 명이었냐는 사람들마다 말이 다르지만, 아무튼 요란했던 것만은 분명해. 말했잖아, 대기업 자제도 한 명 후렸다고…… 모르긴 몰라도 잠자리 기술 하나 죽이는가 봐."

여자에게 시선을 두고 대답하던 진헌은 옆에 앉은 현민의 형편없이 찌푸려진 미간을 보지 못했다.

"저 옷 입은 것 좀 봐. 너무 꾸미니까 오히려 촌스럽잖아. 간단히 쉬는 곳에서 저게 뭐냐? T.O.P도 모르는 것 같고, 역시, 여기랑 안 어울려. 품위란 걸 찾을 수가 없잖아. 네 눈엔 어때 보이냐?"

"……."

현민은 대답하지 않았지만 진헌도 그의 대답보다는 육감적으로 움직이는 여자의 동작 하나하나에 더 관심을 두고 있었다. 아무런 생각 없이 시선은 여자에게 두고, 아는 대로 말하며 술을 홀짝이는 진헌과 누가 누군지 대충 아는 사내들의 시선이 그녀를 향해 있는 모습을 보던 현민은 제 술잔으로 시선을 내렸다.

믿고 싶지 않았다. 그녀가 추문의 주인공이란 것도, 그녀에게 녹아 난 대기업 멍청한 자제가 자신이라는 것도 인정할 수 없었다. 그래서 혹시나…….

"저 여자 이름은?"

"글쎄, 듣긴 들었던 것 같은데 기억이 잘 안 나는 거 보면 평범한 이름인가 봐."

무성의하게 대답하던 진헌의 눈빛이 갑자기 반짝하며 고개 돌려 현민을 쳐다봤다.

"왜? 너답지 않게 여자 이름은 왜 물어? 마음에 드냐?"

현민의 미간에 주름이 잡히자 진헌은 그럼 그렇지 하는 표정으로 다시 홀 쪽으로 시선을 돌려 세영이 오가는 모습을 감상했다.

"아서라. 네 스타일 아니다. 저 여자, 태훈이랑 붙어 다니면서도 여기저기 지분거리고 난하게 논단다. 목적이 있어서 태훈이 가까이한 거야 그렇다 쳐도, 태훈이가 저만 보고 있는데 딴 놈이랑 엉키는 거 보면 버릇 자체가 나쁜 여자지 않냐? 여기도 혼자 와서 저러고 다니는 것 좀 봐라. 멀리해. 소문만 들어도 충분히 찜찜한 여자니까."

세영은 테이블을 돌며, 그리 반기지 않는 사람들에게 화사한 웃음으로 먼저 말을 걸고 있었다. 태훈을 통해 안면은 익혔지만, 노골적으로 친해질 의사 없다는 표정을 짓는 사람들에게 보일 만한 미소치고는 너무 과하게 화사한 웃음으로 보이고 있었다.

현민은 들고 있던 잔을 한 번에 비워 냈다.

"야! 어디 가?"

독한 술을 물 마시듯 삼켜 버린 현민이 자리에서 일어나자, 진헌이 그를 재빨리 돌아보며 물었다. 현민은 세영이 사라진 골목에서 시선을 거두지 않고 덤덤하게 말했다.

"화장실."

"어? 어, 어."

독한 술을 여러 잔 들이켰음에도 현민은 흔들림 없는 걸음으로 움직였다. 세영이 지나간 길을 따라 사람들의 시선이 차단된 한적한 복도로 들어가 그 끝에 있는 여자 화장실과 파우더 룸 쪽으로 접어드는데, 그새 화장을 다시 손본 여자가 걸어 나오고 있었다. 한세영. 정면으로 걸어오고 있는 여자는 7년 전 그가 사랑했던 그녀가 분명했다.

메인 홀의 시선과 음악을 어느 정도 차단해 주는 벽이 있는 복도에서 그녀도 현민을 알아본 듯 걸음을 늦추고 있었다.

"할 말이 있을 텐데."

잔뜩 굳은 현민이 아무것도 담기지 않은 얼굴로 세영에게 말했지만 그녀는 오히려 고개를 까딱…… 한쪽으로 기울이며 귀찮게 됐다는 표정을 지어 보였다. 귀. 찮. 다. 라니. 현민은 다시 한 번 차가워지는 뇌리를 느끼며 그녀를 쳐다보았다.

"음…… 너무 오랜만에 만나서 반갑긴 한데. 나, 애인 곧 올 거거든?! 방해 말고 가 줘."

서로 나눈 감정이라곤 하나 없는 당당한 모습에 현민은 허탈함과 제 감정이 비틀리는 소리를 들었다. 7년이었다. 지원을 만나기 전…… 그녀를 기억했던 시간이.

"아이씨, 빨리 가라고!"

7년 전엔 한 번도 보여 준 적 없던 세영의 짜증스런 얼굴이 눈치를 살피듯 복도 뒤편을 살피고 있는 것을 보니, 혼자 온 건 아닌 모양이었다.

눈앞에 보이는 사나운 세영의 표정 앞에 밝고 맑았던 7년 전 세영의 표정이 겹쳐지다 부서져 내렸다. 과거가 현실 속에 부서지는 기이한 잔상을 목도하며, 헛되게 소비한 자신의 지난 감정들에 조소하는 현민과는 달리, 잔뜩 곤두선 세영이 마구 말을 쏟아놓았다.

"그래! 받았어, 그게 뭐! 오빠네 돈 많잖아. 내가 그만큼 즐겁게 놀아 줬잖아! 그 정도 보상 요구할 수도 있지 뭘 그래? 바쁘다니까, 그깟 3억 가지고, 지금까지 따져야겠어?"

세영은 복도 벽면에 작게 구멍 난 장식을 통해 저 너머 홀을 살피더니 다시 말을 이었다.

"혜성이 3억이 뭐니? 3억이. 치사하게…… 중소기업 사장도 3억은 쏘더라!"

"훗."

어이가 없었다. 보상을 요구했고, 어머니가 이 일을 처리하셨단 건가. 혹시, 어머니…… 지원이에게도 이런 식으로 대하셨습니까.

"오빠랑 나랑 여섯 살이나 차이 나! 알아?! 나이 많은 오빠랑 놀아 주고 즐겁게 해 줬잖아. 오빠가 눈치껏 결혼 진행했음, 나도 지금까지 이 짓거리 안 하고 좋았잖아! 이번 일 나한테 중요해. 나도 이제 나이 들어서 이번 작업이 마지막이란 말야. 얼른 가 줘. 빨리!"

들을수록…… 기가 찼다. 놀아 주다니. 작업이라니. 그 정도의 보상? 요구?

"보상이 필요한 관계인 걸 몰랐군."

그의 음성이 지극히 사무적으로 차분하게 변했다.

"뭐야? 후훗…… 아직 몰랐어?! 오빠 어머님 되게 이상하시네. 왜 아직 안 밝히셨을까? 뭐! 밝혔든 안 밝혔든, 난 이미 끝난 일이니까. 빨리 가! 아니, 내가 갈게! 곧 태훈 씨 들어올 테니까 알은척하지 마, 알았지? 잘 가."

현민의 주먹에 힘이 들어갔다.

"고맙다."

"어?"

현민의 옆을 막 스쳐 지나가던 세영이 깜짝 놀라 멈춰 섰다. 처음 맞닥뜨렸을 때 한 대 맞을 걸 각오했지만 약하게 보였다간 제대로 매운맛을 볼 것 같아 세게 나갔는데 난데없이 고맙다니. 무표정하게 진심으로 고맙다고 말하는 현민의 표정에 세영은 빨리 자리를 피해야 한다는 것도 잊은 채 분노했다.

오래전이긴 했지만 현민에게서 사랑받는 느낌은 꽤 근사했었고, 지금까지 여운이 남을 만큼 나름의 자만심을 만족시켜 줬었는데, 그녀의 정체를 늦게라도 알아차린 그가 고맙다 말하는 순간, 그녀의 우쭐함에 금이 갔다.

더 이상 현민의 마음에 제가 없고, 그의 모든 것의 우선일 수 없다는 사실이 그녀를 분노케 했다. 마음에 들었던 그였기에, 그의 모친이 조금만 말이 먹히는 사람이었어도 어쩌면 조금 더 공을 들였을지도 모를 일이었다. 지금 윤태훈처럼.

"모든 걸 다 줄 수도 있었는데, 겨우 3억이라니. 생각보다 싸서 다행이라 해야 하나?"

"뭐야?!"

"네가 그렇게 떨어져 나가 준 덕분에 정말 사랑하는 사람을 만났어. 그것도 고맙고."

"어느 집안 여자랑 결혼하는진 몰라도, 그게 오빠 행복하게 해 주진 못할 거란 건 알아!"

한 침대를 쓰던 시절. 둘만의 은밀한 대화 속에 제 마음을 털어놨었던 기억이, 마치 어제처럼 또렷하게 현민의 머릿속에 떠올랐다. 그래, 눈앞에 선 여자는 처음으로 마음을 줬던 여자였다. 물론, 그 마음은 그녀의 가슴이 아닌, 길바닥에 그대로 떨어져 짓이겨졌지만.

"다행히 내가 집안이 아니라, 사랑하는 여자랑 결혼할 예정이라서. 네 걱정은 필요 없을 것 같다."

"……뭐야? 우후훗. 아직인 거야? 사랑? 세상에 그런 게 있다고 생각해? 오빠, 세상엔 그런 거 없어. 보아하니 또 나 같은 프로한테 걸린 것 같은데 오빠 어머님 워낙 호랑이같이 매서운 분이시라, 웬만해선 옆에 남아 있기 오금 저릴 텐데 어쩌나……. 오빠가 이 정도로 빠진 걸 보니 그 여자도 이제 곧 제 몫을 챙겨서 가겠다. 오빠 사랑 끝날 날도 멀지 않은 것 같네. 푸후후."

간드러지는 세영의 웃음소리를 무표정한 얼굴로 듣고 있던 현민의 눈빛이 조금 먼 곳을 바라보는 듯하다가 한순간 가늘어지더니 잔인하게 빛났다. 보일 듯 말 듯 한 미소를 베어 물고 천천히 물음을 던지는 현민의 목소리는 흔들림이 없었다.

"너란 여자한텐, 사랑은 그저 돈 얻어 낼 방법에 지나지 않은 거냐?"

세영은 기분이 좋았다. 잠시 느꼈던 서운함 대신 잘난 혜성 후계자의 자만을 눌러 주고 나니 기분이 들뜨는 게 사실이었다.

"그게 뭐 어때서? 난 남자의 환상을 충족시켜 주고 정당한 대가를 받는 것뿐야!"

"대가? 그럼 네 상대가 너한테 주는 마음은 아무 가치도 없다?"

"마음?! 하하하. 마음으로 뭘 할 수 있는데?! 잘 봐. 여기! 여기! 마음으로 이런 보석 하나라도 살 수 있어? 별 따다 주고 싶은 마음만으로 별을 가져다줄 순 없잖아? 손에 잡히는 별을 얻는 데는 마음보단 돈이 필요해, 현실적으로 갖고 싶은 걸 갖겠다는데 그게 뭐가 나빠?! 오빤, 마치 자기 인생이라도 줄 것처럼 굴었지만 정작 내게 떨어진 건 3억이 전부야. 그 3억으로 겨우 차 하나 사고 말았지만, 돈은 그래도 차라도 남겼지, 오빠가 줬던 마음은 뭐가 남았는데?! 마음은 그런 거야. 지나면 소용없는 거. 그런 것 때문에 내가 돈을 놓쳐야겠어? 잘나간다기에 뭔가 좀 달라졌을 줄 알았더니, 학습 효과 너무 떨어지는 거 아냐?"

세영은 자신의 목걸이와 귀걸이에다 손을 가져다 대며 예전의 그를 사로잡았던 환한 미소를 지어 보였다. 그리고 그 표정은 손가락을 나른하게 까닥이며 세상을 잘 아는 사람이 한 가지 팁을 가르쳐 주겠다는 것처럼 교만한 표정으로 변해 갔다.

"너 같은 프로한테 걸린 남자가 받는 상처는 가끔이라도 생각해 보는 거냐? 예를 들면 지금 네 피앙세라는 윤태훈이 네가 이런 생각인 걸 알면 받을 상처 같은 거 말야."

"입만 뻥긋해 봐!"

"걱정은 되나 보군. 이미 온 사교계에 소문이 쫙 퍼졌던데. 그걸 들으면서도 너만 믿으려는 윤태훈이 안타깝군. 중소기업 사장단 킬러였다지?! 그 화려한 이력엔 대기업 후계자까지 데리고 놀았다는 소문도 따라다니고 말이야. 아, 이젠 대진그룹 윤태훈까지 둘인가?!"

"태훈 씨는 내 마지막 타깃이라고 말했지! 태훈 씨 귀에 그런 소문이 들어가면 다 오빠 짓인 줄 알 테니까 알아서 해!"

"결혼이라도 하려고?"

"왜? 안 될 것 같아? 다행히 태훈 씨 어머님은 그쪽 어머님보다 좀 다루기가 쉬웠어. 태훈 씨도 오빠 못지않게 내게 푹 빠져 있고, 우린 곧 날 잡을 거야!"

세영은 자신이 일궈 낸 성과가 무척 자랑스러운 것 같았다.

"윤태훈이 네 정체를 알아도 결혼하려 들까?"

"말했잖아! 태훈 씬 내 마지막 타깃이라고! 건드리지 말라니까!"

"진심으로 사랑하나? 사랑한다면…… 내가 조용히 있어 줄 의향도 있어."

"언제까지 그렇게 사랑 타령만 할 거야? 사랑? 진심? 이 세상엔 돈만 있으면 없던 사랑도 만들어 낼 수 있는 사람들이 나 말고도 많아."

"그러니까, 윤태훈을 사랑하냐 물었다."

"대답하면 곱게 가 줄 거야?"

"원한다면."

"좋아! 대답해 줄게. 난 태훈 씨를 사랑해. 됐지? 그럼 입 조심해 줘!"

"고백치곤 끔찍하군."

"뭐야, 혹시 나한테 아직 마음이라도 있는 거야? 그래서 이렇게 붙잡고 자꾸 말장난하는 거라면…… 솔직히 말해 봐."

"솔직히 말한다면, 내게 올 수도 있다는 말인가? 윤태훈은?"

현민의 말에 세영은 승리한 여왕처럼 만족스런 웃음을 지어 보였다. 그럼 그렇지. 나야, 한세영. 비록 정체를 들키긴 했지만, 그럼에도 이렇게 자신을 잡는 걸 보면. 어쩌면 이젠 속일 필요 없이 쿨하게 원하는 것만 취할 수도 있을지 모른다고 생각한 세영은 좀 더 솔직해지기로 했다.

"사실, 오빠와의 잠자리가 가끔 생각날 때도 있어. 당신만 한 남잔, 아직 없었거든."

현민에게 한 걸음 가깝게 다가온 세영은 그의 어깨와 팔을 아주 천천히 쓸어내리며, 유혹적인 눈빛을 마주쳐 왔다.

"저런, 그 한 달 남짓을 못 잊겠다는 건가? 내가 원하면 윤태훈을 버릴 수 있단 뜻이야?"

세영은 매혹적인 미소로 대답을 대신했다. 남자가 어떻게 하면 몸이 달아오르는지 아는…… 프로의 몸짓과 눈빛이었다.

"분명히 말해. 그런 거론 대답이 안 돼."

현민도 무척 편안한 미소로 그녀를 마주했고, 이미 몇 년 전의 잠자리임에도 그의 손길을 잊을 수 없었던 세영은 몸이 뜨거워지는 것을 느끼며 좀 더 몸을 밀착시켰다.

"오빠가 원한다면, 버릴게."

"누구를? 확실히 말해."

"태훈 씨."

"누구?"

"윤태훈 말이야."

점점 흥분으로 잦아드는 세영의 목소리가 듣는 이로 하여금 가슴을 쓸어내릴 만큼 매혹적인 허스키보이스로 변해 있었다.

"경고하지. 앞으로 어디서 보건 날 알은척해선 안 될 거야. 난 너 같은 애인도, 여동생도 둔 적 없으니까, 오빠란 소리도 집어치우고."

"……응?!"

현민의 가슴에 기대, 몸을 달구던 세영은 머리에 찬물을 뒤집어쓴 듯 한순간에 주변 공기가 냉랭해진 것을 느끼며 고개를 들었다.

"그리고 또 하나, 프로라면 일이 끝날 때까지 그 상대에게만 전념해. 괜히 이 남자 저 남자 지분거리지 말고, 너 태훈이 놔두고도 다른 놈들 손 타고 다닌다고 소문까지 돌고 말이 아니다. 그건 상대에 대한 예의가 아니잖나? 아무리 사랑하는 연인이 아니라 타깃일 뿐이라고 해도 말이야."

현민은 눈앞에 아름답게 꾸민 여자를 다시 한 번 천천히 훑어 내렸다. 과거였으나 그 어느 때인가, 분명 이 여자를 끔찍이 사랑한 적이 있었다.

살결이 스치기만 해도 몸이 뜨거워지고, 그럼에도 여자의 마음을 헤아리며 품기 위해 욕구를 억누르던 날들이 있었다. 소중히 여기고 아꼈던 여자라서 눈빛 하나, 미묘한 표정 하나에도 집중하며 자신의 욕구 해소보다 여자가 탄성을 터트리는 순간이 더 짜릿하게 큰 쾌감을 주었던 날들이 있었다.

그런데 그런 마음보다 이 남자 저 남자 떠돌며 얻어 낸 돈을 더 중요하게 여기는 여자였다니. 그런 여자에게 마음을 줬다니. 그런 여자를 지원에게 지난 사랑이 있었다고 말해 주었다니…….

세영은 날 선 현민의 목소리를 들으며 주춤거리는 다리로 그에게서 한 걸음 떨어져 나왔다.

"뭐……뭐야?!"

"프로라면서도 사업의 룰을 잘 모르는 것 같아 가르쳐 준 것뿐인데, 그렇게까지 놀란 눈을 할 필요가 있을까."

"가, 가르쳐?"

그래. 이제 나는 네가 어떤 놈에게 있어도 못 볼 걸 본 것일 뿐. 아무런 흔들림이 없다.

"한 가지 더 가르쳐 주지. 저 뒤에 서 있는 네 피앙세. 아니 네 마지막 타깃. 지금 당장 달래 줘야 할 것 같은데?! 윤태훈이 저렇게 하얗게 질릴 수 있다니…… 태훈이도 나만큼 네게 제대로 속았던 것 같군."

차마 뒤돌아보지 못하고 현민의 눈만 잡아먹을 듯 노려보고 있는 세영을 지나치며 그는 앞으로 걸어 나갔다.

인적 드문 복도. 조도 낮은 조명으로 어둡게 밝혀진 그곳에, 차갑게 굳은 한 남자가 서 있었다. 큰 보폭으로 몇 걸음 걸어가 멈춘 현민이 석상처럼 굳어진 그에게 말을 걸었다.

"오랜만이다. 윤태훈."

"……."

"내가 모임에 잘 나오는 편이 아니라. 네 피앙세가 누군지 오늘에서야 알았다."

"너…… 세영이 아냐?"

"……."

"사실대로 말해. 세영이랑 너, 사귄 사이 맞아?"

"오빠!"

현민의 등 뒤로 그의 대답을 막으려는 듯 찢어지는 세영의 목소리가 들려왔다. 착잡한 표정이 된 현민은 자신보다 더한 상처로 그늘진 태훈의 눈을 들여다보며 답했다.

"난 지금 사랑하는 사람 있다."

"세영이랑 사귄 적 있냐고!"

어디다 화내야 할지 모르는 분노가 방향을 못 찾고 태훈을 휘감고 있었다. 한숨을 내쉰 현민이 고개를 끄덕였다.

"조금 전까진 7년 전에 사귄 여자라고 알고 있었는데, 사귄 게 아니라 당한 거란 걸 조금 전에 알았다. 그런데 사귄 여자라고 답해야 하냐?"

"젠장! 한세영!"

"아냐! 아냐! 내가…… 아씨! 내가 맞긴 한데. 태훈 씨한텐 달라. 과거잖아! 과거는 과거고 난 지금 태훈 씨만 사랑해!"

"누굴 병신으로 알아?! 다 들었어! 내가 직접 다 들었어!"

분노를 참지 못하는 태훈이 폭력이라도 행사할 것처럼 제정신이 아닌 눈빛으로 걸음을 옮기자 세영은 여자 화장실 쪽으로 뛰어가기 시작했고, 현민은 태훈의 팔을 잡았다.

"진정해. 진정하고 조금 이따 가. 저쪽에 문도 없잖아. 참았다가 얘기해."

"놔! 넌 몰라! 내가 우리 형한테까지 못할 말 해 가며, 세영일 보호했다고! 알아?! 병신같이 내가! 우리 형한테까지 막말해 가면서 저 여자만 지켰다고!"

대진그룹의 후계자로 태어나 제왕 교육만 받으며 자라던 형이 야간 스키장에서 불의의 사고를 당한 뒤 휠체어에 앉게 된 것도, 공식적인 후계자 자리에 자신이 앉게 된 것도…… 태훈은 모두 괴롭기만 했었다.

원한 것은 아니지만 결과적으론 형의 위기를 자신의 기회로 삼은 것 같은 더러운 기분에 힘겨웠고, 내심 형의 자리를 시기한 적이 있었던 마음이 그를 죄책감으로부터 자유롭지 못하게 만들었다.

그런 그를 보며 휠체어에 앉아 웃어 주는 형을 바로 보는 것도, 부모님의 기대를 한 몸에 받는 것도 힘겨웠었는데 그것을 위로해 준 이가 세영이었다. 그런데 그것이 모두…… 거짓이라니.

"난 7년이었다. 넌 이제라도 안 걸 행운이라 생각해라."

"가만 안 둬!"

현민을 바라보는 벌겋게 흥분한 두 눈이 후회와 괴로움에 어지럽게 흔들리고 있었다.

"윤태훈! 한세영한텐 지킬 명예가 없지만 넌 아니야. 네 명예가 곧 네 형 명예이기도 하고, 대진그룹 명예라는 것도 잊지 마. 네가 다치면 형이 더 힘들어하신다."

태훈의 입술이 보기 안타까울 만큼 비틀렸다. 날카로운 눈빛으로 태훈을 주시하고 있는 현민을 향해, 진정하려 바닥을 향해 있던 태훈의 헐떡이는 시선이 마주쳐 왔다.

"넌 왜 그렇게 멀쩡해?! 너도 오늘 알았다며!"

태훈의 성난 눈이 너무도 차분한 현민을 보며 정말 세영을 사랑하긴 했던 거냐고, 너도 나랑 똑같은 일을 겪은 것이 맞냐고 다그치고 있었다.

지금도 태훈은 세영을 완전히 포기하지 못한 것이 분명했다. 하긴, 자신은 7년이었다. 머저리 같은 7년. 그로 인해, 어머님의 시선에서 지원인 세영과 같은 취급을 받았을 터였다.

자신의 과오가 지원에게 덮어씌워졌다.

"한세영 생각할 시간 같은 거, 나한테 없다."

예상 못 한 현민의 말에 태훈은 멍하니 현민을 바라봤다. 현민은 순간, 진헌과 술 마시는 시간도 아깝다는 생각이 들었다.

"뭐?!"

"그런 게 있다. ……한세영 손대서 또 곤혹 치르지 말고 신중해. 먼저 간다."

현민은 진헌에게 양해를 구하고 일찍 자리에서 일어선 뒤, 차에 올랐다.

술을 마셔도 취하지 않는 몸 때문에 지원이 사라진 사실을 계속 기억하게 되는 순간, 순간이 너무나 고통스러웠지만, 무겁게 처지는 몸을 되는대로 뒷좌석 쿠션에 기대고서 느껴지는 아릿한 고통을 제가 감당할 몫의 고통이라 받아들이며 굳이 밀어내지 않았다.

슬픔과 고통, 자책과 회한이 섞인 흐릿한 시선에 운전석에 앉아 있는 누군가의 뒷머리가 무척이나 낯익어 보였다. 문 비서. 가라고 했는데도 기사까지 보내고 차에서 대기하고 있었던 모양이었다.

"문 비서. 나랑 일하기 전에 어디 있었다고 했지?"

능숙하게 차를 움직이는 문 비서에게…… 피곤 섞인 목소리로 물었다.

"회장 비서실에서 백업으로 1년 동안 근무했습니다."

"한세영 일, 아는 사람 누군가?"

"저……."

도로를 미끄러지는 차를 따라 거리의 밤 풍경이 뒤로 뒤로 밀려나고 있었다.

"간단히 말해."

문 비서는 굳은 결심을 하듯 입을 다물었다 천천히 열었다.

"미국에서 만나셨던 분, 일이라면 자세히는 모릅니다만, 회장님과 사모님, 회장실 경부장님과 법무팀 극소수만 알고 있는 걸로 압니다."

"법무팀? ……법무팀 누군지 확인해 봐."

"네. 전무님."

"문 비서."

"네."

"너는 알고 있었단 말이지."

"죄송합니다."

문 비서의 사과가 귀에 들리지 않는 현민은 제 마음을 차지한 이름을 불렀다.

"……지원이는?"

"입 무거운 사람들로 골라 착수했습니다."

"……어디서 뭐 하고 있을 것 같나?"

"어디 계시든 반듯하게 계실 분이십니다."

"……흐음……."

젖어 드는 목소리가 차 안을 울린 뒤…… 더 이상 말이 없는 유 전무를 쉬게 하고 싶었던 문 비서는 말없이 운전을 했고, 현민은 뒷자리에 앉아 눈을 감았다.

다음 날 저녁, 현민은 11시가 다 되어 가는 시간에도 비행에 따른 여독과 일정 문제로 관장님과의 통화가 어렵다는 송 비서의 앵무새 같은 답변을 들어야 했다.

앞으로 벌어질 모든 일을 친절하게 알려 주려 했을 뿐인데, 사양한 것은 어머님 선택이라는 점을 분명히 해 두라는 현민의 말이 있고서야 수화기를 건네받은 서희 여사의 음성은 분노할 만큼 평온했다.

"왜 그런 일을 벌이셨습니까?"

— 벌이다니.

"제 사람을 왜 그렇게 대하셨는지 묻는 겁니다."

— 그 아이. 보기보다 입이 가볍구나.

"······인사도 없이 떠난 사람입니다. 쉽게 말씀하지 마십시오."

— 그만큼은 널 진심으로 대했다니 다행이라고 해야 하는 거냐?

"다시 묻겠습니다. 그 사람, 가족들까지 운운하셨습니까?"

— ······.

"돈 줘 가며 헤어지라 하셨냔 말입니다!"

어디서 말이 새어 나갔는지 짐작한 서희 여사가 눈살을 찌푸리며 차분하게 인정했다.

"그래. 그랬다."

— ······어. 머. 니!

차갑게 구는 것도, 이성의 잣대를 들이밀며 재단하고 죄책감을 강요하는 것조차 야속하리만큼 아비를 빼어 닮은 아들.

"다 지나갈 사람일 뿐이다. 네 옆에서 그만큼 누렸으면 적당히 놀다 떠나야지 더 바라는 건 용납 못 해."

너를 낳은 것은 나인데, 유씨 집안 핏줄이라 너조차 내게 매정한 것이냐.

— 이렇게까지 하셨을 땐 뒷조사하셨을 것 아닙니까. 그 사람 제 옆

에 있어서 얻은 것 하나 없습니다. 평사원 노릇하느라 뭐 하나 해 주지 못했다는 거, 알아내셨을 것 아닙니까?!

"다행이구나, 유 전무. 나중에 아내 될 사람에게만 정성 쏟으면 되는 거다. 지나가는 일에 헛수고하지 말고, 잊을 건 빨리 잊는 게 좋아."

— 지나갈 사람이라는 거, 누가 정하는 겁니까!

현민은 어머니에게 광기를 터트렸다. 각혈을 토하듯 소리치는 아들의 목소리에 서희 여사의 다짐이 깊어졌다. 이제 확실히 알려 줘야겠구나. 네 옆에 설 여자가 어때야 하는지를.

"그 아이는 미천한 아이다."

— 뭐……라고 하셨습니까.

"홀어머니 밑에서 겨우 제 앞가림 할 정도만 배워 근근이 살아가는 아이와, 장차 혜성을 이끌어갈 네가 뭘 어쩌겠다는 것이냐. 이미 지난 일이야 어쩔 수 없다지만, 지금부터라도 현실을 똑바로 보거라."

— 근근이가 아니라, 당당하게 사는 사람입니다. 제가 혜성을 가질 것이기 때문에 더더욱 남도 배려하는, 그 사람이 필요한 겁니다.

"사람은 다 제가 넘어설 수 없는 선이 있는 법이지. 태어난 바탕 따라 배우는 것도, 살아갈 삶도, 맺어질 인연도 다 정해지는 법이다. 너 혼자 거부해 봤자 세상은 달라지지 않아."

— 세상 같은 거, 변하게 할 생각 없습니다만, 저는 제가 사랑하는 사람과 결혼할 겁니다.

"유 전무! 결혼하기 전에 원하는 대로 놀아 봤으니, 앞날을 위해서라도 지금부턴 몸가짐을 진중히 해야지. 장차 네 신부 될 사람 귀에 이런 소문이 들어가면 네 가정이 어떻게 편안할 수 있겠니?"

— ……제 아내 될 사람에게 상처 주신 분은 어머니십니다. 한 가지만 묻겠습니다. 제가 부모님처럼 서로 죄면하고 살길 바라십니까?

"……."

— 제가 그렇게 불행하길 원하십니까?

"내가 그리 살았으니, 네겐 좋은 짝을 지어 주고 싶은 거다, 이렇게 사정해도 내 뜻을 저버리겠다는 거냐? 회장님도 그룹도 다 버리고?!"

― 저는 제 것은 지킵니다. 그것이 그룹이든, 지원이든, 제 것이 되었으면, 누가 뭐라 해도 제가 다 가집니다. 한세영을 어떻게 정리하셨는지 들었습니다. 어머니는 지원이도 그렇다 매도하고 싶으시겠지만, 지원인 한세영이 아닙니다. 제가 버리려 하는 건, 오직 어머니의 욕심과 위선일 뿐입니다. 좋은 짝이요? 우리만큼 가진 사람들이 이 나라에 몇이나 된다고 적게 가진 것을 탓하시는 겁니까!

"이 어미도 그런 사감 모두 버리고 결혼해 혜성을 이만큼 키워 내는 데 일조했다. 너도, 네 부인도 그래야 해! 내가 그 하찮은 아이 호강하라고 내 인생 바쳐 혜성을 이만큼 키워 놓은 줄 아느냐? 이 자리에 앉으려면 그게 권력이든 돈이든 간에 그룹에 힘이 되어 줄 무기 하나쯤은 손에 쥔 아이라야 하는 거야!"

― 제 결혼을 놓고 거래만 생각하시는군요.

"없이 산 걸 탓하는 게 아니야. 없이 살아도 끼리끼리 맞춰 그 둘레 안에서 살면 누가 뭐라 해, 없이 살면서 위를 쳐다보니까 문제가 되는 거야. 나는 어미로서 네가 서로 형편 맞는 집안에서 순하게 가정교육 잘 받은 아가씨랑 맺어지길 바란다. 없이 살아 속만 교묘해져서 널 돈으로 보고 덤비는 아이들을 가려내는 것뿐이야."

진심을 다해 열변을 토하는 서희 여사의 귀에, 아들이 쓰게 웃는 소리가 들렸다.

― 지원이가 돈 보고 저한테 덤볐다고 하셨습니까. 천만에요. 지원에게 어머님 생각을 덧입히지 마십시오. 결혼은 제가 선택합니다.

"현민아!"

― 아버지께서 왜 그 유능한 의료진들한테 정기검진을 받으면서도 갑자기 심장질환으로 쓰러지셨다 생각하십니까. 제가 그런 자리로 가면서 제 사람 하나 제 마음대로 정하겠다는 게 그렇게 큰 잘못입니까?

정재계 인사 영애들 중, 어머니 마음에 드는 여자로 고르고 골라 제 옆에 앉혀 놓고 아이 낳으면, 그게 가정이라 생각하십니까? 저는 절대, 제 아이가 양가 결속의 매개체로 이용되는 걸 원치 않습니다. 제 짝은 제가 고릅니다. 한 번만 더 제 사람 건드리신다면, 가만있지 않겠습니다.

서희 여사는 떨리는 손으로 수화기를 막으며 몸을 굳혔다. 회장님과 자신의 삶이 그 누구도 아닌 아들의 입을 통해 벌거벗겨지는 기분은 참담했다.

외면하고 싶었던 미묘한 감정들, 가슴팍에 굳은살 배기 전까진 수없이 고통스러웠던 외로운 결혼생활과 사랑받는 아내가 아닌 파트너일 뿐이란 상처마저 들춰내는 아들의 잔인함 앞에…… 나이 든 어머니는 속이 무너졌다.

제가 낳은 아들의 인생이 더 아름답고 화려하길 바라는 것이, 그 짝조차 그렇게 맺어지길 바라는 것이 무에 잘못이란 말인가.

"좋은 집안에서 네 맘대로 골라. 하지만 그 아이는 이미 떠난 아이란 걸 분명히 기억해라."

"사모님. 10시 5분 전입니다. 대리자 착석했고, 연결 상태 확인 전화 주실 시간이십니다."

옥션 시간이 다가왔는지 송 비서의 낮고 기계적인 목소리가 들려왔다.

"시작하는구나. 끊어야겠다."

현민은 부산스레 전화를 끊으려 하시는 어머니께 차가운 목소리로 말을 꺼냈다.

— ……어머니. 저는 어머니께서 허락 안 하셔도, 지원이 반드시 찾아, 결혼할 겁니다. 그리고 이 전화는 허락을 받으려는 게 아니라, 오늘 소더비, 적당히 하시란 말씀드리려 한 겁니다. 앞으론 특별지원 없을 테니, 지난번, 바벳뉴먼 때처럼 1점에 4,380만 달러씩 지출하시려면

510

추가 지원 없다는 걸, 꼭 기억해 두십시오.

"이건, 나만의 컬렉션이 아니다."

— 압니다. 그래도 어머니께서 가진 것들이 지원일 다치게 한 이상, 저는 어떤 일에서도 어머님 손을 들어 드릴 생각이 없습니다. 또, 한 가지. 경영지원 5팀, 어머니 개인부서 아닙니다. 이미 지시가 내려갔으니 괜히 무안당하시지 마시고 개인 명령 삼가십시오.

"현민아!"

— 그렇게 부르시지 마십시오. 여기서 더 하시면 갤러리도, 성호그룹 지분도 다 던질 수 있습니다. 지분 행사하시겠다면 저도 대응할 예정이고, 콩가루 집안 소문내시려면 하십시오. 피하지 않겠습니다. 옥션 시작하겠군요. 끊겠습니다.

성호그룹. 유일한 서희 여사의 친정이라고 할 수 있는 친오빠가 수장으로 있는 기업이었다. 초창기에는 혜성과 세력을 견줄 만한 기업이었으나 지금은 재계 50위권 안에 붙어 있는 것도 힘에 벅찬 그룹.

얼마 전 휘청이던 성호를 혜성이 손잡아 주지 않았다면 이미 그룹은 해체되었을 것이 뻔한, 조롱받지 않을 정도로 그룹 형태만 겨우 유지한 부실 계열사들.

서희 여사는 끊어진 전화기를 내려놓지도 못하고 핏기 없는 얼굴로 송 비서를 빤히 쳐다보았다. 상대를 압도할 정도로 날카로웠던 그녀의 눈빛이 초점을 잃고 흔들리고 있었다.

〈2권에서 계속〉

여기 있어요

1판 1쇄 찍음 2014년 1월 21일
1판 1쇄 펴냄 2014년 1월 27일

지은이 | 소 화
펴낸이 | 정 필
펴낸곳 | 도서출판 **뿔미디어**

편집장 | 이재권
기획 · 편집 | 주종숙, 정시연
편집디자인 | 이진선

출판등록 | 2002년 9월 11일 (제1081-1-132호)
주소 | 경기도 부천시 원미구 상동로 117번길 49(상동) 503호
전화 | 032)651-6513 / 팩스 032)651-6094
E-mail | scarlets2012@hanmail.net
블로그 | http://blog.naver.com/dahyangs
홈페이지 | http://bbulmedia.com

값 11,000원

ISBN 979-11-7003-005-8 04810
ISBN 979-11-7003-004-1 04810(세트)